Terry Pratchett
Wachen! Wachen! • Das Erbe des Zauberers

PIPER

Zu diesem Buch

Eine geheime Bruderschaft ruft mittels eines gestohlenen magischen Buches einen Drachen herbei. Das Fabelwesen soll helfen, einen neuen König einzusetzen, der den Verschwörern gefügig ist. Doch der Drache setzt sich selbst als Herrscher ein – schläft er doch so gern auf den gemütlichen Goldreserven der Stadt. Nur eine Handvoll Wachen begehrt gegen den geschuppten König auf: Hauptmann Mumm, der beinahe zwei Meter große Zwerg Karotte und eine adlige Sumpfdrachenzüchterin machen sich auf, den Tyrannen zu vertreiben … Als der Magier Drum Billet seinen Zauberstab gemäß guter Sitte an den achten Sohn eines achten Sohnes übergeben will, macht er einen folgenschweren Fehler: Denn das Neugeborene ist ein Mädchen, und diesen ist der Zutritt zur Unsichtbaren Universität verwehrt. Nun kann nur noch Oma Wetterwachs den Zauberern in Sachen Gleichberechtigung auf die Sprünge helfen …

Terry Pratchett, geboren 1948 in Beaconsfield, England, erfand in den Achtzigerjahren eine ungemein flache Welt, die auf dem Rücken von vier Elefanten und einer Riesenschildkröte ruht, und hatte damit einen schier unglaublichen Erfolg: Ein Prozent aller in Großbritannien verkauften Bücher sind Scheibenweltromane. Jeder achte Deutsche besitzt ein Pratchett-Buch. Bei Piper liegen der erste Scheibenweltroman »Die Farben der Magie« sowie die frühen Bände um Rincewind, Gevatter Tod, die Hexen und die Wachen vor – Meisterwerke, die unter den Fans einhellig als nach wie vor unerreicht gelten. Terry Pratchett erhielt zahlreiche Auszeichnungen, darunter den »World Fantasy Lifetime Achievement Award« 2010.

Terry Pratchett

Wachen! Wachen!

Das Erbe des Zauberers

Zwei Romane in einem Band

Aus dem Englischen
von Andreas Brandhorst

Piper München Zürich

Entdecke die Welt der Piper Fantasy:

Piper-Fantasy.de

Zu den lieferbaren Büchern von Terry Pratchett bei Piper siehe Seite 703.

MIX
Papier aus verantwortungsvollen Quellen
FSC® C083411
FSC
www.fsc.org

Ungekürzte Taschenbuchausgabe
September 2014

Titel der englischen Originalausgaben:
»Guards! Guards!«, Victor Gollancz Ltd. London 1989
»Equal Rites«, Victor Gollancz Ltd. London, in association
with Colin Smythe Ltd. 1987

Deutsche Erstausgaben: Wilhelm Heyne Verlag GmbH & Co. KG,
München 1991, 1989
Umschlaggestaltung: Guter Punkt, München / www.guter-punkt.de
Umschlagabbildung: Marc Simonetti
Satz: C. Schaber Datentechnik, Wels
Papier: Pamo Super von Arctic Paper Mochenwangen, Deutschland
Druck und Bindung: CPI books GmbH, Leck
Printed in Germany ISBN 978-3-492-26963-6

Wachen! Wachen!

Ein Roman von der bizarren Scheibenwelt

PIPER

WIDMUNG

Man nennt sie ›Palastwächter‹, ›Stadtwache‹ oder schlicht und einfach ›Patrouille‹. Der Name spielt eigentlich überhaupt keine Rolle. In der Heroic Fantasy erfüllen die entsprechenden Männer immer den gleichen Zweck: Spätestens im dritten Kapitel (oder zehn Minuten nach Beginn des Films) stürmen sie ins Zimmer, greifen den Helden an (nicht zusammen, sondern immer nacheinander) und werden von ihm umgebracht. Nie hat jemand gefragt, ob sie Gefallen daran finden.

Dieses Buch ist jenen tapferen Soldaten gewidmet.

Und auch Mike Harrison, Mary Gentle, Neil Gaiman und allen anderen, die beim Konzept des L-Raums mithalfen und darüber lachten. Zu schade, daß wir dabei nicht auf Schrödingers Lehren zurückgriffen ...

Hierher verschwanden die Drachen.

Sie liegen und ...

Nein, sie sind nicht tot. Sie schlafen auch nicht. Von Warten kann ebenfalls keine Rede sein, denn wer wartet, *er*wartet etwas. Der angemessene Ausdruck lautet vermutlich ...

... schlummern.

Zwar befinden sie sich nicht im normalen Raum, aber trotzdem liegen sie dicht beieinander. Jeder zur Verfügung stehende Kubikzentimeter ist mit Krallen, Klauen, Schuppen und Schwanzspitzen gefüllt, und der sich daraus ergebende Effekt erinnert an eine Trickzeichnung. Irgendwann begreifen die Augen, daß der Raum zwischen zwei Drachen aus einem weiteren Drachen besteht.

Man mag versucht sein, in diesem Zusammenhang an eine Sardinenbüchse zu denken — vorausgesetzt, man hält Sardinen für groß, schuppig, stolz und arrogant.

Vielleicht gibt es eine Lasche, mit der man die Büchse öffnen kann.

In einer ganz anderen Dimension war es früher Morgen in Ankh-Morpork, der ältesten, größten und schmutzigsten aller Städte. Ein leichter Nieselregen fiel aus grauen Wolken und gesellte sich dem Dunst hinzu, der über dem Fluß wallte und auch über die Straßen kroch. Ratten verschiedener Art gingen ihren nächtlichen Angelegenheiten nach. Mörder mordeten im Schutz der Dunkelheit; Räuber raubten, Huren hurten ... Und so weiter.

Der betrunkene Hauptmann Mumm von der Nachtwache taumelte langsam durch eine Gasse, machte es sich im Rinnstein vor dem Wachhaus bequem und lag dort, während über ihm sonderbare Buchstaben aus Licht in der feuchten Luft zischten und ihre Farbe veränderten ...

Die Stadt war ein Soundso, ein Wiehießesnoch. Ein Ding. Eine *Frau.* Ja, genau dasch war schie. Eine Frau. Leidenschaftlich, temperamentvoll und viele Jahrhunderte alt. Schie schlug einen in den Bann, sorgte dafür, daß man sich in schie — Dings — verliebte. Und dann schlug schie erneut zu. Ins Dingsbums. In den Mund. Zunge? Nee, die Zähne. Jawoll, schie schlug einem die Zähne ein. Schie war ein ... Dings, Dünger, ein Dunghaufen, neinein, das isses nich, ich meine ein *Miststück.* Ja, genau dasch meine ich. Und wenn man schie zu hassen begann, wenn man schon glaubte, man habe schie endlich am ... am wasweißich, dann öffnete schie einem dasch verrottete Herz und überstaunte, nee, erblüffte? *Raschte.* Schie über*raschte* einen. Ja, das schtimmt genauig. Man wußte nie, wo mein bei ihr stand. Oder lag. Nur in einem Punkt gab'sch keinen Zweifel: Man konnte sich nich von ihr trennen, denn schie war das einzige, wasch man hatte, selbst in ihrer Gosse ...

Neblige Finsternis umhüllte die ehrwürdigen Gebäude der Unsichtbaren Universität, des wichtigsten Lehrinstituts für Zauberei. Das einzige Licht — ein blasses oktarines Flackern — filterte aus den hohen Fenstern der neuen Fakultät für hochenergetische Magie. Dort untersuchte messerscharfe Intelligenz das Gefüge des Universums, ob es ihm gefiel oder nicht.

Natürlich glühte es auch in der Bibliothek.

Dort gab es die größte Sammlung magischer Texte im

ganzen Multiversum. Viele tausend Bücher, die geballtes okkultes Wissen enthielten, lasteten schwer in den Regalen.

Es hieß, daß große Ansammlungen von Magie die normale Welt erheblich *verzerren* könnten, woraus man den Schluß zog, in der Bibliothek seien nicht die normalen Regeln der Raum-Zeit gültig. Es hieß, sie erstrecke sich bis in die *Unendlichkeit.* Wenn man tagelang an den langen Regalen vorbeiwanderte, so hieß es, finde man vielleicht irgendwo verlorene Stämme aus Forschern und Studenten. Es hieß auch, in vergessenen Nischen und Alkoven lauerten seltsame Dinge, die ab und zu noch seltsameren Dingen zum Opfer fielen.*

Kluge und vorsichtige Schüler, die weiter entfernte Bücher suchten, achteten darauf, Kreidemarkierungen an den Regalen zu hinterlassen, wenn sie sich tiefer in die muffige Düsternis wagten. Darüber hinaus baten sie gute Freunde darum, nach ihnen zu suchen, wenn sie bis zum Abendessen nicht zurück waren.

Da Magie nur schwer gebunden werden kann, waren die Bücher in der Bibliothek mehr als nur zu Brei verarbeitetes Holz und Papier.

Pure thaumaturgische Kraft knisterte von ihren Rükken und tastete harmlos über die Kupferstangen an den Regalen; sie dienten dazu, die magische Energie abzuleiten. Trübe Gespinste aus blauem Feuer krochen um-

---

* Diese Behauptungen sind aus der Luft gegriffen. Die Wahrheit ist: Jede große Sammlung gewöhnlicher Bücher krümmt den Raum, was leicht von jedem bewiesen werden kann, der sich jemals in einem wirklich altmodischen Antiquariat umgesehen hat. Vielleicht kennen Sie solche Läden. Sie erwecken den Eindruck, von M. C. Escher an einem besonders schlechten Tag entworfen worden zu sein, und meistens haben sie mehr Treppen als Stockwerke. Außerdem enden ihre Regale an Türen, die für einen normalen Menschen viel zu klein sind. Die richtige Gleichung lautet: Wissen = Macht = Energie = Materie = Masse. Eine gute Buchhandlung ist wie ein freundliches Schwarzes Loch, das lesen gelernt hat.

her, und ab und zu erklang ein leises Rascheln. Es hörte sich an, als sträubten Dutzende von Staren ihr Gefieder. In der Stille der Nacht sprachen die Bücher miteinander.

Außerdem schnarchte jemand.

Der von den Regalen ausgehende Glanz brachte nicht etwa Licht in die Dunkelheit, sondern verdichtete die Finsternis. Aber wer aufmerksam genug Ausschau hielt, konnte in dem violetten Flackern einen zerkratzten alten Tisch erkennen, der genau unter dem zentralen Gewölbe stand.

Dort hatte das Schnarchen seinen Ursprung. Eine fransige und fleckige Decke lag auf einem Gebilde, das wie ein Sandsackhaufen aussah, sich jedoch bei genauerem Hinsehen als erwachsener Orang-Utan entpuppte.

Es handelte sich um den Bibliothekar.

Seit einiger Zeit wies kaum mehr jemand darauf hin, daß er ein Affe war. Ein magischer Zwischenfall hatte zu der Verwandlung geführt — in unmittelbarer Nähe so vieler mächtiger Bücher mußte man ständig mit derartigen Ereignissen rechnen —, und man vertrat die Ansicht, er sei glimpflich davongekommen. Immerhin hatte sich an seiner Gestalt im Grunde genommen nichts geändert. Es war ihm erlaubt, weiterhin seiner Arbeit nachzugehen, an der es nichts auszusetzen gab — obwohl hier anstelle von ›erlaubt‹ ein anderes Wort verwendet werden sollte. Der Bibliothekar bewies bemerkenswertes Talent, wenn es darum ging, die Oberlippe zu wölben und konkurrenzlos gelbe Zähne zu zeigen; aus diesem Grund verzichteten die Mitglieder des Universitätsrats darauf, ihm einen neuen Aufgabenbereich nahezulegen.

Jetzt ertönte ein anderes Geräusch, das leise Knarren einer sich öffnenden Tür. Jemand eilte durchs Zimmer und verschwand zwischen den langen Regalen. Die Bücher raschelten empört, und einige der dickeren Grimoires ließen ihre Ketten rasseln.

Der Bibliothekar schlief weiter, eingelullt vom Flüstern des Regens.

Eine halbe Meile entfernt lag Hauptmann Mumm noch immer im Rinnstein, öffnete den Mund und begann zu singen.

Eine in Schwarz gekleidete Gestalt eilte durch die nächtlichen Straßen, trat von Haus zu Haus und erreichte schließlich ein finsteres, unheilvolles Portal. Man gewann sofort den Eindruck, daß keine normale Tür so düster wirken konnte. Sie sah aus, als habe man den Architekten gerufen und ihm spezielle Anweisungen gegeben: Wir möchten etwas Unheimliches in dunkler Eiche, und bitte füg über dem Torbogen eine abscheuliche Steinfigur hinzu; außerdem soll es wie der Schritt eines Riesen klingen, wenn die Tür ins Schloß fällt. Es muß auf den ersten Blick klarwerden, daß *hier* niemand mit einem mehr oder auch weniger melodischen *Ding-Dong* rechnen kann, wenn er den Klingelknopf drückt.

Die Gestalt pochte einen komplizierten Code ans dunkle Holz, woraufhin sich eine kleine vergitterte Luke öffnete. Ein mißtrauisches Auge starrte nach draußen.

»›Die bedeutungsvolle Eule schreit in der Nacht‹«, sagte der Besucher und versuchte, Regenwasser aus seinem Umhang zu wringen.

»›Doch viele graue Herren gehen traurig zu herrenlosen Männern‹«, intonierte eine Stimme auf der anderen Seite des Gitters.

»›Gepriesen sei die Tochter der Jungfernschwester‹«, entgegnete die tropfnasse Gestalt.

»›Für den Mann mit der Axt sind alle Flehenden gleich groß.‹«

»›Doch wahrlich, die Rose verbirgt sich im Dorn.‹«

»›Die gute Mutter kocht Bohnensuppe für den irrigen Knaben‹«, verkündete die Stimme hinter der Tür.

Stille folgte, nur unterbrochen vom Prasseln des Regens. Dann fragte der Besucher: »Wie bitte?«

»›Die gute Mutter kocht Bohnensuppe für den irrigen Knaben.‹«

Eine etwas längere Pause schloß sich an. »Bist du sicher, daß der schlecht gebaute Turm nicht sehr wackelt, wenn ein Schmetterling vorbeifliegt?« erkundigte sich die nasse Gestalt.

»Ne-neh. Bohnensuppe ist gemeint. Tut mir leid.«

Der Regen zischte erbarmungslos im verlegenen Schweigen.

»Und der eingesperrte Wal?« fragte der Besucher und preßte sich an die schreckliche Tür, um dem herabströmenden Wasser zu entgehen.

»Was soll damit sein?«

»Er sollte nichts von den mächtigen Tiefen wissen, wenn du's unbedingt wissen willst.«

»*Oh,* der eingesperrte *Wal.* Du möchtest zu den *Aufgeklärten* Brüdern der Völlig Schwarzen Nacht. Drei Türen weiter.«

»Und wer seid ihr?«

»Wir sind die Erleuchteten und Uralten Brüder von Iieeh.«

»Ich dachte, ihr trefft euch drüben in der Sirupstraße«, sagte der durchnäßte Mann nach einigen Sekunden.

»Äh, du weißt ja, wie das ist. Dienstags hat der Laubsäge-Klub das Zimmer. Da muß irgend etwas schiefgelaufen sein.«

»Ach? Nun, trotzdem vielen Dank.«

»Gern geschehen.« Die kleine Luke schloß sich wieder.

Die in einen Umhang gehüllte Gestalt starrte eine Zeitlang darauf, wandte sich dann um und stapfte durch die Pfützen davon. Kurze Zeit später fand sie ein anderes Portal, das erstaunlich schlicht wirkte.

Sie klopfte an. Die Klappe schwang auf, bildete ein kleines vergittertes Fenster.

»Ja?«

»Hör mal: ›Die bedeutungsvolle Eule schreit in der Nacht.‹ Alles klar?«

»›Doch viele graue Herren gehen traurig zu herrenlosen Männern.‹«

»›Gepriesen sei die Tochter der Jungfernschwester‹, in Ordnung?«

»›Für den Mann mit der Axt sind alle Flehenden gleich groß.‹«

»›Doch wahrlich, die Rose verbirgt sich im Dorn.‹ Es regnet in Strömen, das *weißt* du doch, oder?«

»Ja«, erwiderte die Stimme im Tonfall eines Mannes, der tatsächlich Bescheid weiß und froh ist, nicht draußen zu stehen.

Der Besucher seufzte.

»›Der eingesperrte Wal weiß nichts von den mächtigen Tiefen‹«, sagte er. »Wenn's dich glücklich macht ...«

›Der schlecht gebaute Turm wackelt sehr, wenn ein Schmetterling vorbeifliegt.‹«

Der Bittsteller griff nach den Gitterstäben, zog sich hoch und grollte: »Laß mich jetzt endlich eintreten. Ich bin bis auf die Knochen naß.«

Eine Pause folgte, untermalt vom Plätschern des Regens.

»Was die Tiefen betrifft ... Hast du ›mächtig‹ oder ›nächtlich‹ gesagt?«

»Mächtig. Ich bin ganz sicher. *Mächtige* Tiefen. Weil sie, äh, mächtig tief sind. Ich bin's, Bruder Finger.«

»Für mich klang es wie ›nächtlich‹«, murmelte der Mann hinter der Tür.

»Hör mal, willst du das verdammte Buch, oder nicht? Ich hätte überhaupt nicht herkommen müssen und könnte jetzt zu Hause im warmen Bett liegen.«

»Und du hast *bestimmt* von mächtigen Tiefen gesprochen?«

»Meine Güte, ich weiß, wie verdammt tief die Tiefen sind«, brummte Bruder Finger ungehalten. »Ich wußte schon von ihrer mächtigen Tiefe, als du noch ein blöder Neophyt warst. Öffnest du jetzt endlich die Tür?«

»Na schön ... Meinetwegen.«

Ein Riegel wurde beiseite geschoben, und kurz darauf sagte die Stimme: »Könntest du von außen drücken? Bei feuchtem Wetter klemmt die Tür-des-Wissens-die-kein-Unbelehrter-passieren-darf.«

Bruder Finger stemmte die Schulter dagegen, trat über die Schwelle, bedachte Bruder Pförtner mit einem bitterbösen Blick und eilte durch den Flur.

Die anderen warteten bereits im Sanktuarium und wirkten so unsicher wie Leute, die nicht daran gewöhnt sind, unheilvolle schwarze Umhänge zu tragen. Der Oberste Größte Meister begrüßte den Neuankömmling mit einem Nicken.

»Bruder Finger, nicht wahr?«

»Ja, Oberster Gıößter Meister.«

»Hast du deinen Auftrag erfüllt?«

Bruder Finger holte ein Paket unter seiner Kutte hervor.

»Es befand sich genau an der von dir beschriebenen Stelle«, erwiderte er. »Es ergaben sich keine Probleme.«

»Gut gemacht, Bruder Finger.«

»Danke, Oberster Größter Meister.«

Der Oberste Größte Meister klopfte mit seinem kleinen Hammer und rückte sich damit ins Zentrum der allgemeinen Aufmerksamkeit. Die anderen Anwesenden bildeten eine Art Kreis.

»Ich eröffne hiermit die Sitzung der Einzigartigen und Höchsten Loge Aufgeklärter Brüder«, intonierte er. »Ist die Tür-des-Wissens verriegelt, damit keine Ketzer und Unwissenden eintreten können?«

»Das Ding sitzt völlig fest«, entgegnete Bruder Pförtner. »Es liegt an der Feuchtigkeit. Nächste Woche bringe ich meinen Hobel mit und ...«

»In Ordnung, in *Ordnung*«, sagte der Oberste Größte Meister unwirsch. »Ein schlichtes ›ja‹ hätte vollkommen genügt. Ist der dreifache Kreis gut und wahrhaftig gezeichnet? Sind alle hier, die Hier Sind? Es sei keinem Unwissenden geraten, an diesem Ort zu weilen, denn man würde ihn fortbringen und ihm den Quaker aufschneiden, das Zappelnicht in alle vier Winde verstreuen, die Wampe mit vielen Haken entzweireißen und sein Wabbel an einer Lanze aufspießen *ja was ist denn?*«

»Verzeihung, hast du *Aufgeklärte* Brüder gesagt?«

Der Oberste Größte Meister starrte einen abseits stehenden Mann an, der die Hand gehoben hatte.

»Ja, wir sind die Aufgeklärten Brüder, Hüter des heiligen Wissens seit einer Zeit, an die sich niemand mehr ...«

»Seit letzten Februar«, warf Bruder Pförtner freundlich ein. Der Oberste Größte Meister gewann den Eindruck, daß Bruder Pförtner noch immer nicht genau wußte, worauf es ankam.

»Oh, tut mir leid, ich bedaure es wirklich«, sagte die besorgte Gestalt. »Offenbar bin ich hier in der falschen Geheimgesellschaft. Muß mich in der Tür geirrt haben. Wenn ihr mich jetzt bitte entschuldigen würdet ...«

»Und sein Wabbel wird an einer Lanze aufgespießt«, wiederholte der Oberste Größte Meister grimmig. Im Hintergrund knarrte etwas, als Bruder Pförtner versuchte, das klemmende Portal zu öffnen. »Sind wir jetzt soweit? Befinden sich vielleicht noch andere Unwissende unter uns, die sich verirrt haben?« fügte er mit ätzendem Sarkasmus hinzu. »Gut. Wunderbar. Ich bin ja *so* froh. Vermutlich brauche ich gar nicht zu fragen, ob die vier Wachtürme geschlossen sind, oder? Oh, ausgezeichnet. Hat sich jemand die Mühe gemacht, der Heiligen Hose die Beichte abzunehmen? Ach, tatsächlich? Auf die richtige Art und Weise? Und wenn ich nachsehe? Na schön. Sind vor den Fenstern die Roten Kordeln des Intellekts gespannt worden, so wie es die uralten Überlieferungen verlangen? Gut. Nun, dann können wir jetzt vielleicht beginnen.«

Der Oberste Größte Meister schien ein wenig enttäuscht zu sein, wie jemand, der mit dem Finger übers oberste Regal der Schwiegertochter streicht und zu seiner großen Überraschung feststellt, daß alles blitzblank ist.

Was für Blödmänner! dachte er. *Ein Haufen von Nieten. Andere Geheimgesellschaften würden sie nicht einmal mit einem drei Meter langen Zepter der Autorität berühren. Schon bei einem geheimen Händedruck verrenken sie sich die Finger.*

Aber gleichzeitig handelte es sich um Stümper mit gewissen Möglichkeiten. Sollten die anderen Gesellschaften ruhig die Hoffnungsvollen, Ehrgeizigen und Zuversichtlichen aufnehmen. Der Oberste Größte Meister wählte die Verärgerten, jene Leute, die über einen unerschöpflichen Vorrat an bitterer Galle verfügten, die glaubten, Großartiges leisten zu können, wenn sie nur eine Chance bekamen. Er brauchte diejenigen, in denen sich Fluten aus Gift und Rachsucht hinter den Dämmen der Unfähigkeit und latenten Paranoia stauten.

Hinzu kam Dummheit. *Sie alle haben den Eid geschworen, aber kein einziger von ihnen hat gefragt, was ein Wabbel ist.*

»Brüder«, begann der Oberste Größte Meister, »heute abend müssen wir außerordentlich wichtige Dinge erörtern. Das Schicksal dieser Stadt — mehr noch: die Zukunft von Ankh-Morpork — liegt in unseren Händen.«

Die Zuhörer blickten interessierter, und der Oberste Größte Meister spürte wieder das überaus angenehme Prickeln der Macht. Die Männer hingen an seinen Lippen und vermittelten ihm ein Gefühl, das es verdiente, in einen blutroten Seidenumhang gekleidet zu werden.

»Wissen wir nicht, daß die Stadt im Banne von Korrupten steht, die sich auf ihrem Sündengeld ausruhen und unrechtmäßig erworbenen Reichtum genießen, während bessere Männer um den Lohn ihrer Arbeit betrogen und in die Knechtschaft gezwungen werden?«

»O ja, das stimmt!« bestätigte Bruder Pförtner heftig, nachdem er Gelegenheit gefunden hatte, die gerade gehörten Worte gedanklich zu übersetzen. »Erst letzte Woche habe ich Meister Puderzucker von der Bäckergilde zu erklären versucht ...«

Der Oberste Größte Meister war gar nicht in der Lage, einen Blickkontakt herzustellen — er hatte dafür gesorgt, daß die Gesichter der Brüder unter den Kapuzen in mystischer Dunkelheit verborgen blieben. Aber es gelang ihm allein mit empörter Stille, Bruder Pförtner zum Schweigen zu bringen.

»Doch es herrschte nicht immer Verdorbenheit«, fuhr der Oberste Größte Meister fort. »Einst gab es ein Goldenes Zeitalter, das den Würdigen Befehlsgewalt und Respekt bescherte. Ich meine eine Epoche, in der Ankh-Morpork nicht nur eine große, sondern auch eine großartige Stadt war. Ein Zeitalter der Ritterlichkeit. Eine Ära, in der ... Ja, Bruder Wachturm?«

Eine massige Gestalt ließ die Hand sinken. »Meinst du die Zeit, als wir Könige hatten?«

»Sehr scharfsinnig, Bruder«, erwiderte der Oberste Größte Meister und spürte einen Anflug von Ärger angesichts dieser überraschend intelligenten Frage. »Und ...«

»Aber das wurde doch schon vor vielen Jahrhunderten geklärt«, sagte Bruder Wachturm. »Kam es nicht zu einer großen Schlacht oder so? Seitdem herrschen Lords, wie zum Beispiel der Patrizier.«

»Ja, sehr gut, Bruder Wachturm.«

»Ich wollte nur darauf hinweisen, daß es keine Könige mehr gibt«, fügte Bruder Wachturm hilfreich hinzu.

»Wie Bruder Wachturm gerade zum Ausdruck brachte ...«

»Das Stichwort ›Ritterlichkeit‹ brachte mich darauf«, sagte Bruder Wachturm.

»Ja, und ...«

»Ritterlichkeit ist typisch für Könige«, erklärte Bruder Wachturm glücklich. »Und für Ritter. Sie retteten junge Frauen mit langen blonden Haaren aus hohen Türmen und ...«

»Allerdings«, sagte der Oberste Größte Meister scharf, »wäre es durchaus denkbar, daß das Geschlecht der alten Könige von Ankh nicht ausgestorben ist, wie man bisher annahm. Vielleicht gibt es nach wie vor Deszendenten, die Anspruch auf den Thron erheben könnten. Mein Studium uralter Schriftrollen läßt derartige Annahmen plausibel erscheinen.«

Der Oberste Größte Meister trat erwartungsvoll einen Schritt zurück, doch die erhoffte Reaktion blieb aus. Möglicherweise lag es an der Verwendung so anspruchsvoller Ausdrücke wie ›Deszendent‹ und ›plausibel‹.

Bruder Wachturm hob erneut die Hand.

»Ja?«

»Soll das heißen, irgendwo treibt sich ein Thronerbe herum?«

»Es ist nicht auszuschließen.«

»O ja«, verkündete Bruder Wachturm weise, »so etwas geschieht häufig. Man liest ständig davon. Man nennt die Leute Nachfahren. Eine Ewigkeit lang verstecken sie sich in fernen Wäldern und geben das geheime Schwert sowie irgendwelche Muttermale von Generation zu Generation weiter. Wenn das alte Königreich sie braucht, erscheinen sie ganz plötzlich und legen den Thronräubern das Handwerk. Anschließend wird meistens ordentlich gefeiert.«

Dem Obersten Größten Meister klappte die Kinnlade herunter. Er hatte nicht damit gerechnet, daß es so einfach wäre.

»Ja, mag sein«, brummte eine Gestalt, die der Oberste

Größte Meister als Bruder Stukkateur erkannte. »Und dann? Angenommen, ein Nachfahre taucht auf, geht zum Patrizier und sagt: ›Heda, ich bin der König, hier ist mein Ausweis, das Muttermal. Mach den Thron frei und verschwinde.‹ Was hat er davon? Eine Lebenserwartung von allerhöchstens zwei Minuten — *das* hat er davon.«

»Du hast überhaupt nicht richtig *zugehört*«, erwiderte Bruder Wachturm. »Es geht doch darum, daß der Nachfahre eintrifft, wenn das Königreich bedroht ist, stimmt's? Er kommt als Retter, wird auf den ersten Blick erkannt und zum Palast getragen, wo er einige Kranke heilt, einen halben Feiertag verkündet und einen kleinen Teil des königlichen Schatzes an die Armen verteilt. *So* läuft der Hase, mein Lieber.«

»Außerdem muß er eine Prinzessin heiraten«, warf Bruder Pförtner ein. »Weil er ein Schweinehirt ist.«

Die anderen Brüder sahen ihn verblüfft an.

»Warum muß er unbedingt ein Schweinehirt sein?« fragte Bruder Wachturm. »Ich habe nie behauptet, daß er ein Schweinehirt ist. Was hat das alles mit Schweinehirten zu tun?«

»Bruder Pförtner hat nicht ganz so unrecht«, sagte Bruder Stukkateur. »Der zurückkehrende Thronerbe ist meistens ein Schweinehirt oder Förster — so etwas in der Richtung. Das liegt am In-Dingsbums. Kognito. Der neue König muß den Eindruck erwecken, von einfacher Herkunft zu sein.«

»An einfacher Herkunft ist überhaupt nichts Besonderes«, sagte ein recht kleiner Bruder, der nur aus einer schwarzen Kutte in Kindergröße und Mundgeruch zu bestehen schien. »In meiner Familie gibt es nichts anderes als einfache Herkunft. Wir halten die Arbeit des Schweinehirten für einen außerordentlich erstrebenswerten Beruf.«

»Aber in deiner Familie fehlt königliches Blut, Bruder Verdruß«, hielt ihm Bruder Stukkateur entgegen.

»Vielleicht auch nicht«, murmelte Bruder Verdruß verdrießlich.

»Na schön«, sagte Bruder Wachturm widerwillig. »Meinetwegen. Doch im entscheidenden Augenblick legen echte Könige ihre Mäntel ab und rufen ›Siehe!‹ Daran zeigt sich deutlich ihr majestätisches Wesen.«

»Wie denn?« fragte Bruder Pförtner.

»Warum soll kein königliches Blut in meinen Adern fließen?« grummelte Bruder Verdruß. *»Es ist nicht richtig zu behaupten, ich hätte überhaupt kein ...«*

»Irgendwie, in Ordnung? Ein majestätisches Wesen erkennt man sofort, wenn man's sieht.«

»Aber vorher muß das Königreich gerettet werden«, erklärte Bruder Stukkateur.

»O ja«, bestätigte Bruder Wachturm mit bedeutungsvoller Stimme, »das ist das wichtigste, jawohl.«

»Gerettet wovor?«

»... habe ich ebensoviel Recht darauf wie alle anderen, daß vielleicht königliches Blut in meinen Adern fließt ...«

»Vor dem Patrizier?« fragte Bruder Pförtner.

Bruder Wachturm schlüpfte bereitwillig in die Rolle des Experten für Könige und schüttelte den Kopf.

»Eigentlich ist der Patrizier gar keine große Bedrohung«, antwortete er. »Man kann ihn wohl kaum als Tyrannen bezeichnen. Zumindest nicht als einen schlimmen. Ich meine, er *unterdrückt* nicht richtig.«

»Ich werde die ganze Zeit über unterdrückt«, ließ sich Bruder Pförtner vernehmen. »Von Meister Puderzucker, während der Arbeit. Morgens, mittags und abends unterdrückt er mich, indem er ständig schreit und so. Und dann die Frau im Gemüseladen ... Sie unterdrückt mich *dauernd.«*

»Mir geht's ähnlich«, sagte Bruder Stukkateur. »Mein Hauswirt unterdrückt mich auf gemeine und hinterhältige Weise. Immer wieder klopft er an die Tür und erinnert an die Miete, die ich ihm angeblich schulde, was natürlich frei erfunden ist. Und die Leute nebenan unterdrücken mich in jeder Nacht. Ich arbeite den ganzen Tag über und habe nur abends Zeit, mit der Tuba zu üben. Aber glaubt ihr etwa, das sehen sie ein? Dauernd beschweren sie sich! Ach, niemand spürt den Stiefel des Unterdrückers deutlicher im Nacken als ich.«

»Nun, wenn man's aus diesem Blickwinkel sieht ...«, meinte Bruder Wachturm nachdenklich. »Ich glaube, mein Schwager unterdrückt mich, indem er sich ein Pferd und einen nagelneuen Einspänner gekauft hat. *Ich* habe keinen. Wo bleibt da die Gerechtigkeit? frage ich euch. Ich wette, ein König würde diese Art von Unterdrückung nicht zulassen. Er erließe bestimmt ein Gesetz, das es Ehefrauen verbietet, ihre Ehemänner mit Bemerkungen wie ›Mein Bruder Ruprecht hat seiner Frau eine neue Kutsche geschenkt, aber du hast wohl wieder kein Geld, was?‹ zu unterdrücken.«

Der Oberste Größte Meister hörte mit wachsendem Erstaunen zu. Vielleicht kannte er das Phänomen der Lawinen, aber als er den metaphorischen Schneeball über den langen verschneiten Hang rollen ließ, hatte er keine so bemerkenswerten Resultate erwartet. Er brauchte kaum in die Diskussion einzugreifen, um sie in die von ihm gewünschte Richtung zu lenken.

»Ich wette, ein König unternähme etwas gegen verlogene Hauswirte«, sagte Bruder Stukkateur.

»Und er würde Leute mit protzigen Kutschen bestrafen«, fügte Bruder Wachturm hinzu. »Ich wäre gar nicht überrascht, wenn mein Schwager das Ding mit gestohlenem Geld bezahlt hat.«

An dieser Stelle hielt der Oberste Größte Meister einen zarten Hinweis für notwendig. »Meiner Ansicht nach würde ein kluger König protzige Kutschen nur dann unter Strafe stellen, wenn sie *Unwürdigen* gehören.«

Nachdenkliche Stille folgte, als die versammelten Brüder eine mentale Teilung des Universums vornahmen, um die Würdigen von den Unwürdigen zu trennen. Es fiel ihnen nicht weiter schwer, sich für die richtige Seite zu entscheiden.

»Das wäre nur anständig«, sagte Bruder Wachturm langsam. »Aber ich muß auch Bruder Stukkateur recht geben. Ich halte es eher für unwahrscheinlich, daß ein König erscheint, nur weil Bruder Pförtner glaubt, die Frau im Gemüseladen werfe ihm seltsame Blicke zu.«

»Außerdem wiegt sie immer zu knapp«, brummte Bruder Pförtner. »Und sie ...«

»Ja, ja, ja.« Der Oberste Größte Meister holte tief Luft. »Es stimmt schon: Die rechtschaffenen Bürger von Ankh-Morpork werden unterdrückt. Aber normalerweise offenbart sich ein König unter dramatischeren Umständen. Zum Beispiel während eines Krieges.«

Alles lief bestens. Die Brüder mochten egozentrisch und dumm sein, aber bestimmt gab es einen unter ihnen, der auf den richtigen Gedanken kam, oder?

»Meistens gibt es in solchen Fällen alte Prophezeiungen und so«, sagte Bruder Stukkateur. »Mein Großvater hat mir davon erzählt.« Sein Blick reichte ins Leere, als er sich zu erinnern versuchte. »›Fürwahr, der König bringt Gesetz und Gerechtigkeit, kennt nichts als die Wahrheit. Mit dem Schwert in der Hand wird er seinem Volk dienen und es schützen.‹ Was seht ihr mich so komisch an? Diese Worte stammen nicht von *mir.*«

»Ach, *solche* Sprüche kennen wir *alle!*« Bruder Wachturm winkte ab. »Völliger Unsinn, wenn ihr mich fragt. Ich meine, kommt der König etwa mit Gesetz und Wahrheit dahergeritten, so wie die vier Reiter der Apokalypse? Hallo, Leute«, fuhr Bruder Wachturm mit veränderte Stimme fort, »ich bin der König, und dort steht die Wahrheit, tränkt gerade ihr Pferd. Das ist doch absurd! Nein, alten Legenden kann man nicht vertrauen.«

»Und warum nicht?« fragte Bruder Verdruß eingeschnappt.

»Weil sie legendär sind«, antwortete Bruder Wachturm. »Dadurch weiß man Bescheid.«

»Wie wär's mit schlafenden Prinzessinnen?« schlug Bruder Stukkateur vor. »Nur ein König kann sie wekken.«

»Sei nicht dumm«, sagte Bruder Wachturm streng. »Wir haben keinen König, uns deshalb sind auch keine schlafenden Prinzessinnen möglich. Ist doch logisch.«

»Nun, *damals* war natürlich alles einfacher«, meinte Bruder Pförtner fröhlich.

»Wieso?«

»Der zukünftige König brauchte nur einen Drachen zu erlegen.«

Der Oberste Größte Meister klatschte in die Hände und betete stumm zu allen Göttern, die gerade zuhörten. Er hatte sich nicht geirrt, was diese Leute betraf. Früher oder später entstand in ihrem wirren Denken genau die Idee, die man sich von ihnen erhoffte.

»Welch interessante Vorstellung!« lobte er.

»Aber sie bringt uns nicht viel weiter«, kommentierte Bruder Wachturm kummervoll. »Es gibt keine großen Drachen mehr.«

»Und wenn sie zurückkehren?«

Der Oberste Größte Meister ließ die Fingerknöchel knacken.

»Wie bitte?« fragte Bruder Wachturm.

»Ich sagte: Und wenn sie zurückkehren?«

In den dunklen Tiefen unter Bruder Wachturms Kapuze erklang ein nervöses Lachen.

»Meinst du echte Drachen? Mit Schuppen und Flügeln?«

»Ja.«

»Schmelzofenheißer Atem?«

»Ja.«

»Und so, äh, Dinger an den Füßen ... Äh, Krallen?«

»Vermutlich meinst du Klauen. Die Antwort lautet: ja. So viele du willst.«

»Was soll das heißen, so viele ich will?«

»Ich dachte eigentlich, das sei inzwischen klargeworden, Bruder Wachturm. Wenn du Drachen möchtest, so kannst du welche haben. *Du* bist imstande, einen Drachen hierherzuholen. Jetzt. In die Stadt.«

»Wer? Ich?«

»Ihr alle«, sagte der Oberste Größte Meister. »Wir, meine ich.«

Bruder Wachturm zögerte. »Nun, ich weiß nicht, ob das ratsam wäre ...«

»Und er würde euch aufs Wort gehorchen.«

Dieser Zusatz wischte alle Einwände fort und köderte die Brüder. Auf ihre bornierte Beschränktheit hatte er die gleiche Wirkung wie ein dicker leckerer Fleischbrokken im städtischen Hundezwinger.

»Was hast du gerade gesagt?« fragte Bruder Stukkateur langsam.

»Ihr könnt ihm Befehle erteilen und dafür sorgen, daß er sich genau so verhält, wie ihr es wollt.«

»Und du meinst einen, äh, *echten* Drachen?«

Der Oberste Größte Meister nutzte die Privatsphäre seiner Kapuze, um mit den Augen zu rollen.

»Ja, ich meine einen echten. Keinen mehr oder weniger niedlichen Sumpfdrachen, sondern ein authentisches Exemplar.«

»Aber ich dachte immer, es gab sie nur in, äh, du weißt schon — Müthen.«

Der Oberste Größte Meister beugte sich vor.

»Es gab sie in Mythen, und es gibt sie in Wirklichkeit«, sagte er laut. »Sie waren und sind sowohl eine Welle als auch ein Teilchen.«

»Da komme ich nicht ganz mit«, murmelte Bruder Stukkateur.

»Ich erkläre es euch. Das Buch, bitte, Bruder Finger! Danke. Brüder, als ich Gelegenheit fand, an der Weisheit der Geheimen Meister teilzuhaben ...«

»An *wessen* Weisheit, Oberster Größter Meister?« erkundigte sich Bruder Stukkateur verwirrt.

»Warum hörst du nicht zu?« entfuhr es Bruder Wachturm. »Du hörst *nie* richtig zu! Er hat die Geheimen Meister erwähnt. Du weißt schon: jene ehrwürdigen Weisen, die auf irgendeinem Berg leben und insgeheim die Geschicke der Welt lenken. Sie haben unserem Obersten Größten Meister ihr geheimes Wissen offenbart oder so, und außerdem können sie durchs Feuer gehen und dergleichen. Erst letzte Woche hat er davon erzählt, und jetzt wird er uns unterrichten, nicht wahr, Oberster Größter Meister?« fügte er unterwürfig hinzu.

»Oh, die *Geheimen* Meister«, brummte Bruder Stukkateur. »Tut mir leid. Es liegt an den mystischen Kapuzen. Entschuldigung. Geheim. Jetzt erinnere ich mich wieder.«

Aber wenn ich die Stadt regiere, dachte der Oberste Größte Meister, *hört dies alles auf. Dann gründe ich eine neue Geheimgesellschaft aus scharfsinnigen und intelligenten Männern, obwohl sie natürlich nicht zu intelligent sein dürfen, nein, nicht* zu *intelligent. Dann stürzen wir den blöden Patrizier und beginnen ein neues Zeitalter im Zeichen der Erleuchtung, der Brüderlichkeit und des Humanismus, wir verwandeln Ankh-Morpork in ein Utopia, und Leute wie Bruder Stukkateur werden langsam über dem Feuer gebraten, wenn ich bei dieser Angelegenheit etwas mitzureden habe, was gewiß der Fall sein wird. Wir verzichten auch nicht darauf, sein Wabbel zu rösten.**

»Wie ich schon sagte: Als ich Gelegenheit fand, an der Weisheit der Geheimen Meister teilzuhaben ...«, begann er noch einmal.

---

* Das *Lexikon-seltsamer-Wörter-die-einem-Tränen-in-die-Augen-treiben* definiert Wabbel als ›kleines Gebäck aus Mürbeteig mit Rosinen‹. Jenes Lexikon hätte für den Obersten Größten Meister von unschätzbarem Wert sein können, als er sich Eidformeln für die Bruderschaft einfallen ließ, denn es enthielt auch Einträge wie Wampe (›eine Art Schürze, die von bestimmten Uhrmachern getragen wird‹), Quaker (›ein scheuer graubrauner Vogel aus der Wasserhuhn-Familie‹) und Zappelnicht (›ein kompliziertes Geschicklichkeitsspiel, bei dem es um Schildkröten geht‹).

»Damals haben sie von dir verlangt, auf Reispapier zu gehen, nicht wahr?« fragte Bruder Wachturm im Plauderton. »Tja, das hat mich von Anfang an beeindruckt. Seitdem verwende ich kein Reispapier mehr, um die Makronen einzuwickeln. Eigentlich erstaunlich. Es fällt mir überhaupt nicht schwer, darauf zu gehen. Da kann man mal sehen, wie nützlich es ist, sich einer Geheimgesellschaft anzuschließen.«

Wenn Bruder Stukkateur auf dem Bratblech liegt, dachte der Oberste Größte Meister, *wird er nicht allein sein.*

»Deine Schritte auf dem Pfad der Erleuchtung sind uns allen ein Beispiel, Bruder Wachturm«, sagte er. »Wenn ich jetzt fortfahren darf ... Zu den vielen Geheimnissen ...«

»Die du aus dem Herzen des Seins in Erfahrung gebracht hast ...«, warf Bruder Wachturm anerkennend ein.

»Die ich, wie Bruder Wachturm ganz richtig ausführt, aus dem Herzen des Seins in Erfahrung gebracht habe, gehört auch das Wissen um den jetzigen Aufenthaltsort der erhabenen Drachen. Sie sind keineswegs ausgestorben, wie man gemeinhin annimmt. Sie haben nur eine neue evolutionäre Nische gefunden, aus der man sie herbeirufen kann. Dieses Buch« — der Oberste Größte Meister hob es mit einer dramatischen Geste — »enthält genaue Anweisungen dafür.«

»Es steht in einem Buch?« fragte Bruder Stukkateur unsicher.

»Es handelt sich nicht um ein gewöhnliches Buch«, antwortete der Oberste Größte Meister. »Dies ist das einzige Exemplar. Ich habe Jahre gebraucht, um es zu finden. Tubal de Malachit, ein Fachmann für Drachenkunde, hat es eigenhändig geschrieben. Anders ausgedrückt: Es ist seine Handschrift. Er beschwor damals Drachen aller Größen, und dazu seid auch ihr imstande.«

Einmal mehr herrschte ehrfürchtige Stille.

»Ähem«, wandte Bruder Pförtner ein.

»Klingt ein wenig, äh — *magisch*«, murmelte Bruder Wachturm im nervösen Tonfall eines Mannes, der weiß, unter welcher Tasse die Erbse liegt, es jedoch nicht wagt, darauf hinzuweisen. »Ich meine, ich möchte natürlich nicht deine überlegene Weisheit und so in Frage stellen, aber, nun, äh ... Magie ...«

Er sprach nicht weiter.

»Ja«, bestätigte Bruder Pförtner voller Unbehagen.

»Es, äh, betrifft die Zauberer«, sagte Bruder Finger. »Vielleicht weißt du nichts davon, weil du die ganze Zeit über bei den ehrwürdigen Geheimmeistern die Schulbank gedrückt hast und so, aber die hiesigen Zauberer werden ziemlich sauer, wenn sich jemand in magische Dinge einmischt.«

»Sie nennen es Demarkation«, erläuterte Bruder Pförtner. »Zum Beispiel: Ich spiele nicht mit den mystischen Gespinsten der Dingsbums, Kausalität herum, und dafür führen die Zauberer keine Stuckarbeiten durch.«

»Wo liegt da das Problem?« fragte der Oberste Größte Meister, obwohl er es ganz deutlich sah. Dies war die letzte Hürde. Wenn er den engstirnigen und blasierten Brüdern half, sie zu überwinden, gehörte ihm die ganze Welt. Bisher hatte ihn ihr geradezu verblüffend dummer Egoismus nicht enttäuscht; bestimmt konnte er auch diesmal darauf zählen ...

Unruhe erfaßte die Brüder. Schließlich meldete sich Bruder Verdruß zu Wort.

»Hm. *Zauberer.* Was verstehen solche Leute von harter Arbeit?«

Der Oberste Größte Meister atmete tief durch. *Ah ...*

Die Atmosphäre gemeiner Rachsucht verdichtete sich spürbar.

»Überhaupt nichts, und das ist eine Tatsache«, stellte Bruder Finger fest. »Sie stolzieren hochnäsig einher und blicken auf uns herab, weil sie sich für etwas Besseres halten. Ich habe sie bei meiner Arbeit in der Universität beobachtet: Ihre Hinterteile sind *kilometer*breit, jawohl. Sie wissen überhaupt nicht, was ehrliche mühselige Arbeit bedeutet.«

»Womit du sicher Klauen und Stehlen meinst, wie?« bemerkte Bruder Wachturm. Bruder Finger war ihm nie sehr sympathisch gewesen.

Bruder Finger überhörte den Kommentar. »Natürlich werden die Zauberer nicht *müde,* darauf hinzuweisen, daß man Magie meiden sollte, weil nur sie sich mit solchen Sachen auskennen. Angeblich geht es dabei um die Gefahr, das Gefüge der kosmischen Harmonie und wasweißich aus dem Gleichgewicht zu bringen. Humbug, wenn ihr mich fragt.«

»Nu-un«, begann Bruder Stukkateur, »ich weiß nicht recht. Ich meine, wenn mir beim Mischen ein Fehler unterläuft, besteht das Ergebnis nur aus nassem Gips vor den Füßen. Aber wenn man was Magisches verpfuscht, kommen irgendwelche *Dinge* herangekrochen und drehen einen durch die Mangel.«

»Ja, aber das behaupten die *Zauberer*«, murmelte Bruder Wachturm nachdenklich. »Um ganz ehrlich zu sein — ich konnte sie noch nie ausstehen. Alle ihre Warnungen ... Vielleicht wollen sie sich nur einen Vorteil sichern. Und was die Beschwörungen betrifft: Sobald man sie ausgesprochen hat, braucht man nur noch zu winken und so. Das kann eigentlich gar nicht so schwer sein.«

Die Brüder dachten darüber nach. Es klang durchaus vernünftig. Wenn *sie* etwas entdeckt hätten, das ihnen Vorteile bot, so wären sie bestimmt nicht bereit gewesen, es mit anderen zu teilen.

Der Oberste Größte Meister hielt die Zeit für reif.

»Dann sind wir uns also einig, Brüder? Ihr wollt versuchen, Magie einzusetzen?«

»Oh, *versuchen!*« platzte es erleichtert aus Bruder Stukkateur heraus. »Gegen *Versuche* habe ich nichts einzuwenden. Solange wir vermeiden, daß die Sache ernst wird ...«

Der Oberste Größte Meister klappte das Buch zu.

»Ich meine echte Zauberformeln!« donnerte er. »Um Recht und Ordnung in die Stadt zu bringen! Um einen Drachen zu beschwören!«

Die Brüder wichen erschrocken zurück. »Und wenn es uns gelingt, einen Drachen hierherzuholen ...«, sagte Bruder Pförtner nach einer Weile. »Dann erscheint der rechtmäßige König, einfach so?«

»Ja!« versicherte der Oberste Größte Meister.

»Das leuchtet mir ein«, verkündete Bruder Wachturm. »Ist doch logisch. Es liegt an der Bestimmung und den gnomischen Einflüssen des Schicksals.«

Die anderen Brüder zögerten, und dann nickten dunkle Kapuzen. Nur Bruder Stukkateur wirkte ein wenig besorgt.

»Nu-un«, brummte er, »es gerät doch nicht außer Kontrolle, oder?«

»Bruder Stukkateur, ich verspreche dir, daß wir jederzeit aufhören können«, sagte der Oberste Größte Meister glatt.

»Äh, na schön«, erwiderte der widerwillige Bruder. »Ein *Versuch* schadet sicher nicht. Könnten wir den Drachen lange genug hierbehalten, um zum Beispiel unterdrückende Gemüseläden niederzubrennen?«

Ah ...

Der Oberste Größte Meister hatte gewonnen. Es würde wieder Drachen geben. Und einen König. Nicht wie die alten Könige. Einen König, der keine *eigenen* Entscheidungen traf.

»Das hängt vom Ausmaß eurer Hilfe ab«, fuhr der Oberste Größte Meister fort und wandte sich an die ganze Bruderschaft. »Zunächst einmal brauchen wir möglichst viele magische Gegenstände ...«

Es war sicher keine gute Idee, den Brüdern zu zeigen, daß die eine Hälfte von de Malachits Buch aus Asche bestand. Vielleicht hätte Bruder Stukkateur das zum Anlaß genommen, erneut zu zweifeln.

Dies ist erst der Anfang, dachte der Oberste Größte Meister. *Und niemand kann mich aufhalten.*

Donner grollte ...

Es heißt, die Götter spielen mit dem Leben der Menschen. Aber weiß jemand, um was es dabei geht, wer als Spielfigur eingesetzt wird und welche Regeln gelten?

Man sollte besser nicht darüber spekulieren.

Donner grollte ...

Und würfelte eine Sechs.

Man wende nun die Aufmerksamkeit von den nassen Straßen Ankh-Morporks ab, blicke durch den Morgendunst der Scheibenwelt und beobachte einen jungen Mann. Er nähert sich der Stadt, offenbart dabei die ebenso direkte wie unschuldige Zielstrebigkeit eines Eisbergs, der in eine wichtige Schiffahrtslinie treibt.

Der junge Mann heißt Karotte. Er verdankt diesen Namen nicht etwa dem Haar, das sein Vater aus hygienischen Gründen immer ganz kurz geschnitten hat, sondern der Körperform.

Um eine derartige konische Gestalt zu bekommen, muß man gesund leben, einen herzhaften Appetit entwickeln und immerzu frische Bergluft atmen. Wenn der junge Mann die Schultermuskeln spannte, mußten erst andere Muskeln beiseite rücken, um Platz zu schaffen.

Zu seiner Ausrüstung gehört ein Schwert, das er unter mysteriösen Umständen erhielt. Unter *sehr* mysteriösen Umständen. Deshalb mag es überraschen, daß gewisse Erwartungen unerfüllt bleiben. Es ist nicht magisch. Es hat auch keinen Namen. Wenn man damit ausholt, hat man nicht das Gefühl, von okkulter Kraft durchströmt zu werden — man holt sich nur Blasen an den Händen. Man könnte die Waffe für ein so oft verwendetes Schwert halten, daß sie schließlich zur Quintessenz eines Schwertes wurde, zu einem langen Stück Metall mit scharfen Kanten. Hinzu kommt: Die Klinge ist keineswegs in eine Aura des Schicksals gehüllt.

Ein einzigartiges Schwert, wahrhaftig.

Donner grollte.

In den Rinnsteinen gurgelte es leise, als der Müll der Nacht fortgespült wurde. In manchen Fällen protestierte er kläglich.

Als das Wasser den liegenden Hauptmann Mumm erreichte, teilte es sich und floß um ihn herum. Mumm öffnete die Augen. Einige Sekunden lang genoß er gedankenlosen Frieden, doch dann traf ihn die Erinnerung wie ein Hammerschlag.

Es war ein ziemlich übler Tag für die Wache gewesen. Man denke nur an Herbert Humpels Beerdigung. Armer Humpel. Er hatte eine der wichtigsten Wächter-Regeln verletzt — eine Regel, die auch jemand wie Humpel nicht zweimal mißachten konnte. Die Folge: Man bestattete ihn im matschigen Boden, während Regen auf seinen Sarg prasselte. Nur die drei überlebenden Mitglieder der Nachtwache — keine andere Gruppe in der Stadt stand in einem so schlechten Ruf — waren zugegen, um ihn zu betrauern. Feldwebel Colon hatte sogar geweint. Armer alter Humpel.

Armer alter Mumm, dachte Mumm.

Der arme alte Mumm, hier in der Gosse. Aber dort hatte er begonnen. Armer alter Mumm: Das Wasser floß ihm unter den Brustharnisch. Armer alter Mumm: Er beobachtete, wie der restliche Inhalt des Rinnsteins vorbeiquoll. *Wahrscheinlich bietet schich jetzt schogar dem armen alten Humpel ein besserer Anblick dar,* dachte er.

Mal schehen ... Nach der Beerdigung war er fortgegangen, um sich zu betrinken. Nein, das schtimmte nicht ganz. Ein Wort, das mit einem ›er‹ endete. Betrunkener. Ja, genau: Er ging fort, um betrunkener zu sein als schonst. Weil nämlich die Welt irgendwie verdreht und falsch war, als schähe man sie durch gesplittertes Glas. Sie gewann erst dann wieder klare Konturen, wenn man sie durch den Boden einer Flasche betrachtete.

Da gab's doch noch was anderes, oder?

O ja. Nacht. Dienst. Allerdings nicht für Humpel. Brauche einen Neuen. Hat schich nicht schon einer gemeldet? Irgend so'n Hinterwäldler. Brief. Ja. Es schtand im Brief. Geschrieben. Ein Bursche ausser Pro ... Prowi ...

Hauptmann Mumm gab auf und ließ sich zurücksinken. Der Rinnstein gurgelte weiter vor sich hin; es klang mürrisch.

Oben zischten und flackerten die Buchstaben aus Licht im Regen.

Frische Bergluft war nicht die einzige Erklärung für Karottes beeindruckendes Erscheinungsbild. Der Umstand, daß er zwölf Stunden täglich in einer von Zwergen eingerichteten Goldmine gearbeitet und dabei Loren durch die Stollen nach oben geschoben hatte, spielte in diesem Zusammenhang eine nicht unbeträchtliche Rolle.

Er ging gebückt, und auch dafür gab es einen guten Grund. Wer in einer Goldmine von Zwergen aufwächst, die hundertfünfzig Zentimeter für eine völlig ausreichende Stollenhöhe halten, zieht irgendwann den Kopf ein.

Karotte ahnte von Anfang an, daß er anders war.

Zum Beispiel hatte er immer ungewöhnlich viele blaue Flecken. Die Vermutungen wurden zur Gewißheit, als eines Tages sein Vater zu ihm kam, von der Taille her zu ihm aufsah und erklärte, entgegen aller bisherigen Annahmen sei er kein Zwerg.

Es ist schrecklich, fast sechzehn zu sein und zur falschen Spezies zu gehören.

»Entschuldige bitte, daß wir dich erst jetzt darauf hinweisen, Sohn«, sagte Vater. »Wir hofften, du würdest es dir irgendwann abgewöhnen.«

»Was denn?« fragte Karotte.

»Das Wachsen. Aber jetzt glaubt deine Mutter — das heißt, wir *beide* glauben —, daß du zu deinem Volk zurückkehren solltest. Ich meine, es ist nicht anständig, dich hierzubehalten, ohne jemanden, der auch nur annähernd an deine Größe herankommt.« Vater zupfte an einer gelockerten Helmniete, ein deutlicher Hinweis auf seine Besorgnis. »Äh«, fügte er hinzu.

»Aber ihr seid meine Eltern!« entfuhr es Karotte verzweifelt.

»In gewisser Weise, ja«, erwiderte der Vater. »Doch wenn man die Sache genauer betrachtet und bestimmte Dinge in Erwägung zieht, so muß die Antwort ›nein‹ lauten. Weißt du, es hat was mit den Genen zu tun. Aus diesem Grund wäre es sicher eine sehr gute Idee, wenn du aufbrechen und dir die Welt ansehen würdest.«

»Was? Ich soll euch verlassen? Für immer?«

»O nein! Nein. Natürlich nicht. Du kannst jederzeit zurückkehren und uns besuchen. Aber, nun, ein Junge in deinem Alter, der nur diesen Ort kennt ... Es ist nicht richtig. Du weißt schon. Ich meine. Bist kein Kind mehr. Die meiste Zeit über auf den Knien umherzukriechen und so. Das ist nicht richtig.«

»Zu welchem Volk gehöre ich denn?« fragte Karotte verwirrt.

Der alte Zwerg holte tief Luft. »Du bist ein Mensch«, sagte er.

»Was, wie Herr Varneschi?« Einmal in der Woche kam Herr Varneschi mit seinem Ochsenkarren über den Bergpfad, um Dinge gegen Gold zu tauschen. »Ich bin einer von den Großen?«

»Du bist einsfünfundneunzig groß, Junge. *Er* kommt nur auf hundertfünfzig Zentimeter.« Der Zwerg zupfte erneut an der gelockerten Niete. »Wenn du verstehst, was ich meine ...«

»Ja, aber ... Aber vielleicht bin ich nur ein hochaufgeschossener Zwerg«, wandte Karotte verzweifelt ein. »Wenn es kleine Menschen gibt, so sind doch auch große Zwerge möglich, oder?«

Vater klopfte ihm voller Mitgefühl ans Knie.

»Du mußt dich den Tatsachen stellen, Junge. Auf dem Boden fühlst du dich bestimmt viel wohler als *darin*. Es liegt in deinem Blut. Außerdem ist oben die Decke nicht so niedrig.« *Es besteht sicher nicht die Gefahr, daß du dauernd mit dem Kopf an den Himmel stößt,* dachte Vater.

»Einen Augenblick mal!« Furchen bildeten sich in Karottes Stirn, als er versuchte, konzentriert nachzudenken. »Du bist ein Zwerg, stimmt's? Und Mama ist eine Zwergin, habe ich recht? Also müßte ich ebenfalls ein Zwerg sein — so ist das nun mal im Leben.«

Vater Zwerg seufzte. Er hatte gehofft, dieses Thema mit aller Behutsamkeit zur Sprache zu bringen, das verbale Ziel im Verlauf mehrerer Monate anzusteuern. Aber jetzt blieb keine Zeit mehr für rücksichtsvollen Takt.

»Setz dich!« bat er. Karotte setzte sich.

»Die Wahrheit ist ...«, begann Vater Zwerg unglücklich, als das große und offene Gesicht des Jungen seinem eigenen etwas näher war, »die Wahrheit ist ... Wir fanden dich eines Tages im Wald. Du lagst in der Nähe eines Weges im Gras und hast mit deinen Zehen gespielt ... ähem.« Die Niete quietschte leise. Der alte Zwerg gab sich einen inneren Ruck.

»Wir fanden auch noch, äh, Wagen. Sie brannten,

könnte man sagen. Und dann gab es Leichen. Äh, ja. Tote Leichen. Vollkommen tot. Wegen der Räuber. Es war ein ziemlich strenger Winter, jener Winter, und in den Bergen wimmelte es von ... Leuten und so. Deshalb nahmen wir dich auf, und dann ... Nun, der Winter dauerte recht lange, und deine Mutter gewöhnte sich an dich, und irgendwie kamen wir nie dazu, Varneschi um Nachforschungen zu bitten. Äh, das wär's im großen und ganzen.«

Karotte nahm diese Ausführungen gelassen hin, weil er fast nichts davon verstand. Soweit er wußte, war es völlig normal, daß Kinder zur Welt kamen, indem man sie irgendwo im Wald fand. Ein Zwerg durfte erst damit rechnen, daß man ihm* die technischen Einzelheiten erklärte, wenn er die Pubertät** erreichte.

»Na schön, Paps«, entgegnete er und beugte sich vor, damit sich sein Mund auf einer Höhe mit dem Zwergenohr befand. »Aber weißt du, ich und ... Du kennst doch Minty Felsschmetterer, nicht wahr? Sie ist wirklich hübsch, Paps, hat einen herrlichen weichen Bart, so weich wie ... Er ist wirklich sehr weich. Wir verstehen uns prächtig, und ...«

»Ja«, sagte Vater kühl, »ich weiß. Ihr Vater hat mit mir gesprochen.« *Und ihre Mutter mit deiner Mutter,* fügte er in Gedanken hinzu. *Und dann hat deine Mutter mit mir geredet, und zwar ziemlich lange.*

Es ist keineswegs so, daß man dich nicht mag. Du bist ein zuverlässiger Junge, und an deiner Arbeit gibt es nichts auszusetzen. Du wärst sicher ein guter Schwiegersohn. Vier gute Schwiegersöhne. Genau dort liegt das Problem. Außerdem: Minty hat gerade erst ihren sechzigsten Geburtstag gefeiert. Es ist nicht angemessen. Es ist nicht richtig.

---

* Das Pronomen gilt bei Zwergen als neutral. Alle Zwerge haben Bärte und tragen bis zu zwölf verschiedene Kleidungsschichten. Die Art des Geschlechts bleibt zunächst der Phantasie vorbehalten.
** Mit anderen Worten: etwa im Alter von fünfundfünfzig Jahren.

Vater Zwerg hatte Geschichten über Kinder gehört, die bei Wölfen aufwuchsen. Er fragte sich, ob das Oberhaupt des Rudels jemals in eine so schwierige Situation geraten war. Vielleicht führte es den Jungen auf irgendeine abgelegene Lichtung und sagte: Hör mal, Sohn, vielleicht hast du dich darüber gewundert, daß du nicht so haarig bist wie alle anderen ...

Er hatte die Angelegenheit bereits mit Varneschi erörtert. Ein guter, verläßlicher Mann. Er erinnerte sich an Varneschis Vater, sogar an seinen Großvater, als er nun darüber nachdachte. Menschen schienen keine besonders hohe Lebenserwartung zu haben. Wahrscheinlich alterten sie schnell, weil sich das Herz sehr anstrengen mußte, um das Blut so hoch hinaufzupumpen.

»Da bist du echt in einer verzwickten Lage, König*«, hatte der alte Mann geantwortet. Sie saßen auf einer Bank vor Schacht Zwei und genehmigten sich den einen oder anderen Schluck Branntwein.

»Er ist natürlich ein guter Junge«, erwiderte der König. »Ehrlich und mit festem Charakter. Man kann ihn nicht unbedingt als sehr intelligent bezeichnen, aber wenn man ihm einen Auftrag gibt, ruht er nicht eher, bis alles erledigt ist. Die Gehorsamkeit gehört zu seinem Wesen.«

»Du könntest ihm die Beine abhacken«, schlug Varneschi vor.

»Die *Beine* sind nicht das eigentliche Problem«, antwortete der König bedrückt.

»Oh. Ja. Ich verstehe. Nun, in *dem* Fall ...«

»Nein.«

»Nein«, stimmte Varneschi nachdenklich zu. »Hmm. Vielleicht solltest du ihn für eine Weile fortschicken, ihm Gelegenheit geben, unter Menschen zu sein.« Er lehnte

---

* Er benutzte den Ausdruck *Dezka-knık*, was ›Minenaufseher‹ bedeutet.

sich zurück. »Du hast es hier mit einer Ente zu tun, König«, fügte er weise hinzu.

»Es hätte bestimmt keinen Sinn, ihm so etwas zu sagen. Es fällt ihm schon schwer genug zu glauben, daß er ein Mensch ist.«

»Ich meine: eine Ente, die unter Hühnern aufgewachsen ist. Ein weithin bekanntes Bauernhof-Phänomen. Irgendwann stellt das arme Ding fest, daß es gar nicht richtig picken kann, und vom Schwimmen hat es überhaupt keine Ahnung.« Der König hörte höflich zu. Die landwirtschaftlichen Kenntnisse von Zwergen sind eher begrenzt. »Aber wenn man es zu anderen Enten schickt, damit es nasse Füße bekommt, läuft es bald keinen Glucken mehr nach. Und Bob ist dein Onkel.«*

Varneschi lehnte sich wieder zurück und wirkte sehr zufrieden mit sich.

Wenn man einen großen Teil seines Lebens in einem Bergwerk verbringt, neigt man zu einer eher nüchternen Denkweise. Zwerge können mit Metaphern nur wenig anfangen. Steine sind hart, und die Dunkelheit ist dunkel. Wenn man mit bildhaften Beschreibungen beginnt, kommt man nur durcheinander — so lautet das Zwergenmotto. Doch der König pflegte schon seit zweihundert Jahren Kontakte mit Menschen, und während dieser Zeit hatte er ein mentales Instrumentarium entwickelt, um sich im Labyrinth menschlicher Redewendungen besser zurechtzufinden.

»Bjorn Starkimarm ist tatsächlich mein Onkel«, sagte er langsam.

»Meine ich ja.«

Es folgte eine Pause, als der König die letzte Gesprächssequenz sorgfältig analysierte.

Vater Zwerg wählte seine Worte mit besonderer Vorsicht, als er schließlich erwiderte: »Du meinst also, wir sollen Karotte fortschicken und ihn eine Ente unter

* Eigentlich: »Und fertig ist der Lack.« — *Anm. d. Übers.*

Menschen sein lassen, weil Bjorn Starkimarm mein Onkel ist.«

»Es handelt sich zweifellos um einen prächtigen Burschen«, sagte Varneschi. »Einem so kräftigen Jungen stehen bestimmt viele Möglichkeiten offen.«

»Ich habe gehört, daß Zwerge in der Großen Stadt arbeiten«, überlegte der König laut. »Sie schicken ihren Familien Geld, was sehr lobenswert und anständig ist.«

»Na bitte. Besorg ihm einen Job in ...« Varneschi besann sich auf seine Phantasie. »In der Wache oder so. Mein Urgroßvater diente in der Wache, weißt du. Gute Arbeit für jemanden, der das Herz am rechten Fleck hat, meinte mein Urgroßvater.«

»Wache?« wiederholte der König. »Was bedeutet das?«

»Oh«, antwortete Varneschi mit der vagen Unsicherheit eines Mannes, dessen Familie während der letzten drei Generationen nicht mehr als zwanzig Meilen weit gereist ist, »die entsprechenden Leute sorgen dafür, daß die Gesetze beachtet werden und sich jeder an seine Anweisungen hält.«

»Eine sehr ehrenhafte Aufgabe«, kommentierte der König. Er war daran gewöhnt, Anweisungen zu erteilen, und daher vertrat er in diesem Zusammenhang einen recht festen Standpunkt.

»Natürlich nimmt die Wache nicht jeden auf«, fügte Varneschi hinzu und kramte in den untersten Schubladen seines Gedächtnisses.

»Das kann ich gut verstehen. Immerhin ist diese Arbeit sehr wichtig. Ich schreibe dem König in der Stadt.«

»Ich glaube, dort gibt es gar keinen König«, gab Varneschi zu bedenken. »Nur einen Mann, der allen anderen Leuten sagt, was sie zu tun haben.«

Der Zwerg nahm diesen Hinweis ruhig entgegen. Seiner Ansicht nach war man zu mindestens siebenundneunzig Prozent König, wenn man anderen Leuten sagte, was sie zu tun hatten.

Karotte fand sich mit diesen Erklärungen ab und nahm sein plötzlich verändertes Schicksal hin — ebensogut hätte man ihn auffordern können, Schacht Vier zu erweitern oder Holz für Stützbalken zu holen. Alle Zwerge sind von Natur aus pflichtbewußt, ernst, tugendhaft, gehorsam und nachdenklich. Ihre einzige Schwäche besteht in der Tendenz, nach einem Drink Feinden entgegenzustürmen, ›Arrrrgh!‹ zu brüllen und Beine in Kniehöhe abzuhacken. Karotte sah keinen Grund dafür, anders zu sein. Er beschloß, die ›Stadt‹ aufzusuchen — was immer das auch sein mochte — und dort einen Mann aus sich machen zu lassen.

Varneschi hatte darauf hingewiesen, daß nur die Besten hoffen durften, in die Wache aufgenommen zu werden. Ein Wächter mußte gut zu kämpfen verstehen und rein sein, in Gedanken ebenso wie in Wort und Tat. Der alte Mann griff auf die Anekdotensammlung seiner Ahnen zurück und berichtete von Bösewichtern, die im Mondschein über hohe Dächer zu fliehen versuchten, von regelrechten Schlachten mit Schurken, die sein Großvater natürlich alle gewonnen hatte, obwohl der Feind zahlenmäßig weit überlegen gewesen war.

Es klang besser als die Arbeit in den Minen, befand Karotte.

Der König dachte gründlich nach, schrieb einen Brief an den Herrscher von Ankh-Morpork und erkundigte sich respektvoll, ob für Karotte ein Platz in den Reihen der Besten in Frage käme.

Im Bergwerk der Zwerge geschah es nur selten, daß jemand einen Brief schrieb. Die Arbeit ruhte, und der ganze Clan fand sich ein, schwieg ehrfürchtig und lauschte, während der Federkiel des Königs übers Pergament kratzte. Seine Tante war zu Varneschi geschickt worden, um ein wenig Siegelwachs zu holen. Die Schwester hatte das Dorf besucht und Frau Knobblauch gefragt, wie man Emffehlunk schrieb.

Monate verstrichen.

Und dann traf die Antwort ein. Der Umschlag war fleckig und zerknittert — in den Spitzhornbergen wurden Briefe Reisenden übergeben, die mehr oder weniger die richtige Richtung einschlugen —, und die Mitteilung darin beschränkte sich auf einige wenige Worte. Es hieß schlicht und einfach, der Bewerbung werde stattgegeben, und Karotte solle sich unverzüglich zum Dienst melden.

»Das ist alles?« fragte der Junge verwundert. »Ich dachte, erst fänden einige Tests statt. Um festzustellen, ob ich geeignet bin.«

»Du bist mein Sohn«, erwiderte der König. »Darauf habe ich deutlich hingewiesen. Woraus folgt: Es kann überhaupt kein Zweifel an deiner Eignung bestehen. Wahrscheinlich hast du das Zeug zum Offizier.«

Er holte einen Sack unter seinem Stuhl hervor, griff hinein und holte einen langen Metallgegenstand hervor. Zuerst wirkte er wie eine Säge, doch wenn man genauer hinsah, wies das Objekt zumindest gewisse Ähnlichkeiten mit einem Schwert auf.

»Ich glaube, dies ist dein rechtmäßiges Eigentum«, erklärte Vater Zwerg. »Als wir die ... Wagen fanden, war dort nichts anderes übriggeblieben. Wegen der Räuber, weißt du. Unter uns gesagt ...« Er bedeutete Karotte, sich zu ihm herabzubeugen. »Wir haben es von einer Hexe untersuchen lassen. Weil wir irgendeine Art von Magie vermuteten. Aber das ist nicht der Fall. Die Hexe meinte, es sei das unmagischste Schwert, das sie jemals gesehen habe. Nicht eine Spur von magischem Magnetismus. Nun, wenigstens ist es gut ausbalanciert.«

Der König reichte die Waffe dem Jungen und griff erneut in den Sack. »Und dann dies hier.« Er hob ein Hemd. »Es wird dich schützen.«

Karotte betastete es vorsichtig. Das Kleidungsstück bestand aus der Wolle von Spitzhorn-Schafen, war so warm und weich wie Schweineborsten. Es handelte sich um eine der legendären Zwergenwesten, die eigentlich Angeln brauchten.

»Wovor soll es mich schützen?« fragte er.

»Vor der Kälte und so«, erwiderte der König. »Deine Mutter meint, du sollst es tragen. Äh, da fällt mir ein ... Herr Varneschi möchte, daß du ihm auf dem Weg zur Stadt einen Besuch abstattest. Er hat etwas für dich.«

Vater und Mutter winkten, bis Karotte außer Sicht geriet, doch Minty kam nicht, um ihn zu verabschieden. Seltsam: Seit einiger Zeit schien sie ihn zu meiden.

Und so zog der Junge los: das Schwert auf dem Rükken, in der Tasche belegte Brote und saubere Unterwäsche, die ganze Welt — bildlich gesprochen — zu Füßen. Außerdem nahm er das Schreiben des berühmten Patriziers mit, der die große und prächtige Stadt Ankh-Morpork regierte.

So hatte sich jedenfalls seine Mutter ausgedrückt. Nun, der Briefkopf zeigte ein beeindruckendes Wappen, doch die Unterschrift lautete: ›Lupin Schnörkel, Sekr'r, pp.‹

Trotzdem: Wenn der Brief nicht vom Patrizier persönlich unterzeichnet worden war, so hatte ihn bestimmt jemand geschrieben, der für ihn arbeitete. Oder im gleichen Gebäude wohnte. Wahrscheinlich *wußte* der Patrizier wenigstens von dem Brief. In groben Zügen. Und wenn er nichts von *diesem* Brief ahnte, so war ihm sicher bekannt, daß ein Phänomen namens Post existierte.

Karotte wanderte mit langen zuversichtlichen Schritten über den Bergpfad und scheuchte Hummelschwärme auf. Nach einer Weile zog er das Schwert aus der Scheide und schlug versuchsweise nach verbrecherischen Baumstümpfen und ungesetzlichen Ansammlungen von Brennesseln.

Varneschi saß vor seiner Hütte und reihte getrocknete Pilze an einer Schnur auf.

»Hallo, Karotte!« begrüßte er den Jungen und führte ihn durch die Tür. »Freust du dich auf die Stadt?«

Karotte dachte eine Zeitlang nach.

»Nein«, antwortete er schließlich.

»Hast du's dir anders überlegt?«

»Nein«, erwiderte Karotte ehrlich, »ich habe mir gar nichts überlegt, bin einfach nur gegangen.«

»Dein Vater hat dir das Schwert gegeben, nicht wahr?« fragte Varneschi und kramte in einem stinkenden Regal.

»Ja. Und eine Wollweste, die mich vor Erkältungen schützen soll.«

»Ah. Ja, unten in der Ebene kann's ziemlich feucht sein, wie ich hörte. Schutz. Sehr wichtig.« Varneschi drehte sich um und fügte in einem bedeutungsvollen Tonfall hinzu: »*Dies* gehörte meinem Urgroßvater.«

Karottes Blick fiel auf eine seltsame halbkugelförmige Vorrichtung mit einigen Riemen.

»Eine Art Schlinge?« erkundigte er sich, nachdem er das sonderbare Objekt mehrere Sekunden lang betrachtet und dabei höflich geschwiegen hatte.

Varneschi nannte ihm die gebräuchliche Bezeichnung für den Gegenstand.

»Hosenbeutel?« wiederholte Karotte verwirrt. »Schnallt man das Ding an den Gürtel?«

»Nein«, murmelte Varneschi. »Man verwendet es beim Kampf. Du solltest es die ganze Zeit über tragen — dann sind deine, äh, edlen Teile immer geschützt.«

Karotte probierte den Hosenbeutel aus.

»Er ist zu klein, Herr Varneschi.«

»Nun, äh, weißt du, er wird nicht auf den Kopf gesetzt.«

Varneschi erklärte die Einzelheiten, und Karottes Verwirrung verwandelte sich allmählich in bestürztes Entsetzen. Der alte Mann beendete seinen Vortrag mit dem Hinweis: »Mein Urgroßvater sagte immer, ich hätte mein Leben in erster Linie diesem Gegenstand zu verdanken.«

»Was meinte er damit?«

Varneschis Mund öffnete und schloß sich mehrmals. »Keine Ahnung«, antwortete er feige und rückgratlos.

Jetzt lag das schändliche Objekt ganz unten in Karottes Rucksack. Zwerge konnten mit solchen Dingen nichts anfangen. Die schauderhafte Schutzvorrichtung gehörte zu einer Welt, die ebenso fremdartig war wie die Rückseite des Mondes.

Herr Varneschi gab Karotte auch noch etwas anderes: ein kleines, aber sehr dickes Buch, gebunden in Leder, das im Laufe der Jahre die Festigkeit von Holz gewonnen hatte.

Der Titel lautete: ›Die Gesetze und Verordnungen der Städte Ankh und Morpork‹.

»Es stammt ebenfalls aus dem Besitz meines Urgroßvaters«, verkündete Varneschi. »Darin steht alles, was die Wache wissen muß. Du solltest die Gesetze kennen, wenn du ein guter Offizier werden willst«, sagte er ernst.

Leider vergaß Varneschi, daß Karotte noch nie eine Lüge gehört und immer nur genaue Anweisungen bekommen hatte, die keinen Interpretationsspielraum ließen. Der Junge nahm das Buch würdevoll entgegen. Wenn er schon ein Offizier der Wache sein sollte, so wäre es ihm nie in den Sinn gekommen, weniger als ein *guter* Offizier zu werden.

Es war eine fünfhundert Meilen weite und erstaunlicherweise völlig ereignislose Reise. Wer nahezu zwei Meter groß und in den Schultern fast ebenso breit ist, braucht bei seinen Reisen nicht mit unliebsamen Zwischenfällen zu rechnen. Es mag durchaus geschehen, daß irgendwelche Leute hinter Felsen hervorspringen, aber sie sagen nur: »Oh! Entschuldigung. Ich habe dich für jemand anders gehalten.«

Karotte verbrachte den größten Teil der Zeit damit, im Buch zu lesen.

Und jetzt erstreckte sich Ankh-Morpork vor ihm.

Die Stadt bot einen eher enttäuschenden Anblick. Karotte hatte mit aufragenden Türmen und bunten Fahnen gerechnet, aber die Gebäude ragten nicht etwa auf, sondern duckten sich an den Boden, als fürchteten sie, jemand könne ihn stehlen. Außerdem fehlten bunte Fahnen.

Am Tor stand ein Wächter. Zumindest trug er ein Kettenhemd und stützte sich auf einen Speer — er mußte ein Wächter sein.

Karotte begrüßte ihn und reichte ihm den Brief. Der Mann starrte eine Zeitlang darauf hinab.

»Mhm?« grummelte er dann.

»Ich glaube, ich muß mich bei Lupin Schnörkel Sekr'r pp melden«, sagte Karotte.

»Wofür steht das pp?« erkundigte sich der Wächter mißtrauisch.

»Vielleicht für prompt-pünktlich«, antwortete Karotte, der sich die gleiche Frage gestellt hatte.

»Nun, ich kenne keinen Sekr'r«, brummte der Wächter. »Wende dich an Hauptmann Mumm von der Nachtwache.«

Karotte lächelte freundlich. »Wo ist er stationiert?«

»Um diese Tageszeit würde ich es in der Weintraube versuchen, an der Ecke Leichte Straße und Torkelgasse.« Der Mann musterte Karotte von Kopf bis Fuß. »Du willst dich der Wache anschließen, wie?«

»Ich hoffe, mich als würdig zu erweisen«, erwiderte Karotte.

Der Wächter bedachte ihn mit einem Blick, den man als altmodisch bezeichnen kann. Er war geradezu neolithisch.

»Was hast du angestellt?« fragte er.

»Wie bitte?«

»Du mußt irgend etwas angestellt haben«, sagte der Mann.

»Mein Vater schrieb einen Brief«, entgegnete Karotte stolz. »Er hat mich freiwillig gemeldet.«

»Dunnerschlach!« entfuhr es dem Wächter.

Erneut kroch die Finsternis der Nacht heran, und hinter dem gräßlichen Portal:

»Sind die Räder der Qual richtig gedreht?« fragte der Oberste Größte Meister.

Die Aufgeklärten Brüder standen im Kreis und schwiegen.

»Bruder Wachturm?« grollte der Oberste Größte Meister.

»Es ist nicht meine Aufgabe, die Räder der Qual zu drehen«, erwiderte Bruder Wachturm. »Normalerweise kümmert sich Bruder Stukkateur um die Räder der Qual ...«

»Nein, das stimmt nicht, meine Pflicht besteht darin, die Achsen der Universellen Zitrone zu schmieren!« entfuhr es Bruder Stukkateur empört. »Du behauptest *immer,* ich sei für die Räder der Qual zuständig, aber das ist glatt gelogen!«

Der Oberste Größte Meister seufzte im Schatten seiner Kapuze, als ein neuerlicher Streit begann. Aus dieser Schlacke sollte er ein Zeitalter der Vernunft schmieden?

»Seid endlich still!« rief er. »Heute abend brauchen wir die Räder der Qual gar nicht. Ihr sollt aufhören! Nun, Brüder, habt ihr euren Auftrag erfüllt und die benötigten Gegenstände mitgebracht?«

Hier und dort erklang bestätigendes Murmeln.

»Legt sie in den Kreis der Beschwörung!« sagte der Oberste Größte Meister.

Es war eine armselige Sammlung. *Bringt mir magische Objekte* — so lautete die Anweisung. Nur Bruder Finger holte etwas Brauchbares unter seinem Umhang hervor, eine Art Altarornament. Der Oberste Größte Meister hielt es für besser, nicht zu fragen, woher es stammte. Er trat vor und stieß einen der anderen Gegenstände mit dem Fuß an.

»Was ist das hier?« fragte er.

»'n Amulett«, brummte Bruder Verdruß. »Sehr mächtig. Hab's gekauft. Wirkt garantiert. Schützt vor Krokodilbissen.«

»Und du kannst wirklich darauf verzichten?« vergewisserte sich der Oberste Größte Meister. Die übrigen Brüder kicherten pflichtbewußt.

»Schweigt, Brüder!« Der Oberste Größte Meister drehte sich verärgert um. »Bringt magische Objekte, habe ich gesagt. Keine Kinkerlitzchen und völlig wertloses Zeug! Meine Güte, in dieser Stadt wimmelt's von Magie!« Er bückte sich. »Bei allen Göttern, was sollen wir denn *damit* anfangen?«

»Es sind Steine«, erklärte Bruder Stukkateur unsicher.

»Das sehe ich. Warum sollen sie magisch sein?«

Bruder Stukkateur zitterte. »Sie haben Löcher, Oberster Größter Meister. Es ist allgemein bekannt, daß Steine mit Löchern drin magisch sind.«

Der Oberste Größte Meister kehrte zu seinem Platz im Kreis zurück und hob die Arme.

»Na schön, in Ordnung, meinetwegen«, sagte er zerknirscht. »Wenn es unbedingt sein muß, begnügen wir uns mit diesen ... Dingen. Wenn wir einen nur fünfzehn Zentimeter langen Drachen bekommen, kennen wir *alle* den Grund dafür. Nicht wahr, Bruder Stukkateur? Bruder Stukkateur? Entschuldige, aber ich habe dich nicht verstanden. Was hast du gesagt? Bruder Stukkateur?«

»Ich sagte: Ja, Oberster Größter Meister«, hauchte Bruder Stukkateur.

»Gut. Ich hoffe, dieser Punkt ist jetzt *geklärt.*« Der Oberster Größte Meister griff nach dem Buch.

»Und nun, wenn ihr bereit seid ...«, begann er.

»Ähem.« Bruder Wachturm hob zögernd die Hand.

»Bereit wofür, Oberster Größter Meister?« fragte er zaghaft.

»Für die Beschwörung, Mann! Heiliger Himmel, ich dachte ...«

»Aber du hast uns noch nicht gesagt, was wir *tun* sollen, Oberster Größter Meister«, klagte Bruder Wachturm.

Der Oberste Größte Meister zögerte. Bruder Wachturm hatte recht, aber das wollte er nicht zugeben.

»Nun, das liegt doch auf der Hand«, erwiderte er. »Ihr müßt eure Konzentration fokussieren. Denkt an Drachen!« übersetzte er. »Ihr alle.«

»Das genügt?« fragte Bruder Pförtner.

»Ja.«

»Müssen wir nicht irgendwelche mystische Runen singen oder so?«

Der Oberste Größte Meister bedachte ihn mit einem durchdringenden Blick. Bruder Pförtners Gesicht bot sich nur als anonymer Schatten unter einer schwarzen Kapuze dar, aber trotzdem gelang es ihm, der wortlosen Unterdrückung mit einem bemerkenswerten Maß an Trotz zu begegnen. Er hatte sich keiner Geheimgesellschaft angeschlossen, um auf das Singen mystischer Runen zu verzichten. Ganz im Gegenteil: Er hoffte auf eine entsprechende Gelegenheit.

»Sing ruhig, wenn du unbedingt willst«, sagte der Oberste Größte Meister. »Nun, ich möchte jetzt, daß ihr ... *ja, was ist denn, Bruder Verdruß?*«

Der kleine Bruder ließ die Hand sinken. »Ich kenne keine mystischen Runen, Größter Meister. Und meine Stimme gibt nicht viel her ...«

»Dann beschränk dich darauf, nur zu *summen!*«

Der Oberste Größte Meister öffnete das Buch.

Er hatte das betreffende Kapitel gelesen und überrascht festgestellt, daß die eigentliche Beschwörungsformel nach vielen Seiten umständlichen Geschwafels nur aus wenigen Worten bestand. Es waren weder mystische Runen noch irgendwelche thaumaturgischen Gesänge notwendig, auch keine düster klingenden Verse — einige zusammenhanglose Silben reichten aus. De Malachit behauptete, sie verursachten Interferenzen in den Wellen der Realität, aber diese Erklärung hatte der blöde alte Narr sicher frei erfunden. Genau darin bestand das Problem mit Zauberern: Sie machten immer alles kompliziert. In Wirklichkeit brauchte man nur Willenskraft. Und daran mangelte es den Brüdern gewiß nicht. Es mochte engstirnige, bornierte und haßerfüllte Willenskraft sein, von naiver Bosheit durchtränkt, aber sie konnte die notwendige Macht entfalten ...

Der Oberste Größte Meister beschloß, sich langsam an sein Ziel heranzutasten. Dies war der erste Versuch, und es mußte vermieden werden, verfrühtes Aufsehen zu erregen. Ein abgelegener Ort in der Stadt ...

Die Brüder sangen, und jeder von ihnen bemühte sich, besonders mystisch zu sein. Es ergab sich ein erstaunlich guter akustischer Effekt, wenn man nicht auf die Worte achtete.

Die Worte. O ja ...

Der Oberste Größte Meister blickte aufs Buch hinab, las die Silben und sprach sie laut aus.

Nichts geschah.

Er zwinkerte.

Als er die Augen wieder öffnete, befand er sich in einer dunklen Gasse. Feuer brannte in ihm, und er war sehr zornig.

Dem Dieb Dritter Klasse Zebbo Klaufix stand die schlimmste Nacht seines Lebens bevor, und es hätte ihn wohl kaum getröstet zu erfahren, daß es auch seine letzte sein würde. Der Regen sorgte dafür, daß alle Leute zu Hause blieben, und dadurch fiel es Zebbo schwer, die festgelegte Quote zu erfüllen. Aus diesem Grund war er nicht ganz so vorsichtig wie sonst.

In den nächtlichen Straßen von Ankh-Morpork hat Vorsicht keine relative, sondern absolute Bedeutung. Wer nur ein wenig Vorsicht walten läßt, bezahlt einen hohen Preis dafür. Entweder ist man *sehr* vorsichtig — oder tot, selbst dann, wenn man noch auf beiden Beinen steht und atmet.

Zebbo Klaufix hörte dumpfe Geräusche in einer nahen Gasse, zog den lederumhüllten Totschläger aus dem Ärmel und wartete, bis sich das Opfer der Ecke genähert hatte. Dann sprang er vor, sagte: »O, Mi ...« Und verstarb.

Ein höchst ungewöhnlicher Tod — seit vielen Jahrhunderten war niemand mehr auf diese Weise gestorben.

Das kirschrote Glühen der Mauer hinter ihm verblaßte allmählich.

Klaufix sah den Drachen von Ankh-Morpork als erster, was ihm in seinem gegenwärtigen Zustand jedoch herzlich wenig nützte. »... st«, murmelte er. Sein körperloses Selbst betrachtete einen kleinen Aschehaufen, und mit einer ihm unvertrauten Gewißheit begriff er, daß sich seine Seele gerade davon gelöst hatte. Es war ein sonderbares Gefühl, auf die eigenen sterblichen Überreste hinabzublicken. Zebbo spürte dabei nicht das Entsetzen, das sicher in ihm entstanden wäre, wenn er sich vor zehn Minuten derartigen Vorstellungen hingegeben hätte. Es ist gar nicht so schrecklich, tot zu sein, wenn man diese Feststellung *selbst* treffen kann.

Die dunkle Gasse auf der anderen Seite war völlig leer.

»Wie seltsam«, sagte Klaufix.

SOGAR AUSSERGEWÖHNLICH SELTSAM.

»Hast du's beobachtet? Was ist eigentlich geschehen?« Zebbo Klaufix musterte die dunkle, von Schatten umhüllte Gestalt. »Wer bist du überhaupt?« fragte er argwöhnisch.

RATE MAL, antwortete die Stimme.

Der Dieb spähte unter die Kapuze.

»Potzblitz!« platzte es aus ihm heraus. »Ich dachte immer, Leuten wie mir würdest du nicht erscheinen.«

FRÜHER ODER SPÄTER ERSCHEINE ICH *JEDEM.*

»Ich meine, äh, nicht persönlich.«

DA HAST DU RECHT. FÜR GEWÖHNLICH SCHIKKE ICH EINEN STELLVERTRETER. ABER BEI BESONDEREN ANLÄSSEN KOMME ICH SELBST.

»Nun, eins steht fest«, erwiderte Klaufix. »Dies *ist* ein besonderer Anlaß! Ich meine, das Ding sah wie ein verdammter Drache aus! Kein Wunder, daß es mich erwischt hat. Wer rechnet denn damit, daß hinter der nächsten Ecke ein Drache lauert?«

JA, IN DER TAT. WENN DU MICH JETZT BITTE BEGLEITEN WÜRDEST... Tod legte eine Knochenhand auf Zebbos Schulter.

»Weißt du, vor'n paar Jahren hat mir 'ne Wahrsagerin ein friedliches Ende im Bett in Aussicht gestellt, umgeben von trauernden Urenkeln«, sagte Klaufix und folgte der finsteren Gestalt. »Was hältst du davon, hm?«

ICH GLAUBE, SIE HAT SICH GEIRRT.

»Ein verfluchter Drache.« Der Dieb schüttelte den Kopf. »Noch dazu mit feurigem Odem. Habe ich sehr gelitten?«

NEIN. DU WARST PRAKTISCH SOFORT TOT.

»Gut. Ich würde mich nur ungern daran erinnern, sehr gelitten zu haben.« Klaufix sah sich um. »Was passiert jetzt?« fragte er.

Hinter ihm spülte der Regen die schwarze Asche in den schlammgefüllten Rinnstein.

Der Oberste Größte Meister öffnete die Augen. Er lag auf dem Rücken, und Bruder Verdruß wollte gerade mit der Mund-zu-Mund-Beatmung beginnen. Diese Drohung genügte, um jeden aus der Ohnmacht zu wecken.

Er stemmte sich hoch und kämpfte dabei gegen das Gefühl an, mehrere Tonnen zu wiegen und von Schuppen bedeckt zu sein.

»Wir haben es geschafft«, flüsterte er. »Der Drache! Er ist gekommen! Ich hab's gespürt!«

Die Brüder wechselten skeptische Blicke.

»Mir ist nichts aufgefallen«, sagte Bruder Stukkateur.

»Mir schon«, erklärte Bruder Wachturm loyal. »Glaube ich.«

»Er kam nicht *hier*her!« zischte der Oberste Größte Meister. »Es kann uns wohl kaum daran gelegen sein, daß ein Drache an *diesem* Ort materialisiert, oder? Ich meine draußen, in der Stadt. Für ein paar Sekunden ...«

Er streckte den Arm aus. »Seht nur!«

Die Brüder drehten sich schuldbewußt um und rechneten damit, daß die heiße Flamme der Vergeltung loderte.

Die magischen Gegenstände in der Mitte des Kreises zerfielen langsam zu Staub. Gerade löste sich das Amulett von Bruder Verdruß auf.

»Da soll mich doch der Schlag treffen!« raunte Bruder Finger beeindruckt.

»Das Amulett hat mich drei Ankh-Morpork-Dollar gekostet«, brummte Bruder Verdruß.

»Das ist der Beweis«, sagte der Oberste Größte Meister. »Begreift ihr denn nicht, ihr Narren? Es funktioniert! Wir *können* Drachen beschwören!«

»Vielleicht wird's ein wenig kostspielig, soweit es magische Gegenstände betrifft«, warf Bruder Finger ein.

»... drei Dollar, jawohl. Hab wirklich tief in die Tasche gegriffen ...«

»Macht ist nicht billig«, knurrte der Oberste Größte Meister.

»Fürwahr.« Bruder Wachturm nickte. »Nicht billig. Ganz meine Meinung.« Erneut betrachtete er den kleinen Haufen erschöpfter Magie. »Meine Güte, wir haben es *tatsächlich* geschafft, nicht wahr? Gleich beim ersten Versuch ist es uns gelungen, magische Kraft freizusetzen, stimmt's?«

»Siehst du?« triumphierte Bruder Finger. »Ich hab

doch gesagt, daß überhaupt nichts dabei ist. Ein Klacks.«

Der Oberste Größte Meister lächelte unter seiner Kapuze. »Ihr könnt sehr stolz auf euch sein.«

»*... eigentlich kostete es sechs Dollar, aber der Verkäufer meinte, er triebe sich selbst in den Ruin und überließe es mir für drei Dollar ...*«

»Ja.« Bruder Wachturm holte tief Luft. »Wir haben den Dreh raus! Und eigentlich war's gar nicht schwer! Echte Magie! Ohne die Hilfe der Feen, Elfen und dergleichen, die du beim mystischen Runengesang um Hilfe gebeten hast, Bruder Stukkateur.«

Die anderen Brüder nickten. Wahrhaftige Magie. Kein Zweifel. Von jetzt an sollte die restliche Welt besser *aufpassen*.

»Eins gibt mir zu denken«, sagte Bruder Stukkateur. »Wohin ist der Drache *verschwunden?* Ich meine, haben wir ihn wirklich beschworen oder nicht?«

»Welch dumme Frage!« gab Bruder Wachturm zurück, doch auch in ihm regte sich Zweifel.

Der Oberste Größte Meister strich sich den Staub von der mystischen Kutte.

»Wir haben ihn beschworen«, bestätigte er, »und der Drache kam nach Ankh-Morpok. Doch als die magische Kraft versiegte, kehrte er wieder zurück. Wenn er länger bleiben soll, brauchen wir mehr Magie. Verstanden? Beginnt sofort mit der Suche nach entsprechenden Gegenständen.«

»*... drei Dollar sind ein Vermögen für mich, um nicht zu sagen: eine Mege Geld ...*«

»Halt die Klappe!«

✠

L*ieber Vater* (schrieb Karotte), *jetzt bin ich in Ankh-Morpork. Hier ist es nicht so wie daheim. Ich glaube, die Stadt hat sich verändert, seit Herr Varneschis Urgroßvater hier war.*

Allem Anschein nach können die hiesigen Leute nicht zwischen Recht und Unrecht unterscheiden.

Ich habe Hauptmann Mumm in einer gewöhnlichen Bierstube gefunden. Du hast mir einmal gesagt, daß sich ein guter Zwerg von solchen Orten fernhält, aber da er nicht herauskam, mußte ich hineingehen. Er lag mit dem Kopf auf dem Tisch. Als ich ihm alles erklärte, meinte er: Das kannst du deiner Großmutter erzählen. Ich glaube, er war sehr betrunken. Er meinte: Such dir eine Bleibe und melde dich heute abend bei Feldwebel Colon im Wachhaus. Außerdem meinte er: Wer sich freiwillig der Wache anschließt, sollte seinen Kopf untersuchen lassen.

Davon hat mir Herr Varneschi nichts gesagt. Vielleicht hat es etwas mit Hygiene zu tun.

Ich ging spazieren. Hier in der Stadt gibt es viele Stadtbewohner. Schließlich erreichte ich ein Viertel, das man ›Schatten‹ nennt. Dort sah ich mehrere Räuber, die eine junge Dame überfielen. Natürlich eilte ich ihr zu Hilfe. Die Angreifer wußten nicht, wie man richtig kämpft, und einer von ihnen versuchte, mir in die edlen Teile zu treten, aber ich trug den Schützer, und er verletzte sich selbst. Dann kam die Frau zu mir und fragte, ob ich an einem Bett interessiert sei. Ich antwortete: Ja, welch ein Zufall, das bin ich wirklich. Sie führte mich dorthin, wo sie wohnt, ich glaube, ein solches Haus nennt man Pension. Es wird von einer gewissen Frau Palm geleitet. Die überfallene Dame, sie heißt Reet, sagte zu ihr: Du hättest ihn sehen sollen, es waren insgesamt drei, und er wurde spielend mit ihnen fertig. Woraufhin Frau Palm antwortete: Es geht auf die Rechnung des Hauses. Und sie meinte: Was für ein großer Schützer. Ich ging nach oben und schlief ein, obwohl es in dem Haus ziemlich laut ist. Reet weckte mich einoder zweimal, um sich nach meinen Wünschen zu erkundigen, aber sie hatte keine Äpfel. Ich bin auf die Füße gefallen, wie es hier heißt, obwohl ich noch immer nicht ganz verstehe, wie so etwas möglich sein soll, man fällt nicht auf die Füße, sondern auf den Boden, das weiß doch jeder.

Hier gibt es bestimmt viel zu tun. Auf dem Weg zum Feld-

webel sah ich ein Gebäude mit einem Schild, auf dem ›Diebesgilde‹ (!!) stand. Ich habe Frau Palm darauf angesprochen, und sie sagte: Natürlich, dort treffen sich die Diebe der Stadt. Ich ging zum Wachhaus, und dort lernte ich Feldwebel Colon kennen, einen sehr dicken Mann, und als ich ihm von der Diebesgilde erzählte, sagte er: Sei kein Narr. Ich glaube, er nimmt seine Pflichten nicht sehr ernst, denn er sagte auch: Mach dir keine Gedanken über die Diebesgilde; du brauchst nur des Nachts durch die Straßen zu wandern und ›Zwölf Uhr, und alles ist gut!‹ zu rufen. Ich fragte: Und wenn nicht alles gut ist? Und er antwortete: Dann suchst du dir besser eine andere Straße.

Ich fürchte, er kann mir kein Vorbild sein.

Ich habe ein Kettenhemd bekommen. Es ist verrostet und nicht von guter Qualität.

Man wird dafür bezahlt, ein Wächter zu sein. 20 Ankh-Morpork-Dollar im Monat. Wenn ich meinen ersten Lohn erhalte, schicke ich ihn Euch.

Ich hoffe, es geht Euch gut. Habt Ihr Schacht Fünf schon in Betrieb genommen? Heute nachmittag sehe ich mir die Diebesgilde aus der Nähe an. Es wird ein ›Ruhmesblatt‹ für mich sein, etwas gegen sie zu unternehmen — ich gewöhne mich bereits an die hier übliche Ausdrucksweise. In Liebe Euer Sohn Karotte.

PS. Bitte richtet Minty einen herzlichen Gruß von mir aus. Ich vermisse sie sehr.

Lord Vetinari, der Patrizier von Ankh-Morpork, hob eine Hand vor die Augen.

»Er hat was getan?«

»Man hat mich durch die Straßen *gezerrt*«, sagte Urdo von Puh, amtierender Präsident der Gilde der Diebe, Einbrecher und artverwandter Berufe. »Am hellichten Tag! Mit gebundenen Händen!« Er näherte sich dem unverzierten hochlehnigen Amtsstuhl des Patriziers und winkte mit dem Zeigefinger.

»Du weißt ganz genau, daß wir unser Budget nicht überschritten haben«, fuhr er fort. »Auf eine solche Art und Weise *gedemütigt* zu werden! Wie ein gemeiner Verbrecher! Ich verlange eine *offizielle* Entschuldigung. Andernfalls treten wir in den Streik. Es bleibt uns gar nichts anderes übrig, obgleich wir unsere Verantwortung als Bürger dieser Stadt sehr ernst nehmen«, fügte er hinzu.

Es dauerte einige Sekunden, bis von Puh begriff, daß er einen Fehler gemacht hatte: der Finger. Die hochgewachsene Gestalt vor ihm starrte darauf, und als der Gildenpräsident ihrem Blick folgte, ließ er die Hand rasch sinken. Wer einen anklagenden Zeigefinger auf den Patrizier richtete, mußte damit rechnen, bald nur noch bis neun zählen zu können.

»Und er war ganz allein?« fragte Lord Vetinari.

»Ja! Das heißt ...« Von Puh zögerte.

Es klang seltsam, als er es jetzt laut aussprach.

»Aber du hattest doch Gesellschaft«, sagte der Patrizier ruhig. »Im Gebäude befanden sich mehr als hundert deiner Diebesfreunde, wenn du mir diesen Ausdruck gestattest.«

Von Puh öffnete und schloß den Mund mehrmals. Die ehrliche Antwort hätte eigentlich lauten müssen: ›Ja, und wenn jemand so frech wäre, uns im Gildenhaus herauszufordern, zögen wir ihm im wahrsten Sinne des Wortes das Fell über die Ohren. Aber der Kerl war so ungeheuer selbstbewußt, daß es niemand wagte, ihm eine Lektion zu erteilen. Hinzu kam, daß er immer wieder Leute in seiner Nähe schlug und sie aufforderte, sich zu bessern.‹

Der Patrizier nickte.

»Ich werde mich kurz darum kümmern«, sagte er. Lord Vetinari mochte diesen Satz, insbesondere das Wörtchen ›kurz‹ darin. Es sorgte immer dafür, daß seine

Gesprächspartner zögerten und nachdenklich wurden. Sie wußten nicht, ob er sich *in* oder *für* kurze Zeit um etwas kümmern wollte, und niemand von ihnen wagte es, danach zu fragen.

Von Puh wich zurück.

»Eine offizielle Entschuldigung«, betonte er noch einmal. »Um meinen Ruf zu wahren.«

»Danke«, erwiderte der Patrizier. »Ich möchte dich nicht aufhalten und in Gewahrsam nehmen.« Einmal mehr verwandelte er die Sprache in ein ganz persönliches Werkzeug, das sich bestens eignete, um auf subtile Weise zu drohen.

»Na schön, in Ordnung, gut, danke«, sagte der Dieb.

»Bestimmt hast du noch viel zu tun«, fügte Lord Vetinari hinzu.

»Oh, äh, ja, natürlich.« Von Puh zögerte. In der letzten Bemerkung des Patriziers verbargen sich Widerhaken. Der Gildenpräsident hielt mit wachsendem Unbehagen nach ihnen Ausschau.

»Äh«, sagte er und hoffte auf einen Hinweis.

»Ich meine, derzeit seid ihr ziemlich beschäftigt, nicht wahr?«

Panik kroch ins Gesicht des Diebs. Vage Schuld strömte ihm ins Bewußtsein. Es ging nicht darum, was er getan hatte. Die Frage lautete vielmehr: *Was hat der Patrizier herausgefunden?* Lord Vetinaris Spione befanden sich praktisch überall, und einige von ihnen schienen sich nun hinter seiner Stirn versammelt zu haben, starrten spöttisch und *wissend* aus den eisblauen Augen.

»Ich, äh, kann dir nicht ganz folgen ...«, begann von Puh.

»Es sind einige sehr seltsame Dinge verschwunden.« Der Patrizier griff nach einer Liste. »Zum Beispiel eine Kristallkugel, die einer Wahrsagerin in der Glatten Gasse gehörte. Ein kleines Altarornament aus dem Tempel des Krokodilgottes Offler. Und so weiter. Lappalien.«

»Ich weiß beim besten Willen nicht ...«, murmelte der Oberste Dieb. Lord Vetinari beugte sich vor.

»Es handelt sich doch nicht etwa um *unbefugtes* Stehlen, oder?« fragte er.*

»Ich kümmere mich höchstpersönlich darum«, brachte der Gildenpräsident hervor. »Du kannst dich auf mich verlassen!«

Der Patrizier lächelte süffisant. »Da bin ich völlig sicher«, entgegnete er. »Danke für deinen Besuch. Du darfst dich beeilen, jetzt zu gehen.«

Von Puh hastete nach draußen. So war es immer mit dem Patrizier, dachte er bitter. Man kam mit einer durch und durch berechtigten Beschwerde, doch kurze Zeit später stellte man fest, daß man sich immer wieder verbeugte, zur Tür schielte und nur noch den Wunsch verspürte, das Audienzzimmer so schnell wie möglich zu verlassen. Das mußte man Lord Vetinari lassen, gestand von Puh widerstrebend ein. Wenn nicht, schickte er Männer und nahm es sich.

Als der Patrizier wieder allein war, läutete er eine kleine Bronzeglocke und bestellte damit den Sekretär zu sich. Der Name des Mannes lautete — trotz seiner Handschrift — Lupin Wonse. Er traf wenige Sekunden später ein und hielt den Federkiel bereit.

Man konnte Lupin Wonse auf folgende Art und Weise beschreiben: Er zeichnete sich durch eine gepflegte, unauffällige Eleganz aus, erweckte immer den Eindruck von zurückhaltender Perfektion. Das galt auch für sein Haar. Es war so glatt und fettig, daß es wie aufgemalt wirkte.

---

* Eine der wichtigsten vom Patrizier eingeführten Innovationen bestand darin, der Diebesgilde die *Verantwortung* für alle Diebstähle zu geben. Dazu gehörten ein Jahresbudget, Quotenplanung und umfassender Arbeitsplatzschutz. Als Gegenleistung für einen vereinbarten jährlichen Kriminalitätsdurchschnitt gingen sie mit der ganzen Kraft der Ungerechtigkeit — man denke in diesem Zusammenhang an dikke Knüppel mit Nägeln — gegen das unerlaubte Verbrechen vor.

»Die Wache scheint Probleme mit der Diebesgilde zu haben«, sagte der Patrizier. »Von Puh hat sich gerade darüber beklagt, daß er von einem Wächter verhaftet wurde.«

»Aus welchem Grund, Herr?«

»Offenbar warf man ihm vor, ein Dieb zu sein.«

»Ein Mitglied der *Wache?*« vergewisserte sich der Sekretär.

»Absurd, ich weiß. Geh der Sache auf den Grund, in Ordnung?«

Lord Vetinari lächelte selbstzufrieden.

Und er schmunzelte weiterhin, als er das Erinnerungsbild des zornigen Chefdiebs betrachtete. Nun, es ist nicht leicht, den besonderen Humor des Patriziers zu verstehen.

Eine von Lord Vetinaris wichtigsten Maßnahmen zum Schutz der Ordnung in Ankh-Morpork bestand darin, daß er gleich zu Beginn seiner Amtszeit die alte Diebesgilde legalisiert hatte. Er hielt das Verbrechen an sich für völlig unausrottbar, und wenn es schon wirklich Kriminalität geben mußte, so wenigstens *organisierte.*

Er ermutigte die Diebe dazu, ihr Leben im Schatten aufzugeben, ein großes Gildenhaus zu bauen, an Festbanketten teilzunehmen und tägliche Ausbildungskurse zu veranstalten, deren Absolventen vom Gildenpräsidenten unterschriebene Abschlußzertifikate bekamen. Als Gegenleistung für eine weniger aufmerksame und tüchtige Wache versprachen die Diebe (sie versuchten dabei, würdevoll zu sein und sich nichts anmerken zu lassen), ein jährlich festgelegtes Verbrechensniveau zu achten. Auf diese Weise konnten alle Bürger der Stadt vorausplanen, meinte Lord Vetinari. Er fügte hinzu, damit sei zumindest ein Teil der Ungewißheit aus dem Chaos des Lebens genommen.

Wenig später rief der Patrizier die Diebe erneut zu sich und begann: ›Oh, übrigens, ich wollte euch noch etwas anderes sagen. Worum ging es dabei? Ah, ja, jetzt fällt es mir wieder ein …

Ich kenne euch‹, fuhr er fort. ›Ich weiß, wo ihr wohnt. Ich weiß, welche Pferde ihr reitet. Ich weiß, zu welchen Friseuren eure Frauen gehen. Ich weiß, wo eure entzükkenden Kinder spielen, sie werden immer größer, nicht wahr, meine Güte, wie die Zeit vergeht. Nun, ihr vergeßt doch nicht, auf was wir uns geeinigt haben, oder?‹ Und dann lächelte er.

Die Diebe lächelten ebenfalls, wenn auch ein wenig gezwungener.

Die Übereinkunft erwies sich als in jeder Hinsicht zufriedenstellend. Es dauerte nicht lange, bis die Obersten Diebe Bäuche bekamen, eigene Wappen erfanden und sich nicht mehr in muffigen Kellern trafen, an denen kaum jemand Gefallen gefunden hatte, sondern in richtigen Gebäuden. Alle Bewohner der Stadt verdienten gleichermaßen die Aufmerksamkeit der Gilde, und ein komplexes System aus Quittungen und Gutscheinen sorgte dafür, daß niemand zuviel bekam. Dies galt als vollkommen annehmbar, insbesondere bei den reichen Bürgern. Sie konnten es sich leisten, der Gilde die hohen Jahresprämien für ein ungestörtes Leben zu bezahlen. Es gab eine fremdartig klingende Bezeichnung dafür: *Fair-sicher-ung*. Niemand wußte, was es mit der letzten Silbe auf sich hatte, aber am Bedeutungsinhalt der ersten beiden Worte bestand kein Zweifel.

Die Wache erhob den einen oder anderen Einwand, mußte sich jedoch den Tatsachen stellen: Es stand längst fest, daß die Diebe das Verbrechen weitaus besser kontrollieren konnten. Dafür gab es eine einfache Erklärung. Die Wache mußte sich doppelt anstrengen, um das Ausmaß der Kriminalität auch nur ein wenig zu reduzieren; die Gilde erreichte das gleiche Ziel, indem sie einen arbeitsfreien Tag einlegte.

Ankh-Morpork erblühte, während die Wache einen allmählichen Niedergang erlebte. Sie wurde zu einem nutzlosen Anhängsel, zu einer Gruppe von mehr oder weniger Unfähigen, die niemand ernst nahm.

Niemand wollte, daß sie gegen Verbrecher vorzugehen begann. Dennoch empfand der Patrizier eine gewisse Genugtuung, als er daran dachte, daß der Gildenpräsident in eine für ihn recht peinliche Lage geraten war.

Hauptmann Mumm versuchte, vorsichtig an die Tür zu klopfen, aber das Pochen hallte ihm trotzdem schmerzhaft laut im Hinterkopf wider.

»Herein!«

Mumm nahm den Helm ab, klemmte ihn unter den Arm und öffnete die Tür. Das Knarren und Quietschen der Angeln brannte ihm heiß über die Hörnerven.

In der Gegenwart von Lupin Wonse hatte er sich noch nie sehr wohl gefühlt. Ebensowenig in Gegenwart von Lord Vetinari. Allerdings erfüllte ihn die Anwesenheit des Patriziers mit einer anderen Art von Unbehagen — es gründete sich auf die Furcht des Untertanen vor der absoluten Autorität. Was Wonse betraf ... Mumm kannte ihn seit seiner Kindheit in den Schatten. Schon als Junge hatte er vielversprechende Talente gezeigt. Wonse wurde nie zu einem Bandenführer, weil es ihm an Kraft und Zähigkeit fehlte. Außerdem: War es überhaupt sinnvoll, Anführer einer Bande zu sein, wenn es ständig ehrgeizige Leute gab, die sich selbst befördern und das Kommando übernehmen wollten? Die meisten Bandenführer haben eine nur geringe Lebenserwartung. Aber in jeder Bande gibt es einen blassen Jungen, der nur deshalb bleiben darf, weil er die besten Ideen hat (meistens geht es dabei um alte Frauen und unverschlossene Läden). Dies war Wonses natürlicher Platz in der sozialen Struktur des Universums.

Mumm war damals ein einfaches Bandenmitglied gewesen, das Falsett-Äquivalent eines Jasagers. Die Erinnerung zeigte ihm Wonse als kleinen dünnen Jungen, der ständig verschlissene Hosen trug und sich in einer Art Spring-Hüpf-Lauf bewegte, um mit den größeren Jungen Schritt zu halten. Ständig ließ er sich etwas Neues einfallen, um seine Kumpanen daran zu hindern, ihm irgendwelche Streiche zu spielen — ihre normale Freizeitbeschäftigung, wenn sich nichts Interessanteres ergab. Diese geistige Akrobatik war eine ausgezeichnete Vorbereitung auf die diversen Unbilden des Erwachsenenalters, und Wonse entwickelte sie zur Meisterschaft.

Trotzdem: Sie hatten beide in der Gosse begonnen. Wonse arbeitete sich nach oben, doch Mumm mußte sich eingestehen, daß die Sprossen *seiner* Karriereleiter nur aus weiteren Rinnsteinen bestanden. Wenn tatsächlich einmal irgendein Erfolg in greifbare Nähe rückte, unterlief ihm regelmäßig der Fehler, seine Meinung zu sagen — und es war immer die falsche.

Deshalb prickelte Nervosität in Mumm, wenn er es mit Wonse zu tun bekam: Es lag am Ticken des präzisen Uhrwerks der Zielstrebigkeit.

Als das Schicksal kam und Zielstrebigkeit verteilte, ging Mumm leer aus.

»Ah, Mumm.«

»Sir«, erwiderte der Hauptmann und salutierte nicht, weil er fürchtete, dadurch das Gleichgewicht zu verlieren. Er bedauerte es, noch keine Gelegenheit gefunden zu haben, zu Abend zu trinken.

Wonse kramte in den Papieren auf seinem Schreibtisch.

»Seltsame Dinge geschehen, Mumm«, sagte er. »Leider liegen ernste Beschwerden über dich vor.« Wonse trug keine Brille — andernfalls hätte er Mumm jetzt über ihren Rand hinweg gemustert.

»Sir?«

»Einer deiner Männer aus der Nachtwache. Offenbar hat er das Oberhaupt der Diebesgilde verhaftet.«

Hauptmann Mumm schwankte ein wenig und trachtete danach, sich zu konzentrieren. Auf so etwas war er nicht vorbereitet.

»Entschuldigung, Sir«, erwiderte er. »Ich fürchte, ich verstehe nicht ganz.«

»Ich *sagte:* Einer deiner Männer hat das Oberhaupt der Diebesgilde verhaftet.«

»Einer meiner Männer?«

»*Ja.*«

Mumms versprengte Hirnzellen versuchten tapfer, sich neu zu gruppieren. »Ein Angehöriger der *Wache?*« fragte er.

Wonse lächelte erbarmungslos. »Er hat dem Gildenpräsidenten die Hände gebunden und ihn zum Palast geführt, was natürlich ziemliches Aufsehen erregte. Außerdem hinterließ er eine Nachricht — ah, hier ist sie ja. ›Gemäß Paragraph 14 (iii) der Allgemeinen Verordnung *Zur Bekämpfung von Schwerverbrechen* wird diesem Mann Begünstigung von gemeingefährlicher Kriminalität vorgeworfen. Gezeichnet Karotte Eisengießersohn.‹«

Mumm blinzelte.

»Vierzehn ieh ieh ieh?«

»So steht es hier«, bestätigte Wonse.

»Was bedeutet das?«

»Ich habe keine blasse Ahnung«, erwiderte Wonse trocken. »Und dann der Name — Karotte?«

»Das ist doch verrückt!« entfuhr es Mumm. »Es hat doch überhaupt keinen Sinn, Mitglieder der Diebesgilde zu verhaften. Ich meine, wir hätten rund um die Uhr zu tun.«

»Jener Mann namens Karotte ist offenbar anderer Ansicht.«

Der Hauptmann schüttelte den Kopf — und zuckte zusammen. »Karotte? Nie gehört.« Mumms verwirrter Tonfall überzeugte selbst Wonse, der erstaunt die Brauen hob.

»Er war ziemlich ...« Der Sekretär zögerte. »Karotte,

Karotte«, wiederholte er nachdenklich. »*Ich* habe diesen Namen schon einmal gehört. Besser gesagt: Ich habe ihn gelesen.« Er blickte ins Leere. »Der Freiwillige. Ja, genau! Erinnerst du dich?«

Mumm starrte ihn groß an. »Gab's da nicht einen Brief von einem Zwerg oder so?«

»Es war die Rede davon, der Gemeinschaft zu dienen und dafür zu sorgen, daß die Straßen sicher sind. ›Bringe ich die Hoffnung zum Ausdruck, daß mein Sohn für würdig gehalten wird, einen einfachen Posten in der Wache zu bekleiden ...‹ So hieß es, glaube ich.« Wonse blätterte in verschiedenen Unterlagen.

»Was hat er angestellt?« erkundigte sich Mumm.

»Nichts. Das ist es ja gerade. Überhaupt nichts.«

Falten fraßen sich in Mumms Stirn, als sich in seinen Gedanken ganz neue Vorstellungen formten.

»Ein *Freiwilliger?*« fragte er ungläubig.

»Ja.«

»Man hat ihn nicht gezwungen, sich der Wache anzuschließen?«

»Es entsprach seinem *Wunsch*. Du hast gesagt: ›He, das soll wohl ein Witz sein!‹ Und meine Antwort lautete: ›Wir sollten mehr ethnische Minderheiten in die Wache aufnehmen.‹ Weißt du noch?«

Mumm versuchte, sich zu erinnern. Es fiel ihm nicht leicht. Er war sich vage der Tatsache bewußt, daß er trank, um zu vergessen, was ebenfalls nicht ganz unproblematisch blieb, da er sich kaum mehr daran erinnerte, *was* er vergessen wollte. Letztendlich trank er, um nicht ständig daran zu denken, daß er trank.

»Weiß ich es noch?« entgegnete er hilflos.

Wonse faltete die Hände auf dem Schreibtisch und beugte sich vor.

»Hör mir gut zu, Hauptmann«, sagte er. »Seine Lordschaft verlangt eine Erklärung. Ich möchte ihm nicht mitteilen, daß der Hauptmann der Nachtwache überhaupt keine Ahnung hat, was in seinem Kommando —

soweit diese Bezeichnung angemessen ist — geschieht. So etwas könnte zu Schwierigkeiten führen, zu unangenehmen Fragen und dergleichen. Das wollen wir doch vermeiden, oder? Oder?«

»Ja, Sir«, murmelte Mumm. Neuerliches Schuldbewußtsein suchte ihn heim, als er sich — verschwommen und undeutlich — an jemanden zu entsinnen glaubte, der ihn in der *Weintraube* angesprochen hatte. Ein Zwerg? Nein, bestimmt nicht. Es sei denn, die Definition dieses Wortes war drastisch verändert worden.

»Es freut mich, daß du meiner Meinung bist«, fuhr Wonse fort. »Um der alten Zeiten willen und so weiter. Nun, ich spreche mit Seiner Lordschaft. Und du wirst herausfinden, was los ist — und der Sache einen Riegel vorschieben, wenn du verstehst, was ich meine. Gib dem Zwerg eine kurze Lektion darüber, was es bedeutet, zur Wache zu gehören.«

»Haha!« machte Mumm pflichtbewußt.

»Wie bitte?« fragte Wonse.

»Oh. Deine letzte Bemerkung war nicht als ethnischer Scherz gemeint, nein? Entschuldigung, Sir.«

»Hör mal, Mumm, ich zeige wirklich viel Verständnis, wenn man die Umstände berücksichtigt. Geh jetzt und bring alles in Ordnung. Ist das *klar?*«

Mumm salutierte. Tief in ihm lauerte ständig dunkle Niedergeschlagenheit, dazu bereit, die seltenen Phasen relativer Nüchternheit auszunutzen. Sie kroch ihm nun auf die Zunge.

»Zu Befehl, Herr Sekretär«, sagte er. »Ich werde den Zwerg darauf hinweisen, daß es gegen das Gesetz verstößt, Diebe zu verhaften.«

Gleich darauf bedauerte er diese Worte. Wenn er nicht immer wieder derartige Kommentare abgegeben hätte, wäre er jetzt vielleicht Hauptmann der *Palast*wache, ein geachteter und respektierter Offizier. Der Patrizier stellte seinen besonderen Sinn für Humor unter Beweis, als er Mumm den Befehl über die Nachtwache gab. Nun, diesmal kam es nicht zu den befürchteten ernsten Konsequenzen: Wonse las ein Dokument und schien den Sarkasmus gar nicht gehört zu haben.

»In Ordnung«, sagte er nur.

L*iebe Mutter,* (schrieb Karotte), *heute ist es viel besser gewesen. Ich habe das Gebäude der Diebesgilde betreten, den obersten Bösewicht verhaftet und zum Palast des Patriziers gebracht. Er wird bestimmt nicht mehr gegen das Gesetz verstoßen. Frau Palm hat mir angeboten, in der Mansarde zu wohnen. Sie meinte, ein Mann im Haus sei sehr nützlich. Der Grund dafür ist: In der letzten Nacht schlugen mehrere Betrunkene in einem Damenzimmer Krach, und ich mußte mit ihnen sprechen, aber sie wollten nicht auf mich hören, und einer von ihnen versuchte, mich mit dem Knie zu verletzen, aber ich trug den Schützer, und Frau Palm sagte, er hat sich seine Patella gebrochen, aber ich brauche keine neue zu bezahlen.*

Manche Wächterpflichten verstehe ich nicht. Ich habe einen Partner namens Nobby. Er sagt, ich bin zu diensteifrig. Er sagt auch, ich muß noch viel lernen. Das stimmt vermutlich, denn ich habe erst bis zur Seite 326 im Buch ›Gesetze und Verordnungen der Städte Ankh und Morpork‹ gelesen. In Liebe Euer Sohn Karotte.

PS. Bitte grüßt Minty von mir.

Es war nicht nur die Einsamkeit, sondern das *umgedrehte* Leben. Daran lag es, fand Mumm.

Die Soldaten der Nachtwache standen auf, wenn der Rest der Welt unter die Bettdecke kroch, und sie gingen schlafen, wenn das erste Licht des Tages über die Landschaft glitt. Sie verbrachten den größten Teil ihrer Zeit in feuchten dunklen Straßen, in einer Welt der Schatten. Der Nachtwache gehörten Leute an, die aus irgendeinem Grund zu einem derartigen Leben neigten.

Mumm erreichte das Wachhaus. Es handelte sich um ein altes und erstaunlich großes Gebäude, eingekeilt zwischen einer Gerberei und der Werkstatt eines Schneiders, der verdächtige Lederwaren herstellte. Einst mochte es recht beeindruckend gewesen sein, doch inzwischen war nur noch ein kleiner Teil bewohnbar. In den übrigen Zimmern hausten Eulen und Ratten. Über der Tür hing ein verrostetes Schild, dessen Aufschrift — in der alten Sprache Ankh-Morporks — sich unter einer dicken Patina aus Ruß und Flechten nurmehr erahnen ließ:

FABRICATI DIEM, PVNC

Feldwebel Colon hatte als junger Mann weite Reisen unternommen und hielt sich daher für einen Fremdsprachenexperten. Seiner Ansicht nach lautete die Übersetzung: ›Zu schützen und zu dienen.‹

Ja, früher einmal mußte es etwas bedeutet haben, Wächter zu sein.

Feldwebel Colon, dachte Mumm, als er ins muffige Zwielicht wankte. Er liebte die Dunkelheit. Seit dreißig Jahren war er glücklich verheiratet, und dieses Wunder verdankte er dem Umstand, daß Frau Colon tagsüber arbeitete, während sich seine eigenen Aktivitäten auf die Nacht beschränkten. Sie verständigten sich mit Hilfe von Zetteln. Feldwebel Colon kochte seiner Frau Tee, bevor er abends das Haus verließ, und sie ließ ihm morgens ein warmes Frühstück im Backofen zurück. Sie hatten drei erwachsene Kinder, und Mumm glaubte, daß ihre Geburt auf eine außerordentlich intensive Zettel-Kommunikation zurückging.

Korporal Nobbs ... Nun, jemand wie Nobby hatte zahllose Gründe, um nicht zu wünschen, von anderen Leuten gesehen zu werden. Ein Blick genügte, um zu dieser Erkenntnis zu gelangen. Mumm verzichtete nur deshalb darauf, Nobbs mit irgendwelchen Tieren zu vergleichen, weil er die entsprechenden Geschöpfe nicht beleidigen wollte.

Und dann er selbst: eine dürre unrasierte Ansammlung schlechter Angewohnheiten, in Alkohol mariniert. Das war sie auch schon, die Nachtwache. Drei Männer. Früher einmal hatte sie aus Dutzenden und Hunderten von Soldaten bestanden, doch jetzt gab es nur noch drei.

Mumm wankte und stolperte die Treppe hinauf, tastete sich ins Büro, nahm in einem urzeitlichen Sessel Platz — an einigen Stellen quoll das Polstermaterial aus langen Rissen —, zog die unterste Schublade des Schreibtischs auf, griff nach der Flasche, biß in den Korken, zog ihn heraus, spuckte und trank. Damit begann sein Arbeitstag, besser gesagt: die Arbeitsnacht.

Allmählich gewann die Welt wieder klare Konturen.

Leben ist ein chemischer Prozeß. Ein Tropfen hier, ein Tröpfchen dort, und alles verändert sich. Einige Kubikzentimeter (oder auch etwas mehr) fermentierte Flüssigkeit genügen, um die nächsten Stunden zu überstehen.

Als dieser Stadtteil noch anständig und respektabel gewesen war, hatte ein hoffnungsvoller Besitzer der nahen Schenke einem Zauberer viel Geld dafür bezahlt, den Eingang der Taverne mit einer Werbeleuchte zu schmücken. Damals glühte jeder Buchstabe in einer anderen Farbe. Jetzt funktionierte die thaumaturgische Vorrichtung nicht mehr richtig; besonders bei feuchtem Wetter kam es zu häufigen magischen Kurzschlüssen. Derzeit schimmerte das E in einem viel zu grellen Rosarot und blitzte in unregelmäßigen Abständen.

Mumm hatte sich daran gewöhnt. Es gehörte zu seinem Leben.

Eine Zeitlang beobachtete er das Flackern am abbröckelnden Mörtel, hob dann den einen Fuß und stampfte zweimal auf den hölzernen Boden.

Nach einigen Minuten deutete dumpfes Schnaufen darauf hin, daß Feldwebel Colon die Treppe hochkam.

Mumm zählte lautlos. Colon blieb immer sechs Sekunden lang auf dem obersten Treppenabsatz stehen, um Atem zu schöpfen.

Sieben, dachte Hauptmann Mumm, als sich die Tür öffnete. Das Gesicht des Feldwebels erschien wie ein Herbstmond.

Man konnte Feldwebel Colon folgendermaßen beschreiben: Wenn sich Männer wie er für eine berufliche Laufbahn beim Militär entschieden, so fühlten sie sich automatisch vom Posten des Feldwebels angezogen. Der Rang des Korporals kam für Colon einfach nicht in Frage. Ebensowenig der des Hauptmanns. Wenn Leute wie er keine Soldaten wurden, so standen sie hinter dem Metzgertresen und verkauften Würstchen. Sie suchten sich eine Arbeit, die ein großes rotes Gesicht und den Hang erforderte, selbst dann zu schwitzen, wenn es schneite.

Colon salutierte, legte einen zerknitterten Zettel auf Mumms Schreibtisch und strich ihn mit dramatischer Sorgfalt glatt.

»'n Abend, Hauptmann«, sagte er. »Der Bericht über die gestrigen Zwischenfälle. Außerdem schuldest du dem Teeklub vier Pence.«

»Was hat es mit dem Zwerg auf sich, Feldwebel?« fragte Mumm brüsk.

Colon runzelte die Stirn. »Zwerg?« wiederholte er verwundert.

»Ich meine das neue Mitglied der Nachtwache. Der Bursche heißt ...« Mumm zögerte. »Karotte oder so ähnlich.«

»Ach, *ihn* meinst du?« Colon starrte den Hauptmann groß an. »Er soll ein *Zwerg* sein? Ich hab's immer gesagt: Man kann den kleinen Kerlen nicht trauen! Er hat mich reingelegt, Hauptmann, muß gelogen haben, als ich ihn nach seiner Größe fragte!« Colon vertrat größistische

Einstellungen, wenn es um Leute ging, die kleiner waren als er.

»Heute morgen hat er den Präsidenten der Diebesgilde verhaftet.«

»Warum?«

»Er warf ihm vor, Präsident der Diebesgilde zu sein.«

Die Verwirrung des Feldwebels wuchs. »Das ist doch kein Verbrechen, oder?«

»Ich glaube, ich sollte mit Karotte reden«, sagte Mumm.

»Hast du denn noch nicht mit ihm gesprochen, Sir?« fragte Colon. »Er meinte, er hätte sich bei dir gemeldet, Sir.«

»Ich, äh, bin wahrscheinlich mit anderen Dingen beschäftigt gewesen«, antwortete Mumm. »Habe viel zu tun, weißt du.«

»Ja, Sir«, bestätigte Colon höflich. Mumm besaß gerade genug Selbstachtung, um den Blick zu senken und einige staubige Aktenstapel zurechtzurücken.

»Wir müssen ihn so schnell wie möglich von der Straße holen«, brummte er. »Sonst kommt er noch auf den Gedanken, das Oberhaupt der Meuchlergilde zu verhaften und ihm Mord vorzuwerfen! Wo steckt er jetzt?«

»Ich habe ihn zu Korporal Nobbs geschickt, Hauptmann. Damit er von ihm die Kniffe lernt.«

»Du überläßt *Nobby* einen neuen Rekruten?« ächzte Mumm.

»Nun, Sir«, erwiderte Colon unsicher, »er hat Erfahrung. Ich dachte, Korporal Nobbs könnte Karotte zeigen, worauf es ankommt ...«

»Hoffen wir, daß der Zwerg langsam lernt«, sagte Mumm und rammte sich den Helm auf den Kopf. »Komm!«

Als sie das Wachhaus verließen, lehnte eine Leiter an der Tavernenmauer. Ein untersetzter Mann stand auf einer der oberen Sprossen und fluchte halblaut, während er mit dem leuchtenden Schild rang.

»Es ist das E!« rief Mumm. »Das E funktioniert nicht richtig.«

»Was?«

»Das E. Und das T zischt, wenn's regnet. Die Reparatur ist längst überfällig.«

»Reparatur? Oh. Ja. Reparatur. Genau darum geht es mir. Ich repariere das Ding. Ja.«

Die beiden Wächter stapften durch die Pfützen davon, Bruder Wachturm schüttelte langsam den Kopf und konzentrierte sich dann wieder auf den Schraubenzieher.

Männer wie Korporal Nobbs gibt es in jeder Streitmacht. Für gewöhnlich verfügen sie über ein geradezu enzyklopädisches Wissen, was alle Einzelheiten der Dienstvorschriften betraf, aber sie achten immer darauf, nie über den Rang des, nun, Korporals hinaus befördert zu werden. Nobbs neigte dazu, aus dem Mundwinkel zu sprechen. Er rauchte unaufhörlich, aber Karotte machte eine seltsame Feststellung: Jede von Nobby gerauchte Zigarette verwandelte sich fast sofort in einen Stummel und *blieb* ein Stummel, bis er irgendwann hinter dem Ohr verschwand, das eine Art Elefantenfriedhof für Nikotin darstellte. Wenn er einmal eine Rauchpause einlegte (was selten genug geschah), hielt er die Zigarette (beziehungsweise den Stummel) in der gewölbten Hand.

Nobbs war klein und krummbeinig, wies gewisse Ähnlichkeiten mit einem Schimpansen auf, der nie zu Teepartys eingeladen wurde.

Sein Alter blieb ein Rätsel. Wenn man Zynismus und allgemeine Lebensmüdigkeit als Maßstab nahm — die Kohlenstoffdatierung der Persönlichkeit —, so war er etwa siebentausend Jahre alt.

»Hier ist nie viel los, und das bedeutet, wir können

eine ruhige Kugel schieben«, sagte er, als er zusammen mit seinem Begleiter durch eine feuchte Straße im Kaufmannsviertel schlenderte. Versuchsweise drehte er einen Knauf. Verriegelt. »Wenn du bei mir bleibst«, fügte er hinzu, »findest du bald heraus, wie der Hase läuft. Versuch's mit den Türen auf der anderen Straßenseite.«

»Oh, ich verstehe«, sagte Karotte. »Wir überprüfen, ob alle Läden abgeschlossen sind.«

»Du bist auf Zack, Junge.«

»Vielleicht bekommen wir Gelegenheit, einen Bösewicht auf frischer Tat zu ertappen«, murmelte Karotte verträumt.

»Äh, ja«, erwiderte Nobby unsicher.

»Nun, wenn wir eine unverschlossene Tür finden, so ist es unsere Pflicht, den Ladeninhaber zu verständigen«, fuhr Karotte fort. »Und einer von uns muß hierbleiben, um aufzupassen, nicht wahr?«

»Ja?« Nobbys Miene erhellte sich. »Das übernehme ich« sagte er. »Mach dir deshalb keine Sorgen. Geh du ruhig los, um dem Opfer, äh, dem Ladeninhaber Bescheid zu geben.«

Er griff nach einem anderen Knauf. Das Ding drehte sich.

»Wenn bei uns in den Bergen ein Dieb gefaßt wird«, erklärte Karotte, »so hängt man ihn auf, und zwar am ...«

Er unterbrach sich und kontrollierte eine Tür.

Nobby erstarrte.

»Am *was?*« fragte er mit entsetzter Faszination.

»Weiß nicht mehr«, entgegnete Karotte. »Meine Mutter meint, Diebe haben eine noch viel schlimmere Strafe verdient. Stehlen ist Unrecht.«

Nobby hatte viele berühmte Massaker überlebt, indem er so klug gewesen war, nicht daran teilzunehmen. Er ließ den Knauf los und versetzte ihm einen freundlichen Stoß.

»Ich hab's!« entfuhr es Karotte. Nobby zuckte zusammen.

»Du hast was?« fragte er.

»Mir ist gerade eingefallen, woran man bei uns Diebe aufhängt.«

»Oh.« Nobby stöhnte leise und schluckte. »Woran denn?«

»Am Rathaus«, sagte Karotte. »Manchmal tagelang. Sie stehlen nie wieder, das steht fest. Und Bjorn Starkimarm ist dein Onkel.«

Nobby lehnte seine Pike an die Mauer und holte einen gelbschwarzen Stummel hinter dem Ohr hervor. Er hielt den Zeitpunkt für gekommen, die eine oder andere Sache zu klären.

»Warum mußtest du Wächter werden, Junge?« erkundigte er sich.

»Diese Frage stellt man mir dauernd«, antwortete Karotte. »Ich mußte es nicht. Es entsprach vielmehr meinem Wunsch. Die Wache wird einen Mann aus mir machen.«

Nobby sah nie irgend jemandem direkt in die Augen. Derzeit starrte er verblüfft auf Karottes rechtes Ohr.

»Soll das heißen, du bist nicht vor irgend etwas auf der Flucht?«

»Wovor sollte ich fliehen?«

Nobby gestikulierte vage und suchte nach den richtigen Worten. »Oh, es gibt immer etwas. Vielleicht ... vielleicht hat man dir was zur Last gelegt, obwohl dich überhaupt keine Schuld trifft. Zum Beispiel ...« Er grinste. »Vielleicht sind auf geheimnisvolle Weise irgendwelche Dinge aus einem Vorratslager verschwunden, und man macht dich dafür verantwortlich. Oder man fand gewisse Dinge bei deinen Sachen, ohne daß du wußtest, wie sie dorthin kamen. So was in der Art. Kannst es dem alten Nobby ruhig sagen.« Er gab Karotte einen kameradschaftlichen Stoß in die Rippen. »Oder steckt was anderes dahinter, hm? *Scherscheh la fam,* was? Ein Mädchen in Schwierigkeiten gebracht?«

»Ich ...«, begann Karotte und erinnerte sich dann daran, daß man immer die Wahrheit sagen sollte, selbst wenn man es mit Leuten wie Nobby zu tun hatten, die gar nicht wußten, was das bedeutete. Die Wahrheit lautete: Ja, er hatte Minty dauernd Probleme bereitet, obgleich die Frage nach dem Wie und Warum noch auf eine Antwort wartete. Wenn er sie besuchte und anschließend die Höhle der Felsschmetterer verließ, hörte er fast jedesmal, wie Minty von ihren Eltern ausgeschimpft wurde. Ihm gegenüber verhielten sie sich immer recht freundlich, aber aus irgendeinem unerfindlichen Grund genügte es, zusammen mit Minty gesehen zu werden, um sie in Schwierigkeiten zu bringen.

»Ja«, gestand er ein.

»Aha, dachte ich mir«, kommentierte Nobby weise. »Geschieht häufig.«

»Ich bekomme es ständig mit Frauen zu tun, die in Schwierigkeiten sind«, fügte Karotte hinzu. »Praktisch jeden Abend.«

»Donnerwetter!« brummte Nobby beeindruckt und betrachtete den Schützer. »Ist das der Grund, warum du so ein Ding trägst?«

»Ich verstehe nicht ...«

»Schon gut«, sagte Nobby. »Jeder hat sein kleines Geheimnis. Oder auch sein großes. Das gilt selbst für den Hauptmann. Er ist nur bei uns, weil ihn eine Frau ruwinierte. Es sind seine eigenen Worte. Er wurde ruwiniert, von einer Frau.«

»Meine Güte!« hauchte Karotte und stellte sich etwas sehr Schmerzhaftes vor.

»Aber ich schätze, es liegt daran, daß er ganz offen seine Meinung sagt. Selbst dem Patrizier gegenüber. Wie ich hörte, ist er einmal zu offen gewesen. Hat die Diebesgilde als einen Haufen Diebe bezeichnet oder so. Deshalb gehört er jetzt zur Nachtwache. Tja.« Nobby starrte nachdenklich zu Boden und fragte dann: »Wo wohnst du, Junge?«

»Nun, es gibt da eine freundliche Dame namens Frau Palm ...«, begann Karotte.

Nobby verschluckte sich am Zigarettenqualm, hustete und schwankte ein wenig.

»In den Schatten?« schnaufte er. »Du wohnst in den Schatten?«

»O ja.«

»Jeden *Abend?*«

»Nun, äh, jeden Tag. Ja.«

»Und du bist hergekommen, um zu einem Mann zu werden?«

»Ja!«

»Ich glaube, in deiner Heimat gefiele es mir nicht«, sagte Nobby.

Karotte begriff nicht, was der Korporal damit meinte. »Ich bin hier, weil Herr Varneschi meinte, es gebe nichts Ehrenvolleres, als das Gesetz zu hüten. Das stimmt doch, oder?«

»Tja, äh«, erwiderte Nobby, »wenn du's unbedingt wissen willst ... Ich meine, wenn's darum geht, das Gesetz zu hüten und so ... Ich meine, früher kann das vielleicht ehrenvoll gewesen sein, als es noch nicht die Gilden gab. Äh. Heute allerdings ... Eigentlich läutet man nur die Glocke und versucht, nicht zuviel Aufsehen zu erregen.«

Nobby seufzte. Dann brummte er, löste die Sanduhr vom Gürtel und stellte fest, daß sich der größte Teil ihres Inhalts in der unteren Hälfte gesammelt hatte. Er steckte sie wieder ein, zog den Lederdämpfer vom Klöppel und schüttelte die Glocke kurz, wobei er darauf achtete, daß sie nicht zu laut läutete.

»Zwölf Uhr«, murmelte er, »und alles, wirklich alles ist gut.«

»Und das genügt?« fragte Karotte, als das leise Echo verklang.

»Im großen und ganzen, ja, im großen und ganzen.« Nobby klemmte sich den Stummel zwischen die Lippen.

»Es finden keine Verfolgungsjagden im Mondschein statt?« Es klang enttäuscht. »Und es wird nie notwendig, sich an hohen Kronleuchtern hin und her zu schwingen?«

»Ich glaube nicht«, sagte Nobby mit einem gewissen Nachdruck. »In meiner beruflichen Laufbahn sind solche Zwischenfälle bisher ausgeblieben. Niemand hat etwas ähnliches von mir verlangt.« Er nahm einen Zug von der Zigarette. »Wer sich an hohen Kronleuchtern hin und her schwingt, könnte fallen und sich etwas brechen, weißt du. Ich begnüge mich mit der Glocke, wenn du nichts dagegen hast.«

»Darf ich sie mal ausprobieren?« fragte Karotte.

Nobby erlitt einen seltsamen Anfall väterlicher Großzügigkeit. Sonst wäre es ihm bestimmt nie in den Sinn gekommen, Karotte die Glocke zu geben.

Der Junge betrachtete sie einige Sekunden lang, bevor er sie kräftig über dem Kopf schüttelte.

»*Zwölf Uhr!*« donnerte er. »*Und alles ist guuuut!*«

Die Echos tanzten außerordentlich lebhaft durch die Straße und erlagen schließlich einer schrecklichen, bedrückenden Stille. Irgendwo in der Nacht bellten einige Hunde. Ein Kind begann zu weinen.

»Pscht!« zischte Nobby.

»Nun, es *ist* doch alles gut, oder?« entgegnete Karotte.

»Es wird alles *schlecht,* wenn du weiterhin mit der Glocke läutest! Her damit!«

»Ich verstehe das nicht«, sagte Karotte. »Weißt du, ich habe in dem Buch gelesen, das mir Herr Varneschi geschenkt hat ...« Er holte die Gesetze und Verordnungen hervor. Nobby warf einen kurzen Blick darauf und hob die Schultern. »Noch nie was davon gehört. Sei jetzt still! Wenn du weiterhin solchen Lärm machst, könnten irgendwelche ... Leute auf uns aufmerksam werden. Komm, hier entlang!«

Er griff nach Karottes Arm und zog ihn mit sich.

»Was für Leute?« fragte der Junge neugierig, gab dem fremden und ziemlich entschlossenen Bewegungsmoment nach und trat übers feuchte Pflaster.

»*Üble* Leute«, antwortete Nobby.

»Aber wir sind die *Wache!*«

»Da hast du verdammt recht! Und deshalb wollen wir niemandem auf den Schlips treten, klar? Denk nur daran, was dem armen Humpel zugestoßen ist!«

»Ich habe wirklich keine Ahnung, was dem armen Humpel zugestoßen ist«, erwiderte der völlig verwirrte Karotte. »Ich kenne den armen Humpel überhaupt nicht.«

»Vor deiner Zeit«, murmelte Nobby. Er ließ ein wenig die Schultern hängen. »Der arme Humpel war ein armer Kerl. Ach, es hätte jedem von uns passieren können!« Er hob den Kopf und bedachte Karotte mit einem finsteren Blick. »Hör jetzt auf damit, in Ordnung? Es geht mir allmählich auf die Nerven. Verfolgungsjagden im Mondschein. *Meine* Güte!«

Er wankte über die Straße. Nobbys normale Fortbewegungsmethode bestand in einer Art Schleichen, und die Kombination aus Wanken und Schleichen ergaben eine seltsame Wirkung. Man stelle sich in diesem Zusammenhang eine hinkende Krabbe vor.

»Aber, aber«, sagte Karotte, »in dem Buch heißt es ...«

»Ich will nichts mehr von dem Buch hören!« knurrte Nobby.

Karotte schien völlig geknickt zu sein.

»Aber es ist das Gesetz ...«, begann er.

Er wurde fast für immer unterbrochen, und zwar von einer Axt. Sie flog durch eine niedrige Tür hinter ihm und prallte an der Mauer weiter vorn ab. Untermalt wurde dieser Vorgang von einigen charakteristischen

Geräuschen: Es klang nach zerbrechenden Holzgegenständen und splitterndem Glas.

»He, Nobby!« brachte Karotte mit diensteifrigem Ernst hervor. »Dort drin findet ein Kampf statt!«

Nobby blickte zur Tür. »Oh, *natürlich*«, sagte er. »Es ist eine Zwergenkneipe. Die schlimmste aller Spelunken. Halt dich von ihr fern, Junge! Die kleinen Mistkerle würden sich einen Spaß daraus machen, dir ein Bein zu stellen und dich zu Brei zu treten. Bleib bei dem guten alten Nobby, dann wird dir nichts geschehen ...«

Erneut schloß er die Hand um Karottes Arm. Das heißt, er versuchte es jedenfalls — der Arm war so dick wie ein Baumstamm.

Der Junge erblaßte.

»Zwerge?« wiederholte er. »Sie *trinken?* Und *kämpfen?*«

»So isses«, bestätigte Nobby. »Die ganze Zeit über. Und sie benutzen dabei eine Ausdrucksweise, die ich nicht einmal meiner lieben Mutter gegenüber verwenden würde. Mit solchen Burschen sollte man sich nicht kloppen, sie sind hinterhältig und kennen zu viele Tricks — *geh da nicht rein!*«

Niemand weiß, warum Zwerge, die zu Hause in den Bergen ein ganz ruhiges und ordentliches Leben führen, in einer großen Stadt ihre natürliche Zurückhaltung aufgeben. Der Verwandlungsprozeß erfaßt selbst den untadeligsten Grubenschürfer und veranlaßt ihn dazu, ein Kettenhemd zu tragen, nach einer Axt zu greifen, sich Schnappkehle Schienbeintreter oder so ähnlich zu nennen und bis zur Bewußtlosigkeit zu trinken.

Vielleicht liegt es gerade daran, daß die Zwerge zu Hause ein so ruhiges und ordentliches Leben führen. Wenn ein junger Zwerg siebzig Jahre lang für seinen Vater in irgendeinem finsteren Bergwerk gearbeitet hat und endlich Gelegenheit bekommt, eine große Stadt zu besuchen, so kann man durchaus verstehen, daß er sich einen hinter die Binde gießen und jemanden schlagen möchte.

Es handelte sich um einen typischen und in aller Fröhlichkeit stattfindenden Zwergenkampf. Mit anderen Worten: Es gab etwa hundert Teilnehmer und hundertfünfzig verschiedene Bündnisse. Die Schreie, Flüche und das metallene Scheppern von Äxten auf Helmen vermischten sich mit dem Grölen von einigen Betrunkenen, die am Kamin saßen und — eine weitere Zwergentradition — über Gold sangen.

Jemand stieß an Karottes Rücken, als er einen fassungslosen Blick durch die Taverne schweifen ließ.

»So geht es hier jeden Abend zu«, sagte Nobby. »Mischt euch nicht ein, meint der Feldwebel. Es ist ihre ethnische traditionelle Lebensweise oder so. Ethnische traditionelle Lebensweisen muß man respektieren.«

»Aber, aber«, stotterte Karotte, »sie sind mein Volk. In gewisser Weise. Welche Schande, sich so zu benehmen! Welchen Eindruck erwecken sie dadurch bei anderen Leuten?«

»Einen ziemlich schlechten«, erwiderte Nobby. »Wir halten sie für gemeine kleine Mistkerle. *Komm* jetzt!«

Karotte achtete gar nicht auf ihn und trat mitten in das wogende Durcheinander. Er hob die Hände, formte daraus einen Trichter vor dem Mund und brüllte etwas in einer Sprache, die Nobby nicht verstand. Bei ihm galt diese Beschreibung für praktisch jede Sprache, auch für jene, die er von seiner lieben Mutter gelernt hatte. Er hörte jetzt klares, deutliches Zwergisch.

»Gr'duzk! Gr'duzk! aaK'zt ezem ke bur'k tze tzim?« *

Von einem Augenblick zum anderen herrschte Stille. Hundert bärtige Gesichter sahen zu der gebückten Ge-

---

* Wörtlich übersetzt: »Guten Tag! Guten Tag! Was haben die hiesigen Vorgänge (an diesem Orte) zu bedeuten?«

stalt Karottes auf, und ihre Verärgerung wich sprachloser Verblüffung.

Ein zerbeulter Humpen prallte an der Brustplatte des Jungen ab. Karotte packte eine zappelnde Gestalt und hob sie mühelos hoch.

»J'uk, ydtruz-t'rud-eztuza, hudr'zd dezek drez'huk, huzukkruk't b'tduz g'ke'k me'ek b'tduzt t'be'tk kce'drutk ke'hkt'd. aaDb'thuk?« *

Kein Zwerg hatte jemals so viele Worte der Alten Sprache aus dem Mund von jemandem gehört, der mehr als ein Meter zwanzig groß war. Ihr Erstaunen kannte keine Grenzen.

»Ihr seid Zwerge!« fügte Karotte hinzu. »Zwerge sollten vernünftiger sein. Seht euch nur an! Schämt ihr euch denn gar nicht?«

Hundert granitharte Kinnladen klappten nach unten.

»Ich meine, *seht* euch doch nur an!« Karotte schüttelte den Kopf. »Stellt euch eure armen weißbärtigen Mütter vor, die in ihren kleinen Höhlen schuften und sich fragen, wie es den Söhnen geht. Sie wären sicher sehr enttäuscht, wenn sie euch hier sehen könnten. Eure eigenen Mütter, von denen ihr gelernt habt, wie man mit einer Spitzhacke umgeht ...«

Nobby stand ebenso entsetzt wie verdutzt neben der Tür. Er hörte ein langsam lauter werdendes Schniefen und Schluchzen, als Karotte fortfuhr: »Wahrscheinlich denkt sie gerade: Bestimmt verbringt mein Sohn den Abend damit, Domino zu spielen ...«

---

* »Hör mal, Sonnenschein (wörtlich: ›das Starren des großen heißen Auges am Himmel, dessen feuriger Blick die Öffnung der Höhle durchdringt‹), ich möchte niemanden verdreschen, aber wenn ihr B'tduz° mit mir spielt, so spiele ich B'tduz mit euch, okay?°°«

° Ein beliebtes Zwergenspiel. Die Teilnehmer beziehen zwei oder drei Meter voneinander entfernt Aufstellung und bewerfen sich mit großen Steinen. Wer den Kopf trifft, hat gewonnen.

°° Wörtlich: »Alles richtig blankgeputzt und abgestützt?«

Ein Zwerg — er trug einen Helm mit fünfzehn Zentimeter langen Spitzen — vergoß Tränen in sein Bier.

»Und ich wette, es ist *lange* her, seit ihr euren Müttern den letzten Brief geschickt habt. Obwohl ihr jede Woche schreiben wolltet ...«

Nobby holte geistesabwesend ein fleckiges Taschentuch hervor und reichte es einem Zwerg, der an der Wand lehnte und vor Kummer zitterte.

»Nun gut«, sagte Karotte etwas sanfter. »Ich möchte nicht zu streng mit euch sein. Aber von jetzt an komme ich jeden Abend vorbei und erwarte, daß ihr euch wie richtige Zwerge betragt. Ich weiß, wie es ist, fern von der Heimat zu sein, aber für ein solches Verhalten gibt es keine Rechtfertigung.« Er hob die Hand zum Helm. *»G'hruk, t'uk.«**

Er zeigte ein strahlendes Lächeln und bückte sich noch etwas tiefer, als er durch die Tür ging. Draußen klopfte ihm Nobby auf den Arm.

»Bring mich nie wieder in eine derartige Lage!« stieß er hervor. »Du gehörst zur Stadtwache! Ich will nichts mehr von Gesetzen und so hören!«

»Aber sie sind sehr wichtig«, erwiderte Karotte ernst und folgte Nobby, als der Korporal durch eine schmalere Seitenstraße schlich.

»Nicht so wichtig wie das eigene Überleben«, stellte Nobby fest. »Zwergenkneipen! Wenn du auch nur einen Funken Verstand hast, beschränkst du dich auf Lokalitäten wie diese hier. Komm, wir gehen rein! Und halt die Klappe!«

Karotte sah an dem Gebäude hoch, das sie gerade erreicht hatten. Es stand ein wenig abseits des üblichen Straßenschlamms, und in seinem Innern erklangen Geräusche, die auf entschlossenes und leidenschaftliches

---

* »Allen einen guten Abend.« (Wörtlich: »Glückwünsche für alle Anwesenden am Ende des Tages.«)

Trinken hindeuteten. Ein schmutziges Schild hing über der Tür und zeigte eine Trommel.

»Eine Taverne, nicht wahr?« vermutete Karotte nachdenklich. »Um diese Zeit geöffnet?«

»Warum denn auch nicht?« erwiderte Nobby und drückte die Tür auf. »Ist doch wirklich sehr rücksichtsvoll vom Wirt. Du lernst jetzt die *Geflickte Trommel* kennen.«

»Wird hier auch Bier und so ausgeschenkt?« Karotte blätterte hastig im Buch.

»Das will ich doch stark hoffen«, sagte Nobby. Er nickte dem Troll zu, der als Zerreißer* in der Trommel arbeitete. »N'Abend, Detritus. Ich bringe unserem Neuen die Kniffe bei.«

Der Troll grollte leise und winkte mit einem verkrusteten Arm.

Die *Geflickte Trommel* ist bereits legendär und als berühmteste, anrüchigste Taverne auf der ganzen Scheibenwelt bekannt. Sie gilt als eins der charakteristischen Merkmale von Ankh-Morpork, und der Wirt legt großen Wert darauf, den Ruf seines Etablissements zu wahren. Nach den letzten unvermeidlichen Renovierungsarbeiten gab er sich erhebliche Mühe, an den Wänden die ursprüngliche Patina aus Dreck, Ruß und einigen nur schwer zu identifizierenden Substanzen wiederherzustellen. Für den Boden importierte er sogar eine Tonne aus gut vorgefaulter Binse. In Hinsicht auf die Kundschaft bot sich das übliche Panorama aus Helden, Halsabschneidern, Söldnern und Schurken dar — die jeweiligen Unterschiede ließen sich nur mit einer sorgfältigen Analyse feststellen. Dichte Rauchschwaden hingen in der Luft; vielleicht wollten sie vermeiden, die Wände zu berühren.

Die lauten Stimmen wurden etwas leiser, als die beiden Wächter eintraten, kehrten dann zu ihrem norma-

---

* Eine Art Rausschmeißer. Trolle verwenden nur mehr Kraft.

len akustischen Niveau zurück. Zwei Freunde winkten Nobby zu.

Der Korporal bemerkte plötzlich, daß Karotte beschäftigt war.

»Was tust du da?« fragte er. »Du willst doch nicht über Mütter reden, wie?«

»Ich halte meine Beobachtungen fest«, erwiderte Karotte grimmig. »In einem Notizbuch.«

»So isses richtig«, sagte Nobby. »Hier wird's dir bestimmt gefallen. Ich esse hier immer zu Abend.«

»Wie schreibt man ›Gesetzesübertretung‹?« Karotte drehte ein Blatt um.

»Keine Ahnung«, antwortete Nobby und bahnte sich einen Weg durchs Gedränge. Einmal mehr regte sich Großzügigkeit in ihm, und diesmal betraf sie seinen Geldbeutel. »Was möchtest du trinken?«

»Nichts«, sagte Karotte. »Es wäre wohl kaum angemessen. Außerdem: Alkohol läßt selbst den besten Mann zum Narren werden.«

Er spürte einen durchdringenden Blick am Nacken, drehte sich um und sah in das große, sanfte und freundliche Gesicht eines Orang-Utans.

Das Geschöpf saß an der Theke, vor einem Krug Bier und einer Schüssel mit Erdnüssen. Es prostete Karotte kameradschaftlich zu und trank dann ziemlich lautstark, indem es die Unterlippe zu einem Trichter stülpte. Es hörte sich an, als strömten hundert Liter Spülwasser durch ein Abflußrohr.

Karotte gab Nobby einen Stoß.

»Dort sitzt ein Ti ...«, begann er.

»Sag es nicht!« unterbrach ihn der Korporal erschrokken. »Sprich das Wort nicht aus! Du hast es nämlich mit dem Bibliothekar zu tun. Arbeitet an der Universität. Kommt abends immer hierher, für einen Schlummertrunk.«

»Und niemand erhebt Einwände?«

»Warum sollte jemand was dagegen haben?« fragte

Nobby. »Ab und zu gibt er eine Runde aus, und dadurch hat er viele Freunde gewonnen.«

Karotte drehte sich um und musterte den Affen. Einige Fragen wetteiferten um seine Aufmerksamkeit, zum Beispiel: Wo verstaut er sein Geld? Der Bibliothekar begegnete seinem Blick, verstand ihn falsch und schob die Erdnußschüssel auf ihn zu.

Karotte richtete sich zu seiner vollen und sehr beeindruckenden Größe auf. Er blätterte im Notizbuch und erlaubte sich in Gedanken ein zufriedenes Nicken. Es erwies sich nun als nützlich, daß er den Nachmittag damit verbracht hatte, in den *Gesetzen und Verordnungen* zu lesen.

»Wer ist der Besitzer, Eigentümer oder, mal sehen, Wirt dieses Schankorts?« fragte er Nobby.

»Wasis?« erwiderte der kleine Wächter. »Wirt? Nun, ich glaube, heute abend steht Charley an den Zapfhähnen. Warum?« Er deutete auf einen großen stämmigen Mann, dessen Gesicht aus Dutzenden von Narben bestand. Charley stellte seine Bemühungen ein, den Schmutz auf der Theke mit Hilfe eines feuchten Lappens gleichmäßiger zu verteilen, sah Karotte an und zwinkerte verschwörerisch.

»Charley, das ist Karotte«, sagte Nobby. »Er wohnt drüben bei Rosie Palm.«

»Was, er *wohnt* da?« entfuhr es Charley.

Karotte räusperte sich.

»Wenn du der Wirt bist«, intonierte er, »so nehme ich dich hiermit fest.«

»Was willst du nehmen, Freund?« brummte Charley und versuchte nun, ein Glas zu reinigen.

»Du bist verhaftet«, sagte Karotte. »Man wird später offiziell Anklage gegen dich erheben, und dabei geht es um folgende Punkte. 1(i), am oder ungefähr am 18. Gruni hast du im Lokal *Geflickte Trommel,* Filigranstraße, a) alkoholische Getränke ausgeschenkt oder b) ihren Ausschank ermöglicht, und zwar nach 12 (zwölf) Uhr

Mitternacht, was den Bestimmungen des Gesetzes über öffentliche Bierstuben (Öffnungszeiten) von 1678 widerspricht, und 1(ii) am oder ungefähr am 18. Gruni hast du im Lokal *Geflickte Trommel,* Filigranstraße, alkoholische Getränke ausgeschenkt oder ihren Ausschank ermöglicht und dabei Behälter benutzt, deren Größe und Fassungsvermögen nicht den Normen des bereits erwähnten Gesetzes genügen, und 2(i) am oder ungefähr am 18. Gruni hast du im Lokal *Geflickte Trommel,* Filigranstraße, Gästen erlaubt, unverhüllte Stichwaffen zu tragen, deren Länge über die von Paragraph Drei des erwähnten Gesetzes zugelassenen 7 (sieben) Zoll hinausgeht, und 2(ii) am oder ungefähr am 18. Gruni hast du im Lokal *Geflickte Trommel,* Filigranstraße, alkoholische Getränke ausgeschenkt oder ihrer Ausschank ermöglicht, obgleich eine Lizenz für den Verkauf und/oder den Konsum der genannten Getränke fehlt, was ebenfalls im Gegensatz zu dem Paragraphen Drei des erwähnten Gesetzes steht.«

Grabesstille folgte, als Karotte umblätterte. »Darüber hinaus ist es meine Pflicht, dir meine Absicht mitzuteilen, die Richter auch noch auf weitere Verstöße gegen die Vorschriften hinzuweisen, wobei folgende Gesetze gemeint sind: das Gesetz über Öffentliche Versammlungen (Glücksspiele) von 1567, das Gesetz über Lizenzen (Hygiene) von 1433, 1456, 1463, 1465, äh, und 1470 bis 1690, hinzu kommt« — Karotte warf einen kurzen Blick auf den Bibliothekar, der einen besonderen Spürsinn für Probleme entwickelt hatte und sich bemühte, rasch seinen Krug zu leeren — »das Gesetz über zahme und domestizierte Tiere (Haustiere, Schutz und Pflege) von 1673.«

Die Lautlosigkeit in der *Geflickten Trommel* hatte die atemlose Qualität gespannter Erwartung, als sich die versammelten Gäste fragten, was nun wohl geschehen mochte.

Charley stellte langsam das Glas ab — die Flecken

daran glänzten nun sehr stark — und sah auf Nobby hinab.

Nobby versuchte den Anschein zu erwecken, völlig allein zu sein und in überhaupt keiner Beziehung zu dem Hünen neben ihm zu stehen, der zufälligerweise die gleiche Uniform trug.

»Was meint er mit ›Richtern‹?« fragte der Wirt. »Es gibt doch gar keine Richter.«

Nobby hob entsetzt die Schultern.

»Er ist neu, nicht wahr?« brummte Charley.

»Ich rate dir, keinen Widerstand zu leisten«, sagte Karotte.

»Weißt du, es ist nicht persönlich gemeint«, wandte sich Charley an Nobby. »Es geht dabei um ein Dingsbums ... Neulich war 'n Zauberer hier und hat's erklärt. Ein lehrreiches Ding, irgendwie krumm.« Er überlegte kurz. »Ein *Lernkurve.* Ja, so nannte er es. Eine Lernkurve. Detritus, beweg deinen steinernen Arsch hierher.«

Für gewöhnlich kommt zu diesem Zeitpunkt irgend jemand in der *Geflickten Trommel* auf die Idee, ein Glas zu werfen. Und genau das geschah.

Hauptmann Mumm lief durch die Kurze Straße — es war die längste in der ganzen Stadt, ein deutlicher Hinweis auf den berüchtigten subtilen Humor der Ankh-Morporkianer —, und ein asthmatisch schnaufender Feldwebel Colon trachtete danach, nicht den Anschluß zu verlieren.

Nobby hatte die *Geflickte Trommel* verlassen und hüpfte von einem Bein aufs andere. Wenn Gefahr drohte, verstand er es auf geheimnisvolle Weise, zwischen verschiedenen Orten zu wechseln, ohne von den dazwischenliegenden Strecken aufgehalten zu werden. Angesichts dieser bemerkenswerten Fähigkeit wäre jeder gewöhnliche Materietransmitter vor Neid erblaßt.

»Er kämpft da drin!« keuchte er und griff nach dem Arm des Hauptmanns.

»Ganz allein?« fragte Mumm.

»Nein, gegen alle anderen!« rief Nobby und hüpfte erneut.

»Oh.«

Das Gewissen sagte: Wir sind zu dritt. Er trägt die gleiche Uniform wie wir. Er gehört zu uns, zu *deinen* Männern. Denk an den armen alten Humpel!

Ein anderer Teil des Gehirns — der verhaßte, ekelhafte Teil, der es ihm jedoch ermöglicht hatte, zehn Jahre in der Wache zu überleben — erwiderte: Es ist unhöflich, sich einfach einzumischen. Wir warten, bis er fertig ist, und dann fragen wir ihn, ob er Hilfe braucht. Außerdem entspricht es nicht der Nachtwachentradition, Kämpfe zu verhindern. Man erspart sich eine Menge Probleme, wenn man nachher eingreift und die Bewußtlosen verhaftet.

Etwas krachte. Ein nahes Fenster platzte auseinander und spuckte einen ziemlich überraschten Kämpfer auf die andere Straßenseite.

»Ich glaube, wir sollten rasch handeln«, sagte der Hauptmann langsam.

»Der Meinung bin ich auch«, pflichtete ihm Feldwebel Colon bei. »Wer hier steht, könnte verletzt werden.«

Vorsichtig gingen sie die Straße hinunter und blieben erst stehen, als die Geräusche — das dumpfe Splittern von Holz, das helle Klirren von Glas — nicht mehr ganz so laut waren. Die drei Wächter starrten in drei verschiedene Richtungen. Ab und zu schrie jemand in der Taverne, und manchmal erklang ein seltsames Scheppern, als ramme jemand das Knie an einen Gong.

Mehrere Minuten lang wahrten Mumm, Colon und Nobby ein verlegenes Schweigen.

»Hast du dieses Jahr schon Urlaub gemacht, Feldwebel?« fragte der Hauptmann schließlich und wippte auf den Zehen.

»Jawohl, Sir. Hab meine Frau im letzten Monat nach Quirm geschickt, Sir. Zu ihrer Tante.«

»Um diese Jahreszeit soll das Klima in Quirm recht angenehm sein, wie ich hörte.«

»Jawohl, Sir.«

»Dort wachsen Geranien und so was.«

Jemand fiel aus einem Fenster im Obergeschoß der *Geflickten Trommel* und blieb auf dem Kopfsteinpflaster liegen.

»In Quirm gibt es auch Sonnenuhren aus Blumen, nicht wahr?« fragte der Hauptmann verzweifelt.

»Jawohl, Sir. Sind sehr hübsch. Bestehen aus lauter kleinen Blumen, Sir.«

Ein neues Geräusch ertönte. Es hörte sich an, als werde ein schwerer Gegenstand aus Holz benutzt, um wiederholt auf einen Kopf zu schlagen. Mumm zuckte unwillkürlich zusammen.

»Ich bezweifle, ob er in der Wache *glücklich* gewesen wäre, Sir«, sagte der Feldwebel sanft.

Die Tür der *Geflickten Trommel* war so oft zertrümmert worden, daß der Wirt vor kurzer Zeit neue und besonders stabile Angeln installiert hatte. Der Umstand, daß beim nächsten Krachen nicht nur die Tür aufs Pflaster flog, sondern auch der Rahmen, bewies nur, daß viel Geld verschwendet worden war. Mörtelstaub bildete eine dichte Wolke, und in ihr zeichnete sich vage eine massive Gestalt ab, die sich hochzustemmen versuchte, stöhnte und zurücksank.

»Nun, ich glaube, das wär's jetzt ...«, begann der Hauptmann.

Nobby unterbrach ihn. »Es ist der verdammte Troll!«

»Was?« fragte Mumm.

»Der Troll! Ich meine den Rausschmeißer!«

Die drei Wächter näherten sich behutsam.

Und ihre Blicke fielen tatsächlich auf Detritus den Zerreißer.

Es ist sehr schwer, ein Geschöpf zu verletzen, das

man mit Fug und Recht als mobilen Stein bezeichnen kann. Doch offenbar war jemandem dies gelungen. Die auf dem Boden liegende Gestalt stöhnte, und es klang so, als riebe man zwei Granitbrocken aneinander.

»Da bin ich platt«, behauptete der Feldwebel. Die drei Männer drehten sich um und beobachteten das helle Rechteck dort, wo eben noch eine Tür gewesen war. Inzwischen schien es in der Taverne wesentlich ruhiger geworden zu sein.

»Haltet ihr es vielleicht für möglich, daß er *gewinnt?*« fragte Colon unsicher.

Hauptmann Mumm schob das Kinn vor. »Laßt es uns herausfinden — das sind wir unserem Kameraden und Mitstreiter schuldig.«

Hinter ihm wimmerte jemand. Mumm und Colon drehten sich um und beobachteten einen Nobby, der diesmal nur auf einem Bein hüpfte und sich den Fuß hielt.

»Was ist los mir dir, Mann?« brummte Mumm.

Nobby stöhnte leise.

Feldwebel Colon begann zu verstehen. Zwar gehörte vorsichtige Unterwürfigkeit zu den wichtigsten Grundsätzen der Wache, aber in der ganzen Gruppe gab es niemanden, der nicht wenigstens einmal am falschen Ende von Detritus' Fäusten gestanden hatte. Nobby verhielt sich nur wie ein typischer Polizist, indem er einen vermeintlichen Vorteil nutzte, um eine alte Rechnung zu begleichen.

»Er hat den Troll in die E ..., äh, an seine empfindlichste Stelle getreten, Sir«, sagte Colon.

»Abscheulich«, erwiderte der Hauptmann beiläufig. Dann: »Haben Trolle E ... ich meine, haben sie *empfindliche Stellen?*«

»Ja und nein, Sir. Trolle *haben* empfindliche Stellen, aber sie sind nicht im eigentlichen Sinn *empfindlich.*«

»Donnerwetter!« sagte Mumm. »Mutter Natur treibt manchmal seltsame Scherze, wie?«

»In der Tat, Sir«, bestätigte der Feldwebel gehorsam.

»Und jetzt ...« Mumm zog sein Schwert. »Vorwärts, Männer!«

»Jawohl, Sir.«

»Das gilt auch für dich, Feldwebel«, fügte der Hauptmann hinzu.

»Jawohl, Sir.«

Es war vermutlich der vorsichtigste Vorsturm in der Geschichte militärischer Manöver. Vielleicht wurde er nicht einmal als Fußnote in einem Buch über tollkühne Angriffe erwähnt.

Mumm und seine beiden Gefährten zögerten sicherheitshalber, bevor sie durch den zerstörten Eingang der *Geflickten Trommel* spähten.

Mehrere Männer lagen auf den Tischen, besser gesagt: auf ihren Resten. Wer noch bei Bewußtsein war, schien sich nicht sonderlich darüber zu freuen.

Karotte stand in der Mitte des verheerten Schankraums. Sein rostiges Kettenhemd war zerrissen, und der Helm fehlte. Er schwankte leicht, und das eine Auge schwoll an, aber trotzdem erkannte er den Hauptmann, ließ eine dumpf ächzende Gestalt fallen und salutierte.

»Melde einunddreißig Fälle von Landfriedensbruch, sechsundfünfzig Fälle von tumultarischem Benehmen, einundvierzig Fälle von Behinderung eines Wachoffiziers in der Ausübung seiner Pflicht, dreizehn Fälle von Angriff mit einer gefährlichen Waffe, sechs Fälle von bösartigem Herumlungern und ... und ... Korporal Nobby hat mir noch keinen einzigen Kniff gezeigt.«

Karotte fiel nach hinten und zertrümmerte einen Tisch.

Hauptmann Mumm hustete und fragte sich, was er jetzt unternehmen sollte. Soweit er wußte, hatte sich die Wache noch nie in einer solchen Lage befunden.

»Hol ihm etwas zu trinken, Feldwebel!« verlangte er.
»Jawohl, Sir.«
»Und mir auch.«
»Jawohl, Sir.«
»Du kannst dir ebenfalls ein Gläschen genehmigen, wenn du möchtest.«
»Jawohl, Sir.«
»Und was dich betrifft, Korporal — würdest du bitte ... He, was *tust* du da?«
»Ichdurchsuchediesenbewußtlosensir«, antwortete Nobby hastig und richtete sich auf. »Vielleicht hat er belastendes Material bei sich.«
»In der Geldbörse?«
Nobby verbarg die Hände hinterm Rücken. »Man kann nie wissen, Sir«, sagte er.
Der Feldwebel entdeckte eine Flasche, die wie durch ein Wunder heil geblieben war. Er hielt sie an Karottes Lippen und zwang den Jungen dazu, einen großen Teil ihres Inhalts zu schlucken.
»Was fangen wir mit den ganzen Leuten an, Hauptmann?« fragte er über die Schulter hinweg.
»Ich habe keine blasse Ahnung«, antwortete Mumm und setzte sich. Das Gefängnis im Wachhaus war gerade groß genug für sechs sehr kleine Personen — die einzige Art von Häftlingen, die dort untergebracht wurde. *Diese* Burschen hingegen ...
Hauptmann Mumm blickte sich mit wachsender Verzweiflung um. Nork der Pfähler lag unter einem Tisch und gab gurgelnde Geräusche von sich. Zu den Ohnmächtigen gehörten auch der Große Henri und Würger Simmons, einer der gefürchtetsten Tavernenkämpfer in der ganzen Stadt. Nun, es war sicher nicht ratsam, in der Nähe zu sein, wenn sie erwachten.
»Wir könnten ihnen die Kehlen durchschneiden, Sir«, schlug Nobby als Veteran vieler alter Schlachtfelder vor. Er hatte inzwischen einen geeigneten bewußtlosen Kämpfer gefunden und zog ihm die Stiefel aus — sie

wirkten recht neu, und auch die Größe schien zu stimmen.

»Das wäre völlig verkehrt«, erwiderte Mumm. Er wußte nicht genau, wie man jemandem die Kehle durchschnitt. Bisher hatte sich nie Gelegenheit für ihn ergeben, irgendwelche Kehlen durchzuschneiden.

»Nein«, sagte er. »Ich glaube, wir lassen sie mit einer Verwarnung frei.«

Unter der Sitzbank ertönte ein leises Stöhnen.

»Außerdem sollten wir unseren gefallenen Kameraden so schnell wie möglich in Sicherheit bringen«, fügte er hastig hinzu.

»Gute Idee.« Der Feldwebel trank einen Schluck, um seine Nerven zu beruhigen.

Mumm und Colon zogen Karotte hoch, stützten ihn und lenkten seine gummiartigen Beine die Treppe hoch. Der Hauptmann brach fast unter dem Gewicht zusammen und sah sich nach Nobby um.

»Korporal Nobbs!« schnaufte er. »Warum trittst du die Bewußtlosen?«

»Weil sie sich nicht wehren können, Sir.«

Nobby hatte einmal gehört, daß man fair kämpfen und nichts gegen einen hilflos auf dem Boden liegenden Gegner unternehmen sollte. Als er genauer darüber nachdachte, kam er zu dem Schluß, daß derartige Regeln nur für jemanden galten, der höchstens ein Meter zwanzig groß war und dessen Muskeltonus der Konsistenz eines besonders elastischen Gummibands entsprach.

»Hör damit auf«, sagte der Hauptmann. »Ich möchte, daß du die Übeltäter verwarnst.«

»Wie, Sir?«

»Nun, du ...« Hauptmann Mumm zögerte. Er wußte nicht, wie man jemanden verwarnte. Auch in dieser Hinsicht hatte er bisher keine Erfahrungen gesammelt.

»Verwarn sie einfach!« knurrte er. »Ich muß dir doch nicht alles erklären, oder?«

Nobby blieb allein auf der obersten Treppenstufe zurück. Allgemeines Brummen und Stöhnen vom Boden her wiesen darauf hin, daß niedergeschlagene Männer erwachten. Korporal Nobbs überlegte fieberhaft und hob einen mahnenden Zeigefinger, der einer kleinen Käsestange ähnlich sah.

»Laßt euch das eine Lehre sein!« sagte er. »*Bessert* euch!«

Dann nahm er die Beine in die Hand.

Im dunklen Dachgebälk knarrte es, als sich der Bibliothekar kratzte. Das Leben war wirklich voller Überraschungen; es mochte interessant sein, die nächsten Entwicklungen zu beobachten. Er schälte eine Erdnuß mit dem Fuß, schwang sich an den Sparren entlang und verschwand in der Finsternis.

Der Oberste Größte Meister hob die Hände.

»Sind die Rauchfässer des Schicksals rituell gezüchtigt, um böses und undiszipliniertes Denken aus dem Heiligen Kreis zu verbannen?«

»Klar doch.«

Der Oberste Größte Meister ließ die Hände sinken.

»Klar doch?«

»Klar doch«, sagte Bruder Verdruß fröhlich. »Hab's selbst erledigt.«

»Du sollst *eigentlich* antworten: ›Fürwahr, o Oberster und Größter‹«, verkündete der Oberste Größte Meister. »Meine Güte, ich habe euch immer wieder darauf hingewiesen. Wenn ihr nicht mit der richtigen Einstellung an die Sache herangeht ...«

»Ja, hör gut zu, was dir der Oberste Größte Meister zu sagen hat«, ließ sich Bruder Wachturm vernehmen und starrte den sündigen Bruder finster an.

»Ich habe die blöden Rauchfässer stundenlang gezüchtigt«, grummelte Bruder Verdruß.

»Du kannst jetzt fortfahren, o Oberster Größter Meister«, meinte Bruder Wachturm.

»Nun gut.« Der Oberste Größte Meister atmete tief durch. »Heute abend versuchen wir eine zweite experimentelle Beschwörung. Habt ihr geeignete Rohstoffe mitgebracht, Brüder?«

»... geschrubbt und geschrubbt habe ich die verdammten Dinger, aber wer dafür ein Dankeschön erwartet ...«

»Es ist alles vorbereitet, Oberster Größter Meister«, versicherte Bruder Wachturm.

Diesmal war die Sammlung ein wenig besser, fand der Größte Meister. Ja, die Brüder hatten sich wirklich Mühe gegeben. Besondere Aufmerksamkeit verdiente ein leuchtendes Tavernenschild, dessen Entfernung normalerweise einen Orden verdiente. Derzeit leuchtete das E in einem gräßlichen Rosarot und flackerte in unregelmäßigen Abständen.

»Das habe *ich* besorgt«, sagte Bruder Wachturm stolz. »Die Leute dachten, ich nähme eine Reparatur vor. Statt dessen hab ich's mit dem Schraubenzieher abgeschraubt und ...«

»Ja, gut gemacht«, warf der Oberste Größte Meister ein. »Zeigt Initiative.«

»*Danke,* Oberster Größter Meister.« Bruder Wachturm strahlte.

»... meine Hände sind ganz wund vom Schrubben, wund und gerötet, und seht euch nur die rissige Haut an, und die drei Dollar habe ich natürlich nicht zurückbekommen, nein, es fällt niemandem ein, meine Auslagen zu erstatten, man hört nicht einmal ein einfaches Danke ...«

»Und nun«, sagte der Oberste Größte Meister und griff nach dem Buch, »fangen wir an zu beginnen. Sei endlich still, Bruder Verdruß!«

In jeder Stadt des Multiversums gibt es einen Bezirk, den man mit den Schatten von Ankh-Morpork vergleichen kann. Für gewöhnlich ist er das älteste Viertel. Die Straßen beziehungsweise Gassen befinden sich dort, wo man vor Jahrhunderten Kühe zum Fluß führte, und ihre Namen lauten Chaospfad, Krähenhorst, Weg-des-höhnischen-Lachens und dergleichen.

Nun, diese Beschreibung gilt prinzipiell für den größten Teil von Ankh-Morpork, aber in besonderem Maße für die Schatten — sie sind eine Art Schwarzes Loch eingebauter Gesetzlosigkeit. Man kann es folgendermaßen ausdrücken: Selbst *Verbrecher* fürchteten sich dort in den Straßen. Die Wächter hielten sich von jenem Viertel fern.

Doch jetzt betraten sie es, wenn auch nicht unbedingt absichtlich. Eine anstrengende Nacht lag hinter ihnen; sie hatten sich beruhigt und ihre Nerven gestärkt. Tatsächlich waren sie jetzt so ruhig und stark, daß sich jeder von ihnen auf die Hilfe der drei anderen verließ, um auf den Beinen zu bleiben.

Hauptmann Mumm gab die Flasche dem Feldwebel zurück.

»Es ischt eine.« Er dachte einige Sekunden lang nach. »Schande. Betrunken in Gegenwart desch vor, vorge, vorgesch, vorgeschetzten Offischiers.«

Colon versuchte zu antworten, doch seine Zunge war ihm im Weg.

»Schetz dich auf die Ankl-l-l, Anklagebank«, sagte Hauptmann Mumm und prallte von der Wand ab. Eine Zeitlang starrte er auf die Mauersteine. »Diesche Wand hat mich angegriffen«, erklärte er. »Ha! Hältscht dich wohl für knallhart, wasch! Aber ich bin 'n Offischier der Wache, jawollig! Ich vertrete dasch, äh, Geschetz, ichzeigschdirwartschbloschab, wir greifen hart durch, wenn, wenn, wenn ...«

Er zwinkerte langsam, dann noch einmal.

»Wann greifen wir hart durch, Feldwe'el?« fragte er.

»Wenn keine Gefahr droht, Schör?« erwiderte Colon.

»Nein, nein, nein. Das ischesch nicht. Wie dem auch schei: Wir greifen hart durch, wenn, wenn, wenn ... wir hart durchgreifen.« Verschwommene Bilder zogen durch sein Bewußtsein, zeigten ihm einen Raum voller Verbrecher, voller Leute, die ihn auslachten und verhöhnten, deren Existenz ihn seit vielen Jahren quälte. Er wußte nicht mehr genau, was damals geschehen war, aber tief in ihm rührte sich plötzlich ein wesentlich jüngerer Mumm — ein Mumm, der einen glänzenden Brustharnisch trug und große Hoffnungen hatte, ein Mumm, der entgegen aller Erwartungen nicht schon vor langer Zeit im Alkohol ertrunken war.

»Scholl, scholl, scholl ich dir wasch schagen, Feldwe'el?« lallte er.

»Schör?« Die vier Wächter prallten sanft an einer anderen Wand ab und begannen mit einer Art Krabbenwalzer, der sie quer durch die Gasse führte.

»Diese Schtadt. Diese Schtadt. Diese Schtadt, Feldwe'el. Diese Schtadt ischt eine, ischt eine, ischt eine Frau, Feldwe'el. Ja, 'ne Frau. Feldwe'el. Eine uralte und üppig geschminkte Schönheit, Feldwe'el. Aberwennmanschichinschieverliebt, dann, dann, dann schlägt schie einemdiezähneein ...«

»Eine Frau?« wiederholte Colon.

Er versuchte so sehr, einen klaren Gedanken zu fassen, daß sich sein schweißfeuchtes breites Gesicht in eine Grimasse verwandelte.

»Schie isch acht Meilen breit, Schör«, entgegnete der Feldwebel schließlich. »Und mitten drin fliescht ein Flusch, ich meine, schtrömt ein Schtrom. Auscherdem gibt'sch hier viele Häuscher und scho.«

»Ah. Ah. Ah.« Mumm richtete einen unsicher zitternden Zeigefinger auf Colon. »Ich habe nie, nie, nie, *nie* geschagt, dasch schie eine kleine Frau ischt. Schtimmt'sch?« Er winkte mit der Flasche, und ein anderer Zufallsgedanke kroch aus dem Schaum seines Geistes.

»Wir haben'sch ihnen gezeicht«, sagte er aufgeregt und schlurfte zusammen mit den anderen drei Wächtern zur gegenüberliegenden Mauer. »Ja, wir haben ihnen eine Lexion erteilt, nich wahr? Eine Lexion, die schie beschtimmt nich scho schnell vergeschen werden.«

»Da hascht du vollkommen recht«, bestätigte der Feldwebel, aber es klang nicht sonderlich begeistert. Colon dachte noch immer über des Geschlechtsleben seines vorgesetzten Offiziers nach.

Doch in der gegenwärtigen Stimmung brauchte Mumm gar keine Ermutigung.

»Ha!« rief er in die dunklen Gassen. »Bin ich vielleicht zu laut für dich? Schläfscht du noch? Nun, dasch läscht sich ändern!« Der Hauptmann warf die leere Flasche hoch.

»Zwei Uhr!« rief er. »Und alles ischt guuuut!«

Das wunderte die verschiedenen finsteren Gestalten, die den vier Männern schon seit einer ganzen Weile folgten. Nur reines Erstaunen hatte sie bisher davon abgehalten, ihre Aufmerksamkeit ganz deutlich zu zeigen. *Es sind Wächter,* dachten sie immer wieder. *Sie tragen die richtigen Helme und den Rest, aber sie befinden sich in den Schatten.* Mumm und seine Begleiter wurden mit der Faszination von Wölfen beobachtet, deren verblüffte Blicke mehreren Schafen galten, die über eine Lichtung torkelten, verspielt gegeneinanderstießen und mehr oder weniger unverständliche Laute von sich gaben. Das letztendliche Ergebnis bestand zweifellos aus einer leckeren Mahlzeit, aber zunächst gab der Appetit interessierter Neugier den Vorrang.

Karotte hob benommen den Kopf.

»Wo sin wir?« stöhnte er.

»Auf dem Weg nach Hausche«, erwiderte der Feldwebel. Er betrachtete ein rissiges, von Würmern zerfressenes und von Messern zerkratztes Schild. »Wir gehen gerade durch die, durch die, durch die ...« Er kniff die Augen zusammen. »Durch die Schätzchengasse.«

»Die Schätzchengasche ischt nich der richtige Heimweg«, brachte Nobby undeutlich hervor. »Wir möchten gar nich durch die Schätzchengasche gehen, weil schie schich nämlich in den Schatten befindet. Meine Güte, wenn wir durch die Schätzchengasche gingen ...«

Einige Sekunden lang herrschte beunruhigte Stille. Plötzliches Verstehen entfaltete die gleiche Wirkung wie zehn Stunden ungestörter Schlaf und mehrere Tassen Mokka. Mumm, Colon und Nobby trafen eine stumme Übereinkunft und drängten sich in Karottes unmittelbarer Nähe zusammen.

»Was schollen wir jetzt *tun*, Hauptmann?« fragte der Feldwebel.

»Äh«, erwiderte Mumm. »Wie wär's, wenn wir um Hilfe rufen?«

»Wasch, *hier?*«

»Ein guter Hinweisch.«

»Ich schätze, wir schind nach der Silberschtraße links abgebogen und nicht nach rechts«, sagte Nobby mit zittriger Stimme.

»Nun, dieschen Fehler werden wir scho schnell nich wiederholen«, entgegnete der Hauptmann. Gleich darauf wünschte er sich, auf diese Antwort verzichtet zu haben.

Sie hörten Schritte. Irgendwo links von ihnen kicherte jemand.

»Wir müschen ein Kwadrat bilden«, sagte der Hauptmann. Sie alle versuchten, einen Punkt zu formen.

»He!« entfuhr es Feldwebel Colon. »Wasch war das?«

»Wasch denn?«

»Ich hab's schon wieder gehört. Irgendein ledriges Geräusch.«

Hauptmann Mumm gab sich alle Mühe, nicht an Kapuzen und Garrotten zu denken.

Er wußte, daß viele Götter existierten. Es gab einen Gott für jedes Gewerbe: einen Gott für Bettler, eine Göttin für Huren, einen Gott für Diebe, wahrscheinlich sogar einen Gott für Meuchelmörder.

Er fragte sich, ob es irgendwo in dem gewaltigen Pantheon auch einen Gott gab, der voller Wohlwollen auf bedrängte und eigentliche völlig unschuldige Hüter des Gesetzes herabblickte, deren Lebenserwartung sich gerade drastisch reduziert hatte.

Wahrscheinlich nicht, dachte Mumm bitte. Vermutlich hielten Götter so etwas für unter ihrer Würde. Welcher Gott, der etwas auf sich hielt, verschwendete seine göttliche Aufmerksamkeit an irgendwelche armen Burschen, die für eine Handvoll Dollar im Monat versuchten, dem Recht Genüge zu leisten? Nein. Götter schwärmten für schlaue Mistkerle, deren Vorstellungen von harter Arbeit sich darauf beschränkten, das Rubinauge des Ohrwurmkönigs zu stehlen, nicht für einfallslose Narren, die jede Nacht ihre Runden abmarschierten …

»Dasch heißt, es klang eher glitschig«, sagte Feldwebel Colon, der Wert auf Genauigkeit legte.

Und dann ertönte ein Geräusch …

… es mochte ein vulkanisches Geräusch sein, das Geräusch eines brodelnden Geysirs, nun, es war ein langes, trockenes *Donnern,* wie von den Blasebälgen in den Schmieden der Titanen …

… aber es war nicht so schlimm wie das Licht, das blauweiß schimmerte, eine Art Licht, das die Muster der Augenadern an die Innenseite des Hinterkopfs projizierte.

Das Gleißen und seine akustische Untermalung hielten etwa hundert Jahre lang an und hörten dann ganz plötzlich auf.

Eine Zeitlang rührten sich die vier Wächter nicht von der Stelle.

»Nun, nun«, sagte der Hauptmann unsicher.

Nach einer weiteren Pause erklärte sich die Zunge zu vorbehaltlosem Gehorsam bereit. »Feldwebel, nimm einige Männer und geh der Sache auf den Grund, in Ordnung?«

»Wem oder was soll ich auf den Grund gehen, Sir?« fragte Colon. Aber der Hauptmann hatte sich bereits folgender Erkenntnis gestellt: Wenn der Feldwebel einige Männer nahm, blieb er, Hauptmann Mumm, allein zurück.

»Nein, ich habe eine bessere Idee«, sagte er fest. »Wir gehen alle.« Sie gingen alle.

Ihre Augen hatten sich inzwischen an die Dunkelheit gewöhnt, und deshalb sahen sie deutlich ein rotes Glühen weiter vorn.

Es stammte von einer Wand, die rasch abkühlte. Teile des gerösteten Mauerwerks fielen zu Boden, als sich die Steine zusammenzogen, und ein leises Knistern begleitete diesen Prozeß.

Doch das war nicht das Schlimmste. Das Schlimmste klebte an der Wand.

Mumm und seine Gefährten betrachteten es eine Zeitlang.

Dann betrachteten sie es noch etwas länger.

Bis zur Morgendämmerung dauerte es nur noch ein oder zwei Stunden, und niemand schlug vor, in der Dunkelheit zurückzukehren. Statt dessen warteten sie an der Mauer. Wenigstens bot sie Wärme.

Sie versuchten, nicht auf die Steine zu starren.

Schließlich streckte sich Colon voller Unbehagen und sagte: »Nur Mut, Hauptmann! Es hätte schlimmer sein können.«

Mumm sehnte sich nach einer vollen Flasche. Er fühlte sich nicht annähernd betrunken genug.

»Ja«, erwiderte er. »Wenn es *uns* erwischt hätte.«

Der Oberste Größte Meister schlug die Augen auf.

»Und erneut haben wir einen Erfolg erzielt«, verkündete er.

Die Brüder jubelten laut. Bruder Wachturm und Bruder Finger umarmten sich und tanzten im magischen Kreis.

Der Oberste Größte Meister holte tief Luft.

Erst das Zuckerbrot, dachte er. *Und jetzt die Peitsche.* Oh, er *mochte* die Peitsche!

»Ruhe!« donnerte er.

»Bruder Finger, Bruder Wachturm, schämt ihr euch denn gar nicht?« grollte er. »Und die anderen — seid still!«

Sie wurden still, wie schwatzhafte Kinder, die gerade feststellten, daß der Lehrer ins Klassenzimmer kam. Und kurz darauf wurden sie noch etwas stiller, wie Kinder, die den *Gesichtsausdruck* des Lehrers sahen.

Der Oberste Größte Meister wartete voller Genugtuung und stolzierte dann an den Brüdern vorbei, die versuchten, in Reih und Glied zu stehen.

»Ich nehme an, es ist uns gelungen, etwas Magie zu beschwören, nicht wahr?« fragte er. »*Hmm?* Bruder Wachturm?«

Bruder Wachturm schluckte. »Nun, äh, du hast selbst gesagt, daß wir, äh ...«

»Du hast ÜBERHAUPT NICHTS geleistet!«

»Nun, äh, nein, äh ...« Bruder Wachturm zitterte.

»Lassen sich *richtige* Zauberer dazu hinreißen, nach einer kleinen Beschwörung umherzutanzen und ›Es hat geklappt, es hat geklappt, es hat geklappt!‹ zu singen, Bruder Wachturm? *Hmm?*«

»Nun, äh, wir haben uns nur darüber gefreut, daß ...«

Der Oberste Größte Meister wirbelte um die eigene Achse.

»Und starren *richtige* Zauberer besorgt zu Boden, Bruder Stukkateur?«

Bruder Stukkateur ließ den Kopf hängen. Er hatte gehofft, daß niemand seinen Blick bemerkte.

Als die Anspannung im Raum so zufriedenstellend *knarrte* wie eine Bogensehne, trat der Oberste Größte Meister zurück.

»Warum halte ich mich mit euch auf?« fragte er und schüttelte den Kopf. »Ich hätte andere und *bessere* Leute wählen können. Statt dessen habe ich nur einen Haufen *Kinder.*«

»Äh, im Ernst«, sagte Bruder Wachturm, »wir sind sehr bemüht gewesen, äh, ich meine, wir haben uns wirklich konzentriert. Nicht wahr, Jungs?«

»Ja«, antworteten die übrigen Brüder wie aus einem Mund. Der Oberste Größte Meister bedachte sie mit einem durchdringenden Blick.

»In dieser Bruderschaft gibt es keinen Platz für Brüder, die nicht voll und ganz hinter uns stehen«, warnte er.

Die Brüder seufzten so erleichtert wie erschrockene Schafe, die gerade feststellten, daß sich ein Gatter des engen Pferchs öffnete. Sie stürmten sofort darauf zu.

»Mach dir deshalb keine Sorgen, Größter aller Größten Obersten Meister«, sagte Bruder Wachturm feurig.

»Hingebungsvoller Eifer — so lautet unsere Losung!« rief der Oberste Größte Meister.

»Losung, ja«, bestätigte Bruder Wachturm. Er stieß Bruder Stukkateur an, dessen Blick erneut zur Fußleiste glitt.

»Wie?« murmelte er. Und dann, etwas lauter: »Oh. Ja. Losung. Klar.«

»Und Vertrauen und Brüderlichkeit«, fügte der Oberste Größte Meister hinzu.

»Genau«, bekräftigte Bruder Finger. »Das auch.«

»Also *gut*«, brummte der Oberste Größte Meister. »Wenn es jemanden unter uns gibt, der nicht eifrig bemüht beziehungsweise nicht *versessen* darauf ist, das große Werk fortzusetzen, so möge er jetzt vortreten.«

Niemand bewegte sich.

Ich habe sie am Wickel, dachte der Oberste Größte Meister. *Bei allen Göttern, in dieser Hinsicht bin ich wirklich gut! Ihre schlichten und naiven Gemüter sind wie Knetmasse für mich. Meine Güte, die Kraft der Banalität ist wahrhaft erstaunlich! Wer hätte gedacht, daß sie nachhaltiger wirkt als Stärke? Aber man muß wissen, wie man sie in die richtige Richtung lenkt. Und ich weiß, worauf es dabei ankommt.*

»Na schön«, sagte er. »Und jetzt wiederholen wir den Schwur.«

Er sprach die Eidformel, lauschte den stotternden, ängstlichen Stimmen der Brüder und erlaubte sich in Gedanken ein anerkennendes Nicken, als er hörte, wie widerstrebend sie das Wort ›Wabbel‹ formulierten. Außerdem behielt er Bruder Finger im Auge.

Er ist ein wenig intelligenter als die anderen, dachte der Oberste Größte Meister. *Besser gesagt: Er ist nicht ganz so leichtgläubig. Ich sollte darauf achten, immer als letzter zu gehen. Sonst kommt er auf die Idee, mir nach Hause zu folgen.*

Man benötigt eine besondere Denkweise, um eine Stadt wie Ankh-Morpork zu regieren, und Lord Vetinari brachte alle notwendigen Voraussetzungen mit. Kein Wunder: Er war ein besonderer Mann.

Er verwirrte und verärgerte die Handelsherrn so sehr, daß sie schon vor Jahren alle Versuche eingestellt hatten, ihn umbringen zu lassen. Fortan konzentrierten sie ihren Ehrgeiz darauf, sich gegenseitig aus dem Weg zu räumen. Nun, einem Meuchelmörder wäre es ohnehin alles andere als leicht gefallen, beim Patrizier genug Fleisch zu finden, um einen Dolch hineinzustoßen.

Während sich andere Lords von Lerchen und gepökelten Pfauenzungen ernährten, hielt Lord Vetinari ein Glas abgekochtes Wasser und eine Scheibe trockenes Brot für völlig ausreichend.

Der Patrizier konnte einen wirklich zur Verzweiflung bringen. Er schien überhaupt kein entdeckbares Laster zu haben. Das blasse pferdeartige Gesicht schien darauf hinzudeuten, daß er gern mit Peitschen und Nadeln umging, daß er großen Gefallen an jungen Frauen in dunklen Kerkern fand. Derartige Neigungen hätten die anderen Lords sofort akzeptiert. Mit Peitschen und Nadeln war ihrer Ansicht nach alles in Ordnung, solange man das Maß wahrte. Doch der Patrizier verbrachte den Abend offenbar damit, Berichte zu lesen und bei besonderen Anlässen — wenn er sich ein wenig Aufregung wünschte — Schach zu spielen.

Er zog schwarze Kleidung vor. Es handelte sich nicht um ein sehr beeindruckendes Schwarz, wie es die besten Meuchler benutzten. Nein, es war das ernste, etwas schäbige Schwarz eines Mannes, der morgens nicht darüber nachdenken möchte, was er anziehen soll. Man mußte früh aufstehen, wenn man es auf den Patrizier abgesehen hatte. Besser noch: Man sollte erst gar nicht zu Bett gehen.

Doch er erfreute sich auch einer gewissen Beliebtheit. Seine Herrschaft brachte zum erstenmal seit tausend Jahren *Ordnung* in die Stadt. Sie war nicht fair oder demokratisch, aber sie *funktionierte.* Er pflegte sie mit der gleichen Hingabe, die ein Gärtner Ziersträuchern entgegenbringt: Ab und zu ermutigte er hier das Wachstum oder schnitt dort einen unpassenden Zweig ab. Es heißt, Lord Vetinari toleriere praktisch alles, abgesehen von Dingen, die Ankh-Morpok bedrohten*, und genau darum ging es nun ...

Er starrte eine Zeitlang auf die Wand, während ihm

---

* Und abgesehen von Pantomimen. Eine seltsame Abneigung, ja, aber selbst der Patrizier war nicht vor menschlichen Schwächen geschützt. Wer mit weiter Hose und weißem Gesicht versuchte, irgendwo in der Stadt seine Kunst zu zeigen, fand sich kurze Zeit später in einer Skorpiongrube wieder, an deren hohen Mauer der Hinweis stand: Jetzt kommt es auf die richtigen Worte an.

der Regen vom Kinn tropfte und die Kleidung durchnäßte. Hinter ihm wartete ein nervöser Wonse.

Schließlich streckte der Patrizier eine lange, schmale, von blauen Adern durchzogene Hand aus und strich über den Rand der Schatten.

Nun, eigentlich waren es keine Schatten, eher Silhouetten. Die Konturen zeichneten sich ganz deutlich ab, doch in ihrem Innern gab es nur das vertraute Ziegelmuster. An den übrigen Stellen hatte irgend etwas die Wand so sehr erhitzt, daß sie einen recht hübschen keramischen Glanz gewann, der den alten Steinen die erstaunliche Qualität eines Spiegels verlieh.

Die Schemen auf der Mauer zeigten sechs verblüfft erstarrte Männer. Verschiedene gehobene Hände hatten ganz offensichtlich Messer und Dolche gehalten.

Der Patrizier senkte den Kopf und betrachtete stumm den Aschehaufen zu seinen Füßen. Einige Streifen aus geschmolzenem Metall darin mochten einst jene Waffen gewesen sein, deren Form als Brandschatten in der Mauer verewigt worden war.

»Hmm«, sagte er.

Hauptmann Mumm führte Lord Vetinari respektvoll in die Gasse des schnellen Glücks und zeigte dort auf Beweisstück Eins.

»Fußspuren«, erklärte er. »Nun, das ist natürlich nicht ganz richtig, Herr. Sie stammen eher von Krallen. Man könnte sogar so weit gehen und behaupten, daß sie von Klauen verursacht wurden.«

Der Patrizier starrte mit ausdruckslosem Gesicht auf die Abdrücke im Schlamm.

»Ich verstehe«, erwiderte er nach einer Weile. »Hast du irgendeine Meinung dazu, Hauptmann?«

Das war tatsächlich der Fall. In der Zeit bis zur Morgendämmerung hatte sich Mumm verschiedene Meinungen gebildet und mit der Überzeugung begonnen, daß es ein großer Fehler gewesen war, geboren zu werden.

Dann erreichte das graue Licht selbst die Schatten, und er stellte erstaunt fest, noch immer am Leben und gar nicht geröstet zu sein. Mit der Erleichterung eines Idioten hatte er sich umgesehen — und nur einen Meter entfernt diese Spuren entdeckt. Das genügte, um von einem Augenblick zum anderen vollkommen nüchtern zu werden.

»Nun, Herr«, begann er, »ich weiß natürlich, daß die Drachen schon seit vielen tausend Jahren ausgestorben sind, Herr ...«

»Ja?« Der Patrizier kniff die Augen zu.

Hauptmann Mumm gab sich einen inneren Ruck. »Aber, Herr, die Frage lautet: Wissen *sie* das ebenfalls? Feldwebel Colon hat ein ledriges Geräusch gehört, kurz bevor, bevor, äh, bevor es zu dem ... Verbrechen kam.«

»Du glaubst also, ein ausgestorbener und ganz und gar mythischer Drache sei in die Stadt geflogen, um in dieser schmalen Gasse zu landen, einige Kriminelle zu verbrennen und dann wieder zu verschwinden?« fragte Lord Vetinari. »Allem Anschein nach handelte es sich um ein von Recht und Gesetz inspiriertes Geschöpf.«

»Nun, wenn du es so ausdrückst ...«

»Wenn ich mich recht entsinne«, fuhr der Patrizier fort, »waren die legendären Drachen Einzelgänger, die Menschen mieden und einsame, gottverlassene Orte vorzogen. Man kann sie wohl kaum als *städtische* Wesen bezeichnen.«

»Nein, Herr«, sagte der Hauptmann und biß sich auf die Zunge, um sie an folgender Bemerkung zu hindern: Wenn man einen gottverlassenen Ort sucht, so kommen gerade die Schatten in Frage.

»Außerdem ...«, fügte Lord Vetinari hinzu. »Man sollte meinen, daß jemand etwas bemerkt hätte.«

Mumm nickte in Richtung Wand und deutete auf den schrecklichen Fries. »Abgesehen von den Leuten, Herr?«

»Meiner Ansicht nach haben wir es hier mit dem Ergebnis eines Bandenkrieges zu tun«, sagte der Patrizier. »Wahrscheinlich hat irgendeine Verbrechergruppe einen Zauberer in ihre Dienste genommen. Mit anderen Worten: Es ist ein lokales Problem.«

»Vielleicht steht es mit den seltsamen Diebstählen in Zusammenhang, Herr«, warf Wonse ein.

»Und die Fußspuren, Herr?« fragte Hauptmann Mumm stur

»Wir sind hier in der Nähe des Flusses«, stellte der Patrizier fest. »Vermutlich stammen die Spuren von — von einer Art Stelzvogel. Reiner Zufall«, betonte er. »Aber sie sollten trotzdem beseitigt werden. Wir möchten doch vermeiden, daß die Leute auf komische Ideen kommen und voreilige Schlußfolgerungen ziehen, nicht wahr?« schloß Lord Vetinari scharf.

Hauptmann Mumm fügte sich.

»Wie du wünschst, Herr«, murmelte er und betrachtete seine Sandalen.

Der Patrizier klopfte ihm auf die Schulter.

»Mach nur weiter so«, sagte er. »Ich bin sehr zufrieden mit dir. Du hast Initiative gezeigt. Sehr lobenswert. Und du nimmst deine Pflichten ernst genug, um auch in den Schatten zu patrouillieren. Ausgezeichnet.«

Lord Vetinari drehte sich um — und prallte fast gegen eine Kettenhemdwand, die den Namen Karotte trug.

Hauptmann Mumm beobachtete entsetzt, wie der neue Rekrut auf die Kutsche des Patriziers zeigte. Sechs Angehörige der Palastwache standen dort, bis an die Zähne bewaffnet und sehr aufmerksam. Sie strafften ihre Gestalt und wurden noch etwas wachsamer. Mumm verabscheute die Männer. Sie trugen Federn an den Helmen, und er haßte mit Federn geschmückte Wächter.

»Entschuldige bitte, Herr«, sagte Karotte, »ist das deine Kutsche, Herr?«

Lord Vetinari musterte ihn von Kopf bis Fuß. »Ja«, erwiderte er. »Wer bist du, junger Mann?«

Karotte salutierte. »Obergefreiter Karotte, Herr.«

»Karotte, Karotte. Der Name klingt irgendwie vertraut.«

Lupin Wonse beugte sich vor und flüsterte dem Patrizier etwas ins Ohr. Daraufhin erhellte sich Lord Vetinaris Gesicht. »Ah, der junge Diebesfänger. Nun, da ist dir ein kleiner Fehler unterlaufen, aber du hast es sicher gut gemeint. Vor dem Gesetz sind alle gleich, wie?«

»Ja, Herr«, bestätigte Karotte.

»Eine anerkennenswerte Einstellung«, meinte der Patrizier. »Und nun, meine Herren ...«

»Was die Kutsche betrifft ...«, sagte Karotte hartnäkkig. »Mir ist aufgefallen, daß das vordere linke Rad entgegen der Vorschriften ...«

Er will den Patrizier verhaften! fuhr es Mumm durch den Sinn. Der eisige Gedanke rollte ihm wie eine Lawine durch das Bewußtsein. *Er will tatsächlich den Patrizier verhaften. Den obersten Herrscher. Gleich führt er ihn ab. Ja, dazu ist er wirklich fähig. Das Wort ›Furcht‹ kennt er überhaupt nicht. Oh, es würde vollkommen genügen, wenn ihm die Bedeutung des Wortes ›Überleben‹ klar wäre ...*

Stimmbänder, Zunge und Lippen des Hauptmanns schienen von einer seltsamen Lähmung befallen zu sein.

Wir sind alle so gut wie tot. Oder schlimmer noch: Der Patrizier macht sich einen Spaß daraus, uns in seinen Kerker zu werfen. Und wir kennen seinen Humor — er hat keinen.

Genau in diesem Augenblick verdiente sich Feldwebel Colon eine metaphorische Medaille.

»Obergefreiter Karotte!« rief er. »Aaa-chtung! Obergefreiter Karotte, keeehrt-um! Obergefreiter Karotte, maaarsch-marsch!«

Karotte nahm Haltung an wie ein Pfahl, den man ruckartig aufrichtet. Sein Gesicht brachte die grimmige Bereitschaft zum Ausdruck, kompromißlosen Gehorsam zu leisten.

»Ein guter Mann, jener Mann«, sagte der Patrizier nachdenklich, als Karotte steifbeinig davonmarschierte.

»Weitermachen, Hauptmann. Ich nehme an, du gehst gegen alle Gerüchte über Drachen vor, nicht wahr?«

»Ja, Herr«, erwiderte Mumm.

»Guter Mann.«

Die Kutsche rollte fort, und die sechs Palastwächter folgten ihr im Dauerlauf.

Mumm hörte die Stimme des Feldwebels wie aus weiter Ferne. Colon befahl dem sich rasch entfernenden Karotte, stehenzubleiben und zurückzukehren.

Unterdessen dachte der Hauptmann nach.

Erneut betrachtete er die Spuren im Schlamm. Mit seiner Dienstpike — sie war genau zwei Meter lang — maß er die Größe der Abdrücke und den Abstand zwischen ihnen. Er pfiff leise durch die Zähne. Dann ging er langsam und äußerst vorsichtig an der Mauer entlang und sah um die Ecke — die Gasse endete an einer kleinen, schmutzigen und verriegelten Hintertür eines Holzgebäudes.

Irgend etwas geht hier nicht mit rechten Digen zu, dachte Mumm.

Die Fußspuren — beziehungsweise *Klauen*spuren — führten aus der Gasse heraus, jedoch nicht in sie hinein. Außerdem gab es nicht viele Stelzvögel im Ankh, weil der Dreck im Wasser (oder die Flüssigkeit im Dreck) innerhalb weniger Sekunden ihre Beine auflöste. Ganz abgesehen davon: Es wäre ohnehin einfacher für sie gewesen, *auf* dem Fluß zu stehen.

Mumm hob den Kopf. Hunderte von Wäscheleinen reichten zwischen den Wänden der Gasse hin und her, bildeten ein selbst für schlanke Fliegen völlig undurchdringliches Netz.

Es läuft also auf folgendes hinaus, dachte der Hauptmann. *Etwas Großes und Feuriges hat die Gasse verlassen, ohne sie vorher zu betreten.*

Und der Patrizier ist deshalb sehr besorgt.

Er hat mich augefordert, den Zwischenfall zu vergessen.

Am Ende der Gasse bemerkte er noch etwas anderes, bückte sich und hob eine frische leere Erdnußschale auf.

Mumm warf sie von Hand zu Hand und starrte ins Leere.

Er brauchte jetzt etwas zu trinken. Andererseits: Vielleicht sollte er noch ein wenig damit warten.

Der Bibliothekar wankte eilig durch die dunklen Gänge zwischen den schlummernden Bücherregalen.

Die Dächer der Stadt gehörten ihm. Oh, Meuchelmörder und Diebe benutzten sie ab und zu, aber er hatte schon vor langer Zeit festgestellt, daß der Wald aus Schornsteinen, Strebepfeilern, Steinfiguren und Wetterfahnen eine gute und manchmal auch recht angenehme Alternative zu den Straßen darstellte.

Zumindest bis jetzt.

Er hatte es zunächst für amüsant und interessant gehalten, der Wache in die Schatten zu folgen, einen urbanen Dschungel, der für einen dreihundert Pfund schweren Affen keine Gefahren bereithielt. Doch als er sich hoch oben durch die dunklen Gassen schwang, sah er einen gestaltgewordenen Alptraum, der Menschen sicher dazu veranlaßt hätte, ihren Augen nicht mehr zu trauen.

Als Affe hatte er überhaupt keinen Grund, an seinen Augen zu zweifeln. Er vertraute ihnen die ganze Zeit über.

Derzeit wollte er ihren Blick auf ein Buch richten, von dem er sich Hinweise erhoffte. Es befand sich in einem Teil der Bibliothek, für den kaum mehr jemand Interesse aufbrachte. Die dortigen Bücher waren eigentlich gar nicht magisch. Auf dem Boden hatte sich eine anklagende Staubschicht gebildet

Und jetzt zeigten sich Fußspuren darin.

»Ugh?« fragte der Bibliothekar in der warmen Düsternis.

Er setzte den Weg vorsichtig fort und stellte sich schließlich der unausweichlichen Erkenntnis, daß die Spuren in die gleiche Richtung führten wie seine, nun, Schritte.

Kurz darauf schob er sich um eine Ecke — und erstarrte.

Der richtige Gang.

Der richtige Bücherschrank.

Das richtige Regal.

Die Lücke.

Es gibt viele schreckliche Anblicke im Multiversum. Doch für eine Seele, die an den subtilen Rhythmus einer Bibliothek gewöhnt ist, existiert kein schrecklicherer Anblick als ein Loch dort, wo sich eigentlich ein Buch befinden sollte.

Jemand hatte das Buch gestohlen.

※

Der Patrizier befand sich im Rechteckigen Büro, seinem persönlichen Sanktuarium. Mit langen Schritten wanderte er umher und diktierte Anweisungen.

»Beauftrage auch einige Männer damit, die Wand neu zu streichen«, sagte er.

Lupin Wonse wölbte eine Braue.

»Hältst du das für klug, Herr?« fragte er.

»Ein Fries aus gespenstischen Gedanken fordert Kommentare und Spekulationen heraus«, erwiderte Lord Vetinari mürrisch.

»Das gilt auch für frische Farbe in den Schatten«, stellte Wonse ruhig fest.

Der Patrizier zögerte kurz. »Guter Hinweis«, meinte er knapp. »Laß die verdammte Mauer abreißen!«

Am Ende des Zimmers drehte er sich ruckartig und

marschierte erneut los. *Drachen!* dachte er. *Als wenn es nicht schon genug* wirklich *wichtige Dinge gäbe, die meine Aufmerksamkeit erfordern.*

»Glaubst du an Drachen?«

Wonse schüttelte den Kopf. »Sie sind unmöglich, Herr.«

»So heißt es jedenfalls«, murmelte Lord Vetinari. Eine Kehrtwendung an der anderen Wand.

»Soll ich mit zusätzlichen Ermittlungen beginnen?« erkundigte sich Wonse.

»Ja. Gute Idee.«

»Und ich werde dafür sorgen, daß es die Wache nicht an der nötigen Diskretion fehlen läßt«, fügte Wonse hinzu.

Der Patrizier blieb stehen. »Die Wache? Die Wache? Mein lieber Junge, die Wache besteht aus unfähigen Narren unter dem Befehl eines Trunkenbolds. Ich habe Jahre gebraucht, um dieses Ziel zu erreichen. Um die *Wache* brauchen wir uns gewiß keine Sorgen zu machen.«

Er überlegte einige Sekunden lang. »Hast du jemals einen Drachen gesehen, Wonse? Einen *großen,* meine ich. Oh, sie sind natürlich unmöglich, wie du eben selbst gesagt hast.«

»Sie existieren nur in Legenden, Herr«, antwortete der Sekretär. »Reiner Aberglaube.«

»Hmm«, brummte der Patrizier. »Und Legenden sind natürlich, nun, legendär.«

»Genau, Herr.«

»Trotzdem ...« Lord Vetinari zögerte erneut und musterte Wonse nachdenklich. »Na schön, kümmere dich darum. Ich möchte nicht, daß die Leute damit beginnen, über Drachen zu reden. Das schafft nur Unruhe. Schieb der Sache einen Riegel vor.«

Als der Patrizier allein war, trat er ans Fenster und blickte bedrückt über die beiden vom Fluß getrennten Hälften der Stadt. Es nieselte wieder.

Ankh-Morpork! Ein urbaner Ameisenhaufen aus hunderttausend Seelen. Und die Anzahl der mehr oder weniger menschlichen Bewohner war zehnmal so groß, wußte Lord Vetinari. Der frische Regen glänzte auf dem Panorama aus Türmen und Dächern, ahnte nichts von der bitteren und bösen Welt, die er benetzte. Glücklicherer Regen fiel auf Hochlandschafe, flüsterte sanft über Wäldern oder platschte ein wenig inzestuös ins Meer. Doch der Regen, der über Ankh-Morpork niederging, geriet in Schwierigkeiten. In Ankh-Morpork stellte man schreckliche Dinge mit Wasser an. Daß man es ab und zu trank, war nur der Anfang.

Der Patrizier fand Gefallen an der Vorstellung, eine *funktionierende* Stadt zu beobachten. Es war keine schöne Stadt, und sie genoß auch keinen besonders guten Ruf. Gewisse Gerüche wiesen darauf hin, daß ein Kanalisationssystem fehlte, und in architektonischer Hinsicht schien Ankh-Morpork eher benachteiligt zu sein. Selbst die treuesten Bürger der Stadt mußten eingestehen, daß Ankh-Morpork (von oben betrachtet) folgenden Eindruck erweckte: Jemand schien versucht zu haben, mit Stein und Holz eine Wirkung zu erzielen, wie man sie vom Pflaster vor jenen Imbißstuben kennt, die vierundzwanzig Stunden am Tag geöffnet sind.

Aber trotzdem funktionierte die Stadt. In ihr brodelte die gleiche vitale Aktivität wie in einem kurz vor dem Ausbruch stehenden Vulkan. Doch es kam nie zur Eruption, und dafür, so fand der Patrizier, gab es nur einen Grund: Keine Interessengruppe in Ankh-Morpork war stark genug, um bis zum Kraterrand zu klettern. Kaufleute, Diebe, Meuchelmörder, Zauberer — sie alle bemühten sich, das Rennen zu gewinnen, und niemand von ihnen begriff, daß überhaupt kein Rennen nötig war. Niemand von ihnen brachte den anderen genug Vertrauen entgegen, um zu fragen, wer die Rennstrecke abgesteckt hatte und wer die Startfahne in der Hand hielt.

Lord Vetinari verabscheute das Worte ›Diktator‹. Es beleidigte ihn. Er gab den Stadtbewohnern nie Befehle; glücklicherweise war das auch gar nicht nötig. Einen großen Teil seiner Zeit verbrachte er damit, die Dinge so zu gestalten, daß alles beim alten blieb.

Natürlich existierten verschiedene Gruppen, die ihn stürzen wollten, doch daran gab es überhaupt nichts auszusetzen: Es handelte sich um die üblichen Symptome einer gesunden und dynamischen Gesellschaft. In dieser Hinsicht konnte ihn niemand als unvernünftig bezeichnen. Immerhin hatte er die meisten entsprechenden Organisationen selbst gegründet. Es amüsierte den Patrizier, daß sie fast ihre ganze verschwörerische Kapazität nutzten, um sich gegenseitig zu bekämpfen.

Lord Vetinari erachtete die menschliche Natur als ein wundervolles Phänomen. Sie bot viele Möglichkeiten — wenn man ihre schwachen Stellen kannte.

Die Sache mit dem Drachen ließ vages Unbehagen in ihm entstehen. Wenn es irgendein Geschöpf gab, das keine schwachen Stellen hatte, so hieß es Drache. Dieses Problem mußte so schnell wie möglich gelöst werden.

Der Patrizier hielt nichts von unnötiger Grausamkeit.* Er hielt auch nichts von sinnloser Rache. Aber er vertrat den unerschütterlich festen Standpunkt, daß Probleme gelöst werden mußten.

Seltsamerweise gingen Hauptmann Mumm ähnliche Gedanken durch den Kopf. Er konnte sich nicht mit der Vorstellung anfreunden, daß man Bürger der Stadt — selbst der Schatten — als keramisches Färbemittel verwendete.

---

* Er zögerte natürlich nicht, nötige Grausamkeit als ein geeignetes Mittel der Regierungspolitik einzusetzen.

Außerdem war es praktisch in Gegenwart der Wache geschehen. Als spiele die Wache überhaupt keine Rolle. Als sei die Wache völlig bedeutungslos. Das wurmte.

Und es wurmte noch viel mehr, weil es stimmte.

Ein nicht unerheblicher Teil von Mumms Ärger basierte auf der Tatsache, daß er seine Befehle mißachtet hatte. Oh, sicher, die Spuren in der Gasse existierten jetzt nicht mehr. Aber in der untersten Schublade des alten Schreibtischs, verborgen unter mehreren leeren Flaschen, lag ein Gipsabdruck. Er glaubte, seinen Blick zu spüren, durch drei dicke Holzschichten.

Der Hauptmann wußte überhaupt nicht, was in ihn gefahren war. Und jetzt begab er sich noch weiter aufs sprichwörtliche Glatteis.

Mumm musterte seine, nun, Truppe — es fiel ihm kein besserer Ausdruck ein. Er hatte die beiden Senior-Wächter gebeten, in ziviler Kleidung zu kommen. Was bedeutete, daß Feldwebel Colon, der sein ganzes Leben in Uniform verbracht hatte, ziemlich verlegen wirkte. Er trug jetzt seinen Beerdigungsanzug. Nobby hingegen ...

»Offenbar habe ich mich nicht klar genug ausgedrückt, als ich von ›ziviler‹ Kleidung sprach«, sagte Mumm.

»Dieses Zeug trage ich immer in meiner Freizeit, Chef«, erwiderte Nobby eingeschnappt.

»Sir«, korrigierte Feldwebel Colon.

»Meine Stimme ist ebenfalls in Zivil«, brummte Nobby. »Initiative. Darum geht's.«

Mumm ging langsam um dem Korporal herum.

»Und deine zivile Kleidung veranlaßt keine alten Frauen dazu, in Ohnmacht zu fallen?« fragte er. »Kleine Kinder ergreifen nicht die Flucht, wenn sie dich in dieser Aufmachung sehen?«

Nobby verlagerte unsicher das Gewicht vom einen Bein aufs andere. Mit Ironie kannte er sich kaum aus.

»Nein, Sir, Chef«, antwortete er. »Es ist die neueste Mode.«

Das stimmte in gewisser Weise. Derzeit galten in Ankh Federhüte, Halskrausen, ausgeschnittene Wämser mit goldenem Plüsch, weite Hosen und Stiefel mit Ziersporen als letzter Schrei. Allerdings hatten die meisten modebewußten Bürger genug Körper, um die einzelnen Teile auszufüllen, während man von Korporal Nobbs nur sagen konnte, daß er irgendwo dortdrin steckte.

Nun, vielleicht ergab sich sogar ein Vorteil daraus. Niemand, der Nobby in dieser Ausstattung auf der Straße sah, hielt ihn für einen Wächter, der unverdächtig wirken wollte.

Hauptmann Mumm dachte plötzlich daran, daß er überhaupt nichts von dem *Zivilisten* namens Nobbs wußte. Er konnte sich nicht einmal daran erinnern, wo der Korporal wohnte. Schon seit vielen Jahren kannte er ihn, doch erst jetzt dämmerte ihm die Erkenntnis, daß Nobby in seinem geheimen Privatleben eine Art Geck war. Ein sehr *kleiner* Geck, ja, ein Geck, den man immer wieder mit einem schweren Gegenstand geschlagen hatte, aber trotzdem ein Geck. Noch ein Beweis dafür, daß man nie vor Überraschungen gefeit war.

Mumm konzentrierte sich wieder auf den bevorstehenden Einsatz.

Er blickte Nobbs und Colon an. »Ich möchte, daß ihr euch heute abend unauffällig — beziehungsweise auffällig, Korporal — unter die Leute mischt und versucht, irgend etwas, äh, Ungewöhnliches aufzuspüren.«

»Was denn, zum Beispiel?« fragte der Feldwebel.

Mumm zögerte. Er wußte es selbst nicht genau. »Ich meine, äh, sachdienliche Hinweise.«

»Oh.« Colon nickte klug. »Sachdienliche Hinweise. Völlig klar.«

Betretenes Schweigen folgte.

»Vielleicht ist jemandem etwas Seltsames aufgefallen«, erklärte Hauptmann Mumm. »Unerklärliche Feuer. Oder Fußspuren. Ihr wißt schon«, fügte er verzweifelt hinzu. »Irgendwelche Dinge, die auf Drachen hindeuten.«

»Du meinst sicher Goldschätze, auf denen jemand geschlafen hat«, entgegnete der Feldwebel.

»Und an Felsen gefesselte Jungfrauen«, ergänzte Nobbs weise.

»Ich habe gewußt, daß ihr euch mit solchen Sachen auskennt.« Mumm seufzte. »Haltet die Augen offen!«

»Dieses Unter-die-Leute-mischen«, fragte Feldwebel Colon vorsichtig, »bedeutet das auch, daß wir Tavernen besuchen und dort mit den Gästen trinken müssen und so?«

»Unter anderem, ja.« Mumm nickte.

»Ah.« Der Feldwebel lächelte glücklich.

»In Maßen.«

»Selbstverständlich, Sir.«

»Und auf eure eigenen Kosten.«

»Oh.«

»Bevor ihr geht ...« Der Hauptmann legte eine kurze Pause ein. »Ist euch vielleicht jemand bekannt, der über Drachen *Bescheid weiß?* Ich meine, abgesehen von gefesselten jungen Frauen und dem Schlafen auf Gold.«

»Zauberer müßten eigentlich ...«, begann Nobby.

»Abgesehen von Zauberern«, sagte Mumm fest. Zauberern konnte man nicht vertrauen. Jeder Wächter wußte, daß man Zauberern nicht vertrauen konnte. Sie waren noch schlimmer als Zivilisten.

Colon überlegte gründlich. »Wir könnten uns an Lady Käsedick wenden. Sie wohnt in der Teekuchenstraße und züchtet Sumpfdrachen. Ihr wißt schon, die kleinen Biester, die sich manche Leute als Haustiere halten.«

»Oh, *die* Lady!« brummte Mumm. »Ich glaube, ich habe sie schon einmal gesehen. Hat einen Wer-wiehertmag-Drachen-Aufkleber hinten an ihrer Kutsche, nicht wahr?«

»Genau«, sagte Feldwebel Colon. »Sie ist verrückt.«

»Und welchen Auftrag bekomme *ich*, Sir?« fragte Karotte.

»Äh, den mit Abstand wichtigsten«, erwiderte Mumm hastig. »Ich möchte, daß du hier im Büro bleibst. Damit die Bürger der Stadt einen, äh, Ansprechpartner haben.«

In Karottes Gesicht wuchs langsam ein ungläubiges Lächeln.

»Soll das heißen, ich nehme Anzeigen entgegen, Sir?«

»Wenn es sich nicht vermeiden läßt ...«, entgegnete Mumm. »Aber du wirst niemanden verhaften, klar?« fügte er rasch hinzu.

»Nicht einmal dann, wenn ich einen Verbrecher überführe, Sir?«

»Nicht einmal dann. In solchen Fällen nimmst du nur ein, äh, Protokoll auf.

»Na schön«, sagte Karotte. »Dann lese ich in meinem Buch. Und putze den Helm.«

»Guter Junge«, lobte der Hauptmann. *Ich schätze, das ist sicher genug,* dachte er. *Niemand kommt hierher. Man wendet sich nicht einmal an uns, um einen entlaufenen Hund zu melden. Neunundneunzig Komma neun Prozent der Stadt beachten uns nicht.* Bitterkeit regte sich in Mumm. *Nur die Verzweifelten im Endstadium der Hoffnungslosigkeit bitten die Wache um Hilfe.*

Die Teekuchenstraße war breit und von hohen Bäumen gesäumt. Sie gehörte zu einem ausgesprochen exklusiven Viertel von Ankh, das sich auf einem hohen Hügel erstreckte und deshalb von den recht intensiven Gerüchen des Flusses verschont blieb. Die Bewohner der Teekuchenstraße besaßen altes Geld, das angeblich besser sein sollte als neues Geld — Hauptmann Mumm hatte nie Gelegenheit gefunden, den Unterschied festzustellen. Die Bewohner der Teekuchenstraße ließen sich von eigenen Leibwächtern schützen. Die Bewohner der Teekuchenstraße standen in dem Ruf, so unnahbar und hochmütig zu sein, daß sie nicht einmal mit den Göttern sprachen. Nun, das grenzte an eine Verleumdung. Sie *sprachen* mit den Göttern, vorausgesetzt, es handelte sich um gut erzogene Götter, die aus anständigen Familien stammten.

Es fiel nicht weiter schwer, Lady Käsedicks Haus zu finden. Das Gebäude erhob sich auf einem breiten Felsvorsprung, vom dem aus man einen prächtigen Blick über die Stadt hatte — falls man Wert darauf legte. Auf den Torpfosten standen steinerne Drachen, und der Garten wirkte ungepflegt. Statuen längst verstorbener Angehöriger der Käsedick-Dynastie ragten aus dem wuchernden Grün. Die meisten von ihnen verfügten über Schwerter und waren bis zum Hals mit Efeu bedeckt.

Mumm beobachtete sie eine Zeitlang und vermutete, daß es den Eigentümern des Gartens keineswegs an den notwendigen finanziellen Mitteln mangelte, um das Anwesen in Ordnung zu bringen und die Statuen von ihren grünen Mänteln zu befreien. Sie schienen vielmehr der Ansicht zu sein, daß es wichtigere Dinge gab als Vorfahren — eine für Aristokraten höchst ungewöhnliche Einstellung.

Offenbar waren sie auch der Meinung, daß man durchaus auf Gebäudepflege und dergleichen verzichten konnte. Als der Hauptmann die Türklingel des hübschen alten Hauses betätigte — es stand in einem blühenden Rhododendronwald —, lösten sich mehrere Putzfladen von der Wand.

Ansonsten geschah nichts, sah man einmal davon ab, daß hinter dem Haus irgendwelche *Dinge* heulten.

Es begann wieder zu regnen. Nach einer Weile erinnerte sich Hauptmann Mumm an die Würde seines Amtes, ging an dem Gebäude vorbei und wahrte dabei vorsichtshalber einen Abstand von mehreren Metern — falls die Mauern plötzlich nachgaben.

Kurze Zeit später erreichte er eine massive Holztür in einer massiven Holzwand. Verglichen mit der Baufälligkeit des Hauptgebäudes wirkte beides erstaunlich neu und solide.

Mumm klopfte an, woraufhin sich das Geheul wiederholte. Diesmal ertönte auch zischendes Fauchen.

Die Tür öffnete sich, und etwas Monströses starrte auf den Hauptmann herab.

»Ah, guter Mann!« donnerte eine Stimme. »Kennst du dich mit der Paarung aus?«

Im Wachhaus war es still und warm. Karotte lauschte dem leisen Zischen des Sands im Stundenglas und konzentrierte sich dann wieder darauf, seinen Brustharnisch zu putzen. Die jahrhundertealte Schmutzkruste versuchte vergeblich, seinen Säuberungsbemühungen zu widerstehen. Das Metall glänzte.

Mit einem schimmernden Brustharnisch wußte man genau, woran man war. Die Stadt erschien Karotte seltsam und rätselhaft: Zwar gab es viele Gesetze, aber die Bürger versuchten ständig, sie zu mißachten. Doch ein schimmernder Brustharnisch war ein Brustharnisch, der schimmerte — daran konnte überhaupt kein Zweifel bestehen.

Die Tür schwang auf. Karotte blickte über den alten Schreibtisch. Weit und breit niemand zu sehen.

Erneut rieb er den Lappen energisch übers Metall.

Ein leises Geräusch erklang, und offenbar stammte es von jemandem, der nicht länger warten wollte. Zwei mit purpurnen Fingernägeln ausgestattete Hände schoben sich um den Rand des Schreibtischs, und langsam kam der Kopf des Bibliothekars zum Vorschein. Es sah nach einer Kokosnuß aus, die in Zeitraffer wuchs.

»Ugh.«

Karotte starrte verblüfft. Man hatte ihm sorgfältig erklärt, daß im Falle des Bibliothekars der äußere Eindruck täuschte und Gesetze in bezug auf die Tierwelt bei ihm nicht zur Anwendung kamen. Andererseits: Der Bibliothekar gab sich auch keine besondere Mühe, die für Menschen bestimmten Vorschriften zu achten. Er gehörte zu jenen kleinen Anomalien, die man einfach hinnehmen mußte.

»Hallo«, sagte Karotte unsicher. (»Nenn ihn nicht ›Kleiner‹ oder ›Junge‹. Das verärgert ihn immer. Er hat es auch nicht gern, wenn man ihm auf die Schulter klopft.«)

»Ugh.«

Der Bibliothekar hob einen langen, mit mehreren Gelenken ausgerüsteten Finger.

»Wie bitte?«

»Ugh.«

»Was meinst du?«

Der Bibliothekar rollte mit den Augen. Er fand es sonderbar, daß es angeblich intelligenten Hunden, Pferden und Delphinen nie schwerfiel, den Menschen wichtige Nachrichten zu übermitteln, sie zum Beispiel darauf hinzuweisen, daß sich drei Kinder in einer Höhle verirrt hatten oder daß der Zug über jene Gleise rollte, die zur eingestürzten Brücke führten. Ihn, den Bibliothekar, trennten nur einige wenige Chromosomen von einer Weste, aber trotzdem schaffte er es nicht, einen durchschnittlichen Menschen zu bewegen, aus dem Regen zu treten und ihm an einem warmen Kamin Gesellschaft zu leisten.

»Ugh!« drängte er und winkte.

»Ich kann das Büro nicht verlassen«, sagte Karotte. »Befehl ist Befehl.«

Die Oberlippe des Bibliothekars rollte wie eine Jalousie zurück.

»Soll das ein Lächeln sein?« fragte Karotte. Der Bibliothekar schüttelte den Kopf.

»Jemand hat ein Verbrechen begangen, nicht wahr?«

»Ugh.«

»Ein schlimmes Verbrechen?«

»Ugh!«

»So schlimm wie Mord?«

»Iiek.«

»Noch schlimmer als Mord?«

»Iiek!« Der Bibliothekar wankte zur Tür und sprang dort aufgeregt umher.

Karotte schluckte. Befehle waren Befehle, ja, aber er konnte nicht zulassen, daß irgendein skrupelloser und durch und durch böser Bösewicht sein Unwesen trieb. Die Schurken dieser Stadt schreckten vor nichts zurück.

Er schnallte den Brustharnisch an, schraubte den funkelnden Helm auf den Kopf und marschierte zur Tür.

Dann erinnerte er sich an seine Verantwortung, kehrte zum Schreibtisch zurück, griff nach einem Zettel und schrieb mühsam: *Ich bekämpfe das Verbrechen. Bitte komm später noch einmal vorbei. Vielendank.*

Und *dann* trat Karotte auf die Straße, furchtlos und mit blitzblankem Brustharnisch.

Der Oberste Größte Meister hob die Arme.

»Brüder«, intonierte er, »laßt uns beginnen ...«

Es war so leicht. Es genügte, das große septische Reservoir aus Eifersucht, Zorn und Groll zu kanalisieren, das die Brüder in einem solchen Übermaß besaßen, ihren banalen Ärger zusammenzuballen, der weitaus mehr Kraft hatte als das pure Böse. Und dann brauchte man nur noch eine mentale Hand auszustrecken, um ...

... nach dem Ort zu tasten, wohin die Drachen verschwunden waren.

❖

Hauptmann Mumm wurde am Arm gepackt und durch die Tür gezogen. Hinter ihm schloß sich der Zugang mit einem lauten Klicken.

»Es geht um Lord Rückenfreud Munterschuppe Klauenstoß III. von Ankh«, sagte die Erscheinung. Sie trug eine geradezu erschreckend große und besonders dicke Rüstung. »Ich glaube, er kommt einfach nicht damit klar.«

»Tatsächlich nicht?« erwiderte Mumm und wich zurück.

»Man braucht zwei dazu.«

»Zwei, ja«, hauchte Mumm. Seine Schulterblätter versuchten sich durch die Holzwand zu bohren.

»Könntest du mir vielleicht einen Gefallen tun?« donnerte das Monstrum.

»Was?«

»Ach, stell dich doch nicht so an, Mann! Du brauchst ihm nur in die Luft zu helfen. Um den schwierigen Teil kümmere ich mich. Es ist grausam, ich weiß, aber wenn er es heute nacht nicht schafft, muß ich das Messer holen. Nur die Stärksten dürfen überleben und so. Tja.«

Hauptmann Mumm riß sich zusammen. Offenbar hatte er es mit einer sexbesessenen potentiellen Mörderin zu tun, soweit sich trotz der seltsam unförmigen Kleidung eine Geschlechtsbestimmung vornehmen ließ. Wenn die Gestalt nicht weiblich war, so erlaubten Bemerkungen wie ›Um den schwierigen Teil kümmere ich mich‹ diverse Vorstellungen, die Mumm noch eine Zeitlang beschäftigen würden. Er wußte, daß die Reichen bei gewissen Dingen andere Angewohnheiten hatten, aber dies ging eindeutig zu weit.

»Gnädige Frau«, sagte er kühl, »ich bin Offizier der

Wache und muß dich darauf hinweisen, daß die von dir vorgeschlagene Verhaltensweise gegen die Gesetze der Stadt verstößt.« *Darüber hinaus auch gegen die der prüderen Götter,* fügte er in Gedanken hinzu. »Außerdem fordere ich dich hiermit auf, Seine Lordschaft unverzüglich freizulassen, ohne ihm irgendein Leid zuzufügen ...«

Die Gestalt starrte verblüfft auf ihn herab.

»Was?« brachte sie hervor. »Es ist *mein* verdammter Drache!«

⌘

»Möchtest du noch etwas zu trinken, Nicht-Korporal Nobby?« fragte Feldwebel Colon und schwankte leicht.

»Gute Idee, Nicht-Feldwebel Colon«, erwiderte Nobby.

Sie nahmen die Unauffälligkeit sehr ernst, und daher kamen die meisten Tavernen auf der Morpork-Seite des Flusses nicht für sie in Frage. Sie befanden sich nun in einer recht eleganten Schenke im Geschäftsviertel von Ankh, die es ihnen ermöglichte, ziemlich unauffällig zu sein. Die übrigen Gäste hielten sie für eine Art Kabarett.

»Ich habe nachgedacht«, verkündete Feldwebel Colon.

»Im Ernst?«

»Wenn wir die eine oder andere Flasche kaufen und nach Hause gehen, können wir noch viel unauffälliger sein.«

Nobby überlegte.

»Aber der Hauptmann meint doch, wir sollen Augen und Ohren offenhalten«, erwiderte er. »Er beauftragte uns damit, etwas aufzuspüren.«

»Das können wir auch bei mir zu Hause«, behauptete Feldwebel Colon. »Wir beobachten und lauschen die ganze Nacht über.«

»Das klingt nicht übel«, sagte Nobby. Es klang sogar immer besser, als er den Vorschlag in Gedanken wiederholte.

»Zuerst aber muß ich ein gewisses Örtchen aufsuchen«, brummte er.

»Ich ebenfalls«, murmelte der Feldwebel. »Nach einer Weile schlägt einem die Aufspürerei ganz schön auf die Blase, nich wahr?«

Sie wankten in die Gasse hinter der Taverne. Der Vollmond hing am Himmel, verbarg sich jedoch hinter einigen dichten Wolken. In der Dunkelheit stießen die beiden Wächter unauffällig gegeneinander.

»Bist du das, Aufspürer Feldwebel Colon?« fragte Nobby.

»Niemand anders! Kannst du jetzt die Tür des Aborts aufspüren, Aufspürer Korporal Nobbs? Wir suchen nach einer kleinen, dunklen und gemein wirkenden Tür, ahahaha.«

Nobby taumelte weiter, und kurz darauf klirrte und klapperte etwas. Der Korporal fluchte hingebungsvoll, und ein zischendes Fauchen ertönte, als eine der vielen Katzen Ankh-Morporks zwischen Nobbs Beinen hindurchschlüpfte und die Flucht ergriff.

»Hüübsches kleines Miezekätzchen«, sagte Nobby leise. Und dann: »Es war überhauptnich klein. Und ich *verabscheue* Katzen.«

»Ich halt's nicht länger aus.« Feldwebel Colon bezog an einer Ecke Aufstellung.

Sein grüblerisches Sinnieren wurde vom dumpfen Ächzen des Korporals unterbrochen.

»Bisse noch da, Feldwebel?«

»*Aufspürer* Feldwebel, Nobby«, entgegnete Colon freundlich.

Nobbys Stimme klang bedeutungsvoll und plötzlich völlig nüchtern. »Bleib ganz ruhig, Feldwebel — ich habe gerade einen Drachen fliegen gesehen.«

»Oh«, antwortete Colon und rülpste. »Ich kenne

Schmeißfliegen und so. Sind ganz schöne Brummer. Aber Drachenfliegen …«

»Ich meine einen fliegenden Drachen und keine verdammten Drachenfliegen, du Idiot!« stieß Nobby hervor. »Er hatte große Schwingen, und sie sahen aus wie, wie, wie — wie große Schwingen!«

Feldwebel Colon drehte sich würdevoll um. Das Gesicht des Korporals war so weiß, daß es in der Finsternis zu strahlen schien.

»Das ist *kein* Witz, Feldwebel!«

»Na schön«, sagte Colon. »Zeig ihn mir!«

Hinter ihm knarrte etwas. Mehrere Dachziegel fielen herunter und zerbrachen auf dem Kopfsteinpflaster.

Der Feldwebel drehte sich um — und sah den Drachen auf dem Dach.

»Da hockt ein Drache auf dem Dach!« platzte es aus ihm heraus. »Nobby, auf dem Dach sitzt ein *Drache!* Was soll ich jetzt tun, Nobby! Ein Drache sitzt auf dem Dach! Und er starrt mich an, Nobby!«

»Vielleicht solltest du die Hose hochziehen«, riet Nobby und duckte sich hinter die nächste Mauer.

Selbst ohne die verschiedenen Schichten ihrer Schutzkleidung wirkte Lady Sybil Käsedick außerordentlich beeindruckend. Mumm erinnerte sich an die Legenden der barbarischen mittwärtigen Völker. Darin war die Rede von großen, mit Kettenhemden und stählernen Büstenhaltern ausgestatteten Kriegerinnen, die auf Streitwagen übers Schlachtfeld donnerten, Gefallene in ein ruhmreiches, von ewigen Kämpfen geprägtes Leben nach dem Tod brachten und dabei in einem angenehmen Mezzosopran sangen. Lady Käsedick hätte eine von ihnen sein können. Man stellte sie sich unwillkürlich als Anführerin der entsprechenden Kriegerinnen vor. Sie wäre in der Lage gewesen, ein ganzes *Bataillon* fortzubringen. Wenn sie sprach, wirkte jedes Wort wie ein ordentlicher Klaps auf den Rücken und brachte die aristokratische Selbstsicherheit der durch und durch Wohlerzogenen zum Ausdruck. Allein die Vokale genügten, um Teakholz zu schneiden.

Mumms Vorfahren waren an solche Stimmen gewöhnt. Normalerweise erklangen sie hinter den Visieren dicker Rüstungen, die auf den Rücken von prächtigen Kriegsrössern saßen und darauf hinwiesen, es sei doch sicher eine gute Idee, nichwahr, den Feind anzugreifen und ihm eine ordentliche Lektion zu erteilen. Die Beine des Hauptmanns reagierten instinktiv und wollten Haltung annehmen.

Prähistorische Männer hätten Lady Käsedick verehrt. Tatsächlich war es ihnen gelungen, schon vor Jahrtausenden lebensgroße Statuen von ihr aus dem Fels zu meißeln. Eine Wolke aus dichtem kastanienfarbenen Haar umgab ihren Kopf — eine Perücke, wie Mumm später erfuhr. Wer sich mit Drachen beschäftigte, neigte irgendwann dazu, sein Haar zu verlieren.

Apropos Drachen: Einer hockte ihr auf der Schulter. Er hieß Klauenstoß Vincent Wunderkind von Quirm — Lady Käsedick nannte ihn schlicht und einfach Vinny —, und er schien einen erheblichen Beitrag zu den seltsam chemischen Gerüchen im Haus zu leisten. Der Duft klebte an allem fest. Auch an dem großen Stück Kuchen auf Mumms Teller.

»Die, äh, Schulter ... sieht, äh, nett aus«, sagte der Hauptmann in dem verzweifelten Versuch, ein Gespräch zu beginnen.

»Unsinn«, erwiderte Ihre Ladyschaft. »Ich dressiere ihn nur, weil Schulterhocker den doppelten Preis erzielen.«

Mumm murmelte, daß er gelegentlich Damen der Gesellschaft gesehen hatte, die kleine bunte Drachen auf ihren Schultern trugen, und er betonte, das sähe sehr, äh, nett aus.

»Oh, es *klingt* nett«, entgegnete Lady Käsedick. »Ja, das schon. Aber die meisten Leute begreifen überhaupt nicht, welche Konsequenzen sich daraus ergeben. Sie lauten: Ruß, Verbrennungen, versengtes Haar und jede Menge Kot auf dem Rücken. Außerdem bohren sich die Krallen immer wieder in die Haut. Schließlich kommen die vorher so stolzen Besitzer zu dem Schluß, daß ihre kleinen Lieblinge zu groß werden und *unangenehm* riechen. Dann steht entweder Morporks Sonnenscheinheim für einsame Drachen auf dem Programm — oder der Fluß. Du weißt schon: Strick um den Hals, schwerer Stein am Strick. Ach, die armen Biester!« Lady Käsedick setzte sich und strich einen Rock glatt, dessen Stoff ausgereicht hätte, um Segel für eine kleine Flotte zu nähen. »Nun, du bist *Hauptmann,* nicht wahr?«

Mumm war vollkommen ratlos. Längst verstorbene Käsedicks starrten aus verzierten Bildrahmen hoch an den dunklen Wänden auf ihn herab. Zwischen, an und unter den Porträts befanden sich die von Lady Käsedicks Ahnen benutzten Waffen — sie erweckten den Anschein, als seien sie ziemlich oft benutzt worden. Verbeulte Rüstungen bildeten lange Reihen, und Mumm bemerkte, daß viele von ihnen verdächtige Löcher aufwiesen. Die Decke bot sich als ein Durcheinander aus mottenzerfressenen Fahnen dar. Es war keine gerichtsmedizinische Untersuchung notwendig, um festzustellen, daß sich die Käsedicks nie vor einem Kampf gedrückt hatten.

Mumm fand es sehr erstaunlich, daß Lady Käsedick friedlich genug sein konnte, um eine Tasse Tee zu trinken.

»Meine Vorfahren«, erklärte sie und folgte dem hypnotisierten Blick des Wächters. »Weißt du, seit tausend Jahren ist kein Käsedick in seinem Bett gestorben.«

»Ja, gnä Frau?«

»Eine Art Familientradition.«

»Ja, gnä Frau.«

»Nun, *einige* Käsedicks — sogar ziemlich viele, um ehrlich zu sein — sind in *fremden* Betten gestorben.«

Mumm verschluckte sich fast. »Ja, gnä Frau«, sagte er.

»Hauptmann ist ja *so* ein interessanter Rang.« Lady Käsedick bedachte Mumm mit einem strahlenden Lächeln. »Ich meine, Oberste sind einfach langweilig und Majore viel zu aufgeblasen und arrogant. Aber Hauptleute haben immer irgend etwas *Gefährliches* an sich. Was wolltest du mir zeigen?«

Mumm hielt sein Paket wie einen Keuschheitsgürtel.

»Ich habe mich gefragt«, begann er, »wie groß ein Sumpfdrachen, äh ...« Er unterbrach sich, als er spürte, daß seinen unteren Körperregionen etwas Schreckliches zustieß.

Lady Käsedick beugte sich vor, um das Problem in Augenschein zu nehmen. »Oh, beachte ihn gar nicht«, sagte sie fröhlich. »Schlag ihn mit einem Kissen, wenn er dich stört.«

Ein kleiner älterer Drache war unter dem Stuhl hervorgekrochen und hatte die Schnauze in Mumms Schoß gelegt. Aus großen braunen Augen blickte er seelenvoll zu ihm auf und ließ etwas Ätzendes — das Brennen gab einen deutlichen Hinweis — auf die Knie des Hauptmanns tropfen. Außerdem stank er wie der Abfluß eines Säurebads.

»Das ist Tautropfen Mabellin Klauenstoß der Erste«, stellte Ihre Ladyschaft vor. »Preisgekrönter Drache und Stammvater preisgekrönter Drachen. Ach, jetzt ist der arme Kerl alt und hat kein Feuer mehr. Er mag es, am Bauch gekratzt zu werden.«

Mumm versuchte ebenso heimlich wie energisch, den alten Drachen vom Schoß zu schieben. Das Tier zwinkerte vorwurfsvoll, warf ihm einen anklagenden Blick aus rheumatischen Augen zu, wölbte andeutungsweise die Lippen und zeigte eine Palisade aus rußgeschwärzten Zähnen.

»Stoß ihn einfach beiseite, wenn er dir auf die Nerven

geht«, sagte Lady Käsedick gutgelaunt. »Nun, mit welchem Anliegen bist du gekommen?«

»Ich habe mich gefragt, wie groß Sumpfdrachen werden«, erwiderte Mumm und trachtete danach, ein wenig zur Seite zu rutschen. Klauenstoß der Erste knurrte leise.

»Du hast den ganzen weiten Weg zurückgelegt, um dich danach zu erkundigen? Nun ... Wenn ich mich recht entsinne, war Munterherz Klauenstoß von Ankh vierzehn Daumen groß, von den Zehen bis zum Scheitel.«

»Äh ...«

»Gut einen Meter«, fügte Ihre Ladyschaft hinzu.

»Größer nicht?« brachte Mumm hoffnungsvoll hervor. Der alte Drache auf seinem Schoß schnarchte.

»Lieber Himmel, nein. Munterherz war ein regelrechter Riese. Meistens werden die Biester kaum größer als acht Daumen.«

Hauptmann Mumms Lippen bewegten sich, als er rasch rechnete. »Etwa sechzig Zentimeter?« fragte er kühn.

»Ja. Damit meine ich natürlich die Raufer. Die Hennen sind ein wenig kleiner.«

Mumm ließ nicht locker. »Ein Raufer ist ein männlicher Drache?«

»Vorausgesetzt, er hat das zweite Lebensjahr hinter sich«, erklärte Lady Käsedick triumphierend. »Bis zum achten Monat ist er ein Kriecher, bis zum vierzehnten ein Hahn. Anschließend wird er zum Schnauzer ...«

Hauptmann Mumm hörte wie gebannt zu und aß den gräßlichen Kuchen, während sich der Informationsstrom vor einem hohen Damm der Verblüffung staute. Er erfuhr folgendes: Männchen kämpften mit gespucktem Feuer, doch während der Brutzeit atmeten nur die Hennen* Flammen, um die Eier auszubrüten — eine be-

* Natürlich nur bis zur dritten Brut. Danach waren sie Altglucken.

merkenswerte Fähigkeit, ermöglicht von der Verbrennung höchst komplexer Verdauungsgase; die Männchen beschränkten sich darauf, Feuerholz zu sammeln; eine Gruppe von Sumpfdrachen nannte man *anstrengenden Haufen* oder *Peinlichkeit;* Weibchen legten pro Jahr jeweils dreimal bis zu vier Eier, und die meisten davon wurden von unaufmerksamen Männchen zu Brei zertreten; Drachen beider Geschlechter beachteten sich kaum und zeigten nur Interesse an Feuerholz, abgesehen von einer anderen Verhaltensphase, die sich alle zwei Monate wiederholte und ihnen die Zielstrebigkeit einer Kreissäge verlieh.

Mumm konnte es nicht verhindern, daß ihn Lady Käsedick mit dicker Schutzkleidung ausstattete — sie bestand aus Leder und war mit Stahlplatten verstärkt — und zum Pferch führte, zu jenem langen niedrigen Gebäude, in dem er das Heulen und Kreischen gehört hatte.

Die Temperatur war schon schlimm genug, aber das Geruchspanorama erwies sich als noch weitaus schlimmer. Mumm taumelte ziellos von einem metallverschalten Zwinger zum anderen, während Ihre Ladyschaft die Namen der kleinen, birnenförmigen, rotäugigen und quiekenden Schrecken nannte: »Mondmurmel Herzogin Märzschmerz, die gerade schwanger ist.« Und: »Monddunst Klauenstoß II., der letztes Jahr in Pseudopolis als bester Zuchtdrachen ausgezeichnet wurde.« Grüne Flammenzungen leckten über Lady Käsedicks Knie.

Viele Ställe waren mit Rosetten und Zertifikaten geschmückt.

»Und dies hier ist Gutjunge Bündel Federstein von Quirm, fürchte ich«, sagte die Lady unerbittlich.

Mumm blickte benommen über die angesengte Sperre und betrachtete das kleine Geschöpf, das mitten im Zwinger auf dem Boden lag. Es sah den übrigen Drachen so ähnlich wie Nobbs einem durchschnittlichen Menschen. Das Abstammungsschicksal hatte sich einen

Scherz erlaubt und ihm Brauen gegeben, die fast ebenso groß waren wie die stummelförmigen Schwingen — man sah auf den ersten Blick, daß dieses Exemplar unmöglich fliegen konnte. Der Kopf schien von einem Ameisenbär zu stammen, und die Nasenöffnungen wirkten wie große Ansaugstutzen. Sie hatten sicher den gleichen Luftwiderstand wie zwei Fallschirme, wenn es diesem Wesen jemals gelingen sollte, der Schwerkraft zu trotzen und sich vom Boden zu lösen.

Außerdem richtete es den intelligentesten Blick auf Mumm, den er jemals bei einem Tier gesehen hatte, einschließlich Korporal Nobbs.

»So was passiert manchmal.« Lady Käsedick seufzte. »Es liegt an den Genen, weißt du.«

»Tatsächlich?« erwiderte Mumm. Der kleine Drache schien jene Kraft, die seine Geschwister an Feuer und Geheul verschwendeten, auf ein durchdringendes Starren zu konzentrieren, das einer thermischen Lanze gleichkam. Der Hauptmann erinnerte sich plötzlich daran, daß er sich als Kind ein Hündchen gewünscht hatte. Nun, damals hungerte die Familie: Auf den Tisch kam alles, das zumindest teilweise aus Fleisch bestand ...

»Man achtet beim Züchten auf ordentliche Flammen, dicke Schuppen, die richtige Farbe und so weiter«, fuhr Ihre Ladyschaft fort. »Gelegentliche Ausrutscher lassen sich nicht vermeiden.«

Das seltsame Wesen warf Mumm einen Blick zu, der ihm zweifellos den Der-Drache-den-die-Preisrichter-am-liebsten-nach-Hause-mitnehmen-und-als-lebendes-Gasfeuerzeug-verwenden-würden-Preis eingebracht hätte.

Gelegentliche Ausrutscher, wiederholte Mumm in Gedanken. Er wußte nicht genau, was dieser Ausdruck bedeutete, ahnte jedoch, daß er nichts mit Beinen, Füßen und verlorenem Gleichgewicht zu tun hatte. Es klang eher danach, was übrigblieb, wenn man alles Ehrenhafte und Nützliche fortnahm. *Wie die Wache,* dachte er.

Nobby und Colon, die reinsten Ausrutscher. Und das gilt auch für mich. Mein ganzes Leben ist ein einziger Ausrutscher.

»Die Natur ist nicht immer besonders zuverlässig«, sagte Lady Käsedick gerade. »Natürlich fiele es mir nicht im *Traum* ein, Federstein als Zuchtmaterial zu verwenden.«

»Warum nicht?« fragte Mumm.

»Drachen paaren sich in der Luft, und mit diesen Schwingen kann er überhaupt nicht fliegen. Sein Vater war Brenda Rodleys Baumbiß Hellschuppe. Kennst du Brenda?«

»Äh, nein«, antwortete Mumm. Lady Käsedick gehörte zu den Leuten, die annahmen, jeder sei mit jedem bekannt ...

»Nette Frau. Nun, mit Federsteins Brüdern und Schwestern ist soweit alles in Ordnung.«

Armer kleiner Kerl, dachte Mumm. *Die Natur ist nicht immer besonders zuverlässig? Von wegen! Man kann sich darauf verlassen, daß sie einem immer die schlechtesten Karten gibt.*

Kein Wunder, daß man sie als *Mutter* bezeichnete ...

»Du wolltest mir doch etwas zeigen, nicht wahr?« drängte Lady Käsedick.

Mumm reichte ihr wortlos das Paket. Sie streifte die dicken Handschuhe ab und öffnete es.

»Ein Gipsabdruck«, stellte sie fest. »Und?«

»Erinnert er dich an etwas?« fragte Mumm.

»Könnte von einem Stelzvogel stammen.«

»Oh.« Der Hauptmann fiel wie aus allen Wolken.

Lady Käsedick lachte. »Oder von einem ziemlich großen Drachen. Hast dir das Ding aus einem Museum besorgt, stimmt's?«

»Nein. Ich habe die Spuren heute morgen in einer Gasse gefunden.«

»Was? Ich glaube, da hat dir jemand einen Streich gespielt, Teuerster.«

»Äh. Es gab noch einige andere, äh, Indizien.«

Mumm berichtete von der Mauer. Ihre Ladyschaft starrte ihn groß an.

»*Draco nobilis*«, sagte sie heiser.

»Wie bitte?« Mumm blinzelte verwirrt.

»*Draco nobilis.* Der erhabene Drache. Im Gegensatz zu diesen Biestern hier.« Lady Käsedick vollführte eine Geste, die den vielen heulenden und zischenden Echsen galt. »*Draco vulgaris,* sie alle. Aber die wirklich großen Exemplare existieren nicht mehr. Sie sind verschwunden. Steht fest. Kein Zweifel. Ach, sie waren wunderschön! Wogen Tonnen. Die größten fliegenden Tiere. Niemand weiß, wie es ihnen gelang, der Schwerkraft ein Schnippchen zu schlagen.«

Lady Käsedick runzelte plötzlich die Stirn.

Hauptmann Mumm folgte ihrem Beispiel. Eine seltsame Stille herrschte.

Die Drachen in den Pferchen waren mucksmäuschenstill, schienen auf irgend etwas zu warten und blickten zur Decke.

⌘

Karotte sah sich um. Regale erstreckten sich in alle Richtungen, und Bücher standen darin. Er ahnte langsam, um welchen Ort es sich handelte.

»Dies ist die Bibliothek, nicht wahr?« fragte er.

Der Bibliothekar hielt weiterhin die Hand des Jungen — sanft und gleichzeitig fest —, als er ihn durch das Labyrinth aus schmalen Gängen führte.

»Liegt hier irgendwo eine Leiche?« *Bestimmt,* dachte Karotte. Schlimmer als Mord! Eine Leiche in der Bibliothek. Die möglichen Konsequenzen waren nicht abzusehen.

Schließlich blieb der Affe vor einem Regal stehen, das sich nicht von allen anderen zu unterscheiden schien. Einige der Bücher waren angekettet. Es gab eine Lücke, und der Bibliothekar deutete darauf.

»Ugh.«

»Nun, was ist damit? Ein Loch dort, wo ein Buch stehen sollte.«

»Ugh.«

»Jemand hat ein Buch genommen. Jemand hat ein Buch *gestohlen?*« Karotte richtete sich zu seiner vollen Größe auf und holte tief Luft. »Du hast die Wache verständigt, weil jemand ein *Buch* gestohlen hat? Du glaubst, der Diebstahl eines Buches sei schlimmer als Mord?«

Der Bibliothekar bedachte ihn mit jener Art von Blick, den Menschen normalerweise für solche Menschen reservieren, die sich zu Bemerkungen wie ›Warum soll Völkermord schlimm sein‹ hinreißen lassen.

»Wer die Zeit der Wache verschwendet, begeht praktisch ein Schwerverbrechen«, sagte Karotte. »Warum hast du nicht einfach den Zauberern oder so Bescheid gegeben?«

»Ugh.« Der Bibliothekar wies mit einigen erstaunlich knappen Gesten darauf hin, daß Zauberer nicht einmal dann ihre eigene Nase fanden, wenn sie mit beiden Händen suchten.

»Nun, ich weiß nicht, wie ich dir helfen kann«, sagte Karotte. »Wie heißt das Buch?«

Der Bibliothekar kratzte sich am Kopf. Gewisse Schwierigkeiten kündigten sich an. Er blickte zu Karotte hoch, preßte die beiden ledrigen Hände aneinander und öffnete sie langsam.

»Ich *weiß,* daß es um ein Buch geht. Wie lautet der Titel?«

Der Bibliothekar seufzte und hielt eine Hand hoch.

»Vier Wörter?« vermutete Karotte. »Erstes Wort.« Der Affe preßte zwei faltige Finger zusammen. »Kleines Wort? Ein. Auf. Die. Un ...«

»Ugh!«

»Die? Die. Zweites Wort. Drittes Wort? Kleines Wort. Die? Ein. Auf. Aus. Und. Von ... Von? Die etwas von.

Zweites Wort? Was? Oh. Erste Silbe. Nein, die ersten beiden Silben. Finger? Etwas mit den Fingern berühren? Daumen gespreizt.«

Der Orang-Utan knurrte leise, hob den Kopf und legte sich die Hand aufs Herz.

»Etwas mit den Fingern berühren und gleichzeitig die Hand aufs Herz legen? Daumen gespreizt, Zeige- und Mittelfinger gestreckt? Etwas mit den Fingern strecken? Halt, ich hab's — schwören. Die zweite Silbe: schwören? Nein. Oh, etwas *beschwören*. Jetzt die dritte Silbe. Kurz? Eine kurze Silbe. Besteht nur aus drei Buchstaben. Der? Die? Auf? Aus? Und? Ung? Ja. Ung. Beschwören. Ung. Beschwörenung? Beschwörung! Die Beschwörung von. He, das macht Spaß, nicht wahr? Viertes Wort. Ganzes Wort ...«

Karotte hielt aufmerksam Ausschau, als sich der Bibliothekar auf geheimnisvolle Weise hin und her wand.

»Großes Ding. Riesiges großes Ding. Schlägt mit Flügeln. Riesiges großes Ding, das mit Flügeln schlägt. Zähne. Es schnauft. Und keucht. Und bläst. Riesiges großes Ding, das mit Flügeln schlägt und gleichzeitig schnauft, keucht und bläst.« Schweiß perlte auf Karottes Stirn, als er gehorsam zu verstehen versuchte. »Saugt an den Fingern. An den Fingern saugendes Ding. Brennt. Heiß. Riesiges großes Ding, das mit Flügeln schlägt, schnauft, keucht und bläst und ziemlich heiß ist ...«

Der Bibliothekar rollte mit den Augen. Homo sapiens? Wohl kaum.

Der große Drache tanzte über der Stadt, drehte sich hin und her, schwamm durch Wolkenfetzen. Er glänzte im Licht des Mondes, das auf seinen Schuppen gleißte.

Manchmal glitt er tiefer und sauste aus purer Lebensfreude über die Dächer.

Das ist völlig verkehrt, dachte Hauptmann Mumm. Ein Teil seines Selbst bewunderte die pure Schönheit dieses Anblicks, aber einige eigenbrötlerische Gehirnzellen auf der falschen Synapsenseite schmierten ihre Graffiti an die Mauern des Staunens.

Es ist eine verdammt große Echse, gaben sie zu bedenken. *Wiegt bestimmt viele Tonnen. Etwas so Schweres kann unmöglich fliegen, nicht einmal mit so hübschen Schwingen. Und warum hat die fliegende Echse schwarze Schuppen auf dem Rücken?*

Fast zweihundert Meter über Mumm leckte eine blauweiße Flammenzunge durch die Nacht.

So etwas ist vollkommen ausgeschlossen! Der Drache würde sich die eigenen Lippen verbrennen!

Lady Käsedick stand mit offenem Mund neben ihm. Hinter ihr wimmerten und heulten die kleinen Drachen in ihren Pferchen.

Das große Geschöpf drehte sich hoch in der Luft und glitt erneut über die Dächer. Einmal mehr spuckte es Feuer, und weiter unten stoben gelbe Funken. Es geschah so leise und stilvoll, daß Mumm erst nach mehreren Sekunden auf einige brennende Gebäude aufmerksam wurde.

»Potzblitz!« entfuhr es Lady Käsedick. »Sieh nur! Es nutzt den Aufwind! Deshalb das Feuer!« Sie wandte sich dem Hauptmann zu, und in ihren Augen glühte Aufregung. »Ist dir eigentlich klar, daß du jetzt etwas beobachtest, das seit Jahrhunderten niemand gesehen hat?«

»Ich sehe einen verdammten fliegenden Alligator, der meine Stadt in Brand setzt!« rief Mumm.

Ihre Ladyschaft hörte ihm allerdings gar nicht zu. »Es muß irgendwo ein Nest geben«, murmelte sie. »Nach so langer Zeit! Was glaubst du: Wo lebt der Drache?«

Mumm hatte keine Ahnung. Aber er war fest entschlossen, es herauszufinden und der Echse einige sehr ernste Fragen zu stellen.

»Ein Ei«, hauchte Lady Käsedick. »Ein einziges Ei würde vollkommen genügen ...«

Mumm musterte sie verblüfft und fragte sich, wer von ihnen beiden den Verstand verloren hatte.

Ein weiteres Gebäude ging in Flammen auf.

»Wie weit fliegen Drachen?« erkundigte er sich und sprach dabei so langsam und betont deutlich, als richte er die Frage an ein Kind.

»Für gewöhnlich sind sie an ein bestimmtes Revier gebunden«, erwiderte Ihre Ladyschaft. »Nach den Legenden ...«

Mumm begriff sofort, daß jetzt ein längerer Vortrag drohte. »In wenigen Worten, gnä Frau«, sagte er hastig.

»Nun, eigentlich nicht sehr weit«, entgegnete Lady Käsedick verwundert.

»Vielen, vielen Dank, gnä Frau«, brummte Mumm. »Du hast mir sehr geholfen.« Er lief los.

Irgendwo in der Stadt. Außerhalb von Ankh-Morpork gab es nur leere Ebenen und Sümpfe. Der Drache hauste irgendwo in der Stadt.

Mumms Sandalen klatschten übers Kopfsteinpflaster, als er durch die Straßen stürmte. Irgendwo in der Stadt! Das war doch lächerlich. Lächerlich und absurd und unmöglich.

Das habe ich nicht verdient, dachte er. *Es gibt viele Städte auf der Scheibenwelt, aber das verdammte Biest mußte ausgerechnet in* meine *kommen ...*

Als Mumm den Fluß erreicht, war der Drache verschwunden. Es gab jedoch einige Dinge, die an ihn erinnerten, zum Beispiel die dichte Rauchwolke über den Straßen und viele Menschen, die lange Ketten bis zum Ankh bildeten, Eimer hielten und Stücke des Flusses zu den brennenden Häusern brachten.* Andere Menschen behinderten die Löschversuche. In Scharen strömten sie durch die Straßen und trugen ihre Besitztümer mit sich — der größte Teil von Ankh-Morpork bestand aus Holz und Stroh, und deshalb wollten sie kein Risiko eingehen.

Doch eigentlich war die Gefahr nicht besonders groß. Sie war sogar erstaunlich klein, wenn man genauer darüber nachdachte.

Hauptmann Mumm hatte sich heimlich ein Notizbuch zugelegt und führte es schon seit einigen Tagen bei sich. Er schrieb die beobachteten Schäden nieder — als genügten einige Schriftzeichen, um die Welt weitaus übersichtlicher zu gestalten.

Punkt Ains: ain Wohnhaus (das ainem harmlosen Geschäftsmann gehörte, der beobachten mußte, wie saine neue Kutsche ferbrannte).

Punkt Zwai: ain klainer Gemüseladen (von ainem gut gezielten Flammenstrahl getroffen).

Mumm dachte darüber nach. Er hatte einmal Äpfel in dem Laden gekauft; dort schien es nichts zu geben, woran ein Drache Anstoß nehmen konnte.

---

* Die Gilde der Feuerwehrleute war im vergangenen Jahr nach vielen Beschwerden vom Patrizier verboten worden. Es ging dabei um folgendes: Wenn man einen Vertrag mit der Gilde abschloß, so drohte dem eigenen Heim keine Brandgefahr mehr. Unglücklicherweise kam in diesem Zusammenhang schon nach kurzer Zeit das allgemeine Ankh-Morpork-Ethos ins Spiel. Es sorgte dafür, daß Feuerwehrleute in Gruppen künftige Kunden besuchten und ihre Häuser mit Bemerkungen wie ›Sieht ziemlich leicht entzündbar aus‹ und ›Brennt wahrscheinlich wie Zunder, wenn man auch nur ein Streichholz fallenläßt, du verstehst sicher, was ich meine‹ kommentierten.

Nun, sehr rücksichtsvoll von dem Drachen, überlegte Mumm, als er zum Wachhaus ging. *Die vielen Bauholzstapel, Heuschober, Strohdächer und Öllager, die das Biest durch Zufall hätte treffen können ... Es hat den Bürgern einen gehörigen Schrecken eingejagt, ohne eine Katastrophe auszulösen.*

Das erste Licht des neuen Tages filterte durch den Rauch, als Mumm das Wachhaus betrat. Dies war sein Zuhause. Nicht das kleine und fast völlig leere Zimmer, in dem er schlief — es befand sich in der Kohlkrautgasse, über dem Laden des Kerzendrehers —, sondern dieser scheußlich-braune Raum, der nach verschiedenen Dingen roch: schmutzigen Kaminen, Feldwebel Colons Pfeife, Nobbys geheimnisvollem persönlichen Problem und, seit kurzer Zeit, nach den Reinigungsmitteln, die Karotte verwendete, um seinen Brustharnisch zu putzen. Die Amtsstube bedeutete fast soviel wie Heimat.

Niemand war zugegen, was den Hauptmann kaum überraschte. Er stieg die Treppe zu seinem Büro hinauf, lehnte sich dort im Sessel zurück — jeder einigermaßen anspruchsvolle Hund hätte die Polster voller Abscheu aus seinem Korb gezerrt —, schob den Helm über die Augen und versuchte, konzentriert nachzudenken.

Es hatte keinen Sinn, überstürzt zu handeln. Der Drache war im Rauch und in der Aufregung verschwunden, schien sich einfach in Luft aufgelöst zu haben. Nun, es gab noch Zeit genug, überstürzt zu handeln. Zunächst einmal mußte ein Ziel für das überstürzte Handeln gefunden werden ...

Ich habe mich nicht geirrt, fuhr es Mumm durch den Sinn. *Stelzvogel, ha!* Aber wo begann man in einer so großen Stadt wie Ankh-Morpork mit der Suche nach einem Drachen?

Der Hauptmann merkte plötzlich, daß seine rechte Hand ein sonderbares Eigenleben entwickelte und die unterste Schublade des Schreibtischs aufzog. Drei Finger gehorchten Anweisungen des Unterbewußtseins und holten eine Flasche hervor. Es war eine jener Flaschen, die von ganz allein leer wurden. Logik teilte Mumm mit, daß er ab und zu eine volle Flasche berührte, das Papiersiegel vom Korken löste und bernsteinfarbene Flüssigkeit beobachtete, die bis in den Flaschenhals reichte. Aber er konnte sich beim besten Willen nicht daran erinnern. Irgendeine seltsame Fügung des Schicksals sorgte dafür, daß seine Flaschen immer zu zwei Dritteln leer waren.

Er starrte aufs Etikett. Offenbar handelte es sich um Jimkin Bärdrückers alten und gut gelagerten Drachenblutwhisky. Billig und stark. Man konnte damit Kaminfeuer anzünden und Löffel reinigen. Es war nicht nötig, viel davon zu schlucken, um betrunken zu sein, was durchaus Vorteile hatte — man sparte eine Menge Geld.

Irgendwann rüttelte Nobby den Hauptmann wach und teilte ihm mit, daß sich ein Drache in der Stadt herumtrieb und Feldwebel Colon eine Art Anfall erlitten hatte. Mumm beugte sich vor und zwinkerte wie eine Eule, während er versuchte, die Worte festzuhalten und zu verstehen. Selbst der unerschütterlichste Mann blieb nicht ruhig und gelassen, wenn eine riesige feuerspeiende Echse seine unteren Körperregionen aus einer Entfernung von nur knapp zwei Metern beobachtete. Derartige Erfahrungen hinterließen einen nachhaltigen Eindruck.

Mumm war noch immer damit beschäftigt, Nobbys Mitteilungen geistig zu verarbeiten, als Karotte mit dem Bibliothekar erschien.

»Habt ihr ihn gesehen?« rief er. »Habt ihr ihn gesehen?«

»Ja, wir *haben* ihn gesehen«, brummte der Hauptmann.

»Ich weiß darüber Bescheid!« verkündete Karotte triumphierend. »Man hat ihn mit Magie herbeigeholt. Jemand hat ein Buch aus der Bibliothek gestohlen, und ratet mal, wie es heißt.«

»Keine Ahnung«, erwiderte Mumm gequält und stöhnte leise.

»Der Titel lautet *Die Beschwörung von Drachen!*«

»Ugh«, bestätigte der Bibliothekar.

»Ach?« Mumm seufzte. »Und?«

Der Bibliothekar rollte mit den Augen.

»Da drin steht, wie man Drachen beschwört. Mit Magie!«

»Ugh.«

»Und das ist verboten, jawohl!« fügte Karotte fröhlich hinzu. »Wer gefährliche Geschöpfe in der Stadt freisetzt, macht sich strafbar. Das Gesetz über wilde Tiere (Schutz der öffentlichen Sicher ...«

Mumm stöhnte erneut. Magie bedeutete Zauberer. Und mit Zauberern bekam man nur Schwierigkeiten.

»Ich nehme an, es gibt keine zweite Ausgabe des Buchs, oder?« fragte er.

»Ugh.« Der Bibliothekar schüttelte den Kopf.

»Und du kennst nicht zufälligerweise den Inhalt? Wie?« Mumm blinzelte. »Was? Oh. Vier Wörter. Erstes Wort. Drei Buchstaben. Was? Das? Der? Die? Sie? Wie? Wie. Zweites Wort. Kurzes Wort. In, auf, und, man ... man. Wie man. Ja, ich *verstehe,* aber ich meinte: Kennst du Einzelheiten des Inhalts? Nein? Oh.«

»Was unternehmen wir jetzt, Sir?« fragte Karotte diensteifrig.

»Der Drache ist irgendwo dort draußen«, intonierte Nobby. »Tagsüber versteckt er sich, denn er scheut das Licht der Sonne. Zusammengerollt liegt er in seiner geheimen Höhle, auf einem großen Schatz aus glänzendem Gold, und er träumt Reptilienträume aus dem Anbeginn der Zeit. Geduldig wartete er darauf, daß sich der dunkle Vorhang der Nacht senkt. Wenn die Finsternis herankriecht, fliegt er wieder unter dem Himmelszelt, im perlmuttenen Schein des Mondes ...« Nobby zögerte und fügte in einem verdrießlichen Tonfall hinzu: »Was starrt ihr mich so an?«

»Sehr poetisch«, sagte Karotte.

»Nun, jeder weiß, daß die großen Drachen auf einem Goldschatz schlafen«, erwiderte der Korporal. »In den Legenden und Sagen ist dauernd die Rede davon.«

Mumm blickte niedergeschlagen und kummervoll in die nahe Zukunft. Nobby mochte widerwärtig und abscheulich sein, aber er bot ein gutes Beispiel dafür, was dem durchschnittlichen Bürger von Ankh-Morpork durch den Kopf ging. Man konnte ihn als eine Art Wetterfrosch benutzen, um das allgemeine Stimmungsklima vorauszusagen.

»Wahrscheinlich würdest du gern herausfinden, wo der Schatz versteckt ist, nicht wahr?« fragte Mumm versuchsweise.

Daraufhin wirkte Nobby noch etwas verschlagener als sonst. »Nun, Hauptmann, ich wollte mich tatsächlich ein wenig umsehen. Du weißt schon. Natürlich in meiner freien Zeit«, fügte er tugendhaft hinzu.

»Das hat mir gerade noch gefehlt«, ächzte Mumm.

Er griff nach der leeren Flasche und legte sie vorsichtig in die Schublade zurück.

Nervosität erfaßte die Aufgeklärten Brüder. Vage Furcht sprang von Bruder zu Bruder. Es war die Furcht von jemandem, der fröhlich mit Schießpulver, Kugel und Ladepfropf experimentiert hat, nach der Betätigung des Abzugs einen gräßlichen Knall hört, erschrocken zusammenzuckt und sicher ist, daß bald jemand kommen wird, um festzustellen, wer solchen Lärm macht.

Doch der Oberste Größte Meister wußte, daß sich die Brüder fügten, vielleicht noch mehr als vorher. Schafe und Lämmer, Schafe und Lämmer. Da sie ohnehin kaum etwas Schlimmeres anstellen konnten, als sie bereits angestellt hatten, war es eigentlich gar nicht sinnvoll für sie, jetzt aufzuhören. *Sie werden weitermachen,* dachte der Oberste Größte Meister. *Und vielleicht überzeugen sie sich sogar davon, daß alles von Anfang an ihren Absichten und Wünschen entsprach. O ja, das Feuer der Rachsucht brennt langsam, aber es ist nur schwer zu löschen ...*

Trotzdem wirkte nur Bruder Stukkateur richtig zufrieden.

»Das soll allen unterdrückenden Gemüsehändlern eine Lehre sein«, wiederholte er immer wieder.

»Ja, äh«, sagte Bruder Pförtner. »Allerdings, ich meine, es besteht doch nicht die Gefahr, daß wir den Drachen zufälligerweise *hierher* beschwören ...?«

»Ich — das heißt, *wir* — haben ihn perfekt unter Kontrolle«, antwortete der Oberste Größte Meister glatt. »Die Macht liegt allein in unseren Händen. Das versichere ich euch.«

Die Mienen der Brüder erhellten sich ein wenig.

»Und nun«, fuhr der Oberste Größte Meister fort, »kommt die Sache mit dem König.«

Die Brüder wirkten sehr ernst. Bruder Stukkateur bildete die einzige Ausnahme.

»Haben wir ihn schon gefunden?« fragte er. »He, das ist wirklich Glück!«

»Du hörst nie zu, oder?« zischte Bruder Wachturm. »Der Oberste Größte Meister hat uns letzte Woche alles erklärt. Wir *suchen* nicht nach einem König, wir *bestimmen* einen.«

»Ich dachte, er würde einfach erscheinen. Schicksal und so.«

Bruder Wachturm lachte leise. »Wir helfen dem Schicksal etwas nach.«

Der Oberste Größte Meister lächelte im dunklen Schatten unter der Kapuze. Die Sache mit der Mystik war erstaunlich. Er bot den Brüdern einfach eine Lüge an, und später, wenn es notwendig wurde, belog er sie noch einmal — und behauptete, sie machten gute Fortschritte auf dem Pfad der Weisheit. Dann lachten sie nicht etwa, sondern folgten ihm mit gestärkter Entschlossenheit, in der Hoffnung, daß sich irgendwo in all den Lügen die Wahrheit verbarg. schließlich nahmen sie das Unannehmbare hin. Ja, wirklich erstaunlich.

»Verdammich, das ist schlau!« entfuhr es Bruder Pförtner. »Wie gehen wir dabei vor?«

»Der Oberste Größte Meister hat gesagt, wir suchen uns jemanden, der wie ein Held aussieht und sich gut darauf versteht, Befehle auszuführen. Tja, er tötet den Drachen, und dann ist alles geritzt. Überhaupt kein Problem. Es ist viel *intelligenter,* als auf den sogenannten richtigen König zu warten.«

»Aber ...« Bruder Stukkateurs Lächeln verblaßte allmählich und wich unvertrautem Ernst. »Wenn wir den Drachen kontrollieren — und wir kontrollieren ihn doch, stimmt's? —, dann ist es doch gar nicht nötig, ihn von jemandem töten zu lassen. Wir verzichten einfach darauf, ihn noch einmal zu beschwören, und damit ist alles in bester Ordnung.«

»O ja«, höhnte Bruder Wachturm, »völlig klar. Wir gehen einfach nach draußen und sagen ›He, Leute, keine Angst, wir setzen eure Häuser nicht mehr in Brand, nett von uns, nicht wahr?‹ Mann, es geht dabei um folgendes: Der König muß ein, äh ...«

»Unleugbar mächtiges und romantisches Symbol für absolute Autorität sein«, sagte der Oberste Größte Meister ruhig.

»Genau«, bestätigte Bruder Wachturm. »Absolute Autorität.«

»Oh, ich *verstehe*«, behauptete Bruder Stukkateur. »Ja. Natürlich. Absolute Autorität. Genau richtig für den König.«

»In der Tat.« Bruder Wachturm nickte.

»Niemand wird jemandem widersprechen, der absolute Autorität hat, oder?«

»Wie wahr, wie wahr«, sagte Bruder Wachturm.

»Dann ist es wirklich ein Glücksfall, daß wir den richtigen König gefunden haben«, murmelte Bruder Stukkateur. »Eine Chance von eins zu einer Million.«

»Wir haben *nicht* den richtigen König gefunden«, stellte der Oberste Größte Meister mit erzwungener Geduld fest. »Den richtigen König *brauchen* wir gar nicht. Zum letzten Mal: Ich habe mich für einen jungen Mann entschieden, dem eine Krone steht, der Befehle entgegennimmt und weiß, wie man ein Schwert schwingt. Und jetzt hört *aufmerksam* zu ...«

Das Schwingen war natürlich wichtig. Es genügte nicht, einfach nur ein Schwert zu *halten*. Das Halten eines Schwerts, so fand der Oberste Größte Meister, stand in einem direkten — und oft recht blutigen — Zusammenhang mit dynastischer Chirurgie. Es kam nur darauf an, richtig auszuholen und zuzustoßen. Doch für einen König geziemte es sich, daß er sein Schwert *schwang*. Die Klinge mußte das Licht auf die richtige Art und Weise widerspiegeln, durfte bei den Zuschauern keinen Zweifel daran lassen, daß der vom Schicksal Auserwählte vor ihnen stand. Es hatte ziemlich viel Zeit und Geld gekostet, das Schwert und den Schild vorzubereiten. Der Schild glänzte wie eine Münze, die aus dem Ankh stammte — abgerieben, verätzt —, doch das Schwert war prächtig ...

Die lange Klinge funkelte hell. Sie schien das Werk eines genialen Metallarbeiters zu sein — gemeint sind hier kleine Zen-Burschen, die nur beim Morgengrauen und während der Abenddämmerung arbeiten und so lange auf dicke Stahlblöcke hämmern, bis etwas entsteht, das am Rand so scharf ist wie ein Skalpell und die gleiche beeindruckende Kraft entfaltet wie ein sexbesessenes und tobsüchtiges Nashorn —, der sich anschließend kummervoll in den Ruhestand zurückzog, weil er genau wußte, daß er nie wieder etwas so Wundervolles herstellen konnte. Das Heft war mit so vielen Edelsteinen und Kristallen geschmückt, daß man es in eine

Samtscheide hüllen mußte — man brauchte geschwärztes Glas, um es zu betrachten. Eigentlich genügte es völlig, die Hand darum zu schließen, um König zu werden.

Was den jungen Mann betraf ... Er war ein Vetter dritten Grades, begeisterungsfähig, eingebildet und auf eine anerkennenswert aristokratische Weise dumm. Derzeit befand er sich — unter Bewachung — in einem fernen Bauernhaus und verfügte dort über einen angemessenen Vorrat an Getränken und hübschen jungen Frauen, obgleich seine Vorliebe in erster Linie Spiegeln galt. *Aus solchem Holz sind Helden geschnitzt,* dachte der Oberste Größte Meister. *Zumindest gehorsame Helden.*

»Ich nehme an, er ist nicht der *echte* Ärbe des Throns, oder?« fragte Bruder Wachturm.

»Wie meinst du das?« entgegnete der Oberste Größte Meister.

»Nun, du kennst das Schicksal ja«, sagte Bruder Wachturm. »Spielt einem manchmal die seltsamsten Streiche. Haha. Wäre doch wirklich komisch, wenn sich der Junge als richtiger König herausstellt. Nach all unseren Mühen ...«

»Es gibt keinen richtigen König mehr!« erwiderte der Oberste Größte Meister scharf. »Glaubst du etwa, daß irgendwelche Leute jahrhundertelang in der Wildnis umherwandern und sich die Zeit damit vertreiben, geduldig Schwert und Muttermal zu vererben? Denkst du in diesem Zusammenhang vielleicht an *Magie?«* Er spuckte das letzte Wort. Sie hatten Magie benutzt, als Mittel zum Zweck — der Zweck heiligte die Mittel und so weiter —, aber dem Obersten Größten Meister schauderte bei der Vorstellung, in der Magie moralische Kraft zu sehen, vergleichbar mit Logik. »Lieber Himmel, Mann, denk doch logisch! Sei vernünftig! Selbst wenn es Überlebende der alten königlichen Familie gibt ... Inzwischen ist die ursprüngliche Blutlinie so sehr verwässert, daß Tausende Anspruch auf den Thron erheben

könnten. Sogar ...« Er suchte nach einem Beispiel für den unwahrscheinlichsten Thronanwärter. »Sogar Bruder Verdruß.« Er musterte die versammelten Brüder. »Übrigens: Warum ist er heute abend nicht hier?«

»Eine sonderbare Angelegenheit«, sagte Bruder Wachturm nachdenklich. »Hast du nichts davon gehört?«

»Wovon?«

»Gestern abend wurde er auf dem Heimweg von einem Krokodil gebissen. Armer Kerl.«

»*Was?*«

»Eine Chance von eins zu einer Million. Das Tier muß aus einer Menagerie oder so geflohen sein und versteckte sich im Hinterhof. Als Bruder Verdruß den Schlüssel unter der Fußmatte hervorholen wollte, erwischte ihn das Krokodil am Zupfel.«* Bruder Wachturm griff unter die Kutte, und kurz darauf kam seine Hand mit einem schmutzigen braunen Umschlag zum Vorschein. »Wir wollen eine Sammlung veranstalten, um ihm frisches Obst und so zu kaufen. Wenn du ebenfalls einen Beitrag leisten möchtest ...«

»Du kannst drei Dollar für mich eintragen«, sagte der Oberste Größte Meister.

Bruder Wachturm nickte. »Komisch, nicht wahr?« murmelte er. »Das habe ich bereits.«

Nur noch einige wenige Nächte, dachte der Oberste Größte Meister. *Bald sind die Bürger der Stadt so verzweifelt, daß sie selbst einen einbeinigen Troll zum König krönen würden, nur um den Drachen loszuwerden. Bald haben wir einen König und einen Ratgeber, der volles Vertrauen genießt, der* Einfluß *hat, und dann hört dieser Unsinn auf. Dann brauche ich mich nicht mehr zu verkleiden und meine Zeit mit blödsinnigen Ritualen zu verschwenden.*

Dann war es auch nicht mehr nötig, Drachen zu beschwören.

---

* Eine Sockenart.

Ich kann jederzeit aufhören, dachte der Oberste Größte Meister. *Jederzeit. Es ist überhaupt kein Problem.*

Dichtes Gedränge herrschte auf den Straßen vor dem Palast des Patriziers. Eine besondere Art von Karneval schien stattzufinden. Hauptmann Mumm ließ einen wissenden und erfahrenen Blick über die Menge schweifen. Es handelte sich um den üblichen Ankh-Morpork-Mob in Krisenzeiten: Die eine Hälfte wollte sich beschweren, und ein Viertel war gekommen, um die andere Hälfte zu beobachten. Der Rest nutzte die günstige Gelegenheit, um zu stehlen, zu belästigen und Hot dogs zu verkaufen. Aber Mumm entdeckte auch einige neue Gesichter. Sie gehörten mehreren grimmig wirkenden Männern, die Schwerter und Peitschen trugen und zielstrebig durch die Menge marschierten.

»Neuigkeiten machen hier schnell die Runde«, bemerkte eine vertraut klingende Stimme in unmittelbarer Nähe. »Guten Morgen, Hauptmann.«

Mumm sah in das leichenhafte grinsende Gesicht des bekannten Händlers Treibe-mich-selbst-in-den-Ruin Schnapper. Ständig zog er mit einem Koffer durch die Straßen und verkaufte Dinge, die garantiert von einem Ochsenkarren heruntergefallen waren.

»Morgen, Ruin«, erwiderte Mumm geistesabwesend. »Was verkaufst du heute?«

»Erstklassige Waren, Hauptmann.« Ruin beugte sich etwas näher. Wenn er ›Guten Morgen‹ sagte, klang es wie ›Ein einmaliges Angebot, das sich nie wiederholen wird‹. Seine Augen drehten sich in den Höhlen, wie zwei kleine Nagetiere, die nach einer Möglichkeit suchten, aus dem Kopf zu kriechen. »Zum Beispiel Anti-Drachen-Creme«, zischte er leise. »Unter den gegenwärtigen Umständen absolut notwendig. Ich gebe Garantie darauf: Wenn du trotzdem verbrennst, bekommst du dein Geld zurück. Ehrenwort.«

»Wenn ich dich richtig verstehe«, sagte Mumm langsam, »willst du auf folgendes hinaus: Du erstattest mir den Preis, wenn mich der Drache bei lebendigem Leib röstet.«

»Natürlich muß der Käufer höchstpersönlich einen entsprechenden Antrag stellen.« Treibe-mich-selbst-in-den-Ruin öffnete einen Krug mit giftgrüner Salbe und hielt das Gefäß unter Mumms Nase. »Aus über fünfzig seltenen Gewürzen und Kräutern hergestellt, nach einem Rezept, das nur einige alte Mönche kennen, die auf einem fernen Berg leben. Ein Dollar pro Krug, und damit treibe ich mich selbst in den Ruin. Ist eigentlich geschenkt«, fügte er hinzu.

»Erstaunlich, die alten Mönche auf dem fernen Berg«, kommentierte Mumm. »Sie haben das Zeug in bemerkenswert kurzer Zeit zusammengebraut.«

»Sind schlaue Burschen«, entgegnete Treibe-mich-selbst-in-den-Ruin. »Wahrscheinlich liegt's am Meditieren und dem Jak-Joghurt.«

»Was geht hier vor, Ruin?« fragte Mumm. »Wer sind die Kerle mit den großen Schwertern?«

»Drachenjäger, Hauptmann. Der Patrizier hat eine Belohnung von fünfzigtausend Dollar für denjenigen in Aussicht gestellt, der ihm den Kopf des Drachen bringt. Natürlich nicht am Rest des Drachen befestigt. Lord Vetinari ist kein Narr.«

»Wie?«

»Das hat er gesagt. Es steht überall auf den Plakaten.«

»Fünfzigtausend Dollar!«

»Kein Kleingeld, was?«

»Der Drache wird sich freuen«, brummte Mumm. *Es kündigen sich weitere Schwierigkeiten an,* dachte er. »Es überrascht mich, daß du dir nicht ebenfalls ein Schwert besorgt hast und an der Suche teilnimmst.«

»Nun, ich bin eher im Dienstleistungssektor tätig, Hauptmann.« Treibe-mich-selbst-in-den-Ruin blickte argwöhnisch nach rechts und links, bevor er Mumm einen Zettel reichte.

Darauf stand:

Anti-Drachen-Spiegelschilde à 500 $
Tragbare Schlupfwinkel-Detektoren à 250 $
Pfeile-die-Drachenschuppen-durchdringen à 100 $
Schaufeln à 5 $ Spitzhacken à 5 $ Säcke à 1 $

Mumm gab den Zettel zurück. »Wozu die Säcke?« erkundigte er sich.

»Wegen des Schatzes«, antwortete Ruin.

»O ja«, sagte Mumm bedrückt. »Natürlich.«

»Ich sag dir was«, flüsterte Ruin. »Ja, ich sag dir was: Zehn Prozent Rabatt für unsere Mitbürger in Uniform.«

»Und damit treibst du dich natürlich selbst in den Ruin, nicht wahr?«

»Fünfzehn Prozent für Offiziere!« drängte Ruin, als Mumm fortging. Der Grund für die vage Panik in seiner Stimme war offensichtlich: Es mangelte nicht an Konkurrenz.

Die Bürger von Ankh-Morpork sind nicht etwa von Natur aus Helden, sondern natürliche Händler. Das Angebot auf wenigen Quadratmetern ließ keine Wünsche offen. Es reichte von magischen Waffen mit *ächten Au!-thentizitehts-Sertifikaten, fom Herschteller unterzeichnicht* über Unsichtbarkeitsmäntel — keine schlechte Idee, fand Mumm und bewunderte den Einfallsreichtum des Verkäufers, der Spiegel ohne Glas verwendete — bis hin zu trivialeren Produkten: Drachenkeksen, Luftballons und Windrädchen an kleinen Holzstangen. Hinzu kamen kupferne Armreifen, die selbst vor den aggressivsten Drachen schützen sollten.

Mumm sah ebenso viele Säcke und Schaufeln wie Schwerter.

Bei allen Göttern! fuhr es ihm durch den Sinn. *Der Goldschatz. Ha!*

Fünfzigtausend Dollar! Ein Offizier der Wache verdiente dreißig Dollar im Monat und mußte dafür bezahlen, daß man ihm die eigenen Zähne einschlug.

Was ließ sich nicht alles mit fünfzigtausend Dollar anstellen ...

Mumm dachte eine Zeitlang darüber nach und überlegte dann, was er mit fünfzigtausend Dollar machen *konnte.* In dieser Hinsicht gab es weitaus mehr Möglichkeiten.

Er stieß fast gegen einige Männer, die auf ein Plakat an der Wand starrten. Tatsächlich wurden fünfzigtausend Dollar jenem tapferen Helden versprochen, der den Kopf des gefährlichen und schrecklichen Drachen zum Palast brachte.

Einer der Männer — Größe, Waffen und der Umstand, daß er den einzelnen Buchstaben mit dem Zeigefinger folgte, kennzeichneten ihn sofort als führenden Helden — las den anderen vor.

»Zu-m Pa-lah-st br-in-g-t«, schloß er.

»Fünfzigtausend«, sagte einer der übrigen Helden nachdenklich und rieb sich das Kinn.

»Ein Trinkgeld«, brummte der Intellektuelle. »Weit unter dem üblichen Preis. Normalerweise besteht der Lohn aus dem halben Königreich und der Tochter als Ehefrau.«

»Ja, aber er is kein König, sondern Patrizier.«

»Nun, dann eben die Hälfte seines Patrimoniums oder was weiß ich. Wie sieht die Tochter aus?«

Die Drachenjäger hoben die Schultern.

»Lord Vetinari ist nicht verheiratet«, erklärte Mumm. »Und er hat auch keine Tochter.«

Die Helden drehten sich um und musterten ihn von Kopf bis Fuß. Der Hauptmann bemerkte die Verachtung in ihren Augen. *Wahrscheinlich erledigen sie Leute wie mich gleich dutzendweise, und zwar täglich,* dachte er. »Keine

Tochter?« vergewisserte sich einer. »Der Patrizier will irgendwelche Drachen töten lassen und hat nicht einmal eine Tochter?«

Mumm fühlte sich seltsamerweise dazu verpflichtet, den Stadtherrn zu verteidigen. »Er hat einen kleinen Hund, an dem er sehr hängt«, sagte er.

»Es ist doch einfach empörend, daß er überhaupt keine Tochter hat«, brummte ein Drachenjäger. »Und was sind fünfzigtausend Dollar heute wert? Sie genügen gerade, um die Netze zu bezahlen.«

»Da hasse vollkommen recht«, pflichtete ihm ein anderer Held bei. »Die Leute halten fünfzig Riesen für 'n echtes Vermögen, aber sie denken nich daran, daß wir keine Pension kriegen. Und dann die Arztkosten. Die häufigen Verbrennungen und so ... Außerdem muß man selbst für die Ausrüstung und ihre Pflege sorgen.«

»Der Verschleiß an Jungfrauen ...« Ein kleiner und dicker Jäger nickte kummervoll.

»Ja, und dann noch ... wie bitte?«

»Meine Spezialität sind Einhörner«, erklärte der Jäger und lächelte verlegen.

»Oh, interessant.« Der andere Held schien darauf zu brennen, eine ganz bestimmte Frage zu stellen. »Sind inzwischen recht selten geworden, nicht wahr?«

»Das stimmt«, bestätigte der kleine Dicke. »Man findet auch nicht mehr so viele Einhörner.« Mumm gewann den Eindruck, daß der Jäger zum erstenmal in seinem Leben scherzte.

»Tja, is schon wahr«, murmelte der erste Held. »Die Zeiten sind hart.«

»Außerdem werden die gewöhnlichen Ungeheuer immer schnippischer«, sagte jemand anders. »Ich hab da von einem Burschen gehört. Er tötete das Ungeheuer im See, war überhaupt kein Problem, und als er anschließend einen Tentakel über die Tür hängte ...«

»Auf solche Prowokazionen sollte man heutzutage besser verzichten«, warf ein dritter Jäger ein.

»Ja. Und wißt ihr, was dann geschah? Die Mutter des erlegten Monstrums kam und beschwerte sich. Sie marschierte geradewegs durch den Flur und *beschwerte* sich. Könnt ihr euch das vorstellen? Eine *Beschwerde!* Man bekommt heute einfach keinen Respekt mehr.«

»Die weiblichen Ungeheuer sind auch besonders schlimm«, verkündete ein anderer Held bedrückt. »Ich habe einmal 'ne schielende Meduse kennengelernt. Die reinste Katastrophe. Verwandelte dauernd ihre eigene Nase in Stein.«

»*Wir* riskieren dauernd unsere Haut«, sagte der Intellektuelle. »Ich meine, wenn man mir einen Dollar für jedes Pferd gäbe, das unter mir weggefressen wurde ...«

»Genau. Fünfzigtausend Dollar? Soll er sein blödes Geld behalten.«

»Ja.«

»Genau. Verdammter Geizhals!«

»Laßt uns was trinken!«

»Gute Idee.«

Die Helden nickten selbstgerecht und marschierten zur *Geflickten Trommel.* Nur der Intellektuelle blieb zurück und trat verlegen auf Mumm zu.

»Was für ein Hund?« fragte er.

»Wie?«

»Was für einen Hund hat der Patrizier?«

»Einen kleinen drahthaarigen Terrier, glaube ich«, erwiderte der Hauptmann.

Der Jäger überlegte einige Sekunden lang. »Ne-nee«, brummte er schließlich und folgte seinen Gefährten.

»Außerdem hat er eine Tante in Pseudopolis!« rief ihm Mumm nach.

Er bekam keine Antwort, hob die Schultern und bahnte sich einen Weg durch die Menge. Sein Ziel war der Palast des Patriziers ...

… in dem Lord Vetinari gerade eine schwierige Unterredung führte.

»Meine Herren«, sagte er scharf, »ich weiß wirklich nicht, was wir sonst noch unternehmen sollten!«

Die versammelten Würdenträger der Stadt murmelten leise vor sich hin.

»Bei solchen Gelegenheiten verlangt die Tradition, daß ein Held erscheint«, erklang die Stimme des Präsidenten der Meuchlergilde. »Ein Drachentöter. Was ich gern wissen möchte — wo ist er? Warum bringen unsere Schulen keine jungen Leute hervor, deren Fähigkeiten für die Gesellschaft nützlich sind?«

»Fünfzigtausend Dollar scheinen kein angemessener Lohn zu sein«, gab der Vorsitzende der Diebesgilde zu bedenken.

»Auch wenn du die Summe für nicht angemessen hältst — mehr kann sich die Stadt nicht leisten«, sagte der Patrizier fest.

»Und was ist mit Geschäft und Handel?« warf der Repräsentant der Kaufmannsgilde ein. »Es segelt wohl kaum jemand mit einer Fracht aus erlesenen Nahrungsmitteln hierher, um sie dann einfach verbrennen zu lassen.«

»Meine Herren, ich bitte euch!« Lord Vetinari hob in einer beschwichtigenden Geste die Hände und wartete, bis es wieder still wurde. »Ich bin der Auffassung, wir haben es hier mit einem rein *magischen* Problem zu tun. Dazu würde ich gern die Meinung unseres gelehrten Freundes hören. Hmm?«

Jemand stieß den eingedösten Erzkanzler der Unsichtbaren Universität an.

Der Zauberer erwachte verwirrt. »Äh? Was?« brachte er unsicher hervor.

»Wir haben uns gefragt, welche Maßnahmen du gegen deinen Drachen ergreifen willst«, verkündete Lord Vetinari laut.

Der Erzkanzler war alt, aber wer viele Jahrzehnte

lang in einer Welt rivalisierender Zauberei überlebte und sich gleichzeitig in den komplexen politischen Irrgärten der Unsichtbaren Universität zurechtfand, verstand sich darauf, innerhalb eines Sekundenbruchteils defensive Argumente zu finden. Man blieb nicht lange Erzkanzler, wenn man derartige Bemerkungen einfach überhörte und zuließ, daß sie ihre destruktive Wirkung entfalteten.

»*Mein* Drache?« fragte er.

»Es ist allgemein bekannt, daß die großen Drachen ausgestorben sind«, stellte der Patrizier brüsk fest. »Außerdem zogen sie das Leben auf dem Land vor. Woraus ich den Schluß zog, daß *dieses* Exemplar magi ...«

»Mit allem Respekt, Lord Vetinari ...«, sagte der Erzkanzler. »Es wurde häufig *behauptet,* daß die großen Drachen ausgestorben sind, aber wenn du mir diesen Hinweis gestattest: Angesichts der jüngsten Ereignisse muß diese Theorie in Zweifel gezogen werden. Was den Lebensraum betrifft ... Es handelt sich schlicht und einfach um eine Veränderung des üblichen Verhaltensmusters, hervorgerufen von der Ausdehnung urbaner Bereiche in unerschlossene Gebiete, ein Stimulus, der viele bis dahin rurale Geschöpfe veranlaßte, sich den neuen Lebensbedingungen anzupassen, sie sogar zu begrüßen. Ich möchte hinzufügen, daß viele von ihnen die neuen Gegebenheiten zu ihrem Vorteil nutzen. Um nur ein Beispiel zu nennen: Es geschieht immer wieder, daß Füchse meine Mülltonnen umstoßen.«

Der Erzkanzler strahlte voller Stolz auf sich selbst. Er hatte nicht ein einziges Mal sein Gehirn bemühen müssen, um diesen Vortrag zu halten.

»Soll das heißen, daß der hiesige Drache zu einer neuen *städtischen* Spezies gehört?« fragte der Meuchler langsam.

»Die Evolution ist immer für Überraschungen gut«, antwortete der Zauberer fröhlich. »Eigentlich sollte er sich hier recht wohl fühlen. Ankh-Morpork bietet ihm zahlreiche Nistplätze an, und hinzu kommt ein vielseitiges Futterangebot.«

Nachdenkliches Schweigen folgte diesen Worten. »Übrigens«, fragte der Vertreter der Kaufmannsgilde schließlich, »wovon ernähren sich Drachen?«

Der Dieb hob die Schultern. »Ich habe in diesem Zusammenhang Geschichten über an Felsen gekettete Jungfrauen gehört.«

»In dem Fall droht unserem Drachen der Hungertod«, brummte der Meuchler. »Es gibt hier keine Felsen, nur Lehm.«

»Sie neigen auch dazu, auf Jagd zu gehen und Beute zu schlagen«, fuhr der Meuchler fort. »Weiß nicht, ob uns das weiterbringt ...«

»Wie dem auch sei«, bemerkte der Kaufmann, »jetzt ist es wieder dein Problem, Lord Vetinari.«

Fünf Minuten später marschierte der Patrizier zornig durchs Rechteckige Büro.

»Sie haben über mich gelacht!« stieß er hervor. »Ich bin ganz sicher!«

»Hast du einen Arbeitsausschuß vorgeschlagen?« fragte Wonse.

»Natürlich! Aber diesmal hat der Trick nicht funktioniert. Weißt du, ich ziehe tatsächlich in Erwägung, die Belohnung zu erhöhen.«

»Ich bezweifle, ob das einen Sinn hätte, Lord. Jeder tüchtige Drachentöter kennt den üblichen Lohn.«

»Ha!« entfuhr es dem Patrizier. »Das halbe Königreich!«

»Und deine Tochter als Ehefrau«, sagte Wonse ernst.

»Genügt vielleicht eine Tante?« erkundigte sich der Patrizier hoffnungsvoll.

»Die Tradition verlangt eine Tochter.«

Lord Vetinari nickte kummervoll.

»Und wenn wir ihn bestechen?« überlegte er laut. »Wenn wir ihm Geld geben, damit er aus der Stadt verschwindet? Sind Drachen intelligent?«

»Ich glaube, man bezeichnet sie gemeinhin als ›schlau‹ und ›verschlagen‹, Lord«, erwiderte Wonse. »Soweit ich weiß, haben sie eine Vorliebe für Gold.«

»Tatsächlich? Was kaufen sie damit?«

»Sie schlafen darauf, Lord.«

»Was? Sie stopfen es in Matratzen?«

»Nein, Lord. Sie schlafen auf dem *Gold.*«

Der Patrizier dachte darüber nach. »Ist das nicht ein wenig unbequem? Ich meine, *hart?*«

»Eine solche Vermutung erscheint mir durchaus angebracht, Herr. Ich nehme an, bisher hat niemand Gelegenheit gefunden, einen Drachen danach zu fragen.«

»Hmm. Können sie sprechen?«

»Sogar ziemlich gut, Lord.«

»Ah. Interessant.«

Der Patrizier dachte: *Wenn der Drache sprechen kann, sind Verhandlungen möglich. Wenn Verhandlungen möglich sind, habe ich ihn am Wickel. Dann ziehe ich ihm das Fell über die Ohren. Beziehungsweise die Schuppen.*

»Es heißt, sie reden mit silbernen Zungen«, sagte Wonse. Der Patrizier lehnte sich im Sessel zurück.

»Ach, sie bestehen nur aus Silber?« vergewisserte er sich.

Im Flur ertönten gedämpfte Stimmen, und kurz darauf wurde Mumm hereingeführt.

»Ah, Hauptmann«, begrüßte ihn Lord Vetinari. »Hast du Fortschritte zu melden?«

»Wie bitte, Lord?« Regenwasser tropfte von Mumms Umhang.

»In Hinsicht auf die Verhaftung des Drachen«, sagte der Patrizier fest.

»Meinst du den Stelzvogel?« fragte Mumm.

»Du weißt ganz genau, was ich meine«, entgegnete Lord Vetinari noch etwas schärfer.

»Wir ermitteln noch immer«, antwortete Mumm routiniert.

Der Patrizier schnaubte. »Du brauchst nur den

Schlupfwinkel zu finden, die Höhle oder was weiß ich«, erklärte er. »Wenn sie gefunden ist, hast du auch den Drachen. Das liegt doch auf der Hand. Die halbe Stadt sucht danach.«

»Vorausgesetzt natürlich, es gibt überhaupt eine Höhle«, erwiderte Mumm. »Oder einen Schlupfwinkel.«

Wonse sah plötzlich auf.

»Was bedeutet das?«

»Wir ziehen einige Möglichkeiten in Betracht«, gab Mumm steif zurück.

»Wenn der Drache keine Höhle hat«, erkundigte sich der Patrizier, »wo verbringt er dann den Tag?«

»Es finden Untersuchungen statt«, sagte Mumm.

»Dann laß sie etwas schneller und mit besonderer Gründlichkeit stattfinden.« Die Stimme des Patriziers klang eisig. »Find heraus, wo sich der verdammte Drache tagsüber versteckt.«

»Ja, Herr. Darf ich jetzt gehen, Herr?«

»Meinetwegen. Ich hoffe, daß du mir bis heute abend einen Erfolg meldest, klar?«

Warum habe ich mich gefragt, ob das Biest einen Schlupfwinkel hat? überlegte Mumm, als er ins Tageslicht zurückkehrte und über einen Platz ging, auf dem noch immer dichtes Gedränge herrschte. *Weil er irgendwie unwirklich aussah. Und wenn er unwirklich ist, braucht er sich nicht so zu verhalten, wie wir es von ihm erwarten. Wie kann er eine Gasse verlassen, ohne sie vorher zu betreten?*

Wenn man das Unmögliche ausklammerte, mußte notwendigerweise die Wahrheit übrigbleiben. Das Problem bestand darin festzustellen, was unmöglich war. Eine schwierige Aufgabe.

Hinzu kam die seltsame Sache mit dem Orang-Utan während der Nacht ...

Am Tag herrschte in der Bibliothek rege Aktivität. Mumm wanderte zaghaft durch die Gänge. Eigentlich konnte er jeden beliebigen Ort in der Stadt aufsuchen, aber er hatte das Gefühl, daß für die Unsichtbare Universität andere, thaumaturgische Gesetze galten. Er hielt es für klug, sich nicht die Feindschaft von Leuten zuzuziehen, die in der Lage waren, jemanden in ein *Ding* zu verwandeln.

Der Bibliothekar hockte an seinem Schreibtisch und bedachte den Hauptmann mit einem hoffnungsvollen Blick.

»Tut mir leid, ich habe das Buch noch nicht gefunden«, sagte Mumm. »Wir setzen die Ermittlungen fort. Aber vielleicht könntest du mir helfen.«

»Ugh?«

»Dies ist doch eine magische Bibliothek, nicht wahr? Ich meine, die Bücher hier sind sozusagen intelligent, stimmt's? Ich habe mir folgendes überlegt: Wenn ich des Nachts herkäme, würden die Bände sicher nervös. Weil sie mich nicht kennen. *Wenn* ich ihnen bekannt wäre, blieben sie vermutlich ganz ruhig und gelassen. Mit anderen Worten: Wer auch immer das Buch gestohlen hat — es müßte ein Zauberer sein. Oder zumindest jemand, der in der Universität arbeitet.«

Der Bibliothekar sah sich wachsam um, griff dann nach Mumms Hand und führte ihn in eine Nische zwischen mehreren Regalen. Erst dort nickte er.

»Jemand, den die Bücher kennen?«

Ein kurzes Achselzucken, gefolgt von einem neuerlichen Nicken.

»Deshalb hast du uns Bescheid gegeben, oder?«

»Ugh.«

»Und nicht dem Universitätsrat?«

»Ugh.«

»Irgendeine Ahnung, wer es gewesen sein könnte?«

Der Bibliothekar hob die Schultern — eine erstaunlich

ausdrucksstarke Geste für jemanden, dessen Körper im Grunde genommen wie ein Sack zwischen den Schulterblättern aussah.

»Nun, das ist immerhin etwas. Benachrichtige mich, falls erneut irgendwelche seltsame Dinge geschehen, in Ordnung?« Mumm beobachtete die langen Regale. »Ich meine etwas Seltsameres als sonst.«

»Ugh.«

»Danke. Es ist mir ein Vergnügen, einen Bürger kennenzulernen, der es für seine Pflicht hält, der Wache zu helfen.«

Der Bibliothekar gab ihm eine Banane.

Mumm spürte eine sonderbare Begeisterung, als er wieder Teil der Hektik in den Straßen wurde. Er begann wirklich damit, gewisse Dinge aufzuspüren. Eigentlich waren es keine Dinge, sondern Ding*chen,* wie Teile eines Puzzles. Kein einziges ergab für sich genommen einen Sinn, doch sie ließen ein größeres Bild vermuten. Er brauchte nur ein Eckstück zu finden, oder eins vom Rand ...

Ganz gleich, von welchen Annahmen der Bibliothekar ausging: Mumm war ziemlich sicher, daß kein Zauberer dahintersteckte. Wenigstens kein *richtiger.* Das entsprach einfach nicht ihrem Stil.

Und dann die Sache mit der Höhle oder dem Schlupfwinkel. Es war am vernünftigsten, einfach abzuwarten und festzustellen, ob der Drachen an diesem Abend erschien — und herauszufinden, *wohin* er verschwand. Um dieser Aufgabe gerecht zu werden brauchte man einen hohen Aussichtspunkt. Gab es eine einfache Möglichkeit, Drachen zu finden? Mumm erinnerte sich an Treibe-mich-selbst-in-den-Ruin Schnappers Drachen-Detektoren: Sie bestanden aus einem Metallstab, an dem ein Holzkeil baumelte. Wenn der Stab verbrannte, hatte man den Drachen gefunden. Es handelte sich um eine der typischen Waren aus dem Angebot von Treibe-mich-selbst-in-den-Ruin. Einerseits mangelte es ihnen nicht an der versprochenen Wirksamkeit, doch andererseits waren sie vollkommen nutzlos.

Hauptmann Mumm wollte den Drachen finden, ohne sich die Finger — oder gar etwas anderes — zu verbrennen.

Die Sonne neigte sich dem Horizont entgegen und wirkte dabei wie ein leicht pochiertes Ei.

Selbst in normalen Zeiten zeigten sich zahlreiche Gestalten und Figuren auf den Dächern von Ankh-Morpork — die meisten aus Stein —, doch jetzt gesellten sich ihnen diverse Gesichter hinzu. Normalerweise sah man solche Gesichter nur selten, zumindest außerhalb von Holzschnitten über die Gefahren übermäßigen Gin-Genusses bei Leuten, die für gewöhnlich keine Holzschnitte kauften. Viele Gesichter klebten an Körpern mit mehr oder weniger eindrucksvollen Waffen — die meisten hinterließen leere Stellen über Kaminen und waren von Generation zu Generation weitergegeben worden, nicht selten mit Gewalt.

Mumm saß auf den Schindeln des Wachhauses und beobachtete Dutzende von Zauberern, die auf den Dächern der Universität warteten. Hinzu kamen zahlreiche Möchtegern-Schatzsucher in den Straßen, die Schaufeln und Säcke bereithielten. Wenn der Drache tatsächlich ein Bett in der Stadt hatte, so würde er in der nächsten Nacht auf dem Boden schlafen.

Irgendwo weiter unten erklang Treibe-mich-selbst-in-den-Ruin Schnappers Stimme — oder eines Kollegen —, der gerade heiße Würstchen verkaufte. Mumm fühlte plötzlichen Stolz auf eine Bürgerschaft, die ihren Mitopfern trotz einer drohenden Katastrophe heiße Würstchen anbot.

Die Stadt hielt den Atem an. Einige Sterne spähten hinter hohen Wolken hervor.

Colon, Nobby und Karotte befanden sich ebenfalls auf dem Dach. Colon schmollte, weil ihm der Hauptmann verboten hatte, Pfeil und Bogen zu verwenden.

Solche Dinge wurden in Ankh-Morpork nicht geduldet, da der Pfeil eines Langbogens einen hundert Meter entfernten und völlig unschuldigen Zuschauer treffen konnte — anstatt den völlig unschuldigen Zuschauer in unmittelbarer Nähe.

»Das stimmt«, bestätigte Karotte. »Es steht im Gesetz über Projektilwaffen (öffentliche Sicherheit) von 1634.«

»Hör endlich auf damit, dauernd so 'n Zeug zu zitieren«, knurrte Colon. »Wir *haben* hier keine Gesetze mehr! Sie sind längst überholt! Jetzt ist alles Dingsbums. Pragmatisch.«

»Ob Gesetz oder nicht«, sagte Mumm, »ich fordere dich hiermit auf, das Ding beiseite zu legen.«

»Aber, Hauptmann ...«, wandte Colon ein. »Früher konnte ich ziemlich gut damit umgehen.« Grämlich fügte er hinzu: »Außerdem bin ich nicht der einzige, der eine solche Waffe trägt.«

Damit hatte er vollkommen recht. Die nahen Dächer sahen aus wie Igelrücken. Wenn sich der Drache tatsächlich zeigte, mußte er durch dickes Holz mit kleinen Lücken drin fliegen. Das arme Tier konnte einem fast leid tun.

»Weg damit!« wiederholte Mumm. »Ich werde nicht zulassen, daß meine Wache Bürger erschießt. Und deshalb: Laß die Finger davon.«

»Ich bin ganz deiner Meinung, Hauptmann«, pflichtete Karotte bei. »Wir sind hier, um zu dienen und zu schützen, nicht wahr?«

Mumm warf ihm einen kurzen Blick zu. »Äh«, erwiderte er. »Ja. Ja, ich glaube schon.«

Lady Käsedick rückte einen Klappstuhl auf dem Dach ihres Hauses zurecht, richtete das Fernrohr aus, stellte eine Thermoskanne mit Kaffee sowie einen Teller mit belegten Broten auf die Brüstung, setzte sich und wartete. Ein Notizbuch lag auf ihren Knien.

Eine halbe Stunde verging. Mehrere Pfeilhagel begrüßten eine vorbeiziehende Wolke, einige ziemlich verdutzte Fledermäuse und den aufgehenden Mond.

»So ein verdammter Mist!« fluchte Nobby schließlich. »Warum müssen die Leute unbedingt Soldaten spielen? Dadurch haben sie das Biest verschreckt.«

Feldwebel Colon ließ seine Pike sinken. »Sieht ganz danach aus«, gestand er ein.

»Außerdem wird's hier oben langsam kalt«, stellte Karotte fest. Er gab Mumm einen vorsichtigen Stoß. Der Hauptmann lehnte an einem Schornstein und starrte mißmutig ins Leere.

»Vielleicht sollten wir nach unten zurückkehren, Sir«, schlug er vor. »Uns ein Beispiel an den anderen nehmen.«

»Hmm?« murmelte Mumm, ohne den Kopf zu drehen.

»Bestimmt beginnt es bald zu regnen«, sagte Karotte.

Mumm antwortete nicht. Seit einigen Minuten beobachtete er den Kunstturm, Zentrum der Unsichtbaren Universität und angeblich ältestes Gebäude in der Stadt. Zweifellos war er das höchste. Zeit, Wetter und gleichgültige Renovierungen verliehen ihm ein knorriges Erscheinungsbild. Er wirkte wie ein Baum, der zu viele Gewitter erlebt hatte.

Der Hauptmann versuchte sich an die genaue Form zu erinnern. Es erging ihm so wie mit vielen vertrauten Dingen: Seit Jahren hatte er dem Turm kaum Beachtung geschenkt. Er wollte sich nun davon überzeugen, daß der Wald aus kleinen Minaretten und Zinnen ganz oben ebenso aussah wie gestern.

Es fiel ihm schwer.

Mumm wandte nicht den Blick davon ab, als er eine Hand um Colons Schulter schloß und den Feldwebel in die richtige Richtung drehte.

»Fällt dir auf dem Turm irgend etwas auf?« fragte er.

Colon starrte eine Zeitlang durch die Nacht und lachte nervös. »Nun, man könnte meinen, dort oben hockt ein Drache, nicht wahr?«

»Ja. Diesen Eindruck habe ich ebenfalls gewonnen.«

»Allerdings, äh, wenn man genauer Ausschau hält, sind es nur Schatten und Efeubüschel und so Zeug. Ich meine, wenn man ein Auge schließt, sieht's aus wie zwei alte Frauen mit einer Schubkarre.«

Mumm kniff ein Auge zu. »Nein«, widersprach er seinem Feldwebel. »An der Form des Drachen ändert sich kaum etwas. Außerdem ist es ein recht großes Exemplar. Sitzt irgendwie zusammengekauert und sieht nach unten. Man kann deutlich die zusammengefalteten Schwingen erkennen.«

»Bitte um Verzeihung, Sir. Was du für Schwingen hältst, ist nur eine geborstene Zinne.«

Erneut beobachteten sie eine Weile.

»Sag mir, Feldwebel«, begann Mumm, »weißt du, ich frage aus reiner Neugier: Warum sieht es jetzt so aus, als *ent*falte der Drache zwei große Schwingen?«

Colon schluckte.

»Nun, Sir, ich glaube es liegt daran, daß der Drache zwei große Schwingen entfaltet.«

»Haargenau richtig, Feldwebel.«

Der Drache ließ sich fallen. Er glitt nicht etwa von dem Dach des Kunstturms fort, sondern stürzte in die Tiefe und verschwand hinter den anderen Gebäuden der Universität.

Mumm lauschte unwillkürlich nach dem dumpfen Krachen des Aufpralls.

Und dann erschien der Drache wieder, sauste wie ein Pfeil, wie eine Sternschnuppe, bewegte sich wie etwas, das nach einem Sturzflug mit einer Fallgeschwindigkeit von fast zehn Metern pro Sekunde steil nach oben rast. In (menschlicher) Kopfhöhe jagte er über die Dächer der Stadt, und dabei erklang ein schreckliches Geräusch. Es hörte sich an, als werde die Luft mit langsamer Gründlichkeit zerrissen.

Die Wächter preßten sich möglichst flach an die Schindeln. Aus den Augenwinkeln sah Mumm ein gewaltiges, irgendwie pferdeartiges Gesicht, bevor das Ungetüm vorbeiglitt.

»Dreimal verfluchte Kacke!« ächzte Nobby. Seine Stimme erklang im Bereich der Regenrinnen.

Mumm griff nach dem Rand des Schornsteins und zog sich hoch. »Du bist in Uniform, Korporal Nobbs«, sagte er, und es klang fast völlig ruhig.

»Entschuldigung, Hauptmann. Dreimal verfluchte Kacke, *Sir.*«

»Wo ist Feldwebel Colon?«

»Hier unten, Sir. Halte mich an einem Abflußrohr fest, Sir.«

»Bei allen Göttern — hilf ihm hoch, Karotte!«

»Donnerwetter!« entfuhr es dem Jungen. »Seht nur!«

Man konnte mühelos feststellen, wo sich der Drache befand — das Klappern vieler Pfeile gab einen deutlichen Hinweis. Außerdem gab es weitere Anhaltspunkte: Manche Schäfte prallten von steinernen Figuren ab und trafen Amateur-Drachentöter, die daraufhin hingebungsvoll stöhnten.

»Er hat noch nicht einmal mit den Schwingen geschlagen!« rief Karotte und versuchte, auf den Schornstein zu klettern. »*Seht* nur!«

Das Wesen sollte nicht so *groß sein,* dachte Mumm, als er beobachtete, wie der gewaltige Schatten über den Fluß hinwegsegelte. *Meine Güte, es ist so lang wie eine Straße!*

Eine Flamme züngelte über den Docks, und für einige wenige Sekunden zeigte sich der Drache vor dem Mond. *Dann* hob und senkte er die Schwingen, nur einmal. Mumm hörte das Geräusch und dachte an Tierhäute und Felle, die von zornigen Gerbern bearbeitet wurden.

Der Drache wendete — er brauchte dazu erstaunlich wenig Platz —, schlug mehrmals mit den Flügeln, beschleunigte und kehrte zurück.

Als das Ungeheuer übers Wachhaus flog, spuckte es weißes Feuer. Die Dachziegel schmolzen nicht einfach, sondern platzten funkenstiebend auseinander. Der Schornstein explodierte, und Ziegelsteine regneten auf die Straße.

Breite Schwingen prügelten die Luft, als der Drache über dem brennenden Gebäude schwebte und weiterhin Flammen ausatmete. Innerhalb weniger Sekunden verwandelte sich das Haus in einen glühenden Haufen. Als nur noch eine Pfütze aus geschmolzenem Fels mit interessanten Streifenmustern und Blasen übrigblieb, wandte sich der Drache verächtlich davon ab und glitt hoch über die Stadt hinweg.

Lady Käsedick ließ das Fernrohr sinken und schüttelte langsam den Kopf.

»Das ist nicht richtig«, flüsterte sie. »Das ist *überhaupt* nicht richtig. Zu *so etwas* sollte er auf keinen Fall in der Lage sein.«

Sie hob das Fernglas wieder vor die Augen und versuchte festzustellen, welches Gebäude brannte. Unten heulten die kleinen Drachen in ihren Pferchen.

Wenn man nach einer herrlich ereignislosen Bewußtlosigkeit erwacht, fragt man für gewöhnlich: »Wo bin ich?« Wahrscheinlich gehört das zum Rassengedächtnis oder so.

Auch Mumm sprach diese drei Worte aus.

Die Tradition erlaubt auch noch andere Reaktionen. Einer der wichtigsten Auswahlpunkte besteht in der Feststellung, ob der Körper noch alle Glieder hat, die er gestern besaß.

Mumm nahm eine entsprechende Überprüfung vor.

Jetzt kommt der interessante und gleichzeitig schwierige Teil. Der Schneeball des Bewußtseins gerät nun ins Rollen und fragt sich, welche Überraschungen die Realität bereithält. Liegt der Körper vielleicht im Rinnstein, in der Gesellschaft von etwas Glitschigem — Glitschiges bedeutet in jedem Fall Unheil, weiß die Seele, erst recht dann, wenn es aus dem eigenen Innern stammt —, oder wartet die Wirklichkeit mit leise knisternden Bettlaken, einer tröstenden Hand und einer in Weiß gekleideten Gestalt auf, die Fenstervorhänge beiseite zieht, damit strahlender Sonnenschein ins Zimmer glänzt? Ist jetzt alles vorbei? Besteht die Zukunft aus nichts Schlimmerem als lauwarmem Tee, Haferbrei, kurzen Spaziergängen im Garten und vielleicht einer platonischen Liebesaffäre mit einem Schutzengel? Oder hat irgendein verdammter Halunke die kurze Phase gnädiger Schwärze genutzt, um mit dem Stiel einer Spitzhacke auszuholen und zur Sache zu kommen? Bietet mir das Schicksal irgendwelche Weintrauben an? überlegt das Bewußtsein.

An dieser Stelle sind externe Stimuli recht hilfreich. Bemerkungen wie ›Es wird alles gut‹ klingen angenehm, wohingegen Wortfolgen wie zum Beispiel ›Hat jemand seine Nummer?‹ vage Besorgnis schaffen. Doch sie sind immer noch besser als ›Dreht dem Kerl die Arme auf den Rücken und haltet ihn gut fest‹.

Jemand sagte: »Du hättest fast das Zeitliche gesegnet, Hauptmann.«

Der Schmerz hatte Mumms Ohnmacht genutzt, um fortzuschlendern und eine metaphorische Zigarette zu rauchen, doch jetzt erinnerte er sich an seine Pflicht und kehrte zurück.

»Arrgh«, erwiderte Mumm und öffnete die Augen.

Über ihm erstreckte sich eine Decke. Sie klammerte einige besonders unangenehme Möglichkeiten aus und bot daher einen willkommenen Anblick — eine Beschreibung, die nicht für Korporal Nobbs galt. Nobby bewies überhaupt nichts. Selbst im Tode konnte man jemanden (oder Dinge) wie Nobby sehen.

In Ankh-Morpork gab es nicht viele Krankenhäuser. Alle Gilden hatten ihre eigenen Sanatorien, und hinzu kamen einige öffentliche Hospitäler, geleitet von den seltsameren der seltsamen religiösen Organisationen, zum Beispiel den Balancierenden Mönchen. Aber im großen und ganzen fehlte medizinische Hilfe in der Stadt, und daher mußten Kranke und Verletzte auf unrühmliche Art und Weise sterben, ohne den Beistand von Ärzten. Man stand allgemein auf dem Standpunkt, daß die Existenz wirkungsvoller Heilmethoden Schlaffheit begünstige und mit ziemlicher Sicherheit dem Willen der Natur widerspreche.

»Habe ich schon gefragt, wo ich bin?« erkundigte sich Mumm unsicher.

»Ja.«

»Und wie lautete die Antwort?«

»Keine Ahnung, wo wir hier sind, Hauptmann. Das Haus gehört einem piekfeinen Weibsbild. Einer reichen Frau, wenn du's genau wissen willst. Sie hat uns aufgefordert, dich in ihr Hügelheim zu bringen.«

Zwar krochen Mumms Gedanken noch immer durch rosaroten Sirup, aber trotzdem hörte er zwei Schlüsselworte und stellte einen direkten Zusammenhang zwischen ihnen her. Die Kombination von ›reich‹ und ›Hügel‹ bedeutete sicher etwas. Das galt auch für den sonderbar chemischen Geruch im Zimmer, der sogar Nobbys persönliche Duftnote überlagerte.

»Wir sprechen doch nicht von Lady Käsedick, oder?« fragte er vorsichtig.

»Vielleicht doch. Ziemlich groß und, äh, kräftig. Liebt

Drachen über alles.« Nobbys nagetierartiges Gesicht zeigte das schrecklichste wissende Lächeln, das Mumm jemals gesehen hatte. »Du liegst in ihrem Bett«, sagte er.

Der Hauptmann drehte den Kopf von einer Seite zur anderen und spürte das erste Prickeln einer beginnenden Panik, als ihm auffiel, daß es dem Raum an der für Junggesellen üblichen Unordnung mangelte. Er glaubte sogar, Talkumpuder zu riechen.

»Eine Art Budoah«, erklärte Nobby im Tonfall eines Experten.

»He, einen Augenblick!« ächzte Mumm. »Ich entsinne mich an einen Drachen. An *den* Drachen. Er war direkt über uns ...«

Die Erinnerung marschierte heran und schlug zu wie ein zorniger Zombie.

»Ist alles in Ordnung mit dir, Hauptmann?«

... die Klauen, mehr als zwei Meter breit; das dumpfe Donnern der Schwingen, größer als Segel; ein gräßlicher Gestank — allein die Götter mochten wissen, wovon er stammte ...

Das Ungetüm flog so nahe heran, daß Mumm die kleinen Schuppen an den Beinen und das rote Glühen in den Augen sah. Es waren nicht nur die Augen eines Reptils. In *diesen* Augen konnte man ertrinken.

Und der Atem, heißer noch als Feuer, fast etwas Massives. Er verbrannte nicht, sondern zerschmetterte ...

Trotzdem lag er hier im Bett und lebte. Die eine Körperseite fühlte sich an, als habe sie sich auf einen Boxkampf mit einer dicken Eisenstange eingelassen, *aber ich bin nicht tot*.

»Was ist passiert?« fragte er.

»Der junge Karotte«, sagte Nobby. »Er hat dich und den Feldwebel gepackt, ist mit euch vom Dach gesprungen, bevor der Drache Gelegenheit bekam, uns zu erwischen.«

»Ich habe Schmerzen«, stellte Mumm fest. »Also *hat* er mich erwischt. Wenigstens zum Teil.«

»Nein«, entgegnete Nobby. »Vermutlich liegt's daran, daß du erst aufs Klodach und dann auf die Regentonne gefallen bist.«

»Und Colon? Ist er verletzt?«

»Nicht verletzt. Nicht direkt *verletzt.* Er landete etwas weicher. Sein Gewicht sorgte dafür, daß er *durchs* Klodach fiel, und darunter, nun, du weißt schon ...«

»Was ist dann geschehen?«

»Tja, wir haben's dir so bequem wie möglich gemacht. Anschließend gingen wir umher und riefen nach dem Feldwebel. Bis wir ihn fanden. Daraufhin blieben wir stehen und riefen nur noch.« Nobby zögerte kurz. »Und dann kam die Frau und rief ebenfalls.«

»Damit meinst du Lady Käsedick, nicht wahr?« fragte Mumm kühl. Inzwischen schmerzten seine Rippen mit hingebungsvollem Eifer.

»Ja«, bestätigte Nobby. »Tolles Weibsbild. Ich meine, wenn man Masse mag. Versteht sich gut darauf, Leuten Anweisungen zu geben. ›Oh, der arme Mann, bringt ihn *sofort* in mein Haus.‹ Deshalb bist du hier. Eigentlich gibt's gar keinen besseren Ort. In der Stadt geht's drunter und drüber. Die Leute laufen umher wie Hühner, denen man gerade den Kopf abgeschlagen hat.«

»Hat der Drache großen Schaden angerichtet?«

»Nun, während du bewußtlos warst, haben die Zauberer das Ungeheuer mit Feuerbällen angegriffen. Ich glaube, das gefiel ihm nicht sonderlich. Es wurde dadurch nur noch stärker und zorniger. Hat den ganzen Umgekehrten Flügel der Universität zerstört.«

»Und ...?«

»Das wär's eigentlich. Es verbrannte noch einige andere Dinge und verschwand dann im Rauch.«

»Niemand hat gesehen, wohin der Drache flog?«

»Wenn irgendwelche Leute darüber Bescheid wissen, so behalten sie's für sich.« Nobby lehnte sich zurück und schnitt eine Grimasse. »Widerlich, daß die Lady in einem solchen Zimmer wohnt. Sie hat haufenweise

Geld, meint der Feldwebel. Also braucht sie nicht in gewöhnlichen Zimmern zu wohnen. Was hat's für einen Sinn, nicht arm sein zu wollen, wenn es den Reichen gestattet ist, in gewöhnlichen Zimmern zu wohnen? Normalerweise müßte hier alles aus Marmor bestehen.« Nobby schnaufte leise. »Nun, die Lady hat mir aufgetragen, sie zu verständigen, sobald du erwachst. Sie füttert gerade ihre Drachen. Komische kleine Biester. Ich frage mich, wieso sie Drachen züchten darf.«

»Wie meinst du das?«

»Du weißt schon. Sie sind alle vom gleichen Schlag.«

Nobby schlurfte nach draußen, und Mumm sah sich noch einmal im Zimmer um. Es fehlten tatsächlich jene Dinge aus Blattgold und Marmor, die der Korporal bei Leuten von hohem Stand für selbstverständlich hielt. Die Möbel waren alt. Die Gemälde an den Wänden mochten wertvoll sein, aber sie sahen wie Gemälde aus, die nur deshalb in einem Schlafzimmer hingen, weil ihr Eigentümer keinen geeigneteren Platz fand. Unter ihnen befanden sich auch einige schlichte Aquarelle, die Drachen zeigten. Zusammengefaßt ließ sich folgendes sagen: Es handelte sich um eins von den Zimmern, in denen nur immer eine Person wohnt, die es voll und ganz ihren Bedürfnissen angepaßt hat — wie ein Gewand mit Decke.

Es war eindeutig das Zimmer einer Frau, die ihr gewohntes Leben fortsetzte, ohne jemals Trübsal zu blasen, während die schmalzigen romantischen Dinge anderen Leuten vorbehalten blieben. Die hier wohnende Frau gab sich allein mit ihrer Gesundheit zufrieden.

Die sichtbare Kleidung diente nur praktischen Zwekken und schien von einer früheren Generation zu stammen. Sie wurde keineswegs den Erfordernissen leichter Artillerie im Krieg der Geschlechter gerecht. Auf der Frisierkommode standen einige ordentlich aneinandergereihte Flaschen und Krüge, aber ihr schlichtes, fast ernstes Erscheinungsbild deutete darauf hin, daß die

Etiketten Aufschriften wie ›Jeden Abend gut einreiben‹ und nicht etwa ›Ein Tröpfchen hinters Ohr‹ trugen. Mann konnte sich mühelos vorstellen, daß die Bewohnerin des Zimmers ihr Leben lang in diesem Bett geschlafen hatte und bis zu ihrem vierzigsten Geburtstag vom Vater ›mein kleines Mädchen‹ genannt worden war.

Hinter der Tür hing ein großer blauer Morgenrock. Mumm brauchte gar nicht hinzusehen, um zu wissen, daß die eine Tasche das Stickmuster eines Kaninchens aufwies.

Mit anderen Worten: Es war das Zimmer einer Frau, die nie damit rechnete, daß ihr dort einmal ein Mann Gesellschaft leistete.

Dutzende von Blättern lagen auf dem Nachtschränkchen. Mumm spürte gelindes Schuldbewußtsein, als er einen Blick darauf warf.

Es ging ausschließlich um Drachen. Einige Briefe stammten vom Ausstellungskomitee des sogenannten Höhlenklubs, andere von der Vereinigung freundlicher Flammenwerfer. Mumm betrachtete Broschüren und Mitteilungen vom Sonnenscheinheim für kranke Drachen — ›Der arme kleine Vinny konnte fast überhaupt kein Feuer mehr spucken, nachdem man ihn fünf grausame Jahre lang als Abbeizer verwendete ...‹ Außerdem gab es Spendenaufrufe, Appelle, persönliche Schilderungen, Berichte und andere Dinge, die folgenden Schluß zuließen: Lady Käsedicks Herz war groß genug, um der ganzen Welt Platz zu bieten — zumindest jenem Teil, der Schwingen hatte und Feuer atmete.

Wenn man über solche Zimmer nachdachte, kam es irgend wann zu sonderbaren emotionalen Reaktionen. Man fühlte Kummer und ein eigentümliches Mitleid, das einen schließlich vermuten ließ, es sei eine gute Idee, die ganze Menschheit auszulöschen und mit Amöben noch einmal von vorn zu beginnen.

Neben den Blättern lag ein Buch. Mumm verrenkte

sich fast den Hals, als er den Titel zu lesen versuchte. *Drachenkrankheiten* von Sybil Deidre Olgivanna Käsedick.

Entsetzte Faszination erfaßte den Hauptmann, als er den dicken Band öffnete und mit einem Universum verblüffender Probleme konfrontiert wurde. Schieferkehle. Schwarzer Widder. Trockenlunge. Schauder. Schwanker. Werfer und Schlepper. Großes Heulen. Steine. Mumm las einige Seite und fand es immer erstaunlicher, daß Sumpfdrachen lange genug überlebten, um einen zweiten Sonnenaufgang zu beobachten. Selbst die Durchquerung eines Raums mußte als biologisches Wunder angesehen werden.

Von den mühsam gezeichneten Illustrationen wandte er hastig den Blick ab. Eingeweide waren nicht sein Geschmack.

Jemand klopfte an die Tür.

»Hallo?« rief Lady Käsedick fröhlich. »Bist du schon salonfähig?«

»Äh ...«

»Ich habe dir etwas Nahrhaftes mitgebracht.«

Aus irgendeinem Grund stellte sich Mumm eine Suppe vor. Statt dessen bekam er einen großen Teller mit Schinken, Bratkartoffeln und Eiern. Er spürte, wie seine Arterien in Panik gerieten, als er die Mahlzeit betrachtete.

»Außerdem gibt es auch noch einen Brotauflauf«, sagte Lady Käsedick verlegen. »Normalerweise koche ich nicht zuviel, jedenfalls nicht für mich allein. Du weißt ja, wie das ist, wenn man nur für sich selbst sorgen muß.«

Mumm dachte an die Mahlzeiten in seiner Unterkunft. Rätselhafterweise war das Fleisch immer groß und hatte seltsame Löcher.

»Äh«, begann er, nicht daran gewöhnt, sich mit einer Frau zu unterhalten, in deren Bett er lag, »Korporal Nobbs hat mir berichtet ...«

»Nobby ist wirklich ein farbiger kleiner Mann!« dröhnte Lady Käsedick.

Mumm war nicht sicher, ob er diesen Ausdruck verstand.

»Farbig?« wiederholte er.

»Ein Mann mit Charakter. Wir kommen bestens miteinander zurecht.«

»Tatsächlich?«

»O ja. Er kennt so viele Anekdoten.«

»Ja, das muß man ihm lassen.« Es wunderte Mumm immer wieder, warum Nobby der Umgang mit anderen Menschen so leichtfiel. Vielleicht lag es daran, daß er weder hohe Ansprüche stellte noch ihnen genügte. Es war nicht weiter schwer, in Nobby ein Beispiel dafür zu sehen, daß es tatsächlich noch schlimmer kommen kann.

»Äh«, sagte Mumm und stellte überrascht fest, daß dieses unvertraute Thema sein Interesse weckte, »findest du seine Ausdrucksweise nicht ein wenig, äh, gepfeffert?«

»Eher gesalzen«, erwiderte Lady Käsedick großzügig. »Du hättest meinen Vater hören sollen, wenn er wütend war. Wie dem auch sei: Wir haben viel gemeinsam. Mein Großvater hat seinen Großvater einmal wegen boshaften Herumlungerns ausgepeitscht. Ein bemerkenswerter Zufall, nicht wahr?«

Bemerkenswert, ja, dachte Mumm. *Dadurch gehören sie praktisch zur gleichen Familie.* Er zuckte zusammen, als neuerlicher Schmerz in ihm brannte.

»Du hast diverse blaue Flecken, Abschürfungen und die eine oder andere gebrochene Rippe davongetragen«, erklärte Ihre Ladyschaft. »Wenn du dich auf den Bauch rollst, behandle ich dich noch einmal hiermit.« Sie holte einen Behälter mit gelber Salbe hervor.

Die Panik hatte ständig auf der Lauer gelegen, und nun stürmte sie vor. Mumm zog sich das Laken bis zum Kinn hoch.

»Stell dich nicht so an!« tadelte Lady Käsedick. »Ich sehe nichts, das ich nicht schon gesehen hätte. Ein Hinterteil unterscheidet sich kaum vom anderen. An denen von Drachen sind Schwänze befestigt, das ist alles. Also los: auf den Bauch und hoch mit dem Nachthemd. Es stammt übrigens von meinem Großvater.«

Dieser Tonfall duldete keinen Widerspruch. Mumm überlegte, ob er Nobby rufen und bitten sollte, in die Rolle der Anstandsdame zu schlüpfen, entschied sich dann aber dagegen. Der Korporal hätte wahrscheinlich die ganze Zeit über vor sich hin gekichert.

Die Salbe brannte wie Eis.

»Was *ist* das?«

»Besteht aus vielen verschiedenen Substanzen. Dieses Mittel beschleunigt den Heilungsprozeß der Haut und sorgt dafür, daß neue gesunde Schuppen wachsen.«

»*Wie* bitte?«

»Oh. Nun, vermutlich keine Schuppen. Sei unbesorgt. Ich bin fast sicher. So, das wär's auch schon. Alles fertig.« Lady Käsedick gab Mumm einen Klaps auf den Allerwertesten.

»Gnä Frau, ich bin Hauptmann der Nachtwache«, betonte Mumm und kam sich dabei wie ein Narr vor.

»Außerdem liegst du halbnackt im Bett einer Dame«, erwiderte Lady Käsedick ungerührt. »Setz dich auf und iß deinen Tee. Wir wollen doch, daß du gesund und stark wirst.«

Grauen irrlichterte in Mumms Augen.

»Warum?« fragte er.

Lady Käsedick griff in die Tasche ihrer fleckigen Jacke.

»Ich habe mir gestern abend Notizen gemacht«, sagte sie. »Über den Drachen.«

»Oh, der Drache.« Mumm entspannte sich ein wenig. Derzeit schien der Drache ein Thema zu sein, das weitaus mehr Sicherheit versprach.

»Außerdem sind mir verschiedene Dinge durch den

Kopf gegangen. Es läuft auf folgendes hinaus: Das Tier ist sehr seltsam. Es sollte gar nicht imstande sein, den Boden zu verlassen und zu fliegen.«

»Da bin ich ganz deiner Meinung.«

»Wenn der Körperbau dem von Sumpfdrachen entspricht, müßte dieses Biest etwa zwanzig Tonnen wiegen. Zwanzig Tonnen! Und wenn man das Verhältnis von Gewicht und Schwingenbreite berücksichtigt ... Unmöglich, sage ich.«

»Ich habe gesehen, wie der Drache einer Schwalbe gleich vom Turm fiel.«

»Ja, ich weiß«, entgegnete Lady Käsedick ernst. »Eigentlich hätte er dabei die Schwingen verlieren und ein großes Loch im Boden hinterlassen müssen. Die Aerodynamik versteht keinen Spaß. Man kann nicht einfach etwas Kleines groß werden lassen und hoffen, daß ansonsten alles beim alten bleibt. Es geht dabei um Muskelkraft und Flächen, die Auftrieb geben.«

»Ich *wußte,* daß irgend etwas nicht mit rechten Dingen zugeht.« Mumms Miene erhellte sich ein wenig. »Und dann die Flammen. Kein Geschöpf kann mit einer derartigen inneren Hitze überleben. Wie bringen Sumpfdrachen so etwas fertig?«

»Oh, reine Chemie!« Lady Käsedick winkte ab. »Sie destillieren brennbare Flüssigkeiten oder Gase aus der aufgenommenen Nahrung und entzünden sie, wenn sie die entsprechenden Verdauungskanäle verlassen. Eigentlich gibt es überhaupt kein Feuer in ihnen — es sei denn, es kommt zu einer Art Rückzündung.«

»Was passiert dann?«

»In einem solchen Fall muß man Drachenfetzen einsammeln«, sagte Lady Käsedick fröhlich. »Ich fürchte, bei den Drachen hat die Natur nicht sorgfältig genug geplant.«

Mumm hörte zu.

Die Schuppenwesen hatten in erster Linie deshalb überlebt, weil es Sümpfe meist nur in abgelegenen Regionen mit wenigen natürlichen Feinden gab. Drachen stellten ohnehin keine gute Beute dar: Wenn man die ledrige Haut und die starken Flugmuskeln fortnahm, blieb nur etwas, das man am besten mit einem schlecht strukturierten Chemiebetrieb vergleichen konnte. Kein Wunder, daß Drachen fast immer krank waren. Sie benötigten permanente Magenverstimmungen, um genügend Brennstoff zu haben. Ein großer Teil der Hirnkapazität wurde von der Kontrolle des Verdauungssystems beansprucht, das brennbare Substanzen aus den seltsamsten Grundstoffen gewann. Sie konnten sogar über Nacht ihr internes Leitungssystem verändern und es problematischen Stoffwechselprozessen anpassen. Die ganze Zeit über lebten sie auf einer chemischen Messerschneide: Ein falscher Schluckauf, und sie waren ein Fleck in der Landschaft.

Außerdem: Was die Auswahl von Nistplätzen betraf, hatten die Weibchen den Mutterinstinkt und die Vernunft eines Ziegelsteins.

Mumm überlegte, warum sich die Menschen damals so sehr vor Drachen gefürchtet hatten. Wenn ein solches Wesen in irgendeiner nahen Höhle wohnte, brauchte man nur zu warten, bis es sich selbst in die Luft jagte oder an akuter Verdauungsstörung starb.

»Du hast dich wirklich gründlich mit ihnen beschäftigt, stimmt's?« fragte der Hauptmann.

»Dazu fühlte ich mich verpflichtet.«

»Aber was ist mit den großen?«

»Tja, sie sind nach wie vor ein Geheimnis«, antwortete Lady Käsedick und wurde noch ernster.

»Darauf hast du bereits hingewiesen.«

»Die großen Drachen kennen wir nur aus Legenden. Allem Anschein nach wurde eine Drachenspezies immer größer und größer — und verschwand dann.«

»Starb sie aus?«

»Nein. Ab und zu erschien ein Exemplar. Aus dem Nichts. Voller Schwung und Elan. Und dann, eines Tages, kamen sie nicht mehr.« Ihre Ladyschaft sah Mumm triumphierend an. »*Ich* glaube, sie fanden einen Ort, an dem sie wirklich *sein* konnten.«

»An dem sie *was* sein konnten?«

»Drachen. Ein Ort, der es ihnen ermöglichte, ihr ganzes Potential zu entfalten. Eine andere Dimension oder so. Mit geringerer Schwerkraft oder was weiß ich.«

»Als ich den Drachen beobachtete, dachte ich ...« Mumm legte eine kurze Pause ein. »Ich meine, ich dachte: Es ist unmöglich, daß etwas fliegt *und* solche Schuppen hat.«

Lady Käsedick und der Hauptmann wechselten einen bedeutungsvollen Blick.

»Wir müssen seinen Schlupfwinkel finden«, sagte Ihre Ladyschaft.

»Kein verdammter fliegender Molch setzt *meine* Stadt in Brand«, knurrte Mumm.

»Denk nur an die möglichen Beiträge zur Drachenkunde«, überlegte die Lady laut.

»*Wenn* irgend jemand diese Stadt in Brand setzt, so bin *ich* das.«

»Eine einmalige Gelegenheit. Es gibt noch immer so viele Fragen ...«

»Da hast du recht.« Mumm erinnerte sich an eine Bemerkung Karottes. »Und wir brauchen Antworten, wenn wir mit unseren Ermittlungen weiterkommen wollen.«

»Sie haben bis morgen früh Zeit«, sagte Lady Käsedick fest.

Die grimmige Entschlossenheit in Mumms Zügen verflüchtigte sich.

»Ich schlafe unten in der Küche«, schlug die Drachenzüchterin gönnerhaft vor. »Dort steht immer ein Feldbett bereit, wenn die Eierlegezeit beginnt. Manche Weibchen benötigen dabei Hilfe. Mach dir keine Sorgen um mich.«

»Äh, ich bin dir sehr dankbar«, murmelte Mumm.

»Ich habe Nobby in die Stadt geschickt«, erklärte Lady Käsedick. »Er hilft den anderen dabei, euer Hauptquartier in Ordnung zu bringen.«

Mumm hatte das Wachhaus vollkommen vergessen. »Wurde es schwer beschädigt?« fragte er zaghaft.

»Es ist total zerstört«, erwiderte Ihre Ladyschaft. »Nur noch eine Pfütze aus geschmolzenem Gestein. Aus diesem Grund stelle ich euch ein Gebäude in der Pseudopolis-Allee zur Verfügung.«

»Bitte?«

»Oh, mein Vater hatte überall in der Stadt Grundbesitz«, führte Lady Käsedick aus. »Ich kann damit kaum etwas anfangen. Deshalb habe ich meinen Immobilienmakler gebeten, Feldwebel Colon die Schlüssel für das Haus in der Pseudopolis-Allee zu geben. Bestimmt muß es gut gelüftet werden.«

»Aber jenes Viertel ... Ich meine, dort gibt es ein *richtiges* Kopfsteinpflaster! Und dann die Miete ... Ich meine, Lord Vetinari ist bestimmt nicht bereit ...«

»Sei unbesorgt«, sagte die Lady und klopfte dem Hauptmann auf die Schulter. »Du solltest jetzt schlafen.«

Mumm legte sich wieder hin, doch er fand keine Ruhe. Seine Gedanken rasten. Die Pseudopolis-Allee befand sich auf der Ankh-Seite des Flusses, in einem vornehmen — und teuren — Bezirk. Wenn Nobby oder Feldwebel Colon dort am hellichten Tag über die Straße gingen, erzielten sie sicher die gleiche Wirkung wie die Eröffnung eines Seuchenlazaretts.

Schließlich döste Mumm ein und sank in einen tiefen Schlaf. In seinen Träumen sah er Riesendrachen, die ihn mit Salbengläsern verfolgten ...

Am nächsten Morgen weckten ihn aufgeregte und zornige Stimmen.

Wenn sich Lady Käsedick stolz zu voller Größe aufrichtete, bot sie einen Anblick, den man nicht so schnell vergaß — obwohl man es natürlich versuchen konnte. Der Vorgang ähnelte einer umgekehrten Kontinentaldrift: Verschiedene Subkontinente und Inseln drängten sich zusammen und formten eine massive, verärgerte Protofrau.

Die aufgebrochene Tür des Drachenhauses schwang in ihren Angeln hin und her. Bei den Insassen herrschte die gleiche Anspannung wie in den Saiten einer amphetaminsüchtigen Harfe, und sie wurden immer nervöser. Kleine Flammen zischten über Metallplatten, als die Sumpfdrachen in ihren Pferchen hin und her sprangen.

»*Was* hat das zu bedeuten?« fragte die Züchterin.

Die Käsedicks neigten nicht zur Introspektion. Andernfalls hätte Ihre Ladyschaft zugeben müssen, daß sich diese Bemerkung durch einen eklatanten Mangel an Originalität auszeichnete. Aber sie war praktisch. Und sie erfüllte ihren Zweck. Klischees werden deshalb zu Klischees, weil sie die Hämmer und Schraubenzieher in der Werkzeugkiste der Kommunikation sind.

Die Menge verharrte im und vor dem Zugang. Einige Männer hielten scharfkantige Gegenstände und winkten damit wie typische Randalierer.

»Nuun«, sagte der Anführer, »es geht uns um den Drachen, nichwahr?«

Die anderen brummten zustimmend.

»*Was* ist damit?« erwiderte Lady Käsedick.

»Nuuun. Er verbrennt die Stadt. Solche Tiere fliegen nicht weit. Du hast Drachen hier. Es könnte einer von ihnen sein, nichwahr?«

»Ja.«

»Genau.«

»*QED.*«*

---

* Selbst Randalierer können gebildet sein.

»Deshalb sind wir gekommen. Um dafür zu sorgen, daß die verdammten Feuerspucker an ihren eigenen Flammen ersticken, jawohl.«

»Genau.«

»Ja.«

»Pro bono publico.«

Lady Käsedicks Brust schwoll wie ein gewaltiger Blasebalg an. Sie streckte die Hand aus und nahm eine Mistgabel von der Wand.

»Ich warne euch«, sagte sie. »Ein Schritt näher, und ihr werdet es bitter bereuen.«

Der Anführer starrte an ihr vorbei und beobachtete die außer Rand und Band geratenen Sumpfdrachen.

»Ach ja?« höhnte er. »Was willst du denn gegen uns unternehmen, hm?«

Lady Käsedicks Mund öffnete und schloß sich mehrmals. »Ich rufe die Wache!« donnerte sie schließlich.

Die erhoffte Wirkung dieser Drohung blieb aus. Ihre Ladyschaft hatte jenen Teilen der Stadt, die keine Schuppen besaßen, nie besondere Aufmerksamkeit geschenkt.

»Oh, das ist schlimm«, sagte der Anführer. »Jetzt sind wir wirklich besorgt, weißt du? Meine Güte, mir werden sogar die Knie weich.«

Er zog ein langes Hackbeil hinter dem Gürtel hervor. »Wenn du jetzt nicht sofort Platz machst, Weib ...«

Ein grüner Flammenstrahl raste aus dem rückwärtigen Teil des Schuppens heran, zischte einen knappen Meter über die Köpfe der Menge und versengte eine verkohlte Rosette über der Tür.

Dann erklang eine Stimme, deren ruhige, eisige Kühle alle Anwesenden schaudern ließ.

»Das ist Lord Rückenfreud Schnappzahn Winterschreck IV., der heißeste Drache in ganz Ankh-Morpork. Er könnte euch mühelos den verdammten Dickschädel vom Hals brennen.«

Hauptmann Mumm hinkte aus den Schatten.

Er hatte sich einen kleinen und völlig verängstigten goldenen Drachen fest unter den Arm geklemmt. In der anderen Hand hielt er den Schwanz.

Die Randalierer starrten wie gebannt.

»Ich weiß, was ihr jetzt denkt«, fuhr Mumm mit gefährlicher Gelassenheit fort. »Ihr überlegt, ob er nach der ganzen Aufregung noch genug Feuer hat, stimmt's? Nun, ich bin da selbst nicht so sicher ...«

Er beugte sich vor und spähte durch die Lücke zwischen den Drachenohren. Seine Stimme surrte wie eine zustoßende Messerklinge.

»Ihr solltet euch folgende Frage stellen: Habe ich heute meinem Glückstag?«

Die Leute wichen zurück, als Mumm näher trat.

»Nun? *Glaubt* ihr, daß heute euer Glückstag ist?«

Einige Sekunden lang stammten die einzigen Geräusche von Lord Rückenfreud Schnappzahn Winterschreck IV.: In seinem Bauch rumpelte es unheilvoll, als Brennstoff in die Feuerkammern floß.

»Nun, äh«, sagte der Anführer und hielt den Blick wie hypnotisiert auf den Drachenkopf gerichtet, »es ist doch nicht nötig, gleich zu so drastischen Mitteln zu greifen ...«

»Vielleicht entscheidet er sogar ganz allein, euch in Asche zu verwandeln«, brummte Mumm. »Manchmal kommt es zu plötzlichen Feuerstößen, weil der Druck im Magen zu groß wird. Und Nervosität läßt den Druck rasch steigen. Wißt ihr, ich habe die Sumpfdrachen noch *nie* so nervös erlebt wie jetzt.«

Der Anführer vollführte eine Geste, von der er hoffte, daß sie beschwichtigend wirkte. Leider benutzte er dabei die Hand mit dem Hackbeil.

»Laß es fallen«, sagte Mumm scharf, »oder du bist gleich nur noch Geschichte!«

Das Beil klapperte auf den Boden. Unruhe erfaßte die hinteren Reihen der Versammelten: Dort standen einige Leute, die — bildlich gesprochen — sehr weit entfernt waren und mit der ganzen Sache überhaupt nichts zu tun hatten.

»Aber bevor ihr guten Bürger in aller Ruhe geht und euch um eure eigenen Angelegenheiten kümmert«, fuhr Mumm bedeutungsvoll fort, »schlage ich vor, daß ihr euch diese Drachen einmal genau anseht. Ist irgendeiner von ihnen fast zwanzig Meter lang? Haben ihre Flügel vielleicht eine Spannweite von mehr als fünfundzwanzig Metern? Und wie heiß mögen ihre Flammen sein?«

»Keine Ahnung«, murmelte der Anführer.

Mumm hob Lord Winterschrecks Kopf, woraufhin der Anführer mit den Augen rollte.

»Keine Ahnung, Sir«, berichtigte er sich.

»Möchtest du es herausfinden?«

Der Anführer schüttelte den Kopf. Nach einer Weile gelang es ihm, Stimmbänder und Zunge unter Kontrolle zu bringen.

»Wer bist du eigentlich?« fragte er.

Mumm holte tief Luft und schob das Kinn vor. »Hauptmann Mumm von der Stadtwache«, antwortete er.

Fast völlige Stille folgte diesen Worten. Die einzige Ausnahme bildete eine fröhliche Stimme, die irgendwo weiter hinten erklang. »Nachtschicht, nicht wahr?«

Mumm sah an seinem Nachthemd hinab. In der Eile, das Krankenbett zu verlassen, hatte er ein Paar von Lady Käsedicks Hausschuhen gewählt. Erst jetzt bemerkte er die rosaroten Bommel darauf.

Genau in diesem Augenblick beschloß Lord Rückenfreud Schnappzahn Winterschreck IV., herzhaft zu rülpsen.

Es raste nicht etwa ein dicker Flammenstrahl aus dem Maul des kleinen Drachen. Es handelte sich nur um eine fast unsichtbare Kugel aus feuchtem Feuer, die über das Gedränge hinwegrollte und einige Brauen versengte. Aber sie hinterließ einen enormen Eindruck.

Mumm erholte sich schnell von der Überraschung,

davon überzeugt, daß man ihm den Sekundenbruchteil des Schreckens nicht angemerkt hatte.

»Das diente nur zur Warnung«, behauptete er mit ausdrucksloser Miene. »Beim nächsten Mal zielt er tiefer.«

»Äh«, entgegnete der Anführer und bewies damit eine gute rhetorische Begabung. »Völlig klar. Kein Problem. Wir wollten ohnehin gerade gehen. Hier gibt es keine großen Drachen. In Ordnung. Wir bedauern die Störung.«

»O nein«, ließ sich Lady Käsedick in einem triumphierenden Tonfall vernehmen. »*So* leicht kommt ihr nicht davon!« Sie streckte die Hand nach einem hohen Regal aus und holte eine Blechbüchse hervor. Oben wies sie einen Schlitz auf, und in ihrem Innern rasselte und klimperte es. An der einen Seite stand: *Sonnenscheinheim für kranke Drachen.*

Die erste Sammlung ergab vier Dollar und einunddreißig Pence. Als Hauptmann Mumm demonstrativ den Drachen hob, kamen auf geheimnisvolle Weise fünfundzwanzig Dollar und sechzehn Pence hinzu. Anschließend flohen die verhinderten Randalierer.

»Ich brauche einen Monat, um soviel Geld zu verdienen«, sagte Mumm, als er mit Lady Käsedick allein war.

»Du warst sehr tapfer!«

»Hoffentlich gewöhne ich mich nicht daran«, erwiderte Mumm und setzte den erschöpften Drachen vorsichtig in seinen Pferch zurück. Er fühlte sich irgendwie benommen.

Erneut gewann er den Eindruck, beobachtet zu werden. Als er den Kopf drehte, sah er das lange, spitz zulaufende Gesicht von Gutjunge Bündel Federstein — er hatte sich auf den Hinterläufen aufgerichtet und nahm eine Haltung an, die man am besten als die des letzten Hündchens im Laden beschreiben konnte.

Mumm war selbst überrascht, als er sich vorbeugte

und den kleinen Sumpfdrachen hinter den Ohren kratzte, beziehungsweise hinter den beiden spitzen Objekten, die seitlich aus dem Kopf ragten. Das Geschöpf reagierte mit einem seltsamen Geräusch. Es klang so, als hätten sich dicke Pfropfen in den Rohrleitungen einer Brauerei gebildet. Der Hauptmann zog die Hand rasch zurück.

»Keine Sorge«, sagte Lady Käsedick. »Ihm knurrt nur der Magen. Es bedeutet, daß er dich mag.«

Mumm stellte verwundert fest, daß ihn diese Mitteilung freute. Zum erstenmal in seinem Leben begegnete ihm jemand — etwas — mit Sympathie. Es war eine sonderbare Erfahrung, die Mumms Weltbild erschütterte, wenn auch nur für kurze Zeit.

»Ich dachte, du wolltest ihn, äh, loswerden«, brummte er.

»Das wäre die richtige Entscheidung«, entgegnete Ihre Ladyschaft. »Aber du weißt ja, wie das ist. Sie sehen einen aus ihren großen seelenvollen Augen an ...«

Unbehagliches Schweigen folgte, dehnte sich in die Länge.

»Was hältst du davon, wenn ich ...«

»Glaubst du vielleicht, du könntest ...«

Sie unterbrachen sich beide und schwiegen erneut.

»Wenigstens das bin ich dir schuldig«, sagte Lady Käsedick.

»Aber du hast uns doch schon ein neues Hauptquartier und so gegeben!«

»Das war meine Pflicht als veranwortungsbewußte Bürgerin dieser Stadt«, erwiderte Lady Käsedick. »Bitte nimm Gutjunge als, als einen *Freund*.«

Mumm hatte das Gefühl, das er eine tiefe Schlucht überquerte, und zwar auf einer *sehr* schmalen Planke.

»Ich weiß nicht einmal, wovon sich Sumpfdrachen ernähren«, wandte er ein.

»Eigentlich sind sie omnivor«, sagte Ihre Ladyschaft. »Sie fressen alles, außer Metall und Eruptivgestein.

Man darf nicht pingelig sein, wenn man in einem Sumpf aufwächst.«

»Aber braucht er keinen Auslauf? Oder Aus*flüge*?«

»Die meiste Zeit über schläft er.« Lady Käsedick kratzte das häßliche Ding auf dem schuppigen Kopf. »Der zahmste und genügsamste Drachen, den ich je gezüchtet habe, Ehrenwort.«

»Was ist mit, du weißt schon?« Mumm deutete auf die Mistgabel.

»Nun, der größte Teil der Ausscheidungen besteht aus Gas. Bring ihn an einem gut belüfteten Ort unter. Du hast doch keine wertvollen Teppiche, oder? Du solltest dir besser nicht das Gesicht von ihm lecken lassen, aber sie können so dressiert werden, daß sie ihre Flammen unter Kontrolle halten. Außerdem sind sie recht hilfreich beim Anzünden von Kaminfeuern.«

Gutjunge Bündel Federstein rollte sich zusammen. Irgendwo in ihm gluckerte und blubberte es.

Sumpfdrachen hatten acht Mägen, erinnerte sich Mumm; die Illustrationen im Buch waren sehr detailliert. Außerdem verfügte der Verdauungstrakt auch noch über andere komplexe Komponenten, zum Beispiel Röhren für fraktionierte Destillation — ein übergeschnappter Alchimist wäre begeistert gewesen.

Kein noch so ehrgeiziger Sumpfdrache konnte jemals ein Königreich terrorisieren, es sei denn durch Zufall. Mumm fragte sich, wie viele von ihnen unternehmungslustigen Helden zum Opfer gefallen waren. Wie grausam, Geschöpfe umzubringen, deren einziges Verbrechen darin bestand, im Flug zu explodieren. Den einzelnen Drachen lag bestimmt nichts daran, eine Angewohnheit daraus zu entwickeln. Zorn brodelte in Mumm, als er darüber nachdachte. Eine Spezies der Ausrutscher — das waren die Drachen. Geboren, um zu verlieren. Leb schnell und stirb noch viel schneller. Lady Käsedick hatte sie als Allesfresser bezeichnet, aber das stimmte sicher nur zum Teil. In Wirklichkeit zehrten sie hauptsächlich von ihren Nerven, wenn sie kummervoll über der Welt flogen und sich vor ihrem eigenen Verdauungssystem fürchteten. Während die Familie noch versuchte, über den Explosionstod des Vaters hinwegzukommen, marschierte irgendein Hohlkopf heran, rückte die Rüstung zurecht und bohrte das Schwert in ein Etwas, das fast nur aus Mägen bestand und bald ohne fremde Hilfe gestorben wäre.

Mumm fragte sich, wie die Helden der Vergangenheit gegen die *großen* Drachen gekämpft hatten. In Rüstungen? Nein, besser nicht. Es machte ohnehin keinen Unterschied, und wer auf derartige Schutzkleidung verzichtete, dessen Asche kehrte wenigstens nicht in Blech abgepackt nach Hause zurück.

Der Hauptmann blickte auf das mißgebildete kleine Wesen hinab, und eine Idee, die schon seit einigen Minuten an die Tür der Aufmerksamkeit klopfte, erhielt endlich Einlaß. Ganz Ankh-Morpork wollte den Drachen finden, besser gesagt: seinen *leeren* Schlupfwinkel. Mumm zweifelte kaum daran, daß Holzkeile an kleinen Metallstangen in dieser Hinsicht nichts nützten. Wie hieß es so schön: Um einen Dieb zu fangen ...*

»Können sich Drachen gegenseitig wittern?« fragte er. »Ich meine, sind sie imstande, einer entsprechenden Fährte zu folgen?«

---

* Die bekannte ankh-morporkianische Redensart ›Um einen Dieb zu fangen braucht man einen Dieb‹ hatte (nach energischen Einwänden der Diebesgilde) inzwischen folgende Veränderung erfahren: ›Um einen Dieb zu fangen braucht man eine tiefe Grube mit Sprungfedern an den Wänden, Stolperdrähten, hydraulisch betriebenen Messerkatapulten, Glassplittern und Skorpionen.‹

L*iebe Mutter* (schrieb Karotte), *gestern nacht gab es eine ziemliche Überraschung. Der Drache hat unser Hauptquartier verbrannt, und siehe da — jetzt haben wir ein neues. Es ist besser als das alte und befindet sich in der Pseudopolis-Allee, direkt dem Opernhaus gegenüber. Feldwebel Colon meint, wir stehen jetzt mehrere Sprossen höher auf der sozialen Leiter, und er hat Nobby gebeten, die Möbel nicht zu verkaufen. Das mit der Leiter ist eine Metapher. Ich lerne immer mehr darüber: Metaphern sind wie Lügen, nur ausschmückender. Wir brauchen jetzt nicht mehr auf den Boden zu spucken, weil es hier hübsche Teppiche gibt. Heute kamen zweimal Leute, um im Keller nach Drachen zu suchen, man kann es kaum glauben. Außerdem suchen sie auch in Aborten und Dachkammern, es ist wie ein Fieber. Die Bürger der Stadt haben kaum noch Zeit für etwas anderes, und Feldwebel Colon meint, wenn man seine Runden abmarschiert und ›Zwölf Uhr und alles ist gut‹ ruft, während ein Drache die Pflastersteine schmelzen läßt, so kommt man sich ziemlich dumm vor.*

Ich habe Frau Palm verlassen, weil das Haus genügend Platz bietet. Der Abschied war sehr traurig, und sie haben einen Kuchen für mich gebacken, aber ich glaube, es ist besser so, obgleich Frau Palm nie Miete von mir verlangte. Das finde ich sehr großzügig von ihr, denn schließlich ist sie Witwe und muß sich ganz allein um ihre vielen Töchter kümmern, ganz zu schweigen von der Mitgift ettzehtera.

Außerdem bin ich jetzt mit dem Affen befreundet, der uns immer wieder besucht und fragt, ob wir sein Buch gefunden haben. Nobby bezeichnet ihn als verlausten Trottel, weil der Orang-Utan 18D bei Leg-Herrn-Zwiebel-rein gewann, das ist ein Kartenspiel, das ich nicht spiele; ich habe Nobby auf das Glücksspielgesetz (Regulierung) hingewiesen, und er antwortete ›Verpiß dich!‹, was meiner Ansicht nach die 1389 erlassenen Vorschriften für Anstand verletzte, aber ich bin diskret gewesen und habe darauf verzichtet, den Korporal zu verhaften.

Hauptmann Mumm ist krank und wird von einer Lady gepflegt. Nobby meint, es sei allgemein bekannt, daß sie ver-

rückt ist, aber Feldwebel Colon sagt, es liegt nur daran, daß sie in einem großen Haus wohnt und viele Drachen hat. Er sagt, sie ist ein Vermögen wert, und der Hauptmann hat gut daran getan, die Füße unter ihren Tisch zu stellen. Ich weiß nicht, was Möbel damit zu tun haben. Heute morgen bin ich mit Reet spazierengegangen und habe ihr die Eisenarbeiten in der Stadt gezeigt. Sie fand das alles sehr interessant. Sie sagt, ich bin anders als alle anderen Leute, die sie kennt. Euer Euch liebender Sohn Karotte.

PS. Ich hoffe, Minty geht es gut.

Karotte faltete das Blatt sorgfältig zusammen und schob es in den Umschlag.

»Die Sonne geht unter«, sagte Feldwebel Colon.

Karotte sah vom Siegelwachs auf.

»Das bedeutet, die Nacht beginnt bald«, fügte Colon hinzu.

»Ja, Feldwebel.«

Colon strich sich über den Kragen. Seine Haut zeigte ein höchst beeindruckendes Rosarot — das Ergebnis mehrerer Stunden energischen Schrubbens. Trotzdem wahrten die Leute eine respektvolle Distanz zu ihm.

Manche Menschen kommen als Befehlshaber zur Welt. Manche Menschen werden zu Befehlshabern. Anderen wird die Befehlsgewalt aufgezwungen, und der Feldwebel gehörte nun zu jener Kategorie. Er war nicht besonders glücklich darüber.

Colon begriff, daß er jetzt bald die Anweisung geben mußte, mit der Patrouille zu beginnen, und das entsprach ganz und gar nicht seinem Wunsch. Er wollte sich in irgendeinen Keller zurückziehen, vorzugsweise in eine Kellerkneipe. Aber *Nobbleß Oblidsch* — er trug die Verantwortung, und deshalb blieb ihm keine Wahl.

Es war nicht etwa die Einsamkeit des Befehlshabers,

die ihm Probleme bereitete. Zu schaffen machte ihm eher eine gewisse Wahrscheinlichkeit dafür, bei lebendigem Leib gebraten zu werden.

Seine Besorgnis galt auch noch einem anderen Umstand: Wenn sie nicht bald etwas über den Drachen herausfanden, bestand die Gefahr, daß der Patrizier ärgerlich wurde. Und wenn der Patrizier ärgerlich wurde, neigte er zu sehr demokratischen Einstellungen. In solchen Fällen fand er höchst komplizierte und schmerzhafte Möglichkeiten, um viele Bürger Ankh-Morporks an seinem Ärger teilhaben zu lassen. Verantwortung, so fand der Feldwebel, war eine schreckliche Angelegenheit. Und das galt auch für lange und gründliche Folterungen. Colon ahnte, daß zwischen beiden Dingen ein ursächlicher Zusammenhang zu entstehen begann.

Deshalb fühlte er sich sehr erleichtert, als eine kleine, alte und lädierte Kutsche vor dem Haus hielt. An der Tür sah Colon die verblichenen Farben eines Wappens, und hinten bemerkte er die neu wirkende Aufschrift: *Wer wiehert, mag Drachen.*

Hauptmann Mumm stieg aus und verzog dabei immer wieder das Gesicht. Ihm folgte eine Frau, die der Feldwebel als Verrückte Sybil Käsedick erkannte. Was den dritten Passagier betraf: Er hoppelte gehorsam am Ende einer Leine, war klein und ...

Nervosität hinderte Colon daran, auf die Größe zu achten.

»Da soll mich doch der Deibel holen! Sie haben das Biest geschnappt!«

Nobby saß an einem Ecktisch und hatte sich noch immer nicht zu einer wichtigen Erkenntnis durchgerungen. Sie lautete: Es ist praktisch unmöglich, bei einem Glücks- und Geschicklichkeitsspiel gegen jemanden zu gewinnen, der ständig lächelt. Er sah auf, und der Bibliothekar nutzte die gute Gelegenheit, um zwei Karten unter dem Stapel hervorzuziehen.

»Sei doch nicht blöd«, brummte der Korporal. »Das

ist bloß ein Sumpfdrache. Und die Frau ... Sybil Käsedick. Eine echte Lady.«

Die beiden anderen Wächter drehten sich um und konnten kaum glauben, daß die letzten drei Worte von Nobby stammten.

»Was starrt ihr mich so an?« fragte der Korporal. »Glaubt ihr etwa, ich sei nicht imstande, eine echte Lady zu erkennen? Sie hat mir Tee serviert, in einer Tasse, so dünn wie Papier, und mit einem silbernen Löffel darin«, fuhr er in dem Tonfall eines Mannes fort, der einen Blick über die hohe Mauer der sozialen Unterschiede geworfen hat. »*Und* ich habe ihr beides zurückgegeben. Man weiß schließlich, was sich gehört.«

»Wie verbringst du eigentlich deine freien Abende?« fragte Colon.

»Geht dich nichts an.«

»Und du hast ihr den Löffel wirklich zurückgegeben?« erkundigte sich Karotte.

»Klar habe ich das«, sagte Nobby fest. »*Mit* der Tasse.«

»Achtung, Jungs!« rief der Feldwebel voller Erleichterung.

Mumm und Lady Käsedick betraten das Zimmer. Der Hauptmann musterte seine Männer auf die übliche Art und Weise: mit resigniertem Kummer.

»Meine Truppe«, murmelte er.

»Gute Männer«, behauptete Lady Käsedick. »Entschlossene Kämpfer für Recht und Ordnung, nicht wahr?«

»Nun, kommt ganz darauf an, aus welcher Perspektive man es sieht«, grummelte Mumm.

Lady Käsedick strahlte ermutigend, und eine seltsame Unruhe erfaßte die Männer. Feldwebel Colon gelang es mit nicht unerheblicher Mühe, die Brust weiter vorzuschieben als den Bauch. Karotte stand nicht mehr gebeugt, sondern richtete sich auf. Nobby nahm betont soldatenhafte Haltung an, hielt die Arme gerade an den

Seiten und achtete darauf, daß die Daumen einen rechten Winkel zu den Händen bildeten. Seine flache Hühnerbrust war so angeschwollen, daß die Füße Gefahr liefen, den Bodenkontakt zu verlieren.

»Ich habe immer gedacht, daß wir alle sicherer in meinem Bett schlafen können, wenn so tapfere Männer über uns wachen«, sagte Lady Käsedick und ging bedächtig an den Uniformierten vorbei — wie ein Schatzschiff, das in einer leichten Brise segelte. »Und wer ist das?«

Einem Orang-Utan fällt es schwer strammzustehen. Der Körper schafft es im großen und ganzen, alle Glieder in die richtige Position zu bringen, doch die Haut ist dauernd im Weg. Der Bibliothekar versuchte es trotzdem und stand in einer Art respektvollem Haufen am Ende der Reihe; als er salutierte, beschrieben die mehr als hundertzwanzig Zentimeter langen Arme höchst komplexe Bewegungsmuster.

»Er trägt immer Zivil und gehört zur Sonderabteilung Affen«, erklärte Nobby bereitwillig.

»Interessant, ja, sehr interessant«, erwiderte Lady Käsedick. »Wie lange bist du schon ein Affe, guter Mann?«

»Ugh.«

»Gut gemacht.« Sie wandte sich an Mumm, der ungläubig starrte.

»Du kannst stolz sein«, fügte sie hinzu. »Es sind ausgezeichnete Männer ...«

»Ugh.«

»... beziehungsweise Anthropoiden«, verbesserte sich Lady Käsedick, ohne daß es in ihrem Redefluß zu einer Unterbrechung kam.

Einige Sekunden lang fühlten sich die Wächter so, als seien sie gerade aus einer fernen Provinz zurückgekehrt, die sie ganz allein erobert hatten. Mit anderen Worten: Sie fühlten sich enorm ermuntert — so hätte es Lady Käsedick ausgedrückt —, was einen beträchtlichen

Unterschied zu ihren normalen Empfindungen darstellte. Selbst der Bibliothekar spürte eine sonderbare Zufriedenheit und beschloß, wenigstens dieses eine Mal die Bemerkung ›guter Mann‹ zu überhören.

Irgend etwas tröpfelte, und ein starker chemischer Geruch beanspruchte die allgemeine Aufmerksamkeit.

Gutjunge Bündel Federstein gab sich völlig unschuldig, als er neben etwas hockte, das nicht etwa ein Fleck im Teppich war, sondern vielmehr ein Loch im Boden. Rauch kräuselte vom Rand empor.

Lady Käsedick seufzte.

»Ist nicht weiter schlimm, gnä Frau«, sagte Nobby heiter. »Das bringen wir bald in Ordnung.«

»So etwas geschieht recht häufig, wenn Drachen aufgeregt sind«, stellte Ihre Ladyschaft fest.

»Du hast ein prächtiges Exemplar mitgebracht, jawohl«, lobte Nobby und genoß seine neuen Erfahrungen in Hinsicht auf höfliche Konversation.

»Er gehört nicht mir, sondern dem Hauptmann«, entgegnete Lady Käsedick. »Besser gesagt: euch allen. Eine Art Maskottchen. Er heißt Gutjunge Bündel Federstein.«

Gutjunge Bündel Federstein trug das Bedeutungsgewicht seines Namens mit Fassung und beschnüffelte ein Tischbein.

»Er sieht mehr wie mein Bruder Errol aus«, kommentierte Nobby mit einer kühnen Keßheit, die alle Anwesenden überraschte. »Hat die gleiche spitze Nase, wenn du mir diese Bemerkung gestattest, Milady.«

Mumm betrachtete das Geschöpf, das seine neue Umgebung erforschte. Von jetzt an hieß der kleine Sumpfdrachen Errol, ob es ihm gefiel oder nicht. Das Schuppenwesen biß versuchsweise in den Tisch, kaute einige Male, spuckte den Bissen aus, rollte sich zusammen und schlief ein.

»Er setzt doch nicht alles in Brand, oder?« fragte der Feldwebel besorgt.

»Nein, ich glaube nicht«, erwiderte Lady Käsedick. »Er scheint noch nicht herausgefunden zu haben, wozu die Feuerröhren in seinem Leib dienen.«

»Aber mit dem Entspannen kommt er schon ziemlich gut zurecht«, sagte Mumm und blickte auf den schnarchenden Drachen hinab. Dann wandte er sich an seine Truppe. »Nun, Männer ...«

»Ugh.«

»Dich habe ich nicht gemeint. Was tut er hier?«

»Äh«, antwortete Feldwebel Colon hastig, »ich, äh ... du warst nicht da und so, und wir brauchten Hilfe ... und Karotte meinte, es sei durchaus mit dem Gesetz vereinbar und ... Ich habe ihn vereidigt, Sir. Den Affen, Sir.«

»Als was hast du ihn vereidigt, Feldwebel?« fragte Hauptmann Mumm.

»Als Sonderkonstabler, Sir«, sagte Colon und errötete. »Du weißt schon, Sir. Als eine Art Bürgerwächter.«

Mumm warf die Hände hoch. »*Sonder*konstabler? Warum nicht als *einzigartigen* Konstabler?«

Der Bibliothekar sah Mumm an und grinste breit.

»Nur vorübergehend, Sir«, sagte Colon flehentlich. »Für die Dauer der — der Krise, Sir. Er kann uns bestimmt helfen, Sir, und ... Nun, er scheint weit und breit der einzige zu sein, der uns mag ...«

»Ich halte das für eine *schrecklich* gute Idee«, warf Lady Käsedick ein. »Gut gemacht, der Affe.«

Mumm zuckte mit den Schultern. Die Welt war auch so schon verrückt genug; schlimmer konnte sie kaum werden, oder?

»Na schön«, brummte er. »Na schön! Meinetwegen. Prächtig! Gebt ihm eine Dienstmarke — bin gespannt, wo er sie trägt. Gut! Hervorragend! Warum nicht?«

»Ist alles in Ordnung mit dir, Hauptmann?« fragte Colon beunruhigt.

»Bestens!« schnappte Mumm und marschierte durchs Zimmer. »Ich bin ja *so* glücklich! Willkommen in der neuen Wache! Großartig! Immerhin besteht unser Gehalt aus Erdnüssen, und deshalb können wir durchaus ein Ti ...«

Der Feldwebel preßte Mumm respektvoll die Hand auf den Mund.

»Äh, da wäre noch eine Sache, Hauptmann«, sagte Colon eindringlich und fühlte Mumms verblüfften Blick auf sich ruhen. »Du solltest besser darauf verzichten, das T-Wort zu benutzen. Er mag es nicht. Er rastet einfach aus, wenn er es hört. Ist wie ein rotes Dingsbums für ihn, Sir. Gegen ›Affe‹ hat er nichts, Sir, aber das T-Wort geht ihm gegen den Strich. Und noch etwas, Sir. Wenn er wütend wird, beschränkt er sich nicht nur darauf, einfach zu schmollen, Herr, wenn du verstehst, was ich meine, Herr. Abgesehen davon ist er sehr umgänglich, Herr. Alles klar? Du solltest nur daran denken, nie ›Tier‹ zu sagen. Ohmist!«

Die Brüder waren nervös.

Der Oberste Größte Meister hörte, wie sie leise miteinander sprachen. Die Dinge entwickelten sich zu schnell für sie. Zunächst war es seine Absicht gewesen, sie ganz langsam und praktisch Stück für Stück an der Verschwörung zu beteiligen, ihnen nicht mehr Wahrheit zu gewähren, als ihre Kleingeistigkeit verarbeiten konnte, aber er hatte sie trotzdem überschätzt. Die Situation verlangte Strenge. Gerechte Strenge.

»Brüder«, begann der Oberste Größte Meister, »sind die Schellen der Aufrichtigkeit geschlossen?«

»Was?« fragte Bruder Wachturm unsicher. »Oh. Die Schellen. Ja. Geschlossen. Natürlich.«

»Und die Mauersegler des Winkens — sind sie richtig gerupft?«

Bruder Stukkateur zuckte schuldbewußt zusammen.

»Wie? Was? Oh. Alles in Ordnung. Überhaupt kein Problem. Gerupft. Ja.«

Der Oberste Größte Meister zögerte.

»Brüder«, sagte er sanft, »wir haben das Ziel *fast* erreicht. Jetzt dauert es nicht mehr lange. Nur noch einige Stunden, und die Welt gehört *uns.* Das *versteht* ihr doch, Brüder, oder?«

Bruder Stukkateur blickte verlegen zu Boden.

»Nun«, erwiderte er, »ich meine, klar. Ja. Natürlich. Selbstverständlich. Wir stehen hundertzehn Prozent hinter dir ...«

Jetzt sagt er gleich ›allerdings‹, dachte der Oberste Größte Meister.

»... allerdings ...«

Ah.

»... wir, ich meine, wir alle, wir sind ... es ist eigentlich eine komische Sache, ich meine, nachdem man einen Drachen beschworen hat, fühlt man sich irgendwie anders ...«

»Ausgepumpt«, warf Bruder Pförtner hilfreich ein.

»... ja, das könnte man sagen, es ist so, als ...« Bruder Wachturm kramte in allen Schubladen seines Wortschatzes. »Als sei einem irgend etwas genommen ...«

»Ausgesaugt«, bemerkte Bruder Stukkateur.

»Ja, das stimmt, und wir ... nun, vielleicht ist die ganze Angelegenheit ein wenig zu riskant ...«

»Es fühlt sich an, als nagten sich unheimliche Geister aus dem Jenseits in die eigene Seele«, sagte Bruder Stukkateur.

»Ich würde eher von unangenehmen Kopfschmerzen sprechen«, fügte Bruder Wachturm hilflos hinzu. »Weißt du, Größter Meister, deshalb haben wir über all die Sachen mit dem kosmischen Gleichgewicht nachgedacht, weil, nun, erinnere dich daran, was mit dem armen Bruder Verdruß geschehen ist. Es könnte ein Wink des Schicksals sein. Äh.«

»Er wurde doch bloß von einem Krokodil gebissen,

das sich in einem Blumenbeet versteckte«, erwiderte der Oberste Größte Meister. »Das hätte jedem passieren können. Andererseits: Ich verstehe natürlich eure Gefühle.«

»Im Ernst?« vergewisserte sich Bruder Wachturm.

»O ja. Sie sind völlig normal. Alle großen Zauberer verspüren ein gewisses Unbehagen, bevor sie mit einem so bedeutungsvollen Werk beginnen.« Die Brüder wechselten stolze Blicke. *Große Zauberer. Damit meint er uns. Klingt gut.* »Aber in einigen Stunden ist alles vorbei, und der König wird euch bestimmt großzügig belohnen. Eine ruhmreiche Zukunft erwartet uns.«

Für gewöhnlich genügte dieser Hinweis. Doch diesmal erzielte er nicht die gewünschte Wirkung.

»Aber der Drache ...«, wandte Bruder Wachturm ein.

»Bald verschwindet er für *immer*«, antwortete der Oberste Größte Meister. »Bald brauchen wir ihn nicht mehr. Hört mir gut zu. Es ist ganz einfach: Der Junge hat ein prächtiges Schwert. Jeder *weiß*, daß Könige prächtige Schwerter haben ...«

»Handelt es sich um das prächtige Schwert, von dem du uns bereit erzählt hast?« fragte Bruder Stukkateur.

»Und wenn es den Drachen berührt — *Bumm!*« erklärte der Oberste Größte Meister.

»Ja, das stimmt«, bestätigte Bruder Pförtner. »Solche Geräusche ertönen tatsächlich. Mein Onkel hat mal einen Sumpfdrachen getreten, weil das Biest seine Kürbisse fraß. Es krachte laut, und er hätte fast ein Bein verloren.«

Der Oberste Größte Meister seufzte. Einige wenige Stunden, ja, und dann war es endlich vorbei. Nur noch eine Entscheidung stand aus: Sollte er die Brüder sich selbst überlassen — bestimmt gab es niemanden, der ihnen glauben würde —, oder war es besser, sie wegen gemeingefährlicher Dummheit von der Wache verhaften zu lassen?

»Nein«, sagte er geduldig. »Ich meine, der Drache

wird sich einfach in Luft auflösen. Wir schicken ihn zurück. Und dann gibt es keinen Drachen mehr.«

»Und wenn die Leute Verdacht schöpfen?« erkundigte sich Bruder Stukkateur. »Vielleicht rechnen sie mit mehr oder weniger gleichmäßig verteilten Drachenfetzen.«

»Nein«, entgegnete der Oberste Größte Meister triumphierend. »Sie wissen ganz genau: Eine Berührung des Schwertes der Wahrheit und Gerechtigkeit genügt, um die Brut des Unheils zu vernichten!«

Die Brüder starrten ihn groß an.

»Das werden sie zumindest *glauben*«, sagte der Oberste Größte Meister. »Wir helfen zum entsprechenden Zeitpunkt mit mystischem Rauch nach.«

»Oh, mystischer Rauch«, murmelte Bruder Finger. »Ganz einfach. Überhaupt kein Problem.«

»Also keine blutigen — beziehungsweise verkohlten — Fetzen?« fragte Bruder Stukkateur. Es klang ein wenig enttäuscht.

Bruder Wachturm hüstelte. »Tja, weiß nicht recht, ob sich die Leute damit abfinden. Geht alles zu glatt über die Bühne. Meine ich.«

»Hört zu!« zischte der Oberste Größte Meister. »Die Leute stellen bestimmt *keine einzige* Frage! Sie werden alles *beobachten* und sich so sehr den Sieg des Jungen wünschen, daß sich niemand Gedanken macht! verlaßt euch drauf! Und nun ... Laßt uns beginnen ...«

Er konzentrierte sich.

Ja, es war einfacher, jedesmal einfacher. Er spürte die Schuppen, fühlte den Zorn des Drachen, als er sein Bewußtsein erweiterte und den *Ort erreicht, wohin die Drachen verschwunden waren.* Er kontrollierte und beherrschte.

Dies war Macht, und sie gehörte ihm

Feldwebel Colon schnitt eine Grimasse. »Au!«

»Sei nicht so zimperlich!« rief Lady Käsedick fröhlich und zog den Verband mit einem routinierten Geschick fest, das auf die Erfahrung vieler weiblicher Käsedick-Generationen hinwies. »Er hat dich kaum berührt.«

»Und außerdem tut es ihm *sehr* leid« fügte Karotte scharf hinzu. »Zeig dem Feldwebel, wie leid es dir tut! Los!«

»Ugh«, brummte der Bibliothekar verlegen.

»Laß bloß nicht zu, daß er mich küßt!« quiekte Colon.

»Wenn man jemanden an den Waden packt, ihn umdreht und so hält, daß der Kopf mehrmals an den Boden stößt«, überlegte Karotte lau, »könnte man das als Mißhandlung eines vorgesetzten Offiziers verstehen?«

»Ich erhebe keine Anklage, nein, ich nicht!« stieß der Feldwebel hastig hervor.

»Laßt uns jetzt aufbrechen«, drängte Mumm. »Ich möchte feststellen, ob Errol in der Lage ist, Witterung aufzunehmen und den Schlupfwinkel des großen Drachen zu finden. Auch Lady Käsedick ist der Ansicht, es sei einen Versuch wert.«

»Du meinst eine tiefe Grube mit Sprungfedern an den Wänden, Stolperdrähten, hydraulisch betriebenen Messerkatapulten, Glassplittern und Skorpionen, um einen Dieb zu fangen, Hauptmann?« fragte der Feldwebel skeptisch. »Au!«

»Ja, wir folgen der Fährte«, verkündete Lady Käsedick. »Hör endlich auf, dich wie ein kleines Kind anzustellen, Feldwebel!«

»Wenn ich so kühn sein darf«, sagte Nobby, während Colon unter dem Verband errötete, »hervorragende Idee, Errol als Spürhund ... ich meine, als Spürdrachen zu verwenden, gnä Frau.«

Mumm fragte sich, wie lange er Nobby als sozialen Bergsteiger ertragen konnte.

Karotte schwieg. Er gewöhnte sich langsam an die Tatsache, daß er wahrscheinlich kein Zwerg war, aber aufgrund des berühmten Prinzips der morphischen Resonanz floß Zwergenblut in seinen Adern, und die geborgten Gene teilten ihm mit, daß es vermutlich nicht so einfach sein würde. Es mochte selbst dann riskant sein, einen Drachenhort zu finden, wenn der Besitzer nicht zu Hause weilte. Außerdem: Karotte hielt an der Überzeugung fest, daß er die Existenz eines solchen Hortes längst gespürt hätte. Große Goldmengen sorgten dafür, daß Zwergenhände juckten, und er spürte nicht einmal ein leichtes Prickeln.

»Wir beginnen mit der Wand in den Schatten«, sagte der Hauptmann.

Feldwebel Colon warf Lady Käsedick einen kurzen Blick zu und stellte fest, daß er in der Gesellschaft dieser stattlichen Frau unmöglich feige sein konnte. Er beschränkte sich auf ein »Ist das klug, Sir?«

»Natürlich nicht. Wenn wir klug wären, hätten wir längst aufgehört, Wächter zu sein.«

»Oh, ich finde das alles so *aufregend*«, sagte Lady Käsedick.

»Nun, ich glaube nicht, daß du uns begleiten solltest ...«, begann Mumm.

»... *Sybil,* bitte! ...«

»... es ist ein sehr anrüchiges Viertel.«

»Aber wenn ich mit so tapferen und unerschrockenen Männern zusammen bin, droht mir bestimmt keine Gefahr«, gurrte Lady Käsedick. »Ich bin sicher, Vagabunden *schmelzen* einfach, wenn sie euch sehen.«

Das liegt am Drachen, dachte Mumm kummervoll. *Die Halunken schmelzen, wenn sie den Drachen sehen, hinterlassen dann nur einen Schatten an der Mauer.* Wenn Mumm argwöhnte, daß er eine gewisse Trägheit entwickelte oder das Interesse verlor, erinnerte er sich an jene Schatten, und dann hatte er das Gefühl, als streiche ihm kaltes Feuer über den Rücken. *Solche Dinge dürfen nicht geschehen. Nicht in meiner Stadt.*

In den Schatten ergaben sich überhaupt keine Probleme. Die meisten Bewohner dieses Bezirks waren auf der Suche nach dem Goldschatz des Drachen, und der Rest neigte weitaus weniger als sonst dazu, in dunklen Gassen zu lauern. Hinzu kam: Die vernünftigsten Schurken begriffen auf den ersten Blick, daß es keinen Sinn hatte, Lady Käsedick zu überfallen. Wahrscheinlich forderte sie dazu auf, die Socken hochzuziehen und nicht *dumm* zu sein, und zwar in einem so befehlsgewohnten Tonfall, daß selbst dem hartnäckigsten Halunken keine andere Wahl blieb, als ihr zu gehorchen.

Die Mauer war noch nicht abgerissen worden und zeigte nach wie vor das gräßliche Fresko. Errol schnüffelte ein wenig, hoppelte durch die Gasse, legte sich hin und schlief ein.

»Hat nicht geklappt«, stellte Feldwebel Colon fest.

»War aber 'ne gute Idee«, sagte Nobby loyal.

»Vielleicht liegt es am Regen und den Leuten, die hier unterwegs gewesen sind«, murmelte Lady Käsedick.

Mumm hob den Sumpfdrachen hoch. Es war ohnehin nur eine vage Hoffnung gewesen. Der Hauptmann hielt es für besser, irgend etwas zu unternehmen, als die Hände in den Schoß zu legen und abzuwarten.

»Wir sollten jetzt besser zurückkehren«, sagte er. »Die Sonne geht unter.«

Sie gingen schweigend. *Der Drache hat sogar die Schatten gezähmt,* dachte Mumm. *Er beherrscht die ganze Stadt, selbst dann, wenn er überhaupt nicht da ist. Bestimmt dauert's nicht mehr lange, bis die Leute damit anfangen, Jungfrauen an Felsen zu ketten.*

Drachen sind eine Metapher für die verdammte menschliche Existenz. Und wenn das noch nicht genügt: Sie sind auch verdammt große und verdammt heiße fliegende Wesen.

Mumm holte den Schlüssel für das neue Hauptquartier hervor. Als er ihn ins Schloß schob, erwachte Errol und jammerte.

»Nicht jetzt«, brummte der Hauptmann. Er spürte ein

schmerzhaftes Stechen in der Seite. Die Nacht hatte kaum begonnen, und er fühlte sich schon müde und erschöpft.

Eine Schieferplatte fiel vom Dach und zerplatzte auf dem Kopfsteinpflaster neben Mumm.

»Hauptmann«, flüsterte Feldwebel Colon.

»Was ist denn?«

»Das Biest sitzt dort oben, Hauptmann.«

Irgend etwas in Colons Stimme ließ Mumm erstarren. Der Feldwebel klang weder aufgeregt noch furchtsam, dafür aber zutiefst entsetzt.

Langsam hob er den Kopf. Errol erzitterte unter seinem Arm.

Der Drache — *der* Drache — blickte interessiert über die Dachrinne. Im Kopf hätten gleich mehrere athletisch gebaute Männer Platz gefunden, und die Augen waren so groß wie große Augen. Rote Glut schimmerte in ihnen — und eine Intelligenz, die sich völlig vom menschlichen Verstand unterschied. Es war eine Intelligenz, die schon seit Äonen in Tücke gebadet und sich in Arglist gesuhlt hatte, als die ersten Fast-Affen überlegten, ob es der biologisch-evolutionären Karriere förderlich sein mochte, auf zwei Beinen zu stehen. Es war eine Intelligenz, die sich nicht mit Dingen wie Diplomatie aufhielt; derartige Konzepte blieben ihr fremd.

Solche Geschöpfe spielten nicht, stellten einem auch keine Rätsel. Als Ausgleich fanden sie großen Gefallen an Arroganz, Macht und Grausamkeit. Ihre Auffassung von Humor bestand darin, anderen Wesen — vorzugsweise Menschen — den Kopf zu verbrennen.

Derzeit war der Drache zorniger als sonst. Er spürte etwas hinter den Augen: ein winziges, schwaches und *fremdes* Ich, erfüllt von aufgeblasener Selbstzufriedenheit. Das Etwas störte ebenso wie hartnäckiges Jucken an einer Stelle, an der man sich nicht kratzen konnte. Es zwang den Drachen zu einer Verhaltensweise, die ihm überhaupt nicht behagte — und hinderte ihn gleichzeitig daran, sich mit Dingen zu beschäftigen, die ihn faszinierten.

Das Ungeheuer richtete den roten Blick auf Errol, der völlig außer sich zu sein schien. Mumm begriff, was ihn bisher davor bewahrt hatte, in einem viele hunderttausend Grad heißen Flammenstrahl zu verdampfen: Der große Drache fragte sich, warum er einen kleinen Drachen in den Armen hielt.

»Mach keine plötzlichen Bewegungen«, hauchte Lady Käsedick hinter ihm, »und achte darauf, keine Furcht zu zeigen! Drachen merken es sofort, wenn man sich vor ihnen fürchtet.«

»Hast du mir sonst noch einen Rat anzubieten?« fragte Mumm langsam und versuchte zu sprechen, ohne dabei die Lippen zu bewegen.

»Nun, manchmal ist es recht nützlich, sie hinter den Ohren zu kratzen.«

»Oh.« Mumm stöhnte leise.

»Gelegentlich erfüllt auch ein scharfes ›Nein!‹ seinen Zweck. Oder man bringt den Futternapf fort.«

»Ah?«

»In *extremen* Fällen nehme ich eine Papierrolle und gebe ihnen damit einen Klaps auf die Nase.«

Einige Sekunden lang blieb Mumm in einer langsamen, von klaren Konturen und wachsender Verzweiflung bestimmten Welt gefangen, deren Zentrum aus zwei zerklüfteten und nur wenige Meter entfernten Nüstern bestand. Doch schließlich öffnete sich dieser Kosmos des Schreckens und schuf Platz für ein dumpfes Zischen.

Der Drache holte tief Luft.

Das Zischen verklang. Mumm starrte in die dunklen organischen Flammenwerfer und fragte sich, ob er irgend etwas sehen würde — vielleicht ein weißes Aufblitzen —, bevor er zu Asche zerfiel.

Genau in diesem Augenblick ertönte ein Horn.

Der Drache hob verwirrt den Kopf und gab ein wortloses, aber doch eindeutig fragendes Geräusch von sich.

Erneut das Horn. Echos tanzten wie rein akustische Wesen durch die Straßen und Gassen, vermittelten eine Herausforderung. Wenn dieser Eindruck täuschte, wenn es sich *nicht* um eine Herausforderung handelte ... Nun, in dem Fall drohten dem Hornbläser einige schwer zu lösende Probleme. Der Drache warf Mumm noch einen letzten glühenden Blick zu, entfaltete die enorm breiten Schwingen, sprang und verspottete alle aeronautischen Gesetze, als er in die Richtung flog, aus der das Horn erklang.

Nichts in der Welt hätte auf diese Weise fliegen dürfen. Die Schwingen hoben und senkten sich, verursachten dabei ein dumpfes Donnern wie von eingeschüchterten Gewittern. Aber den Bewegungen des Drachen haftete keineswegs etwas Schwerfälliges an, ganz im Gegenteil. Mit einer rätselhaften Eleganz glitt er über die Dächer hinweg und erweckte dabei folgenden Eindruck: Wenn er nicht mehr mit den Flügeln schlug, fiel er nicht etwa, sondern hielt einfach an. Er flog nicht, sondern *schwebte*. Es wirkte noch weitaus beeindruckender, wenn man daran dachte, daß dieses Geschöpf scheunengroß war und eine Haut hatte, deren Konsistenz man mit dickem Stahl vergleichen konnte.

Der Drache pflügte durch die Nacht und näherte sich dem Platz der Gebrochenen Monde.

»Wir müssen ihm folgen!« rief Lady Käsedick.

»Es ist einfach nicht richtig, daß er so fliegt«, sagte Karotte und griff nach seinem Notizbuch. »Ich bin sicher, damit verstößt er gegen das Hexerei-Gesetz. *Außerdem* hat er das Dach beschädigt. Die Anklageliste wird immer länger.«

»Fühlst du dich nicht gut, Hauptmann?« fragte Feldwebel Colon.

»Ich habe dem Ding direkt in den Rachen gestarrt«, antwortete Mumm verträumt. Er blinzelte mehrmals und konzentrierte sich auf das Gesicht des Feldwebels. »Wohin ist das Ungetüm verschwunden?«

Colon streckte den Arm aus.

Mumm beobachtete den sich rasch entfernenden Schatten.

»Wir folgen ihm!« sagte er fest.

Einmal mehr erklang das Horn.

Hunderte von Bürgern waren zum Platz der Gebrochenen Monde unterwegs. Der Drache glitt über sie hinweg, wie ein Hai, der gerade eine einsame Luftmatratze entdeckt hatte. Sein Schwanz neigte sich langsam von einer Seite zur anderen.

»Irgendein Blödmann will gegen ihn kämpfen«, sagte Nobby.

»Oder es zumindest versuchen«, erwiderte Colon. »Armer Narr! Wahrscheinlich wird er gleich in seiner Rüstung gebraten.«

Das schien auch die Meinung der Leute am Rande des Platzes zu sein. Die Bewohner von Ankh-Morpork neigten zu einer nüchternen und sachlichen Perspektive, wenn es um Unterhaltung ging. Sie hätten sich bestimmt darüber gefreut, den Tod eines Drachen zu erleben, aber sie gaben sich auch damit zufrieden, einen verhinderten Drachentöter zu beobachten, der in seiner eigenen Rüstung garte. Schließlich geschah es nicht jeden Tag, daß jemand in seiner eigenen Rüstung garte. Man konnte den Kindern davon erzählen.

Mumm wurde hin und her gestoßen, als immer mehr Leute den Platz erreichten und nach vorn drängten.

Das Horn blökte eine dritte Herausforderung.

»Klingt nach einem Schneckenhorn«, sagte Colon weise. »Hört sich an wie eine Sturmglocke, nur dumpfer.«

»Bist du sicher?« fragte Nobby.

»Ja.«

»Muß von einer verdammt großen Schnecke stammen.«

»Erdnüsse! Wabbel! Heiße Würstchen!« rief jemand hinter ihnen. »Hallo, Jungs. Hallo, Hauptmann Mumm! Willst dir den Kampf ansehen, was? Wenn's überhaupt dazu kommt. Möchtest du ein Würstchen? Geht auf die Rechnung des Hauses.«

»Was ist hier los, Ruin?« fragte Mumm und hielt sich am Bauchladen des Händlers fest, als jemand gegen ihn stieß.

»Irgendein Bursche kam in die Stadt geritten und meinte, er werde den Drachen töten«, antwortete Treibe-mich-selbst-in-den-Ruin. »Angeblich hat er ein magisches Schwert.«

»Hat er auch eine magische Haut?«

»In deiner Seele fehlt jegliche Romantik, Hauptmann«, sagte Ruin. Er zog eine recht heiße Röstgabel aus der Bratpfanne des Bauchladens und piekste sie ins breite Hinterteil einer dicken Frau. »Bitte tritt beiseite, Verehrteste, der Handel *ist* der Lebensnerv dieser Stadt, besten Dank.« Er wandte sich wieder an Mumm. »Natürlich müßte eigentlich eine Jungfrau an irgendeinen Felsen gekettet sein, aber die Tante war dagegen. Das ist das Problem mit manchen Leuten. Sie haben keinen Sinn für Tradition. Übrigens: Der Bursche behauptet, rechtmäßiger Ärbe zu sein.«

Mumm schüttelte den Kopf. Die Welt geriet tatsächlich aus den Fugen. »Ich verstehe nicht ganz ...«

»Ärbe«, wiederholte Treibe-mich-selbst-in-den-Ruin geduldig. »Du weißt schon. Thronärbe.«

»Thron?«

»Der von Ankh.«

»Was für ein Thron von Ankh?«

»Du weißt schon. Könige und so.« Ruin dachte nach. »Leider erinnere ich mich nicht an seinen Namen. Ich habe in der Großhandelstöpferei des Trolls Ignazius drei

Gros Krönungsbecher bestellt, und es ist sicher sehr mühsam, nachher den Namen aufzumalen. Soll ich zwei für dich vormerken, Hauptmann? Ich biete sie dir für neunzig Pence an, und damit treibe ich mich selbst in den Ruin.«

Mumm gab auf, bahnte sich einen Weg durch die Menge und benutzte Karotte dabei als eine Art Leuchtturm. Der Obergefreite ragte aus dem allgemeinen Gewühl hervor, und die übrigen Wächter klammerten sich an ihm fest.

»Hier ist doch alles total verrückt!« rief Mumm. »Kannst du was sehen, Karotte?«

»Einen Reiter mitten auf dem Platz«, lautete die Antwort. »Er hat ein glitzerndes Schwert. Derzeit scheint er zu warten.«

Mumm schob sich auf Lady Käsedicks Leeseite.

»Könige«, schnaufte er. »Von Ankh. Und Throne. Gibt es welche?«

»Was?« Ihre Ladyschaft drehte den Kopf. »O ja. Es *gab* einmal welche. Früher. Vor vielen hundert Jahren. Warum?«

»Irgend jemand hat behauptet, der Bursche dort drüben sei ein Thronerbe!«

»Das stimmt!« bestätigte Ruin. Er war Mumm in der Hoffnung gefolgt, ein Geschäft abzuschließen. »Er hat eine eindrucksvolle Rede gehalten und versprochen, den Drachen zu töten, die unrechtmäßigen Machthaber zu vertreiben und alles Falsche ins Richtige zu verwandeln. Die Leute haben ihn bejubelt. Heiße Würstchen, aus echten Schweinen, zwei für einen Dollar! Warum kaufst du keins für die Lady?«

»Du meinst wohl Schweinefleisch, nicht wahr?« fragte Karotte mißtrauisch und beäugte die glänzenden zylinderförmigen Objekte.

»Sozusagen, in gewisser Weise«, erwiderte Ruin hastig. »Es sind echte Schweineprodukte. Daran kann gar kein Zweifel bestehen.«

»Wenn in dieser Stadt jemand eine Rede hält, kann er immer damit rechnen, bejubelt zu werden«, knurrte Mumm. »Das hat überhaupt nichts zu bedeuten.«

»Fünf Würstchen für nur zwei Dollar!« rief Ruin. Gespräche lenkten ihn nie von seinen Pflichten als Händler ab. »Könnte gut fürs Geschäft sein, die Monarchie. Schweinewürstchen! Schweinewürstchen! In Brötchen! Und dann die Verwandlung des Falschen ins Richtige. Scheint mir eine gute Idee zu sein. Mit Zwiebeln!«

»Darf ich dir vielleicht ein Würstchen anbieten, gnä Frau?« fragte Nobby.

Lady Käsedick blickte auf Ruins Bauchladen hinab. Tausend Jahre guter Erziehung kamen ihr zu Hilfe, und deshalb vibrierte nur vages Grauen in ihrer Stimme, als sie sagte: »Oh, sie sehen wirklich lecker aus. Schmecken bestimmt ausgezeichnet.«

»Stammen sie von Mönchen auf einem mystischen Berg?« fragte Karotte.

Ruin bedachte ihn mit einem seltsamen Blick. »Nein«, antwortete er geduldig. »Von Schweinen.«

»Der Kerl will Falsches in Richtiges verwandeln?« brummte Mumm. »Wie meint er das, Ruin? Heraus damit!«

»Nuuun«, begann der Händler. »Wie wär's zum Beispiel mit den Steuern? Meiner Ansicht nach sind sie falsch.« Er hatte Anstand genug, ein wenig verlegen zu wirken. In Treibe-mich-selbst-in-den-Ruins Welt war das Zahlen von Steuern ein Schicksalsschlag, der ihn verschonte.

»Da hast du völlig recht«, ließ sich eine alte Frau neben ihm vernehmen. »Und dann die Regenrinnen des Hauses, in dem ich wohne. Etwas Schreckliches tropft aus ihnen, aber der Hauswirt unternimmt nichts dagegen. Das ist falsch.«

»Und vorzeitiger Haarausfall«, sagte der Mann vor ihr. »Das ist ebenfalls falsch.«

Mumms Kinnlade klappte nach unten.

»Ah, Könige kennen ein Mittel gegen Glatzen«, behauptete ein anderer Protomonarchist.

Ruin griff in seine Tasche. »Zufälligerweise habe ich noch diese eine Flasche übrig. Sie enthält eine Wundersalbe, die«, — er warf Karotte einen durchdringenden Blick zu —, »von alten Mönchen auf einem hohen Berg hergestellt wurde.«

»Und sie antworten nie, wenn man sie was fragt«, fuhr der Monarchist fort. »Daran erkennt man sofort ihre königliche Natur. Sind einfach nicht dazu fähig, Antwort zu geben. Hat etwas damit zu tun, erhaben zu sein.«

»Ja, das stimmt.« Die Regenrinnen-Frau nickte.

»Und dann Geld«, sagte der Monarchist und genoß die Aufmerksamkeit der anderen. »Könige tragen keins bei sich. Das gibt einen guten Hinweis.«

»Wieso?« fragte der Mann, dessen Haarreste auf dem fast kahlen Kopf wie die versprengten Überbleibsel eines besiegten Heeres anmuteten. »Geld ist doch gar nicht schwer. *Ich* kann mühelos tausend und mehr Dollar tragen.«

»Wahrscheinlich bekommt man schwache Arme davon, ein König zu sein«, vermutete die Frau. »Von all dem Winken und so weiter.«

»Ich habe immer gedacht«, sagte der Monarchist, holte eine Pfeife hervor und stopfte sie so langsam wie jemand, der zu einem längeren Vortrag ansetzte, »eins der größten Probleme von Königen bestehe in der Gefahr, daß die Tochter irgendeinen Hohlkopf heiraten muß.«

Nachdenkliches Schweigen folgte.

»Oder daß sie hundert Jahre schläft«, fügte der Monarchist ernst hinzu.

»Oh«, murmelten einige der Zuhörer erleichtert.

»Und dann der Verschleiß an Erbsen.«

»Für Erbsensuppe?« fragte die Frau unsicher.

»Nein, fürs Bett«, sagte der Monarchist.

»Ganz zu schweigen von den vielen Matratzen. Hunderte!«

»Genau.«

»Tatsächlich?« Treibe-mich-selbst-in-den-Ruin war interessiert. »Ich könnte sie dem König *än groh* besorgen.« Er wandte sich an Mumm, dessen Miene immer verdrießlicher wurde. »Was hältst du davon, Hauptmann? Du wärst dann ein Mitglied der *königlichen* Wache, nehme ich an. Vielleicht bekommst du sogar Federn für den Helm.«

»Ah, Prunk und Gepränge«, sagte der Monarchist und hob die Pfeife. »Sehr wichtig. Jede Menge Schauspiele und so.«

»Was, umsonst?« fragte Ruin.

»Nuuun, für die *besten* Plätze muß man vielleicht bezahlen«, räumte der Monarchist ein.

»Ihr seid ja alle übergeschnappt!« platzte es aus Mumm heraus. »Ihr wißt überhaupt nichts über den Burschen, und außerdem hat er noch nicht gewonnen!«

»Reine Formsache, schätze ich«, sagte die Frau.

»Er bekommt es mit einem feuerspeienden Drachen zu tun!« donnerte Mumm und erinnerte sich an die Nüstern. »Und er ist nur irgend jemand, der auf einem Pferd sitzt, verdammt!«

Ruin klopfte ihm auf den Brustharnisch. »Du hast überhaupt kein Herz, Hauptmann. Wenn ein Fremder in die vom Drachen unterjochte Stadt kommt und das Ungeheuer mit einem glitzernden Schwert herausfordert — nuuun, dann steht bereits fest, wie die Sache endet. Schicksal, wenn du mich fragst.«

»Unterjocht!« rief Mumm. »*Unterjocht?* Gestern hast du noch niedlich kleine Drachenpuppen verkauft, du dreimal verfluchter Halsabschneider!«

»Das war reines Geschäft, Hauptmann«, sagte Treibe-mich-selbst-in-den-Ruin in aller Ruhe. »Kein Grund, sich aufzuregen.«

Bedrückt und mißmutig kehrte Mumm zu seiner

Truppe zurück. Ganz gleich, was man von den Bürgern Ankh-Morporks hielt: Sie waren unerschütterlich unabhängig und verteidigten ihr Recht, auf einer wahrhaft demokratischen Basis zu rauben, zu stehlen, zu betrügen, zu veruntreuen und zu morden. Mumm hatte nichts dagegen einzuwenden. Seiner Meinung nach gab es überhaupt keinen Unterschied zwischen dem reichsten Mann in der Stadt und dem ärmsten Bettler, sah man einmal davon ab, daß der Reiche mehr Geld und Macht besaß, sich besser kleidete, gesünder lebte und für gewöhnlich nicht an Unterernährung starb. Aber wenigstens war er nicht *besser.* Nur reicher, mächtiger, besser angezogen, gesünder und dicker. So verhielt es sich schon seit Jahrhunderten.

»Jetzt wittern die Leute Hermelinpelz und werden plötzlich ganz sentimental und schnulzig«, murmelte Mumm.

Der Drache flog langsam über dem Platz der Gebrochenen Monde. Mumm reckte den Hals, um über die Köpfe der vor ihm stehenden Leute zu blicken.

In den Genen mancher Raubtiere sind die Silhouetten ihrer Beute gewissermaßen programmiert, und vielleicht erinnerte sich das Rassengedächtnis des Drachen an Gestalten, die auf Pferden saßen und glitzernde Schwerter hielten. Das Ungetüm zeigte *vorsichtiges* Interesse.

Mumm hob die Schultern. »Ich wußte nicht einmal, daß wir einst ein Königreich waren.«

»Nun, es ist schon lange her«, sagte Lady Käsedick. »Die Könige wurden verjagt, und das war auch ganz richtig so. Sie konnten ziemlich unangenehm werden.«

»Aber du stammst doch aus einer piekf ... aus einer adligen Familie«, bemerkte Mumm. »Ich dachte, Leute wie du sind von Königen begeistert.«

»Einige von ihnen wußten nicht, was sich gehört«, erwiderte Ihre Ladyschaft geziert. »Hatten überall Frauen und fanden es lustig, Köpfe abzuschlagen. Sie begannen sinnlose Kriege, aßen mit Messern, werfen halb abgenagte Hähnchenschenkel fort und so weiter. Wir *Adlige* benehmen uns *ganz* anders.«

Es wurde still auf dem Platz. Der Drache befand sich auf der anderen Seite und schwebte einige Dutzend Meter über dem Pflaster. Nur seine Schwingen bewegten sich.

Mumm spürte, wie ihm etwas über den Rücken kratzte. Einige Sekunden später hockte ihm Errol auf der Schulter und hielt sich mit den Klauen der Hinterbeine fest. Die stummelförmigen Flügel hoben und senkten sich im gleichen Rhythmus wie die des großen Drachen. Er zischte leise, hielt den Blick starr auf das riesige Geschöpf gerichtet.

Das Pferd scharrte nervös mit den Hufen, als der junge Reiter abstieg, sein Schwert hob und sich dem Gegner zuwandte.

Der Bursche scheint erstaunlich zuversichtlich zu sein, dachte Mumm. *Andererseits: Wieso genügt es in der heutigen Zeit, einen Drachen zu töten, um sich als König zu qualifizieren?*

Eins mußte man zugeben: Das Schwert glänzte und funkelte nicht nur, es *gleißte* regelrecht.

Zwei Uhr am nächsten Morgen, und alles war gut, abgesehen von dem Regen. Es nieselte wieder.

Es gibt einige Städte im Multiversum, deren Bewohner fest davon überzeugt sind, daß sich niemand besser vergnügen kann. In Orten wie New Orleans und Rio wissen die Leute nicht nur, wie man die Sau rausläßt, sondern auch, wie man sie später wieder reinholt. Sie sind sehr stolz darauf, und wahrscheinlich würden sie vor Neid erblassen, wenn sie Ankh-Morpork sehen könnten. Wenn es in *dieser* Stadt rundgeht, wirken alle anderen wie ein walisisches Provinznest um zwei Uhr an einem regnerischen Sonntagnachmittag.

Feuerwerksraketen explodierten in der feuchten Luft über dem trüben Schlamm des Ankh. Verschiedene domestizierte Tiere brieten in den Straßen. Tänzer sprangen von Haus zu Haus, drehten sich immer wieder um die eigene Achse und schafften es mühelos, lose Ziergegenstände mitzunehmen. Überall wurde getrunken. Selbst normalerweise sehr zurückhaltende und schweigsame Leute riefen »Hurra!«

Mumm stapfte mürrisch durch das Gedränge auf den Straßen und kam sich wie die einzige eingelegte Zwiebel im Fruchtsalat vor. Er hatte seinen Männern den Abend freigegeben.

Er fühlte sich überhaupt nicht monarchistisch. Eigentlich waren ihm Könige völlig gleich, aber die Vorstellung, daß *Ankh-Morporkianer* Fahnen schwenkten, ließ eine seltsame Unruhe in ihm entstehen. Solche Verhaltensweisen offenbarten nur dumme Untertanen in anderen Ländern. Außerdem hielt Mumm nichts von Federn am Helm. Mehr noch: Er verabscheute sie. Federn am Helm erschienen ihm wie ein deutliches Zeichen dafür, daß man nicht mehr sich selbst gehörte. Damit würde er sich bestimmt wie ein Vogel fühlen. Nein, Federn kamen nicht in Frage.

Die Beine führten ihn zur Pseudopolis-Allee zurück. Wohin sollte er auch sonst gehen? Seine Unterkunft war deprimierend, und die Hauswirtin hatte sich schon über die Löcher beschwert, die Errol trotz der vielen Ermahnungen im Teppich hinterließ. Und dann der Geruch des kleinen Sumpfdrachen! Mumm überlegte, ob er eine Taverne besuchen sollte, entschied sich dann aber dagegen. Wenn er betrunken war, sah er häufig unangenehme Dinge, aber in dieser Nacht bestand die Gefahr, daß sie noch weitaus unangenehmer wurden.

Ruhe und Stille herrschten in dem Zimmer, obgleich die fernen Geräusche des Festes durchs Fenster filterten.

Errol sprang von Mumms Schulter und begann damit, die Kohlen im Kamin zu verspeisen.

Der Hauptmann lehnte sich im Sessel zurück und stützte die Füße auf den Tisch.

Welch ein Tag! Welch ein Kampf! Zuschlagen und ausweichen, zuschlagen und ausweichen. Die Rufe und Schreie der Zuschauer ... Der junge Mann stand in der Mitte des Platzes, wirkte winzig und hilflos, als der Drache auf eine Art und Weise Luft holte, die Mumm bereits kannte ...

Aber er spuckte kein Feuer. Das hatte nicht nur Mumm überrascht, sondern auch das Publikum — und erst recht den Drachen, der auf sein eigenes Maul herabschielte, die Klauen hob und nach den Flammenkanälen tastete. Er blieb auch überrascht, als sich die winzige Gestalt vor ihm unter einer Tatze hinwegduckte und das glitzernde Schwert in den Schuppenleib stieß.

Ein lautes Krachen.

Aber die allgemeinen Erwartungen erfüllten sich nicht. Als sich der Rauch lichtete, lagen nirgends blutige — oder verkohlte — Fetzen.

Mumm zog einen Zettel heran und blickte auf die Notizen vom vergangenen Tag.

Punkt Ains: Der Drachen isset schwer, aber er kannet trotzdem richtig fliegen.

Punkt Zwai: Das Feuer isset sehr heiß, aber es stammet doch von einem lebendigen Wesen.

Punkt Drai: Die Sumpfdrachen sind mitlaiderweckende Geschöpfe, doch dieses Ungetüm isset sehr mächtig und beaindruckend.

Punkt Vier: Niemand wisset, woher es kommet, wohin es verschwindigt und wo es die Zeit dazwischen verbringet.

Der Hauptmann nahm Federkiel und Tinte, zögerte kurz und schrieb:

Punkt Fünf: Warum isset er so ainfach verbrannt?

Punkt Sechs: Kann ein Drachen so zerstöret werden, daß er ins Nichts verschwindet?

Mumm überlegte eine Zeitlang und fügte hinzu:

Punkt Sieben: Er isset explodiert, ohne irgendwelche Spuren zu hinterlassigen. Seltsam.

Das war wirklich ein Rätsel. Lady Käsedick wies darauf hin, daß von einem explodierenden Sumpfdrachen überall Drachenfetzen übrigblieben. In diesem besonderen Fall handelte es sich um ein ziemlich großes Exemplar. Zugegeben, sein Inneres kam sicher einem alchimistischen Alptraum gleich, aber die Bürger von Ankh-Morpork hätten eigentlich trotzdem den Rest der Nacht damit verbringen müssen, Drachenteile von den Straßen zu schaufeln. Niemand schien sich Gedanken darüber zu machen. Nun, der purpurne Rauch war beeindruckend gewesen.

Errol verschluckte die letzten Kohlen und nahm sich den Schürhaken vor. Bisher hatte er an diesem Abend drei Kopfsteine, einen Türknauf, etwas Undefinierbares aus dem Rinnstein und, zur allgemeinen Überraschung, drei von Treibe-mich-selbst-in-den-Ruins Würstchen gefressen, die angeblich aus echtem rosaroten Schweinefleisch bestanden. Das Knacken und Knirschen des Schürhakens, der nun die Reise zum ersten Magen begann, vermischten sich mit dem Prasseln der Regentropfen am Fenster.

Mumm sah erneut auf den Zettel und schrieb:

Punkt Acht: Können Könige aus dem Nichts kommigen?

Er hatte den jungen Mann nur kurz aus der Nähe gesehen. Er wirkte recht sympathisch, wenn auch nicht sonderlich intelligent, und es fiel einem leicht, sich sein

Profil auf Münzen vorzustellen. Obwohl das eigentlich überhaupt keine Rolle spielte — nach seinem Sieg über den Drachen hätte er auch ein schielender Kobold sein können. Das Publikum trug ihn im Triumphzug zum Palast des Patriziers.

Lord Vetinari hockte nun in seinem eigenen Kerker. Wie es hieß, hatte er überhaupt keinen Widerstand geleistet und nur gelächelt, als man ihn abführte.

Welch ein glücklicher Zufall für die Stadt, daß genau zum richtigen Zeitpunkt ein König erschien, um den Drachen zu töten!

Mumm drehte diesen Gedanken hin und her, betrachtete ihn aufmerksam von allen Seiten, bevor er erneut nach dem Federkiel griff und schrieb:

Punkt Neun: Es isset doch wirklich ain glücklicher Zufall, daß der Bursche Gelegenheit bekam, ainen Drachen zu töten. Wie hättige er sonst bewaisen können, das Zoig zum König zu haben?

Ein Drache als Trophäe — zugegeben, das war weitaus besser als irgendwelche Muttermale und Schwerter.

Mumm spielte eine Zeitlang mit dem Federkiel und kritzelte dann:

Punkt Zehn: Der Drache waret kain mechanisches Ding, und gewiß haben Zauberer nicht die Macht, ain Ungeheuer mit solchigen Auß. Außmah. Von solchger Größe zu beschwörigen.

Punkt Elf: Verdammt und zugenäht, warum habet das Biest kain Feuer gespuckt?

Punkt Zwölf: Woher kamet es?

Punkt Dreizehn: Wohin verschwand es?

Der Regen prasselte lauter ans Fenster. Die Geräusche des Festes wurden dumpf und feucht, verklangen schließlich. Donner grollte in der Ferne.

Mumm unterstrich das Wort ›verschwand‹ mehrmals, überlegte und fügte ein ausdrucksstarkes ›??‹ hinzu.

Einige Sekunden lang beobachtete er den Effekt, und dann zerknüllte er den Zettel, warf ihn in den Kamin. Errol ließ sich den Leckerbissen nicht entgehen.

Ein Verbrechen. Sinne, von denen Mumm gar nicht wußte, daß er sie besaß — uralte Polizistensinne —, ließen ihn schaudern und wiesen auf ein Verbrechen hin. Vermutlich handelte es sich um ein so außergewöhnliches Verbrechen, daß es nicht einmal in Karottes Buch stand, aber es war trotzdem begangen worden. Mumm beschloß, es zu finden und ihm einen Namen zu geben.

Er stand auf, zog den ledernen Regenmantel vom Haken neben der Tür und trat in die nasse Stadt.

Hierher verschwanden die Drachen.

Sie liegen und …

Nein, sie sind nicht tot. Sie schlafen auch nicht. Von Warten kann ebenfalls keine Rede sein, denn wer wartet, *er*wartet etwas. Der angemessene Ausdruck lautet vermutlich …

… sind *zornig*.

Ein Drache — *der* Drache — erinnerte sich an das Gefühl echter Luft unter den Schwingen, an die Euphorie der Flammen, an leere Himmelsgewölbe und eine interessante Welt darunter, eine Welt voller seltsamer Geschöpfe, die dauernd zu laufen und zu fliehen schienen. *Dort* hatte die Existenz eine andere und bessere Substanz.

Doch als er allmählich Gefallen daran fand, lähmte ihn irgend etwas, hinderte ihn daran, Feuer zu spucken, und schleuderte ihn zurück. Man gab ihm einen mentalen Tritt, wie einem räudigen Hundewesen.

Das Etwas nahm ihm die faszinierende Welt.

In den Reptiliensynapsen des Drachenbewußtseins wuchs die Hoffnung, daß er irgendwie zurückkehren konnte. Man hatte ihn gerufen und anschließend voller Verachtung fortgeschickt. Aber vielleicht gab es eine Spur, eine Fährte, einen Pfad, der bis zum Himmel reichte ...

Vielleicht genügte der Weg der Erinnerung ...

Er entsann sich an fremde Gedanken, an eine launische Stimme, erfüllt von Arroganz und Überheblichkeit. Das andere Ich ähnelte dem eines Drachen, war jedoch viel winziger und unbedeutender.

Aha.

Er breitete die Schwingen aus.

Lady Käsedick genehmigte sich eine Tasse Kakao und lauschte dem Regen, der draußen in den Abflußrinnen gurgelte.

Sie streifte die verhaßten Tanzschuhe ab, die — wie sie selbst zugeben mußte — zwei rosaroten Kanus glichen. Aber *Nobbleß Oblidsch,* wie der komische kleine Feldwebel sagen würde. Als letzte Repräsentantin einer der ältesten Familien von Ankh-Morpork hatte sie den Siegesball besuchen müssen, um guten Willen zu zeigen.

Lord Vetinari hatte nur selten Bälle veranstaltet. Seine Vorstellung von Vergnügen bestand darin, allein in einem Zimmer zu sitzen und die Berichte seiner Spione zu lesen. Doch jetzt hielt die Zukunft viele Bälle bereit.

Lady Käsedick konnte Bälle nicht ausstehen. Viel lieber mistete sie Drachenställe aus. Wenn man Drachenställe ausmistete, wußte man genau, woran man war. Dabei geriet man auf eine andere Art und Weise ins Schwitzen, und außerdem war es nicht nötig, seltsame Dinge an Spießen zu essen oder Kleider zu tragen, in denen man wie eine Wolke kleiner Engelchen aussah. Den Sumpfdrachen war das äußere Erscheinungsbild völlig gleich — wenn man nur mit einem Futternapf kam.

Seltsam. Lady Käsedick hatte immer angenommen, es dauere Wochen oder gar *Monate*, einen Ball vorzubereiten. Einladungen, Dekorationen, Würstchen, die an Stricken zwischen hohen Stangen hingen, sonderbare Hühner*dinge*, die in Pasteten untergebracht werden mußten ... Aber alle diese Vorbereitungen fanden innerhalb weniger Stunden statt, als habe jemand mit einem solchen Ereignis gerechnet. Wahrscheinlich ein Wunder der Gastronomie. Ihre Ladyschaft hatte sogar mit jener Person getanzt, die sie in Ermangelung eines besseren Wortes als neuen König bezeichnete. Der Junge oder Bursche richtete einige höfliche Worte an sie, aber seine Stimme klang dabei recht dumpf und undeutlich.

Und morgen stand eine Krönung bevor. Obwohl man normalerweise Monate benötigte, um so etwas zu organisieren.

Lady Käsedick dachte noch immer darüber nach, als sie die einzelnen Ingredienzien für das Abendessen der Drachen mischte: Petroleum und Torf mit einer Prise Schwefel. Sie machte sich nicht die Mühe, das Ballkleid auszuziehen, band einfach eine dicke Schürze um, griff nach Handschuhen und Helm, klappte das Visier herunter und lief mit den Futtereimern durch den Regen.

Als sie die Tür des Schuppens öffnete, wußte sie sofort, daß etwas nicht stimmte. Normalerweise reagierten die kleinen Drachen auf eine bevorstehende Mahlzeit, indem sie heulten und kreischten und freudiges Feuer atmeten.

Diesmal hockten sie still in ihren Pferchen und starrten mit gespannter Aufmerksamkeit an die Decke.

Es war irgendwie unheimlich. Lady Käsedick stieß die Eimer aneinander.

»Ihr braucht euch nicht mehr zu fürchten, der häßliche große Drache ist fort!« rief sie fröhlich. »Hier, ich habe euch was mitgebracht!«

Einige Sumpfdrachen warfen ihr einen kurzen Blick zu, konzentrierten sich dann wieder auf …

Worauf? Sie schienen sich überhaupt nicht zu fürchten. Sie waren nur sehr, sehr wachsam. Warteten sie auf etwas? Ja, sie warteten darauf, daß etwas geschah.

Erneut grollte Donner.

Einige Minuten später verließ Lady Käsedick ihr Anwesen und machte sich auf den Weg in die Stadt.

Es gibt einige Lieder, die man nie in nüchternem Zustand singt. Ihre Texte eignen sich prächtig dazu, hingebungsvoll zu grölen und zu lallen — und am nächsten Tag zu erröten, wenn man sich daran erinnert. In Ankh-Morpork heißt die in diesem Zusammenhang beliebteste Weise: ›Ein Zauberstab hat einen Knauf am Ende‹.

Die Nachtwache war betrunken. Nun, das galt zumindest für zwei der drei anwesenden Wächter. Man hatte Karotte dazu überredet, ein Bier mit Limonade zu probieren, aber es schmeckte ihm nicht. Außerdem kannte er nicht alle Wörter, die seine beiden Kameraden sangen, und wenn er einmal vertraute Silben entdeckte, so blieb ihm ihr Sinn verborgen.

»Oh, ich *verstehe*«, sagte er schließlich. »Es sind humorvolle Wortspiele, nicht wahr?«

»Weißt du«, begann Colon wehmütig und beobachtete die dichter werdenden Nebelschwaden über dem Ankh, »bei solchen Gelegenheiten bedauere ich, daß der alte …«

»Sag es nicht!« Nobby schwankte ein wenig. »Wir haben gemeinsam beschlossen, nicht darüber zu reden.«

»Es war sein Lieblingslied«, stellte Colon traurig fest. »Seine Tenorstimme klang wirklich gut.«

»Ich bitte dich, Feldwebel ...«

»Er war ein guter Mann, unser Humpel«, murmelte Colon.

»Wir konnten ihm nicht helfen«, behauptete Nobby mürrisch.

»Vielleicht doch«, widersprach Colon. »Wenn wir schneller gelaufen wären ...«

»Was ist geschehen?« fragte Karotte.

»Er starb in der Ausübigung seiner Pflicht«, verkündete Nobby.

»Ich habe ihn *gewarnt*«, sagte Colon und trank einen großen Schluck aus der Flasche, die sie mitgenommen hatten, um die Nacht auf möglichst angenehme Weise zu verbringen. »Jawohl, *gewarnt* habe ich ihn. Lauf langsamer, lautete meine Warnung. Besser noch: Bleib stehen. Andernfalls bringst du dich nur in Schwierigkeiten. Ich weiß überhaupt nicht, warum er so *rannte.*«

»Ich gebe der Diebesgilde die Schuld«, brummte Nobby. »Wenn sie solche Leute auf den Straßen zuläßt ...«

»Wir sahen da einen Burschen, den wir nur eine Nacht zuvor bei einem Raubüberfall beobachteten«, erklärte Colon kummervoll. »Der Kerl stand direkt vor uns! Und Hauptmann Mumm, er sagte, kommt, den schnappen wir uns, tja, und dann liefen wir los. Es kommt allerdings darauf an, nicht zu schnell zu laufen, denn sonst erwischt man vielleicht jemanden. Und wenn man Halunken erwischt, ergeben sich häufig Probleme ...«

»Sie mögen es nicht, erwischt zu werden«, fügte Nobby hinzu. Donner grollte, und der Regen prasselte mit erneuertem Enthusiasmus.

»Sie mögen es nicht«, bestätigte Colon. »Aber Humpel vergaß das. Er lief nicht nur, sondern *rannte* regelrecht, *stürmte* um die Ecke und ... Nun, dort warteten einige Kumpel des Schurken ...«

»Eigentlich war's sein Herz«, sagte Nobby.

»Nun«, fuhr Colon fort, »wie dem auch sei. Er erwischte nicht etwa den Halunken, sondern es erwischte *ihn*. Hauptmann Mumm war sehr bestürzt. Wenn man in der Wache ist, sollte man nie schnell laufen, Junge«, sagte er ernst. »Man kann ein schneller oder ein alter Wächter sein, aber es ist unmöglich, ein schneller *und* alter Wächter zu werden. Armer alter Humpel.«

»Das ist nicht richtig«, kommentierte Karotte.

Colon setzte die Flasche an die Lippen und trank.

»Aber es ist die bittere Wirklichkeit«, sagte er. Regen klatschte ihm auf den Helm und tropfte ihm übers Gesicht.

»Trotzdem, es sollte nicht so sein«, überlegte Karotte laut.

»Trotzdem, es *ist* so«, erwiderte Colon.

Es gab noch jemanden in Ankh-Morpork, der Unbehagen empfand. Er war als Bibliothekar bekannt.

Feldwebel Colon hatte ihm eine Dienstmarke gegeben. Er drehte sie nun in den großen sanften Händen hin und her; manchmal knabberte er daran.

Ihn belastete keineswegs der Umstand, daß die Stadt plötzlich einen König hatte. Orang-Utans sind Traditionalisten, und es gibt nichts Traditionelleres als einen König. Aber sie legten auch großen Wert darauf, daß alles in Ordnung war, und von einem solchen Zustand konnte man derzeit nicht sprechen. Besser gesagt: Alles war *zusehr* in Ordnung, und diese Beschreibung traf nur selten — praktisch nie — auf Phänomene wie Wahrheit und Realität zu. Thronerben längst vergangener Königreiche wuchsen nicht einfach an Bäumen; in dieser Hinsicht wußte der Bibliothekar Bescheid.

Außerdem suchte niemand nach dem gestohlenen Buch. Manchmal setzten Menschen seltsame Prioritäten ...

Das Buch spielte bei dieser Sache eine zentrale Rolle. Er war ganz sicher. Nun, es gab eine Möglichkeit herauszufinden, was in dem Buch stand. Eine gefährliche Möglichkeit, ja, aber mit solchen Dingen kannte sich der Bibliothekar aus. Schließlich verbrachte er viele Stunden täglich in einer magischen Bibliothek.

Im Schweigen der schlafenden Bücher öffnete er seinen Schreibtisch, griff in ein entlegenes Fach und holte eine kleine Laterne hervor. Ihr Konstrukteur hatte sorgfältig darauf geachtet, daß die Flamme im Innern eingesperrt blieb. Wenn die Umgebung überwiegend aus außerordentlich trockenem Papier bestand, konnte man nicht vorsichtig genug sein …

Der Bibliothekar nahm auch eine Tüte mit Erdnüssen, zögerte kurz und fügte seiner Ausrüstung einen Schnurballen hinzu. Ein Teil davon biß er ab und benutzte es, um sich die Dienstmarke als eine Art Talisman um den Hals zu hängen. Dann befestigte er das eine Ende der Schnur am Schreibtisch, dachte einige Sekunden lang nach und wankte durch den Gang zwischen den Regalen. Ein Faden blieb hinter ihm zurück.

Wissen gleich Macht …

Der Faden war wichtig. Nach einer Weile verharrte der Bibliothekar und konzentrierte die ganze Kraft des Bibliothekswesens.

Macht gleich Energie …

Manchmal erwiesen sich Menschen als erstaunlich dumm. Sie hielten die Bibliothek aufgrund der magischen Bücher für einen gefährlichen Ort, was durchaus stimmte, aber die gefährlichste Gefahr basierte auf der schlichten Tatsache, daß es sich um eine Bibliothek handelte.

Energie gleich Materie …

Er erreichte einen anderen Gang, der nach wenigen Metern zu enden schien. Dort marschierte er etwa eine halbe Stunde lang.

Materie gleich Masse.

Und Masse krümmt den Raum. Sie krümmt ihn zum vielfach gekrümmten L-Raum.

Nun, die bibliothekarische Dezimalklassifikation hat durchaus ihre Vorteile, aber wenn man etwas in den multidimensionalen Falten des L-Raums sucht, so benötigt man in erster Linie einen Schnurballen.

Jetzt gab sich der Regen wirklich Mühe. Er glänzte auf dem Kopfsteinpflaster des Platzes der Gebrochenen Monde, spritzte hier und dort über zerrissene Fähnchen, Wimpel, zerbrochene Flaschen und halb verdaute Abendessen hinweg. Es herrschte nach wie vor kein Mangel an Donnergrollen, und in der feuchten Luft hing ein grüner frischer Geruch. An einigen Stellen schwebten Dunstfetzen, die sich vom Ankh hierher verirrt hatten. Es dauerte nicht mehr lange bis zum Morgengrauen.

Mumms Schritte hallten naß von den Mauern der nahen Häuser wider, als er über den Platz wanderte. Der Junge hatte *hier* gestanden.

Er spähte durch die faserigen Nebelschwaden und versuchte, sich zu orientieren. Der Drache hatte — er trat vor — *hier* geschwebt.

»Und dort starb er«, sagte Mumm.

Er kramte in den Taschen. Sie enthielten diverse Dinge: Schlüssel, einige Schnüre, Korken. Schließlich ertasteten die Finger einen Kreidestift.

Er ging in die Hocke. Errol sprang ihm von der Schulter und watschelte fort, um den Müll des Festes zu inspizieren. Er schnüffelte immer, bevor er etwas fraß, stellte Mumm fest. Eigentlich seltsam, warum er sich damit aufhielt — letztendlich verschwand alles im Magen des Sumpfdrachen. Beziehungsweise in den *Mägen*.

Nun, der Kopf ist etwa — mal sehen — hier *gewesen.*

Der Hauptmann trat zurück, zog den Kreidestift über die Kopfsteine und bewegte sich wie jemand, der versuchte, in einem komplexen Labyrinth nicht die Übersicht zu verlieren. Hier eine Schwinge, zu einem Schwanz gewölbt, der sich *dort* erstreckte, gut, jetzt der andere Flügel ...

Als Mumm fertig war, blieb er im Zentrum des gemalten Umrisses stehen und strich mit den Fingerkuppen über die Steine. Er rechnete fast damit, daß sie warm waren.

Eigentlich sollte sich hier irgend etwas entdecken lassen. Vielleicht ein wenig, nun, Schleim oder, oder verschmorte Schuppen.

Errol verspeiste einige Glasscherben und schien die Mahlzeit zu genießen.

»Weißt du, was ich glaube?« fragte Mumm. »Ich glaube, das Ungetüm hat sich zu einem *anderen* Ort zurückgezogen.«

Wieder grollte Donner.

»Na schön, na schön«, brummte Mumm. »War nur so ein Gedanke. Derartige Dramatik ist nicht nötig.«

Errol schmatzte — und erstarrte plötzlich.

Ganz langsam drehte sich der Kopf, so als säße er auf einem gut geölten Lager, und der kleine Sumpfdrache blickte nach oben.

Er beobachtete eine völlig leere Stelle über dem Platz. Mehr ließ sich darüber nicht sagen.

Mumm schauderte unter seinem Mantel. Welch ein Blödsinn!

»Hör auf herumzualbern!« sagte er. »Dort oben gibt es überhaupt nichts.«

Errol zitterte.

»Es ist nur der Regen«, fügte Mumm hinzu. »Friß die Flasche. Ist bestimmt eine *leckere* Flasche.«

Ein dünnes besorgtes Klagen löste sich aus dem Maul des Sumpfdrachen.

»Ich zeig's dir«, brummte der Hauptmann. Er sah

sich um und bemerkte eins von Ruins Würstchen, fortgeworfen von einem hungrigen Feiernden, der offenbar zu dem Schluß gekommen war, nicht *so* hungrig zu sein. Mumm hob es auf.

»Paß auf!« Er warf den zylinderförmigen Gegenstand nach oben.

Aufmerksam beobachtete er die Flugbahn und war völlig sicher, daß das Ding *herunter*- und nicht einfach *weg*fallen sollte. Es verschwand in einem Tunnel am Himmel, in einem Tunnel, der Mumms verblüfften Blick erwiderte.

Grelles purpurnes Licht zuckte aus der leeren Luft und traf die Häuser an der einen Seite des Platzes. Einige Sekunden lang flackerte es über die Mauern, und dann verflüchtigte sich das Glühen so plötzlich, als hätte es überhaupt nie existiert.

Dann gleißte es erneut, und diesmal tanzte es zur randwärtigen Seite. An den Steinen zerstob das Schimmern zu einem unüberschaubaren Wirrwarr aus leuchtenden Tentakeln, die über den Mörtel krochen.

Der dritte Versuch war nach oben gerichtet und formte eine aktinische Säule, die bis auf eine Höhe von zwanzig Metern wuchs, stabil zu werden schien und sich langsam drehte.

Mumm hielt es für angebracht, das aktuelle Geschehen zu kommentieren. »Arrgh«, machte er.

Während sich die Säule drehte, schickte sie Zickzack Ausläufer über die Dächer. Manchmal verblaßten sie; manchmal kehrten sie zurück. Das Licht *suchte.*

Errol stürmte mit fliegenden Klauen an Mumms Rükken hoch und nahm wieder seinen Platz auf der Schulter ein. Der stechende Schmerz erinnerte den Hauptmann daran, daß er etwas unternehmen sollte. War dies der geeignete Zeitpunkt, um noch einmal zu schreien? Er versuchte es mit einem zweiten »Arrgh!« Nein, wahrscheinlich nicht.

Die Luft roch nach verbranntem Blech.

Lady Käsedicks Kutsche rollte auf den Platz und verursachte dabei Geräusche, die nach einer Roulette-schüssel klangen. Sie donnerte auf Mumm zu und hielt so plötzlich an, daß sie halb herumrutschte. Um verknotete Beine zu vermeiden blieb den Pferden gar nichts anderes übrig, als sich schnell umzudrehen. Eine zornige Gestalt — die Kleidung bestand aus gepolstertem Leder, Handschuhen, einem Diadem und dreißig Metern rosafarbenem Tüll — beugte sich durch die Tür und rief: »Komm her, du verdammter Idiot!«

Ein Handschuh packte Mumm an einer Schulter, die keinen Widerstand leistete, zerrte ihn grob in die Kutsche.

»Und hör auf zu schreien!« befahl das Phantom, wobei es viele Generationen natürlicher Autorität in sechs Silben konzentrierte. Die unheimliche Gestalt zischte etwas, und daraufhin begannen die verwirrten Pferde aus dem Stand heraus mit einem vollen Galopp.

Die Droschke rumpelte übers Kopfsteinpflaster. Ein forschender Tentakel aus Licht strich kurz über die Zügel und verlor das Interesse.

»Ich nehme an, du hast keine Ahnung, was hier passiert, oder?« rief Mumm, um das laute Knistern des Schimmerns zu übertönen.

»Nicht die blasseste!«

Die flackernden Pseudopodien dehnten sich aus, bildeten ein Gespinst über der Stadt und verloren an Leuchtkraft, je weiter sie sich vom Platz der Gebrochenen Monde entfernten. Vor seinem inneren Auge sah Mumm, wie sie durch Fenster krochen und sich unter Türen hinwegschoben.

»Das Gleißen scheint irgend etwas zu suchen!« stieß der Hauptmann hervor.

»Dann halte ich es für eine ausgezeichnete Idee, von hier zu verschwinden, bevor die Suche Erfolg hat.«

Eine Feuerzunge leckte nach dem Kunstturm der Unsichtbaren Universität, glitt grell über die efeubewachsenen Mauern und glänzte durch die Kuppel der Bibliothek.

Die übrigen Lichter wichen der Dunkelheit.

Lady Käsedick hielt die Kutsche auf der anderen Seite des Platzes an.

»Was will Es in der Bibliothek?« fragte sie und runzelte die Stirn.

»Vielleicht möchte es sich informieren.«

»Sei nicht dumm«, schnaufte Ihre Ladyschaft. »Dort drin gibt es doch bloß Bücher. Was könnte ein Blitz oder so lesen?«

»Eine *kurze* Kurzgeschichte?«

»Ich glaube, du solltest ernster werden.«

Das Licht explodierte, schuf einen hellen, fast zwei Meter breiten Bogen zwischen der Bibliothek und dem Zentrum des Platzes und flirrte in der feuchten Luft.

Dann wurde es plötzlich zu einer Feuerkugel, die sich rasch ausdehnte, den ganzen Platz umfaßte und jäh verschwand. Unstete violette Schatten blieben zurück.

Und ein *großer* Drache.

Wer hätte das gedacht? Soviel Macht — und so nahe. Der Drache spürte, wie sich sein innerer Kosmos mit magischer Kraft füllte, ihn immer stärker werden ließ und den langweiligen physikalischen Gesetzen ihre Bedeutung nahm. Dies war nicht die armselige Kost, die man ihm vorher gewährt hatte. Dies war geballte Energie. Mit einer solchen Macht gab es keine Beschränkungen mehr für ihn.

Doch zuerst mußte er gewissen Menschen einen Besuch abstatten.

Der Drache schnüffelte, atmete die kühle Luft des frühen Morgens und nahm Witterung auf. Stinkende Gedanken, bornierte Überheblichkeit. Ja ...

Erhabene Drachen haben keine Freunde, höchstens Feinde, die noch leben.

⌘

Die Luft wurde still, so still, daß man fast das Rieseln von Staub hören konnte. Der Bibliothekar stützte sich immer wieder mit den Fingerknöcheln ab, als er an den endlosen Regalen vorbeiwankte. Die Kuppel der Bibliothek befand sich nach wie vor über ihm. Wie immer.

Es gab Gänge, in denen sich die Regale an den Außenseiten erstreckten, und daher hielt es der Bibliothekar für logisch, daß auch Gänge zwischen den *Büchern* existierten, geschaffen von Quantenfalten, die auf das enorme Gewicht der vielen Worte zurückgingen. Hier und dort ertönten seltsame Geräusche hinter manchen Wänden, und der Bibliothekar zweifelte kaum daran, daß er andere Bibliotheken unter anderen Himmeln sehen würde, wenn er einige Bücher beiseite rückte.

Bücher krümmen Zeit und Raum. Einer der Gründe dafür, warum die Eigentümer der bereits erwähnten kleinen Antiquariate so unirdisch und übernatürlich wirken, besteht darin, daß sie wirklich unirdisch und übernatürlich sind. Sie nahmen eine falsche Abzweigung in ihren Buchläden, die zu anderen Welten gehörten. *Dort* gilt es als völlig normal, ständig Pantoffeln zu tragen und das Geschäft nur zu öffnen, wenn man Lust dazu hat.

Man verirrt sich auf eigene Gefahr in den L-Raum.

Alte und verdienstvolle Bibliothekare, die sich mit einer kühnen Tat des Bibliothekswesens als würdig erweisen, werden in einen geheimen Orden aufgenommen und lernen dort die einzigartige Kunst des Überlebens Hinter Den Uns Bekannten Regalen. Der Orang-Utan hatte sich längst entsprechende Fähigkeiten angeeignet, doch nun begann er mit einem Wagnis, durch das er nicht nur die Mitgliedschaft im Orden, sondern auch sein Leben verlieren konnte.

Alle Büchereien aller Welten sind im L-Raum miteinander verbunden. *Alle* Büchereien *aller* Welten. Und der Bibliothekar (er ließ sich von den ins Holz der Regale geschnitzten Zeichen leiten, die von früheren Forschern stammten, von den verschiedenen Gerüchen, sogar vom sirenenhaften Flüstern der Nostalgie) näherte sich zielstrebig einer ganz bestimmten.

Es gab nur einen Trost: Wenn er die Orientierung verlor, so würde er es nie erfahren.

Aus irgendeinem Grund wirkte der Drache auf dem Boden noch weitaus schlimmer. In der Luft war er eine elementare Erscheinung, selbst dann voller Anmut und Eleganz, wenn er sich anschickte, einem die Stiefel zu verbrennen. Auf dem Boden hingegen stellte er nur ein verdammt großes Tier dar.

Der riesige Kopf zeichnete sich vor dem ersten Licht des neuen Tages ab und schwang langsam herum.

Lady Käsedick und Hauptmann Mumm blickten hinter einem Trog hervor. Mumm hielt Errol mit beiden Händen das Maul zu. Der kleine Sumpfdrache wimmerte wie ein getretenes Hündchen und versuchte ständig, sich aus dem Griff zu befreien.

»Ein wahres Prachtexemplar«, sagte Lady Käsedick. Wenn sie flüsterte, sprach sie so laut wie ein normaler Mensch.

»Wenn du nur nicht dauernd darauf hinweisen würdest!« erwiderte Mumm.

Es kratzte und schabte, als sich der Drache übers Kopfsteinpflaster schob.

»Ich *wußte,* daß er nicht tot ist«, knurrte Mumm. »Es fehlten — Spuren. Es ging alles zu glatt. Er wurde fortgeschickt, wahrscheinlich mit Hilfe von Magie. Sieh ihn dir nur an! So ein Geschöpf ist völlig unmöglich! Es braucht Zauberei, um am Leben zu bleiben!«

»Wie meinst du das?« fragte Lady Käsedick und behielt dabei weiterhin die Schuppenflanken im Auge.

»Alle physikalischen Gesetze verbieten die Existenz eines solchen Wesens«, antwortete Mumm. »Was so schwer ist, kann nicht fliegen oder derart heißes Feuer spucken. Ich hab's dir doch schon gesagt.«

»Aber es sieht echt aus. Ich meine, von einem magischen Geschöpf erwartet man eine, äh, durchscheinende Gestalt.«

»Oh, der Drache ist echt, zweifellos«, entgegnete Mumm bitter. »Aber angenommen, er braucht Magie wie wir — Sonnenlicht. Oder Nahrungsmittel.«

»Du hältst ihn also für thaumivor, oder?«

»Ich glaube, er ernährt sich von Magie, das ist alles«, sagte Mumm, der keine klassische Bildung hatte. »Ich meine, alle die Sumpfdrachen, die dauernd vom Aussterben bedroht sind ... Vielleicht haben einige von ihnen in prähistorischen Zeiten herausgefunden, wie man Magie benutzt.«

»Nun, damals fehlte es nicht an natürlicher magischer Kraft«, gestand Lady Käsedick nachdenklich ein.

»Na bitte. Immerhin hat sich das Leben auch in der Luft und im Meer ausgebreitet. Ich meine, wenn's natürliche Ressourcen gibt, so werden sie früher oder später verwendet, stimmt's? In diesem besonderen Fall spielen schlechte Verdauung, Gewicht und Flügelgröße keine Rolle mehr — die Magie gleicht alles aus. Donnerwetter!«

Aber man braucht eine Menge Magie, dachte der Hauptmann. Er wußte nicht genau, wieviel Zauberei notwendig war, um die Welt so sehr zu verändern, daß sie das Fliegen eines viele Tonnen schweren Schuppenkörpers zuließ, aber bestimmt benötigte man *eine Menge.*

Er erinnerte sich an die sonderbaren Diebstähle. Jemand hatte den Drachen gefüttert.

Mumm beobachtete den Gebäudekomplex der Unsichtbaren Universität, richtete den Blick auf die Bibliothek — die größte Ansammlung destillierter Magie auf der ganzen Scheibenwelt.

Jetzt hatte der Drache eine neue Futterquelle gefunden.

Eine schreckliche Erkenntnis beanspruchte die Aufmerksamkeit des Hauptmanns: Er stellte plötzlich fest, daß Lady Käsedick nicht mehr neben ihm stand. Sie schritt dem Drachen entgegen, das Kinn wie ein Amboß vorgeschoben.

»Bei allen Göttern, was hast du vor?« flüsterte er laut.

»Wenn das Biest von Sumpfdrachen abstammt, kann *ich* es wahrscheinlich kontrollieren!« rief sie. »Man muß ihnen ins Auge sehen und mit strenger Stimme sprechen. Der strengen Stimme eines Menschen *müssen* sie gehorchen. Weißt du, sie haben nicht genug Willenskraft. Eigentlich sind es nur große starke Schwächlinge.«

Mumm spürte beschämt, daß seine Beine nichts von einem tollkühnen Vorsturm hielten, um Ihre Ladyschaft zurückzuholen. Der Stolz rümpfte die metaphorische Nase, aber der Körper gab zu bedenken, daß die Gefahr, eine dünne Rußschicht an der nächsten Wand zu bilden, nicht etwa den Stolz betraf. Mit verlegen glühenden Ohren hörte er, wie Lady Käsedick sagte: »Sei brav!«

Das Echo dieser strengen Aufforderung hallte über den Platz.

Mich trifft der Schlag! dachte Mumm. *Ist so ein Verhalten nötig, um Drachen zu dressieren? Zeigt man auf die geschmolzene Stelle im Boden und droht damit, die Schnauze hineinzupressen?*

Er riskierte es, über den Trog zu spähen.

Der Kopf des Drachen schwang wie ein Kranausleger herum. Es fiel dem Ungetüm schwer, den Blick auf die Frau zu richten, denn sie stand genau unter ihm. Mumm beobachtete, wie die großen roten Augen zu schmalen Schlitzen wurden, als der Drache an seinem riesigen Maul entlangschielte. Er wirkte verwirrt, und das überraschte Mumm nicht.

»Sitz!« donnerte Lady Käsedick in einem Tonfall, der absoluten Gehorsam verlangte. Der Hauptmann spürte, wie die Beine unter ihm nachgaben. »Guter Junge! Ich glaube, ich habe irgendwo ein Stück Kohle ...« Sie klopfte auf ihre Taschen.

Blickkontakt. Darauf kam es an. *Sie hätte nicht nach unten sehen dürfen*, dachte Mumm.

Der Drache hob wie beiläufig eine Klaue und preßte Ihre Ladyschaft an den Boden.

Als Mumm entsetzt aufstand, riß sich Errol los und sprang mit einem weiten Satz über den Trog hinweg. Er hüpfte über den Platz, schlug immer wieder mit den kleinen Schwingen, öffnete den winzigen Rachen, rülpste schnaufend und versuchte Feuer zu speien.

Der wesentlich größere Drache antwortete mit einer blauweißen Flamme, die Dutzende von Kopfsteinen in brodelnde Lava verwandelte, den Herausforderer jedoch verfehlte. Es war sehr schwer, ihn zu treffen, denn ganz offensichtlich wußte auch Errol nicht, wo er sich im nächsten Augenblick befinden würde und welche Höhe er beim nächsten Sprung erreichte. Seine einzige Hoffnung bestand darin, ständig in Bewegung zu bleiben. Wie ein erschrockenes, aber sehr entschlossenes Zufallspartikel tanzte er zwischen den immer wütender werdenden Flammenstößen.

Der große Drache richtete sich auf, und es hörte sich an, als schleudere jemand ein Dutzend Ankerketten in die Ecke. Er hob die Tatzen und trachtete danach, Errol aus der Luft zu schlagen.

Genau zu diesem Zeitpunkt beendeten Mumms Beine ihren Streik und beschlossen, zumindest für eine Weile heldenhafte Beine zu sein. Der Hauptmann lief mit gezücktem Schwert los — obgleich ihm die Waffe kaum etwas nützte —, packte Lady Käsedick am Arm, bekam dabei mehrere Pfund schmutziges Ballkleid zu fassen und warf sich Ihre Ladyschaft über die Schulter.

Nach einigen Metern begriff er, daß er keine besonders kluge Entscheidung getroffen hatte.

»Gngh!« ächzte er. Wirbelsäule und Knie versuchten sich zu einem Klumpen zu vereinen. Purpurne Funken blitzten vor Mumms Augen. Hinzu kam: Etwas Unvertrautes — offenbar handelte es sich um Fischbeinstäbe — bohrte sich ihm in den Nacken.

Das Bewegungsmoment trug ihn noch einige Schritte weiter. *Wenn ich jetzt stehenbleibe,* dachte er, *werde ich zermalmt.* Während ihrer Stammesgeschichte hatten die Käsedicks keinen Wert auf Schönheit gelegt, sondern in erster Linie auf gesunde Solidität und einen stabilen Knochenbau. Lady Käsedick entsprach in jeder Hinsicht diesen Idealen.

Drachenfeuer knisterte nur einen Meter entfernt übers Pflaster.

Später fragte sich Mumm, ob er wirklich einige Zoll hochgesprungen war und die restliche Strecke bis zum Trog in einem bemerkenswerten Sprint zurückgelegt hatte. Vielleicht lernte jeder im Notfall die Kunst des zeitlosen Ortswechsels, die Nobby so gut beherrschte. Wie dem auch sei: Plötzlich befand sich der Trog hinter ihm, und er hielt Lady Käsedick in den Armen, besser gesagt, Ihre Ladyschaft fesselte seine Arme an den Boden. Nach einer Weile gelang es ihm, sie zu befreien und etwas Leben in sie zu massieren. Was jetzt? Die Züchterin schien nicht verletzt zu sein. Mumm erinnerte sich daran, daß man in solchen Fällen die Kleidung lockerte, um das Atmen zu erleichtern, aber bei Lady Käsedick mochte das gefährlich sein, wenn man keine besonderen Werkzeuge benutzte.

Sie löste das Problem, indem sie nach dem Rand des Trogs griff und sich hochzog.

»Na *schön*«, sagte sie. »*Jetzt* bekommst du den Hausschuh zu spüren ...« Dann erkannte sie Mumm.

»Was geht hier vor …?« begann sie, sah über die Schulter des Hauptmanns und erbleichte.

»Verdammte Scheiße!« entfuhr es ihr. Und: »Bitte verzeih mir mein Klatschianisch.«

Errol ermüdete allmählich. Mit den stummelförmigen Schwingen konnte er nicht richtig fliegen, und er hielt sich nur deshalb in der Luft, weil er verzweifelt mit den Flügeln schlug, wie ein Huhn. Gewaltige Klauen sausten heran. Die rechte zertrümmerte einen Springbrunnen des Platzes, und die linke …

Sie traf Errol.

Der Sumpfdrache raste über Mumm hinweg, prallte weiter hinten auf ein Dach und rutschte herunter.

»Du mußt ihn fangen!« rief Lady Käsedick. »Das ist unbedingt notwendig!«

Mumm starrte sie groß an und sprang, als sich der birnenförmige Errol über die Dachkante neigte und fiel. Er erwies sich als überraschend schwer.

»Den Göttern sei Dank«, seufzte Lady Käsedick und stemmte sich in die Höhe. »Weißt du, sie explodieren so leicht. Es hätte sehr gefährlich sein können.«

Sie erinnerten sich an den anderen Drachen. Er gehörte nicht zu der explodierenden Art, sondern zu der Sorte, die Menschen tötete. Ganz langsam drehten sie sich um.

Das Ungeheuer ragte vor ihnen auf, schnüffelte und wandte sich dann gleichgültig ab, als seien die Winzlinge auf dem Boden völlig bedeutungslos. Es duckte sich andeutungsweise, sprang hoch, schlug einmal mit den breiten Flügeln und glitt über den Platz. Eine Zeitlang kreiste es, stieg höher und verschwand im Dunst, der vom Ankh heranwogte.

Mumms Aufmerksamkeit richtete sich auf den wesentlich kleineren Drachen in seinen Armen. Errols Magen knurrte bedrohlich. Der Hauptmann bedauerte es nun, nicht länger und gründlicher im Buch über Drachenkrankheiten gelesen zu haben. Deuteten solche Ge räusche darauf hin, daß eine Explosion unmittelbar bevorstand, oder drohte die eigentliche Gefahr erst dann, wenn das Knurren nachließ?

»Wir müssen ihm folgen!« platzte es aus Lady Käsedick heraus. »Was ist mit der Kutsche passiert?«

Mumm zeigte in eine bestimme Richtung. Soweit er wußte, hatten die Pferde schon vor einer ganzen Weile die Flucht ergriffen; vielleicht galoppierten sie noch immer irgendwo durch die Stadt.

Errol nieste eine Wolke aus warmem Gas, die schlimmer stank als etwas, das man im Keller eingemauert hatte. Er wand sich einige Male hin und her, beleckte Mumms Gesicht mit einer Zunge, die sich wie eine Raspel anfühlte, sprang zu Boden und watschelte davon.

»Wohin will er?« dröhnte Lady Käsedicks Stimme. Mumm stellte fest, daß die Pferde nicht weit genug geflohen waren: Ihre Ladyschaft zog sie gerade aus dem Dunst. Die Rösser versuchten, Widerstand zu leisten, und ihre Hufe schlugen Funken von den Kopfsteinen, aber es bestand keine Aussicht, daß sie den Kampf gewannen.

»Er versucht noch immer, den Großen herauszufordern!« erwiderte Mumm. »Warum gibt er nicht auf?«

»Wenn Drachen kämpfen, geht es im wahrsten Sinne des Wortes heiß her«, erklärte Lady Käsedick, als Mumm in die Kutsche stieg. »Sie versuchen, den Gegner explodieren zu lassen.«

»Ich dachte immer, die Natur sorgt dafür, daß sich das besiegte Tier in einer Geste der Unterwerfung auf den Rücken rollt«, sagte Mumm, während die Kutsche übers Kopfsteinpflaster klapperte und Errol folgte. »Damit ist dann der Kampf beendet.«

»Bei Drachen funktioniert so was nicht«, antwortete Lady Käsedick. »Wenn sich irgendein blödes Wesen vor dir auf den Bauch rollt, so schlitz ihm den Bauch auf — das ist ihr Motto. In dieser Hinsicht denken sie fast wie Menschen.«

Dichte Wolken ballten sich über Ankh-Morpork zusammen. Darüber breitete sich das goldene Sonnenlicht der Scheibenwelt aus.

Der Drache funkelte in der Morgendämmerung und glitt froh dahin, flog aus reiner Freude enge und eigentlich unmögliche Schleifen. Dann fiel ihm etwas ein.

Einige Menschen waren so *unverschämt* gewesen, ihn zu beschwören ...

Tief unten taumelte die Nachtwache durch die Straße der Geringen Götter. Trotz des dichten Nebels herrschte bereits rege Aktivität.

»Wie nennt man die Dinger?« fragte Feldwebel Colon. »Sehen aus wie schmale Treppen ...«

»Leitern«, sagte Karotte.

»Es wimmelt hier davon«, brummte Nobby. Er schwankte zu einer davon und gab ihr einen Tritt.

»He!« Eine fahnenumhüllte Gestalt kletterte herab.

»Was ist hier los?« knurrte Nobby.

Der Fahnenträger musterte ihn von Kopf bis Fuß.

»Wer will das wissen, Knirps?« erwiderte er.

»Wir, wenn du nichts dagegen hast«, sagte Karotte freundlich. Er ragte wie ein Eisberg aus dem Dunst. Der Mann auf der Leiter lächelte schief.

»Nun, es geht um die Krönung und so«, erklärte er hastig. »Es muß alles für die Krönung vorbereitet werden. Fahnen und Wimpel und dergleichen. Die alten Banner, ihr wißt schon.«

Nobby betrachtete die bunten Tücher, und bittere Falten bildeten sich in seiner Stirn. »Sehen gar nicht so alt aus«, sagte er. »Sogar recht neu. Was sind das für dicke und aufgedunsene Dinger auf dem Wappenschild?«

»Die königlichen Nilpferde von Ankh«, verkündete der Mann stolz. »Sie erinnern an unser edles Erbe.«

»Seit wann haben wir ein edles Erbe?« fragte Nobby.

»Oh, seit gestern.«

»Ein edles Erbe kann unmöglich einen Tag alt sein«, warf Karotte ein. »Solche Sachen erfordern viel Zeit.«

»Wenn wir bisher keins hatten, so wird sich das bald ändern«, sagte Feldwebel Colon. »Meine Frau hat mir eine entsprechende Notiz hinterlassen. So viele Jahre, und plötzlich stellt sie sich als Monarchistin heraus.« Er trat nach dem Pflaster, als wären die Kopfsteine an allem schuld. »Ha! Dreißig Jahre lang rackert man sich ab, um Fleisch auf den Tisch zu bringen, aber sie faselt nur noch von einem Jungen, der für fünf Minuten Arbeit König wird. Wißt ihr, was ich gestern zum Tee bekam? Brötchen mit Bratensoße!«

Die erwartete Reaktion der beiden Junggesellen blieb aus.

»Potzblitz!« entfuhr es Nobby.

»*Echte* Bratensoße?« erkundigte sich Karotte. »Mit knusprigen Stücken darin und glänzenden Fetttropfen drauf?«

»Weiß überhaupt nicht mehr, wann ich zum letztenmal die Kruste in einer Schüssel mit Bratensoße genießen konnte«, schwärmte Nobby, dessen Gedanken in einem gastronomischen Paradies weilten. »Mit ein wenig Salz und Pfeffer ergibt sich daraus eine Mahlzeit, die eines Kö ...«

»Sag es nicht«, warnte Colon.

»Ach, wenn man ein Messer durchs Fett stößt und beobachtet, wie das goldbraune Zeug aufsteigt ...« Karotte schluckte. »Für einen solchen Anblick gäbe ich ein ganzes Kö ...«

»Hörtendlichauf!« rief Colon. »Ihr seid ... *He, was war das?*«

Sie spürten einen plötzlichen Windzug und sahen, wie sich einige Dunstschwaden aus der größeren Nebelmasse lösten, zu den Hauswänden glitten und dort zerfransten. Kühlere Luft seufzte durch die Straße und verstummte.

»Irgend etwas scheint über die Dächer geflogen zu sein«, vermutete der Feldwebel. Er erstarrte. »Ihr glaubt doch nicht etwa ...«

»Wir haben beobachtet, wie der Drache getötet wurde, nicht wahr?« ließ sich Nobby vernehmen.

»Wir haben beobachtet, wie er *verschwand*«, erwiderte Karotte.

Sie standen sich auf der feuchten, dunstigen Straße gegenüber und wechselten stumme Blicke. Über dem Nebel erstreckte sich eine andere Welt, und ihre Phantasie bevölkerte sie mit den schrecklichsten aller denkbaren Wesen. Was noch schlimmer war: Vielleicht verfügte die Natur in dieser Hinsicht über weitaus mehr Kreativität.

»Nein, äh, nein«, sagte Colon. »Bestimmt war es nur ein — ein großer Stelzvogel. Oder so.«

»Sollten wir nicht irgend etwas unternehmen?« schlug Karotte vor.

»Ja«, bestätigte Nobby. »Wir sollten diesen Ort rasch verlassen. Denkt an den armen Humpel!«

»Vielleicht ist es ein anderer Drache«, sagte Karotte. »Wir müssen die Leute warnen und ...«

»Nein«, widersprach Feldwebel Colon sofort. »Sie würden uns Ah ohnehin nicht glauben, und außerdem haben wir Beh einen König. Er ist dafür zuständig, für Drachen, meine ich.«

»In der Tat«, pflichtete ihm Nobby bei. »Er wäre sicher wütend. Ich meine, Drachen sind wahrscheinlich, äh, königliche Tiere. Wie Hirsche. Ein Mann könnte seine Tridlins* verlieren, wenn er auch nur daran denkt, 'n Drachen zu töten, obwohl ein König zugegen ist.«

»Das halte ich nicht für eine sehr verantwortungsbewußte Einstellung ...«, begann Karotte. Er wurde von Errol unterbrochen.

Der kleine Sumpfdrache trippelte mit hoch erhobe-

* Tridlins: ein kurzes und völlig unnötiges Observanzritual, das die Heiligen Balancierenden Derwische von Otherz täglich durchführen. So heißt es jedenfalls im *Lexikon-seltsamer-Wörter-die-einem-Tränen-in-die-Augen-treiben.*

nem Schwanz mitten auf der Straße und starrte die ganze Zeit über nach oben. Er eilte an den Wächtern vorbei, ohne ihnen Beachtung zu schenken.

»Was ist los mit ihm?« wunderte sich Nobby.

Ein lauter werdendes Klappern kündigte die Käsedick-Kutsche an.

»Männer?« fragte Mumm zögernd und blickte durch den Nebel.

»Ich glaube schon«, erwiderte Feldwebel Colon. »Ich bin sogar ganz sicher.«

»Habt ihr einen Drachen gesehen? Abgesehen von Errol, meine ich?«

»Nun, äh«, antwortete der Feldwebel und warf seinen beiden Kameraden einen kurzen Blick zu, »in gewisser Weise, Sir. Wäre möglich. Könnte sein.«

»Dann steht dort nicht wie Trottel herum!« rief Lady Käsedick. »Steigt ein! Hier drin gibt es genug Platz!«

Damit hatte sie durchaus recht. Vor einigen Jahrzehnten mochte die Kutsche ein Prachtstück gewesen sein, ausgestattet mit Plüsch, Blattgold und samtenen Vorhängen, an denen auch keine Troddeln fehlten. Zeit, Vernachlässigung und der Umstand, daß man die Sitze entfernt hatte, um den Transport von Drachen zu ermöglichen, waren nicht spurlos an ihr vorübergegangen. Trotzdem roch sie noch immer nach Privilegien, Stil — und natürlich nach Sumpfdrachen.

»Was tust du da?« fragte Colon, als die Kutsche durch den Nebel rasselte.

»Ich winke«, sagte Nobby und gab sich betont würdevoll, als er mit dem Arm Dunstschwaden beiseite wedelte.

»Eigentlich is so etwas abscheulich«, brummte Feldwebel Colon. »Leute fahren in Kutschen, während andere nicht einmal ein Dach über dem Kopf haben.«

»Dieses Ding gehört Lady Käsedick«, erinnerte Nobby. »Mit ihr ist alles in Ordnung.«

»Nun, ja, aber ihre Vorfahren ... Man bekommt keine

großen Häuser und Kutschen, ohne die Armen auszusaugen.«

»Du bist nur sauer, weil deine bessere Hälfte ihre Unterwäsche mit Kronen bestickt«, sagte Nobby.

»Das hat überhaupt nichts damit zu tun«, entgegnete Feldwebel Colon empört. »Ich habe immer die Rechte des Menschen geachtet.«

»Und die der Zwerge«, warf Karotte ein.

»Ja, in Ordnung«, erwiderte Colon unsicher. »Aber diese Sache mit Königen und Lords widerspricht der elementaren menschlichen Würde. So was geht mir gegen den Strich. Immerhin sind wir alle gleich geboren.«

»So hab ich dich noch nie reden gehört, Frederick«, sagte der Korporal.

»Für dich bin ich nach wie vor Feldwebel Colon, Nobby.«

»Entschuldigung, Feldwebel.«

Der Nebel entwickelte sich allmählich zu einer echten Ankh-Morpork-Herbstsuppe.* Mumm starrte durch die Gräue, während sich die Myriaden Tröpfchen alle Mühe gaben, ihn bis auf die Haut zu durchnässen.

»Ich glaube, ich habe ihn gerade gesehen«, sagte er. »Bieg nach links ab.«

»Hast du eine Ahnung, wo wir sind?« fragte Lady Käsedick.

»In irgendeinem Geschäftsviertel«, antwortete der Hauptmann knapp. Errol hüpfte jetzt nicht mehr ganz so schnell, blieb immer wieder stehen, blickte nach oben und jaulte.

»In diesem Nebel kann ich über uns nichts sehen«, murmelte Mumm. »Ich frage mich, ob ...«

Der Nebel bewies seine Kooperationsbereitschaft, indem er sich lichtete. Weiter vorn schien eine besondere

* Wie Erbsensuppe, nur weitaus dicker, geruchsintensiver und mit Dingen darin, über die Sie sicher nicht genauer Bescheid wissen möchten.

Art von Chrysantheme zu blühen, und gleichzeitig ertönte ein seltsames Geräusch. Es klang wie *Whuuuooom!*

»O nein!« stöhnte Mumm. »Nicht schon wieder!«

»Sind die Tassen der Ehrlichkeit gut und wahrhaftig gefüllt?« intonierte Bruder Wachturm.

»Jawoll. Gefüllt. Bis zum Rand.«

»Die Wasser der Welt — sind sie gestaut?«

»Gestaut, in der Tat. Nichts schwappt über.«

»Sind die Dämonen der Unendlichkeit mit vielen Ketten gefesselt?«

»Verdammt!« entfuhr es Bruder Stukkateur. »Wir kriegen's nie ganz auf die Reihe.«

Bruder Wachturm seufzte. »Es wäre wirklich nett, wenn die uralten und völlig zeitlosen Rituale wenigstens einmal vervollständigt werden könnten, nicht wahr? Hol das mit den Ketten nach.«

»Könnten wir nicht Zeit sparen, wenn ich die Dämonen der Unendlichkeit beim nächsten Mal doppelt fessele, Bruder Wachturm?« fragte Bruder Stukkateur.

Bruder Wachturm dachte widerstrebend darüber nach. Es klang durchaus vernünftig.

»Na schön«, erwiderte er. »Geh jetzt zu den anderen! Und du sollst mich mit ›Stellvertretender Oberster Größter Meister‹ ansprechen, verstanden?«

Diese Bemerkung schien bei den Brüdern nicht den angemessenen Respekt hervorzurufen.

»Niemand hat uns gesagt, daß du der Stellvertretende Oberste Größte Meister bist«, murmelte Bruder Pförtner.

»Nun, ich *bin* der Stellvertretende Oberste Größte Meister, weil der Oberste Größte Meister derzeit mit den Vorbereitungen für die Krönung beschäftigt ist und mich bat, diese Versammlung der Loge zu leiten«, verkündete Bruder Wachturm hochmütig. »Und *das* macht mich wohl zum Stellvertretenden Obersten Größten Meister, oder?«

»Finde ich nicht«, brummte Bruder Pförtner. »Deshalb ist kein so großartiger Titel nötig. Du könntest dich, äh, Ritualhüter nennen oder so.«

»Ja«, sagte Bruder Stukkateur. »Es gibt überhaupt keinen Grund dafür, daß du so vornehm tust. Schließlich bist du nicht von irgendwelchen Mönchen in uralte und mystische Geheimnisse eingeweiht worden.«

»Außerdem warten wir schon seit Stunden«, warf Bruder Pförtner ein. »Das ist nicht richtig. Wir haben uns eine Belohnung erhofft ...«

Bruder Wachturm begriff, daß er die Kontrolle verlor. Er versuchte es mit schmeichlerischer Diplomatie.

»Ich bin sicher, der Oberste Größte Meister trifft bald ein«, sagte er. »Wir wollen doch jetzt nicht die Geduld verlieren, oder, Jungs? War 'ne tolle Sache, den Kampf gegen den Drachen und so zu arrangieren, stimmt's? Wir haben eine Menge hinter uns, nicht wahr? Bestimmt lohnt es sich, noch etwas länger zu warten, meint ihr nicht auch?«

»Na schön.«

»Meinetwegen.«

»In Ordnung.«

GEWISS.

»Ja.«

»Einverstanden.«

Bruder Wachturm ahnte, daß etwas nicht mit rechten Dingen zuging. Vages Unbehagen erfaßte ihn.

»Äh«, sagte er, »Brüder?«

Nervosität breitete sich im Zimmer aus. Irgend etwas ließ die Versammelten unruhig werden und schuf eine seltsame Atmosphäre.

»Brüder«, wiederholte Bruder Wachturm und versuchte, zu seiner Selbstsicherheit zurückzufinden, »wir sind doch *alle* hier, oder?«

»Natürlich sind wir das.«

»Was ist denn los?«

»Ja!«

JA.

»Ja.«

Da war es wieder. Irgend etwas schien auf unfaßbare Art und Weise falsch zu sein, doch so sehr man sich auch bemühte: Man konnte nicht bestimmen, worum es sich handelte. Das sonderbare Etwas entzog sich der erschrockenen Aufmerksamkeit. Ein Kratzen auf dem Dach unterbrach Bruder Wachturms besorgte Überlegungen. Einige Mörtelbrocken fielen von der Decke.

»Brüder?« fragte Bruder Wachturm noch einmal. Diesmal klang er wirklich nervös.

Daraufhin ertönten nur noch stille Geräusche und ein gedehntes Summen des Schweigens, das auf tiefe Konzentration hindeutete. Hinzu kam vielleicht das Zischen heuschobergroßer Lungen, die sich gerade mit Luft füllten. Die letzten Ratten von Bruder Wachturms Zuversicht flohen vom sinkenden Schiff des Mutes.

»Bruder Pförtner, wenn du bitte die gräßliche Tür öffnen würdest ...«, brachte er mit zittriger Stimme hervor.

Dann glänzte Licht.

Es gab keinen Schmerz. Dafür reichte die Zeit nicht.

Der Tod raubt einem viele Dinge — besonders dann, wenn er mit einer Temperatur kommt, die Eisen verdampfen läßt —, und dazu gehören auch die Illusionen. Die sterblichen Überreste Bruder Wachturms beobachteten, wie der Drache durch den Nebel davonglitt, blickten dann auf die langsam erstarrende Pfütze aus Stein, Metall und verschiedenen Spurenelementen, die vom geheimen Hauptquartier übriggeblieben war. Und von den Versammelten, begriff er mit jener leidenschaftslosen Gleichgültigkeit, die Teil des Todes ist. Man lebte mehr oder weniger froh und munter, nur um schließlich als schmieriger Streifen zu enden, wie Sahne in einer Kaffeetasse. Ganz gleich, mit welchen Spielen sich die Götter ihre Zeit vertrieben: Die Spielregeln waren verdammt rätselhaft.

Bruder Wachturm musterte die in einen Kapuzenmantel gehüllte Gestalt an seiner Seite.

»So etwas haben wir nie beabsichtigt«, sagte er kleinlaut. »Ganz ehrlich. Es lag uns fern, irgend jemanden zu beleidigen. Wir wollten nur, was uns zusteht.«

Eine knöcherne Hand berührte ihn freundlich an der Schulter.

HERZLICHEN GLÜCKWUNSCH, sagte Tod.

Abgesehen vom Obersten Größten Meister gab es nur einen Überlebenden der Aufgeklärten Brüder: Bruder Finger. Man hatte ihn beauftragt, Pizzas zu holen. Wenn es darum ging, etwas zu essen zu besorgen, fiel die Wahl immer auf Bruder Finger. Es war billiger. Er hielt sich nie damit auf, zu bezahlen.

Als die Käsedick-Kutsche zu Errol aufschloß, taumelte Bruder Finger mit einigen Pappschachteln über die Straße und starrte aus großen, entsetzt blickenden Augen.

Dort, wo sich eigentlich das schreckliche Portal befinden sollte, zeigte sich nur eine heiße Masse aus diversen brodelnden Substanzen,

»Ach du lieber Himmel!« murmelte Lady Käsedick.

Mumm stieg aus und klopfte Bruder Finger auf die Schulter.

»Entschuldige bitte«, sagte er, »hast du zufällig gesehen, was hier ...«

Als sich Bruder Finger umdrehte, war sein Gesicht so bleich wie das eines Mannes, der gerade einen Blick in die Hölle geworfen hat. Der Mund öffnete und schloß sich mehrmals, brachte jedoch keinen Laut hervor.

»Wenn du so freundlich wärst, mich zur Wache in der

Pseudopolis-Allee zu begleiten ...«, fügte Mumm hinzu. »Ich habe Grund zu der Annahme, daß du ...« Er zögerte. Eigentlich wußte er nicht genau, welche Gründe er für welche Annahmen hatte. Aber eins stand fest: Dieser Mann war ganz offensichtlich schuldig. Man brauchte ihn nur anzusehen. Nun, vielleicht traf ihn keine *besondere* Schuld, aber sicher eine *allgemeine.*

»Mmmmmuh«, machte Bruder Finger.

Colon hob behutsam den Deckel der obersten Pappschachtel.

»Was hältst du davon, Feldwebel?« fragte Mumm und trat zurück.

»Äh«, erwiderte Colon und nickte anerkennend. »Sieht nach einer klatschianischen Pizza aus, Sir. Mit Paprika und Anschovis, Sir.«

»Ich meine den Mann«, seufzte Mumm.

»Nnnn«, machte Bruder Finger.

Colon warf einen Blick unter die Kapuze. »Oh, ich kenne ihn, Sir«, sagte er. »Bengy ›Flinkfuß‹ Boggis, Sir. Er ist *Capo de monty* in der Diebesgilde, Sir. Bin ihm oft begegnet, Sir. Ein schlauer kleiner Bursche. Hat an der Universität gearbeitet.«

»Was, als Zauberer?« fragte Mumm.

»Nein, Sir. Als Gärtner und Zimmermann und so, Sir.«

»Ach, *tatsächlich?*«

»Können wir dem armen Mann nicht irgendwie helfen?« warf Lady Käsedick ein.

Nobby salutierte zackig. »Wenn du möchtest, gebe ich ihm einen ordentlich Tritt in den Bommel, Milady.«

»Dddrrr«, kommentierte Bruder Finger und erbebte am ganzen Leib. Unterdessen lächelte Lady Käsedick das eisenharte Lächeln einer adligen Frau, die nicht zeigen will, daß sie genau verstanden hat, was ihr eben zu Ohren gekommen war.

»Ihr beiden, setzt ihn in die Kutsche!« befahl Mumm. »Wenn du nichts dagegen hast, Lady Käsedick ...«

»Sybil«, berichtigte Ihre Ladyschaft. Mumm errötete und fuhr fort: »Ich halte es für eine gute Idee, ihn in Gewahrsam zu nehmen. Die Anklage lautet: Diebstahl eines Buches mit dem Titel *Das Beschwören von Drachen.*«

»Da hast du vollkommen recht, Sir«, brummte Feldwebel Colon. »Außerdem werden die Pizzas kalt. Und du weißt ja, wie klebrig der Käse wird, wenn die Dinger kalt sind.«

»Und niemand tritt ihn«, warnte Mumm. »Nicht einmal dort, wo keine Spuren zurückbleiben. Karotte, du begleitest mich.«

»DDddrrraa«, ächzte Bruder Finger.

»Nimm Errol mit«, fügte Mumm hinzu. »Hier schnappt er noch über. Mutiger kleiner Kerl, das muß man ihm lassen.«

»Er ist wirklich nicht übel, wenn man genauer darüber nachdenkt«, sagte Colon.

Errol hüpfte vor dem zerstörten Gebäude umher und jaulte.

»Seht ihn euch nur an.« Mumm winkte. »Kann's gar nicht abwarten, daß es losgeht.« Irgend etwas schien seinen Blick zu packen und auf die dunklen Wolken zu richten.

Das Biest ist igendwo dort oben, dachte er.

»Was unternehmen wir jetzt, Sir?« erkundigte sich Karotte, als die Kutsche davonklapperte.

»Du bist doch nicht etwa nervös, oder?« erwiderte Mumm.

»Nein, Sir.«

Der ruhige, gelassene Tonfall erinnerte Mumm an etwas und verhalf ihm zu einer Erkenntnis.

»Nein«, entgegnete er, »bei dir kann von Nervosität keine Rede sein, oder? Vermutlich liegt's daran, daß du bei Zwergen aufgewachsen bist. Du hast keine Phantasie.«

»Ich gebe mir Mühe, Sir«, sagte Karotte fest.

»Schickst du deinen Sold noch immer nach Hause?«

»Ja, Sir.«

»Guter Junge. Deine Mutter ist bestimmt stolz auf dich.«

»Ja, Sir. Was unternehmen wir jetzt, Hauptmann Mumm?« wiederholte Karotte.

Mumm sah sich um und ging einige ziellose, verzweifelte Meter weit. Er breitete die Arme aus, ließ sie wieder sinken.

»Woher soll ich das wissen?« antwortete er. »Vielleicht wäre es angebracht, die Leute zu warnen. Ich schlage vor, wir begeben uns zum Palast des Patriziers. Und dann ...«

Schritte näherten sich durch den Nebel. Mumm verharrte jäh, preßte den Zeigefinger an die Lippen und winkte Karotte in den Schutz eines Zugangs.

In den Dunstschwaden zeichnete sich eine Gestalt ab.

Noch so ein Bursche, dachte Mumm. *Nun, es gibt kein Gesetz, das lange schwarze Umhänge mit breiten Kapuzen verbietet. Es könnte Dutzende von völlig harmlosen Gründen dafür geben, warum diese Person einen langen schwarzen Umhang mit breiter Kapuze trägt und während der Morgendämmerung vor einem niedergeschmolzenen Haus steht.*

Vielleicht sollte ich den Kerl auffordern, mir wenigstens einen zu nennen.

Er trat vor.

»Entschuldige bitte ...«, begann er.

Die Kapuze schwang herum. Es zischte, als die Gestalt nach Luft schnappte.

»Vielleicht wärst du so nett, mir ... *Ihm nach, Obergefreiter!*«

Der Unbekannte stürmte los und erwies sich als recht flink. Er sauste um eine Straßenecke, und als Mumm die betreffende Stelle erreichte, sah er, wie Umhang und Kapuze durch eine Seitengasse verschwanden.

Der Hauptmann stellte plötzlich fest, daß er allein war. Schnaufend blieb er stehen, drehte den Kopf und beobachtete, wie Karotte in einem gemütlichen Dauerlauf um die Ecke kam.

»Was ist denn los?« keuchte er.

»Feldwebel Colon hat mir geraten, nicht zu schnell zu laufen«, erklärte Karotte.

Mumm musterte ihn verwirrt. Dann begriff er allmählich.

»Oh«, sagte er, »ich, äh, verstehe. Nun, bestimmt meinte er das nicht als Regel, die in *jedem* Fall gilt, Junge.« Er starrte wieder in die dunkle Gräue. »Bei diesem Nebel und in solchen Gassen hätten wir ohnehin keine Chance, den Kerl zu erwischen.«

»Vielleicht ist er nur ein unbeteiligter Zuschauer, Sir«, ließ sich Karotte vernehmen.

»Was, hier in Ankh-Morpor?«

»Ja, Sir.«

»Dann hätten wir ihn erst recht schnappen sollen — weil er Seltenheitswert hat.«

Mumm klopfte Karotte auf den Rücken. »Komm! Wir gehen jetzt zum Palast des Patriziers.«

»Zum Palast des Königs«, korrigierte Karotte.

»Wie?« Mumms Gedanken sprangen aus den mentalen Gleisen.

»Es ist jetzt der Palast des Königs«, sagte Karotte. Mumm musterte ihn und blinzelte mehrmals.

Dann lachte er grimmig.

»Ja, das stimmt«, räumte er ein. »Dort wohnt unser König, der Drachentöter. Ein verdienstvoller Mann, jener Mann.« Er seufzte. »Nun, diese Sache wird ihm nicht gefallen. Weder ihm noch den anderen.«

Hauptmann Mumm behielt recht.

Das erste Problem ergab sich bei der Palastwache. Mumm hatte sie nie gemocht, und seine Abneigung beruhte auf Gegenseitigkeit. Na schön, vielleicht waren seine Männer nur einen Schritt davon entfernt, Halunken zu sein, aber nach Mumms fachmännischer Meinung fehlte noch weitaus weniger, um die Palastwächter in *gemeine* Halunken zu verwandeln. Besser gesagt: in den schlimmsten kriminellen Abschaum, den die Stadt je gesehen hatte. Sie standen nicht *neben* der Kloake des Verbrechens, sondern bereits mit einem Bein *darin*. Sie mußten sich *bessern*, bevor man auch nur in Erwägung ziehen konnte, ihre Namen in die Liste der Zehn Unerwünschtesten Personen einzutragen.

Sie waren grob. Sie waren zäh. Sie gehörten nicht zum Kehricht in der Gasse. Nein, sie klebten noch immer im Rinnstein, wenn die Straßenkehrer erschöpft aufgaben. Der Patrizier hatte sie außerordentlich gut bezahlt, und ihr Verhalten ließ den Schluß zu, daß der König diese Tradition fortsetzte. Als Mumm vor dem Tor stehenblieb, stießen sich zwei Palastwächter von der Wand ab, strafften ihre Gestalt ein wenig und wahrten gleichzeitig genau das richtige Maß an beleidigender psychologischer Lässigkeit.

»Hauptmann Mumm«, sagte Mumm und blickte starr gerade aus. »Ich möchte den König sprechen. Es geht um eine sehr wichtige Angelegenheit.«

»Ach, tatsächlich?« brummte ein Wächter. »Nun, das will ich dir auch geraten haben. Hauptmann Krumm, nicht wahr?«

»Mumm«, erwiderte Mumm. »Mit einem Emm.«

Der Wächter nickte seinem Kameraden zu.

»Mumm«, sagte er. »Mit einem Emm.«

»Komisch«, murmelte der andere Wächter und grinste.

»Es ist sehr dringend«, betonte Mumm und wahrte einen steinernen Gesichtsausdruck. Versuchsweise trat er einen Schritt vor.

Der erste Wächter versperrte ihm sofort den Weg und klopfte auf den Brustharnisch des Hauptmanns.

»Niemand passiert dieses Tor«, knurrte er. »Befehl

des Königs, kapiert? Kehr in deine Jauchegrube zurück, Hauptmann Mumm mit einem Emm.«

»Zur Seite!« verlangte Mumm.

Der Wächter beugte sich vor und tippte auf Mumms Helm. »Da ich nicht freiwillig zur Seite trete, muß mich irgend jemand dazu zwingen. Willst du's versuchen, Hohlkopf?«

Manchmal ist es ein wahres Vergnügen, die Bombe sofort platzen zu lassen. »Obergefreiter Karotte, ich möchte, daß du diese Männer festnimmst«, sagte Mumm.

Karotte salutierte. »Jawohl, Sir.« Er drehte sich um und lief in die Richtung zurück, aus der sie gekommen waren.

»He!« rief Mumm, als der Junge hinter einer Ecke verschwand.

»Das gefällt mir«, bemerkte der erste Wächter und stützte sich auf einen Speer. »Der junge Mann hat nicht nur Initiative, sondern ist auch sehr vernünftig. Ein kluger Kopf, ja. Er möchte nicht hierbleiben und sich die Ohren abreißen lassen. Jener junger Mann wird es noch weit bringen, da bin ich ganz sicher.«

»Ein sehr intelligenter junger Mann«, bestätigte der andere Wächter.

Er lehnte seinen Speer an die Wand.

»Wenn man Leute wie dich sieht, kann's einem schlecht werden«, sagte er im Plauderton. »Ihr Kerle von der Nachtwache latscht immer nur durch die Gegend und kümmert euch überhaupt nicht um eure Pflichten. Bildet euch eine Menge auf eure schmutzigen Uniformen ein und glaubt sogar, *wichtig* zu sein. Aber in Wirklichkeit seid ihr nichts weiter als aufgeblasene Nullen. Nun, Clarence und ich zeigen dir jetzt, was *richtige* Wächter sind ...«

Ich könnte vielleicht mit einem von ihnen fertig werden, dachte Mumm und wich einige Schritte zurück. *Wenn er mir den Rücken zukehrt.*

Clarence lehnte seinen Speer ebenfalls an die Mauer und spuckte in die Hände.

Ein schreckliches Geheul erklang. Mumm stellte erstaunt fest, daß es nicht aus seinem Mund stammte.

Karotte stürmte um die Ecke. In jeder Hand hielt er eine Holzfälleraxt.

Die großen Ledersandalen klatschten aufs Kopfsteinpflaster, als er rasch näher kam und noch schneller wurde. Die ganze Zeit über brüllte er *Graaaahhgruuuuhhgraaaahh;* es hörte sich an, als brülle etwas, das tief in einer Schlucht mit zweistimmigem Echo gefangen war.

Die beiden Palastwächter standen stocksteif und verblüfft.

»An eurer Stelle würde ich mich ducken«, riet Mumm. Nur wenige Zentimeter trennten seinen Kopf vom Boden.

Die beiden Äxte verließen Karottes Hände und sausten durch die Luft, verursachten dabei Geräusche, die an fliegende Rebhühner erinnerten. Die erste traf das Tor und bohrte sich halb hinein. Die zweite prallte an den Schaft der ersten und spaltete ihn. Dann war Karotte heran.

Mumm wich zur Seite, nahm auf einer nahen Sitzbank Platz und rollte sich eine Zigarette.

Schließlich sagte er: »Ich glaube, das genügt, Obergefreiter. Bestimmt sind sie jetzt ganz friedlich.«

»Ja, Sir«, erwiderte Karotte und klemmte sich zwei schlaffe Körper unter die Arme. »Wie lautet die Anklage, Sir?«

»Angriff auf einen Offizier der Wache in Ausübung seiner Pflicht. Ah, und noch etwas: Sie haben sich der Verhaftung widersetzt.«

»Fällt das unter Paragraph (vii) des Gesetzes für öffentliche Ordnung von 1457?« fragte Karotte.

»Ja«, antwortete Mumm ernst. »Ja. Ja, ich denke schon.«

»Aber eigentlich haben sie keinen großen Widerstand geleistet, Sir«, wandte Karotte ein.

»Nun, dann war es eben der *Versuch*, sich der Verhaftung zu widersetzen. Ich schlage vor, du lehnst sie dort drüben an die Wand. Wir nehmen sie später mit. Sicher verspüren sie derzeit nicht den Wunsch zu flüchten.«

»Wie du meinst, Sir.«

»Und verletz sie nicht«, fügte Mumm hinzu. »Gefangene dürfen nicht verletzt werden.«

»Das stimmt, Sir«, erwiderte Karotte pflichtbewußt. »Verhaftete Gefangene haben Rechte, Sir. Sie sind im Gesetz über die Würde des Menschen (Bürgerrechte) von 1341 festgelegt. Ich habe es Korporal Nobbs immer wieder gesagt. Gefangene haben Rechte, so lautete mein Hinweis. Das bedeutet, man darf nicht kräftig zutreten.«

»Da bin ich ganz deiner Meinung, Obergefreiter.«

Karotte sah auf die beiden reglosen Gestalten hinab und begann: »Ihr habt das Recht zu schweigen. Ihr habt das Recht, euch nicht selbst zu verletzen, indem ihr auf der Treppe zu den Zellen ausrutscht. Ihr habt das Recht, nicht aus hohen Fenstern zu springen. Ihr braucht nichts zu sagen, aber wenn ihr eine Aussage macht, so muß ich sie aufschreiben, und sie kann vor Gericht gegen euch verwendet werden.« Er holte sein Notizbuch hervor, beleckt kurz den Stift und beugte sich noch etwas tiefer.

»Wie bitte?« fragte er. Nach einigen Sekunden blickte er zu Mumm auf.

»Wie buchstabiert man ›stöhnen‹, Sir?«

»S-C-H-T-Ö-H-N-E-N, glaube ich.«

»Danke, Sir.«

»Äh, Obergefreiter?«

»Ja, Sir?«

»Warum die Äxte?«

»Sie *waren* bewaffnet, Sir. Die Äxte stammen vom

Schmied in der Marktstraße. Ich habe versprochen, daß du sie nachher bezahlst.«

Mumm verzog das Gesicht. »Und der Schrei?«

»Das Kriegsjodeln von Zwergen, Sir«, sagte Karotte stolz.

»Ein *guter* Schrei.« Mumm wählte seine Worte mit besonderer Vorsicht. »Aber ich wäre dir sehr dankbar, wenn du mich beim nächsten Mal vorher warnen würdest, in Ordnung?«

»Gewiß, Sir.«

»Schriftlich.«

Der Bibliothekar setzte den Weg fort. Er kam nur langsam voran, weil es hier Dinge gab, denen er nicht begegnen wollte. Geschöpfe entwickeln sich, um alle ökologischen Nischen der Umgebung zu füllen, und um einige Wesen in der staubigen Unermeßlichkeit des L-Raums machte man besser einen weiten Bogen. Sie waren noch weitaus ungewöhnlicher als die normalen ungewöhnlichen Lebensformen.

Die meiste Zeit über genügte es, die Trittstuhlkrabben im Auge zu behalten. Solange sie friedlich durch den Staub krochen, war alles in bester Ordnung. Aber wenn sie sich fürchteten, mußte man vorsichtig sein. Mehrmals preßte sich der Bibliothekar flach an die Regale, weil ein Thesaurus vorbeidonnerte. Er wich einer Critter-Herde aus, die sich an dem Inhalt einiger besonders erlesener Bücher labte und einige dünne Bände zurückließ, die von Literaturkritikern stammten. Und dann gab es noch andere Dinge — Dinge, denen man nicht zu nahe kommen, die man nicht einmal ansehen sollte ...

Außerdem mußte man um jeden Preis Klischees meiden.

Der Bibliothekar verspeiste seine letzten Erdnüsse

und hockte dabei auf einer Leiter, die gedankenlos in den Büchern der obersten Regale schmökerte.

Dieser Bereich der Bibliothek wirkte vertraut. Zumindest gewann der Orang-Utan den Eindruck, daß er bald vertraut wirken würde. Im L-Raum hatte die Zeit eine ganz andere Bedeutung.

Er beobachtete Regale, deren Konturen er kannte. Die Buchtitel blieben unleserlich, aber langsam, ganz langsam formten sich deutlichere Umrisse. Hinzu kam ein muffiger Geruch, den er wiederzuerkennen glaubte.

Der Bibliothekar trottete durch einen Seitengang, wankte um die Ecke und zögerte nur kurz, bevor er jene Dimension betrat, die Menschen — weil sie es nicht besser wissen — für normal halten.

Hitze durchströmte ihn, und sein Fell richtete sich auf, als die temporale Energie nach und nach davonknisterte.

Dunkelheit umhüllte ihn.

Er streckt den einen Arm aus und betastete die Bücher in unmittelbarer Nähe. Ah. Jetzt wußte er, wo er sich befand.

Zu Hause.

Er war zu Hause, und zwar vor einer Woche.

Er mußte darauf achten, keine Fußspuren zu hinterlassen. Kein Problem. Er kletterte an den nächsten Regalen hinauf. Sternenlicht filterte durch die hohe Kuppel, als er sich von einem Bücherschrank zum anderen schwang.

Lupin Wonse hob den Blick geröteter Augen und wandte sich von den vielen Papieren auf dem Schreibtisch ab. Niemand in der Stadt kannte sich mit Krönungen aus, und deshalb mußte er improvisieren. In einem Punkt hatte er keine Zweifel: Es waren viele Dinge notwendig, mit denen man winken konnte.

»Ja?« fragte er scharf.
»Äh, ein gewisser Hauptmann Mumm möchte dich sprechen«, sagte der Lakai.
»Mumm von der Wache?«
»Ja, Herr. Er meint, es handele sich um eine sehr wichtige Angelegenheit.«
Wonse sah auf die Liste mit ebenfalls sehr wichtigen Angelegenheiten. Zum Beispiel die Krönung des Königs. Alle Hohenpriester der dreiundfünfzig in Ankh-Morpork zugelassenen Religionen beanspruchten die Ehre dieses Rituals für sich. Wahrscheinlich kam es im entscheidenden Augenblick zu einem ziemlichen Gedränge. Und dann die Kronjuwelen.
Das Problem bestand darin, daß es keine gab. Irgendwann während der früheren Generationen waren die Kronjuwelen verschwunden. Ein Juwelier in der Straße Schlauer Kunsthandwerker versuchte, mit Blattgold und Glas innerhalb kurzer Zeit Ersatz zu schaffen.
Mumm konnte warten.
»Sag ihm, er soll morgen — oder besser noch übermorgen — wiederkommen«, brummte Wonse.
»Ich bin dir sehr dankbar dafür, daß du uns empfängst«, sagte Mumm und trat durch die Tür.
Wonse bedachte ihn mit einem finsteren Blick.
»Da du schon einmal hier bist ...«, erwiderte er. Mumm legte seinen Helm auf den Schreibtisch des Sekretärs — eine klare Geste der Herausforderung, fand Wonse — und setzte sich.
»Nimm Platz!« murmelte Wonse.
»Hast du schon gefrühstückt?« fragte Mumm.
»Jetzt gehst du zu ...«, begann Wonse.
»Nun, mach dir deshalb keine Sorgen«, erklärte Mumm heiter. »Obergefreiter Karotte wird uns was aus der Küche holen. Der Bursche dort drüben ist sicher so nett, ihm den Weg zu zeigen.«
Als Karotte und der Lakai das Zimmer verlassen hatten, beugte sich Wonse über die Papierstapel.

»Ich hoffe, du hast einen guten Grund dafür, einfach so hereinzupla ...«

»Der Drache ist zurück«, sagte Mumm.

Wonse starrte ihn eine Zeitlang stumm an.

Mumm erwiderte den durchdringenden Blick.

Die verblüfften Gedanken des Sekretärs kehrten aus der dunklen Ecke zurück, in die sie geflohen waren.

»Du hast getrunken, nicht wahr?« fragte er.

»Keinen Tropfen. Der Drache ist zurück.«

»Nun, hör mal ...«, begann Wonse.

»Ich habe ihn gesehen«, sagte Mumm schlicht.

»Einen Drachen? Bist du sicher?«

Mumm beugte sich ebenfalls vor. »Nein!« donnerte er. »Vielleicht irre ich mich, verdammt! Möglicherweise ist es irgendein anderes Tier mit großen Klauen, breiten ledrigen Schwingen und *heißem* Feuer im Rachen! Schließlich wimmelt's überall von solchen Geschöpfen!«

»Aber wir haben alle beobachtet, wie der Drache starb!« wandte Wonse ein.

»Ich weiß nicht, was *wir* beobachtet haben«, erwiderte Mumm. »Aber dafür ist mir klar, was *ich* gesehen habe!«

Er lehnte sich zurück und ließ die Schultern hängen. Plötzlich fühlte er sich sehr müde und erschöpft.

»Wie dem auch sei«, fügte er in einem normalen Tonfall hinzu, »er hat ein Haus in der Stichwaschstraße verbrannt. So wie die anderen.«

»Ist jemand entkommen?«

Mumm rieb sich die Schläfen und überlegte, wann er zum letztenmal geschlafen hatte, richtig geschlafen, unter einer Decke und auf einer Matratze. Und dann Essen. Die letzte Mahlzeit — gestern abend oder der Abend davor? Hatte er überhaupt jemals in seinem Leben geschlafen? Es erschien ihm unwahrscheinlich. Morpheus' Arme rollten die Ärmel hoch und hämmerten auf das benommene Bewußtsein des Hauptmanns ein, doch Teile davon setzten sich zur Wehr. *Ist jemand ...?*

»Jemand wer?« fragte er.

»Die, äh, Bewohner des Hauses«, sagte Wonse. »Ich nehme an, es stand nicht leer, oder? Ich meine, des Nachts bleiben die Leute meistens daheim und schlafen.«

»Oh? Oh. Ja.« Mumm nickte langsam. »Allerdings war es kein normales Haus, eher ein geheimer Treffpunkt oder so.« Irgend etwas versuchte, seine Aufmerksamkeit wachzurütteln.

»Ist vielleicht Magie im Spiel?«

»Keine Ahnung«, brummte Mumm. »Wäre möglich. Burschen in Kapuzenmänteln und so.«

Gleich fragt er bestimmt, ob ich es übertrieben habe, dachte Mumm. *Und die Antwort lautet vermutlich: ja.*

»Hör mal«, sagte Wonse freundlich. »Wenn Leute mit Magie herumspielen und nicht wissen, wie man sie kontrolliert — nun, früher oder später jagen sie sich selbst in die Luft und ...«

»Sie jagen sich selbst in die Luft?«

»Du hast einige sehr anstrengende Tage hinter dir«, fuhr Wonse in einem verständnisvollen Tonfall fort. »Wenn *mich* ein Drache fast zermalmt und bei lebendigem Leib gebraten hätte, sähe auch *ich* ständig irgendwelche schuppigen Ungeheuer.«

Mumm blickte ihn mit offenem Mund an. Ihm fiel keine Antwort ein. Während der vergangenen Tage hatte ihm dauernde Anspannung Kraft gegeben, doch nun erschlaffte sie wie ein altes Gummiband und hinterließ nur noch Leere.

»Vielleicht hast du ein wenig übertrieben, meinst du nicht?« fügte Wonse hinzu.

Na bitte, dachte Mumm. *Prächtig.*

Er sank nach vorn.

Der Bibliothekar beugte sich vorsichtig über das oberste Regal und streckte einen Arm in die Finsternis.

Dort war es.

Die dicken Fingernägel berührten einen Buchrücken, zogen den Band vorsichtig hervor und hielten in fest. Mit der anderen Hand hob er die Laterne.

Kein Zweifel. *Das Beschwören von Drachen.* Einzige Ausgabe, erste Auflage. Voller *feuriger* Magie.

Der Bibliothekar stellte die Lampe zur Seite, schlug das Buch auf und begann zu lesen.

»Mhmmm?« fragte Mumm und erwachte.

»Ich habe dir eine Tasse Tee gebracht, Hauptmann«, sagte Feldwebel Colon. »Und einen Wabbel.«

Mumm blickte verwirrt zu ihm auf.

»Du hast geschlafen«, erklärte Colon hilfreich. »Du warst völlig weggetreten, als dich Karotte hierhertrug.«

Mumm sah sich in dem bereits vertrauten Zimmer um. Das Käsedick-Anwesen in der Pseudopolis-Alle. »Oh«, murmelte er.

»Nobby und ich haben unterdessen ermittelt und aufgespürt«, sagte Colon. »Erinnerst du dich an das niedergeschmolzene Haus? Nun, dort wohnte überhaupt niemand. Es enthielt nur Zimmer, die vermietet wurden. Wir begannen mit der Suche nach dem Vermieter und sprachen mit dem Hausmeister, der jeden abend die Stühle zurechtrückt und abschließt. Du weißt ja, wie Hausmeister sind.«

Der Feldwebel trat zurück und wartete auf den Applaus.

»Gut gemacht«, sagte Mumm pflichtbewußt und tunkte den Wabbel in den Tee.

»Drei Vereine haben ihre Versammlungen in dem Haus abgehalten«, führte Colon aus. Er holte sein Notizbuch hervor. »Und zwar folgende: die Ankh-Morpork-Vereinigung von Liebhabern der Schönen Künste, der — oho! — Tanz- und Volksliedklub von Morpork und die Aufgeklärten Brüder der Völlig Schwarzen Nacht.«

»Warum *oho?*« fragte Mumm.

»Nun, du weißt schon, Schöne *Künste*«, erläuterte Colon im Tonfall des erfahrenen Kenners. »Damit sind Männer gemeint, die nackte Frauen malen. Der Hausmeister hat's mir erzählt. Manche von ihnen benutzen zwar Pinsel, aber überhaupt keine Farbe. Sollten sich was schämen.«

Es gibt mindestens eine Million Geschichten in dieser verdammten Stadt, dachte Mumm. *Warum höre ich immer nur solche?*

»Wann haben sie sich dort getroffen?«

»Montags um halb acht, zehn Pence Eintritt«, antwortete Colon sofort. »Was die Tänzer und Volksliedsänger betrifft ... Nun, alles in Ordnung. Du hast dich doch immer gefragt, wie Korporal Nobbs seine freien Abende verbringt, nicht wahr?«

Colons Gesicht zeigte ein Wassermelonengrinsen.

»Nein!« entfuhr es Mumm ungläubig. »Soll das heißen, unser Nobby ...«

»Ja!« bestätigte Colon, entzückt von der Reaktion des Hauptmanns.

»Was, er springt mit kleinen Glöckchen umher und winkt mit seinem Taschentuch?«

»Er meint, das sei wichtig für die Kulturpflege.«

»Nobby? Herr-Stiefelspitze-in-den-Unterleib? Herr-ich-habe-nur-überprüft-ob-die-Tür-abgeschlossen-ist-sie-ging-ganz-von-allein-auf?«

»Ja! Ist schon eine komische Welt, nicht wahr? Er war deshalb ziemlich verlegen.«

»Lieber Himmel!« ächzte Mumm.

»Es beweist nur, daß es immer wieder Überraschungen gibt«, fuhr Colon fort. »Nun, der Hausmeister sagte, daß die Aufgeklärten Brüder immer ein heilloses

Durcheinander zurückließen Kreidezeichen auf dem Boden, meinte er. Außerdem stellten sie nie die Stühle zurück und machten sich auch nicht die Mühe, den Teekessel auszuspülen. Allem Anschein nach haben sie sich in der letzten Zeit recht häufig getroffen. Die Maler der nackten Frauen mußten sich ein anderes Atteljeh suchen.«

»Was hast du mit dem Verdächtigen angestellt?« erkundigte sich Mumm.

»Oh, er, äh, ist abgehauen, Hauptmann«, erwiderte der Feldwebel beschämt.

»Was? Er schien überhaupt nicht in der Verfassung zu sein, irgendwohin zu laufen«

»Nun, als wir hierher zurückkehrten, setzten wir ihn an den Kamin und gaben ihm einige Decken, weil er am ganzen Leib zitterte«, erklärte Colon, während Mumm seinen Brustharnisch festschnallte.

»Ich hoffe, ihr habt nicht seine Pizzas gegessen!«

»Errol hat sie verspeist. Es liegt am Käse. Er wird so klebrig, wenn ...«

»Fahr fort!«

»Nun ...« Colon suchte nach den richtigen Worten. »Der Bursche schauderte und faselte dauernd von Drachen. Um ganz ehrlich zu sein: Er tat uns leid. Und dann sprang er plötzlich auf und rannte einfach so nach draußen.«

Mumm musterte das große, offene und unehrliche Gesicht des Feldwebels.

»Einfach so?« wiederholte er.

»*Nun,* wir hatten Hunger, und deshalb schickte ich Nobby zum Bäcker. Der Gefangene wollte nichts essen, aber wir hielten es für notwendig, daß er was in den Magen bekam, und ...«

»Ja?« drängte Mumm.

»*Nun,* als Nobby ihn fragte, ob er sein Wabbel geröstet möchte, stieß der Kerl einen entsetzten Schrei aus und ergriff die Flucht.«

»Das ist alles?« hakte Mumm nach. »Ihr habt ihn überhaupt nicht bedroht?«

»Nein, Hauptmann. Ein echtes Rätsel, wenn du mich fragst. Da fällt mir ein: Er erwähnte immer wieder einen gewissen Obersten Größten Meister.«

»Hmm.« Mumm blickte aus dem Fenster. Grauer Nebel umwickelte die Welt mit trübem Licht. »Wie spät ist es?«

»Fünf Uhr, Sir.«

»Na schön. Bevor es dunkel wird ...«

Colon hüstelte. »Fünf Uhr *morgens,* Sir. Heute ist morgen.«

»Du hast mich einen *ganzen Tag lang* schlafen lassen?«

»Ich brachte es einfach nicht über mich, dich zu wekken, Sir. Von dem Drachen fehlt jede Spur, wenn es dir darum geht. Es kam zu keinem einzigen Zwischenfall. Alles ist totenstill.«

Mumm warf ihm einen kurzen Blick zu und öffnete das Fenster.

Der Nebel wogte herein und bildete eine Art gelbgrauen Wasserfall.

»Wir vermuten, er ist weggeflogen«, erklang Colons Stimme hinter dem Hauptmann.

Mumm beobachtete die langsam dahinziehenden dunklen Wolken.

»Ich hoffe, das Wetter bessert sich bis zur Krönung«, murmelte Colon besorgt. »Alles in Ordnung, Sir?«

Er ist nicht weggeflogen, dachte Mumm. *Warum sollte er wegfliegen? Wir stellen keine Gefahr für ihn dar, und hier kann er alle seine Wünsche erfüllen. Er wartet, irgendwo dort oben.*

»Alles in Ordnung, Sir?« wiederholte Colon.

Vermutlich befindet er sich irgendwo über dem Nebel. In einem solchen Dunst kann selbst er nichts sehen. Er müßte damit rechnen, gegen irgendwelche Türme oder hohen Gebäude zu prallen.

»Wann findet die Krönung statt, Feldwebel?« fragte er.

»Um zwölf Uhr, Sir. Herr Wonse hat eine Nachricht geschickt. Du sollst deine beste Rüstung tragen und bei den Würdenträgern der Stadt sitzen.«

»Soll ich das?«

»Feldwebel Hängematte und seine Männer von der Tageswache säumen den Weg, Sir.«

»Womit?« fragte Mumm und beobachtete den Himmel.

»Wie bitte, Sir?«

Mumm beugte sich vor und spähte mißtrauisch zum Dach hoch. »Hmm?«

»Ich sagte, Feldwebel Hängematte und die Tageswache säumen den Weg.«

»Er ist dort oben, Colon«, brummte Mumm. »Ich kann ihn praktisch riechen.«

»Ja, Sir«, erwiderte Colon gehorsam.

»Er denkt darüber nach, was er als nächstes unternehmen soll.«

»Ja, Sir?«

»Deshalb ist es mir völlig schnuppe, wer oder was irgendwelche Wege säumt. Ich möchte, daß ihr drei auf die Dächer klettert, verstanden?«

»Ja, Si ... Was?«

»Auf die Dächer. Nach oben. Wenn der Drache kommt, will ich als erster Bescheid wissen.«

Colon versuchte, allein mit seinem Gesichtsausdruck anzudeuten, daß *er* keinen Wert darauf legte.

»Hältst du das für eine gute Idee, Sir?« wandte er vorsichtig ein.

Mumm blickte durch ihn hindurch. »Ja, Feldwebel«, entgegnete er kühl. »Es ist eine gute Idee — sie stammt von mir. Geh jetzt und halt dich an deine Anweisungen.«

Wenige Sekunden später war Mumm allein. Er wusch und rasierte sich mit kaltem Wasser, kramte dann in seiner alten Militärtruhe und holte den für Paraden bestimmten Brustharnisch sowie einen roten Umhang hervor. Nun, er war einmal rot *gewesen,* und an einigen Stellen zeigte sich noch immer etwas von der früheren Farbe. Aber im großen und ganzen wirkte er jetzt wie ein kleines Netz, das sich gut dazu eignete, Motten zu fangen. Außerdem gab es auch noch einen Helm — ohne Federn! —, der schon vor einer Ewigkeit die moleküldicke Schicht aus Blattgold verloren hatte.

Irgendwann einmal habe ich damit begonnen, für einen neuen Mantel zu sparen, dachte der Hauptmann. *Was ist aus dem Geld geworden?*

Im Wachraum hielt sich niemand auf. Errol lag in den traurigen Überbleibseln der vierten Obstkiste, die ihm Nobby besorgt hatte. Der Rest schien sich einfach in Luft aufgelöst zu haben. *In brennbare Luft,* fuhr es Mumm durch den Sinn, als er sich an das Verdauungssystem der Sumpfdrachen erinnerte.

In der warmen Stille klang das Knurren in Errols Mägen erstaunlich laut. Ab und zu wimmerte er leise.

Mumm kratzte ihn halbherzig hinter den Ohren.

»Was ist los mit dir, Junge?« fragte er.

Die Tür öffnete sich mit einem dumpfen Knarren. Karotte trat ein, sah Mumm neben der zerfetzten Kiste und salutierte.

»Wir haben uns schon Sorgen um ihn gemacht, Hauptmann«, sagte er. »Weil er seine Kohlen nicht gefressen hat. Er liegt nur immer dort, zuckt ab und zu und jammert. Glaubst du, er ist krank?«

»Vielleicht«, erwiderte Mumm. »Aber Krankheiten sind für einen Drachen ganz normal. Sie kommen immer darüber hinweg. So oder so.«

Errol bedachte ihn mit einem traurigen Blick und schloß dann wieder die Augen. Mumm zog eine angesengte Decke über ihn

Etwas quiekte. Der Hauptmann schob die Hand unter den zitternden Sumpfdrachen, holte ein kleines Gumminilpferd hervor, starrte verblüfft darauf hinab und drückte es versuchsweise.

»Ich dachte, er würde sich über ein Spielzeug freuen«, sagte Karotte verlegen.

»Du hast es ihm gekauft?«

»Ja, Sir.«

»Wie nett von dir.«

Mumm hoffte, daß Karotte nicht den flauschigen Ball ganz hinten in der Kiste bemerkte. Er war recht teuer gewesen.

Er ließ Karotte und Errol im Zimmer zurück und trat in die Welt jenseits der Hausmauern.

Noch mehr Fahnen und Wimpel hingen über und neben den Straßen. Die ersten Bürger der Stadt bezogen bereits Aufstellung, obwohl es noch Stunden dauerte, bis die Krönung begann. Mumm fand das alles außerordentlich deprimierend.

Er spürte einen seltsamen Appetit, und diesmal hätten nicht einige Gläser von Jimkin Bärdrückers Whisky genügt, um ihn zu sättigen. Der Hauptmann beschloß, in Hargas Rippenstube zu frühstücken, wie schon seit Jahren. Dort erwartete ihn eine weitere unangenehme Überraschung. Normalerweise bestand der einzige Schmuck aus den vielen Flecken auf Hargas Schürze, und das Essen war genau richtig für einen kühlen Morgen: nur Kalorien und Fett und Protein, vielleicht auch ein Vitamin, das leise schluchzte, weil es ganz allein war. Jetzt hingen handgefertigte Papierschlangen unter der Decke, und die neue Speisekarte enthielt mit Buntstift geschriebene kulinarische Angebote, in denen immer wieder die Worte ›Kröhnung‹ und ›köhniglich‹ auftauchten.

Mumm deutete auf die Überschrift.

»Was ist das hier?« fragte er.

Harga kniff die Augen zusammen und las. Sie waren allein in dem Restaurant, an dessen Wänden sich eine braune Patina mit hohem Fettgehalt gebildet hatte.

»Da steht ›Im Nahmen des Köhnigs‹, Hauptmann«, verkündete Harga stolz.

»Und was bedeutet das?«

Harga kratzte sich mit einem Schöpflöffel am Bart. »Nun«, begann er unsicher, »es bedeutet sicher... Ich meine, wenn der König hierherkommt, dann schmeckt es ihm bestimmt.«

»Hast du irgend etwas, das auch Nicht-Aristokraten essen können?« fragte Mumm mürrisch. Er entschied sich für plebejisches gebackenes Brot und ein proletarisches Steak. Das Stück Fleisch war so roh und blutig, daß man es fast noch schreien hören konnte. Mumm verspeiste es am Tresen.

Ein leises Kratzen unterbrach seine Grübeleien. »Was machst du da?«

Harga sah schuldbewußt von seiner Arbeit auf.

»Nichts, Hauptmann«, sagte er. Er versuchte, die Beweismittel hinter dem Rücken zu verstecken, als Mumm über die von Messern zerkratzte Holzplatte blickte.

»Komm schon, Hargi! Kannst es mir doch ruhig zeigen.«

Hargas große breite Hände kamen zögernd zum Vorschein.

»Ich habe nur das alte Öl aus der Pfanne gekratzt«, murmelte er.

»Ich verstehe.« Mumm holte tief Luft und fragte mit gefährlicher Freundlichkeit: »Wie lange kennen wir uns jetzt schon, Hargi?«

»Viele Jahre, Hauptmann«, antwortete der Mann. »Du kommst fast täglich hierher. Bist ein Stammgast. Einer meiner besten Kunden.«

Mumm lehnte sich über den Tresen, bis sich seine Nase in einer Höhe mit dem rosaroten Stummel in Hargas Gesicht befand.

»Hast du in all dieser Zeit *jemals* das Öl gewechselt?« fragte er.

Harga versuchte zurückzuweichen. »Nun...«

»Es ist wie ein guter Freund für mich gewesen, das alte Öl«, sagte Mumm. »Es enthält kleine schwarze Stükke, an denen ich sehr hänge. Es hat einen hohen Nährwert. Und du hast die Kaffeebecher ausgespült, stimmt's? Das fiel mir sofort auf. Dieser Kaffee schmeckt nach, äh, Kaffee. Das andere Zeug hatte *Aroma.*«

»Nun, ich dachte, es wird Zeit ...«

»Warum?«

Die Pfanne rutschte aus Hargas Wurstfingern. »Nun, ich dachte, wenn mir der König zufälligerweise einen Besuch abstattet ...«

»Du bist ja *verrückt!*«

»Aber Hauptmann ...«

Mumms Finger bohrten sich anklagend in die zweite Nahtstelle von Hargas dicker Weste.

»Du kennst doch nicht einmal den Namen des Blödmanns!« rief er.

Harga faßte sich wieder. »Doch, Hauptmann«, brachte er hervor. »Ich weiß, wie er heißt. Der Name stand auf den Plakaten und so. Er lautet Rex Vivat.«

Mumm ließ ihn langsam los, schüttelte erschüttert den Kopf und beklagte stumm die menschliche Neigung zur Unterwürfigkeit.

In einer anderen Zeit und an einem anderen Ort beendete der Bibliothekar seine Lektüre. Er hatte das Ende des Textes erreicht, jedoch nicht das Ende des Buches. Oh, es gab noch einen großen Rest Buch, aber leider war er bis zur Unleserlichkeit und darüber hinaus verbrannt.

Es fiel auch schwer, die Worte auf den letzten nicht verbrannten Seiten zu entziffern. Die Hand des Autors hatte gezittert, als er besonders schnell schrieb, und daher bestanden manche Silben nur aus krakeligen Linien. Aber der Bibliothekar hatte viele schreckliche Texte in den schlimmsten jemals gebundenen Büchern gelesen, Worte, die ihrerseits versuchten, den Leser zu lesen, die sich auf dem Papier hin und her wanden. In diesem Fall handelte es sich nur um die Worte eines Mannes, der um sein Leben bangte. Eines Mannes, der seiner Nachwelt eine unheilvolle Warnung hinterließ.

Die Aufmerksamkeit des Bibliothekars galt in erster Linie einer jener Seiten vor dem verbrannten Teil. Er hockte sich nieder und blickte eine Zeitlang darauf hinab.

Dann starrte er in die Dunkelheit.

Es war *seine* Dunkelheit. Irgendwo in der Finsternis schlief er. Irgendwo in der Finsternis schlich ein Dieb zu diesem Ort, um das Buch zu stehlen. Anschließend würde jemand darin lesen, auch diese Worte — und die Warnung mißachten.

Die Hände des Bibliothekars juckten.

Es genügte, dieses Buch zu verstecken oder es dem Dieb auf den Kopf fallen zu lassen, ihm anschließend die Ohren abzuschrauben.

Erneut sah er in die Dunkelheit.

Aber das bedeutete Einmischung in den Lauf der Geschichte. So etwas konnte grauenhafte Konsequenzen nach sich ziehen. Der Bibliothekar kannte sich bestens damit aus; man mußte über solche Dinge Bescheid wissen, bevor man sich in den L-Raum wagen durfte. Er hatte Bilder in alten Büchern gesehen. Es bestand die Gefahr, daß sich die Zeit gabelte, wie eine Hose. Wenn man nicht aufpaßte, endete man im falschen Bein und führte ein Leben, das eigentlich im *anderen* Bein stattfand. In einem solchen Fall redete man mit Leuten, die sich gar nicht im gleichen Bein aufhielten, oder man stieß gegen Wände, die überhaupt nicht existierten. Oh, im falschen Hosenbein der Zeit konnte das Leben entsetzlich sein.

Außerdem widersprach es den Bibliotheksregeln.* Die übrigen Bibliothekare in Zeit und Raum hätten sicher protestiert, wenn er mit der Kausalität herumzupfuschen begann.

Er schloß das Buch behutsam und stellte es ins Regal zurück. Dann schwang er sich erneut von einem Schrank zum anderen, bis er die Tür erreichte. Dort verharrte er eine Zeitlang, blickte auf sein schlafendes Ebenbild hinab und überlegte, ob er sich wecken, ein interessantes Selbstgespräch führen und sich mitteilen sollte, daß er Freunde hatte, daß es keinen Grund gab, besorgt zu sein. Er entschied sich dagegen. Auf diese Weise konnte man in erhebliche Schwierigkeiten geraten.

Statt dessen schlüpfte er durch die Tür, lauerte im Schatten und wartete, bis der in einen Kapuzenmantel gehüllte Dieb mit dem gestohlenen Buch erschien. Er folgte ihm durch die Straßen der Stadt und blieb in der Nähe des schrecklichen Portals, während die Versammlung der Aufgeklärten Brüder stattfand. Als der letzte von ihnen ging, behielt er ihn im Auge und murmelte in anthropoider Überraschung, als er feststellte, wo der Mann wohnte ...

Kurz darauf eilte er zur Bibliothek und den tückischen Pfaden des L-Raums zurück.

Am späten Vormittag drängten sich Tausende von Ankh-Morporkianern in den Straßen. Mumm zog Nobby einen Tagessold ab, weil er Fähnchen geschwenkt hatte; eine düstere Stimmung herrschte im Käsedick-

* Die drei Regeln der Bibliothekare in Zeit und Raum lauten: 1. Stille; 2. Bücher dürfen nicht später zurückgebracht werden als am letzten angegebenen Datum; 3. Nimm keinen Einfluß auf die Natur der Kausalität.

Anwesen der Pseudopolis-Allee, schwebte wie ein schwarze Wolke darüber, aus der dann und wann Blitze zuckten.

»›Auf die Dächer, nach oben‹«, brummte Nobby. »Das sagt sich leicht.«

»Ich habe mich darauf gefreut, die Straßen zu säumen«, bemerkte Colon. »Dann hätte ich alles gut beobachten können.«

»Neulich hast du dich noch über Privilegien und die Rechte des Menschen ausgelassen«, warf ihm Nobby vor.

»Nun, zu den Privilegien und Rechten des Menschen gehört auch die Möglichkeit, etwas gut beobachten zu können«, erwiderte der Feldwebel. »Das ist jedenfalls meine Meinung.«

»Ich habe den Hauptmann noch nie in einer so miesen Laune erlaubt«, murmelte Nobby. »Mir gefiel er besser, als er noch an der Flasche hing. Ich schätze, er ...«

»Ich glaube, Errol geht es wirklich schlecht«, warf Karotte ein.

Sie drehten sich zu der Obstkiste um.

»Er wird immer heißer. Und die Haut schimmert.«

»Was ist die richtige Temperatur für einen Drachen?« fragte Colon.

»Und wie mißt man sie?« fügte Nobby hinzu.

»Ich glaube, wir sollten Lady Käsedick bitten, ihn zu untersuchen«, sagte Karotte. »Sie kennt sich mit solchen Dingen aus.«

»Bestimmt bereitet sie sich jetzt auf die Krönung vor, und vermutlich möchte sie dabei nicht gestört werden.« Nobby streckte die Hand nach Errols zitternden Flanken aus. »Ich hatte einmal einen Hund, der ... Au! Der kleine Kerl ist mehr als nur heiß — er glüht!«

»Ich habe ihm jede Menge Wasser angeboten, aber er rührt nichts an. Was machst du da mit dem Kessel, Nobby?«

Der Korporal gab sich völlig unschuldig. »Nun, ich dachte, wir könnten uns Tee kochen, bevor wir nach draußen gehen. Ist doch schade, eine so gute Gelegenheit nicht zu ...«

»Nimm das Ding von Errol herunter!«

Zwölf Uhr. Der Nebel verschwand nicht, aber er lichtete sich immerhin ein wenig und erlaubte ein mattes gelbes Glühen dort, wo sich die Sonne befinden sollte.

Während der vergangenen Jahre war der Posten des Hauptmanns der Nachtwache zwar zu etwas Schäbigem geworden, aber er gab Mumm nach wie vor das Recht, bei offiziellen Veranstaltungen zugegen zu sein. Die allgemeine Hackordnung hatte sich allerdings verändert, was dazu führte, daß er in der untersten Reihe der wackeligen Zuschauertribüne saß, zwischen dem Vorsitzenden der Bettlergemeinschaft und dem Oberhaupt der Lehrergilde. Das machte ihm jedoch nichts aus. Er fand es immer noch besser, als in der obersten Reihe zu sitzen, unter den Meuchelmördern, Dieben, Kaufleuten und allen den anderen, die in der Brühe der städtischen Gesellschaft ganz oben schwammen. Er wußte nie, worüber er reden sollte. Außerdem bot zumindest der Lehrer eine recht angenehme Gesellschaft: Er beschränkte sich darauf, in unregelmäßigen Abständen die Fäuste zu ballen und leise zu wimmern.

»Stimmt was nicht mit deinem Hals, Hauptmann?« fragte der Bettlerchef höflich, während sie auf die Kutschen warteten.

»Wie?« erwiderte Mumm geistesabwesend.

»Du blickst immer wieder gen Himmel«, stellte der Bettler fest.

»Hmm?« brummte Mumm. »Oh. Nein. Alles bestens.«

Der Bettler zog sich den Samtmantel enger um die Schultern.

»Du hast nicht zufällig«, — er zögerte und errechnete eine Summe, die seinem hohen Stand geziemte —, »etwa dreihundert Dollar für ein Bankett mit zwölf Gängen übrig, oder?«

»Nein.«

»Dachte ich mir.« Der Bettler nickte freundlich und seufzte. Das Betteln war kein besonders lohnender Job. Es lag an den sozialen Unterschieden: Einfache Bettler kamen gut mit einigen Pennies zurecht, aber die Leute neigten dazu, in eine andere Richtung zu blicken, wenn man sie um eine Villa mit sechzehn Zimmern für die Nacht bat.

Mumm richtete seine Aufmerksamkeit wieder auf den Himmel.

Der Hohepriester des Blinden Io — am vergangenen Abend hatte er mit Hilfe einer geschickt geführten ökumenischen Diskussion und anschließend der sorgfältig abgewogenen Verwendung eines dicken Knüppels (mit Nägeln drin) die Erlaubnis bekommen, den König höchstpersönlich zu krönen — stand auf seinem Podium und traf gerade die letzten Vorbereitungen. Neben dem tragbaren Opferaltar wartete ein gemütlich wiederkäuender Ziegenbock und dachte wahrscheinlich auf ziegisch: Was bin ich für ein glücklicher Ziegenbock, daß man mir eine so gute Aussicht gewährt; heute findet etwas statt, von dem man noch den Enkeln erzählen kann.

Mumm beobachtete die sich ungenau abzeichnenden Konturen der nächsten Gebäude.

Ferner Jubel deutete darauf hin, daß die feierliche Prozession unterwegs war.

Auf dem Podium brach hektische Aktivität aus, als Lupin Wonse einige Diener antrieb, die einen roten Teppich auf den Stufen ausrollten.

Auf der anderen Seite des Platzes saß Lady Käsedick

inmitten der metaphorisch verstaubten Aristokratie von Ankh-Morpork und sah ebenfalls nach oben.

Am Thron — man hatte ihn hastig aus Holz und Goldfolie improvisiert — nahmen einige nicht ganz so ranghohe Priester Haltung an. Mehrere von ihnen wiesen leichte Kopfwunden auf.

Mumm rutschte unruhig hin und her, lauschte dem Pochen des eigenen Herzschlags, starrte in den Dunst über dem Fluß ...

... und sah die Schwingen.

Liebe Mutter und lieber Vater *(schrieb Karotte, wenn er einmal nicht pflichtbewußt in den Nebel spähte),* die Stadt ist für die Krönung bereit. Sie scheint weitaus komplizierter zu sein als bei uns zu Hause. Heute bin ich auch am Tag im Dienst. Das ist schade, denn ich wollte mir die Krönung mit Reet ansehen, aber es gehört sich nicht, darüber zu klagen. Ich muß diesen Brief jetzt beenden, weil wir praktisch jeden Augenblick damit rechnen, daß ein Drache erscheint, obwohl er eigentlich überhaupt nicht existiert. — Euer Euch liebender Sohn.

PS. Habt ihr in der letzten Zeit etwas von Minty gehört?

»Du Idiot!«

»Entschuldigung«, sagte Mumm. »Entschuldigung.«

Die Leute nahmen wieder Platz, und viele von ihnen warfen ihm bitterböse Blicke zu. In dem Gesicht des Sekretärs Lupin Wonse glühte weiße Wut.

»Wie konntest du nur so *dumm* sein?« zischte er.

Mumm blickte auf seine Finger.

»Ich habe die Schwingen ganz deutlich gesehen ...«, begann er.

»Es war ein *Rabe!* Du weißt doch, was Raben sind,

oder? In dieser Stadt gibt es sicher Hunderte von ihnen!«

»Im Nebel ist es nicht leicht, die Größe abzuschätzen«, verteidigte sich Mumm.

»Und der arme Rektor Auweh ... Du hättest wissen sollen, wie laute Geräusche auf ihn wirken!« Das Oberhaupt der Lehrergilde wurde von einigen hilfsbereiten Bürgern fortgeführt.

»So zu schreien!« fuhr Wonse fort.

»Meine Güte, es tut mir leid! Es war ein Versehen!«

»Ich mußte sogar die Prozession anhalten!«

Mumm schwieg und spürte viele amüsierte oder ärgerliche Blicke auf sich ruhen.

»Nun«, murmelte er, »ich sollte jetzt besser zum neuen Wachhaus zurückkehren ...«

Wonse kniff die Augen zusammen. »Nein!« erwiderte er scharf. »Aber du kannst nach Hause gehen, wenn du möchtest. Oder *irgend*wohin. Gib mir deine Dienstmarke.«

»Was?«

Wonse streckte die Hand aus.

»Deine Dienstmarke«, wiederholte er.

»Meine Dienstmarke?«

»Genau das habe ich gemeint. Ich möchte dich vor weiteren Schwierigkeiten bewahren.«

Mumm sah den Sekretär verblüfft an. »Aber es ist meine *Dienstmarke!*«

»Und du wirst sie mir geben«, sagte Wonse grimmig. »So befiehlt es der König!«

»Was soll das heißen? Er weiß doch überhaupt nichts davon!« Mumm hörte das Jammern in seiner Stimme.

Wonse schnitt eine finstere Miene. »Bald wird er Bescheid wissen«, entgegnete er. »Und ich bezweifle, ob er einen Nachfolger bestimmt.«

Mumm nahm die Kupferscheibe ab — sie hatte Grünspan angesetzt —, wog sie in der Hand und warf sie Wonse zu, ohne einen Ton von sich zu geben.

Einige Sekunden lang spielte er mit dem Gedanken, an das Mitgefühl des Sekretärs zu appellieren, doch irgend etwas in ihm protestierte dagegen. Er drehte sich um und marschierte durch die Menge davon.

Das war's also.

Ganz einfach. Nach einem halben Leben im Dienst. Keine Stadtwache mehr. Hm. Mumm trat nach dem Pflaster. Stadtwache? Es dauerte sicher nicht mehr lange, bis sie Königliche Wache hieß.

Und dann trugen die Wächter Federn an den Helmen ...

Nun, ihm reichte es. Es war ohnehin kein richtiges Leben in der Wache. Oh, sicher, ab und zu lernte man interessante Personen kennen, aber meistens ließen die Umstände zu wünschen übrig. Bestimmt gab es Hunderte von anderen Dingen, mit denen er sich beschäftigen konnte, und wenn er lange genug nachdachte, erinnerte er sich bestimmt daran.

Die Pseudopolis-Allee erstreckte sich abseits der Prozessionsroute, und als Mumm das Wachhaus betrat, hörte er den fernen Jubel jenseits der Dächer. Überall in der Stadt erklangen die Tempelgongs.

Jetzt schlagen sie die Gongs, dachte Mumm, *aber bald werden sie die, die die Gongs* nicht *mehr schlagen.* Als Aphorismus gab diese Wortfolge nicht viel her, aber er konnte daran arbeiten. Er hatte jetzt Zeit genug.

Mumm bemerkte sofort das große Durcheinander im Zimmer.

Errols Appetit war zurückgekehrt. Der Sumpfdrache hatte nicht nur den größten Teil des Tisches verschlungen, sondern auch den Feuerrost, einen Kohleneimer, mehrere Lampen und das quiekende Gumminilpferd. Jetzt lag er wieder in seiner Kiste. Die Schuppenhaut zuckte, und manchmal wimmerte er im Schlaf.

»Du hast hier ein ziemliches Chaos angerichtet«, sagte Mumm gleichgültig. Wenigstens brauchte *er* nicht aufzuräumen.

Er griff in eine bestimmte Schublade des Schreibtischs.

Jemand hatte auch *das* gegessen. Nur einige Glassplitter waren übriggeblieben.

Feldwebel Colon zog sich an der Brüstung des Tempels der Geringen Götter hoch. Er war zu alt für so etwas. Viel lieber hätte er die Straßen gesäumt und Glöckchen geläutet, anstatt an einem hohen Ort zu hocken und darauf zu warten, daß ihn der Drache fand.

Er schöpfte Atem und blickte durch den Nebel.

»Sind irgendwelche Menschen hier oben?« flüsterte er zaghaft.

In der feuchten stillen Luft klang Karottes Stimme seltsam monoton.

»Ich bin hier, Feldwebel«, antwortete er.

»Ich wollte nur sicher sein, daß du noch da bist«, erklärte Colon.

»Ich bin noch hier, Feldwebel«, bestätigte Karotte gehorsam.

Colon trat auf ihn zu.

»Wollte mich nur vergewissern, daß du nicht verschlungen bist«, sagte er und rang sich ein schiefes Lächeln ab. »Oder verbrannt.«

»Bin nie verschlungen oder verbrannt gewesen«, erwiderte Karotte.

»Oh, gut.« Colon trommelte mit den Fingern aufs nasse Mauerwerk und fühlte sich dazu verpflichtet, seinen Standpunkt zu verdeutlichen.

»Ich wollte nur jeden Zweifel ausschließen«, betonte er. »Solche Überprüfungen gehören zu meiner Pflicht, weißt du. Ermitteln und aufspüren. Es ist keineswegs so, daß ich mich hier oben auf den Dächern fürchte oder so. Ziemlich dichter Nebel, stimmt's?«

»Ja, Feldwebel.«

»Alles in Ordnung?« Nobbys dumpfe Stimme kroch durch die grauen Schlieren, und kurz darauf folgte ihr Besitzer.

»Ja, Korporal«, sagte Karotte.

»Was tust du hier?« fragte Colon.

»Ich bin nur gekommen, um festzustellen, ob mit dem Obergefreiten Karotte alles in Ordnung ist«, entgegnete Nobby unschuldig. »Was führt *dich* hierher, Feldwebel?«

»Wir sind alle in Ordnung«, sagte Karotte und strahlte. »Das ist gut, nicht wahr?«

Die beiden anderen Wächter wandten sich voller Unbehagen ab und vermieden es, sich anzusehen. Nebelgefüllte Luft trennte sie von ihren praktisch unerreichbar fernen Posten, und hinzu kamen Dächer, die keinen *Schutz* gewährten.

Colon traf eine Entscheidung.

»Zum Deibel«, sagte er leidenschaftslos und nahm auf den Resten einer steinernen Figur Platz. Nobby lehnte sich an die Brüstung und zog einen feuchten Stummel aus dem sonderbaren Aschenbecher hinter dem Ohr.

»Habe gehört, wie die Prozession vorbeigekommen ist«, murmelte er. Colon füllte seine Pfeife und entzündete ein Streichholz an der Mauer.

»Wenn der Drache noch lebt«, brummte er, atmete eine Rauchwolke aus und verwandelte einen Teil des Nebels in Smog, »so ist er bestimmt von hier verschwunden. Wißt ihr, Städte bieten Drachen keinen richtigen Lebensraum«, sagte er im Tonfall eines Mannes, der verzweifelt versucht, sich selbst zu überzeugen. »Bestimmt hat er einen Ort aufgesucht, der ihm hohe Plätze und viel Futter bietet, da könnt ihr ganz sicher sein.«

»Eine Art Stadt, meinst du?« fragte Karotte.

»Halt die Klappe!« erwiderten die beiden anderen Wächter synchron.

»Wirf mir mal die Streichhölzer rüber, Feldwebel!« ließ sich Nobby vernehmen.

Colon kam der Aufforderung nach, und einige Sekunden später hielt Nobby ein Bündel aus dicken Holzstäbchen mit schwefelgelben Köpfen in der Hand. Er zog eins hervor und entzündete es, doch ein kurzer Windstoß blies die Flamme aus. Graue Fetzen glitten vorbei.

»Wind kommt auf«, bemerkte der Korporal.

»Gut«, erwiderte Colon. »Kann diesen Nebel nicht ausstehen. Äh, wo bin ich stehengeblieben?«

»Du hast gesagt, der Drache sei meilenweit entfernt«, erklärte Nobby.

»Oh. Ja. Genau. Nun, ist doch logisch, oder? Ich meine, *ich* bliebe nicht hier, wenn ich fliegen könnte. Wenn ich fliegen könnte, würde ich nicht auf irgendeinem Dach hocken, auf den Resten solch einer blöden Statue.«

»Welche Statue?« fragte Nobby. Die Hand mit dem Zigarettenstummel verharrte auf halbem Wege zum Mund.

»Diese hier«, sagte Nobby und klopfte an den Stein. »Versuch jetzt bloß nicht, mir 'n Schrecken einzujagen, Nobby. Auf dem Tempel der Geringen Götter gibt es Dutzende von kleinen alten Statuen, das weißt du doch.«

»Nein, das weiß ich nicht«, widersprach der Korporal. »Ich weiß nur eins: Man holte sie im letzten Monat runter, als das Dach ausgebessert wurde. Hier gibt's nur das Dach und die Kuppel, weiter nichts. Man muß auf solche Einzelheiten achten, wenn man ermittelt und aufspürt«, fügte er hinzu.

Feuchte Stille folgte, und Feldwebel Colon richtete seinen Blick zögernd auf den Stein unter ihm. Das Etwas verjüngte sich, trug Schuppen und hatte gewisse Ähnlichkeiten mit einem Schwanz. Langsam drehte er den Kopf und starrte in die andere Richtung, beobachtete, wie die schuppigen Umrisse durch den sich rasch lichtenden Nebel aufragten.

Der Drache saß auf der Kuppel des Tempels, reckte sich, gähnte und entfaltete die Schwingen.

Das Entfalten war nicht einfach. Der Vorgang dauerte eine Weile, während die komplizierte biologische Maschinerie aus Rippen und Falten in Bewegung geriet. Mit ausgebreiteten Flügeln gähnte der Drache noch einmal, schob sich zum Dachrand und sprang in die Luft.

Nach einer Weile kam hinter der Brüstung eine Hand zum Vorschein. Sie tastete unsicher umher, bis sie festen Halt fand.

Jemand brummte. Karotte kletterte aufs Dach zurück und zog die beiden anderen Wächter mit sich. Sie blieben flach auf den Bleiplatten liegen, und Karotte beobachtete tiefe Furchen im Metall — offenbar stammten sie von den Klauen des Drachen. Solche Dinge fielen einem sofort auf.

»Sollten wir nicht...« Er schnaufte und holte tief Luft. »Sollten wir nicht die Leute warnen?«

Colon kroch nach vorn und sah über die Stadt.

»Ich glaube, diese Mühe können wir uns sparen«, sagte er. »Ich schätze, den Leuten wird bald klar, daß der Drache nicht tot oder verschwunden ist.«

Der Hohepriester des Blinden Io stolperte über seine eigenen Worte. Soweit er wußte, fand nun zum erstenmal eine offizielle Krönung in Ankh-Morpork statt. Die alten Könige hatten sich in diesem Zusammenhang mit schlichten Bemerkungen und Hinweisen begnügt, zum Beispiel: »Wir habet die Krone, kannet überhaupt kein Zweifel daran bestehen, und beim Klabautermann und den Sieben Teufeln: Wir werden jeden verdammten Hurensohn vierteilen lassen, der sie klauen will.« Derartige

Kronreden zeichneten sich nicht nur durch ausgesprochene Klarheit aus, sondern besaßen auch den Vorteil der Kürze. Der Hohepriester hatte viel Zeit damit verbracht, eine längere Ansprache vorzubereiten, die den modernen Zeiten gerecht wurde, und nun fiel es ihm schwer, sich daran zu erinnern.

Außerdem wurde er von dem Ziegenbock abgelenkt, der ihn mit ergebenem Interesse beobachtete.

»Be*eil* dich!« zischte Wonse, der hinter dem Thron stand.

»Immer mit der Ruhe«, zischte der Hohepriester zurück. »Falls du es noch nicht wissen solltest: Dies ist eine Krönung. Ich schlage vor, du zeigst ein wenig Respekt.«

»Ich könnte gar nicht respektvoller sein! Trotzdem wäre ich dir sehr dankbar, wenn du ...«

Rechts im Publikum ertönte eine laute Stimme. Wonse starrte in die Menge.

»Das ist die Käsedick-Frau«, stellte er fest. »Was tut sie da?«

Die Leute in ihrer Nähe sprachen aufgeregt miteinander, und Finger deuteten nach oben, bildeten einen kleinen stoppelförmigen Wald. Der eine oder andere Schrei erklang, und dann bewegten sich die Zuschauer wie eine Flutwelle.

Wonse blickte über die breite Straße der Geringen Götter.

Dort flog kein Rabe. Nein, diesmal nicht.

Der Drache glitt dicht über dem Boden dahin, und die breiten Schwingen ruderten anmutig durch die Luft.

Die Fähnchen und Wimpel am Straßenrand zerrissen wie dünne Spinnweben, sammelten sich an den Rükkenschuppen des Ungetüms und bildeten einen langen Schweif hinter dem Schwanz.

Das gewaltige Geschöpf flog mit gestrecktem Hals, und der Kopf wirkte wie die Galionsfigur am Bug eines Schiffes. Die Bürger auf der Straße schrien und kletterten übereinander, um die vermeintliche Sicherheit der Hauseingänge zu erreichen. Der Drache schenkte ihnen überhaupt keine Beachtung.

Er hätte mit lautem Gebrüll kommen sollen, doch die einzigen Geräusche rührten vom ledrigen Knarren der Schwingen und dem Knacken der Fahnenstangen her.

Er *hätte* mit lautem Gebrüll kommen sollen. Nicht auf diese langsame und stille Weise, die dem Entsetzen Zeit genug gab, alle Illusionen zu verdrängen. Er verhieß etwas, anstatt zu drohen, und das schien nicht richtig zu sein.

Er hätte mit lautem Gebrüll kommen sollen. Statt dessen kam er mit dem bunten Flattern zerrissener Fahnen.

Mumm zog die oberste Schublade des Schreibtischs auf und betrachtete die Papiere darin. Es waren nicht besonders viele, und eigentlich betrafen sie ihn kaum. Mit einer Ausnahme: Die fransigen Reste eines Zuckertütchens erinnerten ihn daran, daß er der Teekasse sechs Pence schuldete.

Seltsam. Er spürte überhaupt keinen Zorn. Noch nicht. Bestimmt war es nur eine Frage der Zeit, bis er ärgerlich wurde. *Heute abend bin ich bestimmt wütend,* dachte er. *Wütend und betrunken.* Aber bis dahin dauerte es noch etwas. Erst mußte er die Bedeutung der jüngsten Ereignisse verarbeiten. Er gab sich nur deshalb der üblichen Routine hin, weil sie ihn vor dem Nachdenken bewahrte.

Errol bewegte sich in der Kiste, hob den Kopf und winselte.

»Was ist los mit dir, Junge?« fragte Mumm und

streckte die Hand aus. »Hast du dir den Magen verdorben?«

Die Haut des kleinen Drachen zuckte so sehr, als arbeiteten darunter mehrere Fabriken der Schwerindustrie. Ein *solcher* Fall fand im Buch über Drachenkrankheiten keine Erwähnung. In dem angeschwollenen Bauch ertönten Geräusche, wie man sie vom Krieg in einem Erdbebengebiet vermutete.

Irgend etwas stimmte nicht, das stand fest. Sybil Käsedick betonte immer wieder, daß man sehr auf die Diät eines Sumpfdrachen achten mußte, weil jede noch so geringe Magenverstimmung Wände und Decke mit mitleiderweckenden Schuppenhautfetzen schmücken konnte. Doch während der vergangenen Tage ... Abgesehen von kalten Pizzas und Nobbys schrecklichen Zigarettenstummeln hatte Errol jene Dinge gefressen, die ihm schmackhaft erschienen. Und nach dem gegenwärtigen Zustand des Zimmers zu urteilen, hielt er praktisch alles für lecker. Auch den Inhalt der untersten Schublade.

»Wir haben uns nicht besonders gut um dich gekümmert, wie?« fragte Mumm. »Eigentlich bist du wie ein Hund behandelt worden.« Er überlegte, welche Auswirkungen quiekende Gumminilpferde auf die Verdauung von Sumpfdrachen hatten.

Nach einer Weile hörte Mumm, daß der ferne Jubel Schreien wich.

Gedankenverloren blickte er auf Errol hinab, und ein außergewöhnlich grimmiges Lächeln umspielte seine Lippen, als er aufstand.

Die fernen Geräusche veränderten sich erneut, kündeten nun von Panik und hastiger Flucht.

Mumm setzte den verbeulten Helm auf und neigte ihn fröhlich zur Seite. Dann summte er munter vor sich hin und schlenderte nach draußen.

Eine Zeitlang blieb Errol völlig reglos liegen. Schließlich bewegte er sich ganz vorsichtig, kroch und rollte aus der Kiste. Der wichtigste Teil des Gehirns — jener Bereich, der das Verdauungssystem kontrollierte — übermittelte seltsame Botschaften und verlangte völlig unvertraute Dinge. Glücklicherweise war er imstande, den komplexen Rezeptoren in der Nase eine detaillierte Beschreibung zu geben. Die Nüstern blähten sich und unterzogen die Luft im Zimmer einer genauen Analyse. Errol drehte den Kopf von einer Seite zur anderen und nahm eine Peilung vor.

Er kroch über den Boden, erreichte das Ziel und begann mit offensichtlichem Genuß eine ganz bestimmte Dose zu verspeisen. Sie enthielt diverse Substanzen, mit denen Karotte seinen Brustharnisch polierte.

Erschrockene Bürger der Stadt eilten an Mumm vorbei, als er durch die Straße der Geringen Götter wanderte. Rauch wehte vom Platz der Gebrochenen Monde.

Dort hockte der Drache auf den Überresten des Krönungspodiums. Er schien sehr zufrieden mit sich zu sein.

Es fehlte jede Spur vom Thron und seinem Inhaber — obgleich es möglich war, daß eine gründliche gerichtsmedizinische Untersuchung des kleinen Aschehaufens im schwelenden Holz gewisse Hinweise lieferte.

Mumm hielt sich an einem Zierbrunnen fest, als die panikerfüllte Menge vorbeistürmte. In jeder Straße, die vom Platz fortführte, herrschte wildes Gedränge, und hinzu kam eine gespenstische Stille. Die Leute verschwendeten nicht mehr ihren Atem, indem sie schrien. Sie beschränkten sich auf die stumme und feste Entschlossenheit, einen anderen Ort aufzusuchen.

Der Drache breitete die Schwingen aus und hob sie träge. Die letzten Fliehenden nahmen dies zum Anlaß, auf die Schultern der Leute vor ihnen zu klettern und von Kopf zu Kopf zu springen.

Innerhalb weniger Sekunden war der Platz leer, abgesehen von den Dummen und hoffnungslos Verblüfften. Selbst die Niedergetrampelten legten einen Kriechsprint zur nächsten Gasse ein.

Mumm sah sich um. Überall lagen Fahnen und Banner, und einige von ihnen wurden von einem betagten Ziegenbock gefressen, der sein Glück überhaupt nicht fassen konnte. Mehrere Dutzend Meter entfernt hockte Treibe-mich-selbst-in-den-Ruin auf allen vieren und versuchte, den verstreuten Inhalt seines Bauchladens einzusammeln.

Neben Mumm stand ein kleines Kind, winkte zögernd mit einem Fähnchen und rief: »Hurra!«

Stille schloß sich an.

Mumm bückte sich.

»Ich glaube, du solltest jetzt nach Hause gehen«, sagte er.

Das Kind sah zu ihm auf.

»Bist du ein Wächter?« fragte es.

»Nein«, erwiderte Mumm. »Und ja.«

»Was ist mit dem König passiert, Wächter?«

»Äh«, sagte Mumm. »Vielleicht hat er den Platz verlassen, um irgendwo ein Nickerchen zu machen.«

»Meine Tante sagt, ich soll nicht mit Wächtern sprechen«, verkündete das Kind.

»Hältst du es vielleicht für eine gute Idee, nach Hause zurückzukehren und ihr zu erzählen, wie gehorsam du gewesen bist?« fragte Mumm.

»Meine Tante sagt, wenn ich ungezogen bin, setzt sie mich aufs Dach und ruft den Drachen«, plauderte das Kind. »Meine Tante sagt, er frißt einen ganz auf und fängt mit den Beinen an, so daß man dabei zusehen kann.«

»Warum gehst du nicht nach Hause und richtest deiner Tante aus, daß ihre Erziehungsmethoden den besten Traditionen Ankh-Morporks entsprechen?« erwiderte Mumm. »Lauf jetzt.«

»Er zermalmt die Knochen«, fuhr das Kind fröhlich fort. »Und wenn er sich den Kopf vornimmt …«

»Er hockt dort drüben!« rief Mumm. »Der große böse Drache, dem es so sehr gefällt, Knochen zu zermalmen! Geh jetzt *heim!*«

Das Kind beobachtete den schuppigen Riesen auf dem zerschmetterten Podium.

»Ich habe noch nicht gesehen, wie er jemanden gefressen hat«, beklagte es sich.

»Verzieh dich, wenn du dir keine Backpfeife holen willst!« knurrte Mumm.

Damit schien er eine gewisse Wirkung zu erzielen. Das Kind nickte verständnisvoll.

»Na schön. Kann ich noch einmal ›Hurra‹ rufen?«

»Wenn du unbedingt willst …« Mumm ächzte leise.

»Hurra!«

Kein Wunder, daß es so schwer ist, in dieser Stadt für Ordnung zu sorgen, dachte Mumm. Erneut sah er hinter dem Zierbrunnen hervor.

»Du kannst sagen, was du willst«, erklang eine Stimme über ihm. »Meiner Meinung nach ist er ein wahres Prachtexemplar.«

Mumms Blick glitt an dem Brunnen hervor und erreichte schließlich das oberste Becken.

»Ist dir aufgefallen, daß jedesmal ein Drache erscheint, wenn wir uns begegnen?« Sybil Käsedick stützte sich an einer verwitterten Statue ab, kletterte herunter und bedachte Mumm mit einem bedeutungsvollen Lächeln. »Ob das ein Zeichen für uns ist?«

»Er hockt einfach da«, erwiderte Mumm hastig. »Beobachtet nur. Vielleicht wartet er auf etwas.«

Der Drache blinzelte mit jurassischer Geduld.

Die Straßen am Rande des Platzes waren noch immer voller Menschen. *Das ist der typische Ankh-Morpork-Instinkt,* dachte Mumm. *Lauf weg und bleib dann stehen, um festzustellen, ob anderen Leuten irgendwas Interessantes zustößt.*

In den Trümmern neben den vorderen Tatzen des Ungetüms bewegte sich etwas. Der Hohepriester des Blinden Io stand auf, strich sich Staub und Holzsplitter vom Umhang. In der einen Hand hielt er noch immer die hastig angefertigte Krone.

Mumm sah, wie der alte Mann aufblickte und in zwei rote Augen starrte, von denen ihn nur knapp zwei Meter trennten.

»Können Drachen Gedanken lesen?« fragte Mumm.

»Ich bin sicher, daß meine jedes Wort verstehen, das ich sage«, zischte Lady Käsedick. »O nein! Der Narr gibt ihm die Krone!«

»Ein kluger Schachzug, nicht wahr?« erwiderte Mumm. »Drachen mögen Gold. Es ist so, als werfe man einen Stock, den der Hund holen soll, stimmt's?«

»Oh, äh, nein, das glaube ich eigentlich nicht«, wandte Lady Käsedick ein. »Drachen haben einen sehr gut ausgeprägten Geruchs- und Geschmackssinn, weißt du.«

Der große Drache betrachtete den kleinen goldfarbenen Gegenstand. Ganz behutsam streckte er eine lange Klaue aus und nahm das Objekt aus den zitternden Händen des Hohepriesters.

»Wie meinst du das?« fragte Mumm und beobachtete, wie sich die Klaue langsam dem breiten und pferdeartigen Gesicht näherte.

»Sie können enorm gut riechen und selbst zwischen subtilen Geschmacksnuancen unterscheiden. Weil sie so, äh, chemisch orientiert sind.«

»Soll das heißen, er kann Gold *schmecken?*« hauchte Mumm, als eine Drachenzunge über die Krone tastete.

»Ja. Und riechen.«

Mumm fragte sich, wie groß die Wahrscheinlichkeit dafür war, daß die Krone wirklich aus Gold bestand. Bestimmt ließ sie sich nur hinter dem Komma ausdrücken, und zwar nach der Null. Vielleicht Goldfolie auf Kupfer, ja. Das genügte, um Menschen zu täuschen. Dann überlegte Mumm, wie Menschen auf angeblichen Zucker reagierten, der sich im Kaffee als Salz entpuppte.

Die Klaue des Drachen löste sich in einem anmutigen Bogen vom Maul und traf den Hohepriester, der gerade fortzuschleichen versuchte. Der Hieb schleuderte den alten Mann hoch in die Luft. Als er den Scheitelpunkt seiner Flugbahn erreichte und aus vollem Halse schrie, drehte das Ungeheuer den Kopf, öffnete den Rachen und ...

»Potzblitz!« entfuhr es Lady Käsedick.

Die Zuschauer in den Straßen stöhnten.

»Welch *enorme* Temperatur!« brachte Mumm hervor. »Ich meine, es ist überhaupt nichts übriggeblieben! Nur eine Rauchwolke!«

Erneut regte sich etwas zwischen den Trümmern. Eine zweite Gestalt stand auf und lehnte sich benommen an die Reste eines geborstenen Balkens.

Lupin Wonse, in einen Kokon aus Ruß gehüllt.

Mumm beobachtete, wie der Sekretär in zwei kanaldeckelgroße Nüstern blickte.

Wonse lief los. Mumm fragte sich, was man bei einer solchen Flucht empfand. Man mußte jederzeit damit rechnen, von einem Flammenstrahl getroffen zu werden, der selbst Stahl verdampfen ließ. Nun, vermutlich fühlte man sich unter derartigen Umständen nicht besonders wohl.

Wonse schaffte es halb über den Platz, bevor der Drache überraschend flink vorsprang und ihn packte. Die Klaue hob den Mann hoch und hielt ihn dicht vor den Rachen.

Eine Zeitlang musterte das Ungetüm die winzige Gestalt, drehte sie dabei hin und her. Dann stampfte der Drache auf drei Beinen davon, schlug ab und zu mit den Flügeln, um das Gleichgewicht zu wahren, und näherte sich dem Gebäude, das erst der Palast des Patriziers und — für sehr kurze Zeit — der Regierungssitz des Königs gewesen war.

Das riesige Wesen übersah die ängstlichen Zuschauer, die sich stumm an Wände und Mauern preßten. Mit entmutigender Mühelosigkeit stieß es den granitenen Torbogen beiseite. Die eisenbeschlagene und sehr massive Tür hielt erstaunliche zehn Sekunden lang stand, bevor sie sich in einen Haufen glühender Asche verwandelte.

Der Drache setzte den Weg fort.

Lady Käsedick drehte sich verwirrt um. Mumm hatte zu lachen begonnen.

Es war ein irres Lachen, und Tränen quollen ihm in die Augen. Er lachte und lachte, sank dabei langsam an dem Zierbrunnen hinunter und streckte die Beine von sich.

»Hurra, hurra, hurra!« kicherte er und schnappte nach Luft.

»Himmel, was ist los mit dir?« fragte Lady Käsedick.

»Schwenkt die Fahnen! Blast die Becken, röstet die Glocken! Wir haben ihn gekrönt! Endlich gibt es einen König in der Stadt! Hoho!«

»Hast du getrunken?« erkundigte sich Ihre Ladyschaft argwöhnisch.

»Noch nicht!« gluckste Mumm. »Noch nicht! Aber das hole ich bald nach!«

Er lachte noch immer und wußte: Wenn er aufhörte, fielen Niedergeschlagenheit und Verzweiflung wie ein bleiernes Soufflé auf ihn herab. Ganz deutlich sah er die Zukunft Ankh-Morporks ...

Immerhin war der Drache eindeutig *erhaben*. Er trug kein Geld, und er konnte auch nicht antworten. Außerdem fiel ihm die Innenstadtsanierung bestimmt nicht schwer: Er riß die alten Gebäude nicht ab, sondern schmolz sie nieder.

Darauf läuft es hinaus, dachte Mumm. *Typisch für diese Stadt. Wenn man das Biest nicht besiegen oder bestechen kann, so setzt man es eben auf den Thron und behauptet, das sei von Anfang an beabsichtigt gewesen.*

Vivat Draco.

Mumm stellte fest, daß sich ihm wieder das kleine Kind genähert hatte. Es winkte freundlich mit einem Fähnchen und fragte: »Darf ich noch einmal ›Hurra‹ rufen?«

»Warum nicht?« erwiderte er. »Bald bist du damit nicht mehr allein.«

Aus der Richtung des Palastes erklangen die Geräusche eines gründlichen Zerstörungswerks ...

Errol biß in einen Besenstiel, zog ihn über den Boden und winselte vor Anstrengung, als er ihn aufrichtete. Mehrere Minuten lang schnaufte und keuchte der kleine Sumpfdrache hingebungsvoll, und nach einigen Versuchen gelang es ihm schließlich, den Stiel zwischen die Wand und den großen Krug mit Lampenöl zu schieben.

Er legte eine Pause ein, atmete wie ein Blasebalg und drückte zu.

Zunächst leistete der Krug hartnäckigen Widerstand und schwankte einige Male hin und her, doch dann gab er auf und zerbrach auf den Fliesen. Dickflüssiges, sehr schlecht raffiniertes Öl bildete eine schwarze Pfütze.

Errols breite Nüstern zuckten. Irgendwo in seinem Hinterkopf klickten unvertraute Synapsen wie Telegraphentasten. Große Datenbrocken glitten durch die zentralen Nervenstränge zur Nase und lieferten unerklärliche Informationen, bei denen es um Dreiwertigkeiten, Alkane und geometrische Isomerie ging. Der größte Teil davon verfehlte allerdings jenen kleinen Bereich von Errols Gehirn, den er benutzte, um Errol zu sein.

Er begriff nur, daß er plötzlich sehr, sehr durstig war.

Etwas Bedeutendes geschah im Palast. Mehrmaliges Krachen wies auf einstürzende Mauern und herunterfallende Decken hin ...

Der Patrizier von Ankh-Morpork lag in einem von Ratten heimgesuchten Kerker, hinter einer Tür mit mehr Schlössern und Riegeln als im Tresorraum einer wichtigen Bank. Er lauschte und lächelte in der Dunkelheit.

⁂

Freudenfeuer brannten in der Stadt.

Ankh-Morpork feierte. Die Bürger wußten nicht genau, was der Anlaß war, aber sie hatten sich auf ein Fest vorbereitet, und es wäre doch eine Schande gewesen, all diese Mühen zu vergeuden. Man denke nur an die vielen angestochenen Fässer, an Dutzende von bratenden Ochsen, die auf hungrige Mägen warteten. Außerdem: Jedes Kind hatte einen Papierhut und einen Pappbecher erhalten. Nun, ein interessanter Tag ging zu Ende, und die Bewohner von Ankh-Morpork hielten viel von Unterhaltung.

»Ich sehe das folgendermaßen«, sagte ein Feiernder und winkte mit einem dicken Stück halbgarem Fleisch. »Vielleicht ist ein Drache als König gar keine so schlechte Idee. Wenn man genauer darüber nachdenkt, meine ich.«

»Er sah wirklich sehr anmutig und elegant aus«, erwiderte die Frau an seiner Seite und versuchte sich mit dieser Vorstellung anzufreunden. Es gelang ihr mühelos. »Irgendwie geschmeidig und, äh, gepflegt. Ganz und gar nicht verwahrlost. Offenbar legt er Wert auf sein Äußeres.« Mit finsterem Blick musterte sie einige der jüngeren Feiernden am Tisch. »Heutzutage besteht das Problem mit den Leuten darin, daß sie überhaupt keinen Wert mehr auf ihr Äußeres legen.«

»Und dann die Außenpolitik«, warf jemand ein und griff nach einer Rippe. »Kann nur von Vorteil sein.«

»Wie meinst du das?«

»Diplomatie«, sagte der Rippenesser knapp.

Die anderen Feiernden dachten darüber nach. Nach einer Weile drehten sie die Idee um und betrachteten sie auch von der anderen Seite, um herauszufinden, was es damit auf sich hatte.

»Tja, weiß nicht«, brummte der monarchistische Experte langsam. »Ich meine, der gewöhnliche Drache kennt im Grunde genommen nur zwei Verhandlungsmethoden, nicht wahr? Ich meine, entweder er brät einen bei lebendigem Leib, oder er verzichtet darauf«, fügte er hinzu.

»Genau darauf wollte ich hinaus. Ich meine, nehmen wir mal an, der Botschafter von Klatsch kommt hierher, ihr wißt ja, wie arrogant die Klatschianer sind, angenommen er sagt: Wir wollen dies, wir wollen das, wir wollen jenes. Nun«, fuhr der Mann fort und lächelte, »dann sagen wir: Halt die Klappe, wenn du nicht in einer Urne nach Hause zurückkehren möchtest.«

Die Zuhörer prüften auch diese Idee. Ihr fehlte nicht ein gewisses Etwas.

»Sie haben eine große Flotte, die Klatschianer«, gab der Monarchist zu bedenken. »Könnte riskant sein, ihre Diplomaten zu rösten. Vielleicht gefällt es den Leuten nicht, wenn sie an Bord des heimgekehrten Schiffes einen Haufen Asche sehen.«

»Ah, und *dann* sagen wir: Heda, ihr Klatschianer-Fritzen, ihr aufpassen vor großer Echse vom Himmel wenn ihr machen Ärger sie verbrennen Lehmhütte eure, *zackzack.*«

»Das sagen wir wirklich?«

»Warum nicht? *Und* wir sagen: Schicken Tribut zu uns viel Geld und nicht vergessen Glitzersteine und Metall gelbiges.«

»Ich habe die Klatschianer nie gemocht«, sagte die Frau fest. »Was die für ein Zeug essen! Eklig! Und dauernd brabbeln sie in ihrer heidnischen Sprache ...«

In einer schattigen Ecke entflammte ein Streichholz.

Mumm wölbte die Hände, entzündete stinkenden Tabak, warf das Streichholz in den Rinnstein und schlurfte durch einige Pfützen davon.

Es gab etwas, das ihn noch mehr deprimierte als sein eigener Zynismus: die bittere Tatsache, daß die Welt weitaus zynischer sein konnte.

Seit Jahrhunderten kommen wir gut mit den Klatschianern und den anderen Nachbarn zurecht, dachte er. *Gutes Zurechtkommen ist praktisch der wichtigste Grundsatz unserer Außenpolitik gewesen. Und jetzt habe ich gerade gehört, daß wir jemandem den Krieg erklären, einem uralten Volk, mit dem wir nie nennenswerte Probleme hatten, auch wenn es eine seltsame Sprache benutzt. Und danach — die ganze Welt. Was noch schlimmer ist: Wahrscheinlich gewinnen wir sogar.*

Ähnliche Gedanken (nur mit einer anderen Perspektive) gingen auch den Würdenträgern der Stadt durch den Kopf, als man sie am nächsten Morgen zu einem Arbeitsessen in den Palast bestellte. Es sei ein Befehl, hieß es in der kurzen Mitteilung.

Niemand wies darauf hin, von wem der Befehl stammte oder wer das Essen gab.

Sie saßen jetzt im Vorzimmer.

Gewisse Veränderungen fielen auf. Es war nie ein besonders exklusiver Palast gewesen. Der Patrizier hatte immer die Ansicht vertreten: Wenn man es Besuchern zu bequem machte, wollten sie vielleicht bleiben. Deshalb bestand die Einrichtung früher aus einigen wackeligen Stühlen und mehreren Bildern an den Wänden, die ehemalige Herrscher mit Schriftrollen und dergleichen zeigten.

Die Stühle befanden sich noch immer an Ort und Stelle. Aber das traf nicht auf die Bilder zu. Die fleckigen und verstaubten Porträts lagen in einer Ecke, doch von den vergoldeten Rahmen fehlte jede Spur.

Die Mitglieder des Stadtrates blickten in verschiedene Richtungen und trommelten mit den Fingern auf die Knie.

Schließlich öffneten zwei besorgt wirkende Diener die Tür des Hauptsaals. Lupin Wonse trat ein.

Die Ratsmitglieder hatten die ganze Nacht damit verbracht, Prinzipien einer neuen *Drachen*politik zu entwickeln, aber im Gegensatz zu ihnen erweckte Wonse den Eindruck, als habe er seit Jahren nicht mehr geschlafen. Die Farbe seines Gesichts entsprach der eines fermentierten Tischtuchs. Er war nie kräftig gebaut gewesen, doch jetzt ähnelte er etwas, das man aus einer Pyramide geholt hatte.

»Ah«, intonierte er. »Gut. Sind alle zugegen? Dann bitte hier entlang, meine Herren.«

»Äh«, sagte der oberste Dieb. »In der Mitteilung wurde ein Essen erwähnt.«

»Ja?« erwiderte Wonse.

»Mit einem *Drachen?*«

»Meine Güte, du fürchtest doch nicht etwa, von ihm gefressen zu werden, oder?« entfuhr es Wonse. »Welch verrückte Idee!«

»Ist mir nie in den Sinn gekommen«, sagte der Dieb. Erleichterung strömte wie Rauch aus seinen Ohren. »Eine absurde Vorstellung. Haha.«

»Haha«, machte das Oberhaupt der Kaufmannsgilde.

»Hoho«, brummte der Repräsentant der Meuchelmörder. »Eine absurde Vorstellung, fürwahr.«

»Nein, ihr wärt sicher zu zäh«, warf Wonse ein. »Haha.«

»Haha.«

»Ahaha.«

»Hoho.« Die Temperatur sank um einige Grad.

Auch der Große Saal hatte sich verändert. Zunächst einmal: Er war ein ganzes Stück größer als vorher. Mehrere Wände, die ihn von anderen Zimmern trennten, existierten nicht mehr, und das galt auch für einige Stockwerke darüber. Mauerreste, Steine und Mörtel bildeten ein heilloses Durcheinander auf dem Boden, doch in der Mitte des Saals ...

Dort lag ein Haufen Gold.

Nun, zumindest *glänzte* er hier und dort. Es sah ganz danach aus, als habe jemand alle funkelnden und schimmernden Gegenstände aus dem Palast herbeigetragen. Zu dem Haufen gehörten: Bilderrahmen, goldene Fäden aus Wandteppichen, Silber, einige vereinzelte Edelsteine, Suppenterrinen aus der Küche, Kerzenhalter, Wärmpfannen und Spiegelsplitter. Glitzernde Dinge.

Doch die Ratsmitglieder schenkten ihnen überhaupt keine Beachtung. Ihre Aufmerksamkeit galt in erster Linie dem Geschöpf, das unter der Decke hing.

Es wirkte wie die größte und am schlechtesten gerollte Zigarre im ganzen Universum — vorausgesetzt, die größte und am schlechtesten gerollte Zigarre im ganzen Universum neigte dazu, mit dem vorderen Ende nach unten zu hängen. Undeutlich waren zwei breite Klauen zu erkennen, die sich um dicke Dachsparren geschlossen hatten.

Auf halbem Wege zwischen dem glänzenden Haufen und der Tür stand ein gedeckter Tisch. Das traditionelle Silberbesteck fehlte, wie die Würdenträger mit nur gelinder Überraschung feststellten. Die Teller bestanden aus dünnem Porzellan: Messer, Gabeln und Löffel schienen erst vor kurzer Zeit und mit ziemlicher Hast aus Holz geschnitzt zu sein. Wonse nahm an der Stirnseite des Tisches Platz und nickte den Dienern zu.

»Bitte setzt euch«, wandte er sich an die Besucher. »Es tut mir leid, daß einige — Veränderungen eingetreten sind. Der König hofft, daß ihr euch damit zufriedengebt, bis die Dinge auf eine angemessene Weise arrangiert werden können.«

»Der, äh«, sagte das Oberhaupt der Kaufmannsgilde.

»Der König«, betonte Wonse. Nur eine halbe Oktave trennte seine Stimme von Hysterie.

»Oh. Der König. Völlig klar«, sagte der Kaufmann. Von seinem Platz aus hatte er einen guten Blick auf das an der Decke hängende Ding. Unter den ledrigen Schwingen, die das Ungetüm umhüllten, schien sich etwas zu bewegen. »Lang soll er leben, meine ich«, fügte er rasch hinzu.

Kurz darauf brachten die Diener den ersten Gang: Suppe mit Knödeln. Wonse rührte sie nicht an. Entsetzte Stille herrschte, während die anderen aßen, und man hörte nur ein gelegentliches Klappern, wenn Holz an Porzellan stieß.

»Es müssen einige Entscheidungen getroffen werden, und der König meint, in diesem Zusammenhang sei eure Zustimmung willkommen«, begann Wonse schließlich. »Natürlich ist es nur eine Formsache, und ich bedauere es, euch mit solchen Banalitäten zu belästigen.«

Das dicke Bündel an der Decke schien in einer Brise zu schwanken.

»Überhaupt kein Problem«, versicherte der oberste Dieb.

»Der König verkündet hiermit gnädigerweise«, fuhr Wonse fort, »daß er sich sehr über Krönungsgeschenke von der Bevölkerung im allgemeinen freuen würde. Er meint natürlich nichts Besonderes. Nur Edelmetalle und Edelsteine, die man leicht entbehren kann. Ich möchte übrigens darauf hinweisen, daß niemand gezwungen ist, sich von solchen Objekten zu trennen. Der König rechnet damit, daß derartige Gesten der Großzügigkeit völlig freiwillig erfolgen.«

Der Chefmeuchler blickte traurig auf die Ringe an seinen Fingern und seufzte. Das Oberhaupt der Kaufmannsgilde griff resigniert nach seiner goldenen Amtskette und nahm sie ab.

»Oh, meine Herren!« entfuhr es Wonse. »Das ist wirklich eine Überraschung!«

»Ähem«, sagte der Erzkanzler der Unsichtbaren Universität. »Du weißt sicher … Äh, ich meine, dem König dürfte bekannt sein, daß die Universität, äh, normalerweise von allen Steuern und Abgaben befreit ist. So verlangt es die Tradition.«

Er unterdrückte ein Gähnen. Die Zauberer hatten die ganze Nacht über ihre besten Formeln gegen den Drachen eingesetzt, aber die magische Auseinandersetzung kam einem Boxkampf mit dem Nebel gleich.

»Mein lieber Herr, es handelt sich keineswegs um Steuern oder Abgaben«, protestierte Wonse. »Ich hoffe, meine bisherigen Ausführungen haben euch nicht zu solchen Vermutungen veranlaßt. O nein! Nein. Alle Tribute sollen vollkommen freiwillig sein. Ich hoffe, das ist jetzt völlig klar.«

»So klar wie Kristall«, sagte der Chefmeuchler und bedachte den alten Zauberer mit einem durchdringenden Blick. »Ich nehme an, unsere ganz und gar freiwilligen Tribute dienen dazu …«

»Sie werden dem Hort hinzugefügt«, erklärte Wonse.

»Ah.«

»Ich bin zwar sicher, daß die Bürger dieser Stadt sehr großzügig sein werden, sobald sie die Situation verstehen«, sagte der Kaufmann, »aber hoffentlich weiß der König auch, daß es in Ankh-Morpork nur wenig Gold gibt.«

»Ein guter Hinweis«, lobte Wonse. »Nun, der König plant eine besonders dynamische und energische Außenpolitik, die Abhilfe schaffen wird.«

»Ah«, erwiderten die Ratsmitglieder wie aus einem Mund. Diesmal erklang sogar ein gewisser Enthusiasmus in ihren Stimmen.

»Zum Beispiel vertritt der König die Ansicht«, fuhr Wonse fort, »daß unsere legitimen Interessen in Quirm, Sto Lat, Pseudopolis und Tsort seit Jahrhunderten vernachlässigt wurden. Diesen Fehler wird er so schnell wie möglich korrigieren, und dann, meine Herren, dürfen wir damit rechnen, daß wahre Gold*ströme* in dieser Stadt fließen. Sie werden von allen jenen stammen, die sich nichts sehnlicher wünschen, als den Schutz des Königs zu genießen.«

Der Chefmeuchler sah zum glitzernden Haufen, und hinter seiner Stirn bildeten sich eine sehr klare Vorstellung darüber, wo die vielen Schätze enden würden. Eins mußte man Drachen lassen: Sie verstanden sich wirklich darauf, Dinge zusammenzuraffen. Eine fast menschliche Eigenschaft.

»Oh«, sagte er.

»Natürlich kommen Anschaffungen in Hinsicht auf Land, Gebäude und dergleichen hinzu, und der König möchte keinen Zweifel daran lassen, daß loyale Kronräte reich belohnt werden.«

»Und, äh ...« Der Chefmeuchler gewann allmählich ein klares Bild von der Denkweise des Königs. »Ich nehme an, die, äh ...«

»Kronräte«, sagte Wonse.

»Vermutlich werden sie in Hinsicht auf, äh, Schätze, noch weitaus großzügiger sein, nicht wahr?«

»Ich bin sicher, daß der König keine diesbezüglichen Erwartungen hegt«, behauptete Wonse, »aber es ist trotzdem ein guter Vorschlag.«

»Dachte ich mir.«

Der nächste Gang bestand aus fettem Schweinefleisch, Bohnen und mehligen Kartoffeln. Dick machende Speisen, bemerkten einige Ratsmitglieder. Dem einen oder anderen Anwesenden fiel sogar das Wort *Mastfutter* ein.

Wonse begnügte sich mit einem Glas Wasser.

»Ich möchte nun eine andere delikate Angelegenheit zur Sprache bringen und bin davon überzeugt, daß es so toleranten und aufgeschlossenen Männern wie euch nicht weiter schwerfällt, dieser Sache mit dem notwendigen Verständnis zu begegnen«, sagte der Sekretär. Er hielt das Glas in einer zitternden Hand.

»Ich hoffe, das gilt auch für die Bürger von Ankh-Morpork, zumal der König zweifellos sehr wichtige Beiträge zum Wohl und Schutz der Stadt leisten wird. Ich bin zum Beispiel sicher, daß die Bürger weitaus unbesorgter in ihren Betten ruhen, wenn sie wissen, daß der Dr ... der König ständig wacht und sie vor allem Unheil bewahrt. Allerdings sind ebenso lächerliche wie überkommene — Vorurteile möglich, die nur mit der unermüdlichen Arbeit von Männern guten Willens aus der Welt geschafft werden können.«

Wonse zögerte und musterte die Würdenträger. Der Chefmeuchler sagte später, daß er oft in die Augen von Menschen gesehen hatte, die aus offensichtlichen Gründe dem Tode nahe waren. Doch jetzt starrte er in Augen, die seinen Blick aus den Schwefelgruben der Hölle erwiderten. Er hoffte inständig, daß sich diese zutiefst beunruhigende Erfahrung nie wiederholte.

Als Wonse erneut sprach, klangen seine Worte wie Luftblasen, die an der Oberfläche einer Treibsandlache blubberten. »Ich meine die — die Diät des Königs.«

Erschrockene Stille folgte. Weiter hinten hörten die Ratsmitglieder das leise Knarren ledriger Schwingen. Die Schatten in den Ecken des Saals schienen noch dunkler zu werden und sich zu nähern.

»Diät«, wiederholte der oberste Dieb hohl.

»Ja«, bestätigte Wonse. Er quiekte fast, und Schweiß perlte auf seiner Stirn. Der Chefmeuchler hatte einmal den Ausdruck ›Riktus‹ gehört und sich gefragt, wann man ihn verwendete, um einen Gesichtsausdruck zu beschreiben. Jetzt wußte er es. Die Bezeichnung schien eigens für Wonse geschaffen zu sein. In der Miene des Sekretärs zeigte sich das Grauen eines Mannes, der kaum glauben konnte, was sein Mund sagte.

Der Chefmeuchler überlegte sorgfältig und erwiderte dann: »Wir, äh, wir dachten, daß der Dr ... der König dieses, äh, Problem während der vergangenen Wochen gelöst hat.«

»Ach, es handelte sich um armselige Mahlzeiten«, entgegnete Wonse und starrte auf den Tisch. »Ein paar Haustiere und so. Nun, bei einem König ist ein solcher Notbehelf natürlich völlig unangemessen.«

»Äh«, murmelte das Oberhaupt der Kaufmannsgilde, »wie oft hat der König Hunger?«

»Er ist ständig hungrig«, antwortete Wonse, »aber er ißt nur einmal im Monat. Bei einer besonderen Gelegenheit.«

»Selbstverständlich.« Der Kaufmann nickte. »Bei einer besonderen Gelegenheit.«

»Und wann hat der, äh, König zum letztenmal gespeist?« erkundigte sich der Chefmeuchler.

»Ich bedauere, euch mitteilen zu müssen, daß er sich seit seiner Ankunft nicht auf die ihm geziemende Weise ernähren konnte«, erwiderte Wonse.

»Oh.«

Der Sekretär drehte seinen Holzlöffel verzweifelt hin und her. »Bitte versucht, das zu verstehen«, brachte er hervor. »Wenn er irgend jemandem wie ein gemeiner Meuchelmörder auflauert ...«

»Ich muß doch *sehr* bitten!« warf der Chefmeuchler empört ein.

»Wie ein gemeiner Mörder, meinte ich ... Nun, dann bleibt er unbefriedigt. Bei der Ernährung des Königs geht es darum, eine — Verbindung zu den Untertanen zu schaffen. Es ist wie eine lebende Allegorie. Die Krone wird dem Volk nähergebracht«, fügte er Wonse hinzu.

»Was die Art der Nahrung betrifft ...«, begann der oberste Dieb und erstickte fast an den Worten. »Sprechen wir hier von jungen Frauen?«

»Das ist ein weit verbreitetes Vorurteil«, sagte Wonse. »Das Alter spielt keine Rolle. Ganz im Gegensatz zum Familienstand. Und der sozialen Stellung. Hat irgend etwas mit dem Geschmack zu tun, glaube ich.« Er beugte sich vor, und in seiner Stimme vibrierten nun Schmerz und Entsetzen. Die Ratsmitglieder glaubten, daß der Sekretär nun zum erstenmal mit seiner eigenen, wahren Stimme sprach. »Denkt darüber nach!« drängte er. »Nur einmal im Monat! Und wir bekommen soviel dafür! Die Familien derjenigen, die dem König nützlich sind — damit meine ich insbesondere die Kronräte —, werden natürlich nicht in Betracht gezogen. Und stellt euch nur mal alle die Alternativen vor ...«

Die Würdenträger stellten sich nicht alle Alternativen vor. Eine genügte völlig.

Bedrücktes Schweigen herrschte, und gleichzeitig setzte Wonse seine Appelle an die Vernunft des Überlebens fort. Die Ratsmitglieder saßen steif und stumm, wagten es nicht, sich anzusehen — aus Furcht davor, was sich in den Gesichtern der anderen widerspiegelte. Jeder von ihnen dachte: *Gleich meldet sich jemand zu Wort und erhebt Einwände, und dann brumme ich zustimmend, ohne etwas zu* sagen, *nein, so dumm bin ich nicht, ein festes Murmeln genügt, um keinen Zweifel daran zu lassen, daß ich nichts von dieser Sache halte, ja, bei solchen Gelegenheiten sollte jeder anständige Mann fast aufstehen und beinahe die Stimme zum Protest erheben ...*

Aber alles blieb still. *Ihr Feiglinge,* dachte jedes Ratsmitglied.

Niemand rührte den Pudding an, auch nicht die ziegelsteindicken Schokoladenplätzchen, die anschließend serviert wurden. Mit verlegenem, kummervollem Entsetzen lauschten sie Wonses Stimme, und als die Gildenrepräsentanten den Saal nach einer halben Ewigkeit verließen, versuchten sie, einen möglichst großen Abstand zueinander zu wahren, um Gespräche zu vermeiden.

Der Kaufmann bildete die einzige Ausnahme. Er trat an der Seite des Chefmeuchlers nach draußen, und beide überlegten fieberhaft, als sie nebeneinander über den Weg gingen. Das Oberhaupt der Kaufmannsgilde versuchte, die Dinge positiv zu sehen. Er gehörte zu den Leuten, die Gemeinschaftssingen veranstalten, wenn sich eine Katastrophe anbahnt.

»Nun, nun«, sagte er. »Jetzt sind wir also Kronräte. Bemerkenswert.«

»Hmm«, erwiderte der Meuchelmörder.

»Ich frage mich, welche Unterschiede es zwischen gewöhnlichen Stadträten und Kronräten gibt«, überlegte der Kaufmann laut.

Der Meuchelmörder schnitt eine Grimasse. »Wahrscheinlich sind wir deshalb zu Kronräten ernannt worden, weil wir nie eine Krone tragen werden.«

Er starrte wieder zu Boden und dachte erneut an die letzten Worte des Sekretärs, als er ihm die schlaffe Hand geschüttelt hatte. *Ob sie außer mir jemand gehört hat? Unwahrscheinlich. Sie sind nicht laut gewesen, beschränkten sich nur auf vage Konturen ...* Wonse hatte die Lippen bewegt, als er in das mondbleiche Gesicht des Meuchelmörders blickte.

Hilf. Mir.

Der Meuchelmörder schauderte. Warum ausgerechnet er? Soweit es ihn betraf, konnte er nur eine Art von Hilfe gewähren, und die Leute baten nur selten darum. Tatsächlich bezahlten sie viel Geld, um sie als Überraschung anderen Personen anzubieten. Er fragte sich, was Wonse dazu veranlaßte, eine solche Alternative für erstrebenswert zu halten ...

Wonse saß allein in dem großen verheerten Saal. Er wartete.

Natürlich konnte er zu fliehen versuchen. Aber das Ungetüm würde ihn bestimmt finden, ganz gleich, wo er sich aufhielt. Es witterte sein Bewußtsein.

Oder es beschloß, ihn zu verbrennen. Das war noch

viel schlimmer. So wie die Brüder. *Vielleicht* handelte es sich um einen sofortigen Tod, es *sah* wie ein sofortiger Tod aus, aber wenn Wonse des Nachts wach im Bett lag, überlegte er immer wieder, ob sich jene letzten Mikrosekunden zu einer unglaublich heißen subjektiven Ewigkeit dehnten, während der alle Teile des Körpers zu kochendem Plasma wurden und das Denken und Empfinden Gelegenheit bekam, jede einzelne Schmerzphase detailliert zu erleben ...

Mach dir keine Sorgen. Dich würde ich nicht verbrennen.

Es war keine Telepathie. Unter Telepathie hatte sich Wonse immer vorgestellt, daß man eine Stimme im Kopf hörte.

In diesem Fall erklang die Stimme im Körper. Sie spannte das Nervensystem wie die Sehne eines Bogens.

Steh auf.

Wonse sprang auf die Beine. Der Stuhl kippte zur Seite, und er stieß mit den Knien an die Tischkante. Wenn jene Stimme ertönte, hatte er ebensoviel Kontrolle über seinen Körper wie Wasser über Gravitation.

Komm.

Wonse setzte sich taumelnd in Bewegung.

Die Schwingen entfalteten sich langsam, knarrten leise und reichten schließlich von einer Wand des Saals bis zur anderen. Die Spitze eines Flügels zerschmetterte ein Fenster und ragte nach draußen in den späten Nachmittag.

Langsam und majestätisch reckte der Drache den Hals und gähnte. Als er damit fertig war, drehte er den Kopf und senkte ihn, bis der Abstand zum Gesicht des Sekretärs nur mehr wenige Zentimeter betrug.

Was bedeutet ›freiwillig‹?

»Es, äh, bedeutet, daß man aus freiem Willen handelt«, erklärte Wonse.

Aber die Menschen haben keinen freien Willen! Entweder vergrößern sie meinen Hort, oder ich verbrenne sie!

Wonse schluckte. »Ja«, bestätigte, »aber du darfst nicht ...«

Er duckte sich im Tosen des lautlosen Zorns.

Ich darf alles! Es gibt keine Verbote für mich!

»Oh, natürlich, natürlich!« quiekte Wonse und preßte beide Hände an die Schläfen. »So meinte ich das nicht! Auf diese Weise ist es besser. Glaub mir. Besser und sicherer!«

Niemand kann mich besiegen!

»Davon bin ich überzeugt ...«

Niemand kann mich kontrollieren!

Wonse hob die Arme und hoffte, daß seine Geste beschwichtigend genug wirkte. »Selbstverständlich, völlig klar«, sagte er. »Aber es gibt Mittel und Wege, weißt du. Mittel und Wege. Das Brüllen und Verbrennen und so, nun, äh, es ist gar nicht nötig ...«

Du dummer Affe! Wie soll ich sonst dafür sorgen, daß sich die Leute meinem Willen unterwerfen?

Wonse legte die Hände auf den Rücken.

»Sie werden deine Anweisungen freiwillig ausführen«, erwiderte er. »Und mit der Zeit glauben sie bestimmt, es sei ihre eigene Idee gewesen. Die ganze Sache wird zu einer Tradition, das versichere ich dir. Wir Menschen sind sehr anpassungsfähig.«

Der Drache bedachte ihn mit einem langen nachdenklichen Blick.

Wonse versuchte, das Zittern aus seiner Stimme zu verbannen, als er hinzufügte: »Bestimmt dauert es nicht mehr lange, bis ... Nun, wenn jemand kommt und meint, ein Drache als König tauge nichts, so steinigt man ihn wahrscheinlich.«

Das Ungetüm blinzelte.

Zum erstenmal schien es ein wenig unsicher zu sein.

»Mit Menschen kenne ich mich aus«, sagte Wonse schlicht.

Der Drache hielt einen starren, durchdringenden Blick auf ihn gerichtet.

Wenn du lügst ..., dachte er schließlich.

»Ich könnte dich gar nicht belügen, das weißt du doch.«

Und sie verhalten sich wirklich so?

»O ja, die ganze Zeit über. Eine typisch menschliche Eigenschaft.«

Wonse wußte, daß der Drache zumindest die Gedanken an der Oberfläche seines Bewußtseins las, und dort herrschte eine Resonanz des Schreckens. Er blickte in die großen roten Augen und erahnte wenigstens die Überlegungen dahinter.

Der Drache war gleichermaßen verblüfft und entsetzt.

»Tut mir leid«, sagte Wonse. »So sind wir nun mal. Hat was mit dem Überleben zu tun, glaube ich.«

Es gibt keine mächtigen Krieger, die unterwegs sind, um mich zu töten? dachte der Drache enttäuscht.

»Ich bezweifle es.«

Keine Helden?

»Nein, nicht mehr. Sie sind zu teuer.«

Aber ich werde Menschen verschlingen!

Wonse zuckte zusammen.

Er fühlte, wie die mentalen Ausläufer des Drachen in seinem Ich umhertasteten und nach Hinweisen suchten, nach Informationen, die ihm das Verstehen erleichterten. Eine Mischung aus Sehen und Spüren bot ihm kurzlebige Drachenbilder dar, aus dem mythischen Zeitalter der Reptilien und — begleitet von dem aufrichtigen Erstaunen des Ungeheuers — aus weniger lobenswerten Epochen der menschlichen Geschichte. Nun, eigentlich gab es gar keine anderen. Ganz gleich, auf welche Weise sich der Drache verhielt: Es war praktisch unmöglich, daß er den Menschen mehr Leid bescherte, als sie sich gegenseitig zufügten, häufig sogar mit großer Begeisterung.

Du hast die Unverschämtheit, schockiert zu sein, dachte der Schuppenriese. *Aber* wir *waren Drachen. Man* erwartete *von uns, grausam, hinterhältig, gemein und schrecklich zu sein. Aber eins will ich dir sagen, du, du Affe* — der große Kopf kam noch etwas näher, und Wonses Blick reichte in die erbarmungslosen Tiefen der roten Augen —, *wir haben uns nie gegenseitig verbrannt, gefoltert und zerrissen und dafür moralisch-ethische Gründe angeführt.*

Der Drache streckte mehrmals die Schwingen und hockte sich dann auf den Tandhaufen aus eher weniger kostbaren Dingen. Eine Klaue wühlte kurz in der Masse glitzernder Objekten, und dann ertönte ein verächtliches Schnaufen.

Nicht einmal eine dreibeinige Eidechse würde so etwas horten, dachte das Ungetüm.

»Bald bekommst du wertvollere Gegenstände«, flüsterte Wonse, erleichtert darüber, daß ihm nicht mehr die volle Aufmerksamkeit des Drachen galt.

Das will ich auch stark hoffen.

»Darf ich ...« Wonse zögerte. »Darf ich dir eine Frage stellen?«

Ich höre.

»Es ist doch nicht *nötig,* daß du Menschen verschlingst, oder? Ich glaube, darin sehen die Bürger der Stadt das einzige Problem, weißt du«, fügte er hastig hinzu und sprach immer schneller. »In Hinsicht auf die Schätze und so ergeben sich bestimmt keine Schwierigkeiten, aber wenn es um, äh, Protein geht, nun, vielleicht ist ein so mächtiger Intellekt wie deiner bereits auf den Gedanken gekommen, daß weniger umstrittene Nahrung, zum Beispiel Kühe ...«

Der Drache spie horizontales Feuer, das eine dicke Ascheschicht an der gegenüberliegenden Wand zurückließ.

Nötig? Nötig? donnerte er, als das Zischen, Knistern und Prasseln verklang. *Sprichst du etwa von* Notwendigkeiten? *Ist es nicht Tradition, daß die schönste aller Frauen dem Drachen geopfert wird, um Frieden und Wohlstand zu sichern?*

»Nun, weißt du, wir sind immer recht friedlich und einigermaßen wohlhabend gewesen ...«

MÖCHTEST DU, DASS ES DABEI BLEIBT?

Die Wucht dieser mentalen Antwort drückte Wonse auf die Knie.

»Natürlich«, brachte er hervor.

Der Drachen hob wie beiläufig die Klauen.

Dann betrifft jene Notwendigkeit nicht mich, sondern euch, dachte er.

Verschwinde jetzt. Ich will dich nicht mehr sehen.

Wonse sackte in sich zusammen, als sich das Fremde aus seinem Bewußtsein zurückzog.

Der Drache kroch über den Haufen aus billigem Flitter, erreichte den Sims eines hohen Fensters und zertrümmerte das Glas mit dem Kopf. Das bunte Abbild eines Stadtvaters fiel in Myriaden Splittern auf den Schutt.

Der lange Hals ragte in die kühle Luft des frühen Abends und neigte sich wie eine Kompaßnadel hin und her. Erste Lichter glühten in der Stadt, und das Geräusch von einer Million Menschen, die fleißig lebten, verursachte ein dumpfes, pulsierendes Summen.

Der Drache holte tief und fröhlich Luft.

Dann zog er auch den Rest seines Körpers auf den Sims, stieß den Fensterrahmen mit einem kurzen Schulterzucken beiseite und sprang gen Himmel.

»Was ist das?« fragte Nobby.

Das Objekt war annähernd rund und hatte die Beschaffenheit von Holz. Wenn man darauf klopfte, hörte es sich an, als reibe ein Lineal über die Schreibtischkante.

Feldwebel Colon betrachtete das Ding von allen Seiten.

»Ich gebe auf«, sagte er.

Karotte zog den halbzerrissenen Karton zu sich heran.

»Ein Kuchen«, erklärte er, schob beide Hände unter den Gegenstand, spannte die Muskeln und hob ihn an. »Von meiner Mutter.« Es gelang ihm, den Kuchen auf den Tisch zu stellen, ohne daß seine Finger zerquetscht wurden.

»Kann man ihn essen?« fragte Nobby. »Er ist monatelang hierher unterwegs gewesen. Zeit genug, um trokken zu werden.«

»Oh, meine Mutter hat ihn nach einem alten Zwergenrezept gebacken«, antwortete Karotte. »Zwergenkuchen werden nicht trocken.«

Feldwebel Colon schlug noch einmal darauf. »Bist du ganz sicher?« brummte er skeptisch.

»Er hat einen unglaublich hohen Nährwert«, fuhr Karotte fort. »Ist praktisch magisch. Das Geheimnis wurde über Jahrhunderte hinweg von einem Zwerg zum anderen weitergegeben. Ein kleines Stück hiervon, und für den Rest des Tages wollt ihr nichts mehr essen.«

»Kann man sich anschließend noch auf den Beinen halten?« erkundigte sich Colon.

»Mit einem solchen Kuchen im Gepäck ist ein Zwerg in der Lage, Hunderte von Meilen zurückzulegen«, sagte Karotte.

»Ja, daran zweifle ich nicht«, murmelte Colon düster. »Und wahrscheinlich denkt er die ganze Zeit über: ›Hoffentlich finde ich bald was anderes zu essen, denn sonst kommt wieder der verdammte Kuchen an die Reihe.‹«

Für Karotte gehörte das Wort ›Ironie‹ zu den unlösbaren Rätseln des vorzugsweise in Ankh-Morpork gebräuchlichen Vokabulars. Er griff nach seiner Pike, stach mehrmals vergeblich zu — die Klinge prallte immer wieder ab — und schaffte es schließlich, den Kuchen in vier Stücke zu schneiden.

»Das wär's«, verkündete er munter. »Eins für jeden

von uns, und eins für den Hauptmann.« Er begriff, was er gerade gesagt hatte. »Oh, Entschuldigung.«

»Ja«, entgegnete Colon halblaut.

Eine Zeitlang schwiegen sie.

»Ich habe ihn *gemocht*«, kam es nach einer Weile von Karottes Lippen. »Es tut mir sehr leid, daß er nicht mehr unter uns weilt.«

Erneut folgte Stille. Sie ähnelte der ersten Stille, war jedoch noch tiefer und wies Furchen aus Niedergeschlagenheit auf.

»Vermutlich befördert man dich jetzt zum Hauptmann«, sagte Karotte.

Colon zuckte zusammen. »Mich? Ich lege überhaupt keinen Wert darauf, Hauptmann zu werden! Mit dem ganzen Denken komme ich bestimmt nicht zurecht. Es lohnt sich gar nicht, soviel zu denken, wenn man dafür nur neun Dollar mehr im Monat bekommt.«

Er trommelte mit den Fingern auf den Tisch.

»Das ist alles?« fragte Nobby. »Ich dachte, Kommandooffiziere hätten die Taschen voller Geld.«

»Neun Dollar im Monat«, wiederholte Colon. »Ich habe mal die Soldtabelle gesehen. Neun Dollar im Monat und zwei Dollar Spesen für Federn. Die Zulage hat er nie in Anspruch genommen. Eigentlich komisch.«

»Von Federn hielt er nicht viel«, warf Nobby ein.

»Ja«, bestätigte Colon. »Das Problem des Hauptmanns ... Nun, ich habe mal ein Buch gelesen, und darin stand, daß in unseren Adern nicht nur Blut fließt, sondern auch Alkohol, eine Art *natürlicher* Alkohol, wißt ihr. Selbst wenn man keinen Tropfen anrührt — der Körper stellt das Zeug trotzdem her. Aber Hauptmann Mumm, tja, er gehört zu den Leuten, deren Körper nicht genug davon produzieren. Es ist so, als sei er zwei Gläser unter dem normalen Niveau geboren.«

»Donnerwetter!« entfuhr es Karotte.

»Ja, und deshalb ... Ich meine, im nüchternen Zustand ist er *wirklich* nüchtern. Knurd, nennt man so etwas. Ich meine, erinnerst du dich daran, wie es einem geht, wenn man nach einer ordentlichen Zechtour aufwacht, Nobby? Nun, so fühlt er sich *die ganze Zeit über.*«

»Armer Kerl«, sagte Nobby. »Davon wußte ich nichts. Kein Wunder, daß er ständig so schlecht gelaunt ist.«

»Er versucht dauernd, den normalen Zustand herzustellen, aber er kriegt die Dosis nicht immer richtig hin. Außerdem« — Colon warf Karotte einen kurzen Blick zu — »wurde er von einer Frau ruiniert.«

»Was *tun* wir jetzt, Feldwebel?« brummte Nobby.

»Hätte er was dagegen, wenn wir sein Stück Kuchen essen?« fragte Karotte. »Wäre doch schade, es trocken werden zu lassen.«

Colon hob die Schultern.

Die beiden älteren Männer schwiegen kummervoll, während sich Karotte den Kuchen vornahm. Seine Zähne verursachten dabei Geräusche, wie man sie von den mit Schaufelrädern ausgestatteten Zerkleinerungsmaschinen in Bergwerken erwartete. Colon und Nobby wären nicht einmal dann hungrig gewesen, wenn man ihnen ein leichtes Soufflé angeboten hätte.

Sie versuchten, sich ein Leben ohne den Hauptmann vorzustellen. Sicher war es öde und trostlos, selbst ohne Drachen. Eins mußte man Hauptmann Mumm lassen: Er hatte Stil. Es mochte ein zynischer, mit Widerhaken versehener Stil sein, aber er hatte ihn — und sie nicht. Er konnte lange Worte lesen und addieren. Selbst das war Stil, zumindest in gewisser Weise. Er betrank sich sogar stilvoll.

Colon und Nobby hatten versucht, die Minuten zu dehnen, die Zeit zu strecken. Es nützte nichts: Schwarze Dunkelheit kroch heran, verdrängte den Tag. Die Nacht begann.

Es gab keine Hoffnung für sie.

Sie mußten nach draußen gehen und mit der Patrouille beginnen.

Sechs Uhr. Und es war nicht alles gut.

»Ich vermisse auch Errol«, sagte Karotte.

»Eigentlich gehörte er dem Hauptmann«, erwiderte Nobby. »Wie dem auch sei: Lady Käsedick kümmert sich bestimmt um ihn.«

»Wir konnten hier überhaupt nichts liegenlassen«, fügte Colon hinzu. »Ich meine, selbst das Lampenöl. Er hat sogar das Lampenöl getrunken.«

»Und die Mottenkugeln«, sagte Nobby. »Eine ganze Schachtel Mottenkugeln. Warum sollte irgend jemand Mottenkugeln essen wollen? Und dann der Kessel. Und Zucker. Er war verrückt nach Zucker.«

»Ich fand ihn nett«, murmelte Karotte. »Freundlich und so.«

»Oh, ich auch«, bestätigte Colon. »Aber eigentlich … Es ist nicht richtig. Ich meine, ein Haustier, bei dem man immer hinter den Tisch springen muß, wenn es einen Schluckauf bekommt.«

»Ich vermisse sein niedliches Gesicht«, sagte Karotte.

Nobby putzte sich laut die Nase.

Nur einen Sekundenbruchteil später klopfte es an der Tür. Colon drehte ruckartig den Kopf. Karotte stand auf und öffnete.

Zwei Palastwächter standen mit arroganter Ungeduld vor der Schwelle. Sie wichen hastig zurück, als sie Karotte sahen, der sich unter dem Sturz bückte. Schlechte Nachrichten wie er verbreiteten sich schnell.

»Wir bringen eine Proklamation«, erklärte einer von ihnen. »Ihr müßt sie …«

»Was hat die frische Farbe auf deiner Brustplatte zu bedeuten?« fragte Karotte höflich. Nobby und der Feldwebel spähten neugierig an ihm vorbei.

»Stellt einen Drachen dar«, erwiderte der jüngere Palastwächter.

»*Den* Drachen«, berichtigte sein Vorgesetzter.

»Äh, ich kenne dich«, sagte Nobby. »Du heißt Schrulli Röchelviel und hast früher in der Zimperlichgasse gewohnt. Deine Mutter stellte Hustenbonbons her, fiel in ihre eigene Brühe und starb. Ich lutsche nie ein Hustenbonbon, ohne dabei an deine Mama zu denken.«

»Hallo, Nobby!« antwortete der Wächter. Es klang nicht sehr begeistert.

»Ich wette, deine Mama wäre sehr stolz darüber, daß du einen *Drachen* auf der Brust trägst«, fuhr der Korporal im Plauderton fort. Der Wächter bedachte ihn mit einem Blick, in dem sich Haß und Verlegenheit die Waage hielten.

»Und dann die hübschen Federn am Helm«, sagte Nobby zuckersüß.

»Dies hier ist eine Proklamation, die ihr verlesen müßt«, zischte der Palastwächter. »Außerdem sollt ihr Plakate an Mauern kleben. So lautet der Befehl.«

»Wessen Befehl?« erkundigte sich Nobby.

Feldwebel Golon griff mit einer fleischigen Hand nach der Schriftrolle.

»Der ge-priese-ne Deh-Er Drache«, las er langsam, während ein zögernder Zeigefinger unter den Buchstaben entlangkroch, »Kah-Öh König der Könige und Ah-Beh-Eß absoluter Ha-Eh-Er-Er Herrscher ...«

Colon begann mit einem gequälten akademischen Schweigen, als die Fingerkuppe wie in Zeitlupe übers Pergament wanderte.

»Nein«, sagte er schließlich. »Das ist nicht richtig, oder? Der Drache will jemanden fressen?«

»Verzehren«, korrigierte der ältere Palastwächter.

»Es gehört zum — zum Gesellschaftsvertrag«, warf Schrulli Röchelviel ein. »Ein geringer Preis für Sicherheit und Schutz der Stadt, das müßt ihr zugeben.«

»Schutz wovor?« fragte Nobby. »Wir hatten nie einen Feind, den wir nicht bequatschen oder bestechen konnten.«

»Bis jetzt«, murmelte Colon düster.

»Du kapierst schnell«, lobte der Wächter. »Ihr werdet diese königliche Mitteilung überall verkünden. Ungehorsam wird hart bestraft. Mit einer harten Strafe.«

Karotte blickte über Colons Schulter.

»Was ist eine Jungfrau?« fragte er.

»Eine junge Frau«, entgegnete der Feldwebel rasch. »Unverheiratet.«

»Was, wie meine Freundin Reet?« platzte es erschrokken aus Karotte heraus.

»Nun, eigentlich nicht«, widersprach Colon.

»Sie ist jung und unverheiratet. Keine von Frau Palms Töchtern befindet sich im Stand der Ehe.«

»Töchter?« Nobby verschluckte sich fast an diesem Wort.

»Nun, äh, da hast du recht«, räumte Colon ein.

»Na also.« Karotte atmete tief durch. »Ich hoffe, daß wir *so* etwas nicht zulassen werden«, sagte er fest.

»Die Bürger der Stadt sind bestimmt dagegen«, behauptete der Feldwebel. »Ich bin ganz sicher.«

Die Palastwächter bemerkten Karottes zunehmende Entrüstung und traten sicherheitshalber einen Schritt zurück.

»Die Bürger der Stadt können davon halten, was sie wollen«, sagte der ältere Wächter. »Aber wenn ihr die Proklamation nicht verlest, verlangt Seine Majestät sicher eine Erklärung von euch.«

Schrulli Röchelviel und sein Vorgesetzter drehten sich um und eilten fort.

Nobby sprang auf die Straße. »He, Drachen auf der Brust!« rief er. »Wenn deine Mama wüßte, daß du mit einem verdammten Drachen auf der Brust rumläufst, würde sie sich bestimmt in ihrem Bottich umdrehen!«

Colon ging zum Tisch und breitete die Schriftrolle aus.

»Üble Angelegenheit«, verkündete er.

»Das Ungeheuer hat bereits Menschen getötet und damit gegen mindestens sechzehn verschiedene Gesetze verstoßen«, stellte Karotte fest.

»Nun, ja«, gestand Colon ein. »Aber das geschah nur im, äh, allgemeinen Durcheinander und so. Was natürlich nicht heißen soll, daß ich so etwas billige. Aber wenn die Leute damit beginnen, an der ganzen Sache *teilzunehmen*, irgendwelche jungen Frauen zu liefern und zuzusehen, so als sei alles völlig in Ordnung — das ist viel schlimmer.«

»Ich schätze, es kommt auf den jeweiligen Blickwinkel an«, sagte Nobby nachdenklich.

»Wie meinst du das?«

»Nun, für jemanden, der bei lebendigem Leib gebraten wird, spielt so was wohl kaum eine Rolle«, erklärte er mit philosophischem Gleichmut.

Colon überhörte diese Bemerkung. »Die Leute sind bestimmt dagegen«, beharrte er. »Wartet es nur ab. Sie marschieren zum Palast und ... und was will der Drache dann tun? hm?«

»Er wird sie alle verbrennen«, antwortete Nobby sofort.

Der Feldwebel runzelte verwirrt die Stirn. »Das würde er doch nicht wagen, oder?«

»Was sollte ihn daran hindern?« entgegnete Nobby. Er sah nach draußen. »War mal 'n guter Junge. Hat Botengänge für meinen Großvater erledigt. Wer hätte gedacht, daß er mit einem Drachen auf der Brust umhermarschiert ...«

»Aber was *unternehmen* wir jetzt, Feldwebel?« fragte Karotte.

»Ich möchte nicht bei lebendigem Leib verbrannt werden«, erwiderte Colon. »Meine Frau würde mir das nie verzeihen. Es bleibt uns also nichts anderes übrig, als die Proklamation zu proklamieren. Aber sei unbesorgt.« Er klopfte Karotte auf einen überaus muskulösen Arm und wiederholte die beruhigenden Worte noch einmal, um sich selbst zu überzeugen. »So weit kommt es nicht. Die Leute sind ganz gewiß dagegen.«

Lady Käsedick strich über Errols Haut.

»Ich wüßte wirklich gern, was hier drunter vor sich geht«, sagte sie. Der kleine Drache versuchte, ihr Gesicht zu belecken. »Was hat er gefressen?«

»Wenn ich mich recht entsinne, bestand seine letzte Mahlzeit aus einem ziemlich großen Kessel«, antwortete Mumm.

»Einem Kessel mit was drin?«

»Nein. Ich meine nur einen Kessel. Ein schwarzes Ding mit Henkeln und Tülle. Er beschnüffelte ihn eine Zeitlang und verschlang ihn schließlich.«

Errol lächelte schief und rülpste. Sowohl Lady Käsedick als auch Mumm duckten sich.

»Oh, und außerdem leckte er Ruß aus dem Kamin«, fügte Mumm hinzu, als sie es wagten, wieder über die Brüstung zu blicken.

Sie beugten sich erneut über den bunkerartigen und mit dicken Stahlplatten verstärkten Pferch. Er gehörte zu der von Lady Käsedick eingerichteten Krankenabteilung und mußte speziell abgesichert sein, weil kranke Drachen gleich zu Anfang die Kontrolle über ihre Verdauung verloren.

»Eigentlich sieht er gar nicht krank aus«, bemerkte Ihre Ladyschaft. »Nur dick.«

»Er jammert viel. Und unter seiner Haut bewegt sich etwas. Weißt du, was ich glaube? Du hast mir doch erzählt, daß Sumpfdrachen in der Lage sind, ihr Verdauungssystem zu verändern.«

»O ja. All die Mägen und Bauchspeicheldrüsen und so können auf verschiedene Art und Weise miteinander verbunden werden. Um ...«

»Um alle zur Verfügung stehenden Nährstoffe in etwas Brennbares zu verwandeln«, sagte Mumm. »Ja. Ich glaube, Errol bereitet sich auf sehr heißes Feuer vor. Er will den großen Drachen herausfordern. Jedesmal wenn das Biest fliegt, starrt er nach oben und heult.«

»Und dabei explodiert er nicht?«

»Bisher ist uns nichts dergleichen aufgefallen. Ich meine, wir hätten bestimmt etwas bemerkt.«

»Und er frißt praktisch alles?«

»Wie man's nimmt. Er beschnüffelt alles und verspeist die meisten Dinge. Zum Beispiel zwei Gallonen Lampenöl. Nun, ich kann ihn wohl kaum im Wachhaus lassen. Dort sind wir nicht in der Lage, uns richtig um ihn zu kümmern. Darüber hinaus brauchen wir jetzt nicht mehr festzustellen, wo sich der große Drache befindet«, fügte Mumm bitter hinzu

»Ich glaube, du siehst das alles ein bißchen zu eng«, erwiderte Lady Käsedick und ging zum Haus zurück. Mumm folgte ihr.

»Zu eng? Hunderte, nein, *Tausende* haben meine Entlassung beobachtet!«

»Ja, aber bestimmt war das alles ein Mißverständnis.«

»Für *mich* nicht. Ich verstehe es mühelos.«

»Nun, vermutlich ärgerst du dich so sehr, weil du impotent bist.«

Mumms Augen quollen aus den Höhlen. »Was?« brachte er hervor.

»In Hinsicht auf den Drachen, meine ich«, fuhr Lady Käsedick unbekümmert fort. »Weil du nichts gegen ihn unternehmen kannst.«

»Ich schätze, diese verdammte Stadt und der Drache verdienen sich gegenseitig«, brummte Mumm.

»Die Leute fürchten sich. Man kann nicht viel von ihnen erwarten, wenn sie sich fürchten.« Lady Käsedick berührte ihn sanft am Arm. Ihre Hand bewegte sich wie die stählerne Greifklaue eines Industrieroboters, der ein Ei anhebt.

»Nicht jeder ist so tapfer wie du«, verkündete sie schüchtern.

»Wie ich?«

»In der letzten Woche. Als du die aufgebrachte Menge daran gehindert hast, meine Sumpfdrachen zu töten.«

»Ach, *das!* So etwas hat nichts mit Tapferkeit zu tun. Außerdem waren es nur Leute. Leute sind viel einfacher. Eins sage ich dir: Ich habe keine Lust, noch einmal aus unmittelbarer Nähe in die Nüstern des Drachen zu starren. Manchmal erwache ich tagsüber und erinnere mich daran.«

»Oh.« Lady Käsedick schien ein wenig enttäuscht zu sein. »Nun, wenn du meinst ... Ich habe viele Freunde, weißt du. Falls du Hilfe brauchst — ein Wort genügt. Ich habe gehört, der Herzog von Sto Helit sucht nach einem Hauptmann für seine Wache. Ich setze ein Empfehlungsschreiben für dich auf. Der Herzog und seine Gattin gefallen dir bestimmt. Sollen sehr nett sein.«

»In bezug auf meine berufliche Zukunft habe ich noch keine endgültige Entscheidung getroffen«, erwiderte Mumm. Es klang mürrischer, als er beabsichtigt hatte. »Ich ziehe das eine oder andere Angebot in Betracht.«

»Oh, natürlich. Ich bin sicher, du kommst gut zurecht.«

Mumm nickte.

Lady Käsedick zupfte an ihrem Taschentuch, drehte es hin und her.

»Nun gut«, sagte sie.

»Nun«, sagte Mumm.

»Wahrscheinlich, äh, möchtest du jetzt gehen.«

»Ja, ich denke schon.«

Kurze Stille folgte. Dann sprachen beide gleichzeitig.

»Es ist sehr ...«

»Ich wollte nur sagen ...«

»Entschuldigung.«

»Verzeihung.«

»Ich habe dich unterbrochen.«

»Macht nichts. War nicht weiter wichtig.«

»Oh.« Mumm zögerte. »Nun, ich sollte jetzt besser gehen.«

»Oh. Ja.« Lady Käsedick lächelte gezwungen. »Du kannst die vielen Offiziere nicht warten lassen.«

Sie streckte die Hand aus. Mumm griff vorsichtig danach.

»Tja, dann gehe ich jetzt«, murmelte er.

»Besuch mich, wenn du in der Gegend bist«, entgegnete Ihre Ladyschaft etwas kühler. »Errol würde sich bestimmt freuen, dich wiederzusehen.«

»Ja. Nun. Auf Wiedersehen.«

»Auf Wiedersehen, Hauptmann Mumm.«

Er wankte nach draußen, marschierte mit langen Schritten über den dunklen unkrautüberwucherten Pfad und spürte dabei Lady Käsedicks Blick im Nacken — zumindest versuchte er sich einzureden, ihn zu spüren. *Bestimmt steht sie in der Tür und füllt sie fast ganz aus. Sie beobachtet mich. Aber ich drehe mich nicht um. Nein, das wäre dumm. Ich meine, sie ist wirklich nett, hat eine Menge gesunden Menschenverstand und eine enorme Persönlichkeit, aber ...*

Ich sehe nicht zurück, auch wenn sie dort drüben steht und mir bis zur Straße nachstarrt. Manchmal muß man grausam sein, wenn man es gut meint.

Mumm hatte erst die Hälfte des Weges hinter sich gebracht, als er hörte, wie die Tür zufiel. Zorn brodelte in ihm, und er fühlte sich plötzlich so, als habe man ihm irgend etwas geraubt.

Er blieb in der Dunkelheit stehen und ballte mehrmals die Fäuste. Er war nicht mehr Hauptmann Mumm, sondern Bürger Mumm, und das bedeutet, er konnte sich mit Dingen befassen, von denen er früher nicht einmal zu träumen gewagt hatte. *Wie wär's, wenn ich das eine oder andere Fenster zertrümmere?* überlegte er.

Nein, das hatte keinen Sinn. Es verlangte ihn nach mehr. Er wollte es dem verdammten Drachen zeigen, seinen Rang zurück, denjenigen durch die Mangel drehen, der hinter dieser ganzen Sache steckte. Er wollte sich wenigstens einmal vergessen und jemanden bis zur Erschöpfung verprügeln ...

Mumm blickte ins Leere. Vom Hügel aus gesehen war

die Stadt eine Ansammlung aus Rauch und Dampf. Doch daran dachte er gar nicht.

Er dachte an einen laufenden Mann. Und weiter hinten in den wirren Nebelschwaden seines Lebens lief ein Junge, der zu ihm aufschließen wollte.

»Ist jemand entkommen?« fragte er sich halblaut.

Feldwebel Colon beendete die Proklamation und musterte die feindselig wirkenden Zuhörer.

»Gebt nicht mir die Schuld«, sagte er. »Ich lese nur vor. Ich hab's nicht geschrieben.«

»Das bedeutet Menschenopfer«, brummte jemand.

»Mit Menschenopfern ist soweit alles in Ordnung«, kommentierte ein Priester.

»Ja, *per seh*«, erwiderte der erste Mann hastig. »Wenn es angemessene religiöse Gründe dafür gibt. Und wenn man verurteilte Verbrecher und so benutzt.* Aber es geht nicht an, irgend jemanden dem Drachen vorzuwerfen, nur weil ihm der Magen knurrt.«

»Das ist die richtige Einstellung«, lobte Feldwebel Colon.

»Steuern sind eine Sache, das Fressen von Menschen eine ganze andere.«

»Fürwahr!«

»Was kann der Drache schon tun, wenn wir alle dagegen sind?«

---

* Einige Religionen in Ankh-Morpork praktizierten noch immer das Menschenopfer, sehr zur Freude der Tempelgemeinden, die wie alle Bürger Ankh-Morporks großen Gefallen an interessanter Unterhaltung fanden. Die Gesetze der Stadt bestimmten, daß bei derartigen Zeremonien nur verurteilte Verbrecher verwendet werden durften, aber das stellte überhaupt kein Problem dar. In der Weigerung, sich auf dem Blutaltar zu opfern, sahen die meisten Religionen ein Verbrechen, das es verdiente, mit dem Tod bestraft zu werden.

Nobby setzte zu einer Antwort an. Colon hielt ihm rasch den Mund zu und hob triumphierend die Faust.

»Das ist ganz meine Meinung«, sagte er. »Das vereinte Volk ist feuerfest!«

Jubel erklang.

»Einen Augenblick mal!« rief ein kleiner Mann langsam. »Soweit wir wissen, versteht sich der Drache prächtig darauf, über der Stadt hin und her zu fliegen und Leute zu verbrennen. Ich weiß nicht recht, womit wir ihn daran hindern könnten.«

»Ja, aber wenn wir *alle* protestieren ...«, begann der erste Sprecher. Unsicherheit untermalte seine Stimme.

»Er kann unmöglich *jeden* Bewohner Ankh-Morporks verbrennen«, warf Colon ein. Er beschloß, erneut seinen Trumpf auszuspielen, und intonierte stolz: »Das vereinte Volk ist feuerfest!« Diesmal war der Jubel nicht ganz so laut. Das Publikum sparte seine emotionale Kraft, um sich zunehmender Besorgnis hinzugeben.

»Nun, eigentlich frage ich mich, warum er *nicht* dazu in der Lage sein sollte. Warum soll es ihm unmöglich sein, jeden zu verbrennen und anschließend zu einer anderen Stadt zu fliegen?«

»Weil ...«

»Der Hort«, sagte Colon. »Er benötigt Menschen, die ihm Schätze bringen.«

»Ja.«

»Nun, vielleicht, aber wie viele?«

»Was?«

»Wie viele Menschen? In Ankh-Morpork, meine ich. Vielleicht braucht er nicht die ganze Stadt in Schutt und Asche zu legen, nur Teile davon. Welche Teile, frage ich mich?«

»Das ist doch blöd«, sagte der erste Sprecher. »Wenn wir die ganze Zeit über nach irgendwelchen Problemen Ausschau halten, bringen wir überhaupt nichts zustande.«

»*Ich* meine, es zahlt sich aus, vorher genau zu überlegen. Um nur ein Beispiel zu nennen: Was passiert, wenn wir den Drachen besiegen?«

»Dann haben wir ihn besiegt!« betonte Feldwebel Colon.

»Nein, im Ernst. Wie lautet die Alternative?«

»Sie besteht in einem Menschen!«

»Genau«, bestätigte der kleine Mann. »Aber ich schätze, ein Opfer im Monat ist gar nicht übel, wenn man die Sache mit einigen früheren Herrschern vergleicht. Erinnert sich jemand an den Wahnsinnigen Nersh? Oder an den Kichernden Lord Smince und seinen Lach-ein-bißchen-Kerker?«

Hier und dort ertönten gemurmelte Bemerkungen wie »Da hat er recht.«

»Aber sie wurden gestürzt!« rief Colon.

»Nein, das stimmt nicht. Man brachte sie um«

»Läuft doch aufs gleiche hinaus«, sagte Colon. »Ich meine, niemand wird den Drachen ermorden. Eins steht fest: Dazu braucht man mehr als nur eine dunkle Nacht und ein scharfes Messer.«

Jetzt kann ich den Hauptmann verstehen, fuhr es Colon durch den Sinn. *Kein Wunder, daß er immer was trinkt, nachdem er über gewisse Dinge nachgedacht hat. Wir sind unser größter Gegner. Ich meine, wir schlagen uns selbst, bevor wir in den Kampf ziehen. Wenn man einem Ankh-Morporkianer einen Knüppel gibt, so kann man ziemlich sicher sein, daß er sich damit erschlägt.*

»Jetzt hör mal gut zu, du sanftzüngiger Hohlkopf«, sagte der erste Sprecher, packte den kleinen Mann am Kragen und ballte die freie Hand zur Faust. »Zufälligerweise habe ich drei Töchter, und zufälligerweise möchte ich nicht, daß sie gefressen werden, nein, besten Dank.«

»Ja, und das vereinte ... Volk ... ist ...«

Colon unterbrach sich, als er merkte, daß die Leute nach oben sahen.

Verdammter Mist! dachte er, als die Vernunft aus ihm floh. *Offenbar hat das Biest Flanellfüße.*

Der Drache hockte auf dem Dach des nächsten Hauses, schlug ein- oder zweimal mit den Schwingen, gähnte und streckte dann den Hals nach unten.

Der Vater von drei Töchtern hob die Fäuste und stand in einem rasch größer werdenden Kreis aus nackten Kopfsteinen. Der kleine Mann befreite sich aus dem Griff und verschwand in den Schatten.

Herr Vater schien plötzlich der einsamste Mensch auf der ganzen Scheibenwelt zu sein. Niemand hatte weniger Freunde als er.

»Ich verstehe«, sagte er leise und starrte zu dem neugierigen Reptil empor. Es wirkte nicht besonders zornig, musterte ihn eher mit vagem Interesse.

»Es ist mir gleich!« rief der Vater, und in der Stille hallte seine Stimme von Mauer zu Mauer. »Wir unterwerfen uns niemandem, und dir schon gar nicht! Wenn du mich umbringst, kannst du ebensogut alle anderen töten!«

Unruhe entstand in der abseits stehenden Menge. Offenbar gab es Leute, die des Vaters Meinung nicht für ein ehernes Prinzip hielten.

»Wir können dir Widerstand leisten!« knurrte der Mann. »Das können wir doch, nicht wahr? Wie war das mit dem vereinten Volk, Feldwebel?«

»Äh«, sagte Colon und glaubte zu spüren, wie sich sein Rückgrat in Eis verwandelte.

»Ich warne dich, Drache. Die menschliche Natur ist ...«

Die Zuhörer fanden nie heraus, worin die menschliche Natur bestand, soweit es die Meinung des Vaters betraf. Allerdings ... Vielleicht litten einige von ihnen in den nächsten Nächten an Alpträumen, in denen sie noch einmal die nachfolgenden Ereignisse sahen. Vielleicht gelangten sie zu einer ebenso wichtigen wie bedrückenden Erkenntnis, wenn sie mitten in der Nacht schweißgebadet aus dem Schlaf schreckten. Vielleicht begriffen sie dann, daß man in Hinsicht auf die menschliche Natur häufig etwas vergißt: Unter gewissen Umständen mag sie edel und tapfer und wundervoll sein, aber in den meisten Fällen bleibt sie schlicht und einfach menschlich.

Die Drachenflamme traf den Vater mitten auf der Brust. Für einen Sekundenbruchteil zeichnete er sich als glühende und sehr heiße Silhouette ab, und dann rieselte schwarze Asche aufs geschmolzene Pflaster.

Das helle Schimmern des Feuers verblaßte.

Die Leute standen völlig erstarrt und fragten sich, was mehr Aufmerksamkeit erregte: völlige Reglosigkeit oder eilige Flucht.

Der Drache beobachtete sie, neugierig darauf, wie sie sich jetzt verhalten würden.

Colon fühlte sich als einziger offizieller Vertreter der Stadt verpflichtet, die Situation unter Kontrolle zu bringen. Er hüstelte.

»Na schön«, sagte er und versuchte, das Zittern aus seiner Stimme zu verscheuchen. »Wenn ihr jetzt bitte weitergehen würdet, meine Damen und Herren ... Geht nur! Hier gibt es jetzt nichts mehr, äh, zu sehen. Glaube ich.«

Er winkte mit den Armen und trachtete danach, sich besonders selbstbewußt zu geben. Erleichtert stellte er fest, daß die Menge reagierte: Füße setzten sich in Bewegung, trugen Männer und Frauen fort. Aus den Augenwinkeln sah er rote Flammen hinter den Dächern; Funken stoben gen Himmel.

»Kehrt heim!« Und etwas leiser fügte er hinzu: »Falls ihr noch ein Zuhause habt.«

Der Bibliothekar wankte aus der Bibliothek des Hier und Jetzt. Wut richtete jedes einzelne Haar an seinem Leib auf.

Er öffnete die Tür und starrte in die entsetzte Stadt.

Irgend jemand dort draußen würde bald feststellen, daß der schlimmste Alptraum in einem zornigen Bibliothekar bestand, der eine Dienstmarke trug.

Der Drache glitt träge über die nächtliche Stadt. Er brauchte kaum mit den Flügeln zu schlagen — der warme Aufwind genügte.

Überall in Ankh-Morpork brannten Feuer. Zwischen dem Fluß und diversen in Flammen stehenden Gebäuden hatten sich so viele Löschketten gebildet, daß eine neue Art von Delikt entstand: Eimer wurden entführt. Nun, eigentlich benötigte man gar keine Eimer, um das trübe Wasser des Ankh zu transportieren — ein Netz reichte völlig aus.

Stromabwärts bemühten sich einige rußgeschwärzte Gestalten, die großen und halb verrosteten Tore unter der Messingbrücke zu schließen. Sie stellten Ankh-Morporks letzten Schutz vor einer verheerenden Brandkatastrophe dar. Wenn sie geschlossen waren, gab es keinen Abfluß mehr für den Ankh, und dann quoll die zumindest zähflüssige Masse zwischen den beiden Ufern durch die Straßen und Gassen. Der Gestank stellte eine nicht unerhebliche Gefahr dar: Man konnte darin ersticken.

Die Arbeiter auf der Brücke waren die einzigen Bürger der Stadt, die nicht fliehen konnten oder wollten. Viele andere dagegen verließen die leidgeprüfte Metropole und eilten über die kalte, von Dunstschwaden umhüllte Ebene.

Aber nicht lange. Eine Zeitlang beobachtete der Drache die züngelnden Flammen, und dann segelte er anmutig über den Stadtwall hinweg. Nach einigen Sekunden sahen die Wächter aktinisches Feuer im Nebel. Die menschliche Flut wogte zurück, und der Drache folgte ihr wie ein Schäferhund. Die vielen Feuer in Ankh-Morpork schufen einen roten Widerschein unter seinen Schwingen.

»Hast du irgendeine Ahnung, was wir jetzt unternehmen sollen, Feldwebel?« fragte Nobby.

Colon gab keine Antwort. *Wäre nur Hauptmann Mumm hier,* dachte er. *Er hätte ebenfalls nicht gewußt, worauf es jetzt ankommt, aber er hat einen größeren Wortschatz, um seine Verwirrung zum Ausdruck zu bringen.*

Einige Feuer erloschen, als steigendes Wasser und das Durcheinander der Löschketten den angestrebten Zweck erfüllten. Der Drache schien nicht geneigt zu sein, weitere Gebäude in Brand zu setzen. Er hatte seinen Standpunkt verdeutlicht.

»Ich frage mich, wer ausgewählt wird«, sagte Nobby.

»Was?« murmelte Karotte.

»Als Opfer, meine ich.«

»Der Feldwebel wies darauf hin, daß die Leute bestimmt nicht damit einverstanden sind«, erwiderte Karotte gleichmütig.

»Nun, äh. Sieh es mal aus folgendem Blickwinkel. Wenn man den Leuten sagt: Entweder geht euer Haus in Flammen auf, oder der Drache verspeist eine junge Frau, die ihr wahrscheinlich überhaupt nicht kennt ... Nun, dann werden sie vielleicht nachdenklich. Liegt an der menschlichen Natur, weißt du.«

»Ich bin sicher, daß rechtzeitig ein Held erscheint«, entgegnete Karotte. »Mit einer neuen Waffe oder so. Und damit trifft er den Drachen an der ämpfindlichen Stelle.«

Es folgte das Schweigen aufmerksamen Lauschens.

»Wo?« erkundigte sich Nobby.

»An einer Stelle, wo der Drache ämpfindlich ist. Mein Großvater hat mir Geschichten erzählt. Triff einen Drachen an der Ämpfindlichkeit, sagte er immer. Dann hat es ihn erwischt.«

»So wie jemanden in die Dingsbums treten?« fragte Nobby interessiert.

»Keine Ahnung. Vielleicht. Aber wie ich schon sagte, Nobby: Es ist nicht richtig ...«

»Und wo befindet sich die Stelle?«

»Oh, bei jedem Drachen woanders«, antwortete Karotte. »Man wartete, bis er über einen hinwegfliegt, und dann sagt man: He, da ist die ämpfindliche Stelle. Und anschließend tötet man ihn.« Karotte zögerte kurz. »Oder so ähnlich.«

Feldwebel Colon starrte ins Leere.

»Hmm«, brummte Nobby.

Einige Minuten lang beobachteten sie das Panorama der Stadt. Dann fragte Colon: »Und du bist ganz sicher, was die Ämpfindlichkeiten betrifft?«

»O ja. Ja.«

»Ich wünschte, das wäre nicht der Fall, Junge.«

Erneut blickten sie zur Stadt, in der es noch immer recht turbulent zuging.

»Nun, Feldwebel«, begann Nobby, »ich erinnere mich an deine Schilderungen darüber, daß du früher Preise im Bogenschießen gewonnen hast. Angeblich hattest du einen Glückspfeil, der dir sehr am Herzen lag, weil es ein Glückspfeil war, und ...«

»Schon gut, schon gut! Aber das läßt sich wohl kaum mit *dieser* Situation vergleichen, oder? Außerdem bin ich kein Held. Warum sollte ausgerechnet *ich* versuchen, den Drachen zu töten?«

»Hauptmann Mumm bezahlt dir dreißig Dollar im Monat«, warf Karotte ein.

»Ja«, bestätigte Nobby lächelnd, »und der Feldwebel bekommt fünf weitere Dollar. Verantwortungszuschlag.«

»Aber Hauptmann Mumm ist nicht mehr bei uns«, erwiderte Colon verzweifelt.

Karotte bedachte ihn mit einem strengen Blick. »Wenn er hier wäre, würde er gewiß nicht zögern ...«

Colon brachte ihn mit einem hastigen Wink zum Schweigen. »Das hört sich alles toll an. Aber wenn ich das Ziel verfehle?«

»Betrachte es einmal von der positiven Seite«, sagte Nobby. »Wenn du nicht triffst, hast du kaum Zeit genug, es zu bereuen.«

Feldwebel Colons Gesicht verwandelte sich in eine Grimasse, als er betont grimmig grinste. »Das gilt auch für dich.«

»Wie bitte?«

»Wenn du glaubst, daß ich ganz allein auf irgendeinem Dach hocke, so hast du dich gründlich geirrt. Ich befehle dir hiermit, mich zu begleiten. Außerdem bekommst du ebenfalls einen Verantwortungszuschlag, wenn auch nur einen Dollar.«

Nobby geriet in Panik. »Nein, das stimmt nicht!« stieß er hervor. »Hauptmann Mumm hat ihn für die nächsten fünf Jahre gestrichen, weil ich eine Schande für die Menschheit bin!«

»Nun, vielleicht bekommst du ihn zurück. Wie dem auch sei: Du kennst dich bestens mit ämpfindlichen Stellen aus. Ich habe beobachtet, wie du kämpfst.«

Karotte salutierte zackig. »Bitte um Erlaubnis, mich freiwillig zu melden, Sir. Ich erhalte nur zwanzig Dollar im Monat, weil ich noch in der Ausbildung bin, aber das macht mir nichts aus, Sir.«

Feldwebel Colon räusperte sich und rückte seinen Brustharnisch zurecht, der die metallenen Nachbildungen ausgeprägter Brustmuskeln zeigte. Colons Brust und Bauch paßten sich den Konturen so gut an wie Gelee einer Gußform.

Wie würde sich Hauptmann Mumm jetzt verhalten? überlegte er. *Nun, er träfe wahrscheinlich die Entscheidung, etwas zu trinken. Doch wenn er statt dessen zu handeln beschlösse?*

»Wir brauchen einen Plan«, verkündete der Feldwebel.

Das klang gut. Allein dieser Satz war einen Monatssold wert. Mit einem Plan rückte der Erfolg in greifbare Nähe.

Colon glaubte schon, den Jubel der geretteten Bürger zu hören. Sie säumten die Straßen, warfen Blumen, trugen ihn im Triumphzug durch die Stadt.

Der Nachteil bestand nur daran, daß er sich in einer Urne befand.

Lupin Wonse schlurfte durch die kühlen Flure und näherte sich dem Schlafzimmer des Patriziers. Es war nie ein sehr luxuriöser Raum gewesen, enthielt nur ein schmales Bett und einige wacklige Schränke. Jetzt sah es noch schlimmer aus, denn eine Wand fehlte. Wer dort schlafwandelte, lief Gefahr, in die gewaltige Höhle des Großen Saals zu fallen.

Trotzdem schloß Wonse die Tür, um zumindest den Anschein von Privatsphäre zu wahren. Dann ging er in die Mitte des Zimmers, warf einen vorsichtigen und nervösen Blick in die weite Halle, bückte sich und hob eine Bodendiele.

Er holte einen langen schwarzen Umhang aus dem Versteck hervor, griff anschließend noch etwas tiefer, sank auf die Knie, schob beide Arme ins staubige Geheimfach und tastete mit wachsender Verzweiflung umher.

Ein Buch flog durchs Zimmer und traf ihn am Hinterkopf.

»Du suchst das hier, nicht wahr?« Mumm trat aus den Schatten.

Wonse drehte langsam den Kopf, und seine Kinnlade klappte nach unten.

Mumm wußte, was der Sekretär sagen wollte, dachte in diesem Zusammenhang an Bemerkungen wie *Ich kann mir denken, was du jetzt denkst, aber du irrst dich* oder *Wie bist du hierhergekommen?* oder vielleicht auch *Ich kann alles erklären.* Mumm bedauerte es, keinen geladenen Drachen dabei zu haben.

»Na schön«, sagte Wonse. »Ziemlich schlau von dir.« Offenbar bemühte sich der Sekretär um verbale Originalität.

»Unter den Dielen«, sagte Mumm. »Dort, wo man zuerst sucht. Wirklich sehr einfallsreich.«

»Ich weiß«, erwiderte Wonse. »Vermutlich hat er nicht damit gerechnet, daß jemand sucht.« Er stand auf und klopfte den Staub ab.

»Wie bitte?« fragte Mumm freundlich.

»Vetinari. Du weißt ja, wie sehr ihm Intrigen gefielen. Er war an den meisten Verschwörungen gegen sich selbst beteiligt. Seine Vorstellung von guter Verwaltung. Er fand Gefallen daran. Offenbar hat er den Drachen beschworen, aber dann konnte er ihn nicht kontrollieren. Das Ungeheuer ist noch viel gerissener als er.«

»Und was führt dich hierher?« erkundigte sich Mumm.

»Ich habe mir überlegt, ob es möglich ist, den Zauber rückgängig zu machen. Oder einen zweiten Drachen zu beschwören. Dann würden sie gegeneinander kämpfen.«

»Eine Art Gleichgewicht des Schreckens, wie?« brummte Mumm.

»Das könnte zumindest einen Versuch wert sein«, sagte Wonse ernst. Er stand auf und trat einige Schritte näher. »Hör mal, was deinen Rang betrifft, ich meine, wir waren beide ziemlich gereizt, und deshalb, ich meine, wenn du wieder Hauptmann sein möchtest, ist überhaupt kein Pro ...«

»Es muß schrecklich gewesen sein«, unterbrach Mumm den Sekretär. »Stell dir nur mal vor, wie es ihm ergangen ist. Er hat den Drachen beschworen und stellte dann fest, daß es sich nicht um ein Werkzeug handelt, sondern um ein Geschöpf mit eigenem Willen. Mit einem Bewußtsein, das seinem eigenen ähnelt, in dem es jedoch überhaupt keine Bremsen gibt. Weißt du, ich bin fast sicher, daß er zu Anfang glaubte, der Stadt einen Dienst zu erweisen. Bestimmt ist er übergeschnappt. Früher oder später.«

»Ja«, sagte Wonse heiser. »Es dürfte schrecklich gewesen sein.«

»Bei allen Göttern, ich würde ihn mir gern vorknöpfen! Ich kenne ihn seit vielen Jahren, und erst jetzt wird mir klar, daß er vollkommen ausgerastet ist ...«

Wonse schwieg.

»Lauf!« sagte Mumm leise.

»Was?«

»Lauf! Ich möchte dich laufen sehen.«

»Ich verstehe ni ...«

»In der Nacht, als der Drache das Versammlungshaus verbrannte, habe ich jemanden beobachtet, der davonlief. Er bewegte sich irgendwie seltsam, *hüpfte* praktisch durch die Straße. Und später habe ich gesehen, wie du vor dem Drachen geflohen bist. Könnte fast der gleiche Mann sein, dachte ich mir. Läuft nicht richtig, sondern springt eher. Wie jemand, der verzweifelt versucht, mit irgendwelchen Leuten Schritt zu halten. *Ist jemand entkommen, Wonse?*«

Der Sekretär hob eine Hand und gab sich alle Mühe, möglichst beiläufig zu winken. »Das ist doch lächerlich«, erwiderte er. »Du hast keinen Beweis.«

»Du schläfst jetzt hier, nicht wahr?« fragte Mumm. »Ich nehme an, der *König* möchte, daß du immer in der Nähe bist, stimmt's?«

»Du hast überhaupt keinen Beweis«, flüsterte Wonse.

»Natürlich nicht. Die Art und Weise, wie jemand läuft. Ein drängender Tonfall. Das ist alles. Aber spielt es eine Rolle? Nein, nicht die geringste. Selbst *wenn* ich einen Beweis hätte — es gibt niemanden, der in der Lage wäre, damit etwas anzufangen, über dich zu richten.

Außerdem: Du kannst mir meinen Rang nicht zurückgeben.«

»Doch, das kann ich!« widersprach Wonse. »Ich könnte dich sogar befördern. Du brauchst dich nicht damit zufriedenzugeben, Hauptmann zu sein ...«

»Du kannst mir meinen Rang nicht zurückgeben«, wiederholte Mumm. »Weil es dir nie zustand, ihn mir zu nehmen. Ich bin kein Offizier der Stadt, des Königs oder des Patriziers gewesen, sondern ein Vertreter des Gesetzes. Es mag korrupt und falsch gewesen sein, aber es war das Gesetz. Jetzt gibt es nur noch eine Regel in Ankh-Morpork. Sie lautet: ›Wenn du nicht aufpaßt, wirst du bei lebendigem Leib gebraten.‹ Wo bleibt da noch Platz für mich?«

Wonse sprang vor und griff nach Mumms Arm.

»Hilf mir!« brachte er hervor. »Vielleicht gibt es eine Möglichkeit, den Drachen zu töten. Oder wir kümmern uns um die Bevölkerung und versuchen, das Schlimmste zu verhüten. Wir vereinbaren einen geheimen Treffpunkt und ...«

Mumms Schlag traf Wonse an der Wange und ließ ihn zurücktaumeln.

»Der Drache ist *hier!*« sagte er scharf. »Man kann ihm nicht gut zureden oder mit ihm verhandeln. Es ist völlig unmöglich, mit einem Drachen Frieden zu schließen. Du hast ihn hergeholt, und jetzt werden wir ihn nicht mehr los, du verdammter *Mistkerl!*«

Wonse ließ die Hand sinken. Ein rote Fleck zeigte sich dort, wo ihn Mumms Ohrfeige getroffen hatte.

»Was hast du jetzt vor?« fragte er.

Darauf wußte Mumm keine Antwort. Als er sich diese Begegnung vorstellte, hatte er an Dutzende von verschiedenen Möglichkeiten gedacht, und bei den meisten ging es darum, Wonse umzubringen. Es erschien nur angemessen. Doch jetzt, als er ihm von Angesicht zu Angesicht gegenüberstand, war er einfach nicht dazu fähig.

»Das ist das Problem mit Leuten wie dir«, sagte der Sekretär. »Ihr seid immer gegen alle Versuche, die Welt zu verbessern, aber ihr habt nie eigene Pläne. Wachen! Wachen!«

Wonse starrte Mumm an und grinste wie ein Irrer.

»Damit hast du nicht gerechnet, was? Hier gibt es immer noch Wächter, jawohl. Natürlich nicht mehr so viele. Seit einiger Zeit bekommen wir nur noch selten Besuch.«

Schritte näherten sich durch den Korridor, und kurz darauf traten vier Palastwächter mit gezückten Schwertern ein.

»An deiner Stelle würde ich nicht versuchen, mich zur Wehr zu setzen«, riet Wonse. »Diese Männer sind unberechenbar und zum Äußersten entschlossen. Trotzdem werden sie gut bezahlt.«

Mumm schwieg. Wonse gehörte zur menschlichen Subspezies der Hämer, zu den Leuten, die hämische Schadenfreude über alles liebten. Nun, bei Hämern hatte man immer eine Chance. Ganz im Gegensatz zum alten Patrizier: Wenn er wollte, daß jemand starb, so erfuhr der Betreffende nie etwas davon.

Wenn man es mit Hämern zu tun hatte, so mußte man sich an die Spielregeln halten.

»Damit kommst du nie durch«, sagte Mumm.

»Da hast du recht«, erwiderte Wonse. »Ja, da hast du vollkommen recht. Aber ›nie‹ ist eine lange Zeit, und irgendwann erwischt es jeden von uns. Der einzige Unterschied für dich besteht darin, daß du *jetzt* dran bist.

Du wirst Zeit genug bekommen, darüber nachzudenken.« Er wandte sich an die Wächter. »Werft ihn in den *speziellen* Kerker. Und kümmert euch dann um die andere Sache.«

»Äh«, sagte der Anführer und zögerte.

»Was ist denn, Mann?«

»Du möchtest, daß wir ihn, äh, angreifen?« fragte der Wächter kummervoll. Die Palastwächter waren zwar ziemlich dumm, aber sie kannten die allgemeinen Sitten ebensogut wie alle anderen. Wenn Wachen gerufen werden, um in einer kritischen Situation mit einem Mann fertig zu werden, so deutet alles auf Komplikationen hin. *Der Kerl will bestimmt heldenhaft sein,* dachte der Anführer. Er freute sich nicht auf eine Zukunft, in der er tot war.

»Natürlich, du Idiot!«

»Aber, äh, er ist ganz allein«, sagte der Offizier.

»Und er grinst«, fügte der Mann hinter ihm hinzu.

»Wahrscheinlich schwingt er sich gleich an Kronleuchtern hin und einer«, bemerkte ein anderer. »Und setzt über Tische hinweg und so.«

»Er ist nicht einmal bewaffnet!« kreischte Wonse.

»Die schlimmste Sorte«, stellte ein Wächter mit unerschütterlicher Besorgnis fest. »weißt du, sie springen hoch und ziehen ein Zierschwert hinter dem Schild überm Kamin hervor.«

»Ja«, bestätigte ein Kollege argwöhnisch. »Und dann schmettern sie einem Stühle auf den Kopf.«

»Hier gibt es weder einen Kamin noch irgendwelche Zierschwerter, nur ihn!« ereiferte sich Wonse. »Schnappt ihn endlich!«

Zwei Wächter packten Mumm versuchsweise an den Schultern.

»Und du willst wirklich nicht heldenhaft sein?« flüsterte einer von ihnen.

»Wüßte gar nicht, wie ich das anstellen sollte.«

»Oh. Gut.«

Als Mumm fortgezerrt wurde, hörte er, wie Wonse schrill loslachte. Hämische Menschen lachen immer schrill; sie können gar nicht anders.

Aber in einem Punkt hat er recht, dachte Mumm. *Ich habe keinen Plan.* Er hatte nicht darüber nachgedacht, was nach der Begegnung mit Wonse geschehen sollte. *Wie närrisch von mir anzunehmen, die Konfrontation mit dem Mistkerl genüge, um unter alles einen Schlußstrich zu ziehen.*

Er fragte sich, was ›die andere Sache‹ bedeutete.

Die Palastwächter gaben keinen Ton von sich, blickten starr geradeaus, führten ihn durch den verheerten Großen Saal und dann zu einer unheilvoll wirkenden Tür. Sie öffneten sie, stießen Mumm über die Schwelle, schlossen den Zugang wieder und marschierten fort.

Niemand, absolut niemand, bemerkte das dünne blattartige Etwas, das wie ein Ahornsamen vom dunklen Dach des Großen Saals herabfiel, sich mehrmals um die eigene Achse drehte und im glitzernden Tand des Drachenhorts liegenblieb.

Es handelte sich um eine Erdnußschale.

Die Stille weckte Lady Käsedick. Ihr Schlafzimmer befand sich in unmittelbarer Nähe der Drachenpferche, und deshalb war sie daran gewöhnt, ständig flüsternde Schuppen, das leise Klagen eines trächtigen Weibchens oder das Zischen eines im Schlaf ausgestoßenen Flammenstrahls zu hören. Die Abwesenheit von Geräuschen kam dem Schrillen einer Alarmsirene gleich.

Sie hatte ein wenig geweint, bevor sie zu Bett ging, aber nicht viel — immerhin war es sinnlos, sentimental zu sein und sich gehenzulassen. Ihre Ladyschaft zündete die Lampe an, stieg in die Gummistiefel, griff nach einem Stock (möglicherweise stand nur er zwischen ihr und einem rein theoretischen Verlust ihrer Unschuld) und eilte durchs dunkle Haus. Als sie den feuchten Rasen zwischen dem Hauptgebäude und den Ställen überquerte, nahm sie geistesabwesend zur Kenntnis, daß in der Stadt etwas geschah. Aber sie achtete nicht weitere darauf. Drachen waren wichtiger.

Einige Sekunden später schob Lady Käsedick die Tür auf.

Nun, sie waren noch immer da. Der vertraute Gestank von Sumpfdrachen — zum einen Teil modriger Schlamm, zum anderen Chemikalien kurz vor der Explosion — wehte in die Nacht.

Jeder Drache balancierte mitten in seinem Pferch auf den Hinterbeinen und starrte mit grimmiger Konzentration an die Decke.

»Oh«, sagte Lady Käsedick. »Der Große fliegt wieder durch die Gegend, wie? Reine Angeberei. Seid unbesorgt, Kinderchen! Jetzt ist Mami hier.«

Sie stellte die Lampe auf ein hohes Regal und stapfte zu Errol.

»Nun, Bürschchen, wie geht es dir ...«, begann sie und unterbrach sich jäh.

Errol lag auf der einen Seite. Dünner grauer Rauch kräuselte aus seinem Maul, und der Bauch pulsierte wie ein Blasebalg. Vom Hals an war die Haut fast völlig weiß.

»Wenn ich jemals eine zweite Ausgabe der *Drachenkrankheiten* schreibe, widme ich dir ein ganzes Kapitel«, sagte Ihre Ladyschaft leise und öffnete das Pferchtor. »Mal sehen, ob das scheußliche Fieber nachgelassen hat, hm?«

Sie streckte die Hand aus, berührte einige Schuppen — und schnappte nach Luft. Mit einem jähen Ruck zog sie die Hand zurück und beobachtete, wie sich Blasen an den Fingerkuppen bildeten.

Errol war so kalt, daß er brannte.

Die Wärme von Lady Käsedicks Fingern hatte runde Schmelzspuren auf der Drachenhaut hinterlassen, doch es dauerte nur wenige Sekunden, bis sie unter einer dünnen Patina aus gefrorener Luft verschwanden.

Lady Käsedick setzte sich auf die Fersen.

»Was für ein Sumpfdrache *bist* du eigentlich?« fragte sie verwirrt.

Ein leises dumpfes Pochen wies darauf hin, daß jemand an die Haustür klopfte. Ihre Ladyschaft zögerte kurz, blies dann die Lampe aus, kroch schwerfällig an den einzelnen Stallnischen vorbei und zog das Sackleinen vor dem Fenster beiseite.

Das erste Licht der Morgendämmerung zeigte ihr die Silhouette eines Wächters vor der Tür. Die Federn an seinem Helm neigten sich in der sanften Brise hin und her.

Lady Käsedick biß sich in jäher Panik auf die Lippe, hastete zum Hinterausgang, floh über den Rasen, kehrte ins Haus zurück, stürmte die Treppe hoch und nahm dabei drei Stufen auf einmal.

»Ach, wie dumm von mir«, murmelte sie und dachte daran, daß sie die Lampe vergessen hatte. Es blieb ihr keine Zeit mehr, sie zu holen. Vielleicht verlor Mumm die Geduld und ging.

Tastsinn und Erinnerung halfen ihr dabei, sich in der Düsternis zurechtzufinden. Lady Käsedick griff nach der besten Perücke und rammte sie sich auf den Kopf. Irgendwo zwischen den Salben und für Sumpfdrachen bestimmten Heilmitteln auf der Frisierkommode befand sich etwas, das den rätselhaften Namen *Tau der Nacht* trug. Es handelte sich um das Geschenk eines gedankenlosen Neffen. Sie versuchte es mit mehreren Fläschchen, bevor sie, nach dem Geruch zu urteilen, das richtige fand. Selbst einer Nase, die ihre Wahrnehmungskapazität angesichts der überwältigenden Gerüche von Drachen schon vor langer Zeit drastisch reduziert hatte, erschien der Duft enorm wirkungsvoll. Nun, offenbar mochten Männer so etwas. So hieß es jedenfalls. *Eigentlich Blödsinn,* dachte Lady Käsedick und hielt trotzdem an der Entschlossenheit fest, derartige Hilfsmittel zu benutzen. Sie rückte den obersten Saum ihres plötzlich viel zu keuschen Nachthemds in eine Position, die zeigen, jedoch nicht enthüllen sollte. Im Anschluß daran eilte sie wieder nach unten.

Vor der Tür verharrte sie kurz, holte mehrmals tief Luft, drehte den Knauf, öffnete und bedauerte gleichzeitig, daß sie nicht die Gummistiefel ausgezogen hatte ...

»Nun, Hauptmann«, sagte sie gewinnend, »das ist wirklich *wer, zum Teufel, bist du?*«

Der Anführer der Palastwache trat einige Schritte zurück, und als Sohn eines Bauern verzichtete er nicht darauf, sich mit einigen heimlichen Zeichen vor bösen Geistern zu schützen. Die erhoffte Wirkung blieb aus. Als er die Augen wieder öffnete, stand die Gestalt noch immer in der Tür, zitterte vor Zorn und stank nach etwas Fauligem. Auf dem Kopf erstreckte sich eine schiefe Lockenmasse, und der enorme Busen hob und senkte sich auf eine Weise, die den Gaumen des Offiziers trokken werden ließ ...

Er hatte von solchen Erscheinungen gehört. Man nannte sie Harpyien. Was war nur aus Lady Käsedick geworden?

Die Gummistiefel verwirrten ihn allerdings. In den Legenden über Harpyien blieben Gummistiefel unerwähnt.

»Heraus damit, Bursche!« donnerte Lady Käsedick und zog den Ausschnitt des Nachthemds zusammen. »Steh nicht einfach so herum und gaff mich an. Was willst du?«

»Lady Sybil Käsedick?« fragte der Wächter. Er sprach nicht im höflichen Tonfall eines Mannes, der eine Bestätigung erwartet. Seine Stimme klang vielmehr so, als könne er sich kaum vorstellen, daß die Antwort ›ja‹ lautete.

»Benutz deine Augen, junger Mann. Für wen hältst du mich?«

Der Wächter riß sich zusammen.

»Nun, ich habe eine Vorladung für Sybil Käsedick«, sagte er unsicher.

»Was soll das heißen, eine Vorladung?« erwiderte Ihre Ladyschaft eisig.

»Äh, du sollst den Palast aufsuchen.«

»Was, so früh am Morgen? Es hat sicher Zeit bis später.« Lady Käsedick wollte die Tür schließen, aber es gelang ihr nicht. Ein im letzten Augenblick in den Spalt gezwängtes Schwert hinderte sie daran.

»Wenn du *nicht* mitkommst«, drohte der Wächter, »bin ich befugt, gewisse Maßnahmen zu ergreifen.«

Die Tür schwang wieder auf, und das Gesicht Ihrer Ladyschaft kam bis auf wenige Zentimeter an das des Wächters heran. Der Geruch verfaulender Rosenblätter raubte ihm fast das Bewußtsein.

»Wenn du mich anrührst ...«, begann sie.

Der Blick des Palastwächters huschte kurz zu den Drachenställen. Sybil Käsedick erbleichte.

»Das wagst du nicht!« zischte sie.

Der Mann schluckte. Die Frau vor ihm — wenn diese Bezeichnung zutraf — jagte ihm zwar einen gehörigen Schrecken ein, aber letztendlich war sie nur ein Mensch. Sie konnte einem höchstens den Kopf abreißen, bildlich gesprochen. Es gab viel schlimmere Dinge als Lady Käsedick, sagte er sich — obgleich sie derzeit nicht nur drei Zoll von seiner Nase entfernt waren.

»Maßnahmen ergreifen«, krächzte er.

Lady Käsedick richtete sich zu ihrer vollen Größe auf und musterte die Wächter hinter dem Offizier.

»Ich verstehe«, sagte sie kühl. »So ist das also, nicht wahr? Sechs Männer, um eine schwache, hilflose Frau zu überwältigen. Nun gut. Ihr werdet mir natürlich gestatten, einen Mantel überziehen. Es ist recht frisch.«

Sie warf die Tür zu.

Die Palastwächter stampften mit den Füßen auf, hauchten in die kalten Hände und vermieden es, sich anzusehen. Eigentlich sollte es bei Verhaftungen anders zugehen. Für die betreffenden Personen *gehörte* es sich einfach nicht, die Wachen draußen warten zu lassen. Nein, die Welt funktionierte auf eine ganz andere Art und Weise. Andererseits: Die einzige Alternative bestand darin, ins Haus zu stürmen und Ihre Ladyschaft mit Gewalt nach draußen zu zerren, und diese Vorstellung erfüllte sowohl den Offizier als auch seine Begleiter mit tiefem Unbehagen. Außerdem war der Anführer gar nicht sicher, ob er genug Männer hatte, um Lady Käsedick gegen ihren Willen fortzubringen. Dazu brauchte man sicher einige hundert Soldaten mit Rollklötzen.

Ein dumpfes Knarren ertönte, als sich die Tür öffnete und den Blick in einen muffigen Flur freigab.

»In Ordnung, Männer ...«, sagte der Offizier.

Lady Käsedick erschien. Er sah sie nur als schemenhafte Gestalt, die mit lautem Geheul heranstürmte, und vielleicht hätte er mit diesem letzten Eindruck sein Leben ausgehaucht, wenn nicht einer der Wächter so geistesgegenwärtig gewesen wäre, der Furie ein Bein zu stellen. Ihre Ladyschaft jagte die Stufen hinunter, verlor das Gleichgewicht, fluchte herzhaft, fiel, pflügte durchs hohe Gras, schlug mit dem Kopf an die Statue eines antiken Käsedick und blieb liegen.

Das lange Breitschwert, mit dem sie einen Angriff geplant hatte, bohrte sich neben ihr in den Boden und zitterte einige Male, bevor es sich ebenfalls nicht mehr rührte.

Nach einer Weile trat ein Wächter vorsichtig über den Pfad und betastete die Klinge.

»Donnerwetter!« stieß er mit einer Mischung aus Entsetzen und Respekt hervor. »Und der Drache will *sie* fressen?«

»Klare Sache«, sagte der Offizier. »Sie ist die höchstgeborene Lady in der Stadt. Was ihre Jungfräulichkeit betrifft, habe ich keine Ahnung, und im Augenblick möchte ich lieber nicht darüber spekulieren. Holt einen Karren!«

Er betastete sein von der Schwertspitze gestreiftes Ohr. Er war von Natur aus kein unfreundlicher Mann, aber er hoffte, daß sich eine dicke Drachenhaut zwischen ihm und Ihrer Ladyschaft befand, wenn sie erwachte.

»Sollten wir nicht ihre kleinen Sumpfdrachen töten,

Sir?« fragte ein Wächter. »Wenn ich mich recht entsinne, wies Herr Wonse darauf hin, daß keins der kleinen Biester überleben darf.«

»Das war nur als Drohung bestimmt, um Lady Käsedick einzuschüchtern«, antwortete der Offizier.

Der Wächter runzelte die Stirn. »Bist du sicher? Ich dachte ...«

Der Offizier hatte die Nase voll. Schreiende Harpyien und Breitschwerter, die in unmittelbarer Nähe Geräusche wie von zerreißender Seide verursachten, zerstörten sein Verständnis für den Standpunkt des anderen Mannes.

»Oh, du hast also *gedacht*, wie?« knurrte er. »Bist ein regelrechter Denker, wie? Glaubst du vielleicht, du bist für einen anderen Posten geeignet? Wie wär's mit der *Stadt*wache, hm? Dort wimmelt's von Denkern.«

Die übrigen Wächter kicherten leise.

»Was hältst du davon, nicht nur zu denken, sondern zur Abwechslung auch einmal *nach*zudenken?« fuhr der Offizier sarkastisch fort. »Wenn du *nach*gedacht hättest, müßtest du eigentlich wissen, daß dem König kaum am Tod anderer Drachen gelegen sein kann. Wahrscheinlich sind es entfernte Verwandte von ihm oder so. Ich meine, er will bestimmt nicht, daß wir seine Artgenossen umbringen, oder?«

»Bei Menschen ist das ganz normal«, wandte der Wächter verdrießlich ein.

»Oh«, entgegnete der Offizier, »so was läßt nicht mit Menschen vergleichen.« Er klopfte bedeutungsvoll an die Seite seines Helms. »*Wir* sind immerhin intelligent.«

Mumm landete auf feuchtem Stroh. Völlige Finsternis umgab ihn, doch es dauerte nicht lange, bis sich seine Augen an die Dunkelheit gewöhnten und er die Wände des Kerkers sehen konnte.

Das Verlies diente nicht dazu, Gefangenen einen bequemen Aufenthalt zu ermöglichen. Im Grunde genommen handelte es sich um einen großen Raum mit den Säulen und Bögen, die den Palast trugen. Durch ein hohes Gitter in der gegenüberliegenden Mauer filtert ein vager Hauch aus schmutzigem, abgegriffenem Licht.

Ein zweites quadratisches Loch zeigte sich im Boden, und es war ebenfalls vergittert. Die einzelnen Stäbe schienen jedoch halb durchgerostet zu sein. Mumm kam zu dem Schluß, daß er sie mit mehr oder weniger Mühe aus dem Gestein lösen konnte, und anschließend brauchte er nur noch schlank genug zu werden, um durch eine Öffnung von zwanzig Zentimeter Durchmesser zu kriechen.

In dem Kerker *fehlten* Ratten, Skorpione, Kakerlaken und Schlangen. Oh, er *hatte* einmal Schlangen enthalten, denn Mumms Sandalen knirschten auf dünnen und langen weißen Skeletten.

Er schob sich behutsam an einer feuchten Wand entlang und fragte sich, woher das rhythmische Kratzen stammte. Kurz darauf trat er hinter einem viereckigen Stützpfeiler hervor und fand die Antwort auf seine Frage.

Der Patrizier rasierte sich und blickte dabei in einen großen Spiegelsplitter, der so an einer Säule lehnte, daß er das Licht aus dem Wandgitter einfing. Nein, das stimmte nicht ganz, stellte Mumm fest. Er lehnte nicht, sondern wurde gehalten. Von einer Ratte. Von einer ziemlich großen Ratte mit roten Augen.

Der Patrizier nickte ihm zu und wirkte keineswegs überrascht.

»Oh«, sagte er. »Mumm, nicht wahr? Ich hörte davon, daß du auf dem Weg hierher bist. Ausgezeichnet. Du solltest das Küchenpersonal bitten«, — bei diesen Worten merkte Mumm, daß sich Lord Vetinari an die Ratte wandte —, »zwei Mahlzeiten vorzubereiten. Möchtest du ein Bier, Mumm?«

»Was?« fragte der ehemalige Hauptmann.

»Du hättest bestimmt nichts dagegen. Ist jedoch reine Glückssache, weißt du. Skrps Volk ist intelligent genug, aber wenn's um das Lesen von Flaschenetiketten geht, kommt eine Art blinder Fleck ins Spiel.«

Der Patrizier betupfte sich das Gesicht mit einem Handtuch und ließ es dann fallen. Ein grauer Schatten huschte heran und zog es durchs Bodenloch.

»In Ordnung, Skrp«, sagte Lord Vetinari. »Du kannst jetzt gehen.« Die Schnurrhaare der großen Ratte zitterten, als sie den Spiegel an die Wand lehnte und davonlief.

»Du läßt dich von *Ratten* bedienen?« fragte Mumm erstaunt.

»Nun, sie helfen mir ein wenig. Leider sind sie nicht besonders tüchtig. Es liegt an den Pfoten.«

»Aber, aber, aber«, erwiderte Mumm. »Ich meine, wie ist das möglich?«

»Ich vermute, Skrps Volk hat Tunnel, die bis zur Universität reichen«, erklärte Lord Vetinari. »Obwohl ich sicher bin, daß es schon gleich zu Anfang recht intelligent gewesen ist.«

Zumindest damit konnte Mumm etwas anfangen. Es war allgemein bekannt, daß magische Strahlung die im Bereich der Unsichtbaren Universität lebenden Tiere beeinflußte, sie manchmal in winzige Analoga der menschlichen Zivilisation verwandelte und gelegentlich völlig neue spezialisierte Gattungen hervorbrachte, zum Beispiel die Wandfische oder den Bücherwurm vom Kaliber 303.

»Und sie helfen dir?« vergewisserte sich Mumm.

»Nun, das beruht auf Gegenseitigkeit«, antwortete der Patrizier. »Es ist eine Art Bezahlung für bestimmte Dienstleistungen.« Er nahm auf einem Objekt Platz, das Mumm als Samtkissen erkannte. In einem niedrigen Regal, griffbereit in der Nähe, lagen ein Notizblock und mehrere Bücher.

»Was kannst du für Ratten tun, Herr?« fragte Mumm skeptisch.

»Oh, ich berate sie.« Der Patrizier lehnte sich zurück. »Genau darin liegt das Problem bei Leuten wie Wonse«, fuhr er fort. »Die eigenen Grenzen sind ihnen unbekannt. Ratten, Schlangen *und* Skorpione. Hier ging es drunter und drüber, als ich eintraf. Die Ratten waren besonders schlimm dran.«

Mumm glaubte, allmählich zu verstehen.

»Mit anderen Worten: Du hast sie ausgebildet?«

»Beraten«, sagte Lord Vetinari. »Ich habe sie beraten. Eins meiner Talente«, fügte er bescheiden hinzu.

Mumm versuchte, sich die entsprechenden Ereignisse vorzustellen. Hatten sich die Ratten mit den Skorpionen gegen die Schlangen verbündet und ihre Stachelfreunde nach dem Sieg zu einem Festschmaus eingeladen? Oder waren einzelne Skorpione bestochen worden — vielleicht mit irgendwelchen Leckerbissen; in dieser Hinsicht versagte Mumms Phantasie total —, um ausgewählte Anführer der Schlangen des Nachts zu stechen?

Er hatte einmal von einem Mann gehört, der jahrelang in einer Kerkerzelle saß, kleine Vögel dressierte und sich so ein wenig Freiheit schuf. Er dachte an alte Seeleute, die sich nach einem langen und gefährlichen Leben auf dem Meer damit begnügten, große Schiffe in kleinen Flaschen zu bauen.

Dann dachte Mumm an den Patrizier, der, seiner Stadt beraubt, im Schneidersitz auf dem grauen Boden eines düsteren Verlieses hockte und *en miniature* das schuf, was ihm fehlte: all die kleinen Rivalitäten, Machtkämpfe und Fraktionen. Er stellte sich ihn als ernste, grüblerische Statue inmitten von Pflastersteinen vor, zwischen denen es von kleinen schattenhaften Geschöpfen und plötzlichem politischen Tod wimmelte. Wahrscheinlich fiel es ihm wesentlich leichter als die Herrschaft über Ankh-Morpork — in der Stadt gab es größeres Ungeziefer, das nicht beide Hände brauchte, um ein Messer zu halten.

Am Abflußgitter klirrte etwas. Fünf oder sechs Ratten krochen aus dem Bodenloch und trugen einen tuchumhüllten Gegenstand. Sie dirigierten ihn durch eine Lükke zwischen den verrosteten Gitterstäben, transportierten ihn schließlich bis zu den Füßen des Patriziers. Lord Vetinari beugte sich vor und löste den Knoten.

»Nun, allem Anschein nach haben wir hier Käse, Hähnchenschenkel, recht trockenes Brot und eine Flasche mit, oh, offenbar enthält sie Merckel und Stechmaus' Hochberühmte Braune Soße. Ich habe *Bier* bestellt, Skrp.« Das Rattenoberhaupt rümpfte die Nase. »Entschuldige bitte, Mumm. Sie können nicht lesen, weißt du. Kommen einfach nicht damit klar. Aber sie verstehen sich wirklich ausgezeichnet aufs Zuhören und bringen mir alle Neuigkeiten.«

»Du scheinst es hier recht bequem zu haben«, kommentierte Mumm unsicher.

»Eins meiner Mottos lautet: Baue nie einen Kerker, in dem du nicht selbst übernachten möchtest«, erwiderte der Patrizier und breitete die einzelnen Speisen aus. »Es ginge weitaus besser in der Welt zu, wenn sich mehr Menschen an dieses Prinzip hielten.«

»Wir dachten immer, du hättest geheime Tunnel und dergleichen anlegen lassen«, sagte Mumm.

»Warum sollte ich?« fragte Lord Vetinari. »Dann müßte man ständig unterwegs sein. Welch eine Verschwendung nützlicher Energie! Eigentlich sitze ich hier im Zentrum des allgemeinen Geschehens. Ich hoffe, das verstehst du, Mumm. Man vertraue niemals einem Herrscher, der sich auf geheime Tunnel, Schlupfwinkel und Fluchtwege verläßt. In einem solchen Fall spricht vieles dafür, daß er seine Regierungspflichten nicht ernst genug nimmt.«

»Oh.«

Er sitzt in einem Kerker seines eigenen Palastes, dachte

Mumm. *Weiter oben ist ein Irrer am Werk, und ein Drache verbrennt die Stadt. Trotzdem glaubt er, alles vollkommen unter Kontrolle zu haben. Es muß an dem hohen Amt liegen. Die Höhe bringt manche Leute um den Verstand.*

»Du, äh, hast doch nichts dagegen, wenn ich mich hier umsehe, oder?« fragte er.

»Fühl dich wie zu Hause«, entgegnete der Patrizier.

Mumm durchquerte das Verlies und überprüfte die Tür. Es bestand kein Zweifel daran, daß es sich um einen sehr guten Kerker handelte. Es war ein Kerker, in dem man ruhigen Gewissens gefährliche Verbrecher unterbringen konnte. Unter solchen Umständen zog man es natürlich vor, daß keine Falltüren, geheime Tunnel oder verborgene Fluchtwege existierten.

Doch diesmal lag der Fall ein wenig anders. Wirklich erstaunlich, auf welche Weise ein Meter dicke Mauern die Perspektive veränderten.

»Sehen die Wächter häufig nach dem Rechten?« erkundigte sich Mumm.

»Eigentlich nie«, sagte der Patrizier und winkte mit einem Hähnchenschenkel. »Bisher haben sie sich nicht die Mühe gemacht, mir etwas zu essen zu bringen. Weißt du, normalerweise soll ein Gefangener hier drin langsam vermodern. Nun, bis vor kurzer Zeit bin ich ab und zu zur Tür gegangen und habe ein wenig gestöhnt, damit die Wächter zufrieden sind.«

»Aber bestimmt kommen sie irgendwann herein, um festzustellen, ob alles in Ordnung ist, oder?« fragte Mumm hoffnungsvoll.

»Oh, ich glaube, das sollten wir nicht zulassen«, erwiderte Lord Vetinari.

»Wie willst du es verhindern?«

Der Patrizier bedachte ihn mit einem mißbilligenden Blick.

»Mein lieber Mumm«, sagte er, »ich habe dich für einen aufmerksamen Beobachter gehalten. Hast du die Tür überprüft?«

»Natürlich«, bestätigte Mumm und fügte hinzu: »Herr. Sie ist verdammt massiv.«

»Vielleicht solltest du sie dir noch einmal ansehen. Und zwar etwas genauer.«

Mumm starrte den Patrizier groß an, kehrte zur Tür zurück und betrachtete sie. Sie gehörte zu den in letzter Zeit recht beliebten Schreckensportalen, bestand nur aus Riegeln, stählernen Bolzen, eisernen Spitzen und besonders dicken Angeln. Mumm beobachtete sie eine ganze Zeitlang, aber sie wurde nicht weniger massiv. Das Schloß schien aus Zwergenproduktion zu stammen — man brauchte Jahre, um es zu knacken. Anders ausgedrückt: Wenn man nach einem Symbol für ein absolut unüberwindliches Hindernis suchte, so fiel die erste Wahl auf diese Tür.

Die Lautlosigkeit, mit der Lord Vetinari neben Mumm erschien, forderte einen Herzanfall heraus.

»Nun«, begann er, »wenn die Stadt von einem Aufstand der Bürger heimgesucht wird, so verlangt die Tradition, daß man den gegenwärtigen Herrscher ins Verlies wirft, nicht wahr? Gewisse Leute halten so etwas für weitaus befriedigender als eine schlichte Hinrichtung.«

»Äh, ja, mag sein, aber ...«

»Du siehst dir dieses Ding an und erkennst eine außerordentlich stabile Tür, stimmt's?«

»Ja. Ein Blick auf die Riegel genügt, um ...«

»Weißt du, ich bin sehr zufrieden damit«, sagte Lord Vetinari ruhig.

Mumm starrte auf die Tür, bis seine Brauen schmerzten. Und dann begriff er plötzlich, was er die ganze Zeit schon gesehen hatte. Es war wie mit zufälligen Wolkenmustern, die sich in Pferdeköpfe oder Segelschiffe verwandelten, ohne daß überhaupt eine Veränderung erfolgte.

Erschrockene Bewunderung regte sich in ihm.

Er überlegte, wie es hinter der Stirn des Patriziers

aussehen mochte. *Bestimmt ist dort alles kühl und glänzend,* dachte er. *Ja, Lord Vetinaris Verstand besteht aus blauem Stahl, Eiszapfen und kleinen Zahnrädern, die sich munter drehen, wie in einer Uhr.* Es handelte sich um einen Verstand, der die eigene Entmachtung in Erwägung zog und sie in einen Vorteil verwandelte.

Die Tür war ganz normal für einen Kerker, aber es kam auf die jeweilige Perspektive an.

In diesem Kerker konnte sich der Patrizier vor dem Rest der Welt schützen.

Die Außenseite wies nur das Schloß auf.

Alle Riegel und Bolzen befanden sich an der Innenseite.

Die Angehörigen der Nachtwache kletterten ungelenk und schwerfällig über feuchte Dächer, als die Sonne den Morgendunst fortbrannte. An diesem Tag durfte man nicht mit klarer Luft rechnen: Ölige Rauchschwaden und klebriger Dampf wallten über der Stadt und brachten den traurigen Geruch nasser Asche mit sich.

»Wo sind wir hier?« fragte Karotte und half seinen beiden Begleitern über einen schmierigen Steg.

Feldwebel Colon sah sich in dem Wald aus Schornsteinen um.

»Wir befinden uns jetzt über Jimkin Bärdrückers Whiskybrennerei«, antwortete er. »Äh, auf der direkten Linie zwischen dem Palast und dem Platz der Gebrochenen Monde. Der Drache wird diesen Ort überfliegen.«

Nobby blickte sehnsüchtig nach unten.

»Bin einmal hier drin gewesen«, sagte er. »Hab in einer dunklen Nacht die Tür kontrolliert, und sie öffnete sich einfach so.«

»Sicher hast du ein wenig nachgeholfen«, bemerkte Colon spitz.

»Nun, ich mußte schließlich feststellen, ob irgendwelche Bösewichter am Werk waren. In den Zimmern und Kammern sieht's toll aus. Überall Röhren und Schläuche und so. Und der Geruch!«

»›Jede Flasche hat bis zu sieben Minuten lang gelagert‹«, zitierte Colon. »›Trink einen Tropfen, bevor du gehst.‹ Völlig richtig. Ich habe mal einen Tropfen getrunken und bin den ganzen Tag über gegangen.«

Er ließ sich auf die Knie sinken und öffnete das seltsame Bündel, das er die ganze Zeit über mit besonderer Vorsicht getragen hatte. Wie sich herausstellte, enthielt es einen uralten Langbogen und einen Köcher mit Pfeilen.

Voller Ehrfurcht griff Colon nach dem Bogen und betastete ihn mit fleischigen Fingern.

»Wißt ihr«, sagte er leise, »als junger Mann konnte ich verdammt gut damit umgehen. Der Hauptmann hätte mir neulich einen Versuch gestatten sollen.«

»Darauf hast du uns bereits mehrfach hingewiesen«, erwiderte Nobby ohne Mitgefühl.

»Nun, ich habe Preise gewonnen.« Der Feldwebel holte eine neue Sehne hervor, befestigte sie am einen Ende des Bogens, erhob sich, drückte auf das gewölbte Holz, stöhnte ein wenig ...

»Äh, Karotte?« fragte er außer Atem.

»Ja, Feldwebel?«

»Kennst du dich mit dem Bespannen aus?«

Karotte nahm den Bogen, krümmte ihn mühelos und schlang die Sehne um das andere Ende.

»Das fängt ja gut an, Feldwebel«, sagte der Korporal.

»Spar dir deinen Sarkasmus, Nobby! Kraft spielt keine Rolle. Es kommt auf scharfe Augen und eine ruhige Hand an. Gib mir einen Pfeil. Nein, nicht den!«

Nobbys Finger erstarrten an einem Schaft.

»Das ist mein *Glücks*pfeil!« platzte es aus Colon heraus. »Niemand von euch darf meinen Glückspfeil berühren!«

»Sieht genauso aus wie die anderen Pfeile, Feldwebel«, brummte Nobby.

»Ich benutze ihn für den Dingsbums, den Gnadenschuß«, erklärte Colon. »Mein Glückspfeil hat mich noch nie im Stich gelassen. Trifft immer das Ziel. Ich brauche es kaum anzuvisieren. Wenn der Drache irgendwelche Ämpfindlichkeiten hat — der Pfeil findet sie zweifellos.«

Er wählte einen anderen Pfeil, der weniger glücklich zu sein schien, obgleich er sich überhaupt nicht vom ersten unterschied. Langsam setzte er ihn auf die Sehne und ließ einen nachdenklichen Blick über die Dächer schweifen.

»Ein bißchen Übung kann sicher nicht schaden«, murmelte Colon. »Obwohl ... Wenn man's einmal gelernt hat, vergißt man es nie. Es ist wie mit, mit, mit etwas, das man, äh, nie vergißt.«

Er zog die Sehne bis zum Ohr und stöhnte erneut.

»In Ordnung«, schnaufte er, während der rechte Arm so heftig zitterte wie ein Zweig im Sturm. »Seht ihr dort drüben das Dach der Meuchelmördergilde?«

Nobby und Karotte starrten durch den schmuddeligen Dunst.

»Gut«, keuchte Colon. »Seht ihr auch die Wetterfahne darauf? Na?«

Karotte beobachtete die Pfeilspitze. Sie neigte sich hin und her, beschrieb komplexe Bewegungsmuster und schien sich nicht für ein Ziel entscheiden zu können.

»Sie ist ziemlich weit entfernt, Feldwebel«, gab der Korporal zu bedenken.

»Kein Problem«, ächzte Colon. »Behaltet die Fahne im Auge.«

Karotte und Nobby nickten. Die Wetterfahne sah aus wie ein geduckter Mann, der einen weiten Umhang trug. Das zum Zustoßen erhobene Messer zeigte immer die Windrichtung an. Auf diese Entfernung war die Gestalt kaum mehr als ein vager Schemen.

»Na *schön*«, brachte Colon mühsam hervor. »Nun, seht ihr auch das Auge des Mannes?«

»Jetzt übertreibst du wirklich«, sagte Nobby.

»Halt endlich die Klappe!« stöhnte Colon. »Ich habe gefragt, ob ihr das Auge seht!«

»Ich glaube, *ich* kann's sehen, Feldwebel«, erwiderte Karotte ergeben.

»Gut, gut«, murmelte Colon. Die Anstrengung war so groß, daß er vor und zurück schwankte. »Gut. Guter Junge. Wunderbar. Beobachtet das Auge, einverstanden?«

Er stöhnte noch ein letztes Mal und ließ den Pfeil davonschnellen.

Mehrere Dinge geschahen so schnell hintereinander, daß sie in Zeitlupenprosa geschildert werden müssen. Zuerst einmal: Die Sehne schlug an die weiche Innenseite von Colons Handgelenk, woraufhin der Feldwebel schrie und den Bogen fallenließ. Das blieb ohne jede Wirkung auf die Flugbahn des Pfeils, der bereits zu einer steinernen Figur auf dem Dach jenseits der Straße sauste. Er traf sie am Ohr, sprang fort, prallte an einer zwei Meter entfernten Wand ab, kehrte mit noch etwas höherer Geschwindigkeit zu Colon zurück und passierte seinen Kopf in einem Abstand von etwa zwei Zentimetern, wobei ein leises Summen erklang.

Schließlich verschwand er in Richtung Stadtmauer.

Nobby hüstelte nach einer Weile und warf Karotte einen unschuldigen Blick zu.

»Wie groß mag die Ämpfindlichkeit des Drachen sein?« erkundigte er sich.

»Oh, vielleicht ist es nur eine winzige Stelle«, erklärte Karotte hilfsbereit.

»Das habe ich befürchtet«, brummte Nobby. Er ging zum Dachrand und deutete nach unten. »Dort gibt's einen Teich«, sagte er. »Kühlwasser für die Brennerei. Er dürfte tief genug sein, und daher schlage ich folgendes vor: Nachdem der Feldwebel auf den Drachen geschossen hat, springen wir hinein. Was hältst du denn davon?«

»Oh, aber das ist gar nicht nötig«, entgegnete Karotte. »Der Glückspfeil des Feldwebels trifft bestimmt die Ämpfindlichkeit und tötet den Drachen, und dann besteht kein Anlaß mehr zur Sorge.«

»Da hast du sicher recht«, bestätigte Nobby hastig und sah, wie Colon eine finstere Miene schnitt. »Aber nur für den Fall, weißt du ... Ich meine, wenn ein völlig unwahrscheinlicher Zufall — eine Chance von eins zu einer Million — dazu führt, daß er die ämpfindliche Stelle nur knapp verfehlt, ich meine, dann müssen wir damit rechnen, daß der Drache ziemlich sauer wird, und unter solchen Umständen sollten wir besser nicht hier sein. So etwas ist natürlich nahezu ausgeschlossen, ich weiß. Nennt mich von mir aus einen Schwarzseher. Ich halte es trotzdem für besser, alle Möglichkeiten zu berücksichtigen, auch die unmöglichen.«

Feldwebel Colon rückte sich mit betontem Stolz den Brustharnisch zurecht.

»Wenn man sie wirklich braucht«, verkündete er weise, »erfüllen Chancen von eins zu einer Million immer ihren Zweck. Ist eine allgemein bekannte Tatsache.«

»Da hat der Feldwebel recht, Nobby«, warf Karotte ein. »Wenn es nur noch eine einzige Chance gibt, von der man sich Rettung erhofft, so wird man zwangsläufig von ihr gerettet. Andernfalls gäbe es überhaupt keine ...« Er senkte die Stimme. »Ich meine, ist doch logisch. Wenn man sich nicht auf letzte verzweifelte Chancen verlassen könnte, gäbe es überhaupt keine ... Nun, etwas anderes würden die Götter sicher nicht zulassen. Nein, bestimmt nicht.«

Wie auf ein geheimes Zeichen hin drehten sich die drei Angehörigen der Nachtwache um und sahen zur viele tausend Meilen entfernten Mitte der Scheibenwelt. Jetzt trieben Rauch- und Dunstwolken durch die Luft, doch an einem klaren Tag konnte man Cori Celesti sehen, das Heim der Götter. Beziehungsweise ihre *Residenz.* Sie wohnten in Würdentracht, einem mit Stuckarbeiten geschmückten Walhall, und dort begegneten sie der Ewigkeit mit der Einstellung von Leuten, die nicht einmal wissen, was sie mit einem regnerischen Nachmittag anfangen sollen. Es hieß, sie spielten mit dem Schicksal der Menschen. Allerdings wußte niemand, mit welchem Spiel sie sich derzeit beschäftigten.

Aber es gab natürlich Regeln. Alle wußten, daß es Regeln gab. Man konnte nur hoffen, daß sich die Götter daran hielten.

»Es besteht überhaupt kein Zweifel daran, daß es klappen wird«, behauptete Colon. »Immerhin benutze ich meinen Glückspfeil. Du hast recht, Karotte. Letzte verzweifelte Chancen dürfen einen nicht im Stich lassen. Sonst ergäbe überhaupt nichts mehr einen Sinn. Dann könnte man genausogut sterben.«

Nobby blickte erneut auf den Teich hinab. Colon zögerte kurz und trat dann an seine Seite. Beide hatten den grüblerischen Gesichtsausdruck von erfahrenen Männern, die wußten, daß man sich letztendlich auf Helden, Könige und sogar die Götter verlassen konnte. Doch jetzt gesellte sich eine weitere Erkenntnis hinzu: Schwerkraft und tiefes Wasser verdienten besonderes Vertrauen.

»Es wird nicht nötig sein«, sagte Colon überzeugt.

»Immerhin haben wir deinen Glückspfeil«, erwiderte Nobby.

»Genau.« Der Feldwebel nickte. »Aber nur aus Interesse: Wie hoch, äh, sind wir hier?«

»Etwa neun Meter. Mehr oder weniger.«

»Neun Meter.« Colon nickte erneut, diesmal etwas langsamer. »Dachte ich mir. Und der Teich ist tief, nicht wahr?«

»Sehr tief, wie ich hörte.«

»Oh, ich glaube dir aufs Wort. Sieht ziemlich schmutzig aus. Ich würde nicht gern hineinspringen.«

Karotte klopfte ihm fröhlich auf die Schulter und hätte Colon dadurch fast über den Dachrand gestoßen. »Was ist los, Feldwebel? Willst du etwa ewig leben?«

»Weiß nicht. Frag mich noch einmal in fünfhundert Jahren.«

»Wir können wirklich von Glück sagen, daß wir deinen Glückspfeil haben!« sagte Karotte.

»Hmm?« erwiderte Colon geistesabwesend. Seine Stimme klang aus einer Welt düsterer Tagträume.

»Ich meine, ist doch toll, daß wir uns auf eine letzte verzweifelte Chance von eins zu einer Million verlassen können. Sonst wären wir echt in Schwierigkeiten.«

»O ja«, murmelte Nobby kummervoll. »Wir sind wirklich gut dran.«

Der Patrizier streckte sich aus, und zwei Ratten zogen ihm rasch ein Kissen unter den Kopf.

»Dort draußen scheint's drunter und drüber zu gehen«, sagte er.

»Ja«, gestand Mumm bitter ein. »In der Tat. Aber hier droht dir absolut keine Gefahr.«

Er zwängte ein weiteres Messer in einen Spalt zwischen den Steinen und belastete es vorsichtig mit seinem Gewicht, während Lord Vetinari interessiert zusah. Inzwischen befand sich Mumm fast zwei Meter über dem Boden und auf einer Höhe mit dem kleinen Fenster in der Wand.

Entschlossen begann er damit, auf den Mörtel an den Gitterstäben einzuhacken.

Der Patrizier beobachtete ihn eine Zeitlang und nahm dann ein Buch aus dem kleinen Regal in der Nähe. Da Ratten nicht lesen konnten, war Lord Vetinaris Sammlung ein wenig seltsam, aber er gehörte zu den Leuten, die neues Wissen nie ablehnten. Er schlug den Band

Spitzenarbeiten in den verschiedenen Epochen auf und las einige Seiten.

Nach einer Weile wischte er einige Mörtelbrocken beiseite und blickte auf.

»Kommst du gut voran?« fragte er höflich.

Mumm biß die Zähne zusammen und setzte seine Bemühungen fort. Jenseits des kleinen Fensters erstreckte sich ein schmutziger Hof, kaum heller als der Kerker. In einer Ecke lag ein Müllhaufen, und derzeit wirkte er außerordentlich attraktiv. Zumindest attraktiver als das Verlies. Ein ordentlicher Müllhaufen war den gegenwärtigen Ereignissen in Ankh-Morpork vorzuziehen. Vermutlich handelte es sich dabei um etwas Allegorisches oder so.

Mumm stach immer wieder zu. Das Messer kratzte übers Gestein und zitterte in seiner Hand.

Der Bibliothekar kratzte sich nachdenklich unter den Achseln und war mit eigenen Problemen beschäftigt.

Die Wut auf Bücherdiebe hatte ihn hierhergeführt, und jener Zorn kochte noch immer in ihm. Gleichzeitig ging ihm jedoch ein aufwieglerischer Gedanke durch den Kopf: Gegen Bücher gerichtete Verbrechen mußten zweifellos als besonders schlimme und verwerfliche Kriminalität eingestuft werden, aber vielleicht war es trotzdem besser, mit der Vergeltung noch ein wenig zu warten.

Den Bibliothekar kümmerte es zwar nicht sonderlich, was sich Menschen gegenseitig antaten, aber gewissen Aktivitäten mußte vorgebeugt werden — für den Fall, daß es die Übeltäter übertrieben und solche Dinge auch mit Büchern anstellten.

Er starrte auf seine Dienstmarke und knabberte versuchsweise daran, um festzustellen, ob sie sich inzwischen in etwas Eßbares verwandelt hatte. Kein Zweifel: Er hatte dem Hauptmann gegenüber eine Pflicht zu erfüllen.

Der Hauptmann war immer freundlich zu ihm gewesen. Und er besaß ebenfalls eine Dienstmarke.

Ja.

Manchmal mußte ein Affe in die Rolle eines verantwortungsbewußten Menschen schlüpfen ...

Der Orang-Utan salutierte umständlich und schwang sich in die Dunkelheit.

Die Sonne stieg höher, kroch wie ein verirrter Ballon durch Rauch und Nebel.

Die Wächter hockten im Schatten eines Schornsteins, warteten und vertrieben sich auf individuelle Art und Weise die Zeit. Nobby untersuchte nachdenklich den Inhalt eines Nasenlochs. Karotte schrieb einen Brief an seine Eltern. Und Feldwebel Colon machte sich Sorgen.

Irgendwann rutschte er voller Unbehagen zur Seite. »Ich glaube, es gibt da ein Problem«, sagte er.

»Wie meinst du das, Feldwebel?« fragte Karotte.

Colon verzog betrübt das Gesicht. »*Nuuun,* was ist, wenn es sich nicht um eine Chance von eins zu einer Million handelt?«

Nobby starrte ihn groß an.

»Was soll das heißen?« fragte er.

»Nun, in *Ordnung,* letzte verzweifelte Chancen von eins zu einer Million funktionieren immer, völlig klar, aber ... Mir scheint, dies ist ein Dingsbums, ein ganz besonderer Fall. Das stimmt doch, oder?«

»Keine Ahnung«, antwortete Nobby.

»Stellt euch nur mal vor, es ist eine Chance von eins zu tausend«, brachte Colon gequält hervor.

»Was?«

»Habt ihr jemals gehört, daß man sich auf Chancen von eins zu tausend verlassen kann?«

Karotte hob den Kopf. »Das ist doch Blödsinn, Feldwebel«, sagte er. »Chancen von eins zu tausend sind völlig unmöglich. Die Wahrscheinlichkeit dafür ist mindestens«, — seine Lippen bewegten sich lautlos —, »eins zu Millionen.«

»Ja, Millionen«, pflichtete ihm Nobby bei.

»Mit anderen Worten: Es klappt nur, wenn es eine wahrhaftige Chance von eins zu einer Million ist«, betonte Colon.

»Ich nehme an, das stimmt«, brummte Nobby.

»Eins zu 999 943, zum Beispiel …«, begann Colon.

Karotte schüttelte den Kopf. »Das wäre ganz und gar aussichtslos. Schließlich sagt niemand: ›Die Chance beträgt eins zu 999 943, aber es könnte klappen.‹«

Sie blickten über die Stadt, während sich hinter ihren Stirnen grimmige Mathematik entfaltete.

»Daraus könnten sich ernste Schwierigkeiten für uns ergeben«, sagte Colon.

Karotte nahm seinen Notizblock zur Hand und kritzelte hingebungsvoll. Als sich seine beiden Kollegen nach dem Grund dafür erkundigten, erläuterte er seine Berechnungen in bezug auf den Flächeninhalt einer Drachenhaut und wies auf die Wahrscheinlichkeit dafür hin, daß ein Pfeil genau die richtige Stelle traf.

»Ich ziele, wohlgemerkt«, sagte Colon. »Ich *ziele.*«

Nobby räusperte sich.

»In dem Fall ist die Chance sicher wesentlich kleiner als eins zu einer Million«, kommentierte Karotte. »Vielleicht beträgt sie gar nur eins zu hundert. Wenn der Drache langsam fliegt und eine besonders große Ämpfindlichkeit hat, könnte es praktisch eine Gewißheit sein.«

Colons Lippen wölbten sich um folgende Worte: *Es ist eine Gewißheit, aber es könnte durchaus klappen.* Er schüttelte den Kopf. »Nee«, murmelte er.

»Also bleibt uns nur eins übrig«, sagte Nobby langsam. »Wir müssen die Wahrscheinlichkeit zu unseren Gunsten verändern …«

Eine kleine Mulde zeigte sich im Mörtel des mittleren Gitterstabs. *Nicht viel,* dachte Mumm. *Aber wenigstens ein Anfang.*

»Möchtest du vielleicht, daß ich dir helfe?« fragte der Patrizier.

»Nein.«

»Wie du meinst.«

Der Mörtel stellte kaum ein Problem dar, erwies sich als weich und spröde. Aber die Gitterstäbe waren tief im Gestein verankert, und unter den Rostschichten verbarg sich noch immer viel hartes Metall. Es dauerte sicher noch ziemlich lange, bis sich der erste Stab lösen ließ, aber die entsprechenden Bemühungen boten eine Ablenkung und erforderten herrlich wenig Gedankenarbeit. Mumm klammerte sich entschlossen an dieser Aufgabe fest, sah darin eine klar überschaubare Herausforderung. Er wußte ganz genau: Wenn er sich weiterhin Mühe gab, erzielt er irgendwann den erhofften Erfolg.

Zu denken gab ihm nur das *Irgendwann.* Irgendwann würde Groß-A'Tuin das Ende des Universums erreichen. Irgendwann erloschen die Sterne. Irgendwann beschloß Nobby vielleicht, ein Bad zu nehmen — obgleich diese Möglichkeit nur mit völlig neuen Vorstellungen in Hinsicht auf das Phänomen Zeit in Betracht gezogen werden konnte.

Mumm hackte erneut auf den Mörtel ein — und hielt jäh inne, als draußen etwas Kleines und Helles am Fenster vorbeisank.

»Eine Erdnußschale?« murmelte er.

Das Gesicht des Bibliothekars, umgeben von rotbraunen Haaren, erschien hinter der vergitterten Öffnung. Verkehrt herum gesehen wirkte das breite Grinsen des Affen weniger furchteinflößend.

»Ugh?«

Der Orang-Utan sprang zu Boden, griff nach zwei Eisenstäben und zog. Die Muskeln in dem sackförmigen Leib zuckten in einem faszinierend komplexen Muster, und in stummer Konzentration klappte ein mit gelben Zähnen gefüllter Mund auf.

Es knirschte, und kurz darauf ertönte ein doppeltes *Krack!*, als sich die Stäbe aus dem Gestein lösten. Der Bibliothekar warf sie beiseite und griff in das Loch. Die längsten Arme des Gesetzes packten einen verblüfften Mumm unter den Schultern und zogen ihn durch die Öffnung.

Die Wächter prüften ihr Werk.

»Gut«, sagte Nobby. »Welche Chancen bestehen dafür, die Ämpfindlichkeit eines Drachen zu treffen, wenn der Bogenschütze auf einem Bein steht, den Hut schief auf dem Kopf trägt und ein Taschentuch im Mund hat?«

»Mmpf«, antwortete Colon.

»Sie sind ziemlich gering«, meinte Karotte. »Das mit dem Taschentuch erscheint mir allerdings ein wenig übertrieben.«

Colon spuckte es aus. »Entscheidet euch«, ächzte er. »Mir schläft allmählich das Bein ein.«

Mumm rollte über schmierige Kopfsteine, stemmte sich in die Höhe und starrte den Bibliothekar an. Er hatte gerade etwas erlebt, das viele Menschen, meist unter weitaus unangenehmeren Umständen, als Schock empfanden — zum Beispiel dann, wenn in der *Geflickten Trommel* eine Rauferei begann und der Affe in aller Ruhe ein Glas Bier trinken wollte. Es lief auf folgendes hinaus: Der Bibliothekar wirkte zwar wie ein ausgestopfter Gummisack, aber das Füllmaterial bestand aus Muskeln.

»Das war wirklich erstaunlich«, brachte Mumm hervor. Er sah auf das verbogene Metall hinab, und gerechter Zorn quoll in ihm auf, als er nach einem Gitterstab griff. »Du weißt nicht zufällig, wo Wonse steckt, oder?«

»Iiek!« Der Bibliothekar hielt ihm ein zerknittertes Stück Pergament unter die Nase. »Iiek!«

Mumm las die Worte.

Der gepriesene Drache, König der Könige ... genau um zwölf Uhr ... eine Jungfrau rein, und doch hochgeboren ... um zu schließen den Pakt zwischen Herrscher und Untertanen ...

»In meiner Stadt!« knurrte er. »In meiner verdammten Stadt!«

Er grub die Hände ins Brusthaar des Affen und zog ihn bis auf Augenhöhe hoch.

»Wie spät ist es?« rief er.

»Ugh!«

Ein langer rotbrauner Arm deutete nach oben, und Mumms Blick folgte dem ausgestreckten Zeigefinger. Die Sonne sah ganz wie ein glühender Himmelskörper aus, der fast den höchsten Punkt seiner Bahn erreicht hatte und sich darauf freute, langsam und gemütlich zum Horizont zu gleiten und dort unter die Bettdecke der Abenddämmerung zu kriechen ...

»Ich werde es nicht zulassen, klar?« donnerte Mumm und schüttelte den Affen.

»Ugh«, erwiderte der Bibliothekar geduldig.

»Was? Oh. Entschuldige.« Mumm setzte das haarige Geschöpf wieder auf dem Boden ab, und der Bibliothekar verzichtete auf weitere Bemerkungen. Ein Mann, der wütend genug war, um einen dreihundert Pfund schweren Orang-Utan hochzuheben, ohne sich dessen bewußt sein, hatte sicher zu viele andere Dinge im Sinn.

Mumm sah sich auf dem Hof um.

»Können wir diesen Ort irgendwie verlassen?« fragte er. »Ohne über die Mauern zu klettern, meine ich.«

Er wartete keine Antwort ab, eilte an der Wand entlang, bis er eine schmale schmutzige Tür fand. Er trat sie auf. Die Tür war verriegelt gewesen, aber auch sie gab dem Zorn des Mannes nach. Der Bibliothekar folgte Mumm und bewegte sich dabei wie ein betrunkener Seemann auf dem Deck eines sturmgepeitschten Schiffes.

Die Küche auf der anderen Seite des Zugangs war fast leer. Das Personal hatte schließlich die Nerven verloren und entschieden, daß vorsichtige Köche nicht dort am Herd standen, wo es einen Magen gab, der für sie alle mehr als genug Platz bot. Zwei Palastwächter saßen am Tisch und aßen belegte Brötchen.

»Nun«, begann Mumm, als sie aufstanden, »ich möchte nicht gezwungen sein, euch ...«

Die beiden Männer überhörten ihn einfach. Einer von ihnen holte eine Armbrust hervor.

»Ach, zur Hölle damit!« Mumm griff nach einem Schlachtermesser und warf es.

Das Messerwerfen erfordert nicht unerhebliches Geschick, und außerdem braucht man dazu das *richtige* Messer. Andernfalls verhält sich die scharfe Klinge wie in diesem Fall: Sie verfehlt das Ziel.

Der Wächter mit der Armbrust duckte sich zur Seite, hob den Kopf wieder und stellte fest, daß ein purpurner Fingernagel den Auslösemechanismus blockierte. Er sah sich um. Der Bibliothekar versetzte ihm einen Schlag auf den Helm.

Der andere Wächter wich zurück und ruderte mit den Armen.

»Neineinein«, sagte er. »Es ist ein Mißverständnis! Wozu möchtest du nicht gezwungen sein? Nettes Tier.«

»*Lieber* Himmel!« entfuhr es Mumm. »Genau das falsche Wort!«

Er überhörte die entsetzten Schreie und suchte im Durcheinander der Küche, bis er ein Hackbeil fand. Mit Schwertern hatte er sich nie richtig anfreunden können, doch bei Hackbeilen lag der Fall ganz anders. Hackbeile waren schwer und dienten einem ganz bestimmen *Zweck*. Ein Schwert mochte würdevoll wirken — abgesehen von dem Exemplar, das Nobby gehört und nur noch von Rost zusammengehalten wurde —, aber Hackbeile zeichneten sich durch die enorm beeindruckende Fähigkeit aus, Dinge in Stücke zu schlagen.

Mumm verließ den Biologieunterricht — die derzeitige Lektion bewies, daß Affen durchaus in der Lage waren, einen Menschen an den Waden zu packen, ihn umzudrehen und den Kopf mehrmals auf den Boden prallen zu lassen —, entdeckte eine vielversprechende Tür und eilte über die Schwelle. Erneut fand er sich auf einem Kopfsteinpflaster wieder, doch diesmal erstreckte es sich außerhalb des Palastes. Jetzt konnte er sich orientieren und ...

Irgend etwas rauschte über ihm, und ein Windstoß blies nach *unten*, warf ihn von den Beinen.

Der König von Ankh-Morpork glitt mit ausgebreiteten Schwingen am Himmel entlang und hockte sich kurz aufs Palasttor. Die Klauen kratzten tiefe Furchen ins Gestein, als sich der Schuppenriese hin und her neigte, um das Gleichgewicht zu wahren. Das Sonnenlicht glitzerte auf dem gewölbten Rücken, als der Drache den langen Hals reckte, träges Feuer spuckte und dann wieder in die Luft sprang.

Ein animalisches Geräusch — es konnte nur von einem Säugetier stammen - entrang sich Mumms Kehle, als er durch leere Straßen lief.

Stille herrschte im Käsedick-Stammsitz. Die vordere Tür schwang langsam hin und her, ließ eine gewöhnliche, plebejische Brise ins Haus. Der Wind wanderte durch leere Zimmer, blickte sich neugierig um und hielt ganz oben auf den Möbeln nach Staub Ausschau. Er lief die Treppe hoch, öffnete die Tür von Sybil Käsedicks Schlafzimmer, ließ die Flaschen auf der Frisierkommode klirren und blätterte im Buch *Drachenkrankheiten*.

Ein sehr schneller Leser hätte sich über die Symptome von Gesenkten Fersen und der Zickzack-Kehle informieren können.

Abseits des Hauptgebäudes, im warmen, stinkenden Schuppen der Sumpfdrachen, wimmerte ein Errol, der an allen möglichen Krankheiten gleichzeitig zu leiden schien. Er saß nun in der Mitte seines Pferchs, zitterte immer wieder und stöhnte leise. Weißer Rauch kräuselte ihm aus den Ohren und sank zu Boden. Irgendwo in dem angeschwollenen Bauch brodelte, gurgelte und blubberte es laut. Es klang so, als sei ein Bautrupp aus Gnomen während eines Gewitters damit beschäftigt, Abwasserkanäle in porösem Kalkstein anzulegen.

Die Nüstern entwickelten ein seltsames Eigenleben und dehnten sich immer wieder.

Die anderen kleinen Drachen spähten über die Stalltüren und beobachteten Errol mit wachsender Besorgnis.

Ein gastrisches Donnern erklang. Errol wand sich schmerzerfüllt.

Die Sumpfdrachen wechselten bedeutungsvolle Blikke, bevor sie sich nacheinander auf dem Boden ausstreckten und die kleinen Tatzen über den Kopf hoben.

Nobby schürzte die Lippen.

»Ja, nicht übel«, sagte er. »Jetzt scheint soweit alles in Ordnung zu sein. Welche Chancen bestehen dafür, die Ämpfindlichkeit eines Drachen zu treffen, wenn der Bogenschütze Ruß im Gesicht hat, die Zunge ausstreckt, auf einem Bein steht und das *Igellied* singt? Nun, was meinst du, Karotte?«

»Eins zu einer Million, schätze ich«, erwiderte Karotte sofort.

Colon starrte seine beiden Kollegen an.

»Hört mal zu, Jungs«, brummte er, »ihr macht mir doch nichts vor, oder?«

Karotte sah auf den Platz hinab.

»Ach du meine Güte!« entfuhr es ihm.

»Wasissn?« Colon drehte sich erschrocken um.

»Die Leute ketten eine Frau an den Felsen!«

Die Wächter blickten über den Dachrand. Auf dem Platz hatte sich eine große Menge eingefunden und beobachtete still die bleiche Gestalt, die zwischen fünf oder sechs Palastwächtern zappelte.

»Ich frage mich, wo sie den Felsen aufgetrieben haben«, murmelte Colon. »Hier besteht der Boden nur aus Lehm.«

»Tolles Frauenzimmer, wer auch immer sie sein mag«, sagte Nobby anerkennend, als sich einer der Wächter zusamenkrümmte und zu Boden sank. »Der Bursche weiß ein paar Wochen lang nicht mehr, wie er den Abend verbringen soll. Hat ein treffsicheres Knie, die Frau.«

»Kennen wir sie?« fragte Colon.

Karotte kniff die Augen zusammen und sah genauer hin.

»Lady Käsedick!« entfuhr es ihm verblüfft und entsetzt.

»Unmöglich!«

»Doch, er hat recht.« Nobby nickte. »Und sie trägt ein Nachthemd.«

»So weit ist es gekommen!« zischte Colon. »Eine anständige Frau kann nicht mehr durch die Stadt gehen, ohne gefressen zu werden! Na schön, ihr Mistkerle. Ihr … ihr seid, äh, *erwischt* …«

»Feldwebel«, sagte Karotte gedehnt.

»Es heißt erledigt«, warf Nobby ein. »Das wolltest du sagen. Erledigt. Es heißt ›Ihr seid erledigt.‹«

»Meinetwegen!« schnappte Colon. »Ich zeig's den Halunken …«

»Feldwebel!«

Nobby drehte sich ebenfalls um.

»O Mist!« krächzte er.

»Ich treffe bestimmt«, versprach Colon und zielte.

»Feldwebel!«

»Seid endlich still. Ich kann mich nicht konzentrieren, wenn ihr dauernd …«

»Der Drache kommt, Feldwebel!«

Der Drache flog schneller.

Die Umrisse der Dächer von Ankh-Morpork verschwammen, als er über sie hinwegraste. Trübe Luft strich mit einem dumpfen Fauchen an den Schwingen entlang. Der Hals war weit nach vorn gestreckt, und die Zündflammen in den großen Nüstern glühten wie Nachbrenner. Ein lautes Rauschen begleitete den Flug des Ungetüms, und es klang nach einem beginnenden Sturm …

Colons Hände zitterten. Der Drache schien direkt auf ihn zuzuhalten, und er kam so unglaublich schnell näher …

»Jetzt ist es soweit!« rief Karotte und blickte mittwärts, für den Fall, daß die Götter ihre Pflicht vergessen hatten. Er sprach langsam und betonte jede einzelne Silbe, als er hinzufügte. »Die Chance ist eins zu einer Million, aber es könnte klappen!«

»Schieß endlich!« drängte Nobby.

»Immer mit der Ruhe, ich ziele auf die ämpfindliche Stelle«, erwiderte Colon mit vibrierender Stimme. »Seid unbesorgt, Jungs. Ich hab's euch doch gesagt: Dies ist mein Glückspfeil. Ein guter Pfeil, dieser Pfeil, hatte ihn schon als junger Bursche, es würde euch sicher erstaunen zu erfahren, was ich damit getroffen habe, nein, macht euch keine Sorgen.«

Er zögerte, während der geflügelte Schrecken herankam.

»Äh, Karotte?« fragte Colon nervös.

»Ja, Feldwebel?«

»Hat dir dein Großvater erzählt, wie die ämpfindlichen Stellen aussehen?«

Und dann näherte sich der Drache nicht mehr. Er war *da*, sauste dicht über die Wächter hinweg, ein düsteres Mosaik aus glänzenden Schuppen und dem Zischen verdrängter Luft. Das Ungeheuer schien den ganzen Himmel auszufüllen.

Colon ließ die Bogensehne los.

Der Pfeil zuckte nach oben, dem Ziel entgegen.

Mumm lief nicht mehr übers feuchte Pflaster, sondern taumelte nur noch. Er war außer Atem und kam zu spät.

Es muß ein Alptraum sein, dachte er. *Der Held wird immer von irgend etwas aufgehalten, aber trotzdem ist er im letzten Augenblick zur Stelle. Doch diesmal liegt der letzte Augenblick schon fünf Minuten zurück.*

Aber ich behaupte auch gar nicht, ein Held zu sein. Ich bin nicht mehr in Form, brauche etwas zu trinken, bekomme nur eine Handvoll Dollar im Monat und verzichte auf den Zuschlag für Federn. Ist das vielleicht die Bezahlung eines Hel-

den? Nein, der Lohn von Helden besteht in Königreichen und Prinzessinnen, und außerdem treiben sie regelmäßig Sport. Und wenn sie lächeln, glitzern ihre Zähne, und meistens erklingt dabei ein kristallenes Ping. *Zur Hölle mit ihnen!*

Schweiß brannte ihm in den Augen. Der Adrenalinschub, der ihn aus dem Palast gebracht hatte, ging zur Neige und wich bleierner Erschöpfung.

Mumm blieb stehen, stützte sich an eine Mauer, neigte den Kopf zurück, schnappte nach Luft — und sah die Gestalten auf dem Dach.

O nein! fuhr es ihm durch den Sinn. *Sie sind ebensowenig Helden wie ich! Was ist bloß in sie gefahren?*

Es war eine Chance von eins zu einer Million. Und vielleicht klappte es wirklich, in einem der vielen Millionen möglichen Universen.

Götter mögen so etwas sehr. Doch manchmal kann sich der Zufall selbst gegen die Götter durchsetzen — immerhin hat er 999 999 ausschlaggebende Stimmen.

In *diesem* Universum prallte der Pfeil von einer Schuppe ab und verschwand irgendwo.

Colon riß die Augen auf, als der Drachenschwanz über ihn hinwegzuckte.

»Ich habe ... nicht ... getroffen«, hauchte er.

»Aber das ist völlig unmöglich!« Er richtete einen verdutzten, ungläubigen Blick auf seine beiden Kameraden. »Verdammt, es war doch eine letzte verzweifelte Chance von eins zu einer Million!«

Der Drache kippte die Schwingen, flog eine enge Kurve und kehrte zum Dach zurück.

Karotte packte Nobby an der Taille und griff nach Colons Schulter.

Tränen der Wut und Enttäuschung rollten über die Wangen des Feldwebels.

»Eine verdammte letzte verzweifelte Chance von eins zu einer verdammten Million!«

»Feldwebel ...«

Der Drache spie Feuer.

Es war ein außerordentlich gut gezielter Flammenstrahl, der das Dach wie Butter durchdrang.

Er verbrannte das Treppenhaus.

Er knisterte über dicke trockene Balken, die wie sprödes Sperrholz knickten. Er schnitt durch Rohrleitungen.

Wie die Faust eines zornigen Gottes zerschmetterte er die einzelnen Stockwerke und erreichte schließlich einen großen Kupferbottich mit tausend Gallonen frisch gebranntem Whisky.

Das Feuer entschloß sich zu einem Bad, sprang hinein und tauchte in hochprozentigen Alkohol.

Glücklicherweise betrug die Wahrscheinlichkeit dafür, daß jemand die nachfolgende Explosion überlebte, genau eins zu einer Million.

Ein gewaltiger Feuerball loderte gen Himmel, blühte wie eine Blume. Wie eine riesige, orangefarbene und gelbgestreifte Blume. Sie riß das Dach fort, wickelte es um den überraschten Drachen, trug ihn in einer wabernden Wolke aus glühenden Holzsplittern und halb geschmolzenen Rohrteilen gen Himmel.

Das Publikum beobachtete verwirrt, wie das Feuer nach den Wolken über der Stadt tastete. Es achtete nicht auf Mumm, der sich schnaufend und keuchend einen Weg durch die Menge bahnte.

Er schob sich an einigen Palastwächtern vorbei und schlurfte so schnell wie möglich übers Pflaster. Niemand schenkte ihm Beachtung.

Nach einigen Metern blieb er stehen.

Es war kein Felsen, denn Ankh-Morpork stand auf

Lehm. Es handelte sich vielmehr um einen wahrscheinlich viele tausend Jahre alten und von Mörtel zusammengehaltenen Mauerblock, der aus dem Fundament der Stadt stammen mochte. Ankh-Morpork hatte inzwischen ein solches Alter erreicht, daß die meisten Gebäude auf Ankh-Morpork gebaut worden waren.

Der Mauerblock ruhte in der Mitte des Platzes, und die darin eingelassenen Ketten fesselten Lady Sybil Käsedick. Sie schien ein Nachthemd und große Gummistiefel zu tragen. Gewisse Anzeichen deuteten darauf hin, daß sie sich ziemlich energisch zur Wehr gesetzt hatte, und einige Sekunden lang dachte Mumm voller Mitgefühl an die anderen Teilnehmer der Auseinandersetzung. Ihre Ladyschaft durchbohrte ihn mit einem wütenden Blick.

»Du!«

»Du!«

Mumm hob unsicher das Hackbeil.

»Aber warum ausgerechnet du?« begann er.

»Hauptmann Mumm«, erwiderte Lady Käsedick scharf, »hör sofort auf, mit dem Ding zu winken. Ich erwarte von dir, daß du mich befreist, und zwar sofort!«

Mumm hörte gar nicht zu.

»Dreißig Dollar im Monat!« stieß er hervor. »Dafür starben sie! Für dreißig Dollar im Monat! Und ich habe Nobbys Sold gekürzt. Es blieb mir gar keine andere Wahl, oder? Ich meine, bei dem Kerl verlöre selbst eine *Melone* die Geduld.«

»Hauptmann Mumm!«

Er blickte auf das Hackbeil hinab.

»Oh«, sagte er. »Ja. Natürlich!«

Es war ein gutes scharfes Hackbeil aus Stahl, und die *alten* Ketten bestanden aus ziemlich rostigem Eisen. Er schlug darauf ein; Funken stoben von den Steinen.

Die Menge beobachtete ihn schweigend und reglos, doch einige Palastwächter eilten herbei.

»Zum Teufel auch, was tust du da?« fragte einer von

ihnen. Allem Anschein nach hatte er nicht viel Phantasie.

»Zum Teufel auch, was tut *ihr* da?« knurrte Mumm und hob den Kopf.

Sie starrten ihn groß an.

»Wie?«

Mumm holte erneut aus und schlug zu. Mehrere Kettenglieder fielen zu Boden.

»Na schön, du forderst es heraus ...«, begann ein Wächter. Mumm rammte ihm den rechten Ellbogen in die Magengrube, und nur einen Sekundenbruchteil später trat er nach der Kniescheibe des andere Mannes. Als sich der zweite Wächter zusammenkrümmte, kam der linke Ellbogen zum Einsatz und traf das Kinn.

»*Ihr* habt es herausgefordert«, brummte Mumm geistesabwesend und rieb sich den schmerzenden Arm.

Er nahm das Hackbeil in die andere Hand, hämmerte erneut auf die Kette und beobachtete aus den Augenwinkeln, daß sich weitere Gegner näherten. Aber sie liefen in der für Wächter typischen Weise. Mumm kannte sie gut. So liefen Männer, die dachten: *Wir sind eine große Gruppe. Soll ihn zuerst jemand anders angreifen.* Und: *Er scheint bereit zu sein, jemanden zu töten. Niemand bezahlt mich dafür, getötet zu werden. Wenn ich noch etwas langsamer werde, läuft er vielleicht weg.*

Warum einen guten Tag verderben, indem man versuchte, jemanden festzunehmen?

Lady Käsedick schüttelte sich frei. Hier und dort wurden jubelnde Stimmen laut, und andere gesellten sich hinzu. Selbst unter den derzeitigen Umständen wußten die Bürger von Ankh-Morpork eine gute Vorstellung zu schätzen.

Ihre Ladyschaft hob eine Kette und schlang sie um die dicke Faust.

»Einige der Wächter wissen nicht, wie man eine Frau ...«, begann sie.

»Keine Zeit, keine Zeit«, sagte Mumm und griff nach

ihrem Arm. Ebensogut hätte er versuchen können, einen Berg mit sich zu zerren.

Der Jubel verstummte plötzlich.

Ein anderes Geräusch ertönte hinter Mumm. Es war nicht besonders laut, doch dafür hörte es sich recht gräßlich an. Es klang nach vier großen Klauen, die gleichzeitig das Pflaster berührten.

Mumm drehte sich langsam um die eigene Achse und sah nach oben.

Ruß klebte an den Flanken des Drachen. Hier und dort steckte verkohltes Holz zwischen den Schuppen, und an einigen Stellen stieg dünner Rauch auf. Eine schwarze Patina bedeckte die so eindrucksvollen bronzefarbenen Schuppen.

Das Ungetüm senkte den Kopf, bis ihn nur noch ein knapper Meter von Mumm trennte. Dann trachtete es danach, sich auf den Mann zu konzentrieren.

Ein Fluchtversuch hat sicher überhaupt keinen Zweck, dachte Mumm. *Außerdem fehlt mir die Kraft dazu.*

Er spürte, wie sich Lady Käsedicks Hand um die seine schloß.

»Das hast du wirklich gut gemacht«, lobte sie. »Es hätte fast geklappt.«

Glühende Trümmerstücke regneten auf die Reste der Brennerei herab. Der Teich war kaum mehr als ein zähflüssiger Schutthaufen, auf dem sich eine dicke Schicht aus Asche gebildet hatte. Feldwebel Colon kroch aus der klebrigen Masse.

Auf allen vieren tastete er sich zum Ufer, wie eine maritime Lebensform, die entschlossen ist, sich nicht lange mit den Zwischenstadien der Evolution aufzuhalten.

Nobby lag wie ein undichter Frosch neben dem Teich.

»Bist du das, Nobby?« fragte Colon besorgt.
»Ja, ich bin's, Feldwebel.«
»Das freut mich, Nobby.« Colon seufzte erleichtert.
»Ich wünschte, ich wär's nicht, Feldwebel.«
Colon goß das Wasser aus seinem Helm und runzelte die Stirn.
»Was ist mit dem jungen Karotte?« erkundigte er sich.
Nobby stemmte sich benommen auf den Ellbogen hoch.
»Keine Ahnung«, sagte er. »Im einen Augenblick standen wir auf dem Dach, und im nächsten fielen wir.«
Beide Wächter betrachteten den aschfarbenen Teich.
»Ich nehme an, er kann schwimmen, oder?« fragte Colon langsam.
»Keine Ahnung«, antwortete Nobby. »Er hat nie darüber gesprochen. Vermutlich hatte er in den Bergen kaum Gelegenheit, irgendwo zu schwimmen. Ich meine, wenn man genauer darüber nachdenkt ...«
»Aber vielleicht gibt es dort tiefe Bergflüsse und Tümpel mit kristallklarem blauen Wasser«, überlegte der Feldwebel hoffnungsvoll. »Und eiskalte Seen in verborgenen Tälern und dergleichen. Ganz zu schweigen von unterirdischen Meeren. Ich bin sicher, daß er die Möglichkeit bekam, schwimmen zu lernen. Bestimmt hat er den ganzen Tag über im Wasser geplanscht.«
Erneut starrten sie auf die schmierige, grauschwarze Oberfläche.
»Vielleicht lag es am Schützer«, sagte Nobby. »Vielleicht hat sich das Ding mit Wasser gefüllt und ihn zum Grund gezogen.«
Colon nickte düster.
»Ich halte deinen Helm«, fügte Nobby nach einer Weile hinzu.
»Ich bin dein Vorgesetzter!«
»Ja«, erwiderte Nobby bedächtig, »aber wenn du dort drin versinkst, möchtest du sicher, daß dein bester Mann am Ufer steht, um dich zu retten, nicht wahr?«

»Das klingt — vernünftig«, räumte Colon schließlich ein. »Ein guter Hinweis.«

»Meine ich auch.«

»Die Sache hat nur einen Haken ...«

»Und der wäre?«

»Ich kann nicht schwimmen«, sagte Colon.

»Wie hast du dann das Ufer erreicht?«

Colon zuckte mit den Achseln. »Ich gehe nie unter, so sehr ich mich auch bemühe.«

Einmal mehr glitten die Blicke der beiden Wächter zum trüben Teichwasser. Nach einer Weile drehte Colon den Kopf und sah Nobby an. Der Korporal nahm widerstrebend den Helm ab.

»Ist da noch jemand drin?« fragte Karotte hinter ihnen.

Sie drehten sich um. Karotte rieb sich Schlamm aus einem Ohr. Hinter ihm schwelten die Reste der Brennerei.

»Entschuldigt bitte, daß ich nicht auf euch gewartet habe«, sagte er munter. »Ich hielt es für besser, nach dem Rechten zu sehen.« Er deutete auf ein Tor am Rande des Hofes. Es hing schief in den Angeln.

»Oh«, erwiderte Nobby leise. »Gut.«

»Das Tor führt zu einer Straße«, erklärte Karotte.

»Dort lauert doch kein Drache, oder?« fragte Colon argwöhnisch.

»Es sind weder Drachen noch Menschen zugegen«, sagte Karotte ungeduldig. »Es ist überhaupt niemand in der Nähe. Kommt!«

»Wohin?« Nobby holte einen feuchten Zigarettenstummel hinter dem Ohr hervor und betrachtete ihn kummervoll. Ganz offensichtlich ließ sich nicht mehr viel damit anfangen. Er versuchte trotzdem, ihn zu entzünden.

»Wir wollen gegen den Drachen kämpfen, stimmt's?« meinte Karotte.

Colon verlagerte das Gewicht ungemütlich von einem

Bein aufs andere. »Ja, aber was hältst du davon, wenn wir zuerst nach Hause gehen und uns umziehen?«

»Bei der Gelegenheit könnten wir auch was Warmes trinken«, schlug Nobby vor.

»Und etwas essen«, fügte Colon hinzu. »Zum Beispiel einen leckeren Teller ...«

»Ihr solltet euch schämen«, sagte Karotte. »Eine Frau ist in Not, und außerdem gilt es, einem Drachen das Handwerk zu legen. Aber ihr denkt nur an euren Bauch.«

»Oh, nicht nur daran«, brummte Colon. »Auch an die Haut.«

»Vielleicht haben nur wir die Möglichkeit, Ankh-Morpork vor der totalen Zerstörung zu bewahren!«

»Ja, aber ...«, begann Nobby.

Karotte zog sein Schwert und hob es über den Kopf.

»Hauptmann Mumm wäre sicher sofort in den Kampf gezogen!« sagte er. »Alle für einen!«

Er warf den beiden anderen Wächtern einen finsteren Blick zu und stürmte vom Hof.

Colon wandte sich an Nobby und hob die Schultern.

»Die jungen Leute von heute«, kommentierte er.

»Alle für einen?« wiederholte der Korporal.

Der Feldwebel seufzte. »Na schön. Komm!«

»Oh. Meinetwegen.«

Sie stapften in die Straße. Weit und breit zeigte sich niemand.

»Wohin ist er verschwunden?« fragte Nobby.

Karotte trat aus den Schatten und grinste breit.

»Ich wußte doch, daß ich mich auf euch verlassen kann. Folgt mir!«

»Der Junge ist irgendwie seltsam«, bemerkte Colon, als sie übers Pflaster hinkten. »Ist dir aufgefallen, daß er uns immer wieder dazu bringt, ihm zu folgen?«

»Alle für einen was?« murmelte Nobby.

»Vielleicht liegt's an seiner Stimme.«

»Ja, aber alle für einen was?«

Der Patrizier seufzte, fügte das Lesezeichen ein und legte das Buch beiseite. Nach den Geräuschen zu urteilen, ging es draußen ziemlich hektisch zu. Das brachte einen Vorteil mit sich: Bestimmt weilten derzeit keine Palastwächter in der Nähe. Die Wächter waren außerordentlich gut ausgebildet, und solche Männer wollte Lord Vetinari nicht verschwenden.

Er brauchte sie später noch.

Er ging zur Wand und drückte an einen kleinen Steinblock, der ebenso aussah wie alle übrigen kleinen Steinblöcke. Doch kein anderer kleiner Steinblock hätte diese Wirkung erzielt: Mit angemessenem Knirschen glitt ein Teil der Mauer beiseite.

Die Öffnung enthielt sorgfältig ausgewählte Dinge: einige eiserne Rationen, Kleidung, mehrere Schachteln mit kostbarem Schmuck, Edelsteinen und diversen Werkzeugen. Hinzu kam ein Schlüssel. Man baue niemals einen Kerker, den man nicht verlassen kann.

Der Patrizier nahm den Schlüssel und schlenderte zur Tür. Als sich die stählernen Bärte in gut geölten Rillen drehten, fragte sich Lord Vetinari noch einmal, ob es besser gewesen wäre, Mumm auf den Schlüssel hinzuweisen. Nein, der Mann schien ganz versessen darauf gewesen zu sein, ohne solche Hilfsmittel zu entkommen. Wahrscheinlich hätte es ihn sehr enttäuscht, von dem Schlüssel zu erfahren. Möglicherweise wäre dadurch sein Weltbild verändert worden. Der Patrizier brauchte Mumm und sein Weltbild.

Lord Vetinari öffnete die Tür und wanderte stumm durch die Ruinen des Palastes.

Sie erzitterten, als Ankh-Morpok zum zweitenmal innerhalb weniger Minuten erbebte.

Die Drachenpferche explodierten. Alle Fenster splitterten. Die Tür flog aus dem Rahmen, segelte auf einer Wolke aus schwarzem Rauch durch die Luft, neigte sich dem Boden entgegen und stürzte in die Rhododendronbüsche.

Etwas sehr Energetisches und Heißes geschah im Stall. Noch mehr Qualm quoll fett und dick und ölig daraus hervor. Eine Wand faltete sich zusammen, und eine andere fiel träge auf den Rasen.

Sumpfdrachen sausten mit der Zielstrebigkeit von Champagnerkorken aus den Trümmern und schlugen wie wild mit den Flügeln.

Nach wie vor wogte Rauch, doch irgendwo darin schimmerte grelles weißes Licht und stieg auf.

Es passierte ein zerstörtes Fenster und geriet außer Sicht, doch kurz darauf erschien es wieder. Eine Dachpfanne drehte sich auf Errols Kopf, als er aus dem von ihm selbst verursachten Qualm flog und gen Himmel schwebte.

Sonnenschein glitzerte auf seinen silbernen Schuppen, während er in einer Höhe von etwa dreißig Metern schwebte, sich umwandte und auf der eigenen Flamme ritt ...

Mumm, der auf dem Platz den Tod erwartete, stellte plötzlich fest, daß sein Mund offenstand. Er schloß ihn wieder.

Die Stadt schwieg, und nur Errols Zischen war zu hören.

Sie können ihr Verdauungssystem verändern, erinnerte sich Mumm verwirrt. *Um es den jeweiligen Erfordernissen anzupassen. Bei ihm funkioniert es jetzt genau anders herum: Aber die Dingsda, seine Gene ... Sie haben ihn bereits darauf vorbereitet. Kein Wunder, daß der kleine Kerl nur stummelförmige Schwingen hat. Der Körper wußte, daß er gar keine größeren benötigt. Er braucht sie nur zum Steuern.*

Und dann: *Heiliger Himmel! Ich sehe den ersten Drachen, der sein Feuer nach* hinten *spuckt.*

Mumm riskierte einen Blick direkt nach oben. Der große Drache war erstarrt; seine riesigen roten Augen konzentrierten sich auf das winzige Geschöpf.

Der König von Ankh-Morpork stieß eine herausfordernde Flamme aus, hob die Schwingen und sprang in die Luft. Alle menschlichen und daher eher banalen Angelegenheiten waren vergessen.

Mumm drehte sich ruckartig zu Lady Käsedick um.

»Wie kämpfen sie?« fragte er rasch. »Wie kämpfen Drachen?«

»Ich ... Das heißt, nun, sie schlagen sich gegenseitig mit den Flügeln und schleudern Feuer«, antwortete Ihre Ladyschaft. »Das gilt jedenfalls für Sumpfdrachen. Ich meine, wer hat jemals einen der erhabenen Drachen beim Kampf beobachtet?« Sie klopfte auf ihr Nachthemd. »Ich muß mir Notizen machen. Wo ist nur mein Block ...?«

»Trägst du ihn in einer Tasche deines *Nachthemds?*«

»Erstaunlicherweise kommen einem die besten Ideen, wenn man im Bett liegt. Ich bin immer vorbereitet.«

Flammen prasselten dort, wo eben noch Errol gewesen war, doch er befand sich bereits woanders. Der König versuchte, sich mitten in der Luft um die eigene Achse zu drehen. Der wesentlich kleinere Drache flog im Kreis und ließ dabei mehrere Rauchringe hinter sich zurück, die ein komplexes Gespinst bildeten — in dessen Mitte sich der Herrscher von Ankh-Morpork hilflos hin und her wandte. Längere und heißere Flammenzungen leckten, aber sie verfehlten Errol.

Die Zuschauer beobachteten das Duell mit lautloser Faszination.

»Hallo, Hauptmann!« erklang eine schmeichlerische Stimme.

Mumm senkte den Kopf. Ein kleiner stinkender und als Nobby verkleideter Tümpel grinste ihn an.

»Ich habe euch für tot gehalten!« platzte es aus Mumm heraus.

»Wir sind quicklebendig«, erwiderte Nobby.

»Oh. Gut.« Mehr fiel Mumm nicht ein.

»Was hältst du von dem Kampf?«

Mumm sah wieder nach oben. Über den Dächern der Stadt bildeten sich komplizierte Rauchspiralen.

»Ich fürchte, Errol hat keine Chance«, sagte Lady Käsedick. »Oh. Hallo, Nobby!«

»Guten Tag, gnä Frau«, grüßte der Korporal höflich und hob dabei die Hand zur vermeintlichen Stirnlocke.

»Was soll das heißen, er hat keine Chance?« brummte Mumm. »Seht nur! Der Große hat ihn kein einziges Mal getroffen!«

»Ja, aber Errol zielt immer sehr gut, und trotzdem zeigt sich der Gegner völlig unbeeindruckt. Ich glaube, sein Feuer ist nicht heiß genug. Oh, er weicht immer aus, zugegeben. Doch er braucht jedesmal Glück, während der andere Drache nur *einmal* etwas Glück benötigt.«

Die Bedeutung dieser Worte senkte sich wie ein schweres Gewicht herab.

»Soll das heißen«, sagte Mumm, »daß Errol nur eine *Schau* abzieht? Daß er den Großen *beeindrucken* will?«

»Ihn trifft keine Schuld«, warf Colon ein und materialisierte hinter ihnen. »Ist wie mit Hunden, nichwahr? Er begreift überhaupt nicht, mit *wem* er es zu tun hat. Wahrscheinlich sieht er nur eine harmlose Balgerei darin.«

Beiden Drachen schien klarzuwerden, daß der Kampf in die allgemein bekannte Sackgasse eines klatschianischen Patts geraten war. Ein weiterer Rauchring entstand, gefolgt von einer weißen Flamme, und dann wichen die beiden Gegner voneinander zurück, bis der Abstand zwischen ihnen einige hundert Meter betrug.

Der König schwebte und schlug schneller als sonst mit den Schwingen. Höhe. Darauf kam es an. Wenn Drachen gegeneinander kämpften, bot Höhe einen beträchtlichen Vorteil ...

Errol tanzte auf seiner Flamme und schien zu überlegen.

Dann trat er lässig mit den Hinterbeinen — es sah aus, als beherrschten Drachen seit Jahrmillionen das Balancieren auf den eigenen Verdauungsgasen —, schlug einen eleganten Purzelbaum und floh. Für einen Sekundenbruchteil verwandelte er sich in einen silbernen Streifen, und dann war er über die Stadtmauer hinweg und verschwunden.

Ein Stöhnen folgte ihm. Es stammte aus zehntausend Kehlen.

Mumm warf die Arme hoch.

»Mach dir keine Sorgen, Chef«, sagte Nobby rasch. »Bestimmt will er nur, äh, was trinken oder so. Vielleicht ist dies das Ende der ersten Runde. Könnte doch sein, oder?«

»Ich meine, er hat unseren Kessel und das andere Zeug verspeist«, fügte Colon unsicher hinzu. »Er würde sich nicht einfach aus dem Staub machen, nachdem er einen Kessel gefressen hat. Ist doch logisch. Ich meine, wer einen Kessel verdauen kann, braucht sich vor nichts zu fürchten.«

»Und mein Poliermittel«, warf Karotte ein. »Die Dose hat fast einen ganzen Dollar gekostet.«

»Na bitte«, brummte Colon. »Ich sag's ja.«

»Jetzt hört mir mal gut zu«, erwiderte Mumm und versuchte mühsam, die Beherrschung nicht zu verlieren. »Errol ist ein niedlicher Sumpfdrache. Ein netter kleiner Kerl, den ich ebensosehr mag wie ihr. Aber bei allen Göttern: Er hat gerade eine sehr vernünftige Entscheidung getroffen. Meine Güte, er will sich nicht verbrennen lassen, nur um uns zu retten. Ihr solltet euch endlich damit abfinden, daß es im Leben anders zugeht.«

Der große Drache stolzierte durch die Luft und richtete seinen Flammenstrahl auf einen nahen Turm. Er hatte gewonnen.

»So etwas habe ich zum erstenmal beobachtet«, ließ

sich Lady Käsedick vernehmen. »Normalerweise kämpfen Drachen bis zum Tod.«

»Dann gibt es wenigstens ein vernünftiges Exemplar«, sagte Mumm verdrießlich. »Seid doch ehrlich: Die Wahrscheinlichkeit dafür, daß ein so kleines Geschöpf wie Errol den großen Drachen besiegt, ist eins zu einer Million.«

Es schloß sich jene Art von Stille an, die man nur dann bekommt, wenn ein hoher klarer Ton erklingt und die Welt den Atem anhält.

Die Wächter wechselten bedeutungsvolle Blicke.

»Eins zu einer Million?« wiederholte Karotte fasziniert.

»Nicht mehr und nicht weniger«, bestätigte Mumm. »Eins zu einer Million.«

Colon, Nobby und Karotte nickten langsam.

»Eins zu einer Million«, wiederholte der Feldwebel.

»Eins zu einer Million«, pflichtete ihm der Korporal bei.

»In der Tat«, sagte der Obergefreite. »Eins zu einer Million.«

Erneut folgte ein hochfrequentes Schweigen. Die Wächter fragten sich, wer *es* aussprechen würde.

Feldwebel Colon holte tief Luft.

»Aber es könnte klappen«, sagte er.

»Wovon redest du da?« hielt ihm Mumm scharf entgegen. »Es ist doch völlig absurd anzunehmen ...«

Nobby stieß ihn in die Rippen und deutete über die Ebene.

Weit jenseits der Stadtmauern hatte sich eine Säule aus schwarzem Rauch gebildet. Mumm kniff die Augen zusammen. Ein silbernes Geschoß flog vor dem Qualm und jagte über die Kohlfelder.

Der große Drache bemerkte es ebenfalls. Er spuckte zorniges Feuer, schlug mit den breiten Schwingen und stieg höher.

Jetzt wurde Errols Flamme sichtbar — sie war so

heiß, daß sie fast blau glühte. Mit unglaublicher Geschwindigkeit raste die Landschaft unter ihm hinweg, und er beschleunigte noch immer.

Vor ihm hob der König die Klauen. Das riesige Wesen schien zu grinsen.

Errol wird gegen den Großen prallen, dachte Mumm. *Und wenn er dabei explodiert ... Steht uns bei, ihr Götter!*

Draußen auf den Feldern geschah etwas Seltsames. Dicht hinter Errol schien sich der Boden von ganz allein zu pflügen und Kohl in die Luft zu schleudern. Eine Hecke platzte auseinander und schien sich in Sägemehl zu verwandeln ...

Völlig lautlos passierte Errol den Stadtwall: die Schwingen kaum mehr als Andeutungen an seinen Flanken, der Kopf nach vorn gestreckt, der Körper keilförmig mit einer Flamme dahinter. Sein Gegner begrüßte ihn mit prasselndem Feuer. Mumm beobachtete, wie der kleine Sumpfdrache einen Flügelstummel zur Seite neigte und der Glut mühelos auswich. Und dann war er vorbei, sauste in der gleichen gespenstischen Stille in Richtung Meer.

»Er hat das Ziel verf ...«, begann Nobby.

Die Luft zerriß. Von einem Augenblick zum anderen donnerte und krachte es über der Stadt; die Druckwelle zertrümmerte Dachpfannen und schleuderte Schornsteine beiseite. Irgend etwas packte den König und zerrte ihn in den akustischen Strudel, warf ihn hin und her, hämmerte auf ihn ein. Mumm hielt sich die Ohren zu und sah, wie der große Drache verzweifelt Feuer spie, sich immer wieder um die eigene Achse drehte und zum Zentrum einer Spirale aus lodernden Flammen wurde.

Magie knisterte über seinen Schwingen, und er schrie wie ein schmerzerfülltes Nebelhorn. Dann schüttelte er benommen den Kopf und flog einen weiten Bogen.

Mumm stöhnte. Der Schuppenriese hatte etwas überlebt, das dicke Mauern zerstörte. Was war nötig, um ein *solches* Wesen zu besiegen? *Es hat keinen Sinn, dagegen zu kämpfen,* dachte Mumm niedergeschlagen. *Man kann es nicht verbrennen. Mann kann es nicht zerschmettern. Es ist die personifizierte Kunst des Überlebens.*

Der Drache landete. Es war keine vollendete Landung. Eine vollendete Landung hätte sicher nicht mehrere Häuser zerstört. Sie fand ganz langsam statt, schien ziemlich lange zu dauern und schuf eine Schuttschneise in der Stadt.

Der Große schlug hilflos mit den Flügeln und reckte mehrmals den Hals. Ab und zu flackerten Flammen, als das gewaltige Wesen durch altes Mauerwerk und herabgestürzte Strohdächer rutschte. Hinter ihm brachen mehrere Feuer aus.

Schließlich blieb der Drache am Ende der langen Furche liegen, unter einem großen Haufen aus vormaliger Architektur.

Die Stille wurde von jemandem unterbrochen, der eine weitere Löschkette zu organisieren versuchte.

Dann geriet das Publikum in Bewegung.

Von oben betrachtet sah Ankh-Morpork sicher wie ein in Aufregung geratener Ameisenhaufen aus. Zahllose winzige Gestalten wogten dem Drachen entgegen.

Die meisten von ihnen besaßen Waffen.

Viele trugen Speere.

Manche hielten Schwerter bereit.

Und sie alle hatten nur eins im Sinn.

»Wißt ihr was?« fragte Mumm. »Dies wird der erste demokratisch getötete Drachen. Jeder Bürger darf einmal zustoßen.«

»Du mußt etwas dagegen unternehmen«, sagte Lady Käsedick fest. »Du darfst nicht zulassen, daß man ihn umbringt.«

Mumm sah sie groß an und blinzelte verwirrt.

»Wie bitte?«

»Er ist verwundet!«

»Darum ging's doch, nicht wahr, gnä Frau?« erwiderte Mumm. »Außerdem: Er ist nur betäubt.«

»Ich meine, du kannst nicht erlauben, daß man ihn auf *diese* Weise tötet«, beharrte Ihre Ladyschaft. »Armes Ding!«

»Was erwartest du denn von mir?« schnappte Mumm. Sein Geduldsfaden zerfranste immer mehr. »Soll ich ihn mit Teersalbe einreiben, damit er wieder zu Kräften kommt? Wie wär's, wenn wir ihm ein gemütliches Plätzchen vor dem Kamin anbieten, hm?«

»Die Leute wollen ihn abschlachten!«

»Ich habe nichts dagegen!«

»Aber es ist ein Drache, und deshalb verhält er sich wie ein Drache! Er wäre nie hierhergekommen, wenn man ihn in Ruhe gelassen hätte!«

Lieber Himmel! dachte Mumm. *Das Biest wollte sie fressen, aber trotzdem hat sie Mitgefühl.* Er zögerte. Nun, vielleicht gab ihr diese Einstellung das Recht auf eine eigene Meinung ...

Feldwebel Colon schob sich etwas näher, während sich Mumm und Lady Käsedick bleich und zornig anstarrten. Mit wachsender Verzweiflung trat er von einem feucht quatschenden Fuß auf den anderen.

»Du solltest besser mitkommen, Hauptmann«, drängte er. »Dort drüben ist gleich die Hölle los!«

Mumm winkte ab. »Soweit es mich betrifft«, antwortete er und mied dabei Lady Käsedicks durchdringenden Blick, »können die Leute ruhig von ihren Waffen Gebrauch machen.«

»Das meine ich nicht«, sagte Colon. »Es geht um Karotte. Er will den Drachen verhaften.«

Mumm blinzelte erneut.

»Was meinst du mit *verhaften?*« fragte er. »Meinst du wirklich das, was ich glaube?«

»Könnte durchaus sein, Sir«, entgegnete Colon unsicher. »Ja, das halte ich nicht für ausgeschlossen. Karotte war wie der Blitz auf dem Schutthaufen, griff nach einer Schwinge und sagte: ›Hab dich, Bürschchen!‹ Konnte es kaum fassen, Sir. Und noch etwas, Sir ...«

»Ja?«

Der Feldwebel gestikulierte vage und suchte nach den richtigen Worten. »Nun, Sir, du hast uns doch darauf hingewiesen, daß Gefangene nicht verletzt werden dürfen ...«

Ein ziemlich großer und schwerer Dachbalken strich trügerisch langsam durch die Luft. Die in unmittelbarer Nähe stehenden Ankh-Morporkianer verstanden die Botschaft und hielten es für angeraten, einige Meter zurückzuweichen.

»Nun«, sagte Karotte, hielt den Balken in einer Hand und schob mit der anderen seinen Helm zurück, »ich hoffe, ich habe mich klar genug ausgedrückt.«

Mumm bahnte sich einen Weg durch die dichte Menge und beobachtete die große Gestalt auf dem hohen Haufen, der aus Schutt und Schuppen bestand. Karotte drehte sich langsam um und hob den Balken wie einen Knüppel. Sein Blick ähnelte dem hellen Lichtstrahl eines Leuchtturms. Wo er auf die Bürger fiel, ließen die Leute voller Unbehagen ihre Waffen sinken.

»Ich warne euch«, fuhr Karotte fort. »Wer einen Wächter bei der Ausübung seiner Pflicht behindert, macht sich eines schweren Vergehens schuldig. Wer als nächster einen Stein nach mir wirft, wird von mir mit unnachgiebiger Strenge zur Verantwortung gezogen.«

Ein Stein prallte an der Seite seines Helms ab. Zornige Stimmen erklangen.

»Wir wollen den Drachen erledigen!«

»Geh endlich aus dem Weg!«

»Wir lassen uns nicht von Wächtern herumkommandieren!«

»Eingebildetum Kerlum militarum!«

»Wie? Ja!«

Mumm zog den Feldwebel zu sich heran. »Hol Seile.

Möglichst viele Seile. Und sie müssen dick sein. Ich nehme an, wir können, äh, die Schwingen fesseln und auch den Rachen zubinden, damit das Biest kein Feuer mehr spucken kann.«

Colon musterte ihn verdutzt.

»Meinst du das im Ernst, Sir? Du willst den Drachen wirklich *verhaften?*«

»Worauf wartest du noch?«

Er ist bereits verhaftet, dachte Mumm, als er den Weg fortsetzte. *Ich persönlich hätte es vorgezogen, das Mistvieh im Meer zu versenken, aber jetzt ist es verhaftet. Wir müssen es in Gewahrsam nehmen oder freilassen. Eine andere Alternative gibt es nicht.*

Als er die Empfindungen der Menge spürte, verflüchtigte sich sein eigener Zorn. Was sollten sie mit dem Drachen anstellen? *Eine Gerichtsverhandlung*, dachte er. *Wir verurteilen ihn, und anschließend findet die Hinrichtung statt. Nein, wir töten ihn nicht einfach — so etwas steht nur irgendwelchen Helden in der Wildnis zu. In Städten kann man nicht auf diese Weise vorgehen. Das heißt, man kann es schon, aber wenn man damit beginnt, sollte man gleich alles niederbrennen und noch einmal von vorn anfangen. Es kommt darauf an, nach den, äh, Vorschriften zu handeln.*

Mumm nickte, zufrieden mit sich selbst.

Ja, genau. Wir haben alles andere versucht. Und jetzt probieren wir es zur Abwechselung mit dem Gesetz.

Außerdem steht dort oben ein Stadtwächter, fügte er in Gedanken hinzu. *Wir müssen zusammenhalten. Weil kaum jemand etwas mit uns zu tun haben will.*

Ein stämmiger Mann vor ihm holte mit einem halben Ziegelstein aus.

»Wenn du das Ding wirfst, bist du eine halbe Sekunde später tot«, sagte Mumm. Unmittelbar darauf zog er den Kopf ein und eilte durchs allgemeine Gedränge, während sich der Mann überrascht umsah.

Karotte hielt den Balken zum Zuschlagen bereit, als Mumm den Schutthaufen erkletterte.

»Oh, du bist's, Hauptmann«, sagte er und ließ den improvisierten Knüppel sinken. »Ich melde hiermit die Verhaftung ...«

»Ich weiß, ich weiß«, kam ihm Mumm zuvor. »Hast du irgendwelche Vorschläge in bezug darauf, was wir jetzt unternehmen sollen?«

»O ja, Sir«, erwiderte Karotte. »Ich muß dem Gefangenen seine Rechte vorlesen.«

»Abgesehen davon, meine ich.«

»Nein, Sir, eigentlich nicht.«

Mumm betrachtete die zwischen den Trümmern sichtbaren Drachenteile. Wie *konnte* man ein solches Wesen töten? Die Hinrichtung dauerte sicher Stunden, und ihr Erfolg blieb fragwürdig.

Ein kleiner Stein prallte an seinem Brustharnisch ab.

»Wer war das?«

Die Stimme hatte die gleiche Wirkung wie eine Peitsche.

Stille herrschte.

Sybil Käsedick stapfte mit glühenden Augen heran und ließ einen wütenden Blick über die Menge schweifen.

»Ich habe gefragt: Wer war das?« wiederholte sie scharf. »Wenn sich die betreffende Person nicht *sofort* zu erkennen gibt, werde ich *sehr* zornig! Ihr solltet euch was schämen!«

Ihre Ladyschaft genoß nun die volle Aufmerksamkeit aller Anwesenden. Einige Leute, die ebenfalls nach Steinen gegriffen hatten, ließen sie möglichst unauffällig fallen.

Lady Käsedicks Nachthemd flatterte im Wind, als sie eine besonders strenge Haltung einnahm.

»Hier stehen der *edle* Hauptmann Mumm ...«

»O Himmel«, ächzte Mumm und zog sich den Helm über die Augen.

»... und seine *kühnen* Männer, die so *mutig* waren, heute hierherzukommen, um euch zu retten ...«

Mumm griff nach Karottes Arm und führte den Obergefreiten zur Seite.

»Ist alles in Ordnung mit dir, Hauptmann?« fragte Karotte. »Du bist ganz rot im Gesicht.«

»Fang *du* nicht auch noch an!« erwiderte Mumm scharf. »Nobbys und Colons Spott ist schon schlimm genug.«

Zu seinem großen Erstaunen klopfte ihm Karotte kameradschaftlich auf die Schulter.

»Ich verstehe dich«, sagte er voller Mitgefühl. »Ich hatte eine Freundin zu Hause, sie hieß Minty, und ihr Vater ...«

»Zum *letzten* Mal, es gibt absolut *nichts* zwischen mir und ...«, begann Mumm.

Etwas klapperte neben ihm, und eine kleine Lawine aus Mörtel und Stroh rutschte am Hang des Schutthaufens herab. Die Trümmer hoben sich und öffneten ein Auge. Eine große schwarze Pupille, die in blutrotem Glühen schwebte, versuchte, den Blick auf Mumm zu richten.

»Wir müssen übergeschnappt sein«, stöhnte der Hauptmann.

»O nein, Sir«, widersprach Karotte. »Es gibt viele Präzedenzfälle. Im Jahr 1135 wurde eine Henne verhaftet, weil sie am Seelenkuchendonnerstag gackerte. Während der Herrschaft des Psychoneurotischen Lord Schraubelocker verurteilte man mehrere Fledermäuse zum Tod, weil sie gegen die abendliche Ausgangssperre verstießen. Das geschah 1401. Im August, glaube ich. Ach, eine glorreiche Zeit für das Gesetz«, kommentierte Karotte verträumt. »Nun, 1321 leitete man ein strafrechtliches Verfahren gegen eine Wolke ein, die sich während der Amtseinführung des Nervösen Herzogs Hargath vor die Sonne schob.«

»Ich hoffe, Colon kehrt bald zu ...« Mumm unterbrach sich. Er *mußte* Bescheid wissen. »Wie?« fragte er. »Wie bestraft man eine Wolke?«

»Der Herzog ließ sie steinigen«, erklärte Karotte. »Dabei kamen einunddreißig Menschen ums Leben.« Er holte sein Notizbuch hervor und starrte auf den Drachen.

»Glaubst du, daß er uns hören kann?« fragte er.

»Ich denke schon.«

»Nun gut.« Karotte holte tief Luft und wandte sich an das benommene Reptil. »Es ist meine Pflicht, dich darauf hinzuweisen, daß man in folgenden Punkten gegen dich Anklage erheben wird. Eins (eins) i, am oder ungefähr am vergangenen 18. Gruni hast du an einem Ort namens Schätzchengasse, in den Schatten, unerlaubtes Feuer gespuckt und dich dadurch der schweren Körperverletzung schuldig gemacht, was gegen Klausel Sieben des Arbeitsschutzgesetzes von 1508 verstößt. UND eins (zwei) ii, am oder ungefähr am vergangenen 18. Gruni hast du an einem Ort namens Schätzchengasse, in den Schatten, den Tod von sechs unbekannten Personen verursacht beziehungsweise fahrlässig herbeigeführt ...«

Mumm fragte sich, wie lange der Drache brauchte, um sich aus dem Schutthaufen zu befreien. Wahrscheinlich nicht lange genug. Der Hauptmann befürchtete, daß Karotte einige Wochen benötigte, um die vollständige Anklageliste zu verlesen ...

Die Menge schwieg. Selbst Lady Käsedick wirkte verblüfft.

»Was ist denn los?« knurrte Mumm und musterte die nach oben blickenden Gesichter. »Habt ihr noch nie gesehen, wie ein Drache verhaftet wird?«

»... sechzehn (drei) ii, du hast in der Nacht des vergangenen 24. Gruni ein als Altes Wachhaus, Ankh-Morpork, Wert etwa zweihundert Dollar, bekanntes Gebäude verbrannt oder fahrlässig in Flammen aufgehen lassen. UND sechzehn (drei) iii, du hast in der Nacht des vergangenen 24. Gruni einen Wächter in der Ausübung seiner Pflicht ...«

»Ich glaube, wir sollten uns etwas beeilen«, flüsterte Mumm. »Der Drache wird immer unruhiger. Ist dies alles wirklich nötig?«

»Nun, vielleicht lassen sich die verschiedenen Anklagepunkte zusammenfassen«, erwiderte Karotte. »Unter außergewöhnlichen Umständen bieten Breggs Regeln der ...«

»Vielleicht überrascht es dich zu erfahren, daß wir es derzeit mit *sehr* außergewöhnlichen Umständen zu tun haben«, sagte Mumm. »Sie werden sogar noch viel außergewöhnlicher, wenn Colon nicht bald Seile bringt.«

Erneut kam Bewegung in den Schutthaufen, als sich der Drache aufzurichten versuchte. Ein dicker langer Balken fiel mit einem dumpfen Pochen zur Seite. Das Publikum wich zurück, und einige besonders vorsichtige Bürger beschlossen, daß sie genug gesehen hatten.

Genau in diesem Augenblick kehrte Errol mit einigen kleinen Explosionen über die Dächer zurück und hinterließ mehrere Rauchringe. Er flog tiefer, raste über die Menge hinweg und veranlaßte Hunderte von Zuschauern, sich rasch zu ducken.

Der Sumpfdrache heulte wie ein Nebelhorn.

Mumm packte Karotte und zerrte ihn mit sich, als der König energischere Befreiungsversuche unternahm.

»Errol ist zurückgekehrt, um den Großen endgültig zu erledigen!« rief der Hauptmann. »Vermutlich kommt er erst jetzt, weil das Bremsmanöver viel Zeit in Anspruch nahm!«

Errol schwebte über dem König und heulte schrill genug, um Flaschen und Gläser zerplatzen zu lassen.

Der große Drache hob den Kopf, und Mörtelstaub rieselte in dichten Schwaden herab. Er öffnete das Maul, aber die erwartete weiße Flamme blieb aus. Statt dessen quiekte er wie ein Kätzchen. Besser gesagt: wie ein Kätzchen, das irgendwo in einer tiefen Höhle hockte, dort in eine große Blechbüchse kroch und sich alle Mühe gab, möglichst hohl zu quieken.

Geborstene Sparren fielen zur Seite, als sich das riesige Wesen erhob und schwankte. Die großen Schwingen entfalteten sich und ließen Strohfetzen auf die Straße herabregnen. Einige davon strichen über den Helm des Feldwebels Colon — er hielt etwas in der Hand, das wie eine kurze Wäscheleine aussah.

»Er steht auf!« rief Mumm. Er stieß den Feldwebel beiseite und in Sicherheit. »Du darfst ihn nicht aufstehen lassen, Errol! Wenn das Biest aufsteht, erwischt es dich früher oder später!«

Lady Käsedick runzelte die Stirn. »Irgend etwas geht nicht mit rechten Dingen zu«, sagte sie. »Normalerweise kämpfen Drachen nie auf diese Weise. Für gewöhnlich bringt der Sieger den Verlierer um.«

»Hast du gehört, Errol?« schrie Mumm.

»Und dann explodiert er in den meisten Fällen. Wegen der Aufregung.«

»Erkennst du mich?« rief Mumm und winkte, während der kleine Sumpfdrache unbekümmert über dem Schutthaufen schwebte. »*Ich* bin's! Ich habe dir den flauschigen Ball mit der Glocke drin geschenkt! Wie kannst du uns so etwas antun?«

»He, warte mal!« sagte Lady Käsedick und legte Mumm die Hand auf den Arm. »Ich glaube fast, wir sehen die Sache völlig falsch ...«

Der große Drache sprang in die Luft und schlug so kraftvoll — *Whumm!* — mit den Schwingen, daß einige weitere Gebäude einstürzten. Der gewaltige Kopf drehte sich, und der Blick roter Augen richtete sich auf Mumm.

Der König wirkte plötzlich recht nachdenklich.

Errol flog heran, schwebte vor dem Hauptmann und starrte den Großen streng und mißbilligend an. Eine Zeitlang befürchtete Mumm, daß sich der Sumpfdrache von einer Sekunde zur anderen in eine kleine Aschewolke verwandelte, doch dann senkte der König verlegen den Kopf und stieg auf.

In einer weiten Spirale glitt er gen Himmel und wurde schneller. Errol folgte ihm und umkreiste das wesentlich größere Geschöpf — wie ein Schlepper, der ein Passagierschiff in den Hafen zieht.

»Das Ungetüm wirkt geradezu — *eingeschüchtert*«, kam es langsam von Mumms Lippen.

»Rechne mit dem Mistkerl auf!« rief Nobby begeistert.

»Aber, Nobby«, berichtigte Colon. »Du wolltest sagen: ›Rechne mit dem Mistkerl ab.‹«

Mumm spürte Lady Käsedicks Blick am Nacken. Er wandte sich um und sah ihren Gesichtsausdruck.

Eine wichtige Erkenntnis klopfte zögernd an die Tür seines Bewußtseins. »Oh«, murmelte er.

Ihre Ladyschaft nickte.

»Wirklich?« fragte der Hauptmann.

»Ja«, bestätigte die Züchterin. »Ich hätte gleich daran denken sollen. Die heiße Flamme bot einen guten Hinweis. Außerdem ist bei ihnen der Territorialinstinkt wesentlich stärker ausgeprägt.«

»Warum kämpfst du nicht gegen den Mistkerl?« kreischte Nobby, während sich die beiden Drachen rasch entfernten.

»Es sollte ›Mistkerlin‹ heißen, Nobby«, erwiderte Mumm. »Das wäre angemessener.«

»Hast du nicht gehört, Erro ... Wie bitte?«

»Der große Drache ist weiblichen Geschlechts«, erklärte Lady Käsedick.

»Was?«

Mumm lächelte schief. »Anders ausgedrückt, Nobby: In diesem Fall bliebe dein Lieblingstritt ohne jede Wirkung.«

»Er ist eine *Sie*«, übersetzte Ihre Ladyschaft. »Ein Mädchen.«

»Aber das Biest ist so verdammt *groß!*« entgegnete der Korporal ungläubig.

Mumm hüstelte demonstrativ. Nobby richtete den

Blick seiner Knopfaugen auf Sybil Käsedick, die wie ein Sonnenuntergang errötete.

»Ein prächtiger und stattlicher Drachen, meine ich«, fügte er hastig hinzu.

»Äh, breite, gebärfreu ... ich meine, eierbrütende Hüften«, versicherte Feldwebel Colon.

»Schtatueßk«, betonte Nobby.

»Seid still!« zischte Mumm. Er klopfte Staub von den Resten seiner Uniform, rückte den Brustharnisch zurecht, setzte den Helm auf und gab ihm einen entschlossenen Klaps. *Die Sache ist noch nicht zu Ende,* dachte er. *Nein, noch nicht ganz.*

»Kommt mit mir, Männer«, sagte er fest. »Und beeilt euch! Wir müssen die gute Gelegenheit nutzen. Die anderen sehen noch immer den beiden Drachen nach.«

»Aber was ist mit dem König?« fragte Karotte. »Oder mit der Königin? Oder was weiß ich?«

Mumm starrte in die entsprechende Richtung. »Keine Ahnung«, antwortete er. »Ich schätze, es liegt ganz bei Errol. Wir müssen uns um andere Dinge kümmern.«

Colon salutierte und schnaufte noch immer. »Wohin gehen wir, Sir?« brachte er atemlos hervor.

»Zum Palast. Hat jemand von euch ein Schwert dabei?«

»Du kannst meins benutzen, Hauptmann.« Karotte reichte ihm eine lange Klinge.

»In Ordnung«, sagte Mumm leise und schnitt eine grimmige Miene. »Also los!«

Die Wächter folgten Mumm durch leidgeprüfte Straßen.

Er ging schneller. Seine Begleiter versuchten, mit ihm Schritt zu halten.

Mumm begann mit einem Dauerlauf, um an der Spitze zu bleiben.

Die Wächter hinter ihm legten einen Sprint ein. Und dann, wie auf ein geheimes Zeichen hin, rannte die Truppe.

Kurz darauf *stürmte* sie übers Pflaster.

Die Leute wichen beiseite, als Mumm und seine Männer vorbeigaloppierten. Karottes riesige Sandalen klatschten auf die Kopfsteine. Funken stoben von den Metallbeschlägen unter Nobbys Stiefeln. Colon lief auf die für Dicke typische Art: erstaunlich leise und mit verzweifelter Konzentration.

Sie donnerten durch die Straße der Schlauen Kunsthandwerker, bogen in die Schweinebuckelgasse, erreichten kurz darauf die Straße der Geringen Götter und setzten den Weg zum Palast fort. Es gelang Mumm nur mit Mühe, vorn zu bleiben, und ein einziger Gedanke beherrschte sein Bewußtsein. Er lautete: *Lauf!*

Nun, das stimmte nicht ganz. Hinter Mumms Stirn war auch noch für andere Dinge Platz. Zum Beispiel für gerechten Zorn. Es handelte sich um jenen Zorn, der in allen schlecht bezahlten, verspotteten und verachteten Stadtwächtern des Multiversums brodelte, die wenigstens einmal das Recht durchsetzen wollten.

Weit vor der Truppe des Hauptmanns zogen einige Palastwächter ihre Schwerter, sahen genauer hin, sprangen hinter die Mauer zurück und begannen damit, das Tor zu schließen. Die beiden Flügel stießen aneinander als Mumm eintraf.

Er zögerte, schnappte nach Luft und betrachtete die Barriere. Das vom Drachen verbrannte Tor hatte noch massiveren Ersatz gefunden. Ein dumpfes Kratzen wies darauf hin, daß die Männer dahinter Riegel vorschoben.

Diese Situation verlangte energische Maßnahmen. *Ich bin Hauptmann, verdammt!* dachte Mumm. *Ein Offizier. Für Offiziere stellen solche Dinge überhaupt kein Problem dar.* Offiziere kannten Lösungen für derartige Probleme. Sie hießen Feldwebel.

»Feldwebel Colon!« sagte er scharf, während er noch

immer in mentaler Verbindung mit allen Polizisten des Multiversums stand. »Schieß das Schloß auf!«

Colon zögerte. »Womit, Sir? Mit Pfeil und Bogen, Sir?«

»Ich meine ...« Mumm überlegte. »Ich meine, öffne das Tor!«

»Sir!« Colon salutierte und beobachtete das Hindernis. Dann: »In Ordnung! Obergefreiter Karotte, vorwärts marsch! Obergefreiter Karotte, du hast den Hauptmann ge-*hört!* Obergefreiter Karotte, öffne daaaas *Tor!*«

»Ja, Sir!«

Karotte trat vor, salutierte, ballte eine große Hand zur Faust und klopfte sanft ans Holz.

»Macht auf!« sagte er. »Im Namen des Gesetzes!«

Flüsternde Stimmen erklangen auf der anderen Seite, und schließlich klappte eine kleine Luke zwei oder drei Zentimeter weit auf. »Warum?« fragte jemand.

»Wenn ihr nicht öffnet, behindert ihr einen Offizier der Wache an der Ausübung seiner Pflicht, was mit einer Geldbuße von mindestens dreißig Dollar oder einem Monat Gefängnis bestraft wird. In besonders schweren Fällen ist eine längere Untersuchungshaft vorgesehen, während der gründliche Ermittlungen in Hinsicht auf das allgemeine soziale Verhaltensmuster des Häftlings stattfinden. Bei eventuell notwendig werdenden Maßnahmen zur Wiedereingliederung in die Gesellschaft dürfen rotglühende Schürhaken maximal eine halbe Stunde lang verwendet werden.«

Wieder folgte wortloses Flüstern, gefolgt von neuerlichem Kratzen, als die Riegel zurückgeschoben wurden. Die beiden Torflügel schwangen zur Hälfte auf.

Niemand zeigte sich auf der anderen Seite.

Mumm hob den Zeigefinger an die Lippen. Er winkte Karotte zur linken Seite, zog Nobby und Colon zur rechten.

»Drückt ordentlich zu«, hauchte er. Sie drückten zu,

und zwar mehr als nur ordentlich. Schmerzerfülltes Fluchen erklang hinter dem Holz.

»Lauft!« rief Colon.

»Nein!« rief Mumm und schlenderte durch den Zugang. Vier halb zermalmte Palastwächter starrten ihn finster an.

»Nein«, wiederholte Mumm. »Das Laufen hat jetzt ein Ende. Ich möchte, daß diese Männer verhaftet werden.«

»Das wagst du nicht«, erwiderte einer der Palastwächter. Mumm musterte ihn neugierig.

»Clarence, nicht wahr?« fragte er. »Mit einem C. Beobachte meine Lippen, Clarence mit einem C. Du kannst frei wählen ...« Er beugte sich etwas tiefer und nickte in Richtung Karotte. »Entweder erhebt man Anklage wegen Beihilfe und Anstiftung, oder ihr bekommt die Axt zu spüren.«

»Na, wie gefällt euch das, ihr Dreckskerle?« fügte Nobby hinzu und hüpfte in schadenfroher Aufregung von einem Bein aufs andere.

Clarences kleine Schweinsaugen beobachteten die aufragende Muskelmasse namens Karotte, richteten ihren Blick dann auf Mumms Gesicht. Es zeigte kein Erbarmen. Innerhalb weniger Sekunden traf er eine stumme Entscheidung.

»Gut«, brummte Mumm. »Sperr sie im Wachhaus ein, Feldwebel.«

Colon hob den Bogen und straffte die Schultern. »Ihr habt es gehört«, knurrte er. »Eine falsche Bewegung, und ihr ... ihr seid ...« Er suchte nach einem passenden Wort. »Und ihr seid erwischledigt.«

»Ja, schmeißt sie ins Loch!« jubelte Nobby. Er sah aus wie ein Wurm, der Pirouetten drehte. »Sollen sie langsam verfaulen und vermodern!« rief er den Palastwächtern gehässig nach.

»Beihilfe und Anstiftung wozu, Hauptmann?« fragte Karotte, als Colon die entwaffneten Männer fortführte:

»Ich meine, die Anstiftung muß sich doch auf etwas beziehen.«

»Ich glaube, in diesem Fall handelt es sich um allgemeine Anstiftung«, erwiderte Mumm. »Gewohnheitsmäßige und vorsätzliche Anstiftung.«

»Ja«, pflichtete ihm Nobby bei. »Ich kann Anstifter nicht ausstehen. Ungeziefer, das man einfach zertreten sollte!«

Colon kehrte zurück und gab Mumm den Wachhausschlüssel. »Das Zimmer ist nicht gerade besonders sicher«, sagte er. »Früher oder später gelingt ihnen bestimmt die Flucht.«

»Das hoffe ich für sie«, brummte der Hauptmann. »Weil du den Schlüssel in den ersten Abfluß werfen wirst, den wir unterwegs finden. Sind alle da? Gut. Folgt mir!«

Lupin Wonse eilte durch die verheerten Flure des Palastes, in der einen Hand das Buch über die Beschwörung von Drachen, in der anderen das glitzernde königliche Schwert.

In einer Tür blieb er keuchend stehen.

Der größte Teil seines Bewußtseins war derzeit nicht in der Lage, vernünftige Gedanken zu denken, aber ein kleiner Teil hatte sich genug Rationalität bewahrt, um immer wieder folgende Botschaft zu übermitteln: *Du kannst unmöglich gesehen und gehört haben, was du gesehen und gehört hast.*

Jemand folgte ihm.

Er hatte gesehen, daß Lord Vetinari durch den Palast wanderte. Obgleich er *wußte,* daß der Patrizier langsam in einem völlig ausbruchsicheren Kerker verschmachtete. In dieser Hinsicht gab es überhaupt keine begründbaren Zweifel: Vetinari hatte selbst darauf bestanden, die Tür mit einem Schloß auszustatten, das sich unmöglich knacken ließ.

Etwas bewegte sich in den Schatten am Ende des Korridors. Wonse brabbelte leise, drehte den nahen Knauf, huschte über die Schwelle, schloß die Tür wieder, lehnte sich dagegen und versuchte Atem zu schöpfen.

Nach einigen Sekunden öffnete er die Augen.

Er befand sich jetzt im früheren Audienzzimmer. Der Patrizier saß mit überschlagenen Beinen in seinem alten Sessel und musterte den Sekretär mit gelindem Interesse.

»Ah, Wonse«, sagte er.

Wonse wirbelte herum, riß die Tür auf, stürmte in den Gang und lief, bis er die Treppe erreichte. Wie ein einsamer Korkenzieher ragte sie aus den Trümmern im zentralen Bereich des Palastes. Höhe, die einen strategischen Vorteil bot. Verteidigung. Wonse hastete die Treppe hinauf und nahm dabei jeweils drei Stufen auf einmal.

Er brauchte nur einige Minuten. Um sich zu beruhigen. Um sich vorzubereiten. Und *dann* würde er es ihnen zeigen.

In den oberen Stockwerken gab es noch mehr Schatten, und als Ausgleich fehlte es an struktureller Stabilität. Der Drache hatte Säulen und Wände zerstört, als er sich seine Höhle baute. Der Boden mehrerer Zimmer endete an einem tiefen Abgrund. Die Reste von Wandbehängen und Teppichen flatterten im Wind, der durch zerschmetterte Fenster wehte Die Dielen unter Wonse zitterten wie die Bespannung eines Trampolins, als er auf die nächste Tür zuhielt …

»Das war bemerkenswert schnell«, sagte der Patrizier.

Wonse warf die Tür wieder zu, kreischte entsetzt und rannte durch einen anderen Korridor.

Die Vernunft kehrte kurz zurück, und der Sekretär

blieb neben einer Statue stehen. Um ihn herum blieb alles still: Es ertönten keine Schritte, und nirgends knarrten Angeln. Wonse beäugte die Statue mißtrauisch und stieß sie versuchsweise mit dem Schwert an.

Als sie reglos blieb, zog er die nächste Tür auf, schlug sie hinter sich zu, griff nach einem Stuhl und rammte die Rückenlehne unter den Knauf. Es handelte sich um eins der oberen Prunkzimmer; es hatte einen Großteil seiner Einrichtung sowie die vierte Wand verloren — dort gähnte nun die Leere der Drachenhöhle.

Der Patrizier trat aus der Dunkelheit.

»Wenn du dich jetzt abreagiert hast ...«, sagte er.

Wonse drehte sich um und hob das Schwert.

»Eigentlich existierst du gar nicht«, behauptete er. »Du bist ein — ein Geist oder so.«

»Ich glaube, da irrst du dich«, erwiderte Lord Vetinari.

»Du kannst mich nicht aufhalten! Ich habe noch immer magische Macht. Das Buch verleiht sie mir.« Wonse zog einen braunen Lederbeutel aus der Tasche. »Ich beschwöre einen anderen Drachen! Wart's nur ab!«

»Davon möchte ich dir dringend abraten«, sagte der Patrizier sanft.

»Oh, du hältst dich für klug und glaubst sicher, die Situation mühelos zu kontrollieren, nur weil ich ein Schwert in der Hand halte und du nicht! Aber ich habe noch einen Trumpf, dem du nichts entgegensetzen kannst!« Wonse triumphierte. »Ja! Die Palastwache ist auf meiner Seite! Sie gehorcht mir, nicht dir! Du bist niemandem sympathisch. Niemand hat dich *jemals* gemocht.«

Er schwang das Schwert so herum, daß die Spitze nur noch zwanzig Zentimeter von der schmalen Brust des Patriziers entfernt war.

»Du kehrst in den Kerker zurück«, sagte er. »Und diesmal sorge ich für, daß du dort bleibst. Wachen! Wachen!«

Draußen erklang das Geräusch hastiger Schritte. Die Tür zitterte, der Stuhl bebte. Kurze Stille folgte, und dann barsten Tür und Stuhl auseinander.

»Bringt ihn fort!« heulte Wonse. »Holt noch mehr Skorpione! Werft ihn in ... *Ihr seid ja gar nicht ...«*

»Laß das Schwert fallen!« sagte Mumm, während sich Karotte hinter ihm einige Holzsplitter aus der Faust zog.

»Ja«, zischte Nobby und spähte an dem Hauptmann vorbei. »An die Wand und ausbreiten, elender Unhold!«

»Was soll er ausbreiten?« fragte Feldwebel Colon fasziniert.

Nobby zuckte mit den Achseln. »Keine Ahnung. Alles. Das ist am sichersten.«

»Ah, Mumm«, sagte der Patrizier. »Du wirst ...«

»Klappe halten«, entgegnete der Hauptmann gelassen. »Obergefreiter Karotte?«

»Sir!«

»Lies dem Gefangenen seine Rechte vor.«

»Ja, Sir.« Karotte holte sein Notizbuch hervor, befeuchtete sich den Daumen und blätterte.

»Lupin Wonse«, begann er, »auch bekannt als Lupin Schnörkel, Sekr'r, pp ...«

»Was?« fragte Wonse.

»... derzeit wohnhaft in einem Gebäude, das man als Palast, Ankh-Morpork, kennt, es ist meine Pflicht, dir mitzuteilen, daß du verhaftet bist. Die Anklage lautet auf ...« Karotte warf Mumm einen gequälten Blick zu. »... auf vielfachen Mord mit Hilfe eines stumpfen Gegenstands, der in diesem Fall als Drache bezeichnet werden kann, und hinzu kommen weitere Verbrechen, die später genauer beschrieben werden und insbesondere allgemeines Anstiften betreffen. Du hast das Recht, die Aussage zu verweigern. Du hast das Recht, nicht einfach so in ein Piranha-Aquarium geworfen zu werden. Du hast das Recht, nach der Folter vor Gericht zu erscheinen. Du hast das Recht ...«

»Reinster Wahnsinn«, kommentierte Lord Vetinari ruhig.

»Ich habe dich bereits aufgefordert, die Klappe zu halten!« knurrte Mumm, drehte sich ruckartig um und hielt einen drohenden Zeigefinger unter die Nase des Patriziers.

»He, Feldwebel«, flüsterte Nobby, »glaubst du, daß es uns in der Skorpiongrube *gefallen* wird?«

»... nichts zu sagen, äh, aber wenn du etwas sagst, schreibe ich es hier in meinem, äh, Notizbuch auf, so daß es später vor, äh, Gericht gegen dich verwendet werden kann ...«

Karottes Stimme wurde immer leiser und verklang schließich ganz.

»Nun, wenn du wirklich solch großen Wert auf diese Vorstellung legst ...«, plauderte Lord Vetinari. »Bring Wonse in den Kerker. Ich kümmere mich morgen um ihn.«

Der Sekretär gab keine Vorwarnung. Er schrie nicht, stieß auch keine Verwünschungen aus. Statt dessen beschränkte er sich darauf, zum Patrizier zu laufen und das Schwert zu heben.

Verschiedene Möglichkeiten kamen Mumm in den Sinn. Ganz oben auf der Liste stand der Vorschlag, einfach zurückzutreten und zu beobachten. *Soll sich die Stadt selbst reinigen. Verhafte Wonse, nachdem er Lord Vetinari umgebracht hat — dann ist alles in bester Ordnung.* Ja, ein guter Plan.

Deshalb war es ihm ein Rätsel, daß er statt dessen vorsprang und versuchte, den Hieb mit Karottes Schwert abzuwehren.

Vielleicht hatte es etwas damit zu tun, nach den Vorschriften zu handeln.

Es schepperte, wenn auch nicht besonders laut, und unmittelbar darauf sauste etwas Silbriges an Mumms Ohr vorbei und bohrte sich in die Wand.

Wonses Mund klappte auf. Er warf den Rest seines

Schwerts beiseite, wich zurück und klappte das Beschwörungsbuch auf.

»Das wirst du bereuen!« brachte er hervor. »Ihr werdet es *alle* bitter bereuen!«

Der Sekretär murmelte seltsame Worte.

Mumm stellte fest, daß er zitterte. Er glaubte zu wissen, was eben dicht an seinem Ohr vorbeigeflogen war, und allein der Gedanke daran trieb ihm den Schweiß aus den Poren. Er war mit im wahrsten Sinne des Wortes tödlicher Entschlossenheit in den Palast gekommen, und einen *flüchtigen* Augenblick lang schien die Welt genau so beschaffen zu sein, wie sie beschaffen sein sollte. Er hatte den sehr zufriedenstellenden Eindruck gewonnen, alles fest im Griff zu haben, doch jetzt ... Jetzt wünschte er sich nur etwas zu trinken. Er wollte nur noch eine Flasche leeren und anschließend eine Woche lang schlafen.

»Ach, gib endlich auf!« sagte er. »Kommst du freiwillig mit?«

Wonse murmelte noch immer. Die Luft fühlte sich seltsam heiß und trocken an.

Mumm hob die Schultern. »Wie du willst«, brummte er und wandte sich ab. »Zeig ihm die ganze Wucht des Gesetzes, Karotte!«

»Jawohl, Sir.«

Mumm erinnerte sich zu spät.

Zwergen fällt es sehr schwer, Metaphern zu verstehen.

Außerdem können sie gut zielen.

Die *Gesetze und Verordnungen der Städte Ankh und Morpork* flogen durchs Zimmer und trafen Wonse an der Stirn. Er blinzelte, taumelte und trat einen Schritt zurück.

Es war der längste Schritt seines Lebens. Und gleichzeitig sein letzter.

Nach einigen Sekunden prallte der Sekretär fünf Stockwerke weiter unten auf den Boden.

Es verstrichen noch einmal mehrere Sekunden, bevor Gesichter dort erschienen, wo sich eigentlich eine Wand befinden sollte.

»Ziemlich tief«, bemerkte Feldwebel Colon. »Beziehungsweise hoch.«

»In der Tat«, bestätigte Nobby und holte einen Zigarettenstummel hinter dem Ohr hervor.

»Von einem Dingsbums umgebracht. Einer Metaffer.«

»Tja, ich weiß nicht«, überlegte Nobby laut. »Meiner Ansicht nach war's der Boden. Hast du Feuer, Feldwebel?«

»Ich habe mich doch richtig verhalten, nicht wahr, Sir?« fragte Karotte erschüttert. »Du hast mir befohlen ...«

»Ja, ja«, sagte Mumm. »Sei unbesorgt.« Er streckte eine zitternde Hand aus, nahm Wonses Lederbeutel, entleerte ihn und betrachtete verwundert einige Steine. Jeder wies in der Mitte ein Loch auf. *Warum?* fragte er sich.

Dann hörte er ein metallisches Geräusch und drehte sich um: Lord Vetinari hielt den Rest des königlichen Schwerts und zog die andere Hälfte der Waffe aus der Wand. Die Klinge war in der Mitte gebrochen.

»Hauptmann Mumm«, sagte der Patrizier.

»Herr?«

»Würdest du mir bitte das andere Schwert geben?«

Mumm reichte es ihm. Er sah keinen Sinn mehr darin, Lord Vetinari in irgendeiner Hinsicht Widerstand zu leisten. Wahrscheinlich bekam er eine eigene Skorpiongrube — und die Skorpione darin bekamen *ihn*.

Der Patrizier betrachtete die rostige Waffe von allen Seiten.

»Wie lange hast du dieses Schwert schon, Hauptmann?« fragte er leise.

»Es ist nicht meins, Herr. Es gehört Obergefreiter Karotte, Herr.«

»Obergefreiter ...?«

»Damit bin ich gemeint, Euer Gnaden«, sagte Karotte und salutierte.

»Ah.«

Lord Vetinari drehte die Klinge langsam hin und her, während sein faszinierter Blick an ihr festklebte. Mumm fühlte, wie die Luft dicker wurde, so als kondensiere sich geballte Geschichte. Doch der Grund dafür blieb ihm ein unergründliches Rätsel. Dies war eine der Stellen, an der sich die Hose der Zeit gabelte, und wenn man nicht aufpaßte, geriet man ins falsche Bein ...

Wonse erhob sich in einer Welt der Düsternis, und eisige Verblüffung strömte in sein Bewußtsein. Verdutzt sah er sich um und richtete den fragenden Blick auf eine hochgewachsene Gestalt, die einen schwarzen Kapuzenmantel trug.

»Ich habe euch alle für tot gehalten«, murmelte er. Eine sonderbare Stille herrschte, und die Farben um ihn herum wirkten abgenutzt und blaß. Irgend etwas stimmt nicht. »Bist du das, Bruder Pförtner?« fragte Wonse zaghaft.

Die Gestalt streckte den Arm aus.

IN GEWISSER WEISE, erwiderte sie.

»Ausgezeichnet, junger Mann«, sagte er. »Hauptmann Mumm, ich schlage vor, du gibst deinen Leuten den Rest des Tages frei.«

»Danke, Herr«, erwiderte Mumm. »Also gut, Jungs. Ihr habt Seine Lordschaft gehört.«

»Aber du solltest noch ein wenig hierbleiben, Hauptmann. Wir müssen einige Dinge besprechen.«

»Ja, Herr?« entgegnete Mumm unschuldig.

Die drei anderen Wächter warfen ihrem Vorgesetzten mitfühlende und kummervolle Blicke zu, bevor sie das Zimmer verließen.

Lord Vetinari trat zum Rand des Bodens und sah nach unten.

»Armer Wonse«, sagte er.

»Ja, Herr.« Mumm starrte an die Wand.

»Weißt du, eigentlich bedauere ich seinen Tod.«

»Herr?«

»Er war irregeleitet, ja, aber auch tüchtig. Sein Kopf hätte mir weiterhin nützen können.«

»Ja, Herr.«

»Den Rest hätten wir natürlich weggeworfen.«

»Ja, Herr.«

»Das habe ich als Scherz gemeint, Mumm.«

»Ja, Herr.«

»Der Kerl hat nie begriffen, was es mit Geheimgängen auf sich hat.«

»Nein, Herr.«

»Was den jungen Burschen betrifft ... Er heißt Karotte, nicht wahr?«

»Ja, Herr.«

»Ein guter Mann. Gefällt es ihm in der Wache?«

»Ja, Herr. Fühlt sich bei uns wie zu Hause.«

»Du hast mir das Leben gerettet.«

»Herr?«

»Komm mit mir!«

Lord Vetinari stapfte durch den halbzerstörten Palast, und Mumm folgte ihm zum Rechteckigen Büro. Die Ordnung darin überraschte ihn: Das Zerstörungswerk des Drachen hatte hier nur eine dünne Staubschicht geschaffen. Der Patrizier setzte sich, und plötzlich sah es aus, als hätte er diesen Raum nie verlassen. Mumm fragte sich plötzlich, ob er ihm wirklich im Kerker begegnet war.

Lord Vetinari strich einige kleine Mörtelbrocken beiseite und griff nach einem Bündel Papiere.

»Schade«, sagte er. »Lupin war ein sehr ordentlicher Mann.«

»Ja, Herr.«

Der Patrizier preßte die Fingerspitzen aneinander und musterte Mumm.

»Ich möchte dir einen guten Rat geben, Hauptmann.«

»Ja, Herr?«

»Vielleicht hilft er dir dabei, die Welt besser zu verstehen.«

»Herr.«

»Vermutlich hältst du das Leben deshalb für so problematisch, weil du glaubst, daß die guten Menschen auf der einen Seite stehen und die schlechten auf der anderen«, sagte Lord Vetinari. »Solche Vorstellungen sind natürlich völlig verkehrt. Es gab und gibt immer nur die Bösen, *aber einige von ihnen gehören zu unterschiedlichen Lagern.*«

Er winkte in Richtung Stadt, stand auf und trat zum Fenster.

»Ein großes wogendes Meer des Bösen«, fuhr es fast besitzergreifend fort. »An manchen Stellen seicht, ja, doch an anderen sehr, *sehr* tief. Nun, Leute wie du bauen sich kleine Flöße aus Regeln und vielleicht sogar guten Vorsätzen und sagen dann: Dies ist die andere Seite, und letztendlich wird sie triumphieren. Erstaunlich!« Der Patrizier klopfte Mumm gutmütig auf den Rücken.

»Dort unten«, setzte er seinen Vortrag fort, »gibt es Menschen, die jedem Drachen folgen, jeden Gott verehren und jede Greueltat bejubeln. Und das alles nur aus stumpfsinniger, alltäglicher Verderbtheit. Es handelt sich dabei nicht um die erstklassige und kreative Scheußlichkeit der großen Sünder, eher um eine serienmäßig hergestellte Dunkelheit der Seele. Anders ausgedrückt: Es ist Sünde ohne eine Spur Originalität. Solche Menschen nehmen das Böse nicht etwa deshalb hin, weil sie ›ja‹ dazu sagen, sondern weil sie auf ein ›nein‹ verzichten.« Lord Vetinari legte Mumm die Hand auf die Schulter. »Ohne dich beleidigen zu wollen: Leute wie du brauchen Leute wie mich.«

»Ja, Herr?« fragte Mumm zurückhaltend.

»Und ob. Ich weiß, wie man die Dinge zum Funktionieren bringt. Nun, die Guten verstehen sich darauf, die Bösen zu überwältigen und ihnen das Handwerk zu legen. Ja, darin sind die Guten wirklich *gut,* zugegeben. Das Problem besteht jedoch darin, daß sie keine anderen nennenswerten Fähigkeiten haben. An einem Tag feiern sie den Sturz des grausamen Tyrannen, und am nächsten sitzen sie herum und beklagen sich darüber, daß seit dem Sturz des Tyrannen niemand mehr den Müll fortbringt. Der Grund: Die Bösen können *planen.* Das ist sozusagen eins ihrer Wesensmerkmale. Jeder grausame Tyrann, der etwas auf sich hält, plant die Unterwerfung der ganzen Welt. Wenn es darum geht, in die Zukunft zu blicken, haben die Guten einfach nicht den Dreh raus.«

»Mag sein«, erwiderte Mumm. »Aber beim Rest irrst du dich. Die Menschen fürchten sich nur, und allein ...« Er zögerte. Es klang recht hohl, selbst für seine eigenen Ohren.

Er zuckte mit den Achseln. »Es sind Menschen«, sagte er. »Und sie *verhalten* sich wie Menschen, Herr.«

»Oh, natürlich, natürlich«, räumte Lord Vetinari ein. »Daran muß man glauben, ich weiß. Sonst schnappt man einfach über. Sonst glaubt man, auf einer hauchdünnen Brücke über den Schwefelgruben der Hölle zu stehen. Sonst wäre das Leben eine unaufhörliche Qual. Sonst bestünde die einzige Hoffnung darin, daß es nach dem Tod keine Wiedergeburt gibt. Ich verstehe, was du meinst.« Der Patrizier blickte auf den Schreibtisch und seufzte. »Es gibt jetzt viel zu tun. Der arme Wonse war ein guter Diener, aber als Regent taugte er nicht viel. Du kannst jetzt gehen. Schlaf dich gründlich aus. Oh, und komm morgen mit deinen Männern hierher. Die Stadt wird ihre Dankbarkeit zeigen.«

»Sie wird *was* zeigen?« fragte Mumm.

Lord Vetinari konzentrierte sich auf eine Schriftrolle, und seine Stimme klang nun wieder so geschäftsmäßig wie die eines Mannes, der organisiert, plant und kontrolliert.

»Ihre Dankbarkeit«, antwortete er. »Nach jedem triumphalen Sieg müssen Helden präsentiert werden. Das ist wichtig. Dann wissen die Bürger, daß alles seine Richtigkeit hat.«

Der Patrizier sah über den Rand des Pergaments hinweg und warf Mumm einen kurzen Blick zu.

»Es gehört zur natürlichen Ordnung der Dinge«, fügte er hinzu.

Eine halbe Minute später griff er nach einem Stift und schrieb Anmerkungen. Nach einer Weile hob er den Kopf.

»Wie ich schon sagte: Du kannst jetzt gehen.«

Mumm verharrte in der Tür.

»Glaubst du das alles, Herr?« fragte er. »Das mit dem ewigen Bösen und der völligen Finsternis?«

»Selbstverständlich«, erwiderte Lord Vetinari und nahm ein anderes Dokument zur Hand. »Es ist die einzig logische Schlußfolgerung.«

»Aber du stehst jeden Morgen auf und bleibst nicht einfach im Bett liegen, Herr?«

»Hmm? Ja. Worauf willst du hinaus?«

»Ich möchte nur wissen: *warum*, Herr?«

»Oh, bitte sei ein guter, braver Wächter und geh jetzt, Hauptmann.«

Der Bibliothekar wankte über den Boden der dunklen und zugigen Höhle, die der Drache im Zentrum des Palastes angelegt hatte. Er betrachtete die Überbleibsel des nicht besonders wertvollen Horts, blickte dann auf Wonses Leiche herab.

Schließlich bückte er sich und zog ganz vorsichtig das Buch *Die Beschwörung von Drachen* aus den steifer werdenden Fingern. Er blies den Staub davon und streichelte es so zärtlich wie ein ängstliches Kind.

Dann drehte er sich um, kletterte über den Tandhaufen, verharrte und holte ein zweites Buch aus dem glitzernden Flitter. Es gehörte ihm nicht, wenn man einmal davon absah, daß alle Bücher in seinen Zuständigkeitsbereich fielen. Behutsam öffnete er es und las aufmerksam.

»Behalt es«, sagte Mumm hinter ihm. »Nimm es mit. Bring es an irgendeinem sicheren Ort unter.«

Der Orang-Utan nickte dem Hauptmann zu und rutschte am Hang des Hortes hinunter. Unten klopfte er Mumm auf die Kniescheibe, öffnete *Die Beschwörung von Drachen,* blätterte eifrig, fand die richtige Stelle und reichte das Buch dem Wächter.

Mumm starrte auf die kritzelige Schrift.

Doch Drachen sindet nicht wie Einhörner, muß ich hier betonigen. Sie wohnet in einem Reiche, das allein bestimmet wird von den Launen der Phantasie, und deshalb kannet folgendes passierigen: Wer auch immer sie rufet und ihnen einen Weg schaffet in diesige Welt, beschwöret damit seinen ganz persönlichigen Drachen.

Doch wer reinen Herzens isset, so glaube ich, mag durchaus einen Drachen in diesige Welt rufen, als eine Macht des Guten, die besieget alles Unheil. Für solchige Menschen habet ich geschrieben dieses Buche, damit das Große Werk beginnen kanne. Alles isset vorbereit. Ich binnet sehr bemüht gewesen, würdige Hilfe zu leistigen …

Mumm nickte langsam. *Ein Reich der Phantasie,* dachte er. *Dorthin verschwanden die großen Drachen. In unsere Vorstellung. Und wenn wir sie zurückrufen, geben* wir *ihnen Gestalt. So wie Teig, den man in eine Form preßt. Allerdings bekommt man dabei keine Pfefferkuchenmännchen, sondern feuerspeiende Ungeheuer. Unsere eigene Dunkelheit, die feste Substanz gewinnt …*

Mumm las die entsprechende Passage erneut und sah sich auch die nächsten Seiten an.

Es waren nicht viele. Der Rest des Buches beschränkte sich darauf, eine verkohlte Masse zu sein.

Der Hauptmann gab das Buch dem Affen zurück.

»Was für ein Mensch war der Malachit?« fragte er.

Der Bibliothekar kannte den Inhalt von *Alle Stadtbiographien in einem Band* auswendig und dachte einige respektvolle Sekunden lang nach. Dann zuckte er mit den Achseln.

»Ein Heiliger?« erkundigte sich Mumm.

Der Orang-Utan schüttelte den Kopf.

»Ist er böser gewesen als die meisten anderen Menschen?«

Der Bibliothekar zuckte mit den Schultern und schüttelte erneut den Kopf.

»An deiner Stelle«, sagte Mumm, »würde ich dieses Buch irgendwo verstecken, wo es niemand findet. Und das gilt auch für den anderen Band mit den Gesetzen. Sie sind viel zu gefährlich.«

»Ugh.«

Mumm streckte sich. »Und nun ... Ich schlage vor, wir gehen was trinken.«

»Ugh.«

»Nur ein kleines Glas.«

»Ugh.«

»Und du bezahlst.«

»Iiek.«

Mumm blieb stehen und sah in das große sanfte Gesicht hinab.

»Weißt du, die Frage beschäftigt mich schon seit einer ganzen Weile ... Ist es *besser,* ein Affe zu sein?«

Der Bibliothekar überlegte. »Ugh«, antwortete er.

Mumm musterte ihn erstaunt. »Ach, tatsächlich?«

Am nächsten Tag. Die langen Reihen der städtischen Würdenträger im Saal reichten von einer Wand bis zur anderen. Der Patrizier saß auf seinem schmucklosen Amtsstuhl, umgeben von den Mitgliedern des Rates. Alle Anwesenden trugen jenes erstarrte Lächeln zur Schau, das man nur bei offiziellen Anlässen sieht.

Lady Sybil Käsedick hatte auf der einen Seite Platz genommen und trug einige Morgen schwarzen Samt. Der Käsedick-Familienschmuck glänzte an ihren Fingern, am Hals und zwischen den schwarzen Locken der heutigen Perücke. Sie erzielte damit eine beeindruckende Wirkung, sah im großen und ganzen aus wie eine glitzernde Kugel.

Mumm führte die Männer der Nachtwache in die Mitte des Saals und stampfte mit dem rechten Fuß auf, als er stehenblieb. Den Helm trug er unter dem Arm, wie es die Vorschriften verlangten. Es hatte ihn erstaunt festzustellen, daß sogar Nobby an sein äußeres Erscheinungsbild dachte: Auf seinem Brustharnisch zeigte sich hier und dort ein Fleck aus schimmerndem Metall. Colon wirkte wie jemand, der an Verstopfung litt und gleichzeitig versuchte, einen vornehmen Eindruck zu erwecken. Karottes Rüstung *funkelte.*

Zum erstenmal in seinem Leben gelang es Colon, zackig zu salutieren.

»Alle zur Stelle und bereit, Sör!« rief er.

»Ausgezeichnet, Feldwebel«, erwidert Mumm kühl. Er wandte sich an den Patrizier und hob freundlich eine Braue.

Lord Vetinari winkte kurz.

»Steht lässig oder wie ihr Jungs das nennt«, sagte er. »Ich glaube, wir brauchen hier nicht so förmlich zu sein. Was meinst du, Hauptmann?«

»Wie du wünschst«, entgegnete Mumm.

»Nun, Männer ...« Der Patrizier beugte sich vor. »Wir haben gehört, welch erstaunliche Leistungen ihr vollbracht habt, um die Stadt zu verteidigen ...«

Mumm ließ seine Gedanken treiben, während sich Lord Vetinari in zuckersüßen Platitüden erging. Eine Zeitlang fand er es recht amüsant, die Gesichter der Ratsmitglieder zu beobachten. Während des langen Vortrags blieben sie in ständiger Bewegung und zeigten das ganze Spektrum des Mienenspiels. Nun, so etwas gehörte natürlich zu einer derartigen Zeremonie. Die Tradition verlangte, daß man Anteilnahme, Anerkennung und angemessene Bewunderung zum Ausdruck brachte. Dann hatte alles seine *Richtigkeit.* Und anschließend konnte man die ganze Sache vergessen und mit einem neuen Kapitel in der langen und aufregenden Geschichte der Stadt beginnen ettzehtera, ettzehtera. In Ankh-Morpork verstand man sich prächtig darauf, neue Kapitel anzufangen.

Mumms umherschweifender Blick fiel auf Lady Käsedick. Sie zwinkerte. Der Hauptmann starrte rasch wieder geradeaus, die Züge so hölzern wie ein Brett.

»... als Zeichen unserer Dankbarkeit«, beendete der Patrizier seine Rede und lehnte sich zurück.

Mumm begriff plötzlich, daß ihn alle ansahen.

»Wie bitte?« fragte er.

»Ich *sagte:* Wir haben uns überlegt, auf welche Weise wir uns erkenntlich zeigen sollen, Hauptmann Mumm. Verschiedene verantwortungsbewußte Bürger« — der Patrizier richtete seine Aufmerksamkeit kurz auf die Mitglieder des Rates und nickte Lady Käsedick zu —, »und selbstverständlich auch ich selbst sind der Ansicht, daß eine Belohnung angebracht ist.«

Mumm blickte noch immer ins Leere.

»Belohnung?« wiederholte er.

»Das *ist* üblich, um heldenhaftes Verhalten zu würdigen«, betonte Lord Vetinari. Diesmal klang es ein wenig gereizt.

Mumm holte tief Luft. »Denke jetzt zum erstenmal daran, Herr«, erwiderte er. »Womit ich natürlich ganz allein mich selbst meine.«

Eine unbehagliche Stille folgte. Aus den Augenwinkeln sah Mumm, wie Nobby den Feldwebel in die Rippen stieß. Schließlich wankte Colon einen Schritt vor und salutierte erneut. »Bitte um Erlaubnis zu sprechen, Herr«, brummte er.

Der Patrizier nickte großzügig.

Colon räusperte sich, nahm den Helm ab und holte einen Zettel hervor.

»Äh«, begann er, »die Sache ist, wenn du gestattest, Euer Lordschaft, wir glauben, äh, nach der Rettung der Stadt und so haben wir, äh, ich meine ... wir waren zur rechten Zeit am rechten Ort, und daher vermuten wir, äh, ich meine, gewisse Verdienste unsererseits lassen sich nicht leugnen. Wenn du verstehst, was ich meine.«

Die Anwesenden nickten zufrieden. Der Tradition wurde Genüge getan.

»Deine Ausführungen sind wirklich interessant«, behauptete Lord Vetinari.

»Nun, deshalb haben wir uns zusammengesetzt und bestimmte Dinge besprochen«, sagte der Feldwebel. »Natürlich ganz unverbindlich.«

»Wirklich faszinierend«, kommentierte der Patrizier. »Bitte fahr fort. Du brauchst dich nicht zu unterbrechen. Wir alle wissen von der enormen *Bedeutung* dieser Angelegenheit.«

»Gut, Herr. Nun, Herr. Zuerst der Sold.«

»Der Sold?« fragte Lord Vetinari. Er sah Mumm an, der weiterhin ins Nichts starrte.

Der Feldwebel hob den Kopf, und sein Gesichtsausdruck entsprach dem eines Mannes, der fest entschlossen ist, nicht aufzugeben.

»Ja, Herr«, bestätigte er. »Dreißig Dollar im Monat. Das erscheint uns nicht richtig. Wir schlagen vor ...« Er befeuchtete sich die Lippen und warf den beiden anderen Wächtern einen kurzen Blick zu. Sie ermutigten ihn mit einigen vagen Gesten. »Wir schlagen vor, den Grundlohn zu erhöhen, auf fünfunddreißig Dollar? Im

Monat?« Colon beobachtete die steinerne Miene des Patriziers. »Mit nach Rang gestaffelten Zulagen? Vielleicht fünf Dollar?«

Erneut beleckte er sich die Lippen. Lord Vetinaris Gesichtsausdruck verunsicherte ihn. »Mit weniger als vier sind wir nicht einverstanden«, sagte er. »Wir meinen es, äh, ernst. Entschuldige bitte, Euer Hoheit, aber so liegt der Fall nun mal.«

Erneut bedachte der Patrizier Mumm mit einem durchdringenden Blick, wandte sich dann wieder an die Truppe.

»Und das ist *alles?*« vergewisserte er sich.

Nobby flüsterte dem Feldwebel etwas ins Ohr und wich dann hastig zurück. Der schwitzende Colon klammerte sich so sehr an seinem Helm fest, als gebe ihm nichts anderes Halt.

»Da wäre noch etwas, Euer Ehrwürdigkeit«, sagte er.

»Ah.« Der Patrizier lächelte wissend.

»Der Kessel. Er war ziemlich verbeult, und dann hat ihn Errol verspeist. Hat fast zwei Dollar gekostet.« Colon schluckte. »Wir könnten einen neuen Kessel gebrauchen, wenn du nichts dagegen hast, Euer Durchlaucht.«

Lord Vetinari beugte sich vor und schloß die Hände um die Armlehnen des Stuhls.

»Nur damit Klarheit herrscht«, sagte er kühl. »Ihr bittet also um die Erhöhung eures Solds und einen Haushaltsgegenstand?«

Karotte flüsterte dem Feldwebel etwas ins andere Ohr.

Colons Augen tränten und schienen aus ihren Höhlen fliehen zu wollen, als er die Würdenträger ansah. Der Helmrand drehte sich wie ein Mühlrad in seinen Fingern.

»Nun«, begann er, »manchmal, wir dachten, weißt du, in der Pause, wenn wir etwas essen, oder am Ende des Dienstes, wenn wir uns ein wenig entspannen und äh, ablenken, wollen ...« Colons Stimme verklang.

»Ja? «

Der Feldwebel atmete tief durch.

»Ich nehme an, ein Pfeilbrett käme nicht in Frage, oder ...?«

Laute Stille folgte. Irgendwo schnarchte jemand.

Mumms zitternde Hand ließ den Helm fallen. Der Brustharnisch hob und senkte sich, als jahrelang unterdrücktes Gelächter in einer unkontrollierbaren Eruption aus ihm herausplatzte. Er sah die Ratsmitglieder an, lachte noch lauter, lachte und lachte, bis ihm Tränen über die Wangen rannen.

Er lachte, als die Männer verwirrt und mit würdevoller Empörung aufstanden.

Er lachte über den Patrizier, der weiterhin darauf achtete, daß sein Gesicht ausdruckslos blieb.

Er lachte über die Welt im allgemeinen und Ankh-Morpork im besonderen.

Er lachte über die Rettung der Stadt.

Er lachte und lachte und lachte, bis ihm die Tränen vom Kinn tropften.

Nobby beugte sich zu Colon vor.

»Ich hab's dir doch *gesagt*«, zischte er. »Man kann alles übertreiben. Ich *wußte*, daß wir zu weit gehen, wenn wir ein Pfeilbrett verlangen. Jetzt hast du sie alle verärgert.«

L*iebe Mutter, lieber Vater* (schrieb Karotte), *ich habe eine tolle Überraschung für Euch, erst seit ein paar Wochen gehöre ich zur Wache, und schon bin ich Oberster Obergefreiter. Hauptmann Mumm sagte, daß der Patrizier höchstpersönlich meine Beförderung veranlaßt hat, mir eine lange und erfolgreiche Karriere in der Wache wünscht und meiner beruflichen Laufbahn besonderes Interesse entgegenbringt. Außerdem erhalte ich jetzt zehn Dollar mehr Sold, und hinzu kommt ein spezieller Bonus für uns alle. Er beträgt zwanzig Dollar, und*

Feldwebel Colon sagt, daß ihn Hauptmann Mumm aus eigener Tasche bezahlt hat. Anbei schicke ich Euch Geld. Allerdings behalte ich diesmal ein wenig, weil ich Reet besuchte, und Frau Palm meinte, auch ihre Mädchen verfolgen meine Karriere mit großem Interesse, und an meinem freien Abend haben sie mich zum Abendessen eingeladen. Feldwebel Colon hat mir erklärt, worauf es beim Umwerben ankommt, und es ist überhaupt nicht so kompliziert, wie es zunächst aussieht. Ich habe einen Drachen verhaftet, aber er ist entkommen. Ich hoffe, Herrn Varneschi geht es gut.

Ich bin so glücklich, wie man nur sein kann.

Euer Sohn Karotte.

Mumm klopfte an die Tür.

Wie er feststellte, hatte sich jemand Mühe gegeben, das Käsedick-Anwesen in Ordnung zu bringen. Die immer weiter vordringenden Büsche waren erbarmungslos zurückgetrieben und gestutzt worden. Ein älterer Mann auf einer Leiter nagelte den Stuck an die Wände, während ein Gärtner den Spaten schwang und recht willkürlich festlegte, wo der Rasen endete und die alten Blumenbeete begonnen hatten.

Mumm klemmte sich seinen Helm unter den Arm, strich das Haar glatt und klopfte erneut. Zunächst hatte er Feldwebel Colon bitten wollen, ihn zu begleiten, entschied sich jedoch dagegen, als er an das zu erwartende Kichern dachte. Außerdem: Was gab es schon zu befürchten? *Ich habe dem Tod dreimal ins Auge gesehen — sogar viermal, wenn man das ›Klappe halten!‹ Lord Vetinari gegenüber berücksichtigt.*

Zu seinem großen Erstaunen wurde die Tür von einem so alten Butler geöffnet, daß man vermuten konnte, er sei durchs Klopfen ins Leben zurückgerufen worden.

»Jarherr?« fragte er.

»Hauptmann Mumm, Stadtwache«, stellte sich Mumm vor.

Der Butler musterte ihn von Kopf bis Fuß.

»O ja«, sagte er schließlich, »Ihre Ladyschaft hat deinen Besuch erwähnt. Ich glaube, Ihre Ladyschaft befindet sich bei den Drachen. Wenn du hier drin warten möchtest, gebe ich Ihrer Ladyschaft Be ...«

»Ich kenne den Weg«, erwiderte Mumm und folgte dem Verlauf des immer noch unkrautüberwucherten Pfads.

Im Stall herrschte völliges Chaos. Mehrere ramponierte Holzkisten lagen auf einer Wachstuchplane, und in einigen davon hockten kleine Sumpfdrachen, die den Hauptmann mit lautem Jaulen begrüßten.

Zwei Frauen schritten zielstrebig zwischen den Kisten umher. Zwei Damen, um genau zu sein. Sie waren viel zu schmutzig, um gewöhnliche Frauen zu sein. Keine gewöhnliche Frau hätte davon geträumt, so verwahrlost zu wirken. Solche Kleidung trug man nur mit jener Art von unerschütterlicher Selbstsicherheit, die sich auf das Wissen um eine lange Ahnenreihe gründet. Trotzdem: Es schien Kleidung von erstaunlich guter Qualität zu sein. Zumindest früher einmal. Es handelte sich um Kleidung, die man von den Eltern geschenkt bekommen hatte und so teuer und erstklassig gewesen war, daß sie sich nie abnutzte und vererbt wurde, wie Porzellangeschirr, Silberbesteck und Gicht.

Drachenzüchterinnen, dachte Mumm. *Man kann sie auf den ersten Blick erkennen. Sie haben irgend etwas an sich. Vielleicht liegt es daran, wie sie ihre Seidenschale tragen, ihre Tweedmäntel und Großvaters Reitstiefel. Hinzu kommt natürlich der Geruch.*

Eine kleine drahtige Frau — ihr Gesicht schien aus Sattelleder zu bestehen — bemerkte den Wächter.

»Ah«, sagte sie, »du bist bestimmt der kühne Hauptmann.« Sie schob widerspenstiges weißes Haar unter das Kopftuch zurück und streckte eine sehnige braune

Hand aus. »Brenda Rodley. Das ist Rosie Devant-Molei. Sie leitet das Sonnenscheinheim.« Die andere Frau — sie war wie jemand gebaut, der Zugpferde in einer Hand halten konnte, während er sie mit der anderen beschlug — lächelte freundlich.

»Samuel Mumm«, sagte Mumm unsicher.

»Mein Vater hieß ebenfalls Sam«, plauderte Brenda. »Er meinte, einem Sam kann man immer vertrauen.« Sie scheuchte einen Sumpfdrachen in seine Kiste zurück. »Wir sind Freundinnen von Sybil und helfen ihr. Mit ihrer Sammlung steht es wirklich schlimm. Sind überall in der Stadt, die kleinen Biester. Aber ich schätze, sie kehren hierher zurück, wenn sie Hunger bekommen. Eine bemerkenswerte Blutlinie, nicht wahr?«

»Bitte?«

»Sybil meint, er sei eine Art Mutation, aber ich bin sicher, wir können innerhalb von drei oder vier Generationen in die eigentliche Stammlinie zurückzüchten. Weißt du, ich bin berühmt für mein Gestüt«, fügte Brenda hinzu. »Wäre sicher sehr interessant. Eine ganz neue Drachenspezies.«

Mumm stellte sich Überschall-Kondensstreifen vor, die Zickzack-Muster am Himmel bildeten.

»Äh«, sagte er. »Ja.«

»Nun, wir haben noch viel zu tun.«

»Äh, ist Lady Käsedick in der Nähe?« fragte Mumm. »Sie ließ mir mitteilen, es sei dringend erforderlich, daß ich hierherkomme.«

»Ich nehme an, sie befindet sich irgendwo im Haus«, antwortete Brenda. »Angeblich muß sie sich dort um eine wichtige Angelegenheit kümmern. Oh, sei vorsichtig mit dem kleinen Kerl, Rosie, dummes Ding!«

»Gibt es etwas für sie, das noch wichtiger ist als *Drachen?*« erkundigte sich Mumm.

»Ja, das habe ich mich auch gefragt.« Brenda Rodley griff in die Tasche einer viel zu großen Weste. »War nett, dich kennenzulernen, Hauptmann. Es freut mich immer, mit jemandem zu sprechen, der sich ebenfalls für die Drachenzucht interessiert. Bitte besuch mich bei Gelegenheit. Dann zeige ich dir meine Ställe.« Sie holte eine schmutzige Karte hervor und drückte sie Mumm in die Hand. »Jetzt muß ich mich sputen. Wir haben gehört, daß einige von Sybils Lieblingen versuchen, im Universitätsturm Nester zu bauen. Das bringt gewisse Gefahren mit sich. Wir wollen sie herunterholen, bevor es dunkel wird.«

Mumm blickte auf die Karte, als Brenda, mit Netzen und Seilen bewaffnet, über den Pfad stapfte.

Die Aufschrift lautete: *Brenda, Lady Rodley, Wittum-Haus, Schloß Quirm, Quirm.* Mumm sah der Gestalt nach, die über den Weg hinwegknirschte und wie ein lebendiger Krämerladen wirkte. Allmählich begann er zu verstehen, was die gelesenen Worte bedeuteten. Brenda war die Herzoginwitwe von Quirm und besaß mehr Land, als man an einem sehr klaren Tag von einem sehr hohen Berg aus sehen konnte. Nobby hätte so etwas sicher zu schätzen gewußt. Offenbar gab es eine besondere Art von Armut, die sich nur die wirklich Reichen leisten konnten ...

Auf diese Weise gelangt man zu Macht, dachte Mumm. *Man schere sich nie darum, was andere Leute denken. Und man zeige nie auch nur eine Spur von Unsicherheit.*

Er kehrte zum Haus zurück und fand dort eine offene Tür, die in einen dunklen muffigen Flur führte. In der Düsternis hingen die Köpfe erlegter Tiere an den Wänden. Die Käsedicks schienen mehr Spezies in Gefahr gebracht zu haben als eine Eiszeit.

Mumm wanderte ziellos durch einen aus Mahagoni bestehenden Torbogen und erreichte ...

Einen Speisesaal. Wenn man an dem dort stehenden langen Tisch Platz nahm, so konnte man ziemlich sicher sein, daß die Leute am gegenüberliegenden Ende in einer anderen Zeitzone saßen. Silberne Kerzenhalter siedelten auf dem massiven Holz.

Der Tisch war für zwei Personen gedeckt, und neben jedem Teller lag eine große Auswahl an Besteck. Uralte Weingläser funkelten im Kerzenschein.

Eine schreckliche Vorahnung regte sich in Mumm, und im gleichen Augenblick wehte eine Duftwolke an ihm vorbei. Es handelte sich um *Bezaubern*, das teuerste Parfüm in Ankh-Morpork.

»Ah, Hauptmann. Ich freue mich sehr, daß du gekommen bist.«

Eine atemberaubende Lady Käsedick betrat den Saal.

Mumms verblüffter Blick fiel auf ein langes blaues Kleid, das im flackernden Kerzenlicht glitzerte, auf eine Mähne aus kastanienfarbenem Haar und auf ein leicht besorgtes Gesicht — es ließ vermuten, daß Dutzende von besonders fähigen Malern und Dekorateuren gerade ihre Gerüste abgebaut hatten und nach Hause gegangen waren. Außerdem hörte er ein dumpfes Knirschen, das folgende Botschaft übermittelte: Irgendwo unter dem Kleid mußten Miederwaren einem Druck standhalten, wie er normalerweise nur im Zentrum sehr großer Sterne herrschte.

»Ich, äh«, brachte Mumm hervor. »Wenn du, äh. Wenn du mir etwas gesagt, äh. Hättest, äh. Dann wäre ich, äh. Nicht in Uniform, äh. Gekommen, äh. Äh.«

Lady Käsedick hielt wie eine gewaltige Belagerungsmaschine auf ihn zu.

Mumm ließ sich benommen zu einem Stuhl führen und glaubte zu träumen. Offenbar aß er etwas, denn wie aus dem Nichts erschienen Diener, brachten Dinge, die mit anderen Dingen gefüllt waren, manifestierten sich später erneut und trugen leere Teller fort. Ab und zu wurde der Butler lebendig, um Gläser mit seltsamem Wein zu füllen. Die von den Kerzen ausgehende Hitze genügte, um langsam zu garen. Und die ganze Zeit über sprach Lady Käsedick mit schriller, fast hysterischer Stimme: über die Größe des Hauses, über die Verantwortung, die ein so großes Anwesen mit sich brachte, darüber, daß es Zeit wurde, die eigene Stellung in der Gesellschaft ernster zu nehmen. Irgendwann drang das rote Glühen der untergehenden Sonne in den Speisesaal, und vor Mumms Augen drehte sich alles.

Die Gesellschaft ahnt noch gar nicht, was ihr bevorsteht, dachte er mühsam. Kein einziges Mal wurden Drachen erwähnt, obwohl sich nach einer Weile etwas unter dem Tisch bewegte, den Kopf auf Mumms Schoß legte und sabberte.

Der Hauptmann versuchte vergeblich, eigene Konversationsbeiträge zu leisten. Er fühlte sich umzingelt und eingekesselt, entschied sich schließlich zu einem Ausfall und hoffte, höheres Gelände zu erreichen und von dort aus ins Exil zu fliehen.

»Wohin sind sie wohl verschwunden?« erkundigte er sich.

Lady Käsedick unterbrach ihren Redefluß. »Wen meinst du?«

»Die Drachen. Du weißt schon. Errol und seine Fr... sein Weibchen.«

»Oh, ich nehme an, sie sind zu einem entlegenen und felsigen Ort geflogen«, erwiderte Ihre Ladyschaft. »Drachen mögen entlegene und felsige Orte.«

»Aber der große Dr... Ich meine, *sie* ist ein magisches Wesen. Was geschieht, wenn der Zauber nachläßt?«

Lady Käsedick lächelte scheu.

»Die meisten Leute kommen damit zurecht.«

Sie beugte sich über den Tisch und berührte die Hand des Hauptmanns.

»Deine Männer glauben, daß sich jemand um dich kümmern sollte«, sagte sie sanft.

»Ach, tatsächlich?« murmelte Mumm.

»Feldwebel Colon meint, wir kämen wie ein *Maison en flambé* zurecht.«

»Oh. Das meint er wirklich?«

»Und er sagte noch etwas anderes, was war es doch gleich?« Lady Käsedick überlegte. »Ah, ja: ›Es ist eine

Chance von eins zu einer Million.‹ Und dann sagte er: ›Aber es könnte klappen.‹«

Sie lächelte.

Und dann kroch eine Erkenntnis heran, stieß Mumm in die Rippen und flüsterte, daß Lady Käsedick eigentlich recht attraktiv war, zumindest auf ihre eigene Art und Weise. Sie gehörte zu den wenigen Frauen, die ihn eines Lächelns für würdig hielten. Sie konnte nicht schlimmer sein, und er nicht besser. Das schuf einen gewissen Ausgleich. Ihre Ladyschaft wurde kaum jünger, aber wer konnte das schon von sich behaupten? Außerdem hatte sie Stil, Geld, gesunden Menschenverstand, Selbstsicherheit und viele andere Dinge, die ihm fehlten. Sie öffnete ihm ihr Herz, und wenn er es zuließ, konnte sie ihn ganz umhüllen — die Frau war eine Stadt.

Und wenn man unter Belagerung stand, verhielt man sich früher oder später so, wie es den Traditionen Ankh-Morporks entsprach: Man öffnete die Tore, ließ die Eroberer herein und schloß Freundschaft mit ihnen.

Wie begann man? Lady Käsedick schien irgend etwas zu erwarten.

Mumm hob die Schultern, griff nach dem Weinglas und suchte nach einer passenden Bemerkung. Schließlich krochen Worte durch den Nebel hinter seiner Stirn.

»Auf ins Gefecht, Junge«, murmelte er.

Verschiedene Glocken läuteten in der Stadt, und jede von ihnen vertrat eine ganz persönliche Meinung darüber, wann es Mitternacht war.

(Weit entfernt, in Richtung Scheibenweltmitte, dort, wo sich die Spitzhornberge mit den schroffen Graten des zentralen Massivs vereinten, wo seltsame haarige Geschöpfe die Landschaft des ewigen Schnees durchstreiften, wo Sturmböen hohe eisverkrustete Gipfel umheulten, glitten die Lichter eines einsamen Lamaklosters durch hohe Täler. Auf dem Hof trugen zwei in gelbe Kutten gekleidete Mönche die letzte mit kleinen grünen Flaschen gefüllte Kiste zum Schlitten, bereiteten sich dann auf die lange Reise zur fernen Ebene vor. Mit sorgfältigen Pinselstrichen hatte jemand folgende Adresse auf die Kiste gemalt: ›Herr T.M.S.I.D.R. Schnapper, Ankh-Morpork.‹

»Weißt du, Lobgesang«, sagte einer der beiden Mönche. »Ich frage mich häufig, was er mit diesem Zeug anstellt.«)

Korporal Nobbs und Feldwebel Colon lehnten unweit der *Geflickten Trommel* an einer schattigen Mauer, strafften jedoch ihre Gestalt, als Karotte mit einem Tablett zurückkehrte. Der Troll namens Detritus trat respektvoll zur Seite.

»Da bin ich wieder, Jungs!« rief Karotte. »Drei große Gläser. Auf Kosten des Hauses.«

»Potzblitz, das hätte ich nie für möglich gehalten!« erwiderte Colon und griff nach einem Glas. »Was hast du dem Wirt gesagt?«

»Oh, ich habe ihn nur darauf hingewiesen, es sei die Pflicht aller ehrbaren Bürger, der Wache zu helfen«, entgegnete Karotte unschuldig. »Und dann brachte ich meinen Dank für seine Kooperationsbereitschaft zum Ausdruck.«

»Ja, und?« fragte Nobby.

»Und nichts weiter.«

»Du mußt in einem sehr überzeugenden Tonfall gesprochen haben.«

»Was soll's, Jungs«, brummte Colon. »Ich schlage vor, wir lassen es uns schmecken. Prost.«

Sie tranken nachdenklich. Es war ein Augenblick erhabenen Friedens — einige der harten Realität des Lebens abgerungene Minuten. Die Stille hatte das gleiche herrliche Aroma wie ein gestohlener Apfel. Niemand in der großen Stadt schien zu kämpfen, jemanden zu erstechen oder sonst irgendwie Unruhe zu stiften, und mit etwas Phantasie konnte man sogar glauben, daß dieser wundervolle Zustand anhielt.

Und selbst wenn die Wirklichkeit später zurückkehrte: Es gab Erinnerungen, die den Wächtern inneren Halt boten. Die Erinnerungen an das Laufen durch die Straßen, an Leute, die ihnen auswichen, an die entsetzten Mienen der Palastwächter. Erinnerungen daran, *zur Stelle* gewesen zu sein, als alle Schurken, Helden und Götter versagt hatten. Daran, fast richtig gehandelt zu haben.

Nobby stellte sein Glas auf einem nahen Fenstersims ab, stampfte sich das Gefühl in die Füße zurück und behauchte kalte Finger. Dann tastete er in die dunklen Tiefen hinter dem Ohr und holte einen Zigarettenstummel hervor.

»Tolle Sache, was?« Colon seufzte zufrieden, als der Lichtschein eines aufflammenden Streichholzes die Mienen der drei Wächter erhellte.

Die anderen nickten. Schon jetzt hatten sie das Gefühl, daß seit dem gestrigen Tag eine Ewigkeit vergangen war. Aber solche Erlebnisse konnten sie unmöglich vergessen, auch wenn viele Bürger der Stadt dazu in der Lage sein mochten. Sie würden immer daran zurückdenken, ganz gleich, was von jetzt an geschehen mochte.

»Von Königen habe ich jedenfalls die Nase voll«, brummte Nobby.

»Ich glaube gar nicht, daß er der richtige König war«, erwiderte Karotte. »Übrigens: Möchte jemand einen Keks?«

»Es gibt keine richtigen Könige«, sagte Colon, doch es klang nicht so bitter wie sonst. Zehn Dollar im Monat machten einen großen Unterschied. Frau Colon reagierte ganz anders auf einen Mann, der zehn Dollar mehr im Monat nach Hause brachte. Ihre schriftlichen Mitteilungen — meist lagen sie auf dem Küchentisch — klangen nun viel freundlicher.

»Nein, ich meine, es ist doch nichts Besonderes, ein uraltes Schwert zu besitzen«, sagte Karotte. »Oder ein Muttermal. Ich meine, nehmt mich als Beispiel. Ich habe ein Muttermal auf dem Arm.«

»Mein Bruder hat ebenfalls eins«, warf Colon ein. »Sieht wie ein Schiff aus.«

»Meins ähnelt mehr einer Krone«, erklärte Karotte.

»Oh, dann bist du ein König.« Nobby grinste. »Ist doch logisch.«

»Finde ich nicht«, widersprach Colon. »Schließlich ist mein Bruder kein Admiral.«

»Und außerdem habe ich dieses Schwert«, fügte Karotte hinzu.

Er zog es aus der Scheide. Colon nahm es dem Obersten Obergefreiten aus der Hand und betrachtete es im trüben Licht, das durch die Tür der *Geflickten Trommel* fiel. Die Klinge war matt, kurz und wie eine Säge gekerbt. Ein gutes Schwert, zweifellos, und einst mochte es eine Inschrift getragen haben, aber sie war schon vor langer Zeit durch reine Abnutzung unleserlich geworden.

»Eine ordentliche Waffe«, sagte der Feldwebel nachdenklich. »Gut ausbalanciert.«

»Aber sie eignet sich nicht für einen König«, wandte Karotte ein. »Die Schwerter von Königen sind lang und magisch und mit Edelsteinen geschmückt. Wenn man sie hebt, spiegeln sie blendend hell das Licht wider, und dann erklingt ein majestätisches *Ping.*«

»*Ping*«, wiederholte Colon. »Ja. Da hast du wahrscheinlich recht.«

»Ich meine, nur wegen so etwas kann man nicht irgendwelche Leute auf den Thron setzen«, fuhr Karotte fort. »Das hat auch der Hauptmann gesagt.«

»Ist sicher angenehm, König zu sein«, überlegte Nobby laut. »Könige brauchen sich nicht abzurackern.«

»Hmm?« Colons Gedanken weilten noch immer in einer Welt der Spekulation. Echte Könige waren mit glänzenden Schwertern ausgerüstet, völlig klar. Aber vielleicht ... Vielleicht hatten die *echten* echten Könige damals, vor langer Zeit, Schwerter vorgezogen, die nicht etwa glänzten, sondern scharf genug waren, um Dinge zu zerschneiden. Nur so eine Vermutung.

»Ich sagte, es ist bestimmt angenehm, König zu sein«, wiederholte Nobby. »Könige können sich einen lauen Lenz leisten.«

»Ja«, murmelte Colon. »Ja. Aber nie sehr lange.« Er musterte Karotte nachdenklich.

»Oh. Das stimmt allerdings.«

»Wie dem auch sei«, ließ sich Karotte vernehmen. »Mein Vater sagt immer, die Verantwortung des Königs sei eine sehr schwere Bürde. All das Überwachen und Prüfen und Planen und so.« Er leerte sein Glas. »Das ist nichts für uns. Für uns« — er sah stolz auf — »Wächter. Alles in Ordnung, Feldwebel?«

»Hmm? Wie? Oh. Ja.« Colon zuckte mit den Achseln. *Was spielt es schon für eine Rolle?* dachte er. *Vielleicht ist es so am besten.* Er trank ebenfalls aus. »Wir sollten uns jetzt auf den Weg machen«, sagte er. »Wie spät mag es sein?«

»Etwa Mitternacht«, antwortete Karotte.

»Und sonst?«

Der Oberste Obergefreite zögerte kurz. »Und alles ist gut?«

»Genau. War nur ein Test.«

»Weißt du«, sagte Nobby, »wenn *du* das sagst, Junge, könnte man es fast für wahr halten.«

Ein umgekehrter Zoom findet statt ...

Dies ist die Scheibenwelt, Spiegel von Welten, von vier riesigen Elefanten durchs All getragen, die auf dem Rücken der Himmelsschildkröte Groß-A'Tuin stehen. Am Rand dieser Welt fließt das Meer endlos in die

Nacht. In der Mitte ragt die zehn Meilen hohe Felsnadel Cori Celesti empor, und auf ihrem glitzernden Gipfel spielen die Götter mit dem Schicksal der Menschen ...

Leider weiß niemand, welche Regeln gelten und wer an den Spielen teilnimmt ...

Auf der einen Seite der Scheibenwelt ging die Sonne auf. Das Licht des Morgens floß über das Fleckenmuster aus Meeren und Kontinenten. Besser gesagt: Es tröpfelte eher, denn in einem starken magischen Feld wird Licht faul und träge.

Über der dunklen Sichel — dort, wo das alte Licht des Sonnenuntergangs kaum aus den tiefsten Tälern verschwunden war — sausten zwei helle Punkte aus den Schatten, der eine groß, der andere klein. In geringer Höhe glitten sie über die Wogen des Randmeers und flogen in die völlig unergründlichen, von Sternen durchsetzten Tiefen des Weltraums.

Vielleicht hielt der Zauber an. Vielleicht auch nicht. Aber was währt schon ewig?

Das Erbe des Zauberers

Ein Roman von der bizarren Scheibenwelt

PIPER

Ich danke Neil Gaiman,

der uns das letzte überlebende Exemplar des *Liber Paginarum Fulvarum* lieh.

Mein besonderer Gruß gilt allen Jungen und Mädchen vom H. P. Lovecraft Holiday Fun Club.

Ich möchte hier betonen, daß dieses Buch keineswegs verrückt ist. Eine solche Bezeichnung trifft nur auf verkalkte Mathematiker zu, die Geometrie mit Lebensfreude verwechseln.

Und es ist auch nicht beknackt.

In der folgenden Geschichte geht es um Magie, wohin sie verschwindet und — was vielleicht noch wichtiger ist — woher sie kommt. Es sollen die Gründe dafür dargelegt werden, ohne daß Anspruch auf vollständige Beantwortung der aufgeworfenen Fragen erhoben wird.

Nun, vielleicht könnte dieses Buch zu erklären helfen, warum Gandalf nie heiratete und Merlin ein Mann war. Denn es ist auch eine Geschichte über Sex, wobei der Autor allerdings nicht die athletisch-gymnastische Variante Zähl-die-Beine-und-teil-die-Summe-durch-zwei im Sinn hat. Es sei denn, die Protagonisten geraten außer Kontrolle. Was durchaus passieren könnte.

Hauptsächlich aber geht es um die Welt. Achtung, jetzt kommt der große Augenblick! Passen Sie gut auf; die Spezialeffekte sind ziemlich teuer.

Die musikalische Untermalung besteht aus einem bedeutungsvollen Summen, einer dumpfen Vibration, die den Zuhörer auf einen kosmischen Fanfarenstoß vorbereitet. Ungeachtet aller physikalischen Gesetze durchhallt das Brummen den leeren Raum, und das Bild zeigt einige glitzernde Sterne, wie Schuppen auf der Schulter Gottes.

Und dann gerät sie in Sicht, größer als der größte für den nächsten intergalaktischen Krieg ausgerüstete Schlachtkreuzer, den sich ein erfolgreicher C-Film-Regisseur vorstellen kann: eine zehntausend Meilen lange Schildkröte. Es ist Groß-A'Tuin aus der seltenen Gattung der *Astrochelonia*. Sie (oder er — in diesem Punkt sind die Gelehrten nicht ganz sicher) stammt aus einem Universum, in dem die Dinge weniger phantastisch sind, als es der Fall zu sein scheint — und gleichzeitig weitaus bedeutungsvoller, als sich ein mit normaler Phantasie ausgestatteter Mensch vorstellen mag. Auf ihrem (oder seinem) meteoritenzernarbten Panzer stehen vier riesige Elefanten, die die runde Scheibenwelt auf den gewaltigen Schultern tragen.

Die Perspektive verändert sich, und kurz darauf sieht der Zuschauer die ganze Welt im Licht der kleinen Sonne, die sie umkreist. Er beobachtet Kontinente, Archipele, Seen, Meere, Wüsten, Gebirge und sogar eine kleine Eiskappe in der Mitte. Mit Theorien über planetare Kugeln oder ähnlich haarsträubenden Unsinn können die Bewohner jenes Ortes natürlich nichts anfangen. Ihre Welt wird von einem runden Meer begrenzt, das in einem ewigen Wasserfall über den Rand der Scheibe ins All strömt, und sie ist so flach und platt wie eine geologische Pizza, der allerdings die Artischocken fehlen – von den Zwiebeln und der Salami ganz zu schweigen.

Auf einer derartigen Welt (die nur existiert, weil sich die Götter einen Scherz erlaubten) gibt es genug Platz für Magier und Zauberei. Und natürlich auch für Sex.

Der alte Mann stapfte durchs Gewitter. Er trug einen langen gemusterten Mantel und hielt einen Holzstab mit eigentümlichen Schnitzmustern in der Hand; doch was ihn in erster Linie als Zauberer verriet, war die Tatsache, daß die Regentropfen einen halben Meter über seinem Kopf verdampften.

Die Spitzhornberge stellten eine für ordentliche Gewitter bestens qualifizierte Region dar. Die Landschaft bestand größtenteils aus schroffen Graten, zerklüfteten Hängen, dichten Wäldern und so tiefen Flußtälern, daß das Tageslicht den Rückzug antreten mußte, kaum hatte es den Boden erreicht. Faserige Wolkenfetzen klebten an den nicht ganz hohen Berggipfeln unterhalb des Pfades, über den der Zauberer rutschte und schlitterte. Ein paar schlitzäugige Ziegen beobachteten ihn mit vagem Interesse. Nun, es erfordert nicht viel, um die Aufmerksamkeit solcher Tiere zu wecken.

Gelegentlich blieb der alte Mann stehen und warf seinen Stab hoch in die Luft. Als er in den Matsch fiel, zeigte er immer in die gleiche Richtung, und dann seufzte der Zauberer, hob ihn auf und stakte weiter durch den Schlamm.

Auf Beinen aus flackernden Blitzen marschierte das Unwetter durchs Gebirge, donnerte und knurrte grollend.

Der Magier verschwand hinter einem Felsvorsprung, die Ziegen zuckten mit den Achseln und fraßen nasses Gras.

Kurz darauf aber blickten sie wieder auf. Sie erstarrten förmlich, zwinkerten überrascht und meckerten erschrokken.

Was eigentlich seltsam war, denn es befand sich niemand auf dem Pfad. Was die Ziegen jedoch nicht weiter kümmerte; sie sahen dem Nichts nach, bis es sich im grauen Wogen verlor.

Die Hütten des Dorfes standen in einem schmalen Tal zwischen hoch aufragenden bewaldeten Hängen. Es handelte sich um keine besonders große Siedlung, und es muß bezweifelt werden, ob sich jemand die Mühe machte, sie in einer Bergkarte zu verzeichnen. Sie hatte sogar Mühe, sich auf einer Karte der Ortschaft zu zeigen.

Es war eins jener Dörfer, die nur existieren, damit jemand Angaben über seine Herkunft machen kann. Im Universum wimmelt es davon: in Schluchten verborgene Orte, halb vergessene Provinznester in weiten Savannen, einsame Schuppen in dunklen Wäldern. Sie gehen nur deshalb in die Geschichte ein (zumindest in die regionale), weil in einer so gewöhnlichen und langweiligen Umgebung höchst bedeutsame Ereignisse ihren Anfang nahmen. Manchmal erinnert nur eine kleine Gedenktafel daran, daß entgegen aller gynäkologischen Möglichkeiten irgendeine Berühmtheit in halber Höhe einer Mauer geboren wurde.

Nebel wallte zwischen den Häusern, als der Zauberer eine kleine Brücke überquerte, unter der ein angeschwollener Wildbach gurgelte. Er verharrte kurz, um sich zu orientieren, und hielt dann auf die Dorfschmiede zu. Nun, der Nebel wird hier nur erwähnt, um die richtige Stimmung entstehen zu lassen; sein Wallen hat mit den folgenden Geschehnissen nichts zu tun. Der Vollständigkeit halber sei hinzugefügt, daß es ein recht erfahrener Nebel war, der die Kunst des Wallens außerordentlich gut beherrschte. Was das Gurgeln des Wildbachs angeht: Er litt nicht etwa an Mundgeruch, sondern wetteiferte aus purer Lebensfreude mit dem Prasseln des Regens.

In der Werkstatt des Dorfschmieds herrschte natürlich ziemliches Gedränge. Immerhin kann man guten Gewissens darauf vertrauen, dort nicht nur ein gut geschürtes Feuer vorzufinden, sondern auch einen Gesprächspartner. Mehrere Dorfbewohner hatten es sich im warmen Schatten gemütlich gemacht, und als der Zauberer eintrat, setzten sie sich erwartungsvoll auf und versuchten mit mäßigem Erfolg, intelligent zu wirken.

Der Schmied hielt derart unterwürfige Gesten für nicht notwendig. Er nickte dem Magier zu und begrüßte ihn damit als Gleichrangigen — wenigstens sah er sich in einer solchen Rolle. Er vertrat die Ansicht, jeder halbwegs kompetente Schmied müsse mit der Magie auf einigermaßen gutem Fuße stehen. Manchmal erschien es ihm wie ein Wunder, das seine Hammerschläge rotglühendem Eisen genau die richtige Form gaben, und er zweifelte nicht daran, daß als Erklärung nur Thaumaturgie in Frage kam.

Der Zauberer verneigte sich. Eine weiße Katze, die hinter dem Ofen lag, erwachte aus ihrem Schlummer und musterte ihn wachsam.

»Wie heißt dieser Ort, Herr?« fragte der alte Mann.

Der Schmied hob die Schultern.

»Blödes Kaff«, sagte er.

»Blödes ...?«

»Kaff«, wiederholte der Schmied herausfordernd und hob die Brauen. Offenbar befürchtete er eine Verletzung seines Heimatstolzes.

Der Zauberer dachte kurz nach.

»Gewiß ein Name, hinter dem sich eine interessante Geschichte verbirgt«, erwiderte er schließlich und fügte hinzu: »Die ich unter anderen Umständen gern hören würde. Leider bleibt mir nicht genügend Zeit. Ich bin gekommen, um mit dir über deinen Sohn zu sprechen.«

»Welchen meinst du?« fragte der Schmied, und die Zuhörer kicherten leise. Der Zauberer lächelte.

»Du hast sieben Söhne, nicht wahr? Und du selbst bist ein achter Sohn, stimmt's?«

Die Miene des Schmieds verhärtete sich. Er überlegte einige Sekunden lang und wandte sich den Dorfbewohnern zu.

»Na schön«, brummte er. »Ich glaube, es hört auf zu regnen. Haut ab! Ich und...« Er sah den Zauberer an und hob die Brauen.

»Drum Billet«, sagte der alte Mann.

»Ich und Drum Billet haben einiges zu besprechen.« Er winkte mit dem Hammer, und die anderen Männer wanderten im Gänsemarsch zur Tür. Mehrmals blickten sie über die Schulter zurück, so als hofften sie auf eine Zugabe, obwohl die Vorstellung noch gar nicht begonnen hatte.

Der Schmied zog zwei Stühle unter der Werkbank hervor, nahm eine Flasche aus dem Schrank neben dem Wasserbehälter und schenkte die beiden kleinsten Gläser voll, die er finden konnte.

Dann nahm er zusammen mit dem Zauberer Platz. Eine Zeitlang beobachteten sie den Regen und den Nebel, der kunstvoll und elegant über die Brücke wallte. Schließlich sagte der Schmied: »Ich weiß, welchen Sohn du meinst. Die alte Granny ist gerade oben bei meiner Frau. Der achte Sohn eines achten Sohns. Hm, ich verstehe. Nun, ich habe schon daran gedacht, der ganzen Sache jedoch keine große Beachtung geschenkt, um ganz ehrlich zu sein. Tja. Ein Zauberer in der Familie, wie?«

»Wäre durchaus möglich«, entgegnete Billet. Die weiße Katze verließ ihren Schlafplatz, stolzierte würdevoll über den Boden, sprang auf den Schoß des Zauberers und rollte sich dort zusammen. Die dünnen Finger des alten Mannes streichelten sie geistesabwesend.

»Tja, tja«, wiederholte der Schmied. »Ein Zauberer in Blödes Kaff, mhm?«

»Ist nicht auszuschließen«, antwortete Billet. »Natürlich

muß er zuerst die Universität besuchen. Aber er könnte es weit bringen.«

Der Schmied betrachtete diese Idee von allen Seiten und entschied, daß sie ihm gut gefiel. Dann erinnerte er sich an etwas.

»Einen Augenblick«, brummte er. »In diesem Zusammenhang hat mir mein Vater einmal etwas gesagt. Ich glaube, es ging dabei um folgendes: Ein Zauberer, der weiß, daß er nicht mehr lange lebt, kann seine, äh, Zauberei auf einen, äh, Nachfolger übertragen, äh. Ist das, äh, richtig?«

»Du hast es bemerkenswert klar ausgedrückt, ja«, bestätigte der Magier.

»Mit anderen, äh, Worten: Du wirst also, äh, sterben?«

»In der Tat.« Die Katze schnurrte, als der alte Mann sie hinter den Ohren kraulte.

Der Schmied wirkte verlegen. »Wann?«

Der Zauberer überlegte. »In etwa sechs Minuten.«

»Oh.«

»Sei unbesorgt«, fügte der Thaumaturge hinzu. »Ich freue mich sogar darauf, wenn ich ganz offen sein darf. Wie ich hörte, ist das Sterben völlig schmerzlos.«

Der Schmied runzelte die Stirn. »Woher willst du das wissen?« erkundigte er sich.

Der Zauberer überhörte diese Frage. Er sah aus dem Fenster zur Brücke und hielt im wogenden Dunst nach verräterischen Hinweisen Ausschau.

»Nun«, seufzte der Schmied, »du solltest mir besser erklären, wie man einen Zauberer erzieht. Weißt du, in dieser Gegend gibt es nicht besonders viele...«

»Das wird sich von allein regeln«, erwiderte Billet munter. »Die Magie hat mich zu dir geführt, und bestimmt kümmert sie sich auch um den Rest. Wie üblich. Habe ich da einen Schrei gehört?«

Der Schmied starrte zur Decke hinauf. Im Zimmer über der Werkstatt füllten sich zwei kleine Lungenflügel mit Luft und ließen sie voller Begeisterung entweichen. Das dabei erklingende Geräusch übertönte sogar das laute Prasseln des Regens.

Der Zauberer lächelte. »Laß ihn herbringen!« schlug er vor.

Die Katze richtete sich auf und blickte interessiert in Richtung Tür. Als der Schmied an die Treppe herantrat und etwas rief, sprang sie herunter, näherte sich den Stufen und schnurrte wie eine Bandsäge.

Kurze Zeit später kam eine hochgewachsene weißhaarige Frau herein und zeigte dem Schmied ein deckenumhülltes Bündel. Er nickte knapp und führte sie hastig zum Zauberer.

»Aber ...«, begann sie.

»Dies ist eine sehr wichtige Angelegenheit«, sagte der Schmied ernst. »Was tun wir jetzt, Herr?«

Der Magier hob seinen fast zwei Meter langen armdikken Stab. Die Schnitzmuster schienen sich zu verändern, während der Schmied sie betrachtete, so als wollten sie ihm nicht zeigen, was sie darstellten.

»Das Kind muß ihn halten«, sagte Drum Billet. Der Schmied nickte und tastete im Deckenbündel umher, bis er eine winzige rosafarbene Hand entdeckte. Behutsam führte er sie zum Stab, und die kleinen Finger schlossen sich fest um das Holz.

»Aber ...«, wandte die Hebamme ein.

»Es ist alles in Ordnung, Granny«, sagte der Schmied. »Mach dir keine Sorgen!« Und an den Zauberer gerichtet: »Sie ist eine Hexe, Herr. Laß dich von ihr nicht stören. Was nun?«

Der Thaumaturge schwieg.

»Was sollen wir jetzt ...« Der Schmied brach ab, beugte sich vor und musterte das Gesicht des alten Mannes. Billet lächelte, doch es blieb ein Rätsel, was ihn so sehr erheiterte.

Der Schmied reichte den Säugling der Hebamme zurück, die inzwischen der Verzweiflung nahe zu sein schien. Dann löste er die dürren blassen Finger des Magiers so behutsam wie möglich vom Zauberstab.

Er fühlte sich sonderbar schmierig an, und irgend etwas knisterte wie statische Elektrizität. Das Holz war fast schwarz, aber die geschnitzten Verzierungen wirkten ein wenig heller, und als er versuchte, sich darauf zu konzentrieren, entwickelten sie ein beunruhigendes Eigenleben.

»Bist du jetzt zufrieden?« fragte die Hebamme.

»Wie? O ja, eigentlich schon. Warum?«

Die weißhaarige Frau zog einen Deckenzipfel beiseite. Der Schmied starrte auf eine bestimmte Stelle des winzigen Körpers und schluckte.

»Nein«, hauchte er. »Er sagte ...«

»Und Leute wie *er* sind natürlich Experten auf diesem Gebiet, nicht wahr?« erwiderte Granny spöttisch.

»Aber er war sicher, es sei ein Sohn!«

»Sieht mir ganz und gar nicht nach einem Söhnchen aus, du Dummkopf.«

Der Schmied ließ sich ächzend auf den Stuhl sinken und schlug die Hände vors Gesicht.

»Was habe ich getan?« stöhnte er.

»Du hast der Welt die erste Zauberin gegeben«, stellte die Hebamme fest. »Pudiepudiepuh.«

»Wie?«

»Ich meinte das *Kind.*«

Die weiße Katze schnurrte und krümmte den Rücken, so als striche sie um die Beine eines alten Freundes. Was man nur als seltsam bezeichnen konnte, denn es war niemand da.

»Ich glaube, mir ist ein schwerer Fehler unterlaufen«, sagte eine Stimme, die kein Sterblicher zu hören vermag. »Ich habe mich darauf verlassen, die Magie wisse schon, was richtig sei.«

VIELLEICHT STIMMT DAS AUCH.

»Wenn ich doch nur eingreifen könnte ...«

ES GIBT KEIN ZURÜCK, KEIN ZURÜCK, lautete die dunkle, hohl klingende Antwort. Es hörte sich an, als schließe sich langsam die Pforte einer Gruft.

Der aus reinem Nichts bestehende Dunsthauch namens Drum Billet dachte nach.

»Aber sie wird eine Menge Probleme bekommen.«

PROBLEME SIND DAS GEWÜRZ DES LEBENS. BEHAUPTET MAN JEDENFALLS. ICH SPRECHE NATÜRLICH NICHT AUS EIGENER ERFAHRUNG.

»Wie wär's mit einer Reinkarnation?«

Der Tod zögerte.

DAS GEFIELE DIR BESTIMMT NICHT, GLAUB MIR, erwiderte die Grabesstimme.

»Und doch scheint so etwas seit einiger Zeit in Mode gekommen zu sein.«

MAN MUSS DIE ENTSPRECHENDE TECHNIK BEHERRSCHEN. DIE MEISTEN FANGEN GANZ UNTEN AN UND ARBEITEN SICH LANGSAM HOCH. ACH, DU HAST JA KEINE AHNUNG, WIE SCHRECKLICH ES IST, EINE AMEISE ZU SEIN!

»Üble Sache, was?«

NOCH WEITAUS SCHLIMMER, ALS DU DIR VORSTELLEN KANNST. UND MIT DEINEM KARMA WÄRE DIE WIEDERGEBURT ALS AMEISE NOCH SEHR GROSSZÜGIG.

Inzwischen weilte das Baby wieder bei der Mutter. Der Schmied saß betrübt in seiner Werkstatt und starrte in den Regen hinaus.

Drum Billet kraulte die Katze hinter den Ohren und erinnerte sich an sein Leben. Es war recht lang gewesen – einer der Vorteile, ein Zauberer zu sein –, und er hatte viele Dinge angestellt, die er nun zu bedauern begann. Er hielt den Zeitpunkt für gekommen, seine guten Vorsätze endlich ernst zu nehmen...

WEISST DU, ICH HABE NICHT DEN GANZEN TAG ZEIT, sagte der Tod ein wenig vorwurfsvoll.

Der Magier blickte auf die Katze herab und bemerkte erst jetzt, wie komisch sie aussah.

Die Lebenden begreifen nur in den seltensten Fällen, wie merkwürdig die Welt anmutet, wenn man sie aus der Perspektive eines Toten betrachtet. Der Tod befreit den Geist zwar aus der Zwangsjacke dreier Dimensionen, aber er trennt ihn auch von der Zeit, bei der es sich um eine weitere Dimension handelt. Die Katze, die nun an Billets unsichtbaren Beinen entlangstrich, war zweifellos jenes Tier, das er vor einigen Minuten gestreichelt hatte. Gleichzeitig aber sah er ein noch blindes Junges, eine greise Katzendame und alle Stadien dazwischen, was, gelinde gesagt, verwirrend wirkte. Das hypertemporale Geschöpf begann klein und endete dick, erweckte somit den Eindruck einer Karotte vom Typ *Felis domestica* — eine Beschreibung, die genügen muß, bis irgend jemand vierdimensionale Adjektive entwickelt.

Die knöcherne Hand des Todes klopfte Billet sanft auf die Schulter.

KOMM JETZT, MEIN LIEBER!

»Kann ich ihr überhaupt nicht helfen?«

DAS LEBEN IST FÜR DIE LEBENDEN. WIE DEM AUCH SEI — DU HAST IHR DEINEN ZAUBERSTAB GEGEBEN.

»Ja, das stimmt.«

Die Hebamme hieß Granny ›Oma‹ Wetterwachs und war eine Hexe. Daran hatten die Bewohner der Spitzhornberge nichts auszusetzen. Sie begegneten Hexen mit freundlichem Respekt, denn sie wollten morgens in der gleichen Gestalt erwachen, in der sie abends zu Bett gingen.

Der Schmied starrte noch immer finster in den Regen, als Granny in die Werkstatt zurückkehrte und ihn mit warziger Hand am Arm berührte.

Er blickte zu ihr auf.

»Was soll ich nur tun, Oma?« fragte er und versuchte erst gar nicht, das Flehen aus seinem Tonfall zu verbannen.

»Wo befindet sich die Leiche des Zauberers?«

»Ich habe sie in den Schuppen gebracht. Ist das in Ordnung?«

»Ich denke schon«, entgegnete Granny Wetterwachs energisch. »Wir kümmern uns später darum.« Sie holte tief Luft. »Du mußt jetzt den Zauberstab verbrennen.«

Sie drehten sich beide um und beobachteten den dicken Stab, den der Schmied in die dunkelste Ecke des Zimmers gestellt hatte. Er schien ihre Blicke zu erwidern.

»Aber er ist magisch«, flüsterte der achtfache Vater.

»Na und?«

»Ich meine – kann ihm Feuer überhaupt etwas anhaben?«

»Er besteht aus Holz, oder? Und Holz *brennt,* nicht wahr?«

»Aber ist es richtig? Ich meine...«

Oma Wetterwachs schloß die breite Tür, stemmte die Arme in die Hüften und schnaufte.

»Hör mir mal gut zu, Gordo Schmied!« sagte sie. »Zauberinnen sind ebenfalls nicht *richtig!* Derartige Magie eignet sich nicht für Frauen, nur für männliche Thaumaturgen. Es geht dabei um Bücher und Sterne und andere geheimnisvolle Dinge wie zum Beispiel Gehmetrie. Das ist zu hoch für deine Tochter. Und außerdem: Wer hat jemals von einer Zauberin gehört?«

»Was ist mit Hexen?« fragte der Schmied unsicher. »Und Beschwörerinnen?«

»Hexen stehen auf einem ganz anderen Blatt«, behauptete Granny Wetterwachs kühn. »Ihre Magie kommt aus dem Boden, nicht vom Himmel. Und Männer könnten nicht damit umgehen. Sie kriegen einfach nicht den richtigen Dreh raus. Was Beschwörerinnen angeht...« Die Hebamme schnitt eine Grimasse. »Sie sind nicht besser als ihr Ruf. Vertrau mir: Verbrenn den Stab, begrab die Leiche und vergiß die ganze Sache.«

Gordo Schmied nickte zögernd, trat an die Esse heran und betätigte den Blasebalg, bis Funken stoben. Dann wandte er sich dem Zauberstab zu.

Er rührte sich nicht von der Stelle.

»Er rührt sich nicht von der Stelle!«

Schweiß perlte auf der Stirn des Mannes, als er an dem Holz zerrte. Es verharrte trotzig in der Ecke.

»Laß es mich mal versuchen!« schlug Granny vor und schob sich an ihm vorbei. Es knallte dumpf, und der Schmied nahm einen Geruch wahr, der an verbranntes Zinn erinnerte.

Mit einem leisen Wimmern eilte Gordo durch die Kammer und beugte sich über Oma Wetterwachs, die an der gegenüberliegenden Wand zu Boden rutschte.

»Wie geht es dir? Hast du dir was gebrochen?«

Granny öffnete zwei Augen, die wie zornige Diamanten funkelten. »Ich verstehe. So ist das also.«

»So ist was?« fragte der Schmied verdutzt.

»Hilf mir auf, du Narr, und besorg mir eine Axt!«

Angesichts ihrer Stimme hielt es Gordo für angeraten, sofort zu gehorchen. Rasch lief er zu einem unförmigen Haufen in einer anderen Ecke des Zimmers, suchte mit zunehmender Nervosität und zog schließlich ein besonders großes Beil aus dem Gerümpel.

»Gut. Und jetzt nimm die Schürze ab.«

»Warum denn? Was hast du vor?« Der Schmied hatte das unangenehme Gefühl, daß er allmählich die Übersicht verlor. Granny seufzte verzweifelt.

»Sie besteht aus Leder, du Idiot. Ich möchte sie um den Griff wickeln. Der Zauberstab soll mich nicht noch einmal auf diese Weise erwischen.«

Der Schmied nahm die große Schürze ab und reichte sie der Hexe, sehr langsam und vorsichtig. Oma Wetterwachs nahm sie entgegen, prüfte das Leder, umhüllte damit den Stiel der Axt und holte mehrmals versuchsweise aus. Dann schlich sie durch den Raum — eine spinnenartige Gestalt im Schein der fast weißglühenden Esse —, näherte sich geduckt dem Zauberstab, hob ihre Waffe und ließ den geschärften Stahl mit einem triumphierenden Ächzen auf den magischen Widersacher herabsausen.

Irgend etwas klickte. Irgend etwas schnatterte wie ein aufgeregtes Rebhuhn. Irgend etwas pochte.

Dann herrschte Stille.

Gordo Schmied hob zögernd die Hand und wagte es nicht, den Kopf zu bewegen, als er nach der Beilklinge tastete. Der Schaft fehlte, und das empört glitzernde Metall steckte einen Millimeter über Gordos linkem Ohr in der Tür.

Oma Wetterwachs starrte auf den Axtgriff in ihrer Hand, verzog das Gesicht und schüttelte sich benommen. Es war gewiß nicht leicht, auf ein absolut unbewegliches Objekt einzuschlagen und nicht die Fassung zu verlieren.

»Nnnaaa ssschön«, stieß sie hervor. »Innn diesemmm Falll ...«

»Nein«, sagte der Schmied fest und rieb sich das Ohr. »Ganz gleich, was du vorschlagen willst, die Antwort lautet: nein. Laß es gut sein. Ich schiebe einige Sachen in die Ecke. Niemand wird das Ding bemerken. Mach dir nichts draus, Granny. Ist doch nur ein Holzstab.«

»Nur ein Holzstab?«

»Hast du eine bessere Idee? Vorzugsweise eine, bei der ich den Kopf auf den Schultern behalte?«

Oma Wetterwachs starrte wütend auf den Zauberstab. Er gab vor, ihre keine Beachtung zu schenken.

»Im Augenblick nicht«, gestand sie ein. »Aber wenn ich genügend Zeit habe, gründlich nachzudenken ...«

»Schon gut, schon gut! Nun, es wartet Arbeit auf mich. Ich muß einen Zauberer begraben und so weiter; du weißt ja, wie das ist.«

Gordo griff nach einem Spaten und zögerte.

»Granny?«

»Ja?«

»Weißt du, wie Zauberer begraben werden möchten?«

»Und ob!«

»Wie denn?«

Oma Wetterwachs blieb an der Treppe stehen.

»Widerwillig.«

Später wurde es dunkel, als das letzte Licht des Tages langsam aus dem Tal floß und der Nacht wich. Ein fahler, regennasser Mond kletterte über den schwarzen Himmel, begleitet von flackernden Sternen. Im dunklen Garten hinter der Schmiede war das gelegentliche Klirren eines Spatens oder ein gedämpfter Fluch zu hören.

Im Zimmer über der Werkstatt schlief die erste Zauberin der Scheibenwelt in einer Wiege und träumte von ... Nun, eigentlich träumte sie gar nicht.

Die weiße Katze döste auf einem Schemel hinter dem Ofen. Das einzige Geräusch in der warmen Esse stammte von den Kohlen, die mit einem leisen Knistern unter grauer Asche abkühlten.

Der Zauberstab stand in der Ecke und fühlte sich recht wohl. Die Schatten in seiner Nähe schienen etwas dunkler zu sein, als es Schatten normalerweise sind.

Die Zeit nahm ihre Pflicht wahr und verstrich.

Irgendwo klimperte etwas, und verdrängte Luft zischte kaum hörbar. Nach einer Weile hob die Katze den Kopf und beobachtete aufmerksam, was im Zimmer geschah.

Der Morgen graute, und von den Spitzhornbergen aus gesehen wirkte die Dämmerung überaus beeindruckend, erst recht dann, wenn ein ordentlicher Regenguß den Staub aus der Luft gespült hatte. Die kleineren Gipfel und Berge vor dem Kaff-Tal erstrahlten in purpurnen und orangefarbenen Tönen, als das Morgenlicht über sie hinwegtropfte. (Manche Leute sprechen in diesem Zusammenhang von ›goldenem Sirup‹; es sei daran erinnert, daß die Scheibenwelt in ein ausgedehntes magisches Feld gehüllt ist, in dem Licht zu Trägheit und regelrechter Faulenzerei neigt.) In der fernen Ebene verharrten einige dunkle Pfützen der Nacht, und jenseits davon deutete ein gelegentliches Funkeln auf die Fluten des Meeres hin.

Tatsächlich konnte man von Blödes Kaff aus bis zum Rand der Welt sehen.

Damit versucht der Autor nicht etwa, seine metaphorische Leistungsfähigkeit unter Beweis zu stellen. Nein, er beschreibt schlicht und einfach eine Tatsache. Immerhin ist die Scheibenwelt flach wie ein Pfannkuchen (beziehungsweise eine Pizza, von der kulinarischen Version ›Calzone‹ einmal abgesehen), und jedermann weiß, daß sie von vier Elefanten getragen wird, die ihrerseits auf dem Rücken der riesigen Sternenschildkröte Groß-A'Tuin stehen.

Das Dorf erwacht allmählich. Der Schmied hat bereits seine Werkstatt aufgesucht und dort mit ziemlichem Erstaunen festgestellt, daß sie so gut aufgeräumt ist wie schon seit hundert Jahren nicht mehr: Alle Instrumente befinden sich an ihrem Platz; der Boden ist gefegt, und im Brennofen lodert ein prächtiges Feuer. Gordo nimmt auf dem großen Amboß Platz, der mitten im Raum steht (wo er hingehört), betrachtet den Zauberstab und versucht nachzudenken.

Während der nächsten sieben Jahre beschränkten sich die erwähnenswerten Ereignisse darauf, daß im Garten hinter der Schmiede ein Apfelbaum wesentlich schneller wuchs als die anderen. Häufig kletterte ein kleines Mädchen daran hinauf. Es hatte braunes Haar, eine deutlich sichtbare Zahnlücke und Gesichtszüge, die zwar nicht unbedingt hinreißende Schönheit versprechen, aber doch eine auffällige Attraktivität.

Das Mädchen hieß Eskarina, wofür es keinen besonderen Grund gab; seine Mutter fand einfach nur Gefallen an der Klangfarbe dieses Namens. Granny ›Oma‹ Wetterwachs beobachtete es aufmerksam, ohne irgendwelche Anzeichen von Magie zu erkennen. Sicher, Eskarina verbrachte mehr Zeit damit, auf Bäume zu klettern und schreiend herumzulaufen als andere Mädchen, aber immerhin lebte sie mit vier älteren Brüdern unter einem Dach, und das erklärte eine ganze Menge. Nach einer gewissen Zeit entspannte sich die Hexe und kam erleichtert zu dem Schluß, daß die Zauberei ohne Einfluß geblieben war.

Aber Magie hat die Angewohnheit, so auf der Lauer zu

liegen wie eine Harke, die jemand im hohen Gras vergessen hat.

Erneut zog der Winter ins Gebirge, und diesmal war es ein sehr strenger. Die Wolken hingen wie fette Schafe über den Gipfeln der Spitzhornberge, füllten die Täler mit Schnee und luden ihre kalten Lasten auch über den Wäldern ab, deren Bäume unter dem schweren Weiß ächzten. Die hohen Pässe wurden geschlossen, und die nächsten Karawanen erwartete man erst im kommenden Frühjahr. Blödes Kaff verwandelte sich in eine Oase der Wärme und Geborgenheit.

»Ich mache mir Sorgen um Oma Wetterwachs«, meinte Esks Mutter beim Frühstück. »Ich habe sie schon lange nicht mehr gesehen.«

Gordo Schmied stocherte in seinem Haferbrei.

»Darüber beklage ich mich nicht«, erwiderte er. »Sie...«

»Sie hat eine lange Nase«, warf Eskarina ein.

»Von derart taktlosen Bemerkungen halte ich nichts«, tadelte ihre Mutter.

»Aber Vater hat mehrmals gesagt, sie stecke dauernd ihre lange Nase in seine...«

»Eskarina!«

»Aber er sagte...«

»*Ich* sagte gerade...«

»Ja, ich weiß, aber *er* sagte...«

Gordo beugte sich vor und gab seiner Tochter eine Ohrfeige. Er schlug natürlich nicht hart zu, und außerdem bereute er es sofort. Seine Söhne bekamen eine Tracht Prügel, wenn sie es verdienten, und manchmal bestrafte er sie auch mit einem Lederriemen. Eskarina war nicht in dem Sinne ungezogen. Die Schwierigkeiten mit ihr bestanden in erster Linie darin, daß sie selbst dann hartnäckig an einem Thema festhielt, wenn man sie aufforderte, davon abzulassen. So etwas machte ihn immer nervös.

Das Mädchen brach in Tränen aus. Gordo stand auf und

stapfte in Richtung Schmiede davon, verlegen und wütend auf sich selbst.

Kurz darauf ertönte ein lautes Knacken, gefolgt von einem dumpfen Pochen.

Esks Mutter und ihre Sprößlinge fanden den Schmied reglos auf dem Boden liegen. Als er nach einer halben Stunde zu sich kam, behauptete er steif und fest, er sei mit dem Kopf an die Tür geprallt. Was seinen besorgten Zuhörern seltsam erschien, denn Gordo war keineswegs sehr groß, und die Tür hatte ihm immer genug Platz geboten. Doch der Schmied meinte, die schemenhafte Bewegung in einer besonders dunklen Ecke der Werkstatt habe nichts mit dem zu tun, was ihm zugestoßen sei.

Dieser Zwischenfall drückte dem folgenden Tag irgendwie seinen Stempel auf: Geschirr zerbrach; man trat sich gegenseitig auf die Füße, und es herrschte eine gereizte Stimmung. Esks Mutter ließ einen Krug fallen, der von ihrer Großmutter stammte, und als sie wenig später den Dachboden aufsuchte, mußte sie feststellen, daß in einer Kiste alle Äpfel verfault waren. Das Feuer in der Schmiede qualmte verdrießlich und weigerte sich, richtig zu brennen. Der älteste Sohn Jaims rutschte auf dem vereisten Weg aus und verletzte sich am Arm. Die weiße Katze (oder eine ihrer Nachkommen – die Katzen führten ein privates und recht intensives Familienleben im Heuschober neben der Schmiede) kletterte im Kamin der Spülküche hoch und lehnte es ab, wieder herunterzukommen. Selbst der Himmel schien grauer zu sein als sonst, und trotz des Schnees roch die Luft schal und stickig.

Angespannte Nerven, Langeweile und schlechte Laune drohten die figürliche Lunte zu entzünden und das symbolische Pulverfaß zur Explosion zu bringen.

»So, jetzt reicht's mir!« entfuhr es Mutter Schmied. »Ich hab' endgültig die Nase voll. Cern, geh mit Gulta und Esk zu Oma Wetterwachs und ... He, wo ist Eskarina?«

Die beiden Jungen führten einen halbherzigen Kampf unter dem Tisch und legten eine kurze Pause ein.

»Im Garten«, antwortete Gulta. »Schon wieder.«

»Dann holt sie und verschwindet.«

»Aber es ist kalt draußen.«

»Und es schneit.«

»Folgt einfach der Straße. Sie ist deutlich genug zu sehen. Und was die Kälte angeht: Es kann gewiß nicht schaden, wenn sich eure erhitzten Gemüter ein bißchen abkühlen. Außerdem: Wer wollte denn unbedingt einen Schneemann bauen, als die ersten Flocken fielen? Los, bewegt euch! Und kehrt erst zurück, wenn ihr euch wieder daran erinnert, wie man sich benimmt!«

Esk saß in einer Astgabel des großen Apfelbaums. Die Jungen mochten ihn nicht besonders, und das hatte mehrere Gründe. Zum Beispiel war er so voller Misteln, daß er sogar im Winter grün blieb. Die Früchte wurden nicht größer als Herzkirschen: An einem Tag schmeckten sie so sauer, daß sich der ganze Mund zusammenzog, und am nächsten verdarben sie bereits und dienten Wespen als Heimstatt. Er erweckte zwar den Eindruck, man könne ihn leicht erklimmen, aber er neigte dazu, dem nichtsahnenden Kletterer seltsame Streiche zu spielen. Äste gaben nach, und Füße rutschten an zuvor völlig fester Borke ab. Cern behauptete, einmal sei nur deshalb ein Zweig geknickt, um ihn hinunterstürzen zu lassen. Wie dem auch sei, der Baum tolerierte Eskarina, die ihn immer dann erstieg, wenn sie sich über irgend etwas ärgerte oder schlicht allein sein wollte. Und die Jungen spürten, daß ihr brüderliches Recht, die Schwester aufzuziehen, am Fuße des Stamms endete. Aus diesem Grund warfen sie nur einen Schneeball nach ihr. Er verfehlte das Ziel.

»Wir statten der alten Wetterwachs einen Besuch ab.«

»Aber du brauchst uns nicht zu begleiten.«

»Du würdest uns ohnehin nur aufhalten und weinen.«

Esk sah ernst auf sie herab. Sie weinte nur selten, weil sie wußte, daß es kaum etwas nützte.

»Wenn ihr wollt, daß ich hierbleibe, komme ich mit«, erwiderte sie. Ein typisches Beispiel für die unter Geschwistern gebräuchliche Logik.

»Oh, wir wären dir sehr dankbar, wenn du uns begleitest«, sagte Gulta hastig.

»Freut mich, das zu hören«, entgegnete Eskarina, sprang und landete im hohen Schnee.

Ihre beiden Brüder führten einen Korb bei sich, der geräucherte Würstchen, eingelegte Eier und — da ihre Mutter ebenso klug wie großzügig war — auch einen Krug mit Pfirsichmarmelade enthielt, die in der Familie keinen großen Anklang fand. Trotzdem zog Frau Schmied jedes Jahr im Sommer los und pflückte wilde Pfirsiche, um erneut einen großen Vorrat anzulegen, auf den niemand sonderlichen Wert legte.

Die Bewohner von Blödes Kaff hatten sich an die harten Winter gewöhnt und entlang der aus dem Ort führenden Straßen hohe Zäune errichtet, die Schneewehen auf dem Weg verhindern und Wanderern, vor allem Besuchern aus anderen Tälern, als Orientierungshilfe dienen sollten. Wenn sich Einheimische verirrten, so gerieten sie kaum in Gefahr: Irgendein unbesungenes Genie des Dorfrates hatte vor einigen Generationen vorgeschlagen, jeden zehnten Baum im Wald außerhalb des Ortes mit bestimmten Kennungen zu versehen, und zwar bis in eine Entfernung von fast zwei Meilen. Dieses gewaltige Unternehmen dauerte viele Jahre lang, und oftmals widmeten sich Männer in ihrer freien Zeit der verantwortungsvollen Aufgabe, die Schnitzzeichen in den vielen Stämmen zu erneuern. Manchmal tobten im Winter so heftige Schneestürme, daß man nicht einmal dann nach Hause zurückfand, wenn man einige Meter vor der eigenen Tür stand, und die Kerbenmuster in der Borke hatten schon so manches Leben gerettet, indem sie furchtsam zitternden und besorgt tastenden Fingern den Weg wiesen.

Es begann erneut zu schneien, als Eskarina und ihre Brüder die Straße verließen und den schmalen Pfad zum Haus der Hexe beschritten. Im Sommer wuchsen dort Himbeersträucher und große Büsche, doch jetzt war alles weiß.

»Keine Fußspuren«, sagte Cern.

»Nur die von Füchsen«, fügte Gulta hinzu. »Es heißt, Granny könne sich in einen Fuchs verwandeln. Oder in irgendein anderes Geschöpf. Sogar in einen Vogel. Dadurch hält sie sich ständig auf dem laufenden.«

Sie blickten sich vorsichtig um. Und tatsächlich: Eine in die Jahre gekommene Krähe hockte auf einem nahen Baumstumpf und beobachtete sie.

»Wie ich hörte, soll es auf Ritzenhöhe eine ganze Familie geben, die die Gestalt eines Wolfsrudels annehmen kann«, sagte Gulta, der einen vielversprechenden Gesprächsgegenstand gern ausführlich erörterte. »Wißt ihr, eines Nachts schoß jemand auf einen Wolf, und am nächsten Tag humpelte die Familientante mit einer Pfeilwunde im Bein durch die Gegend...«

»Ich glaube nicht, daß Menschen in der Lage sind, sich in Tiere zu verwandeln«, erwiderte Esk langsam.

»Und warum nicht, Fräulein Schlaukopf?«

»Granny ist ziemlich groß. Wenn sie die Gestalt eines Fuchses annähme, was geschähe dann mit all den Körperteilen, die nicht unters Fell passen?«

»Sie würde sie einfach wegzaubern«, meinte Cern.

»Ich bezweifle, ob du die richtige Vorstellung von Magie hast«, sagte Eskarina. »Man kann nicht einfach irgendwelche Dinge beschwören. Es gibt da eine Art... Wippe. Wenn man aufs eine Ende drückt, kommt das andere in die Höhe...« Sie verstummte.

Ihre beiden Brüder starrten sie groß an.

»Oma Wetterwachs auf einer Wippe?« fragte Gulta skeptisch. Cern lachte.

»Nein, ich meine: Wenn irgend etwas geschieht, muß auch etwas anderes passieren – glaube ich.« Eskarina runzelte verwirrt die Stirn und wich einer ungewöhnlich hohen Schneewehe aus. »Nur in der anderen... Richtung.«

»Das ist doch Unsinn«, sagte Gulta. »Erinnerst du dich noch an das Fest im letzten Sommer, an den Zauberer, der lebende Tauben und die merkwürdigsten Dinge aus dem

Nichts erscheinen ließ? Ja, er murmelte einfach ein paar magische Worte, hob die Arme – und schon flatterten Vögel aus seinem Hut. Es gab nirgends eine Wippe.«

»Aber eine Schaukel«, warf Cern ein. »Und eine Bude, in der man Dinge nach Dingen werfen mußte, um Dinge zu gewinnen.«

»Und du hast nichts getroffen.«

»Du auch nicht. Du sagtest, die Dinge seien an Dingen befestigt, so daß sie gar nicht herunterfallen konnten ...«

In diesem Stil ging es eine Zeitlang weiter, und schon nach wenigen Minuten vergaßen Gulta und Cern die Bemerkungen ihrer Schwester. Esk hörte ihnen nur mit halbem Ohr zu. *Ich weiß genau, was ich meine,* fuhr es ihr durch den Sinn. *Magie ist ganz leicht. Man muß nur die Stelle finden, wo sich alles im Gleichgewicht befindet – und dort Druck ausüben. Ein Kinderspiel. Hat überhaupt nichts Magisches an sich. Die ganzen komischen Worte und Gesten dienen nur dazu, um ... um ...*

Sie brach den Gedankengang überrascht ab. Sie wußte tatsächlich, was sie meinte: Das entsprechende Vorstellungsbild gewann klare Konturen vor ihrem inneren Auge. Aber ihr fehlten die Worte, um es mit angemessener Genauigkeit zu beschreiben.

Es ist nicht gerade angenehm, ein Puzzlespiel im eigenen Kopf zu finden und nicht zu wissen, wie man es zusammensetzen soll ...

»Komm endlich, wenn du nicht die Nacht hier verbringen willst.«

Eskarina schüttelte den Kopf und folgte ihren beiden Brüdern.

Das Heim der Hexe bestand aus so vielen Erweiterungen und Anbauten, daß man kaum mehr erkennen konnte, wie das ursprüngliche Gebäude ausgesehen und ob es überhaupt eins gegeben hatte. Während des Sommers wuchsen überall Pflanzen, die Oma Wetterwachs ganz allgemein als ›Kräuter‹ bezeichnete: seltsame Gewächse, die aus haarigen Stengeln, stacheligen Blättern und schlangenartigen

Ranken bestanden, ausgestattet mit sonderbaren Blüten, bunten Früchten und seltsam aufgedunsenen Schoten. Nur Granny wußte, wozu sie dienten. Und wenn eine Ringeltaube hungrig war, um von dem exotischen Angebot zu kosten, so gab es zwei Möglichkeiten: Entweder kehrte sie schon nach kurzer Zeit kichernd und taumelnd in den Wald zurück, oder sie blieb für immer verschwunden.

Jetzt lag alles unter einer hohen Schneedecke. Ein zerfranster Windsack flatterte an einem Pfahl. Granny hielt nicht viel vom Fliegen, aber einige ihrer Freundinnen benutzten noch immer Besenstiele.

»Scheint verlassen zu sein«, sagte Cern.

»Kein Rauch«, stellte Gulta fest.

Die Fenster sahen wie finster starrende Augen aus, fand Esk, behielt diesen Gedanken aber für sich.

»Es ist nur Grannys Haus«, sagte sie. »Weiter nichts.«

Eine Aura der Leere hüllte die Hütte ein — das spürten sie ganz deutlich. Und vor dem Hintergrund des Schnees wirkten die Fenster *tatsächlich* wie schwarze und drohend blickende Augen. Außerdem ließ im Winter kein Bewohner der Spitzhornberge sein Feuer erlöschen; das war eine Frage des Stolzes.

Eskarina hätte am liebsten vorgeschlagen: »Laßt uns nach Hause zurückkehren!« Doch sie wußte, daß ihre Brüder sofort einverstanden gewesen wären, und deshalb meinte sie: »Mutter hat gesagt, es hinge ein Schlüssel im Abort.« Cern und Gulta zuckten unwillkürlich zusammen. Selbst ein völlig normaler unbekannter Abort hielt banale Schrecken bereit, zum Beispiel Wespennester, dicke Spinnen, geheimnisvolle Dinge, die unter der hohen Decke raschelten und möglicherweise (in einem besonders kalten Winter) einen Winterschlaf haltenden kleinen Bären, der bei der ganzen Familie Verstopfung verursachte, bis man ihn überreden konnte, im Heuschober weiterzuschlafen. Wer mochte wissen, was einen im Abtritt einer Hexe erwartete?

»Soll ich mal nachsehen?« fragte Eskarina.

»Wenn du unbedingt willst«, erwiderte Gulta wie beiläufig, und es gelang ihm fast, seine Erleichterung zu verbergen.

Schnee bildete eine hohe Barriere vor der Pforte, und als es Esk schließlich gelang, die Tür aufzuziehen, hob sie überrascht die Brauen. Ihr Blick fiel in eine saubere und ordentliche Kammer, die nichts Unheilvolleres als einen alten Almanach enthielt. Genauer gesagt: die Hälfte eines alten Almanachs, die an einem Nagel hing. Oma Wetterwachs las mindestens ebensogern, wie Fische am Strand liegen und sich sonnen, aber sie vertrat die Auffassung, daß Bücher — insbesondere die Exemplare mit angenehm dünnen Seiten — durchaus einen gewissen Zweck erfüllten.

Der Schlüssel teilte sich die Leiste an der Tür mit einer Schmetterlingspuppe und einem Kerzenstummel. Eskarina griff vorsichtig danach, achtete darauf, die metamorphierende Raupe nicht zu stören, und eilte zu den wartenden Jungen zurück.

Es war zwecklos, es an der Vordertür zu versuchen. In Blödes Kaff wurden Vordertüren nur von Bräuten oder Leichen benutzt, und Granny hatte immer sorgfältig vermieden, das eine oder andere zu werden. Hinter der Hütte stießen Esk und ihre Brüder auf weitere Schneewehen und bemerkten eine dicke Eisschicht auf dem Wasser in der Regentonne.

Das Tageslicht strömte bereits vom Himmel, als sie sich zur Tür durchgruben und den Schlüssel ins Schloß schoben.

Die große Küche begegnete ihnen mit Dunkelheit und Kühle, und es roch dort nur nach Schnee. In solchen Zimmern war es natürlich *immer* dunkel, aber normalerweise sollte im breiten Kamin ein großes Feuer brennen und den blubbernden Inhalt eines großen Kessels erhitzen. Esk hatte keine Ahnung, was Hexen immerzu kochten, aber sie wußte vom Hörensagen, daß man von den Dünsten Kopfschmerzen bekam oder plötzlich seltsame Dinge sah.

Voller Unbehagen wanderten sie umher und riefen

mehrmals Grannys Namen, bis Esk schließlich entschied, daß sie es nicht länger vermeiden konnten, den ersten Stock aufzusuchen. Die Klinke der Tür, die ins Treppenhaus führte, quietschte lauter als gewöhnlich.

Oma Wetterwachs lag mit verschränkten Armen auf dem Bett. Das kleine Fenster stand offen, und pulvriger Schnee formte eine weiße Patina, die bis zur Matratze reichte.

Esk starrte auf die Flickendecke unter der alten Frau, und von einem Augenblick zum anderen schien sie in die Breite zu wachsen und ihr ganzes Blickfeld auszufüllen. Wie aus weiter Ferne hörte sie Cerns Schrei. Ihre Gedanken kehrten in die Vergangenheit zurück, und sie entsann sich daran, wie Vater Schmied diese Decke angefertigt hatte, vor zwei Wintern, als der Schnee fast ebenso hoch lag und es in der Werkstatt nicht viel zu tun gab. Sie beobachtete ihn dabei, wie er alle jene Stoffetzen verwendete, die es durch irgendeine Laune des Schicksals nach Blödes Kaff verschlug, zum Beispiel Seide, Dilemmaleder, Wasserwolle und Thargaleinen. Da man mit einem Schmiedehammer nicht besonders gut nähen konnte, bestand das Ergebnis aus einem unansehnlichen Etwas, das kaum wie eine Steppdecke aussah, sondern eher einer flachen Schildkröte ähnelte. Woraufhin Esks Mutter weise beschloß, Oma Wetterwachs ein großzügiges Geschenk zu machen...

»Ist sie tot?« Gulta wandte sich an Eskarina, als sei seine Schwester eine Expertin auf diesem Gebiet.

Esk starrte auf die Hexe hinab. Ihr Gesicht war eingefallen und grau, und die reglose Brust deutete darauf hin, daß sie das Atmen für unnötig und lästig hielt. Traf diese Beschreibung auf Tote zu?

Gulta straffte tapfer die Schultern.

»Wir sollten gehen und jemandem Bescheid geben«, brachte er heiser hervor. »Und ich schlage vor, wir machen uns unverzüglich auf den Weg, denn es wird bald dunkel.« Er holte tief Luft und fügte hinzu: »Aber Cern bleibt hier.«

Sein Bruder sah ihn entsetzt an.

»Warum?« fragte er entgeistert.

»Jemand muß Totenwache halten«, erklärte Gulta klug. »Erinnerst du dich? Als der alte Onkel Derghart starb, hockte Vater die ganze Nacht im Kerzenschein an seinem Bett. Wenn man eine Leiche einfach im Stich läßt, kommt irgend etwas Gräßliches, raubt einem die Seele und bringt sie... irgendwohin«, fügte er unsicher hinzu. »Und dann ist man verhext. Ich meine: Dann spukt es dauernd, und...« Er brach ab.

Cern öffnete den Mund, um noch einmal zu schreien.

»Ich bleibe«, warf Eskarina hastig ein. »Es macht mir nichts aus. Ist doch nur die alte Granny.«

Gulta musterte sie erleichtert.

»Steck ein paar Kerzen an«, schlug er vor, »oder eine Lampe. Das tut man in solchen Fällen. Glaube ich. Und dann...«

Vom Fenster her vernahmen sie ein leises Kratzen. Eine Krähe hockte auf dem Sims und beäugte sie argwöhnisch. Gulta erschrak und warf seinen Hut nach ihr. Der Vogel flog mit einem vorwurfsvollen Krächzen davon, und Esks Bruder klappte rasch die Fensterläden zu.

»Ich hab' sie hier schon mal gesehen«, sagte er. »Ich glaube, Granny füttert sie. *Fütterte* sie«, berichtigte er sich. »Wie dem auch sei: Wir holen jemand und sind in Nullkommanichts wieder hier. Verlaß dich drauf. Komm, Ce!«

Sie eilten die dunkle Treppe hinab. Eskarina ließ die beiden Jungen aus dem Haus und verriegelte die Tür hinter ihnen.

Die Sonne schwebte als rote Scheibe dicht über den Bergen, und einige frühe Sterne funkelten bereits am Himmel.

Esk ging durch die finstere Küche, und nach kurzer Suche fand sie eine kleine gezogene Kerze und eine Zunderbüchse. Es dauerte eine Weile, bis es ihr gelang, den Docht zu entzünden, aber das flackernde Licht erhellte das Zimmer nicht; es bevölkerte die Dunkelheit nur mit Schatten. Sie entdeckte Grannys alten Schaukelstuhl, machte es sich darin gemütlich und wartete.

Die Zeit verstrich. Nichts geschah.

Dann hörte Eskarina ein leises Klopfen am Fenster. Sie griff nach der heruntergebrannten Kerze und spähte durch die dicke runde Scheibe.

Ein gelbes Knopfauge erwiderte ihren Blick und zwinkerte.

Die Kerze zischte leise und erlosch.

Esk blieb wie erstarrt stehen und wagte kaum zu atmen. Erneut ertönte das Klopfen, und dann herrschte wieder Stille. Einige Sekunden später knarrte es an der Tür.

Eskarina erinnerte sich an Gultas Hinweis. *Etwas Gräßliches...*

Vorsichtig tastete sie sich durchs Zimmer, fiel fast über den Schaukelstuhl, zog ihn zurück und gab sich alle Mühe, die Tür damit zu blockieren. Die Klinke quietschte.

Esk wartete und lauschte dem Schweigen der Nacht, bis es ihr die Trommelfelle zu zerreißen schien. Plötzlich pochte etwas mit hartnäckiger Beharrlichkeit an das winzige Fenster in der Waschkammer, und nach einigen Augenblicken verklang das Geräusch wieder, um sich ins Schlafzimmer über der Küche zu begeben und dort in ein dumpfes Schaben zu verwandeln. Eskarina dachte an lange Krallen, die über hartes Holz glitten, und diese Vorstellung gefiel ihr ganz und gar nicht.

Sie spürte, daß die Situation Mut erforderte, doch unter den gegebenen Umständen währte Tapferkeit nur so lange, wie eine Kerze Licht spendete. Sie kniff die Augen fest zu, durchquerte die dunkle Küche und verharrte an der Tür.

Der Kamin knisterte, als ein dicker Rußbrocken herabfiel. Und als Eskarina das verzweifelte Kratzen hörte, das sich durch den Schornsteinschacht über der Feuerstelle näherte, riß sie die Riegel zurück, stieß die Pforte auf und stürmte nach draußen.

Die Kälte traf sie wie ein Messerstich. Eine dünne Eisschicht glänzte auf dem Schnee. Eskarina hatte kein bestimmtes Ziel, als sie in den Wald lief, aber ihr Entsetzen erfüllte sie mit der unerschütterlichen Entschlossenheit, es so schnell wie möglich zu erreichen.

Umgeben von Ruß, landete die Krähe im Kamin und krächzte verärgert vor sich hin. Sie hüpfte durch die Schatten, und nach einigen Sekunden öffnete sich die Tür des Treppenhauses mit einem widerspenstigen Knarren. Der Vogel breitete die fransigen Schwingen aus, flatterte über die Stufen und näherte sich dem Schlafzimmer.

Esk wippte auf den Zehenspitzen, streckte die Arme aus und suchte an dem Baumstamm vor ihr nach einer Markierung. Diesmal wurde sie nicht enttäuscht. Doch das Kerbenmuster teilte ihr mit, daß die Entfernung zum Dorf über eine Meile betrug; sie hatte die falsche Richtung eingeschlagen.

Der blasse Mond am Himmel sah aus wie eine gelbe Käserinde, die in einem Meer aus spöttisch zwinkernden Sternen schwamm. Der Wald bot sich dem kleinen Mädchen als ein Labyrinth aus schwarzen Schatten und weißem Schnee dar. Esk schluckte, als sie feststellte, daß nicht alle Schatten reglos blieben.

Jedermann wußte, daß Wölfe in den Bergen lebten, denn in manchen Nächten hallte ihr Heulen von den hohen Graten herab. Aber sie wagten sich nur selten in die Nähe eines Dorfes; bei den modernen Wölfen handelte es sich um die Nachkommen jener Ahnen, die nur deshalb überlebt hatten, weil sie rechtzeitig erkannten, daß menschliches Fleisch oft mit Pfeilspitzen gewürzt war.

Doch es herrschte ein ausgesprochen strenger Winter, und bei diesem speziellen Rudel sorgte der Hunger dafür, daß Dinge wie natürliche Auslese zumindest vorübergehend in Vergessenheit gerieten.

Eskarina rief sich alle guten Ratschläge der Erwachsenen ins Gedächtnis zurück: Klettere in einen Baum. Entzünde ein Feuer. Und wenn das nichts nützt, so bewaffne dich mit einem Knüppel und wehr dich deiner Haut. Versuch nie wegzulaufen. Wölfe sind schneller.

Der Baum hinter ihr war eine Buche mit glattem Stamm, der nicht den geringsten Halt bot.

Esk beobachtete einen langen Schatten, der sich von den anderen löste und langsam näher kam. Müde, ängstlich und benommen ging sie in die Hocke, tastete im brennendkalten Schnee nach einem losen Ast.

Oma Wetterwachs schlug die Augen auf und starrte an die Decke, wo sich feine Risse zeigten und die wie ein Zeltdach durchhing.

Sie versuchte, sich daran zu entsinnen, daß sie nicht umherhüpfen mußte und Arme besaß, keine Schwingen. Nach dem Borgen sollte man immer eine Weile liegenbleiben, sich ausruhen und dem Bewußtsein Gelegenheit geben, sich wieder an den Körper zu erinnern, aber Granny wußte, daß die Zeit drängte.

»Verflixtes Kind!« murmelte sie und trachtete danach, auf die Bettstange zu fliegen. Die Krähe beobachtete sie mit zurückhaltendem Interesse. Sie hatte dies alles schon oft erlebt und vertrat die Ansicht (soweit sich Vögel überhaupt eine Meinung bilden können), daß es durchaus seine Vorteile hatte, Granny einen Logenplatz in ihrem Kopf freizuhalten: Immerhin bekam sie dafür eine verläßliche Diät aus schimmelig gewordenen Schinkenkanten und Küchenabfällen, und ein warmes Nest neben dem Kamin war ebenfalls nicht zu verachten.

Die Hexe stieg in ihre Stiefel, polterte die Treppe hinunter und widerstand dabei der Versuchung, die Flügel auszubreiten und einen Gleitflug mit fatalen Folgen zu unternehmen. Die Tür stand weit offen, und der Wind wehte Schnee herein.

»Auch das noch!« seufzte die Hexe. Sie fragte sich, ob es die Mühe lohnte, nach Eskarinas Geist Ausschau zu halten, entschied sich dann aber dagegen. Menschlichen Bewußtseinen fehlte die klare und deutliche Ausprägung tierischer Gedankensphären, und angesichts der Überseele des Waldes war eine unvorbereitete Suche ebenso erfolgversprechend wie das Bemühen, während eines heftigen Gewitters dem Donnern eines Wasserfalls zu lauschen. Aber Granny brauchte sich gar nicht erst zu konzentrieren, um den Rudelinstinkt der Wölfe zu lokalisieren: Sie nahm ihn als ein stechendes, prickelndes Gefühl war, das ihren Gaumen mit dem Geschmack von Blut kitzelte.

Schmale Mulden zeigten sich im verkrusteten Schnee, von kleinen Mädchenfüßen hinterlassen, und herabrieselnde weiße Flocken füllten sie langsam wieder auf. Oma Wetterwachs brummte, fluchte halblaut, verknotete ihren Schal und stapfte los.

Die weiße Katze lag auf ihrem Sessel hinter der Esse und erwachte, als sich in einer besonders dunklen Ecke der Werkstatt etwas rührte. Der Schmied hatte die massive Tür sorgfältig geschlossen und verriegelt, bevor er sich mit seinen beiden fast hysterischen Söhnen auf den Weg machte, und die Katze sah interessiert zu, als ein dünner Schatten aufs Schloß klopfte und anschließend die Angeln untersuchte.

Das Portal bestand aus dickem Eichenholz, das im Laufe der Zeit durch die vom Brennofen ausgehende Hitze noch härter geworden war. Doch das bewahrte die Tür nicht davor, mit einem wuchtigen Hieb aus der Einfassung gerissen und auf die Straße geschleudert zu werden.

Der Schmied vernahm ein dumpfes Brummen am Himmel, als er zusammen mit Cern und Gulta über den Pfad marschierte. Und auch Granny wurde darauf aufmerksam: ein entschlossenes Surren, wie der Flügelschlag eines Gänseschwarms. Irgend etwas zerfetzte die dunklen Wolken und verschwand in der Ferne.

Die Wölfe bemerkten das Summen ebenfalls, als es sich den Baumwipfeln näherte und auf die Lichtung herabsenkte. Aber sie hörten es zu spät.

Oma Wetterwachs brauchte jetzt nicht mehr den Fußspuren zu folgen. Als Wegweiser benutzte sie das gespenstische Licht, das zwischen den Bäumen aufblitzte, das sonderbare Zischen und Pochen, ein schmerzerfülltes entsetztes Heulen. Zwei Wölfe sausten mit angelegten Ohren an ihr vorbei, wild zur Flucht entschlossen, ganz gleich, was sich ihnen in den Weg stellen mochte.

Zweige knackten. Etwas Großes und Schweres fiel durch das Geflecht aus Ästen und Zweigen einer nahen Tanne und landete mit einem leisen Wimmern im Schnee. Ein weiterer Wolf raste in Kopfnähe an Granny vorbei und prallte gegen einen vereisten Stamm.

Stille folgte.

Die alte Hexe setzte ihren Weg fort.

Nach einer Weile sah sie eine kleine Lichtung mit festgetretenem Schnee. Am Rande lagen mehrere Wölfe: Entweder waren sie tot oder beschlossen klugerweise, sich nicht von der Stelle zu rühren.

Der Zauberstab stand stolz und aufrecht, und als sich Oma Wetterwachs näherte, gewann sie den Eindruck, daß er sich langsam umdrehte und sie ansah.

Einige Meter entfernt bemerkte sie eine kleine zusammengekrümmte Gestalt in Weiß. Granny ließ sich mit einem leisen Ächzen auf die Knie sinken und streckte den Arm aus.

Der Zauberstab bewegte sich. Es war kaum mehr als ein Zittern, doch die alte Hexe verharrte, bevor ihre Fingerspitzen Esks Schulter berührten. Granny starrte auf die vagen Konturen der Schnitzmuster, und nach einigen Sekunden wagte sie es, die Hand wieder zu heben.

Die Luft schien sich zu verdichten. Und dann wich der Stab ein wenig zurück, obwohl er sich überhaupt nicht regte. Sein Verhalten machte der alten Frau klar, daß er nur einen taktischen Rückzug antrat und keineswegs die Absicht hatte, sich in irgendeiner Weise geschlagen zu geben oder Granny den Sieg zuzugestehen, was seiner Ansicht nach ohnehin absurd gewesen wäre.

Eskarina erbebte am ganzen Leib, als Oma Wetterwachs nach ihrem Arm griff.

»Hab keine Angst, Mädchen! Ich bin's, die alte Granny.«

Das Bündel blieb liegen.

Granny biß sich auf die Lippen. Sie wußte nicht so recht, wie man mit Kindern umging. Wenn die Hexe an sie dachte – was sehr selten geschah –, stellte sie sich Lebewesen vor, die irgendwo zwischen Tieren und normalen Menschen angesiedelt waren. Säuglinge verstand sie recht gut: Man schüttete Milch ins eine Ende und hielt das andere möglichst sauber. Erwachsene waren noch problemloser, da sie sich selbst ums Essen und Reinigen kümmerten. Doch dazwischen erstreckte sich eine Welt der Erfahrung, der Granny mit Unbehagen begegnete. Ihrer Meinung nach betraf die Erziehung von Kindern in erster Linie folgendes: Man versuchte, die schlimmsten Gefahren von ihnen fernzuhalten, und hoffte, daß letztendlich alles gut ausging.

Granny war einerseits ratlos – und andererseits ganz sicher, daß sie irgend etwas unternehmen mußte.

Kühn beschloß sie, alles auf eine Karte zu setzen.

»Heiapoppeia, haben die bösen-bösen Brummwölfe mein kleines süßes Schätzilein so erschreckt?«

Das schien seltsamerweise die gewünschte Wirkung zu erzielen – wenn auch aus völlig anderen Gründen, als Granny vermutete. Irgendwo unter der zusammengekrümmten Gestalt ertönte eine gedämpfte Stimme. »Ich bin *acht*, verstehst du!«

»Wer acht Jahre alt ist, rollt sich nicht mitten in der Nacht im Schnee zusammen«, wandte Granny ein und unternahm erste vorsichtige Gehversuche auf dem verbalen Glatteis der Konversation zwischen Erwachsenen und Kindern.

Das Bündel antwortete nicht.

»Ich glaube, zu Hause habe ich Milch und Kekse«, fügte Oma Wetterwachs versuchsweise hinzu.

Diese Worte riefen keinen sichtbaren Effekt hervor.

»Eskarina Schmied, wenn du weiterhin stur bleibst, gibt's eine Tracht Prügel.«

Esk hob zögernd den Kopf.

»Du mußt mir nicht gleich drohen!« sagte sie vorwurfsvoll.

Als der Schmied das Haus der Hexe erreichte, waren Granny und Esk gerade eingetroffen. Die Jungen spähten argwöhnisch hinter ihrem Vater hervor.

»Ähem«, machte Gordo und überlegte, wie man mit einer Person sprach, die eigentlich tot sein sollte. »Cern und Gulta sagten mir, du ... äh, dir ginge es nicht gut.« Er drehte sich um und sah seine Söhne finster an.

»Ich habe mich nur ausgeruht und bin dabei eingedöst. Ich schlafe ziemlich tief und fest.«

»Tja«, erwiderte der Schmied unsicher. »Äh, nun gut. Was ist mit Esk?«

»Sie ist ein wenig erschrocken«, sagte Granny und drückte die Hand des Mädchens. »Schatten und Schemen und so. Sie ist noch immer ein bißchen durcheinander und braucht einen warmen Platz. Ich wollte sie in mein Bett legen, wenn du nichts dagegen hast ...«

Gordo hätte seine Tochter lieber nach Hause gebracht, erinnerte sich jedoch daran, daß Esks Mutter, wie alle Frauen im Dorf, die alte Hexe sehr schätzte und sogar in Ehrfurcht von ihr sprach. Wenn er jetzt Einwände erhob, erwartete ihn zu Hause sicher ein Donnerwetter.

»In Ordnung«, entgegnete er. »Kein Problem. Was hältst du davon, wenn ich Eskarina morgen früh abholen lasse?«

»Einverstanden«, sagte Granny. »Nun, ich würde dich gern in mein bescheidenes Heim einladen, aber leider muß ich erst noch das Feuer im Kamin entzünden und einige andere Dinge erledigen ...«

»Oh, mach dir nur keine Umstände!« erwiderte Vater Schmied hastig. »Wenn ich nicht rasch zurückkehre, wird das Abendessen kalt. Beziehungsweise trocken«, fügte er hinzu und sah auf Gulta hinab, der den Mund aufklappte, es sich aber noch rechtzeitig genug anders überlegte und schwieg.

Als der Schmied mit seinen Söhnen gegangen war und die Proteste der beiden Jungen in der Nacht verhallten, öffnete Granny die Tür, zog Esk ins Haus und schob den dikken Riegel vor. Sie wandte sich ihrem Vorrat an Kerzen zu, den sie auf dem Regal über der Garderobe hortete, und kurz darauf brannten zwei kleine Flammen. Dann holte sie einige alte, aber immer noch recht nützliche Decken aus einer Truhe (der Stoff roch nach Kräutern, die Motten vertreiben sollten), hüllte Esk in den abgescheuerten Stoff und forderte sie auf, im Schaukelstuhl Platz zu nehmen.

Mit leisem Ächzen und Stöhnen ließ sich Oma Wetterwachs auf die Knie sinken und begann damit, ein Feuer zu entzünden. Es war ein ziemlich komplizierter Vorgang, bei dem Granny unter anderem getrockneten Zunderpilz, Holzspäne und dünne Zweige verwendete. Außerdem schienen angestrengtes Pusten und keuchendes Schnaufen eine nicht unerhebliche Rolle zu spielen.

»Du könntest dir einen großen Teil der Mühe sparen«, sagte Esk.

Granny wurde steif und starrte auf den Kaminschirm. Es handelte sich um ein recht hübsches Exemplar, das der Schmied vor einigen Jahren für sie angefertigt hatte und ein Ziermuster aus Eulen und Fledermäusen aufwies. Doch ihr Interesse galt überhaupt nicht dem Design.

»Ach?« erwiderte sie ganz ruhig. »Kennst du eine bessere Möglichkeit?«

»Warum zündest du das Feuer nicht einfach mit Magie an?«

Mit großer Sorgfalt schob Granny mehrere Zweige in die zögernd flackernden Flammen.

»Und wie soll ich das deiner Meinung nach anstellen?« fragte sie, wobei ihr Blick auf den Kaminschirm gerichtet blieb.

»Äh...«, begann Eskarina. »Ich... ich weiß nicht genau. Aber du hast doch bestimmt Erfahrung in solchen Sachen, oder? Immerhin bist du eine Hexe und kennst dich mit Magie aus.«

»Es gibt unterschiedliche Arten von Magie«, erwiderte Oma Wetterwachs. »Und man darf nie vergessen, wozu man sie einsetzen kann und wozu nicht, Mädchen. Eins steht fest: Sie ist nicht dafür bestimmt, irgendwelche Feuer zu entzünden – in diesem Punkt kannst du ganz sicher sein. Wäre es der Plan des Schöpfers gewesen, uns mit Magie in die Lage zu versetzen, Holzscheite in Brand zu stecken, hätte er uns keine, äh, Streichhölzer gegeben.«

»Aber könntest du das auch mit einer magischen Beschwörung schaffen?« fragte Esk, als Granny einen uralten schwarzen Topf an den Haken über der Feuerstelle hing. »Ich meine – wenn du wolltest. Wenn es erlaubt wäre.«

»Vielleicht«, sagte Granny, die ganz genau wußte, daß so etwas ihre Fähigkeiten überstieg. Feuer besaß kein Eigenbewußtsein. Es lebte nicht. Und das waren nur zwei von insgesamt drei Gründen.

»Aber du hättest weitaus weniger Mühe.«

»Wenn etwas die Mühe wert ist, lohnt es durchaus, sich Mühe zu machen«, antwortete Granny mit einem Aphorismus, den sie selbst nicht verstand – die letzte Zuflucht eines in Bedrängnis geratenen Erwachsenen.

»Ja, aber...«

»Keine Widerrede.«

Oma Wetterwachs kramte in einer dunklen Holzkiste auf der Garderobe. Sie war stolz auf ihre konkurrenzlosen Kenntnisse in Hinsicht auf die vielen Kräuter, die in den Spitzhornbergen wuchsen – über den unleugbaren Nutzen von Ohrenwurz, Jungmädchentraum und Liebe-lügt-Blütensaft wußte niemand besser Bescheid als sie. Manchmal aber mußte sie auf die eifersüchtig gehorteten und in aller Sorgfalt aufbewahrten Arzneien aus Weiter Ferne zurückgreifen (so nannte Granny jeden beliebigen Ort, der sich jenseits eines Radius von einer Tagesreise befand), um die gewünschte Wirkung zu erzielen.

Die Hexe nahm einen Becher zur Hand, zerrieb darin getrocknete rote Blätter, ließ Honig hineintropfen, füllte ihn mit heißem Wasser aus dem Topf und reichte ihn Esk.

Dann schob sie einen großen runden Stein unter den Kamin — später, in eine Decke gehüllt, sollte er als Bettwärmer dienen —, verbot dem Mädchen streng, den Schaukelstuhl zu verlassen, und begab sich in die Waschküche.

Eskarina wippte langsam vor und zurück, schloß die Hände um den warmen Becher und nippte vorsichtig daran. Das Getränk schmeckte irgendwie nach Pfeffer, und sie fragte sich, woraus die Zutaten wohl bestanden. Sie hatte Grannys Gebräue schon des öfteren probiert — die Honigmenge darin hing ganz davon ab, wieviel kindlichen Widerstand die Hexe erwartete —, und Esk wußte natürlich, daß Oma Wetterwachs in dem Ruf stand, eine Expertin auf dem Gebiet der Heiltränke und Elixiere zu sein. Gelegentlich behandelte sie damit Krankheiten, über die Mutter Schmied (und manchmal auch einige der jüngeren Frauen) nur mit bedeutungsvoll hochgezogenen Augenbrauen und gedämpften Stimmen sprachen...

Als Granny zurückkehrte, schlief das Mädchen. Die alte Frau brachte Eskarina zu Bett und schloß die Fensterläden.

Anschließend ging sie wieder nach unten und rückte den Schaukelstuhl näher ans Feuer.

Deutlich spürte sie, daß in Esks Bewußtsein irgend etwas auf der Lauer lag. Als sie darüber nachdachte, entstand zitternde Nervosität in ihr, und sie erinnerte sich an das Schicksal der Wölfe. Und dann der Vorschlag, das Feuer im Kamin mit Hilfe von Magie zu entzünden... Zauberer taten so etwas. Es gehörte zu den ersten Dingen, die sie lernten.

Granny seufzte. Sie konnte nur auf eine ganz bestimmte Art und Weise Gewißheit erlangen und vertrat die Ansicht, daß sie für so etwas allmählich zu alt wurde.

Sie griff nach einer Kerze, ging durch die Waschküche und suchte den Anbau auf, in dem sich die Ziegen befanden. Wie pelzige Kleckse hockten sie in ihren Pferchen und beobachteten gelassen die alte Hexe. Drei Mäuler bewegten sich in gleichmäßigem Rhythmus und zermalmten trockenes Heu. Die warme Luft roch ein wenig... muffig.

Oben im Dachgebälk saß eine Eule, eins von mehreren Geschöpfen, die gewissermaßen als Untermieter in Grannys Haus wohnten und dafür in Kauf nahmen, ihr ab und zu als mentales Transportmittel zu dienen. Sie flatterte sofort herbei, als die Hexe mit der Zunge schnalzte. Oma Wetterwachs streichelte den kugelförmigen Kopf und hielt nach einem bequemen Platz Ausschau. Ein Heuhaufen mußte genügen.

Sie löschte die Kerze und streckte sich aus. Die Eule saß ihr abwartend auf der Hand.

Die Ziegen mampften gleichmütig weiter, rülpsten dann und wann und sorgten dafür, daß der Methangehalt der Luft nicht unter einen gewissen Wert sank. Sie verursachten die einzigen Geräusche im Gebäude.

Grannys Leib erschlaffte. Die Eule merkte, wie sich eine andere Gedankensphäre zu ihr gesellte, und rückte geistig beiseite. Die Hexe ahnte, daß sie ihre Entscheidung später bereuen würde: Wenn sie zweimal an einem Tag borgte, fühlte sie sich anschließend stundenlang erschöpft und ausgelaugt. Und vielleicht verspürte sie am kommenden Morgen einen Heißhunger auf Mäuse. Nun, als junge Frau hatte es sie überhaupt nicht belastet, mit den Hirschen zu laufen, den Füchsen bei der Jagd Gesellschaft zu leisten und auf dem mentalen Rücken von Maulwürfen durch dunkle Tunnel zu kriechen. Sie verbrachte kaum eine Nacht im eigenen Körper. Jetzt aber fielen ihr diese Ausflüge immer schwerer, insbesondere die Rückkehr. Vielleicht konnte sie eines Tages überhaupt nicht mehr zurück. Vielleicht blieb ihr Leib einfach reglos liegen, bis sich der Rest von Lebenskraft darin verflüchtigte. Und vielleicht war ein solcher Tod gar nicht mal so schlecht.

Die Zauberer wußten nichts von Bedeutung und Hintergründen des geistigen Reisens. Wenn es ihnen in den Sinn kam, sich mit dem Bewußtsein eines anderen Lebewesens zu verbinden, so gingen sie heimlich und verstohlen vor wie ein Dieb, der des Nachts in ein Haus einbricht und auf leisen Sohlen durch dunkle Zimmer schleicht – nicht etwa aus durchtriebener Schläue, sondern weil die verkalkten Idioten schlicht und einfach keine Ahnung hatten. Darüber hinaus: Was nützte es, den Körper einer Eule zu übernehmen? Wenn man fliegen wollte, mußte man es in langen Jahren lernen. Nein, es war weitaus besser, sich tragen zu lassen, so behutsam Einfluß auf das animalische Empfinden zu nehmen wie ein lauer Wind, der die Blätter rascheln läßt.

Die Eule breitete die Schwingen aus, flog zum geöffneten Fenster und glitt in die Nacht hinaus.

Es schwebten nur noch einige Wolkenfetzen am Himmel, und das Licht des kleinen Mondes spiegelte sich glitzernd auf den schneebedeckten Hängen wider. Granny blickte aus Eulenaugen, als sie lautlos über die Baumwipfel hinwegsegelte. Was für eine herrliche Art des Reisens, wenn man über den richtigen Leib verfügte! Beim Borgen zog Oma Wetterwachs Vögel vor, benutzte sie, um die hohen und verborgenen Täler zu erforschen, die kaum jemand kannte, die kleinen Seen zwischen schwarzen Klippen, hohe Auen, begrenzt von steilen Felswänden, jene Welt, in der besonders scheue und seltene Geschöpfe lebten. Einmal hatte sie die Gemsen begleitet, die jedes Jahr im Frühling und Herbst über die Berge zogen — und den größten Schock ihres Lebens erlitten, als sie feststellen mußte, daß sie sich fast außerhalb der Rückkehr-Reichweite befand.

Die Eule verließ den Wald und erreichte die ersten Häuser des Dorfes. Pulvriger Schnee wirbelte wie eine Staubwolke, als sie auf einem Ast des Apfelbaums landete, der im Garten hinter der Schmiede wuchs. Misteln verliehen ihm einen grünen Schimmer.

Als die Krallen harte Borke berührten, wußte Granny sofort, daß es sich um den richtigen Baum handelte. Er lehnte sie ab. Die Hexe spürte, wie die Zweige zu zittern begannen.

Ich bleibe, dachte Oma Wetterwachs.

Prächtig, flüsterte die lautlose Antwort durch eine stille

Nacht. *Eine derartige Frechheit kannst du dir nur leisten, weil ich ein Baum bin. Typisch Frau.*

Wenigstens erfüllst du jetzt einen gewissen Zweck, erwiderte Granny. *Besser ein Baum als ein Zauberer, wie?*

Eigentlich ist ein solches Leben gar nicht so übel, dachte der Baum. *Sonne. Frische Luft. Zeit zum Nachdenken. Auch Bienen, im Frühling.*

Die letzte Bemerkung klang irgendwie lüstern, und die Vorstellung von Honig erfüllte Granny (die einige Bienenstöcke besaß) plötzlich mit Abscheu. Es war, als werde man daran erinnert, daß Eier ungeborene Küken sind.

Ich bin wegen Eskarina gekommen, zischte sie.

Ein vielversprechendes Mädchen, entgegnete der Apfelbaum. *Ich beobachte es mit großem Interesse. Übrigens mag es Äpfel.*

Du solltest dich was schämen, sagte Granny schockiert.

Die schmutzige Phantasie verklemmter Hexen ist nicht meine Schuld, stellte der Baum fest.

Granny schob sich näher an den Stamm heran.

Laß Esk in Ruhe! dachte sie. *Allmählich kommt die Magie in ihr durch.*

Jetzt schon? erwiderte der Apfelbaum überrascht. *Ich bin beeindruckt.*

Es ist die falsche Magie! entfuhr es Granny schrill. *Männliche Zauberei, nicht die anständige Hexerei von Frauen! Noch ahnt Eskarina nichts, aber heute abend hat ihre Thaumaturgie ein Dutzend Wölfe getötet!*

Großartig! freute sich der Baum. Granny kochte vor Wut.

Großartig? Angenommen, sie hätte sich mit ihren Brüdern gestritten und die Geduld verloren ...

Der Baum zuckte mit den Schultern. Schnee rieselte von den Zweigen.

Dann mußt du sie eben ausbilden, schlug er vor.

Ausbilden? Aber ich weiß doch gar nicht, wie man Zauberei lehrt.

Schick sie zur Universität!

Eskarina ist ein Mädchen! heulte Granny und hüpfte auf und ab.

Na und? Wer behauptet, Frauen seien nicht fähig zu zaubern?

Oma Wetterwachs zögerte. Ebensogut hätte der Apfelbaum fragen können, warum man von Ameisen nicht erwarten darf, den Scheibenweltrekord im Weitsprung zu brechen. Sie wußte, daß eine völlig klare, logische, höchst einsichtige, selbst für Zauberer verständliche und vor allen Dingen *offensichtliche* Antwort existierte. Sie lag ihr auf der mentalen Zungenspitze, aber zu ihrem großen Verdruß sah sie sich außerstande, die richtigen Worte aneinanderzureihen.

Frauen sind nie Zauberer gewesen. Es ist gegen die Natur. Schließlich können Männer auch keine Hexen sein.

Wenn du eine Hexe als jemanden definierst, der das pankreatische Verlangen verehrt und verschiedenen anderen Dingen mit großem Respekt begegnet, zum Beispiel den elementaren ... Der Baum setzte seinen Vortrag einige Minuten lang fort. Granny Wetterwachs hörte mit einer Mischung aus Ungeduld und Verärgerung zu, vernahm Bemerkungen wie *Muttergöttinnen* und *primitive Mondadoration.* Mehrmals erinnerte sie sich daran, daß sie sehr wohl über die Hexerei Bescheid wußte: Es kam darauf an, Kräuter zu kennen, zu fluchen, nachts herumzufliegen und ganz allgemein gesprochen die Tradition zu wahren. Es ging keineswegs um irgendwelche Göttinnen (ob es nun Mütter oder Jungfrauen sein mochten), die sich offenbar auf einige eher fragwürdige Tricks einließen. Als der Baum schließlich von *nacktem Tanz im Mondschein* sprach, versuchte Granny hastig an etwas anderes zu denken. Sie ahnte zwar, daß sich irgendwo unter den dicken Schichten aus Kleidern und Unterröcken Haut verbarg, aber das bedeutete noch lange nicht, daß dieser Umstand ihr Wohlwollen fand.

Nach einer Weile beendete der Baum seinen Monolog.

Granny wartete, bis sie ganz sicher sein konnte, daß er

nichts hinzufügen wollte. Dann fragte sie: *Das ist also Hexerei, wie?*

Ja. Zumindest die theoretische Basis.

Ihr Zauberer habt ziemlich komische Ideen.

Ich bin kein Zauberer mehr, lautete die Antwort. *Nur ein Baum.*

Granny sträubte die Federn.

Nun gut, jetzt hör mir mal gut zu, Herr Sogenannte-Theoretische-Basis, wenn Frauen Zauberer sein könnten, würden ihnen lange weiße Bärte wachsen, und für Esk kommt so etwas nicht in Frage, kapiert, Zauberei ist nicht die richtige Form von Magie, hast du mich verstanden, sie besteht nur aus Licht und Feuer und Herumpfuscherei mit Mächten, die besser unangetastet blieben, und ich werde verhindern, daß sich Eskarina auf so etwas einläßt, ich wünsche dir noch eine gute Nacht.

Die Eule breitete die Flügel aus und segelte davon. Granny vermied es nur deshalb, vor Wut am ganzen Leib zu beben, weil das den Flug beeinträchtigt hätte. Zauberer! Sie redeten zuviel, sammelten Zaubersprüche wie Briefmarken in dicken Büchern. Und sie behaupteten unverschämt, ihre Art der Magie sei die einzig sinnvolle.

Granny stand auf dem unerschütterlich festen Standpunkt, daß Frauen nie Zauberer gewesen waren und ihren Ehrgeiz auch weiterhin auf andere Dinge richten sollten.

Als Oma Wetterwachs ihr Haus erreichte, stahl sich das erste Grau des neuen Tages in die Dunkelheit der Nacht. Zumindest ihr Körper, der nach wie vor im Heu lag, war ausgeruht. Sie hoffte, noch einige Stunden im Schaukelstuhl sitzen und in aller Ruhe nachdenken zu können. Sie liebte es, während der Übergangsphase zwischen Nacht und Tag ihre Gedanken treiben zu lassen, sie von allen Seiten zu betrachten und sich an ihren klaren, deutlichen Mustern zu erfreuen. Sie...

Der Zauberstab lehnte dicht neben dem Kleiderschrank an der Wand.

Granny erstarrte förmlich.

»Ich verstehe«, sagte sie schließlich. »So ist das also, nicht wahr? Und noch dazu in meinem eigenen Haus, wie?«

Sie bewegte sich ganz langsam und vorsichtig, als sie an die Herdecke herantrat, einige Scheite auf die glühende Asche legte und den Blasebalg betätigte, bis hohe Flammen aufloderten.

Dann drehte sie sich um, murmelte vorsichtshalber einige Schutzformeln, griff nach dem Stab und zerrte daran. Er widersetzte sich ihr nicht, und die alte Hexe hätte fast das Gleichgewicht verloren. Sie schloß beide Hände um das harte Holz, verspürte ein sanftes Prickeln, hörte das leise Grollen und Knistern geballter Magie — und lachte laut.

Es war ganz einfach. Der befürchtete Kampf blieb aus.

Oma Wetterwachs verfluchte die Zauberer und ihre Beschwörungen, hob den Stab, hielt ihn hoch über dem Kopf und stieß ihn mit einem entschlossenen Ruck in die heißeste Stelle des Feuers.

Eskarina gellte. Ihr Schrei durchdrang den Fußboden im Schlafzimmer und hallte durch die dunkle Hütte.

Granny mochte alt und müde sein, und manchmal fiel es ihr nach einem langen anstrengenden Tag schwer, zwischen so komplizierten Dingen wie Ursache und Wirkung zu unterscheiden. Aber wenn man als Hexe überleben wollte, mußte man fähig sein, innerhalb kurzer Zeit zu wichtigen Schlußfolgerungen zu gelangen. Als sie auf den Zauberstab im Feuer starrte und den Schrei hörte, setzten sich ihre Hände von ganz allein in Bewegung und streckten sich dem großen schwarzen Topf entgegen. Sie entleerte ihn über den Flammen, zog den Stab aus wogendem Dampf und eilte mit besorgt klopfendem Herzen die Treppe hoch.

Esk saß im schmalen Bett und schrie immer noch. Granny sah auf den ersten Blick, daß sie keine Verbrennungen erlitten hatte, schloß das Mädchen in die Arme und versuchte es zu trösten. Sie wußte nicht genau, wie sie dabei vorgehen sollte, aber der eine oder andere Klaps auf den Rücken und ein beruhigendes Brummen schienen zu wirken. Aus dem Schreien wurde ein leises Wimmern, dann ein mitleiderweckendes Schluchzen. Manchmal hörte Granny Worte wie ›Feuer‹ und ›heiß‹. Betroffen preßte sie die Lippen zusammen.

Schließlich legte sie Esk wieder ins Bett, deckte sie zu und ging auf Zehenspitzen die Treppe hinunter.

Der Zauberstab lehnte wieder an der Wand, und es erstaunte die alte Hexe überhaupt nicht, daß die Flammen keine Spuren auf dem Holz hinterlassen hatten.

Sie drehte den Schaukelstuhl herum, nahm Platz, stützte das Kinn auf die Hände und beobachtete den Stab betont grimmig.

Kurz darauf neigte sich der Stuhl ganz von allein vor und zurück. Granny Wetterwachs hörte nur das leise Knarren, als sich die Stille verdichtete und wie ein düsterer Nebel im Zimmer ausbreitete.

Am nächsten Morgen, bevor Eskarina aufstand, versteckte Granny den Zauberstab. *Aus den Augen, aus dem Sinn*, dachte sie zufrieden.

Als Esk ihr Frühstück aß und dazu ein großes Glas Ziegenmilch trank, erweckte sie den Anschein, als seien die Ereignisse der letzten vierundzwanzig Stunden spurlos an ihr vorübergegangen. Zum erstenmal beschränkte sich ihr Aufenthalt im Haus der Hexe nicht nur auf die Dauer eines kurzen Besuchs, und während Oma Wetterwachs das Geschirr spülte und die Ziegen melkte, nutzte das Mädchen die stillschweigend erteilte Erlaubnis, die Hütte zu erforschen.

Schon bald stellte es fest, daß es im Heim der alten Frau einige Besonderheiten gab. Zum Beispiel die Sache mit den Ziegen.

»Aber sie müssen doch Namen haben!« sagte Eskarina. »Wie alles andere auch!«

Granny blickte an den birnenförmigen Flanken der Geiß vorbei, die sie gerade melkte. Es handelte sich gewissermaßen um die Matriarchin der kleinen Schar, und diesen Status verdeutlichte sie mit einem würdevollen Blick.

»Nun, ich schätze, sie *haben* Namen, in Ziegisch«, erwiderte sie vage. »Warum brauchen sie auch noch welche in unserer Sprache?«

»Nun...«, begann Esk und unterbrach sich. Sie dachte eine Zeitlang nach. »Wie rufst du sie denn?«

»Sie rufen *mich*, wenn sie etwas von mir wollen.«

Esk reichte der Ziegenmatriarchin ernst ein Bündel Stroh, und Granny musterte sie aus den Augenwinkeln. Sie war ziemlich sicher, daß Ziegen tatsächlich Namen hatten. Zum Beispiel ›die Ziege, die ich zur Welt brachte‹, ›die Ziege, die meine Mutter ist‹, ›das Oberhaupt der Ziegenherde‹ und viele andere, nicht zuletzt ›die Ziege, die einfach nur eine Ziege ist‹. Sie lebten in einem recht komplizierten Gesellschaftssystem, nannten vier Mägen und einen Verdauungsapparat ihr eigen, der in stillen Nächten verblüffend laut sein konnte. Granny neigte zu der Auffassung, daß Tiere, die etwas auf sich hielten, Namen wie Butterblume oder Hahnenfuß als Beleidigung empfanden.

Sie traf eine Entscheidung. »Esk?« fragte sie.

»Ja?«

»Was möchtest du werden, wenn du groß bist?«

Esk runzelte die Stirn. »Keine Ahnung.«

»Nun«, sagte Oma Wetterwachs und zog nach wie vor an den Zitzen der Ziege, »was möchtest du *tun*, wenn du groß bist?«

»Keine Ahnung. Vermutlich heirate ich.«

»Ist das dein Wunsch?«

Eskarinas Lippen formten das K ihrer üblichen Antwort, aber als sie den durchdringenden Blick der Hexe bemerkte, schloß sie den Mund wieder und überlegte.

»Alle Erwachsenen, die ich kenne, sind verheiratet«, sagte sie nach einer Weile. »Du bist die einzige Ausnahme«, fügte sie vorsichtig hinzu.

»Das stimmt«, bestätigte Granny.

»Wolltest du nicht heiraten?«

Daraufhin dachte die alte Frau nach.

»Bin irgendwie nie dazu gekommen«, erwiderte sie schließlich. »Weißt du, ich war zu sehr mit anderen Dingen beschäftigt.«

Eskarina riskierte einen verbalen Vorstoß. »Mein Vater meint, du bist eine Hexe.«

»Und damit hat er völlig recht.«

Esk nickte. In den Spitzhornbergen genossen Hexen einen Status, den man in anderen Kulturen Nonnen, Steuereintreibern und Jauchegrubenreinigern gewährte. Mit anderen Worten: Man respektierte sie, bewunderte sie manchmal sogar und achtete sie dafür, eine wichtige Arbeit zu erledigen; aber andere Menschen fühlten sich nie ganz wohl in der Haut, wenn sie mit solchen Leuten in einem Zimmer saßen.

»Würdest du gern die Hexerei erlernen?« fragte Granny.

»Du meinst... Magie?« erwiderte Eskarina. In ihren Augen leuchtete es auf.

»Ja, Magie. Aber keine, die nur dazu dient, naive Gemüter zu beeindrucken. *Echte* Magie.«

»Kannst du fliegen?«

»Es gibt weitaus interessantere Dinge als das Fliegen.«

»Und ich könnte sie lernen?«

»Wenn deine Eltern einverstanden sind.«

Eskarina seufzte. »Mein Vater ist bestimmt dagegen.«

»Dann spreche ich eben mit ihm«, sagte Granny.

»Jetzt hör mir mal gut zu, Gordo Schmied!«

Der Schmied wich in seiner Werkstatt zurück und hob die Hände, um den Zorn der alten Frau abzuwehren. Sie näherte sich ihm langsam, den Zeigefinger wie einen Speer erhoben.

»Ich habe dich auf die Welt geholt, du dummer Narr, und du hast heute keinen Funken mehr Verstand im Kopf als damals...«

»Aber...«, wandte der Schmied ein und duckte sich hinter den Amboß.

»Die Magie hat deine Tochter gefunden! Die Magie eines Zauberers! *Falsche* Magie, verstehst du? Und sie war überhaupt nicht für Eskarina bestimmt!«

»Ja, aber...«

»Ahnst du denn nicht einmal, was sie anrichten könnte?«

Der Schmied ließ den Kopf hängen. »Nein.«

Granny fühlte sich aus dem Konzept gebracht und zögerte.

»Nein«, wiederholte sie etwas leiser. »Nein, natürlich nicht.«

Sie nahm auf dem Amboß Platz und versuchte ruhige Gedanken zu denken.

»Weißt du, Magie führt eine Art... Eigenleben. Was eigentlich keine Rolle spielt, denn... Wie dem auch sei: Die Magie eines Zauberers...« Granny musterte das verwirrte Gesicht des Schmieds und versuchte es noch einmal: »Nun, du kennst doch sicher Apfelwein, oder?«

Gordo nickte. Er glaubte, sich nun wieder auf festerem thematischen Boden zu bewegen, hielt jedoch argwöhnisch nach Fußangeln Ausschau und fragte sich, worauf die Hexe hinauswollte.

»Und dann gibt es da noch den Apfelschnaps«, fügte Oma Wetterwachs hinzu. Der Schmied nickte erneut. Alle Bewohner von Blödes Kaff stellten im Winter Apfelschnaps her, indem sie des Nachts Fässer mit Wein draußen stehen ließen und das Eis entfernten, bis nur noch ein Rest Alkohol übrigblieb.

»Nun, man kann ziemlich viel Apfelwein trinken und fühlt sich dadurch nur besser, nicht wahr?«

Der Schmied nickte zum drittenmal.

»Der Schnaps aber wird in kleinen Gläsern serviert, und wenn man eines zuviel runterspült, steigt einem das Zeug sofort in den Kopf, stimmt's?«

Gordo nickte noch einmal und merkte, daß das Gespräch immer mehr zu einem Monolog wurde. »In der Tat«, sagte er.

»Das ist der Unterschied«, meinte Granny.

»Der Unterschied zwischen was?«

Oma Wetterwachs seufzte. »Zwischen Hexerei und Zauberei«, erklärte sie. »Letzteres hat deine Tochter gefunden, und wenn sie nicht lernt, diese Art von Magie zu kontrollieren, besteht die Gefahr, daß sie *Jenen* zum Opfer fällt. Magische Macht kann wie eine Tür sein, doch manchmal wartet Gräßliches auf der anderen Seite. Begreifst du das?«

Der Schmied nickte wiederum. Eigentlich hatte er noch immer keine Ahnung, was Granny meinte, aber er vermutete zu Recht, daß ihm die Hexe einige schreckliche Einzelheiten nennen würde, wenn er eine entsprechende Frage stellte.

»Esk ist geistig sehr stark, und bestimmt könnte sie eine Zeitlang Widerstand leisten«, fuhr die alte Frau fort. »Doch früher oder später ginge es ihr an den mentalen Kragen.«

Gordo nahm einen Hammer von der Werkbank, betrachtete ihn so aufmerksam, als sähe er ihn zum erstenmal, legte ihn dann wieder beiseite.

»Aber wenn sie die Magie eines Zauberers hat...«, wandte er zögernd ein. »Was nützt es dann für sie, die Kunst der Hexerei zu erlernen? Du hast doch gerade auf die beträchtlichen Unterschiede zwischen diesen beiden Formen der Thaumaturgie hingewiesen.«

»Es handelt sich in jedem Fall um Magie. Wenn man nicht auf einem Nilpferd reiten kann, dann sollte man wenigstens lernen, nicht vom Rücken eines gewöhnlichen Rosses zu fallen.«

»Nilpferd?«

»Eine Art Dachs«, sagte Granny. Man gelangte nicht in den Ruf, sich in Flora und Fauna bestens auszukennen, wenn man Wissenslücken eingestand.

Gordo Schmied seufzte und wußte, daß er geschlagen war. Seine Frau hatte keinen Zweifel daran gelassen, daß ihr die Idee gefiel, und als er genauer darüber nachdachte... Immerhin würde Granny ›Oma‹ Wetterwachs nicht ewig leben, und Vater der einzigen Hexe weit und breit zu sein, konnte sich als nützlich erweisen.

»Na schön«, sagte er.

Als der Winter sich allmählich dem Ende entgegenneigte und zögernd dem Frühling wich, ging Eskarina bei der alten Granny in die Schule.

Allerdings schien das Lernen in erster Linie daraus zu bestehen, sich gewisse Dinge zu merken.

Bei den Unterweisungen unterstrich die Hexe den praktischen Aspekt. Das Reinigen des Tisches ging mit Allgemeiner Kräuterkunde einher. Beim Ausmisten des Ziegenstalls hörte das Mädchen von der Verwendung verschiedener Pilze. Zum Geschirrspülen gehörten Lektionen über das Beschwören geringer Götter. Und wenn sie im großen Kupfertopf rühren mußte, was verdächtig oft geschah, standen Theorie und Praxis des Destillierens auf dem Lehrplan. Als die warmen Randwinde zu wehen begannen und der Schnee nur noch in kläglichen kleinen Haufen an der zur Scheibenweltmitte gerichteten Seite der Bäume überlebte, hatte Eskarina erste Erfahrungen gesammelt. Sie wußte, wie man mehrere Salben zubereitete und verschiedene Branntweine herstellte, die allein medizinischen Zwecken dienten. Sie kannte sich mit Dutzenden von Aufgüssen und einer Vielzahl von Elixieren aus, deren Einsatzgebiet ihr jedoch ein Rätsel blieb. Granny meinte schlicht, das werde sie noch rechtzeitig genug erfahren.

Eskarina kam allmählich zu dem Schluß, daß sie das eigentliche Hexen sträflich vernachlässigten.

»Das holen wir nach, wenn es soweit ist«, wich Oma Wetterwachs ihrer Frage aus.

»Aber ich soll doch eine Hexe werden!«

»Noch bist du keine. Nenn mir drei Kräuter, die bei Verstopfung Wunder wirken.«

Esk faltete die Hände hinterm Kopf, schloß die Augen und antwortete: »Die blühenden Spitzen der Großen Pfauenwurz, das Wurzelmark des Alten Mannes Hose, die Stengel der Blutwasserlilie, die Samenkapseln...«

»Das genügt. Wo kann man Wassergurken finden?«

»In Torfmooren und Sumpftümpeln, während der Monate...«

»Gut. Du machst Fortschritte.«

»Aber es ist keine Magie!«

Granny setzte sich an den Küchentisch.

»Das könnte man von vielen magischen Dingen behaupten«, erwiderte sie. »Ich meine, die meisten davon haben nichts oder nur wenig mit Magie zu tun. Es kommt vor allem darauf an, die richtigen Kräuter zu kennen, das Wetter zu deuten und die Verhaltensweise der Tiere zu verstehen. Und natürlich auch die von Menschen.«

»Das ist alles?« fragte Eskarina entsetzt.

»Alles?« entgegnete Granny schockiert. »Es ist ein ziemlich umfangreiches Alles.« Etwas leise fügte sie hinzu: »Aber du hast recht: Es gibt noch etwas anderes.«

»Weihst du mich darin ein?«

»Wenn ich den geeigneten Zeitpunkt für gekommen halte. Es dauert noch eine Weile, bis du bereit bist.«

»Bereit? Wofür?«

Grannys Blick glitt in Richtung einer dunklen Ecke des Zimmers.

»Wo waren wir stehengeblieben...?«

Es dauerte nicht lange, bis auch die hartnäckigsten Schneereste tauten und die ersten Frühjahrsstürme tosten. Die Luft im Wald duftete nach Schimmel und Terpentin. Einige frühe Blüten überstanden tapfer den Nachtfrost, und Bienen flogen.

»Sieh genau zu, wenn du echte Magie erleben möchtest«, sagte Granny Wetterwachs.

Sie öffnete den ersten Bienenstock.

»Bienen sind gleichbedeutend mit Met, Wachs, Honig und Gummi. Einzigartige Geschöpfe. Werden sogar von einer Königin regiert«, fügte die Hexe anerkennend hinzu.

»Stechen sie dich nicht?« fragte Esk und wich ein wenig zurück. Hunderte von Bienen summten aus den Waben und krabbelten über die Holzseiten der großen Kiste.

»Nur sehr selten«, erwiderte Granny. »Nun, du wolltest unbedingt Magie sehen. Beobachte mich!«

Oma Wetterwachs streckte die Hand in eine wirre Insektenmasse und gab ein leises pfeifendes Geräusch von sich. Es kam Bewegung in die brummende Menge, und nach einigen Sekunden kroch eine auffallend große und dicke Biene auf den Zeigefinger der alten Frau. Einige Arbeiterinnen folgten ihr und hielten sich dicht an ihrer Seite, um die Königin zu schützen.

»Wie hast du das angestellt?« erkundigte sich Esk.

»Ah«, erwiderte Granny, »das möchtest du gern wissen, nicht wahr?«

»Ja, in der Tat«, sagte Eskarina ernst. »Deshalb meine Frage.«

»Glaubst du, ich habe Magie benutzt?«

Esk sah auf die große Biene hinab und musterte dann die Hexe.

»Nein«, entgegnete sie, »ich glaube, du weißt nur gut über solche Insekten Bescheid.«

Granny lächelte.

»Stimmt haargenau. Dabei handelt es sich natürlich um eine Form von Magie.«

»Indem man sich in gewissen Dingen auskennt?«

»Indem man sich *besser* darin auskennt als andere Menschen«, sagte Granny. Vorsichtig setzte sie die Königin zu ihrem Volk zurück und schloß die Klappe.

»Ich glaube, es wird Zeit, daß du einige Geheimnisse erfährst«, brummte die alte Frau.

Endlich! dachte Eskarina.

»Doch zuerst müssen wir den *Bienenstock* ehren«, sagte Granny. (Es gelang ihr tatsächlich, kursiv zu sprechen.)

Esk überlegte gar nicht erst und machte einen Knicks.

Eine faltige und runzlige Hand traf sie am Hinterkopf.

»Ich habe dir schon mehrmals gesagt, daß sich Hexen

verbeugen«, zischte Granny, aber es klang nicht besonders böse. »Ich zeige es dir noch einmal.«

Sie krümmte den Rücken und Eskarina hörte, wie Gelenke knackten.

»Aber *warum?«* fragte das Mädchen.

»Weil Hexen anders sein müssen«, erklärte Granny. »Und das ist bereits ein Geheimnis.«

Sie setzten sich auf eine ausgebleichte Bank, die an der Randwärtsseite der Hütte stand. Die vor ihnen wachsenden Kräuter hatten bereits eine Höhe von rund dreißig Zentimetern erreicht: eine nicht sehr eindrucksvolle Ansammlung hellgrüner Blätter.

»Nun gut«, ächzte Granny und versuchte, eine möglichst bequeme Position zu finden. »Erinnerst du dich an den Hut am Türhaken? Geh und hol ihn!«

Esk lief gehorsam ins Haus und griff nach dem Hut. Er lief spitz zu, war hoch und natürlich pechschwarz.

Granny drehte ihn nachdenklich hin und her.

»Im Innern dieses Hutes«, verkündete sie feierlich, »verbirgt sich ein weiteres Geheimnis der Hexerei. Wenn du mir nicht erklären kannst, worin es besteht, sollten wir deine Ausbildung besser beenden. Denn wenn du erst weißt, was ich meine, gibt es kein Zurück mehr für dich. Nun?«

»Darf ich ihn halten?«

»Nur zu.«

Esk blickte in den Hut. Er enthielt nur ein dünnes Drahtgestell, das ihm Form gab, und einige Haarnadeln. Mehr nicht.

Er schien keineswegs ungewöhnlich zu sein, sah man einmal davon ab, daß nur Granny eine derartige Kopfbedeckung trug und sonst niemand im Dorf. Doch das allein machte den Hut noch nicht magisch. Eskarina biß sich auf die Lippe und stellte sich vor, wie sie in Schimpf und Schande nach Hause geschickt wurde.

Der Stoff fühlte sich nicht seltsam an, und sie hielt vergeblich nach verstecken Taschen Ausschau. Ein völlig normaler Hexenhut. Granny setzte ihn immer auf, wenn sie nach Blödes Kaff ging, doch im Wald benutzte sie eine schlichte Lederkappe.

Das Mädchen versuchte, sich das alles ins Gedächtnis zurückzurufen, was sie unter großen Mühen von der eher verschlossenen Oma Wetterwachs in Erfahrung gebracht hatte. *Es ist nicht unbedingt wichtig, was man weiß. Es geht darum, was andere Leute* nicht *wissen. Magie kann sowohl etwas Richtiges am falschen Platz als auch etwas Falsches am richtigen Ort sein.*

Granny ging nie *ohne* den Hut ins Dorf. Und sie streifte sich bei solchen Gelegenheiten auch immer den weiten schwarzen Mantel über, der ebenfalls keine magischen Eigenschaften besaß. Während des Winters benutzte sie ihn häufig als Ziegendecke, und im Frühjahr wusch sie ihn gründlich.

Langsam nahm die Antwort eine Gestalt an, die Esk nicht sehr gefiel. Sie erschien ihr typisch für Granny: nur ein Wortspiel. Die alte Hexe sprach von längst bekannten Dingen und wählte dabei besondere Formulierungen, durch die sie wichtig und bedeutend klangen.

»Ich glaube, ich weiß Bescheid«, sagte Eskarina nach einer Weile.

»Heraus damit!«

»Die Antwort besteht aus zwei Teilen.«

»Ich höre.«

»Es ist ein Hexenhut, weil du ihn trägst. Und du bist eine Hexe, äh, weil du ihn aufsetzt.«

»Mit anderen Worten ...« Granny sah das Mädchen erwartungsvoll an.

»Die Leute sehen dich mit Hut und Mantel, erkennen dich somit als Hexe«, erläuterte Esk. »Und deshalb funktioniert deine ... Magie?«

»Du hast recht«, bestätigte Oma Wetterwachs. »So etwas nennt man Pschikologie.« Sie klopfte sich aufs silbergraue Haar, das sie zu einem festen Knoten zusammengesteckt hatte. Er war härter als Granit. »Die Lehre von der eigenen Schläue und der Dummheit anderer Leute.«

»Aber es ist ein Trick«, wandte Eskarina ein. »Es handelt sich nicht um echte Magie. Es... es...«

Granny seufzte. »Wenn du jemandem ein Fläschchen mit rotem Hustensaft gibst, so mag es dem Betreffenden nach einigen Tagen besser gehen, wenn du Glück hast. Aber wenn du ganz sicher sein willst, daß das Zeug wirkt, mußt du den Patienten davon *überzeugen.* Sag ihm, es sei eine Mischung aus Mondschein und Elfenwein oder etwas in der Richtung. Murmel ein bißchen vor dich hin. Ähnlich ist es auch mit dem Fluchen.«

»Mit dem Fluchen?« wiederholte Esk unsicher.

»Ja, Mädchen. Sieh mich nicht so verdutzt an! Du wirst fluchen, wenn es notwendig sein sollte. Wenn du allein bist, dir niemand helfen kann und...«

Die alte Frau zögerte. Unbehagen entstand in ihr, als sie den fragenden Blick Eskarinas auf sich ruhen spürte. »...und man dir nicht mit angemessenem Respekt begegnet«, fügte sie mit einem leisen Brummen hinzu. »Wähl lange und komplizierte Flüche aus, und sprich sie möglichst laut und eindrucksvoll. Sie verfehlen ihre Wirkung nicht, glaub mir. Man wird sich schon bald an dich erinnern, wenn sich jemand mit einem Hammer auf den Daumen schlägt oder ein Hund tot umfällt. Und beim nächsten Mal kannst du damit rechnen, daß man dir mit ausgesuchter Höflichkeit begegnet.«

»Das klingt nicht nach echter Magie«, sagte Esk, scharrte mit den Füßen und wirbelte Staub auf.

»Einmal habe ich einem Mann das Leben gerettet«, erzählte Granny, »mit einer speziellen Medizin, die er zweimal täglich einnehmen sollte. Sie bestand aus heißem Wasser mit einem Schuß Beerensaft. Ich sagte ihm, die Arznei stamme von den Zwergen. Nun, das ist der wichtigste Teil der Doktorin. Man muß das Interesse der Leute wecken, sie dazu bringen, sich selbst zu heilen.«

Gönnerhaft griff sie nach der Hand des Mädchens. »Eigentlich bist du für solche Sachen noch zu jung«, sagte die Hexe. »Aber wenn du größer bist, wirst du folgende Erfahrung machen: Die meisten Menschen treten nur selten aus ihrem Kopf heraus.« Sie schloß: »Was auch auf dich zutrifft.«

»Ich verstehe nicht ganz...«

»Andernfalls wäre ich auch sehr überrascht gewesen«, erwiderte Granny streng. »Nenn mir jetzt fünf Kräuter, mit denen man Bronchitis behandeln kann!«

Allmählich erinnerte sich der Frühling an seinen angestammten Platz im Wechsel der Jahreszeiten und forderte den Winter mit allem Nachdruck auf, vorübergehend in Pension zu gehen. Granny nahm Esk bei Ausflügen mit, die den ganzen Tag dauerten. Sie zeigte ihr verborgene Teiche und kleine Seen, führte sie in abgelegene Schluchten, wo sie nach seltenen Pflanzen suchten. Eskarina fand großen Gefallen daran und hielt sich gern im Bereich der hohen Hänge auf; dort brannte die Sonne erstaunlich heiß vom Himmel, während die Luft eiskalt blieb. Eine dichte Decke aus Blättern und Blüten wuchs auf dem Boden. Von einem der höchsten Gipfel aus konnte das Mädchen bis zum großen Meer am Rande der Scheibenwelt sehen. In der anderen Richtung verloren sich die ins ewige Gewand des Winters gekleideten Spitzhornberge in dunstiger Ferne. Sie reichten bis zur *Mitte,* wo ein zehn Meilen hohes gewaltiges Massiv aufragte, von dem es hieß, es diene den Göttern als Heimstatt.

»Mit Göttern ist soweit alles in Ordnung«, sagte Granny, als sie den Picknickkorb auspackten und die Aussicht genossen. »Wenn man sie nicht belästigt, lassen sie einen in Ruhe.«

»Kennst du viele Götter?«

»Nun, einige Male habe ich den Donnergott gesehen«, antwortete die alte Hexe. »Und natürlich Hoki.«

»Hoki?«

Granny biß von einer besonders weichen Stulle ab. »Der Naturgott«, sagte sie. »Manchmal wählt er die Gestalt einer Eiche oder manifestiert sich als ein Mischwesen, halb Mensch, halb Ziege. Ich halte ihn hauptsächlich für eine verdammte Nervensäge. Selbstverständlich findet man ihn nur im tiefen Wald. Dort spielt er Flöte. Und zwar ziemlich schlecht, wenn du mich fragst.«

Eskarina lag auf dem Bauch und ließ den Blick über die Landschaft in der Tiefe gleiten, während einige freischaffende Hummeln über Thymiansträuchern patrouillierten. Sie fühlte warmen Sonnenschein auf dem Rücken, obgleich in dieser Höhe noch immer Schnee an den Mittwärtsseiten der Felsen lag.

»Berichte mir von den Regionen dort unten!« bat Esk verträumt.

Granny starrte mißbilligend auf eine zehntausend Meilen weite Landschaft.

»Es sind nur andere Orte«, erwiderte sie knapp. »Sie unterscheiden sich kaum von denen, die du bereits kennst.«

»Gibt es dort große Städte und so?«

»Ich fürchte schon.«

»Hast du sie einmal besucht?«

Granny ließ sich zurücksinken, hob vorsichtig den Rock und enthüllte einige Quadratzentimeter soliden Baumwollflanell. Das Sonnenlicht erfüllte ihre alten Knochen mit wohliger Wärme.

»Nein«, erwiderte sie. »Es gibt hier bereits genug Probleme. Es ist nicht nötig, daß man in weiter Ferne nach ihnen sucht.«

»Ich habe einmal von einer Stadt geträumt«, sagte Esk. »Dort wohnten Hunderte von Menschen, und ich sah ein Gebäude mit großen magischen Toren ...«

Das hinter ihr erklingende Geräusch hörte sich an, als risse ein altes Leinentuch. Die Hexe war eingeschlafen.

»Granny?«

»Mhm?«

Esk dachte kurz nach. »Es ist wunderschön hier«, sagte sie wie beiläufig. »Wir sind ganz allein, und niemand stört uns.«

»Mhm.«

»Ich fühle mich herrlich entspannt«, fügte das Mädchen listig hinzu. »Und bereit. Was meinst du?«

»Grmpf.«

Eskarina entschied, deutlicher zu werden. »Ich bin der Ansicht, dies ist ein geeigneter Zeitpunkt.« Und als die erhoffte Reaktion ausblieb: »Du hast versprochen, mir echte Magie zu zeigen. Wenn es soweit ist. Und jetzt...«

»Ich verstehe«, ächzte Oma Wetterwachs, schloß die Augen auf und blickte zum Himmel hinauf. Direkt im Zenit war das Firmament dunkler als überm Horizont, eher purpurn als blau. *Warum nicht?* dachte sie. *Sie lernt recht schnell, und in der Kräuterkunde kennt sie sich inzwischen fast besser aus als ich. Als ich so alt war wie sie, unterwies mich Gammer ›Mütterchen‹ Tumult stundenlang im Borgen, Wandeln und Schicken. Vielleicht bin ich zu vorsichtig.*

»Nur ein bißchen!« drängte Esk.

Granny überlegte und suchte vergeblich nach irgendwelchen Ausflüchten. *Bestimmt bereue ich es später,* fuhr es ihr durch den Sinn – womit sie erstaunlichen Weitblick bewies.

»Na schön«, brummte sie.

»Echte Magie?« vergewisserte sich Eskarina. »Weder Kräuter noch Pschikologie?«

»Echte Magie«, bestätigte Granny, »beziehungsweise das, was du darunter verstehst.«

»Ein Zauberspruch?«

»Nein. Ich zeige dir, wie man borgt.«

Eskarinas Augen strahlten aufgeregt. Granny fand, daß sie lebendiger wirkte als jemals zuvor.

Die alte Hexe betrachtete das Tal vor ihnen und nickte langsam, als sie ein geeignetes Geschöpf fand. Ein grauer Adler kreiste müßig über einem fernen Gehölz, und in der animalischen Bewußtseinssphäre spürte sie Ruhe und Gelassenheit. Ausgezeichnet.

Behutsam setzte sie sich mit dem Vogel in Verbindung, und daraufhin flog er langsam näher.

»Zunächst kommt es beim Borgen darauf an, daß man sich einen möglichst bequemen und sicheren Platz sucht«, erklärte Granny und strich das Gras hinter ihr glatt. »Zum Beispiel ein weiches Bett.«

»Aber was *ist* Borgen?«

»Leg dich hin und halt meine Hand. Siehst du den Adler dort oben?«

Esk starrte hoch und zwinkerte im hellen Schein der Sonne.

Sie sah... *zwei kleine Gestalten auf der Wiese weit unten, während sie sich vom Wind tragen ließ...*

Deutlich spürte sie, wie ihr kühle Luft an den Federn entlangstrich. Da der Adler nicht jagte und sich einfach nur einen Spaß daraus machte, träge dahinzugleiten, blieb die Landschaft unter ihm eine Ansammlung unbedeutender Konturen. Die freie Weite jedoch... sie wurde zu einem komplizierten, sich ständig verändernden dreidimensionalen *Etwas*, einem miteinander verketteten Muster aus Spiralen und Kurven, das sich über viele Meilen hinweg erstreckte, einer Achterbahn aus Strömungen, die thermische Säulen umschmiegten. Esk...

...spürte einen vorsichtigen Druck, der sie zurückhielt.

»Der zweite wichtige Punkt«, ertönte dicht neben ihr die kratzige Stimme der Hexe, »ist folgender: Man darf das Geborgte Geschöpf nicht verärgern. Wenn man ihm die eigene Gegenwart offenbart, setzt es sich entweder zur Wehr oder gerät in Panik, und dann bleibt einem nichts anderes übrig, als den Rückzug anzutreten. Der Vogel dort oben hat sein ganzes Leben als Adler verbracht. Im Gegensatz zu dir.«

Esk schwieg.

»Du fürchtest dich doch nicht, oder?« fragte Oma Wetterwachs. »Beim erstenmal ist eine solche Reaktion durchaus verständlich und...«

»Ich habe keine Angst«, erwiderte Eskarina ruhig. »Wie kontrolliert man das Tier?«

»Darauf sollte man besser verzichten. Wie dem auch sei:

Selbst erfahrenen Hexen fällt es schwer, Kontrolle auf eine völlig selbständige animalische Gedankensphäre auszuüben. Man muß dem Geschöpf... *vorschlagen*, es sei geneigt, sich auf eine ganz bestimmte Weise zu verhalten. Mit zahmen Tieren sieht die Sache natürlich ganz anders aus. Nun, trotzdem kann man von solchen Wesen nichts verlangen, was ihrer elementaren Natur widerspricht.« Granny deutete in die Höhe. »Versuch jetzt, einen Kontakt mit dem Bewußtsein des Adlers herzustellen.«

Esk sah Granny als eine einheitliche silbergraue Wolke am Rande ihres Wahrnehmungsbereichs. Nach kurzer Suche fand sie den Adler. Sie hätte ihn fast übersehen. Sein Selbst war klein, purpurn und scharf wie eine Pfeilspitze. Der Vogel konzentrierte sich ganz aufs Fliegen und bemerkte sie nicht.

»Gut«, lobte die alte Hexe. »Wir entfernen uns nicht allzuweit vom Tal. Wenn du möchtest, daß er abdreht und sich in eine andere Richtung wendet...«

»Ja, ich weiß«, sagte Esk. Sie beugte die Finger — die sich an einem ganz anderen Ort befanden —, woraufhin der Adler die Schwingen anwinkelte und nach links glitt.

»Nicht schlecht«, sagte Granny und versuchte, ihr Erstaunen zu verbergen. »Wie hast du das erreicht?«

»Ich ... weiß nicht. Es erschien mir offensichtlich.«

»Hm.« Vorsichtig sondierte Granny das Ich des Vogels. Der Adler ahnte noch immer nichts von seinen beiden mentalen Passagieren. Die alte Frau war zutiefst beeindruckt, was nicht sehr häufig geschah.

Sie schwebten über dem Berg, und Esk begann mit einer begeisterten Erforschung der Adlersinne. Grannys Stimme hallte durch ihr Bewußtsein, gab ihr Ratschläge und Anweisungen, warnte sie dann und wann. Eskarina hörte nur mit halbem Ohr zu. Es klang alles viel zu kompliziert. Warum konnte sie nicht einfach das fremde Ich übernehmen? Es trug dadurch gewiß keinen Schaden davon.

Sie konnte deutlich sehen, wie sie dabei vorgehen mußte: ein fester Griff an der richtigen Stelle, nicht schwerer als ein Fingerschnippen (was Esk noch nie zustande gebracht hatte) – und dann brauchte sie sich nicht mehr mit Erfahrungen aus zweiter Hand zu begnügen, konnte das Fliegen *richtig* erleben.

Dann...

»Laß das!« sagte Granny ruhig. »Du würdest es bedauern.«

»Was?«

»Glaubst du etwa, es hätte noch niemand vor dir versucht, Mädchen? Jede Hexe hat sich irgendwann einmal vorgestellt, wie interessant es wäre, einen fremden Körper zu übernehmen, um zu den Wolken aufzusteigen oder Wasser zu atmen. Es ist nicht annähernd so leicht, wie du dir das vorstellst.«

Esk warf ihr einen finsteren Blick zu.

»Sieh mich nicht so an!« fuhr die alte Frau fort. »Eines Tages wirst du mir für diesen Hinweis danken. Hüte dich vor Dingen, mit denen du dich noch nicht auskennst, klar? Bevor du zu irgendwelchen Tricks greifst, solltest du genau wissen, welche Konsequenzen sich daraus ergeben könnten – und wie man sie vermeidet. Versuch erst dann zu gehen, wenn du laufen gelernt hast.«

»Ich *spüre*, worauf es zu achten gilt, Granny.«

»Mag sein. Aber vielleicht täuschst du dich. Das Borgen ist schwieriger, als es den Anschein hat – obwohl ich zugeben muß, daß du dich sehr geschickt anstellst. Nun, für heute reicht's. Bring uns jetzt wieder zur Wiese! Dort zeige ich dir, wie man zurückkehrt.«

Der Adler segelte hoch über den beiden reglosen Gestalten im Gras, und vor ihrem inneren Auge sah Eskarina zwei Verbindungsstränge: geistige Pfade, die nach unten führten. Grannys Gedankenschatten verflüchtigte sich.

Jetzt...

Die alte Frau irrte sich. Das Ich des Vogels leistete kaum Widerstand, und es blieb ihm nicht genug Zeit, in Panik zu geraten. Esk hüllte es in ihre eigene Selbstsphäre. Dort wand es sich einige Male hin und her, bevor es mit ihr verschmolz.

Granny öffnete die Augen und hörte, wie der Adler ein triumphierendes Krächzen von sich gab. In einer Höhe von nur wenigen Metern sauste er über den grasbewachsenen Hang und glitt an der Flanke des Berges entlang. Grannys Blicke folgten ihm, doch schon nach kurzer Zeit verwandelte er sich in einen kleinen Punkt und entschwand wenig später aus ihrer Sicht. Ein zweiter Schrei verhallte in der Ferne.

Die Hexe beobachtete Esks schlaffen Körper. Das Mädchen wog zwar nicht sehr viel, aber es war ein weiter Weg nach Hause, und der Nachmittag ging langsam in den Abend über.

»Verflixt«, murmelte sie ohne besonderen Nachdruck, stand auf und strich sich den Rock glatt. Mit einem mühevollen Stöhnen hob sie Eskarinas leblos anmutenden Leib auf und trug ihn auf der Schulter.

Im scharlachroten Licht der untergehenden Sonne stieg Esk-Adler höher, wie berauscht von der Ekstase des Fluges.

Auf dem Heimweg begegnete Granny einem hungrigen Bär. Die alte Frau litt an Rückenschmerzen und war nicht in der Stimmung, angeknurrt zu werden. Sie brummte einige leise Worte, und zu seinem (recht kurzen) Erstaunen prallte der Bär an einen Baumstamm. Er kam erst nach einigen Stunden wieder zu sich, rieb sich verwirrt die Schnauze und machte sich eilig auf und davon.

Granny betrat ihr Haus, brachte Esk ins Bett und entzündete ein Feuer im Kamin. Sie führte die Ziegen in den Stall, melkte sie und traf Vorbereitungen für die Nacht.

Die Hexe vergewisserte sich, daß alle Fenster offenstanden, und als es dunkel wurde, stellte sie eine Lampe so auf, daß man ihr Licht schon von weitem sehen konnte.

Eine der Angewohnheiten von Oma Wetterwachs bestand darin, jeweils nur einige Stunden hintereinander zu schlafen, und auch diesmal erwachte sie gegen Mitternacht. Das Zimmer hatte sich nicht verändert, sah man einmal davon ab, daß die Lampe inzwischen zum Zentralgestirn eines Sonnensystems aus ziemlich dummen Motten geworden war.

Sie schlug erneut die Augen auf, als der Morgen dämmerte. Nur ein kleiner Stummel erinnerte noch an die lange Kerze in der Lampe, und Esk ruhte nach wie vor im tiefen Koma des Borgens.

Als Granny die Ziegen zur Koppel führte, beobachtete sie aufmerksam den Himmel.

Der Mittag kam und ging, und schließlich neigte sich ein weiterer Scheibenwelttag dem Ende entgegen. Unruhig marschierte Oma Wetterwachs in der Küche auf und ab. Gelegentlich unterbrach sie ihre ziellose Wanderung und erlag plötzlichen Anfällen von Arbeitswut. Energisch entfernte sie uralte Schmutzkrusten aus den Fliesenfugen, kratzte den Ruß des letzten Winters aus dem Kamin, stieß darunter auf den des Vorjahrs, ließ sich davon nicht beeindrucken und scheuerte ihn ebenfalls fort. Ein Mäusenest hinter der Garderobe wurde mit vorsichtiger Unerbittlichkeit in den Ziegenstall verlegt.

Die Sonne ging unter.

Das Licht der Scheibenwelt war schwerfällig und träge. Von ihrer Hütte aus beobachtete Granny, wie es über die Berghänge tropfte und in goldenen Bächen durch den Wald strömte. Hier und dort verharrte es in kleinen Lachen, bis es schließlich verblaßte.

Mit den Fingerspitzen trommelte sie an den Türpfosten und summte eine bitter klingende leise Melodie.

Als der nächste Morgen graute, lag Eskarinas Körper noch immer reglos und stumm im Bett.

Als das goldene Licht langsam über die Scheibenwelt floß, wie die ersten Vorboten der Flut, die sich über ein Watt tasteten, schlug der große Adler langsam mit den breiten Schwingen und stieg höher, der gewölbten Himmelskuppel entgegen.

Unter Esk erstreckte sich die runde Welt: Kontinente

und Inseln, Flüsse und Seen. Und selbstverständlich das Randmeer.

Unter dem Dach des Firmaments herrschte Stille.

Eskarina kostete das herrliche Gefühl des Fliegens voll aus, zwang die ermüdenden Muskeln zu noch größeren Anstrengungen. Doch irgend etwas stimmte nicht. Ihre Gedanken schienen ein seltsames Eigenleben zu entwickeln und sich in einem mentalen Dunst zu verlieren. Gefühle wie Schmerz, Aufregung und Erschöpfung trieben durch ihren Geist, aber gleichzeitig schien sie andere Empfindungen zu verlieren. Der Wind trieb Erinnerungen fort. Wenn sie sich auf eine bestimmte Überlegung konzentrieren wollte, löste sie sich auf und verschwand.

Sie büßte Teile ihres Ichs ein und wußte nicht einmal, was ihr abhanden kam. Nach einer Weile geriet sie in Panik und trachtete danach, sich an vertrauten Dingen festzuklammern...

Ich bin Esk, habe den Körper eines Adlers übernommen und *Wind, der durch Federn streicht, Hunger, ein suchender Blick, der über den Nicht-Himmel in der Tiefe streicht...*

Sie versuchte es erneut. Ich bin Esk und *die verschlungenen Wege der Windpfade, die Schmerzen in den zitternden Muskeln, die leise pfeifende Luft, die Kälte...*

Ich bin Esk *hoch über Luft-feucht-naß-weiß, hoch über allem anderen, der Himmel ist dünn...*

Ich bin *Ich bin.*

Granny stand im Garten, und der Morgenwind zerrte wie lüstern an ihren Röcken. Sie ging von Bienenstock zu Bienenstock und klopfte behutsam auf die Klappen. Dann blieb sie in einem nahen Gewirr aus Gurkenkraut und Melisse stehen, streckte die Arme aus und intonierte etwas mit so hoher Stimme, daß kein normaler Mensch irgendeinen Laut vernommen hätte.

Ganz im Gegenteil zu den Bienen. Plötzlich stiegen große Wolken aus diensteifrig summenden dicken Insekten auf, schwebten über der Hexe und stimmten mit lautem Brummen in ihren Gesang ein.

Kurz darauf machten sie sich auf den Weg, flogen über die Bäume hinweg ins heller werdende Licht.

Es ist allgemein bekannt (zumindest unter Hexen), daß alle Bienenkolonien Teil einer Wesenheit namens ›Schwarm‹ sind – so wie die einzelnen Insekten individuelle Komponenten des jeweiligen Stocks darstellen. Granny setzte sich nur selten mit den Gedankensphären von Bienen in Verbindung, unter anderem deswegen, weil Insektenbewußtseine sonderbare Strukturen aufwiesen und nach mentalem Zinn schmeckten. Aber der eigentliche Grund war ihre Befürchtung, der Schwarm sei weitaus intelligenter als sie.

Sie wußte, daß die Drohnen innerhalb kurzer Zeit die wilden Bienenkolonien im tiefen Wald erreichen und mit ihren Artgenossen in allen Tälern und Schluchten des Gebirges Ausschau halten würden. Ihrer Aufmerksamkeit entging nichts. Granny nickte zufrieden: Jetzt konnte sie nur noch warten.

Kurz vor Mittag kehrten die Bienen zurück, und in ihren wie Säure ätzenden Gedanken las Oma Wetterwachs, daß sie keine Spur von Esk gefunden hatten.

Damit blieb nur noch eine Alternative übrig. Die Hexe schauderte, als sie daran dachte, hielt jedoch an ihrem einmal gefaßten Beschluß fest. Sie nahm eine kleine Leiter, kletterte ungelenk auf den Dachboden und holte den versteckten Zauberstab.

Er war eiskalt. Und dampfte.

»Also befindet sie sich über der Schneegrenze«, murmelte Granny.

Sie kehrte nach draußen zurück, stieß den Stab in ein Blumenbeet, starrte ihn finster an – und gewann den unangenehmen Eindruck, daß er ihren Blick erwiderte.

»Du hast keinen Grund zu triumphieren, denn ich gebe mich nicht geschlagen«, sagte Oma Wetterwachs scharf. »Es bleibt mir nur nicht genug Zeit, es mit anderen Dingen zu versuchen. Du weißt bestimmt, wo Eskarina ist. Ich befehle dir, mich zu ihr zu bringen!«

Der Zauberstab musterte sie hölzern.

»Bei...« Granny zögerte und suchte nach den richtigen Worten für eine angemessene Beschwörung. »Bei Stock und Stein: Ich unterwerfe dich meinem Willen!«

Aktivität, Bewegung, Lebhaftigkeit — alle diese Worte wären völlig unpassend gewesen, um die Reaktion des Stabs zu beschreiben.

Granny kratzte sich am Kinn und erinnerte sich an die Frage, die man Kindern bei solchen Gelegenheiten stellte: Wie lautet das magische Wort?

»Bitte?« sagte sie versuchsweise.

Der Zauberstab erzitterte, löste sich aus dem Boden, stieg auf und verharrte einladend in Hüfthöhe.

Granny hatte gehört, daß sich Besenstiele bei jüngeren Hexen wieder großer Beliebtheit erfreuten, aber sie hielt nicht viel davon. Ihrer Meinung nach gab es keine Möglichkeit, würdevoll zu wirken, wenn man auf einem Haushaltsgerät ritt. Außerdem war sie nicht schwindelfrei.

Andererseits: Vielleicht sollte sie unter den gegebenen Umständen auf das sonst übliche Maß an Würde verzichten. Granny holte rasch ihren Hexenhut, nahm dann auf dem Zauberstab Platz (natürlich im Damensitz) und klemmte sich die Röcke fest zwischen die Knie.

»In Ordnung«, sagte sie. »Von mir aus kann's looooooo...«

Die Waldtiere stoben erschrocken davon, als ein pfeilschneller, schreiender und fluchender Schatten über die Baumwipfel raste. Granny hielt sich so krampfhaft fest, daß ihre Knöchel weiß hervortraten, schluckte mehrmals, als sie in die Tiefe starrte — und sammelte wichtige Erfahrungen in Hinsicht auf Massenschwerpunkt und Luftturbulenz. Der Zauberstab achtete nicht auf ihr quiekendes Schrillen und flog stur weiter.

Als er die Hochlandwiesen erreichte, gewöhnte sich Oma Wetterwachs langsam an ihn. Mit anderen Worten:

Sie schlang Beine und Arme um ihn und fand sich damit ab, daß sie nicht länger auf dem Stab *saß*, sondern an ihm *hing*. Diesmal erfüllte ihr Hut durchaus einen gewissen Zweck: Er war aerodynamisch geformt.

Der Flug führte an hohen schwarzen Klippen vorbei und durch schmale Täler, von denen es hieß, dort hätten zur Zeit der Eisriesen Ungeheuer namens Gletscher ihr Unwesen getrieben. Die Luft wurde dünner und immer kälter.

Über einer Schneewehe hielt der Zauberstab jäh inne. Granny fiel, blieb schnaufend im weichen Weiß liegen und versuchte sich daran zu erinnern, warum sie all diese Mühen auf sich nahm.

Unter einem nahen Felsvorsprung entdeckte die Hexe ein fedriges Bündel. Als sie darauf zukroch, kam ein kleiner Kopf in die Höhe, und ein Adler musterte sie aus furchtsam blinzelnden Augen. Er breitete die Schwingen aus, um fortzufliegen, torkelte erschöpft und sank auf den Boden zurück. Als Granny die Hand nach ihm ausstreckte, biß er sie in den Finger.

»Ich verstehe«, sagte sie leise und mehr zu sich selbst. Sie entsann sich an Würde und Anstand, sah sich um, entdeckte eine Gesteinsformation, die groß genug zu sein schien, und zog sich zurück. Nach einigen Sekunden trat sie wieder hinter dem Felsen hervor und hielt einen Unterrock in der Hand. Der Vogel humpelte umher, schlug mit den Flügeln und ruinierte das Ergebnis einer mehrwöchigen Perlstich-Stickerei. Doch schließlich gelang es Granny, ihn zu fangen und einzuwickeln, so daß von Schnabel und Krallen keine Gefahr mehr drohte.

Sie wandte sich wieder dem Stab zu, der aufrecht im Schnee steckte.

»Ich kehre zu Fuß zurück«, verkündete sie stolz.

Wie sich herausstellte, endete das kleine Tal an einer steilen Felswand, die mehrere hundert Meter weit in die Tiefe reichte.

»Na gut«, seufzte die alte Frau. »Aber du fliegst ganz langsam, verstanden? Und dicht über dem Boden.«

Granny wußte inzwischen, was sie erwartete, und da der Zauberstab diesmal größere Vorsicht walten ließ, empfand sie die Heimreise fast als geruhsam. Sie glaubte beinahe, sich im Laufe der Zeit so sehr ans Fliegen gewöhnen zu können, daß sie es nicht mehr haßte, sondern nur noch verabscheute. Eigentlich fehlte nur eine Vorrichtung, die dafür sorgte, daß man nicht ständig nach unten starrte.

Der Adler hockte auf einem Läufer, der vor dem kalten Kamin lag. Er trank ein wenig Wasser, das Granny zuvor mit einigen Zaubersprüchen behandelte — für gewöhnlich benutzte sie diese Formeln nur, um Patienten zu beeindrukken, aber man konnte nie wissen: Vielleicht nützten sie tatsächlich etwas —, und er fraß auch einige Streifen rohes Fleisch.

Doch die ganze Zeit über offenbarte er nicht das geringste Anzeichen von Intelligenz.

Die alte Hexe fragte sich, ob sie den richtigen Vogel gefunden hatte. Sie riskierte es erneut, sich ihm zu nähern, blickte in böse funkelnde gelbe Augen und versuchte sich davon zu überzeugen, daß in den Tiefen des animalischen Bewußtseins, in irgendeinem dunklen Ichgewölbe, ein sonderbares blasses Licht flackerte.

Behutsam sondierte sie die fremde Gedankensphäre. Der Geist des Adlers bot sich ihr wie gewohnt dar: lebendig und scharf. Aber außerdem fühlte sie auch noch etwas anderes. Das Ego hat natürlich keine Farbe, doch Granny glaubte trotzdem, das Vogelselbst als eine Zusammenballung verschiedener purpurner Schichten zu erkennen. Und in dieser Masse beobachtete sie ein Gespinst aus dünnen silbernen Linien.

Esk hatte zu spät begriffen, daß der Körper den Geist formt. Das Borgen an sich war harmlos, doch der Traum eines echten Gestaltwandels enthielt eine Strafoption.

Granny nahm im Schaukelstuhl Platz, wippte einige Male und gestand sich ein, daß sie nicht mehr weiter wußte. Sie sah sich außerstande, zwei miteinander verwobene Bewußtseine voneinander zu trennen. Eine solche Aufgabe überstieg die Fähigkeiten aller Hexen in den Spitzhornbergen. Nicht einmal...

Es blieb alles still, aber irgendwie schien sich die Beschaffenheit der Luft zu verändern. Granny beobachtete den Zauberstab, den sie nur widerwillig in ihrer Hütte duldete.

»Nein!« zischte sie.

Dann dachte sie: *Warum sage ich das? Um mich selbst zu überzeugen? Ich kann die magische Macht deutlich spüren. Aber es ist nicht* meine *Macht.*

Allerdings gibt es hier keine andere. Und vielleicht ist es schon zu spät.

Aber vielleicht auch nicht.

Vorsichtig schickte Granny sanfte Gedanken in den Geist des Vogels, um ihn zu beruhigen und die mentalen Gewitterwolken einer beginnenden Panik zu vertreiben. Der Adler leistete keinen Widerstand, als sie nach ihm griff. Die Krallen schlossen sich so fest um ihr Handgelenk, daß Blut aus winzigen Wunden drang.

Dann nahm die alte Hexe den Zauberstab, ging nach oben und betrat das Schlafzimmer mit der durchhängenden Decke. Eskarina lag noch immer reglos im Bett, wie tot.

Sie setzte den Vogel auf die Bettstange und richtete ihre Aufmerksamkeit auf den Stab. Erneut veränderten sich die Konturen der Schnitzmuster, um nicht ihre wahre Form zu zeigen.

Granny hatte schon mehrfach thaumaturgische Energie eingesetzt, ging dabei jedoch eher zögernd zu Werke und beschränkte sich darauf, leichten Druck auszuüben, um das angestrebte Ziel zu erreichen und eine Veränderung im Gefüge der Realität zu bewirken. Natürlich wählte sie andere Worte, um diesen Vorgang zu beschreiben, zum Beispiel: *Wenn man an der richtigen Stelle sucht, findet man immer einen Hebel.* Nun, die im Zauberstab konzentrierte Macht war gewaltig und formlos: pure Magie, ein Destillat jener Kräfte, die dafür sorgten, daß im Universum alles mit rechten Dingen zuging.

Die Verwendung solcher Energien erforderte ihren Preis. Und Grannys Wissen über Zauberei ließ sie ahnen, daß sie nicht mit einem Rabatt rechnen durfte. Andererseits: Warum betritt man überhaupt den Laden, wenn man sich über einen zu hohen Preis sorgt?

Sie räusperte sich und überlegte verzweifelt, wie sie sich jetzt verhalten sollte. Möglicherweise genügte es, einfach nur den Geist zu öffnen...

Die Macht traf sie wie ein Hammerschlag. Granny spürte, wie sie angehoben wurde, und als sie den Kopf senkte, stellte sie überrascht fest, daß sie noch immer auf dem Boden stand. Sie tat einen Schritt nach vorn, und magische Entladungen knisterten in unmittelbarer Nähe. Sie streckte die Hand aus, um sich gegen die Wand zu stützen, und das alte Holz erbebte. Aus schreckgeweiteten Augen sah sie, wie sich grüne Keimlinge bildeten und erste Blätter entfalteten. Ein magischer Orkan heulte durchs Zimmer, wirbelte Staub auf und gab ihm einige sehr beunruhigende Formen. Ein Krug splitterte, und die daneben stehende Spülschüssel mit dem reizenden Rosenmuster zerbrach. Der Nachttopf unter dem Bett verwandelte sich in etwas Greuliches und schlich davon.

Granny setzte zu einem Fluch an, brach nach einigen Worten ab und schloß den Mund wieder, als die Worte in Gestalt bunter Blüten durch Wolken schwebten, die in allen Regenbogenfarben schillerten.

Sie sah auf Esk und den Adler hinab, der den seltsamen Vorgängen nicht die geringste Beachtung schenkte. Oma Wetterwachs runzelte die Stirn und versuchte sich zu konzentrieren. Einmal mehr schickte sie einen hexentelephathischen Ausläufer ihres Ichs in den Kopf des Vogels, betrachtete dort purpurne Gedankenschichten in einem Kokon aus silbernen Fäden. Jetzt gab es einen Unterschied: Granny stellte fest, wo die Linien begannen und endeten, wo sie behutsam zupfen mußte, um sie von der animalischen Bewußtseinssphäre zu trennen. Es erschien ihr so offensichtlich, daß sie laut lachte. Das heisere, krächzende Geräusch wehte ihr als eine orangefarbene und rote Fahne von den Lippen, zerfaserte dicht unter der Decke.

Zeit verstrich. Selbst mit der enormen magischen Kraft, die nun in ihr brodelte, fiel es der alten Hexe nicht leicht, Esks Selbst aus den purpurnen Egokammern des Adlers zurückzuholen. Ebensogut hätte sie versuchen können, im Mondschein dünnes Garn durch ein winziges Nadelohr zu schieben. Schließlich aber gelang es ihr, eine Handvoll Silberfiligran vom Geist des Vogels zu lösen. In der langsamen und schweren Welt, von der sie nun ein Teil zu sein schien, holte Granny mit dem kleinen Büschel aus und warf es in Richtung Eskarina. Es wurde zu einem Dunsthauch, wirbelte wie ein Nebelstrudel und verschwand.

Irgendwo schnatterte, knurrte und grollte es, und aus den Augenwinkeln beobachtete die Hexe dunkle Schemen. Nun, früher oder später erlebte jeder so etwas. *Sie* waren gekommen, angelockt von purer Magie. Man mußte eben lernen, sie nicht zu beachten.

Granny zuckte zusammen, als ihr heller Sonnenschein über die geschlossenen Lider tanzte. Sie kauerte an der Tür, und ihr ganzer Körper fühlte sich an, als litte er an Zahnschmerzen.

Blindlings tastete sie umher, spürte die Kante des Waschstands und zog sich in die Höhe. Es überraschte sie nicht sonderlich, daß Krug und Spülschüssel genauso aussahen wie immer. Aus reiner Neugier überhörte sie die Proteste des Rückens, schaute unters Bett und, ja, stellte fest, daß alles in Ordnung war.

Der Adler hockte noch immer auf der Bettstange. Esk lag unter der Decke, und Granny sah, daß sie nicht mehr im Koma weilte, sondern schlief. Ein zurückgekehrtes Ich erfüllte ihren Körper mit neuem Leben.

Die alte Hexe hoffte nur, daß Eskarina nicht mit einem Heißhunger auf Feldmäuse und wilde Kaninchen erwachte.

Der Adler widersetzte sich nicht, als sie ihn nach unten trug und draußen freiließ. Müde flog er zum nächsten Baum und machte es sich auf einem Ast gemütlich. Er hatte das deutliche Gefühl, daß er eigentlich auf jemanden sauer sein sollte, aber er konnte sich beim besten Willen nicht an den Grund dafür erinnern.

Esk öffnete die Augen und starrte eine Zeitlang zur Decke. Inzwischen kannte sie jeden Spalt darin, jede noch so kleine Ritze im Verputz, jeden einzelnen Buckel. Sie formten eine umgestülpte phantastische Landschaft, in der Eskarina schon vor Wochen eine ebenso persönliche wie komplexe Zivilisation angesiedelt hatte.

Traumbilder schwebten in ihrem inneren Auge vorbei. Sie zog einen Arm unter der Decke hervor, betrachtete ihn und fragte sich, warum keine Federn aus der Haut wuchsen. Es war alles sehr verwirrend.

Sie strich die Laken beiseite, schwang die Beine aus dem Bett, *neigte die Schwingen in den Wind und glitt durch die...*

Als Granny das dumpfe Pochen auf dem Schlafzimmerboden hörte, eilte sie sofort die Treppe hinauf, nahm Eskarina in die Arme und drückte sie fest an sich. Das Mädchen zitterte am ganzen Leib. Die alte Hexe wiegte es hin und her und versuchte das Kind mit wortlosem Brummen zu beruhigen.

Esk sah entsetzt zu ihr auf.

»Ich habe gespürt, wie sich meine Gedanken verflüchtigten.«

»Ja, ja«, murmelte Granny. »Du hast es überstanden.«

»Verstehst du denn nicht?« schrillte Eskarina. »Ich konnte mich nicht einmal mehr an meinen Namen erinnern!«

»Ist er dir inzwischen wieder eingefallen?«

Esk zögerte und dachte nach. »Ja«, sagte sie. »Ja, natürlich.«

»Dann ist ja alles in Ordnung.«

»Aber ...«

Granny seufzte. »Du hast etwas gelernt«, sagte sie und sah kein besonderes Risiko darin, ihre Stimme wieder ein wenig schärfer und strenger klingen zu lassen. »Es heißt, ungenügendes Wissen könnte gefährlich sein. Aber glaub mir: Ausreichendes Unwissen ist weitaus schlimmer.«

»Was ist überhaupt *geschehen?*«

»Du wolltest dich mit dem Borgen nicht zufriedengeben und bestandest darauf, einen fremden Leib zu übernehmen. Inzwischen dürftest du wissen, daß man Körper mit ... mit Prägemassen vergleichen kann. Sie geben ihrem Inhalt eine bestimmte Form. Das Bewußtsein eines Mädchens kann in einem Adler nicht überleben. Zumindest nicht lange.«

»Ich *wurde* zu einem Adler?«

»In gewisser Weise.«

»Ich war überhaupt nicht mehr *ich selbst?*«

Granny überlegte einige Sekunden lang. Sie legte immer dann eine kurze Pause ein, wenn die Gespräche mit Eskarina zu einer übermäßigen Strapazierung ihres Vokabulars zu führen drohten.

»Nein«, erwiderte sie schließlich. »Nicht in dem Sinne, wie du das meinst. Du warst nur ein Adler mit manchmal recht seltsamen Visionen. Während du davon träumtest, zu fliegen und an hohen Graten entlangzugleiten, stellte sich der Vogel vielleicht vor, auf dem Boden herumzulaufen und zu sprechen.«

»Oh!«

»Aber jetzt ist alles vorbei«, sagte Granny und schenkte ihr ein dünnes Lächeln. »Du bist wieder du selbst, und der Adler hat sein eigenes Bewußtsein zurück. Er sitzt in der großen Buche beim Abort. Ich schlage vor, du bringst ihm einen Futternapf.«

Eskarina nahm mit überkreuzten Beinen Platz und blickte ins Leere.

»Ich entsinne mich an einige seltsame Dinge«, murmelte sie nachdenklich. Granny drehte sich erschrocken um.

»Ich meine, ich sah sie in einer Art Traum«, erklärte Eskarina. Die alte Hexe musterte sie so entsetzt, daß sie innehielt und fürchtete, etwas Falsches gesagt zu haben.

»Was für Dinge?« fragte Granny leise.

»Große unheimliche Geschöpfe. Sie saßen einfach nur da.«

»War es dunkel? Ich meine: Hockten die Wesen im Dunkeln?«

»Ich glaube, ich erinnere mich an Sterne. Granny?«

Oma Wetterwachs starrte zur Wand.

»Granny?« wiederholte Esk.

»Mhm? Ja? Oh.« Die alte Hexe schüttelte sich. »Ja, ich verstehe. Nun, ich möchte, daß du jetzt runtergehst, den Schinken aus der Speisekammer holst und ihn dem Adler bringst. Es wäre sicher eine gute Idee, ihm zu danken. Vorsichtshalber.«

Als Esk zurückkehrte, strich Granny gerade Butter auf Brotscheiben. Sie zog einen Stuhl an den Tisch heran, aber die alte Frau winkte mit dem Messer.

»Zuerst müssen wir noch etwas erledigen. Steh auf und sieh mich an!«

Esk gehorchte verwundert. Granny legte das Messer in den Brotkasten und schüttelte den Kopf.

»Verflixt!« brummte sie — ein Standardfluch, der verdeutlichte, was sie von der Welt im großen und ganzen hielt. »Ich habe keine Ahnung von den Einzelheiten des Rituals, aber ich bin sicher, daß es eins gibt. Bestimmt verzichten sie bei so etwas nicht auf eine Zeremonie. Hach, ich kenne die Zauberer: Sie müssen dauernd alles komplizierter machen...«

»Wovon sprichst du überhaupt?«

Oma Wetterwachs schenkte ihr keine Beachtung, marschierte durchs Zimmer und näherte sich einer dunklen Ecke neben dem Kleiderschrank.

»Wahrscheinlich müßtest du mit dem linken Fuß in einem Eimer stehen, der kalten Haferbrei enthält, einen Handschuh überstreifen und... und was weiß ich«, fuhr die alte Frau fort. »Nun, ich hätte lieber darauf verzichtet, aber *sie* lassen mir keine Wahl.«

»Ich verstehe noch immer nicht...«

Die Hexe holte den Zauberstab hervor und zeigte ihn Esk.

»Hier. Er gehört dir. Nimm ihn! Ich hoffe nur, es ist richtig, daß du ihn bekommst.«

Granny hatte nicht ganz unrecht: Normalerweise wird einem jungen Zauberer der Stab im Verlaufe einer höchst eindrucksvollen Zeremonie überreicht, die noch feierlicher ist, wenn es sich um das Erbstück eines älteren Magiers handelt. Das recht anstrengende und langwierige Ritual geht auf eine ehrwürdige Tradition zurück, und man verwendet dabei unter anderem Masken, Kapuzen, Schwerter und ähnliches Zubehör. Darüber hinaus wird ausgiebig geflucht und geschworen, wobei es nicht an drohenden Hinweisen auf abgeschnittene Zungen, aus dem Leib gerissene Gedärme und in acht Winde verstreute Asche fehlt. Nach dieser mehrstündigen Geduldsprobe findet der Novize schließlich Aufnahme in die Bruderschaft der Weisen und Erleuchteten.

Natürlich werden auch lange Ansprachen gehalten. Oma Wetterwachs gelang es durch reinen Zufall, alles Wichtige mit wenigen Worten zum Ausdruck zu bringen.

Esk nahm den Stab entgegen und betrachtete ihn neugierig.

»Hübsch«, sagte sie unsicher. »Insbesondere die Schnitzmuster. Was hat es damit auf sich?«

»Setz dich jetzt! Und hör mir wenigstens einmal aufmerksam zu. Kurz vor deiner Geburt...«

»... und das wär's im großen und ganzen.«

Eskarina starrte auf den Stab und sah dann Granny an.

»Ich soll Zauberer werden?«

»Ja. Nein. Ich weiß nicht genau.«

»Das ist keine richtige Antwort«, erwiderte Esk vorwurfsvoll. »Du hast eben gesagt, der Zauberstab gehöre mir und...«

»Frauen und Zauberei sind wie Feuer und Wasser«, entfuhr es Oma Wetterwachs. »So etwas läßt sich nicht miteinander vereinen. Ebensogut könntest du versuchen, dir deinen Lebensunterhalt als ... als *Schmiedin* zu verdienen.«

»Nun, ich habe meinem Vater bei der Arbeit zugesehen, und eigentlich ...«

Granny seufzte. »Weibliche Zauberer sind genauso unmöglich wie männliche Hexen.«

»Was ist mit Hexenmeistern?« fragte Esk interessiert.

Die alte Frau rollte mit den Augen.

»Ich meine, es gibt keine männlichen Hexen, nur dumme Männer«, entgegnete Granny mit dem gebotenen Nachdruck. »Wenn Männer Magie beschwören, sind sie keine Hexen, sondern Zauberer. Es läuft alles auf Pschikologie hinaus.« Sie klopfte sich auf den Kopf. »Auf die Arbeitsweise des Verstandes. Weißt du, das Bewußtsein von Männern funktioniert irgendwie anders als unser Bewußtsein. Ihre Thaumaturgie besteht aus Zahlen, Geraden, Kurven und irgendwelchen Sternkonstellationen – als ob so etwas eine Rolle spielte. Sie ist nur ... Macht, nichts weiter als ...« Granny zögerte und wählte ihr Lieblingswort, um all das zu beschreiben, was sie an der Zauberei verachtete. »... Gehmetrie.«

»Na schön«, sagte Eskarina erleichtert. »Dann bleibe ich hier und lerne die Hexenkunst.«

»Ach«, brummte Granny niedergeschlagen, »wäre es doch so einfach! Aber ich fürchte, dabei ergeben sich einige Probleme.«

»Aber du *hast* doch gerade gesagt, Männer könnten nur Zauberer sein, und für Frauen käme allein die Hexerei in Frage. Gewissermaßen ein Naturgesetz, stimmt's?«

»Ja, in der Tat.«

»Nun«, fügte Esk triumphierend hinzu, »dann ist ja alles geregelt, oder? Es bleibt mir nichts anderes übrig, als eine Hexe zu werden.«

Granny deutete auf den Zauberstab. Das Mädchen zuckte mit den Achseln.

»Es ist nur ein alter Stock.«

Oma Wetterwachs schüttelte den Kopf. Esk zwinkerte.

»Nein?«

»Nein.«

»Und ich kann keine Hexe sein?«

»Ich weiß nicht, was du sein kannst. Halt den Stab!«

»Was?«

»Halt den Stab. Ich habe eben einige Scheite in den Kamin gelegt. Setz sie in Brand!«

»Die Zunderbüchse liegt...«, begann Eskarina.

»Du hast mich einmal darauf hingewiesen, man könne ein Feuer wesentlich leichter entzünden. Zeig's mir!«

Granny stand auf. Sie schien im Halbdunkel der Küche zu wachsen, und ihre Gestalt verschmolz mit bedrohlich wirkenden Schemen und Schatten. In den Augen der alten Hexe blitzte es, als sie Esk ansah.

»Zeig's mir!« befahl sie scharf. Ihre Stimme war so kalt wie Eis.

»Aber...«, setzte Esk an. Sie preßte den Zauberstab an sich und wich so hastig zurück, daß sie dabei den Stuhl umstieß.

»Zeig es mir!«

Mit einem erschrockenen Schrei drehte sich Esk um. Funken stoben ihr von den Fingerkuppen und gleißten durchs Zimmer. Das Holz im Kamin explodierte so heftig, daß die Druckwelle Möbelstücke durch den Raum schleuderte. Ein großer Ball aus zischend lodernder grüner Glut bildete sich.

Flammen leckten gierig, als die Kuppel über festen Stein rollte, der erst laut knackte und sich dann verflüssigte. Der eiserne Kaminschirm hielt tapfer einige Sekunden lang stand, bevor er wie Wachs schmolz. Er metamorphierte zu einem roten Fleck am Feuerball und löste sich schließlich ganz auf. Den Kessel ereilte wenig später ein ähnliches Schicksal.

Als sich die Mauern des Schornsteinschachts in der Hitze verformten, gab der granitene Untergrund nach, und mit lautem Prasseln verschwand die irrlichternde Kugel im Boden.

Es knisterte dumpf, und Dampf wehte aus der runden Öffnung — deutliche Hinweise darauf, daß sich der Ball unaufhaltsam einen Weg durch die Scheibenweltkruste brannte. Es folgte jene Art von beständig brummender Stille, die man nach ohrenbetäubendem Lärm als eine Art Erlösung empfindet, und als das aktinische Grellen verblaßte, schien es in der Küche stockfinster zu sein.

Nach einer Weile kroch Oma Wetterwachs hinter dem Tisch hervor und näherte sich vorsichtig dem Loch im Boden, an dessen Rand noch immer Lava brodelte. Sie sprang zurück, als eine weitere Rauchwolke emporpilzte.

»Es heißt, unter den Spitzhornbergen erstrecken sich die Stollen vieler Zwergenminen«, sagte sie leise, und ihre Lippen zuckten. »Ich schätze, die kleinen Burschen erleben gerade ihr blaues Wunder.«

Esk erinnerte sich an den grünen Glanz des Feuerballs und fragte sich, warum das Wunder ausgerechnet blau sein sollte. Aber sie erhob keine Einwände und schwieg.

Die alte Hexe beobachtete mißbilligend eine kleine Pfütze aus abkühlendem Eisen. »Schade um den Kaminschirm«, sagt sie betrübt. »Er war mit gußeisernen Eulen geschmückt, weißt du.«

Mit zitternder Hand strich sie sich übers angesengte Haar. »Ich glaube, jetzt könnten wir ein anständiges Glas... kaltes Wasser vertragen.«

Eskarina warf einen verwirrten Blick auf ihre Finger.

»Echte Magie«, brachte sie hervor. »Und *ich* habe sie beschworen.«

»*Eine* Art von echter Magie«, berichtigte Granny. »Vergiß das nicht! Außerdem rate ich dir, solche Vorstellung nicht zu wiederholen. Sonst sieht die Welt bald wie ein durchlöcherter Käse aus. Du mußt erst noch lernen, die magische Energie zu beherrschen.«

»Kannst du mir dabei helfen?«

»Ich? Nein!«

»Aber wie soll ich es lernen, wenn mir niemand zeigt, worauf es dabei ankommt?«

»Du mußt dorthin gehen, wo man über solche Dinge Bescheid weiß. Ich halte eine Zauberschule für angebracht.«

»Aber du hast doch gesagt...«

Granny ließ den Krug sinken, mit dem sie gerade ein Glas Wasser gefüllt hatte.

»Ja, ja«, erwiderte sie müde und winkte ab, »vergiß meine Mahnungen! Und hör auch nicht auf die Stimme des gesunden Menschenverstands. Manchmal muß man die Dinge so nehmen, wie sie sind. Ich befürchte, du hast gar keine andere Wahl, als eine solche Schule zu besuchen.«

Esk dachte darüber nach.

»Du meinst, es sei mein Schicksal?« vergewisserte sie sich.

Granny hob die Schultern. »So ungefähr. Vielleicht. Wer weiß?«

Als Eskarina zu Bett gegangen war, setzte Granny ihren Hut auf, zündete eine Kerze an, räumte den Tisch ab und holte eine hölzerne Kiste aus einem geheimen Fach des Kleiderschranks. Sie enthielt ein Fläschchen mit Tinte, einen alten Federkiel und mehrere Blätter Papier.

Oma Wetterwachs fühlte sich nicht besonders wohl, wenn sie mit der Welt der Buchstaben konfrontiert wurde. Ihre Augen traten vor. Die Zunge führte ein seltsames Eigenleben zwischen den Lippen. Schweiß perlte auf Grannys Stirn. Doch die Spitze des Federkiels kratzte gehorsam übers Pergament, begleitet von gelegentlichen Bemerkungen wie: »Verflixt!« und »Zum Teufel damit!«

Der unten stehenden Version des Briefes mangelt es an den fürs Original typischen Wachstropfen, Flecken und durchgestrichenen Stellen. In dieser Hinsicht sind der Phantasie des Lesers keine Grenzen gesetzt.

An den Obazauberer der Unßichtbaren Univerzität, maine beßten Grüse, ich hofe, eß geht dir gutt, ich schikke dir Eßkarihna Schmied, sie hatt daß Zoig zu ainem Zauberer aber ich waiß laider nicht waß ich mit ihr anschtellen sol sie ißt ein flaissiges Mädchen und auch saubber und außßerdehm kännt sie sich gutt mit diwersen haushaltsarbaiten auss. Ich gebe ihr ain venig Gelt mit auf der Weg Möggest du lange und in Vrieden leben Ein letster Gruss, Esmeralder Wetterwachß (Froilain), Hekse.

Granny hielt das Blatt ins Kerzenlicht und prüfte den Text kritisch. Ein guter Brief, fand sie. Der Ausdruck ›diwers‹ stammte aus dem *Almanach*, den sie jeden Abend las: Er kündigte immerzu ›diwerse Seuchen‹ und ›diwerses Unglück‹ an. Oma Wetterwachs wußte nicht genau, was damit gemeint war, aber ihr gefiel der Klang des Wortes.

Sie versiegelte die Botschaft mit Kerzenwachs und legte sie auf den Schrank. Morgen wollte sie ins Dorf gehen, um sich einen neuen Kessel zu besorgen, und bei dieser Gelegenheit konnte sie das Schreiben für den nächsten Kurier hinterlegen.

Am folgenden Morgen suchte Granny ihre Kleidung mit besonderer Sorgfalt aus. Sie wählte ein schwarzes Gewand mit Frosch- und Fledermausmuster, einen schwarzen Samtmantel (den sie schon seit dreißig Jahren benutzte, was niemand übersehen konnte) und ihren schwarzen Hexenhut, den sie mit langen Nadeln zierte.

Sie brach zusammen mit Eskarina auf, wandte sich zunächst an den Steinmetz und bestellte einen neuen Kamin. Dann stattete sie dem Schmied einen Besuch ab.

Bei der dortigen Unterredung ging es ziemlich hitzig zu. Schon nach kurzer Zeit verließ Esk das Haus, kletterte in den Apfelbaum und nahm in ihrer Lieblings-Astgabel Platz. Mit halbem Ohr lauschte sie dem wütenden Gebrüll ihres Vaters und dem Schluchzen ihrer Mutter. Ab und zu herrschte Stille, was bedeutete, daß Oma Wetterwachs mit ihrer Keine-Widerrede-Stimme einen Diskussionsbeitrag leistete. Manchmal konnte die alte Frau erstaunlich ruhig und gelassen sprechen, was ihren Worten einen noch größeren Nachdruck verlieh. Sie benutzte dann einen Tonfall, den der Schöpfer verwendet haben mochte, als er das Universum schuf. Eskarina wußte nicht genau, ob Granny dabei Gebrauch von Magie oder Pschikologie machte, aber das spielte eigentlich auch keine Rolle: Es gelang ihr meisterhaft, jeden Widerspruch im Keim zu ersticken und keinen Zweifel daran zu lassen, daß sie die Dinge exakt so beschrieb, wie sie sein sollten.

Die Zweige des Apfelbaums neigten sich in einer sanften Brise hin und her. Esk hielt sich am Stamm fest und starrte ins Leere.

Sie dachte an Zauberer. Sie kamen nicht oft nach Blödes Kaff, aber trotzdem erzählte man sich viele Geschichten über sie. Es hieß, sie seien weise und für gewöhnlich sehr alt. Sie beschworen mächtige, schwierige und geheimnisvolle Magie, und fast alle hatten lange Bärte. Darüber hinaus gehörten sie ohne Ausnahme dem männlichen Geschlecht an.

Hexen erschienen Eskarina zumindest ein wenig vertrauter. Sie kannte einige, die in anderen Dörfern wohnten, und außerdem nahmen sie in den Bräuchen und Traditionen der Spitzhornberge einen festen Platz ein. Hexen galten als schlau und listig, erinnerte sich Esk, und die meisten von ihnen waren sehr alt – oder gaben sich alle Mühe, alt auszusehen. Sie beschworen hintergründige, hausbackene und praxisnahe Magie, und einige von ihnen hatten Bärte. Außerdem gehörten sie ausnahmslos dem weiblichen Geschlecht an.

Eskarina runzelte die Stirn. Irgendwo in diesem Vorstellungskomplex verbarg sich ein grundlegendes Problem, das sie nicht genau zu erfassen vermochte. Warum konnten Frauen keine Zauberer...

Sie unterbrach ihren Gedankengang, als Cern und Gulta über den Pfad stürmten und unter dem Apfelbaum bremsten. Staub wirbelte auf. Mit einer Mischung aus Bewunderung und Verachtung blickten die beiden Brüder zu ihrer Schwester hoch. Hexen und Zauberern begegnete man besser mit Respekt, doch Schwestern fielen nicht in diese Kategorie. Der Umstand, daß Eskarina die Hexerei erlernte, schien irgendwie den ganzen Berufsstand abzuwerten.

»Du kannst überhaupt nicht hexen«, sagte Cern. »Oder?«

»Natürlich kannst du's nicht«, fügte Gulta hinzu. »Was ist das für ein Stock?«

Der Zauberstab lehnte unten am Stamm. Cern beäugte ihn neugierig.

»Rührt ihn nicht an!« bat sie hastig. »Bitte! Er gehört mir.«

Normalerweise hatte Cern das Feingefühl eines Rammbocks, aber diesmal ließ er die Hand sinken, bevor sie den ›Stock‹ berührte. Überrascht hob er die Brauen.

»Ich wollte ihn überhaupt nicht anfassen«, erwiderte er verwirrt. »Ist doch nur ein alter Stock.«

»Stimmt es, daß du zaubern kannst?« fragte Gulta. »Granny behauptet das jedenfalls.«

»Wir haben an der Tür gelauscht«, erklärte Cern.

»Wenn ich mich recht entsinne«, erwiderte Eskarina wie beiläufig, »habt ihr das eben in Zweifel gezogen.«

»Vielleicht nicht ohne Grund.«

»Du gibst bloß an.«

Das Mädchen senkte den Kopf und blickte nach unten. Manchmal gelang es Esk, ihre Brüder zu lieben, wenn sie sich an ihre schwesterlichen Pflichten erinnerte. Aber meistens sah sie in ihnen nichts weiter als störenden Lärm, der lange Hosen trug. Jetzt aber fühlte sie sich nicht nur herausgefordert, sondern auch beleidigt, und als sie Gulta musterte, verglich sie ihn mit einem kleinen häßlichen Schwein.

Sie spürte, wie ihr Körper zu prickeln begann, und die Konturen der Welt zeichneten sich deutlicher ab als jemals zuvor.

»Ich *kann* Magie beschwören«, sagte sie langsam.

Gulta wandte den Blick von ihr ab, betrachtete den Stab, kniff die Augen zusammen und gab ihm einen entschlossenen Tritt.

»Blöder Stock!«

Eskarina fand, daß Gulta einem Schwein immer ähnlicher sah.

Cerns Gellen alarmierte sowohl Oma Wetterwachs als auch Vater und Mutter Schmied. Sie eilten aus dem Haus, machten sich ein Bild von der Lage und liefen durch den Garten.

Esk hockte nach wie vor in der Astgabel, und ihre zarte Miene wirkte verträumt und nachdenklich. Cern versteckte sich hinter einem anderen Baum und schrie aus vollem Halse.

Gulta saß vollkommen perplex in einem Haufen aus Kleidungsstücken, die ihm nicht mehr paßten. Er grunzte leise.

Granny trat näher, bis sich ihre krumme Nase auf einer Höhe mit der Eskarinas befand.

»Es ist *nicht erlaubt,* Menschen in Schweine zu verwandeln«, zischelte sie. »Dieses Verbot gilt sogar für Brüder.«

»Mich trifft keine Schuld«, erwiderte Esk im Plauderton. »Es passierte einfach. Und du mußt zugeben, daß die neue Gestalt zu ihm paßt.«

»Was geht hier vor?« fragte Vater Schmied. »Wo ist Gulta? Und was hat das Schwein hier zu suchen?«

»Dieses Schwein«, sagte Granny Wetterwachs, »ist dein Sohn.«

Esks Mutter sank mit einem ächzenden Seufzen zu Boden, doch Gordo war nicht ganz so unvorbereitet und bedachte Gulta mit einem scharfen Blick. Das Ferkel befreite sich von Hemd und Hose, schnüffelte am ersten Fallobst und schmatzte genießerisch.

»Hat sie das getan?« fragte der Schmied und deutete auf seine Tochter.

»Ja. Besser gesagt: Es geschah *durch* sie.« Argwöhnisch betrachtete Granny den Zauberstab.

»Oh!« Gordo musterte seinen fünften Sohn und überlegte, daß ein Schwein weitaus weniger Erziehungsprobleme schuf. Geistesabwesend streckte er die Hand aus und gab dem immer noch schreienden Cern einen Klaps auf den Hinterkopf.

»Kannst du ihn zurückverwandeln?« brummte er. Granny drehte sich um und gab die Frage an Esk weiter, die einfach nur mit den Schultern zuckte.

»Er meinte, ich sei nicht imstande zu zaubern«, erwiderte sie ruhig.

»Nun, ich glaube, du hast ihm das Gegenteil bewiesen«, sagte Granny. »Gib ihm seine ursprüngliche Gestalt zurück, Fräulein. Jetzt sofort. Auf der Stelle. Hast du gehört?«

»Dazu habe ich keine Lust. Er war gemein.«

»Ich *verstehe.*«

Eskarina sah trotzig nach unten. Und Granny starrte streng nach oben. Zwei Bewußtseinssphären prallten wie dicke Knüppel aufeinander, und die Luft zwischen Hexe und Schülerin verdichtete sich. Nun, Oma Wetterwachs hatte ihr ganzes Leben damit verbracht, aufsässigen Wesen ihren Willen aufzuzwingen. Eskarina erwies sich zwar als überraschend starke Gegnerin, aber sie konnte ihr nicht auf Dauer Widerstand leisten.

»Na schön«, jammerte das Mädchen schließlich. »Ich bin zwar nach wie vor der Meinung, daß er als Schwein wenigstens einen gewissen Zweck erfüllt, aber ...«

Eskarina wußte nicht, woher die Magie kam, die ihren Bruder verwandelt hatte. Zögernd streckte sie den geistigen Arm aus, berührte etwas und drückte zu. Aus dem grunzenden Ferkel wurde ein nackter Gulta, in dessen Mund ein Apfel steckte.

»Grmphf«, sagte er. »Mphf?«

Granny wandte sich dem Schmied zu.

»Glaubst du mir jetzt?« stieß sie hervor. »Meinst du noch immer, deine Tochter solle ein ganz normales Leben führen und die Magie einfach vergessen? Stell dir nur mal vor, was ihrem armen Ehemann blüht, wenn sie irgendwann heiratet ...«

»Aber du hast doch immer wieder betont, Frauen könnten keine Zauberer werden«, erwiderte Gordo. Er war ziemlich beeindruckt. Oma Wetterwachs hatte nie irgend jemanden in *etwas* verwandelt.

»Das ist jetzt nicht mehr wichtig«, sagte Granny und versuchte, sich zu beruhigen. »Esk braucht eine anständige Ausbildung. Sie muß lernen, wie man die magische Energie beherrscht. Meine Güte, habt doch endlich Erbarmen mit dem Jungen und bedeckt seine Blöße.«

»Gulta, zieh dich an und hör auf zu grunzen!« befahl Vater Schmied und richtete den Blick dann wieder auf die Hexe.

»Ich glaube, du hast irgendeine Art von Schule erwähnt, nicht wahr?« erkundigte er sich skeptisch.

»Ja, die Unsichtbare Universität. Dort werden Zauberer unterrichtet.«

»Kennst du den Weg?«

»Ja«, log Granny, die mit Geographie fast ebenso vertraut war wie mit subatomarer Nuklearphysik.

Der Schmied musterte seine schmollende Tochter.

»Und dort wird man sie zu einem Zauberer machen?« fragte er.

Granny seufzte.

»Ich fürchte ja«, antwortete sie und dachte: *Sollen sich die alten Narren die Finger an ihr verbrennen — im wahrsten Sinne des Wortes.*

Eine Woche später schloß Oma Wetterwachs die Tür ihrer Hütte ab und versteckte den Schlüssel im Abort — an einem weithin sichtbaren großen Haken. Um die Ziegen kümmerte sich eine Schwester, die in einem anderen Dorf wohnte und versprochen hatte, das Haus im magischen Auge zu behalten. Blödes Kaff mußte eben eine Weile ohne Hexe auskommen.

Granny dachte voller Unbehagen daran, daß man die Unsichtbare Universität nur dann fand, wenn sie sich zeigen wollte. Sie beschloß, die Suche danach im nächsten größeren Ort zu beginnen, in Ohulan Cutash, einer rund fünfzehn Meilen entfernten Ansammlung von ungefähr hundert Häusern. Jeder kosmopolitische Bürger von Blödes Kaff legte großen Wert darauf, jenes Städtchen mindestens ein- oder zweimal im Jahr aufzusuchen. Granny hingegen hatte nur eine solche Reise unternommen, vor vielen Jahren — und unverzüglich entschieden, von solchen Ortschaften nichts zu halten. Ihrer gnadenlosen Meinung nach rochen sie nicht richtig, stanken geradezu, und man lief dauernd Gefahr, sich zu verirren. Außerdem konnte sie das nervöse Gehabe der Städter nicht ausstehen.

Ein Fuhrmann, der dem Dorfschmied in mehr oder weniger regelmäßigen Abständen Metall brachte, bot Granny und Esk an, sie auf seinem Karren mitzunehmen. Der dauernd hin und her schaukelnde Wagen bot zwar nicht gerade ein Übermaß an Bequemlichkeit, aber Oma Wetterwachs zog die Fahrt einem anstrengenden Fußmarsch vor, nicht zuletzt deshalb, weil sie ihre wenige Habe in einem großen Sack verstaut hatte. Vorsichtshalber saß sie darauf.

Eskarina hielt den Zauberstab und beobachtete den vorbeigleitenden Wald. Nach einigen Meilen sagte sie: »Du hast mir doch gesagt, die Pflanzen in weiter Ferne seien völlig anders.«

»Und das stimmt auch.«

»Die Bäume dort sehen ganz normal aus.«

Granny beobachtete sie mißtrauisch.

»Sie tarnen sich«, behauptete sie kühn.

Sie spürte, wie sich erste Panik in ihr regte. Sie bedauerte es nun, Esk in fataler Gedankenlosigkeit versprochen zu haben, sie zur Unsichtbaren Universität zu begleiten. Granny bezog ihr Wissen über den Rest der Scheibenwelt aus Gerüchten und ihrem *Almanach*, und deshalb war sie felsenfest davon überzeugt, daß Unheil in der Fremde lauerte: Erdbeben, Flutwellen, Seuchen und Massaker, viele von ihnen *diwers*, wenn nicht noch schlimmer. Aber sie klammerte sich an ihrer Entschlossenheit fest, alles tapfer durchzustehen. Eine Hexe verließ sich zu sehr auf Worte, um ein einmal gegebenes Versprechen zu mißachten.

Sie trug anständiges Schwarz, unter dem sie mehrere Hutnadeln und ein langes Brotmesser versteckte. Das wenige Geld, das ihnen Gordo Schmied widerstrebend angeboten hatte, verbarg sich irgendwo zwischen ihren zahlreichen Unterröcken. In den Taschen der Bluse klirrten und klapperten mehrere Glücksbringer, Talismane und Verderbensbanner. Die Handtasche enthielt ein nagelneues Hufeisen, von dem sie hoffte, daß es auf zu aufdringliche Leute (insbesondere Männer) ebenso wirkte wie Knoblauch und Kruzifixe auf durstige Vampire. Mit dieser Ausrüstung fühlte sich Oma Wetterwachs einigermaßen bereit, der Welt gegenüberzutreten.

Der Weg wand sich an steilen Berghängen entlang. An diesem Tag wölbte sich ein klarer Himmel über der Landschaft, und die Spitzhorngipfel erhoben sich stolz und weiß, wie die Bräute des Firmaments, um deren Aussteuer sich einige dunkle Wolkenfetzen stritten. Die vielen kleinen Bäche, die am Rande des Pfades gluckerten oder ihn kreuzten, flossen träge an Mädesüß und Hurtigwurzeln vorbei.

Gegen Mittag erreichten sie den Vorort von Ohulan – die Stadt war zu klein, um mehr als einen Vorort zu haben, und er bestand nur aus einer Schenke und den Hütten einiger Familien, die den urbanen Streß nicht ertrugen. Einige Minuten später rumpelte der Karren auf den (einzigen) Platz der Metropole.

Wie sich herausstellte, trafen sie an einem Markttag ein.

Oma Wetterwachs stand unsicher auf dem Kopfsteinpflaster und hielt sich krampfartig an Eskarinas Schulter fest, während eine bunte Menschenmenge sie umwogte. Sie hatte gehört, daß Frauen vom Lande, die zum erstenmal in großen Städten weilten, anstößigen Dingen begegnen konnten, und deshalb hielt sie die Handtasche wie eine Waffe. Jeder Mann, der so töricht gewesen wäre, ihr auch nur zuzunicken, hätte sofort Grannys Hufeisen kennengelernt.

Eskarinas Augen funkelten. Der Platz bot sich mit einer Vielfalt von Geräuschen, Farben und Gerüchen dar. Auf der einen Seite sah sie die Tempel der wichtigeren Scheibenweltgötter, und der Wind wehte ihr sonderbare Düfte zu, verwob sie zu einem betörenden Aroma, in das auch andere Gerüche Eingang fanden. Esk schnupperte genießerisch in den Rauchschwaden Dutzender offener Feuer und richtete den staunenden Blick auf die verlockenden Auslagen der Stände.

Granny wanderte ziellos umher. Die Marktbuden weckten auch ihr Interesse. Sie betrachtete die angebotenen Gegenstände, während sie aus den Augenwinkeln weiterhin nach Taschendieben, Erdbeben und ersten Anzeichen erotischer Einflußnahme Ausschau hielt. Schließlich erweckte etwas Vertrautes ihre Aufmerksamkeit.

In einem schmalen Zwischenraum zwischen zwei Häusern hatte jemand einen mit schwarzen Tüchern verhangenen Verschlag errichtet. Zwar wirkte er eher unauffällig, doch erstaunlicherweise zog er viele Kunden an. Es handelte sich hauptsächlich um Frauen aller Altersgruppen, aber Granny bemerkte auch einige Männer. Alle offenbarten eine ähnliche Verhaltensweise: Niemand hielt direkt auf den Stand zu. Jeder Interessent schlenderte daran vorbei, machte plötzlich kehrt und verschwand hastig unter der dunklen Markise. Kurz darauf kehrten die Betreffenden zurück, verstauten heimlich eine Börse und wetteiferten mit solcher Hingabe um den Weltmeistertitel im Möglichst Lässigen Spaziergang, daß ein müßiger Beobachter zweifeln mochte, ob er seinen Augen noch trauen konnte.

Granny schöpfte sofort Verdacht.

»Was wird dort verkauft?« fragte Esk. »Wofür bezahlen die Leute?«

»Für Medizin«, sagte die alte Hexe mit Nachdruck.

»Offenbar gibt es in dieser Stadt ziemlich viele Kranke«, meinte Eskarina ernst.

Das Innere des seltsamen Standes schien nur aus finsteren Schatten und Schemen zu bestehen, und der Kräuterduft war so stark, daß man ihn in Flaschen hätte füllen können. Fachmännisch betrachtete Granny einige Bündel aus getrockneten Blättern, und Esk versuchte unterdessen, die Etiketten einiger Krüge zu lesen. Sie kannte die meisten Elixiere und Heiltränke, die Oma Wetterwachs herstellte, aber diese Spezialitäten gehörten nicht zu ihrem Repertoire. Die Namen klangen sonderbar: Tigeröl, Jungfrauentraum, Ehemanns Gehilfe. In einer Ecke lagen einige Stöpsel, die so rochen wie Grannys Waschküche nach einer mysteriösen Destillation, bei der die alte Hexe auf die Hilfe ihrer jungen Assistentin verzichtete.

Weiter hinten bewegte sich eine klimpernde Gestalt, und faltige braune Finger griffen nach Eskarinas Hand.

»Kann ich dir helfen, Fräulein?« fragte eine krächzende Stimme. Der Tonfall war so süß wie Feigensirup. »Soll ich das Schicksal für dich deuten? Oder möchtest du, daß ich die Zukunft für dich verändere?«

»Sie gehört zu mir«, sagte Granny scharf und drehte sich um. »Siehst du denn nicht, daß du es mit einem Kind zu tun hast, Hilta Ziegenfinder? Brauchst du vielleicht eine Brille?«

Der Schatten vor Esk beugte sich vor.

»Esme Wetterwachs?« fragte die Stimme. Jetzt klang sie wie Lebertran.

»Genau die«, bestätigte Granny. »Verkaufst du noch immer Donnertropfen, eingefangene Blitze und ähnliche Kinkerlitzchen, Hilta? Wie läuft der Laden?«

»Oh, ich kann nicht klagen«, antwortete der klirrende Schatten. »Freut mich, dich wiederzusehen. Was führt dich aus deinem Bergexil hierher, Esme? Und das Mädchen... Vielleicht deine Schülerin?«

»Was verkaufst du hier?« warf Esk aufgeregt ein. Die dunkle Gestalt lachte.

»Oh, Dinge, die unangenehme Dinge verhindern und erfreuliche Dinge ermöglichen sollen, Schätzchen«, erwiderte der Schatten. »Bitte entschuldigt mich einen Augenblick. Ich möchte nur rasch das Geschäft schließen. Bin gleich wieder da.«

Der Schatten rasselte vorbei, und Esk nahm ein Kaleidoskop der verschiedensten Gerüche wahr. Hilta Ziegenfinder knöpfte die Tücher am Eingang des Ladens zu, kehrte in die rückwärtige Nische zurück und zog die Vorhänge beiseite. Das helle Licht der Nachmittagssonne blendete Eskarina.

»Eigentlich sind mir die Dunkelheit und der Mief ein Greuel«, meinte Hilta. »Aber der Kunde erwartet so etwas. Du weißt ja, wie das ist.«

»Ja.« Esk nickte weise. »Pschikologie.«

Die andere Hexe erwies sich als eine kleine dicke Frau, die einen riesigen obstgeschmückten Hut trug. Sie schenkte Eskarina ein breites Lächeln und sah dann Granny an.

»Stimmt haargenau«, pflichtete sie dem Mädchen bei. »Darf ich euch Tee anbieten?«

Sie begaben sich in die Hinterkammer des Ladens, die zu beiden Seiten von Hauswänden begrenzt wurde, und nahmen auf einigen Ballen aus rätselhaften Kräutern Platz. Hilta reichte ihnen zierliche Tassen, und Esk kostete aus einer eigentümlich schmeckenden grünen Flüssigkeit. Im Gegensatz zu Oma Wetterwachs, die sich wie ein würdevoller Rabe kleidete, bestand die Aufmachung der alten Ziegenfinder aus Seide, Spitzen, Schalen, bunten Farben, Ohrringen und Dutzenden von Armreifen. Jede Bewegung hörte sich an, als stürzten mehrere Schlagzeuger mitsamt ihren Instrumenten von einer hohen Klippe. Dennoch fiel Esk eine gewisse Ähnlichkeit zwischen den beiden Frauen auf.

Man konnte sie nur schwer beschreiben: Die Vorstellung, daß Granny und Hilta einen Knicks machten, erschien absurd.

»Nun«, brummte Oma Wetterwachs, »bist du mit dem Leben hier zufrieden?«

Die Hexenkollegin zuckte mit den Schultern, wodurch die Trommler, die gerade den Rand der Klippe erreicht hatten, erneut den Halt verloren.

»Ach, es ist wie beim Liebhaber, der es zu eilig hat: ein dauerndes Auf und...« Hilta Ziegenfinder unterbrach sich, als sie Grannys bedeutungsvollen Blick in Richtung Eskarina bemerkte.

»Äh, ja, im großen und ganzen schon«, fügte sie hastig hinzu. »Weißt du, die Stadträte haben mehrmals damit gedroht, mich fortzujagen, aber sie sind alle verheiratet, und wie du siehst, bin ich immer noch hier. Man wirft mir vor, ich sei suspekt – was immer das bedeuten mag –, aber ich antworte: Es gibt hier viele Familien, die ohne Frau Ziegenfinders Flohkraut-Präservative wesentlich größer und ärmer wären. Ich weiß genau, wer in meinen Laden kommt, jawohl. Ich erinnere mich an jeden, der Möchtegern-Tropfen oder Halt-durch-Salbe kauft, das kannst du mir glauben. Nun, ich habe mein Auskommen. Wie läuft's denn in eurem Dorf mit dem komischen Namen?«

»Blödes Kaff«, sagte Esk hilfsbereit. Sie nahm eine tönerne Schale vom nahen Regal und schnupperte vorsichtig daran.

»Oh, es geht so dahin«, seufzte Oma Wetterwachs. »Die verschiedenen Hilfsmittel der Natur sind immer gefragt.«

Esk schnupperte erneut an dem Pulver. Es schien aus zermahlenem Flohkraut zu bestehen, aber es gab auch noch einen anderen Bestandteil, den sie nicht herausfinden konnte. Behutsam stellte sie die Schale zurück. Während die beiden Frauen in einer Art weiblicher Geheimsprache miteinander plauderten (wobei wissende Blicke und unausgesprochene Adjektive eine große Rolle spielten), sah sich Eskarina weitere exotische Waren an. Manche davon erweckten den Eindruck, als stünden sie gar nicht zum Verkauf. Sie ruhten halb verborgen hinter eher gewöhnlichen Gegenständen, so als sei Hilta nicht besonders daran interessiert, sie in bare Münze zu verwandeln.

»Die hier kenne ich nicht«, sagte sie mehr zu sich selbst. »Welchem Zweck dienen sie?«

»Sie geben den Leuten Freiheit«, antwortete Hilta, die offenbar ebensogut hörte wie eine Katze. Und an Granny gerichtet: »Wieviel hast du sie gelehrt?«

»Nicht *so* viel«, erwiderte Oma Wetterwachs. »Ich

spüre Macht in ihr, aber ich weiß nicht, um welche Art von Magie es sich handelt. Vielleicht Zauberei.«

Hilta drehte sich ganz langsam um und musterte Esk von Kopf bis Fuß.

»Aha«, brummte sie, »das erklärt den Stab. Ich wunderte mich schon über das seltsame Flüstern und Raunen der Bienen. Nun gut. Gib mir deine Hand, Mädchen!«

Eskarina streckte den Arm aus. Es steckten derart viele Ringe an Hiltas Fingern, daß sie das Gefühl hatte, in einen Beutel mit Walnüssen zu greifen.

Granny saß steif und gerade. Ihr Gesicht drückte Mißbilligung aus, als Hilta Esks Handfläche betrachtete.

»Ich glaube, das ist nicht nötig«, sagte sie fest. »Immerhin bin ich ebenfalls eine Hexe. Dieser Hokuspokus ist doch nur was für naive...«

»*Du* tust das auch«, warf Eskarina ein. »Im Dorf. Ich hab's selbst gesehen. Außerdem benutzt du Karten und Teeblätter.«

Granny rutschte verlegen hin und her. »Ja, schon«, erwiderte sie, »es gehört eben dazu. Man hält den Leuten einfach nur die Hand, und daraufhin schildern sie sich selbst die Zukunft. Pschikologie, erinnerst du dich? Nun, das ist noch lange kein Grund, an so etwas zu *glauben*. Himmel, wir alle gerieten in ziemliche Schwierigkeiten, wenn wir plötzlich damit anfingen, solche Sachen *ernst* zu nehmen!«

»Die Mächte Die Sind weisen viele sonderbare und merkwürdige Eigenschaften auf, und es gibt verschiedene Möglichkeiten für sie, ihre Wünsche der kleinen Insel im Nichts mitzuteilen, die wir als physische Welt erachten«, verkündete Hilta Ziegenfinder feierlich. Sie zwinkerte Esk zu.

»Auch das noch!«, stöhnte Granny.

»Du brauchst nicht gleich zu verzweifeln«, sagte Hilta. »Außerdem ist es die Wahrheit.«

»Grmpf.«

»Ich sehe, daß dir eine lange Reise bevorsteht«, verkündete Hilta.

»Begegne ich unterwegs einem großen dunkelhaarigen Fremden?« fragte das Mädchen und starrte auf die eigene Hand. »Das sagt Oma Wetterwachs immer zu Frauen, die...«

»Nein«, widersprach Hilta. Granny schnaufte leise. »Aber es ist eine sehr seltsame Reise. Du wirst eine große Strecke zurücklegen und doch an einem Ort bleiben. Außerdem sehe ich häufigen Richtungswechsel. Jede Menge Neues und Unbekanntes erwartet dich.«

»Das kannst du mir alles aus der Hand lesen?«

»Nun, eigentlich rate ich nur«, gestand Hilta, setzte sich zurück und griff nach der Teekanne. (In halber Höhe des steilen Hangs rutschte einer der Schlagzeuger aus und fiel auf einen vor Anstrengung keuchenden Kollegen.) Erneut richtete sie den Blick auf Eskarina. »Ein weiblicher Zauberer, wie? Um nicht zu sagen: eine Zauberin?«

»Granny bringt mich zur Unsichtbaren Universität«, meinte Esk.

Hilta hob die Brauen. »Weißt du, wo sie sich befindet?«

Granny runzelte die Stirn. »Nun, nicht genau«, gab sie zu. »Mit Städten und so kennst du dich besser aus als ich. Ich dachte, du könntest mir den Weg weisen.«

»Es heißt, die Unsichtbare Universität habe viele Türen, doch jene Tore, die in dieser Welt existieren, öffnen sich in Ankh-Morpork«, sagte die andere Hexe. Granny starrte sie groß an. »Am Runden Meer«, fügte Hilta hinzu. Und als Oma Wetterwachs weiterhin eine abwartende Haltung einnahm: »Fünfhundert Meilen entfernt.«

»Oh!«, machte Granny.

Sie stand auf und klopfte sich unsichtbaren Staub vom Rock.

»Dann sollten wir besser keine Zeit mehr verlieren«, brummte sie.

Hilta lachte. Eskarina mochte dieses Geräusch. Granny lachte nie. Sie gab nur dadurch zu erkennen, fröhlich und heiter gestimmt zu sein, daß ihre Mundwinkel zuckten. Doch Hilta kicherte wie jemand, der gründlich über die Welt nachgedacht und den Witz darin gesehen hatte.

»Verschiebt die Abreise auf morgen«, schlug sie vor. »Auf einen Tag mehr oder weniger kommt es nicht an. Ich habe zu Hause genug Platz. Übernachtet bei mir. Ruht euch aus, bevor ihr euch auf den Weg macht.«

»Wir möchten dir nicht zur Last fallen«, sagte Granny.

»Unsinn! Seht euch ein wenig um, während ich meinen Kram zusammenpacke.«

Ohulan war der Umschlagplatz für die Waren und Produkte eines weiten Hinterlands, und der Markttag endete nicht etwa mit dem Sonnenuntergang. An allen Ständen und Buden wurden Fackeln entzündet, und Lichter funkelten neben den geöffneten Türen der Schenken und Tavernen. Selbst die Priester stellten bunte Lampen nach draußen, um Leute anzulocken, die sich erst des Abends an ihre Frömmigkeit erinnerten.

Hilta verhielt sich wie eine dünne Schlange in hohem Gras, als sie sich geschickt einen Weg durch das Gedränge bahnte. Sowohl der Laden als auch die Dinge, die sie darin verkaufte, fanden in einem verblüffend kleinen Bündel auf dem Rücken Platz. Ihr Schmuck klirrte und klimperte wie eine ganze Kompanie Flamenco-Tänzer. Granny stapfte hinter ihr und versuchte, den Anschluß nicht zu verlieren. Immer wieder verzog sie das Gesicht: Ihre Plattfüße lehnten es stur ab, sich an das harte Kopfsteinpflaster zu gewöhnen.

Eskarina verirrte sich.

Das war nicht gerade leicht, aber schließlich gelang es ihr, als sie durch die Lücke zwischen zwei Marktbuden sprang, dem Verlauf einer schmalen Gasse folgte und sich mehrmals nach rechts und links wandte. Oma Wetterwachs hatte sie mehrmals und in aller Deutlichkeit vor den namenlosen Dingen gewarnt, die in Städten lauerten — und bewies damit einen erstaunlichen Mangel an pschikologischem Verständnis. Der einzige Erfolg ihrer mit düsterer Stimme vorgetragenen Hinweise bestand darin, daß sie Esks Neugier weckte. Das Mädchen wollte die gute Gelegenheit nutzen, eigene Erfahrungen zu sammeln.

Wobei ihr kaum eine Gefahr drohte: Ohulan war noch so barbarisch und unzivilisiert, daß nach Einbruch der Dunkelheit nur einige Diebe umherschlichen (die noch nicht wußten, wie man verriegelte Türen und Fenster aufbrach und morgens ziemlich enttäuscht nach Hause zurückkehrten — um dort festzustellen, daß ein Kollege die Wohnung leergeräumt hatte). Soviel zur ohulanischen Kriminalität. Das angeblich erotische Gewerbe beschränkte sich auf einige eher harmlose und zum Gähnen einladende Darbietungen, und die meisten Männer in der Stadt zogen es vor, nach dem Tageswerk an der Theke zu stehen und einen Krug Bier nach dem anderen in sich hineinzuschütten — bis sie entweder umfielen oder sangen. Oder beides.

Nach den dichterischen Standardbeschreibungen sollten junge Mädchen so würdevoll durch Märkte wandeln, wie weiße Schwäne über einen vom Mondschein erhellten See gleiten. Aufgrund gewisser praktischer Probleme zog es Eskarina vor, sich wie ein kleiner Autoskooter durch die Menge zu schieben: Sie prallte von Körper zu Körper, während die Spitze des Zauberstabs rund einen Meter über ihr wankte. Manche Köpfe drehten sich danach um, und zwar nicht nur deswegen, weil sie davon getroffen wurden. Es geschah häufiger, daß Zauberer nach Ohulan kamen, aber noch niemand hatte einen hundertzwanzig Zentimeter kleinen Magier mit langem Haar gesehen.

Ein aufmerksamer Beobachter hätte in Eskarinas symbolischem Kielwasser sicher einige seltsame Vorfälle bemerkt.

Man nehme als Beispiel nur den Mann, der die Zuschauer mit drei umgestülpten Tassen zu einem Ausflug in die phantastische Welt von Zufall und Wahrscheinlichkeit einlud (was sich in diesem Fall auf eine vertrocknete kleine Erbse bezog). Nur am Rande nahm er eine kleine Gestalt zur Kenntnis, die ihn eine Zeitlang ernst ansah — und kurz darauf quollen unter jeder Tasse, die er anhob, Hunderte von Erbsen hervor. Schon nach wenigen Sekunden reichten ihm die Hülsenfrüchte bis an die Hüften. Aber er steckte noch viel tiefer in Sorgen: Plötzlich schuldete er einigen Leuten ziemlich viel Geld.

Etwas später sah Esk einen zerzausten kleinen Affen, der schon seit Jahren an eine Kette gefesselt war, während sein Herrchen auf einer Orgel spielte — so schlecht und mißtönend, daß alle Katzen heulend die Flucht ergriffen. Von einem Augenblick zum anderen kam Bewegung in das Tier. Es drehte sich um, starrte den Mann aus roten Augen an, biß ihn ins Bein, riß sich los und verschwand in der Nacht, zusammen mit einem Becher, der die Abendkasse enthielt. Der Autor verzichtet an dieser Stelle darauf zu erwähnen, wofür die Münzen ausgegeben wurden.

Einige Marzipan-Enten schwebten aus einem nahen Stand, sausten an dem verdutzten Ladeninhaber vorbei und fielen mit einem glücklichen Quaken in den Floß (wo sie bis zum Morgengrauen schmolzen; die natürliche Auslese kennt keine Gnade).

Was die Bude anging: Sie segelte durch eine Seitengasse davon und verschwand auf Nimmerwiedersehen.

Ungeachtet aller poetischen Vorschriften wanderte Eskarina mit jener Art von Eleganz durch die Menge, mit der Brandstifter durch herrlich trockene Heuschober schleichen oder Neutronen durch einen Reaktor fliegen. Die einzigen Hinweise, die ein aufmerksamer Beobachter auf sie bekommen hätte, bestanden in heilloser Aufregung und plötzlichem Chaos. Aber wie jeder gute Katalysator war das Mädchen nicht direkt an den Vorgängen beteiligt, die es auslöste. Und als die wirklichen Zuschauer es schließlich aufgaben, nach Esk Ausschau zu halten, befand sie sich längst ganz woanders.

Sie spürte, wie sie allmählich müde wurde. Oma Wetterwachs hatte ganz allgemein nichts gegen die Nacht als solche einzuwenden, aber sie verabscheute lüsternes Kerzenlicht; wenn sie nach Einbruch der Dunkelheit etwas lesen wollte, bestellte sie die Eule zu sich, wies sie an, auf der Rückenlehne eines Stuhls Platz zu nehmen – und las durch ihre Augen. Mit anderen Worten: Üblicherweise ging Eskarina ins Bett, wenn die Sonne ihre Arbeitskarte stempelte und Feierabend machte, und inzwischen war es schon seit einigen Stunden finster.

Vor sich sah sie eine freundlich wirkende Tür. Fröhliches Gelächter tropfte durchs gelbe Licht und bildete kleine Pfützen auf dem Kopfsteinpflaster. Formlose magische Energie glitt über den Zauberstab und ließ ihn wie einen dämonischen Leuchtturm glühen, als Eskarina sowohl müde als auch entschlossen auf den Eingang zuhielt.

Der Wirt von *Des Geigers Rätsel* hielt sich nicht ganz ohne Grund für einen welterfahrenen Mann: Er war zu dumm, um wirklich grausam zu sein, und eine Barriere aus fauler Trägheit schützte seinen Charakter vor der schweren Last aus Arglist, Heimtücke und Gemeinheit. Sein Körper war zwar weit herumgekommen, doch das Bewußtsein hatte sich nie über die Grenzen des Kopfes hinausgewagt.

Er hob überrascht die Brauen, als sich ein Stock an ihn wandte. Und sein Erstaunen wuchs, als er eine dünne Stimme vernahm, die um ein Glas Ziegenmilch bat.

Die Gäste in der Schenke lächelten und sahen ihn an, aber der Wirt versuchte, sich nichts anmerken zu lassen. Langsam beugte er sich über den Tresen vor und spähte nach unten. Eskarina legte den Kopf in den Nacken und blickte zu ihm auf. *Starr den Leuten direkt in die Augen!* erinnerte sie sich an den Rat der alten Granny. *Konzentriere deine geistige Kraft auf sie. Fang ihren Willen ein. Niemand kann dem Blick einer Hexe widerstehen. Abgesehen von Ziegen.*

Der Wirt namens Skiller musterte ein Mädchen, das irgendwie zu schielen schien.

»Was?« fragte er.

»Milch«, sagte das Kind und starrte noch immer zu ihm empor. »Die Flüssigkeit, die man bekommt, wenn man Ziegen melkt. Weiß und ein wenig bitter.«

Skiller verkaufte nur Bier, und einige seiner Gäste behaupteten, es stamme von Katzen. Keine Ziege, die etwas auf sich hielt, hätte den Gestank bei *Des Geigers Rätsel* ertragen.

»Wir haben keine Milch«, sagte er. Er betrachtete den eigentümlichen Stab. Seine buschigen Brauen trafen sich dicht über der Nasenwurzel und flüsterten verschwörerisch miteinander.

»Du könntest wenigstens nachsehen«, schlug Esk vor.

Skiller schob sich wieder hinter den Tresen zurück, zum Teil, um dem seltsamen Blick zu entgehen, der ihn verunsicherte und seine Augen tränen ließ. Außerdem formten sich vor seinen mentalen Pupillen erste düstere Vorstellungsbilder.

Jeder zweitrangige Wirt steht in einer gewissen Resonanz mit dem Bier, das er ausschenkt, und zu seinem großen Erschrecken mußte Skiller feststellen, daß die Vibrationen der großen Fässer hinter ihm nicht mehr den typischen Emissionen von Hopfen und Malz entsprachen. Statt dessen erinnerten die Schwingungen an Milch.

Zögernd betätigte er den Zapfhahn, und tatsächlich: Weiße Flüssigkeit rann daraus hervor.

Der Stab ragte noch immer hinter der Theke auf, wirkte wie ein Periskop. In Skiller entstand das unangenehme Gefühl, daß ihn der Stock ansah.

»Vergeude sie nicht«, sagte eine Stimme. »Eines Tages wirst du dankbar dafür sein.«

Granny benutzte diesen Tonfall, wenn es Eskarina beim Mittag- oder Abendessen an der gebührenden Begeisterung mangelte und sie mißmutig in einem Teller vormals grüner Bohnen stocherte — die Oma Wetterwachs so lange gekocht hatte, bis sie gelb wurden und auch die letzten Vitamine verloren. Für Skillers hypersensitive Ohren kamen diese Worte keiner Warnung gleich, sondern einer Prophezeiung. Er schauderte. Und er fragte sich, was ihn dazu bringen konnte, Ziegenmilch einem Glas schmackhaft schalem Bier vorzuziehen. Eher wollte er tot sein.

Und genau darin lag das Problem.

Er schluckte, wischte einen Becher mit dem Daumen sauber und füllte ihn. Aus den Augenwinkeln beobachtete er, daß die meisten Gäste aufstanden und die Schenke verließen. Niemand mochte Magie, und weibliche Zauberei genoß einen besonders schlechten Ruf. Man konnte nie wissen, was Frauen — oder Mädchen — als nächstes in den Sinn kam.

»Deine Milch«, sagte Skiller und fügte rasch hinzu: »Wertes Fräulein.«

»Ich kann dafür bezahlen«, erwiderte Esk und entsann sich an eine weitere Weisheit Grannys: *Wenn du den Leuten Geld anbietest, lehnen sie es ab. Sie legen großen Wert auf ein reines Gewissen. Es ist alles Pschikologie.*

»Nein, kommt überhaupt nicht in Frage«, sagte Skiller hastig. Er beugte sich vor. »Wenn du, äh, so freundlich wärst, den Rest zurückzuverwandeln... Weißt du, die Nachfrage nach Milch ist hier nicht sehr groß.«

Der Wirt wich ein wenig zur Seite. Esk hatte ihren Stab an den Tresen gelehnt, bevor sie nach dem Becher griff, und Skiller beäugte ihn mißtrauisch.

Das Mädchen wischte sich einen cremeartigen, weißen Belag von den Lippen.

»Ich habe nichts verwandelt«, antwortete sie. »Ich hatte einfach nur Durst und wußte genau, daß die Fässer Milch enthalten. Was sollte sich denn deiner Ansicht nach darin befinden?«

»Äh, Bier.«

Esk dachte darüber nach. Sie erinnerte sich vage an Bier: Es schmeckte kaum besser als Spülwasser. Nach einer Weile fiel ihr ein anderes Getränk ein, das sich bei allen Bewohnern von Blödes Kaff großer Beliebtheit erfreute. Es handelte sich um eins der am besten gehüteten Rezepte von Oma Wetterwachs, eine Art Medizin: Granny verwendete dabei nur Obst, und der Herstellungsprozeß schien mehrmaliges Erhitzen und Abkühlen zu erfordern. Anschließend prüfte sie die Qualität der Arznei, indem sie einige

Tropfen ins Feuer fallen ließ. Meistens zischten dann hohe Stichflammen.

Manchmal, an einem besonders kalten Abend, gab sie etwas davon in Eskarinas Milch. Sie benutzte dabei einen hölzernen Löffel, um ihr Metallbesteck nicht zu ruinieren.

Esk konzentrierte sich. Sie rief sich das Aroma jener Medizin ins Gedächtnis zurück, und mit Hilfe ihrer magischen Fähigkeiten (die sie inzwischen zwar akzeptierte, aber noch immer nicht verstand), zerlegte sie den Geschmack in seine einzelnen Bestandteile...

Skillers Frau kam aus dem Hinterzimmer, um nachzusehen, warum es im Schankraum plötzlich so still geworden war. Der Wirt gab ihr mit einem nervösen Wink zu verstehen, sie sollte bloß keinen Laut von sich geben. Esk schwankte kaum sichtbar und schloß die Augen. Ihre Lippen zitterten.

...mentale Zutaten, die sie nicht brauchte, kehrten ins geistige Lager zurück. Sie suchte nach den Ingredienzien, auf die man keinesfalls verzichten konnte, vereinte sie zu psychischem Schaum und griff nach dem Haken beziehungsweise der metamorphen Schablone, die dem thaumaturgischen Ektoplasmabrei die gewünschte Form und Struktur geben konnte. Und dann...

Skiller drehte sich behutsam um und betrachtete die Fässer an der Wand. Der Geruch im Zimmer hatte sich verändert, und das traf auch auf die Schwingungen zu. Er *fühlte* eine goldene Flüssigkeit, die nur darauf wartete, sich durch eine durstige Kehle zu brennen.

Vorsichtig nahm er ein kleines Glas aus dem Fach unter der Theke, drehte den Zapfhahn und füllte es zur Hälfte mit einer bernsteinfarbenen Kostbarkeit. Er prüfte sie im Schein der Lampen, drehte das Glas hin und her, schnupperte mehrmals — und leerte es in einem Zug.

Sein Gesichtsausdruck veränderte sich nicht, aber die Augen wurden feucht, und ein rötlicher Schimmer überzog die Wangen. Die Kehle zitterte leicht. Seine Frau und Esk sahen, wie Schweiß auf Skillers Stirn perlte. Zehn Sekunden verstrichen, und der Wirt erweckte den Anschein, als wolle er um jeden Preis einen mühsam errungenen Rekord brechen. Vielleicht quoll ihm Dampf aus den Ohren, aber wahrscheinlich war das nur ein Gerücht. Die Fingerkuppen des Wirts klopften in einem sonderbaren Rhythmus auf den Tresen.

Schließlich schluckte er und rang sich offenbar zu einer Entscheidung durch. Er richtete einen ernsten Blick auf Esk und fragte: »Whasch iss argh dasch pfür mphf e'n Scheug?«

Er runzelte die Stirn, als er den Satz in Gedanken wiederholte und beschloß, einen zweiten Versuch zu unternehmen.

»Argh mphf grmpf?«

Er gab auf.

»Liebghr Himmphf!«

Seine Frau schnaufte abfällig und nahm ihm das Glas aus der erschlafften Hand. Sie roch daran. Sie betrachtete die insgesamt zehn Fässer. Sie begegnete Skillers flackerndem Blick. In einem ganz privaten, für zwei Personen reservierten Paradies berechneten Wirt und Wirtin den Verkaufserlös von sechshundert Gallonen dreifach destilliertem Pfirsichschnaps. Als es darum ging, zwei fünfstellige Zahlen miteinander zu multiplizieren, seufzten sie synchron.

Frau Skiller verstand wesentlich schneller als ihr Mann. Sie bückte sich, musterte Esk und versuchte, strahlend zu lächeln. Es gelang ihr nicht so recht, denn in dieser Hinsicht hatte sie nur wenig Übung. Eskarina war viel zu müde, um durchdringend zu blicken.

»Wie bist du hierhergekommen, kleines Schätzchen?« fragte Frau Skiller in einem Tonfall, der Vorstellungen von Pfefferkuchenhäuschen und der zuklappenden Tür eines großen Backofens weckte.

»Ich habe Oma Wetterwachs aus den Augen verloren und mich verlaufen.«

»Und wo ist deine Oma jetzt, Kindchen?« Kleine Flammen, die unter dem Backofen züngelten: Allen Wanderern im metaphorischen Wald stand eine gefährliche Nacht bevor.

»Irgendwo, nehme ich an.«

»Was hältst du davon, in einem weichen und warmen großen Federbett zu schlafen?«

Esk nickte dankbar und nahm nur unterbewußt zur Kenntnis, daß die Züge der Frau nicht unerhebliche Ähnlichkeit mit denen eines hungrigen Frettchens aufwiesen.

An dieser Stelle wird der aufmerksame Leser völlig zu Recht vermuten, daß sich für Eskarina gewisse Probleme anbahnten...

Unterdessen marschierte Granny unweit der Schenke durch eine Gasse. Jemand anders an ihrer Stelle hätte vermutlich bereitwillig zugegeben, sich verirrt zu haben, doch Oma Wetterwachs stellte die berühmte Ausnahme der Regel dar. Sie vertrat den Standpunkt, genau zu wissen, wo sie sich befand — ihre Schwierigkeiten basierten auf dem bedauerlichen Umstand, daß alles andere nicht den üblichen Platz einnahm.

Es wurde bereits darauf hingewiesen, daß es weitaus schwieriger ist, ein menschliches Bewußtsein zu orten als zum Beispiel die Gedankensphäre eines Fuchses. Nun, der menschliche Verstand mag dies als eine Beleidigung empfinden, und deshalb sollen hier die Gründe erläutert werden.

Animalische Selbstkomplexe sind überhaupt nicht komplex, sondern eher schlicht und deshalb recht scharf ausgeprägt. Tiere verbringen ihre Zeit nicht damit, Erfahrungen zu sezieren und darüber nachzugrübeln, was sie verpaßt haben. Für sie läßt sich die Erlebnispalette des Universums folgendermaßen zusammenfassen: Geschöpfe, mit denen man sich a) paaren kann, die b) als Futter dienen und es c) angeraten erscheinen lassen, die Flucht zu ergreifen. Hinzu kommen d) Steine und Felsen. Eine derartige Perspektive befreit den Geist von unnötigem Ballast und macht ihn zu einem sehr nützlichen Werkzeug in Hinblick auf die eigentlich wichtigen Dinge. Zum Beispiel versucht ein normales Tier nie, zu gehen und gleichzeitig Kaugummi zu kauen.

Mit dem durchschnittlichen Menschen hingegen ist es völlig anders: Rund um die Uhr denkt er über die verschiedensten Dinge nach, auf allen mentalen Ebenen. Er unterbricht diese Gedankengänge nur, wenn er dem Gebot von Uhren gehorchen muß oder wenn ihn irgend etwas an den einprogrammierten biologischen Kalender erinnert. In seinem Bewußtsein wimmelt es von Überlegungen, die an Zunge und Lippen weitergegeben werden, in die Kategorie ›privat und persönlich‹ fallen oder sich auf die Kellergewölbe des Ichs beschränken. Einem Telepathen bietet sich der menschliche Geist als ein Tollhaus dar. Er ist ein Hauptbahnhof, in dem alle Lautsprecher gleichzeitig dröhnen und etwa tausend (vielleicht auch zweitausend) Passagiere versuchen, sich gegenseitig zu übertönen. Er ist wie ein Konzentrat aller UKW-Frequenzen: Rund siebenundachtzig Sender wetteifern um die Gunst der Zuhörer, die gerade eine Versammlung veranstalten und sich mit Walkie-talkies verständigen.

Granny schickte magische Ohren auf die Suche nach Eskarina; ebensogut hätte sie versuchen können, die sprichwörtliche Nadel im Heuhaufen zu finden.

Der erhoffte Erfolg blieb natürlich aus. Aber die vielen Gedankenfetzen, die ihr durch den thaumaturgisch-telepathischen Äther entgegenwehten, überzeugten sie davon, daß die Welt tatsächlich so verrückt war, wie sie es schon seit langem vermutete.

Sie traf Hilta an der nächsten Abzweigung. Die Kollegin hielt einen Besen in der Hand, mit dem sie mehrmals die gesamte Stadt überflogen hatte. Sie mußte dabei äußerste Vorsicht walten lassen: Die Männer von Ohulan wußten zwar Bleib-lange-oben-Salbe zu schätzen, aber von fliegenden Frauen hielten sie nicht viel.

Hilta Ziegenfinder schnitt eine Grimasse und schüttelte verzagt den Kopf.

»Du hast also keine Spur von ihr entdeckt«, stellte Granny fest.

»Bist du unten am Fluß gewesen? Vielleicht ist sie hineingefallen.«

»Das hätte der Zauberstab bestimmt nicht zugelassen. Außerdem kann sie schwimmen. Nein, ich glaube, sie versteckt sich. Verflixt!«

»Was sollen wir jetzt tun?«

Granny bedachte ihre Kollegin mit einem tadelnden Blick. »Du brauchst nicht gleich zu verzweifeln, Hilta Ziegenfinder! Sieh mich an: Ich bin völlig ruhig und gelassen!«

Hilta musterte sie eingehend

»Und was ist mit deinen Lippen, hm? Sie bilden einen dünnen Strich.«

»Ärger, weiter nichts.«

»Manchmal kommen Zigeuner zum Markt. Vielleicht haben sie Esk geschnappt und fortgebracht.«

Was Städter anging, hielt Oma Wetterwachs praktisch alles für möglich. Doch Zigeuner gehörten nicht zu jener exotischen Welt.

»Dann sind sie ein ganzes Stück blöder, als ich bisher annahm«, erwiderte sie scharf. »Immerhin hat sie ihren Stab.«

»Und was nützt er ihr?« Hilta war den Tränen nahe.

»Ich glaube, du hast mich noch immer nicht verstanden«, sagte Granny streng. »Ich schlage vor, wir gehen zu dir und warten.«

»Worauf?«

»Auf Schreie und Feuerbälle oder etwas in der Richtung«, erklärte Oma Wetterwachs und machte eine vage Geste.

»Du bist herzlos!«

»Ich glaube, das Mitleid sollten wir uns für die Leute aufsparen, die Esk begegnen. Flieg du voraus und häng den Kessel ins Feuer. Ich komme zu Fuß nach.«

Hilta warf ihr einen verwirrten Blick zu und hockte sich

auf den Besenstiel, der zögernd aufstieg und unsicher durch die Dunkelheit torkelte. Wenn man Hexenbesen mit Autos vergleichen konnte, so handelte es sich in diesem Fall um einen halb verrosteten 500er Fiat.

Granny sah Hilta nach, stapfte dann übers feuchte Pflaster und entschied, das Fliegen weiterhin zu hassen. Wie herrlich zuverlässig waren doch zwei lange stelzenartige Beine!

Esk lag unter einer flauschigen, dicken und ein wenig klammen Decke, und durch das kleine Dachbodenfenster beobachtete sie das Funkeln der Sterne. Trotz ihrer Müdigkeit konnte sie nicht schlafen. Das Bett war viel zu kalt. Sie dachte daran, es mit Magie zu erwärmen, überlegte es sich dann aber anders. Ganz gleich, wie vorsichtig sie experimentierte: Feuerzauber entzogen sich noch immer ihrer Kontrolle. Entweder funktionierten sie überhaupt nicht — oder viel zu gut. Der Waldboden im magischen Einzugsgebiet von Grannys Hütte wies bereits viele Löcher auf, die von thaumaturgischen Feuerbällen stammten. Esk erinnerte sich an einen wohlwollenden Hinweis der alten Hexe: *Du brauchst dir keine Sorgen zu machen, wenn das Zaubern auch weiterhin nicht richtig klappt: In der Abort- und Brunnenbranche kannst du sicher viel Geld verdienen.*

Eskarina drehte sich auf die Seite und versuchte, dem muffigen Geruch der Laken keine Beachtung zu schenken. Nach einer Weile streckte sie die Hand aus und tastete nach dem Zauberstab, der neben dem Bett an der Wand lehnte. Frau Skiller hatte sie mit bemerkenswerter Beharrlichkeit darum gebeten, ihn nach unten bringen zu dürfen, aber Esk wollte sich auf keinen Fall von ihm trennen. Er war das einzige Ding auf der ganzen Welt, das allein ihr gehörte.

Sie fühlte sich sonderbar erleichtert, als sie das glatte Holz mit den eigentümlichen Schnitzmustern berührte. Nach einer halben Ewigkeit schlief sie endlich ein. Seltsame Traumbilder durchzogen ihren ruhenden Geist. Sie sah

Armreifen, seltsame Bündel und Rucksäcke, hohe Berge. Sie betrachtete ferne Sterne über schneebedeckten Gipfeln, eine kalte Wüste, in der unheilvolle Geschöpfe durch trokkenen Sand krochen und sie aus großen Insektenaugen anstarrten ...

Eine Treppenstufe knarrte. Kurz darauf eine andere. Stille folgte — die raschelnde, nervöse Stille eines Menschen, der versucht, nicht das geringste Geräusch zu verursachen.

Leise öffnete sich die Tür. Skillers Gestalt bildete einen dunklen Schatten vor dem Kerzenschein im Treppenhaus. Stimmen flüsterten, und kurz darauf schlich der Wirt auf Zehenspitzen durchs Zimmer. Der Zauberstab glitt zur Seite, als zitternde Finger nach ihm griffen, doch eine unsichere Hand hielt ihn fest, bevor er zu Boden fallen konnte. Ganz langsam ließ Skiller den Atem entweichen.

Deshalb hatte er kaum genug Luft, um laut zu schreien, als sich der Stab *bewegte.* Er fühlte kalte Schuppen, darunter stahlharte Muskeln ...

Esk setzte sich ruckartig auf und sah gerade noch, wie Skiller die steile Leiter hinabpolterte. Er ruderte wild mit den Armen und schien sich von einem unsichtbaren Gegner befreien zu wollen. Ein zweiter, etwas schriller klingender Schrei folgte, als der Wirt auf seiner Frau landete.

Der Stab lag auf dem Boden, eingehüllt in oktarines Glühen.

Eskarina kroch aus dem Bett und näherte sich der Tür. Sie hörte einige Flüche, an die sich ein entsetzt klingendes Keuchen anschloß. Als sie nach unten spähte, blickte sie direkt in das breite Gesicht Frau Skillers.

»Gib mir den Stab!«

Esk bückte sich und hob den langen Stock auf. »Nein«, sagte sie, »er gehört mir.«

»Er eignet sich nicht als Spielzeug für kleine Mädchen«, erwiderte die Wirtin scharf.

»Er gehört mir«, wiederholte Esk und schloß die Tür. Einige Sekunden lang lauschte sie dem Murmeln und

Brummen im Treppenhaus und überlegte, was sie jetzt unternehmen sollte. Wenn sie Herr und Frau Skiller in irgend etwas verwandelte, kam es sicher nur zu einem Durcheinander, und außerdem wußte sie nicht genau, wie man das bewerkstelligte.

Eigentlich funktionierte die Magie nur, wenn sie nicht daran dachte. Sie schien sich irgendwie an bewußten Gedanken vorbeizumogeln.

Eskarina durchquerte den Raum und öffnete das Fenster. Die charakteristischen Nachtdüfte der Zivilisation wehten ihr entgegen: nasse Straßen, schlafende Gartenblumen, irgendwo ein voller Abort. Feuchte Schindeln glänzten im Licht der Sterne.

Als sie hörte, wie Skiller erneut die Treppe heraufkam, schob sie den Stab aufs Dach, kletterte aus dem Fenster und stützte sich am Rahmen ab. Die Schindeln neigten sich einem kleinen Anbau entgegen, und Esk hielt sich einigermaßen gerade, als sie über den schlüpfrigen Untergrund rutschte. An der Dachrinne verharrte sie, blickte auf einige Tonnen herab, die gut anderthalb Meter unter ihr standen, sprang und lief geduckt über den Hinterhof der Schenke.

Als sie in den Dunstschwaden verschwand, die träge durch eine nahe Gasse wallten, folgten ihr zornige Stimmen aus *Des Geigers Rätsel.*

Skiller eilte an seiner Frau vorbei und klopfte auf das nächste Faß. Er zögerte kurz, bevor er den Deckel hob.

Der aromatische Duft von Pfirsichschnaps zog verlokkend durchs Zimmer, und der Wirt seufzte erleichtert.

»Hast du Angst, das Zeug hat sich in was Gräßliches verwandelt?« fragte seine Frau. Er nickte.

»Wenn du dich nicht so dumm angestellt hättest...«, begann sie.

»Der verdammte Stab war bissiger als ein tollwütiger Hund!«

»Vielleicht wäre es dir möglich gewesen, ein Zauberer zu werden. Und Zauberer führen ein wesentlich angenehmeres Leben als durchschnittliche Leute. Hast du denn überhaupt keinen *Ehrgeiz?«*

Skiller schüttelte den Kopf. »Ich glaube, es ist mehr nötig als nur ein Zauberstab, um Magier zu sein«, erwiderte er. »Außerdem habe ich gehört, daß solche Leute nicht heiraten dürfen. Es heißt, es sei ihnen sogar verboten...« Er brach ab.

Frau Wirtin sah ihn fragend an. »*Was* ist verboten?«

Skiller zuckte verlegen mit den Schultern. »Nun, du weißt schon. Gewisse... Sachen.«

»Ich habe nicht die geringste Ahnung, wovon du sprichst«, sagte seine Frau energisch.

»Und ich fürchte, das stimmt sogar.« Widerstrebend folgte er ihr durch den Schankraum. *Vielleicht,* dachte er melancholisch, *sind Zauberer gar nicht so übel dran.*

Eine folgenschwere Entdeckung am nächsten Morgen bestätigte ihn in dieser Ansicht. Der Pfirsichschnaps in den zehn Fässern hatte sich tatsächlich in etwas Gräßliches verwandelt.

Esk wanderte ziellos durch die grauen Straßen Ohulans und gelangte schließlich zu den kleinen Docks am Fluß. Breite flache Kähne dümpelten träge an den Molen, und aus dem einen oder anderen Schornstein kräuselte dünner Rauch, den sie mit Vorstellungen von Wärme und Behaglichkeit verband. Esk kletterte über die nächste Reling, und mit Hilfe des Zauberstabs hob sie die Plane, die einen großen Teil des Bootes bedeckte.

Sie nahm einen würzigen Geruch wahr, eine Mischung aus Lanolin und Mist. Der Kahn hatte Wolle geladen.

Es ist töricht, auf einem unbekannten Schiff zu schlafen, ohne zu ahnen, welches Ufer man am nächsten Morgen sieht. Immerhin stehen Kahnfahrer normalerweise in aller Frühe auf und lichten noch vor Morgengrauen die Anker (manche glauben, auf diese Weise die Hafengebühren sparen zu können). Sie warten nicht etwa ab, bis alle blinden Passagiere ihre Reiseziele genannt haben.

Wir wissen das. Aber Esk hatte keine Ahnung.

Eskarina erwachte, als sie ein seltsames Pfeifen vernahm. Sie blieb ganz still liegen und ließ die Ereignisse des vergangenen Abends noch einmal vor dem inneren Auge Revue passieren, bis ihr einfiel, wo sie sich befand. Dann rollte sie sich auf die andere Seite und hob vorsichtig die Plane.

Mit der Umgebung schien irgend etwas nicht in Ordnung zu sein. Sie *bewegte* sich.

»Ich glaube, so etwas nennt man Segeln«, murmelte Eskarina und beobachtete, wie das ferne Ufer vorbeiglitt. »Ich hätte es mir aufregender vorgestellt.«

Sie vergaß völlig, sich Sorgen zu machen. Während der ersten acht Jahre ihres Lebens war die Welt recht langweilig gewesen, und jetzt, da sie sich allmählich interessanter gestaltete, wollte sie nicht undankbar sein.

Als das Pfeifen verklang, hörte sie einen bellenden Hund. Esk sank wieder auf die Wolle zurück, streckte die geistigen Hände aus, fand das Tier und borgte sich seine Gedankensphäre. Das fremde Bewußtsein begegnete ihr mit sehnsüchtigen Träumen von Knochen und weggeworfenen Stöcken; aber Eskarina achtete nicht weiter darauf, sah aus den Hundeaugen und brachte in Erfahrung, daß die Besatzung des Kahns aus mindestens vier Personen bestand. Auf den anderen Schiffen, die in unmittelbarer Nähe schwammen und eine Art Konvoi bildeten, fand sie weitere Menschen, auch Kinder.

Nach einer Weile trennte sie sich von dem Tier, spähte wieder unter der Plane hervor und genoß die Aussicht. Am Ufer ragten hohe orangefarbene Klippen empor, in der sich viele bunte Streifen zeigten: Sie sahen aus wie das Riesensandwich eines hungrigen Gottes. Während Eskarina die Felswände beobachtete, versuchte sie, einen ganz bestimmten Gedanken aus sich zu verdrängen, doch das unangenehme Gefühl in ihrem Unterleib verstärkte sich rasch, hob einen mentalen Zeigefinger und deutete immer nachdrücklicher auf ein imaginäres WC. Früher oder später mußte sie ihr Versteck verlassen, um ihre Blase zu entleeren.

Wenn sie noch ein wenig wartete, bis...

Mit einem plötzlichen Ruck wurde die Plane beiseite gerissen, und ein großes bärtiges Gesicht blickte auf Esk herab.

»Welche Überraschung!« sagte der Mann. »Wen haben wir denn hier? Eine kleine Ausreißerin, oderwas?«

Esk setzte ihre Geheimwaffe ein: den durchdringenden Blick. Der Fremde schien nicht zu reagieren. »Könntest du mir bitte beim Aufstehen helfen?«

»Hast du denn gar keine Angst, daß ich dich den... den Hechten zum Fraß vorwerfe?« fragte der Bärtige. Als er die Verwirrung in Esks Zügen sah, fügte er hinzu: »Große Süßwasserfische. Sind ziemlich flink und haben scharfe Zähne.«

Eine derartige Vorstellung war ihr völlig fremd. »Nein«, sagte sie offen, »ich fürchte mich nicht. Sollte ich? Würdest du mir damit drohen?«

»Nun, drohen schon. Aber mehr auch nicht. Sei unbesorgt!«

»Ich bin keineswegs beunruhigt.«

»Oh!« Ein brauner Arm, der auf die übliche Weise am Kopf befestigt war (besser gesagt: am Hals darunter, beziehungsweise an der Schulter), streckte sich ihr entgegen und zog sie hoch.

Einige Sekunden später stand Esk auf dem Deck des Kahns und sah sich um. Der Himmel erstrahlte in einem prächtigen Amethystblau und wölbte sich über einem breiten Tal. Der Fluß strömte noch immer an hohen Felshängen entlang und hatte es dabei ungefähr so eilig wie eine parlamentarische Untersuchungskommission, die gemütlich durch ein Labyrinth von Bestechungsskandalen schlendert und mit bemerkenswerter Hartnäckigkeit immer wieder an den Ausgangspunkt zurückkehrt.

Hinter ihr dienten die Spitzhornberge noch immer als granitenes Geländer für die Wolken, aber sie wirkten jetzt nicht mehr annähernd so gewaltig, wie sie Esk in Erinnerung hatte. Die zunehmende Entfernung schien zu einer vorzeitigen Erosion zu führen.

»Was ist das?« fragte Eskarina und roch den ungewohnten Duft von Sümpfen und Riedgras.

»Der Oberlauf des Ankh-Stroms«, sagte der Bärtige. »Was hältst du davon?«

Esk beobachtete den Fluß in beiden Richtungen. In diesem Bereich war er wesentlich breiter als bei Ohulan.

»Ich weiß nicht. Ziemlich viel Wasser. Ist dies dein Schiff?«

»Boot«, berichtigte der Mann. Er war größer als ihr Vater, wenn auch nicht ganz so alt, und er trug die Kleidung eines Zigeuners. Die meisten seiner Zähne bestanden aus Gold, aber Esk beschloß vorsichtshalber, die Frage nach dem Grund für die seltsame Metamorphose auf einen späteren Zeitpunkt zu verschieben. Seine Haut zeichnete sich durch jene Art von Bräune aus, die reiche Leute durch kostspielige Ferien und Aluminiumfolie zu erringen hofften — obwohl man den gleichen Effekt erzielen konnte, wenn man jeden Tag von morgens bis abends an der frischen Luft schuftete. Der Unbekannte runzelte die Stirn.

»Ja, es gehört mir«, sagte er, entschlossen, die Initiative zurückzugewinnen. »Was tust du hier, wenn ich fragen darf? Bist du von zu Hause weggerannt, oderwas? Ein Junge in deinem Alter würde sicher behaupten, er wolle in der Fremde sein Glück versuchen. Aber du bist ein Mädchen, stimmt's?«

»Können Mädchen ihr Glück nicht versuchen?«

»Normalerweise halten sie nach einem hübschen jungen Mann Ausschau, der mit Erfolg von einer solchen Reise heimkehrt«, sagte der Bärtige und schenkte ihr ein 200karätiges Lächeln. Er steckte eine braune Hand aus, an deren Fingern prunkvolle Ringe steckten. »Darf ich dich zum Frühstück einladen?«

»Vorher würde ich gern den Abort benutzen«, sagte Esk zurückhaltend. Der Zigeuner sah sie groß an.

»Dies ist ein Kahn, oderwas?«

»Ich glaube schon.«

»Mit anderen Worten: Es gibt nur den Fluß.« Er klopfte ihr auf die Schultern. »Mach dir nichts draus«, fügte er hinzu. »Er ist längst daran gewöhnt.«

Granny stand auf der Anlegestelle, und ihr Fuß pochte mit einem ungeduldigen *Taptaptap* aufs Holz. Der kleine Mann vor ihr — er war das ohulanische Äquivalent eines Dockmeisters — bekam die volle Wucht eines durchdringenden Hexenstarrens zu spüren, erbleichte unwillkürlich und gab sich alle Mühe, noch kleiner zu werden. Oma Wetterwachs' Gesichtsausdruck wirkte vielleicht nicht ganz so beunruhigend wie der Anblick von Daumenschrauben, aber ihre finstere Mimik schien darauf hinzudeuten, daß sie die Verwendung solcher Folterinstrumente durchaus in Erwägung zog.

»Sie sind also noch vor dem Morgengrauen aufgebrochen«, sagte sie.

»J-ja«, erwiderte der Mann. »Ich, äh, wußte nicht, daß du etwas dagegen hattest. Sonst hätte ich sie natürlich, äh, gebeten, auf dich zu warten.«

»Befand sich ein kleines Mädchen an Bord?« Ihr Stiefel machte *Taptap*.

»Äh, nein, tut mir leid.« Hastig fügte er hinzu: »Es sind Zoons. Wenn sich die Kleine an Bord versteckte, droht ihr keine Gefahr. Einem Zoon kann man immer vertrauen, heißt es. Sie nehmen das Familienleben sehr ernst. Und sie mögen Kinder.«

Granny sah Hilta an, die so unruhig von einem Bein aufs andere trat, als stünde sie auf glühenden Kohlen. Oma Wetterwachs hob fragend die Brauen.

»O ja«, versicherte Hilta schrill. »Die Zoons genießen einen guten Ruf.«

»Mmpf«, machte Granny. Sie drehte sich auf den Absätzen um und marschierte mit langen Schritten in die Stadt zurück. Der Dockmeister sackte seufzend in sich zusammen und erweckte den Eindruck, als habe man ihm gerade einen Kleiderbügel aus dem Hemd gezogen.

Hilta wohnte über einem Kräuterhändler, hinter einer Gerberei, und die Fenster ihrer Zimmerflucht gestatteten einen weiten Blick über die Dächer von Ohulan. Sie mochte ihr Heim, denn dort konnte sie in aller Ruhe ihre anspruchsvolleren Kunden empfangen, die sie folgendermaßen beschrieb: »Es sind Leute, die sich für ganz besondere Dinge interessieren, bei der Auswahl nicht gern gestört werden möchten und großen Wert auf Diskretion legen.«

Oma Wetterwachs sah sich im Wohnzimmer um und machte keinen Hehl aus ihrem Abscheu. Es gab entschieden zu viele Troddeln, Perlenschnurvorhänge, astrologische Diagramme und schwarze Katzen. Granny konnte Katzen nicht ausstehen. Sie schnupperte.

»Ist das die Gerberei?« fragte sie vorwurfsvoll.

»Weihrauch«, erklärte Hilta. Sie hielt der Verachtung ihrer Kollegin tapfer stand. »So etwas gefällt den Kunden«, fügte sie hinzu. »Es bringt sie in die richtige Stimmung, wenn du verstehst, was ich meine.«

»Es sollte doch eigentlich möglich sein, sich den Lebensunterhalt auf anständige Weise zu verdienen, Hilta — ohne derart *banale* Tricks«, sagte Granny, nahm Platz und nahm die langwierige und komplizierte Aufgabe in Angriff, ihre Hutnadeln zu entfernen.

»Das Leben in Städten ist für uns Hexen nicht leicht«, verteidigte sich Hilta. »Man muß mit der Zeit gehen.«

»Ich bin strikt dagegen. Wozu gibt es denn Traditionen? Hast du den Kessel aufgesetzt?« Granny beugte sich vor und nahm die Samthülle von Hiltas Kristallkugel. Es handelte sich um einen kopfgroßen Quarzball.

»Hab' noch nie viel von diesem blöden Siliciumzeug gehalten«, brummte sie. »In meiner Jugend genügte eine Schüssel mit Wasser und ein Tropfen Tinte. Na ja, mal sehen...«

Konzentriert starrte sie in die Kugel und benutzte sie als einen Fokus, um festzustellen, wo sich Eskarina aufhielt. Nun, Kristallkugeln haben selbst unter normalen Umständen ihre Tücken, und wenn man sie längere Zeit betrachtet, so braucht man kein Hellseher zu sein, um eine ausgewachsene Migräne zu prophezeien. Granny mißtraute ihnen: Ihrer Ansicht nach kamen sie Zauberei verdächtig nahe. Und wenn man nicht die angebrachte Vorsicht walten ließ, so befürchtete sie, saugten sie einem den Verstand aus dem Schädel, wie eine Wellhornschnecke aus ihrem Gehäuse.

»Das verdammte Ding funkelt zu sehr«, beschwerte sie sich, hauchte auf das blitzende Glas und rieb mit dem Ärmel daran. Hilta blickte ihr über die Schulter.

»Ich glaube, es ist kein normales Funkeln«, sagte sie langsam. »Bestimmt bedeutet es irgend etwas.«

»Was denn?«

»Keine Ahnung. Soll ich's mal versuchen? Die Kugel ist an mich gewöhnt.« Hilta verscheuchte eine Katze vom anderen Stuhl, setzte sich und starrte in die kristallene Tiefe.

»Hmphf, meinetwegen«, erwiderte Oma Wetterwachs. »Aber ich bezweifle, ob du ...«

»He, einen Augenblick! Da formt sich ein Bild.«

»Ich sehe nur das verflixte Funkeln«, beharrte Granny. »Silberstaub, der dauernd hin und her wogt, wie das Schneetreiben in kleinen Schaugläsern. Eigentlich recht hübsch.«

»Ja, aber hinter den Flocken ...«

Granny kniff die Augen zusammen.

Und beobachtete folgendes:

Aus größer Höhe blickte sie auf eine weite Landschaft hinab, die sich in dunstiger Tiefe erstreckte. Ein breiter Fluß kroch wie eine betrunkene Schlange durch Täler und Schluchten. Silbrige Lichter tanzten im Vordergrund, aber es handelte sich nur um wenige Funken, die auf eigene Faust dahinstoben. Die überwiegende Mehrheit des flakkernden Gleißens bildete eine lange Spirale, die wie ein

Schnee hustender greiser Tornado aussah und bis zum Strom hinabreichte. Oma Wetterwachs sah noch genauer hin und erkannte einige dunkle Flecken auf dem glitzernden Wasser.

Gelegentlich zuckten seltsame Blitze durch das trichterförmige Wabern und Wallen.

Granny zwinkerte und hob den Kopf. Plötzlich schien es im Zimmer stockfinster zu sein.

»Komisches Wetter«, sagte sie, weil ihr nichts Besseres einfiel. Sie schloß die Lider, aber das brodelnde Irrlichtern setzte sich vor ihrem inneren Auge fort.

»Ich glaube, es ist gar kein Wetter«, entgegnete Hilta. »Ich vermute sogar, normale Menschen können überhaupt nicht sehen, was uns der Kristall zeigt — Magie, die aus der Luft kondensiert.«

»In den Zauberstab?«

»Ja. Es gibt keine andere Erklärung. Irgendwie destilliert er magische Energie.«

Granny riskierte einen neuerlichen Blick in die Kugel.

»Und Esk nimmt sie auf«, sagte sie leise.

»Ja.«

»Eine ziemliche Menge, wenn du mich fragst.«

»In der Tat.«

Nicht zum erstenmal wünschte sich Oma Wetterwachs genauere Kenntnisse darüber, wie Zauberer ihre Magie beschworen. Sie stellte sich vor, wie sich Eskarinas Körper immer mehr mit thaumaturgischer Kraft füllte, alle Sehnen, Muskeln und Knochen damit auflud. Was geschieht mit Regenfässern während eines Gewitters? Genau: Sie laufen irgendwann über (wenn sie nicht vorher vom Blitz getroffen werden). Und dieses Schicksal drohte auch Esk. Eher früher als später würde die Magie aus ihr heraustropfen und hier und dort zu peripheren Veränderungen in der Wirklichkeit führen. Doch irgendwann mußte eine verheerende Entladung folgen, die das okkulte Gefüge des ganzen Universums durcheinanderbringen konnte. Granny schauderte unwillkürlich, als sie an die Konsequenzen dachte.

»Verflixt!« sagte sie. »Der Stab war mir von Anfang an unsympathisch.«

»Wenigstens ist Esk auf dem Weg zur Unsichtbaren Universität«, warf Hilta ein. »Dort weiß man sicher, wie man solche Probleme löst.«

»Mag sein. Nun, der Kahn fährt flußabwärts. Wie viele Meilen hat er wohl schon zurückgelegt?«

»Etwa zwanzig. Solche Boote sind kaum schneller als ein Fußgänger. Die Zoons haben es nicht eilig.«

»Na *schön.*« Granny stand auf und schob das spitze Kinn vor. Entschlossen griff sie nach dem Hut und ihrem großen Sack. »Eins steht fest: Ich bin recht flink auf den Beinen«, sagte sie. »Außerdem brauche ich nicht den vielen Flußbiegungen zu folgen. Ich nehme die Abkürzung: Luftlinie.« Hastig fügte sie hinzu: »Auf dem Boden.«

»Du willst Esk *zu Fuß* folgen?« entfuhr es Hilta entsetzt. »Aber die dunklen Wälder und wilden Tiere...«

»Sind mir nur recht. Kann mir bestimmt nicht schaden, in die Zivilisation zurückzukehren. Wie dem auch sei: Esk braucht mich. Der Zauberstab übernimmt allmählich die Kontrolle. Ich habe davor gewarnt, aber wer hat auf mich gehört?«

»Wer?« fragte Hilta und rätselte immer noch darüber, was Granny mit ›Rückkehr in die Zivilisation‹ meinte.

»Niemand«, sagte Oma Wetterwachs fest.

Der bärtige Mann hieß Amschat B'hal Zoon. Er wohnte auf dem Kahn, zusammen mit seinen drei Frauen und drei Kindern. Und er war ein Lügner.

Die Gegner der Zigeuner äußerten sich nicht nur über die absolute Ehrlichkeit des Zoon-Clans, die normale Menschen häufig zur Raserei brachte, sondern auch sein offenes und direktes Gebaren. Die Zoons wußten nicht, was Euphemismen waren, und wenn sie einen vernahmen (was nur sehr selten geschah), antworteten sie schlicht (und wahrheitsgemäß), sie hätten noch nie eine freundlicher klingende Beleidigung gehört.

Sie hielten nicht etwa deshalb so unerschütterlich stur an der Wahrheit fest, weil sie darin ein göttliches Gebot sahen. Vielmehr schien es einen genetischen Grund dafür zu geben. Der durchschnittliche Zoon konnte ebensogut lügen wie unter Wasser atmen; allein die entsprechende Vorstellung genügte, um sein ganzes Weltbild zu gefährden. Ihrer Meinung nach krempelte eine Lüge den ganzen Kosmos um.

Für ein Volk von Händlern stellte dies einen gewissen Nachteil dar, und deshalb befaßten sich die Ältesten der Zoon im Laufe von Jahrtausenden mit eingehenden Analysen jener seltsamen Fähigkeit, mit der alle anderen Menschen geradezu im Übermaß ausgestattet waren. Sie beschlossen, nicht länger auf diese nützliche Gabe zu verzichten.

Junge Männer, die zumindest ansatzweise entsprechende Talente aufwiesen, wurden bei speziellen Zeremonien ermutigt, den philosophischen Komplex der Wahrheit recht großzügig zu interpretieren und auf dieser Basis miteinander zu wetteifern. Die erste überlieferte Proto-Lüge der Zoons lautete folgendermaßen: »Eigentlich ist mein Opa ziemlich groß.« Nun, nach einigen Dutzend Generationen bekamen sie den Bogen raus, und man gründete das ehrenwerte Amt des Stammeslügners.

Dem Autor sei hier ein weiterer Hinweis gestattet: Die meisten Zigeuner sehen sich nach wie vor außerstande zu lügen, aber sie respektieren jeden Zoon, der behaupten kann, das Universum sei anders, als es in Wirklichkeit ist. Mit anderen Worten: Der Lügner genießt hohes Ansehen. Er repräsentiert den Stamm bei allen Verhandlungen mit der Außenwelt, die der durchschnittliche Zoon längst nicht mehr versteht. Alle Familiengruppen sind auf ihre Lügner sehr stolz.

Andere Völker begegnen dieser Entwicklung eher mit Unbehagen und Mißbilligung. Sie vertreten den Standpunkt, der betreffende Zoon sollte sich angemessenere Titel zulegen, zum Beispiel ›Diplomat‹ oder ›Pressesprecher‹ oder ›Verantwortlicher für Öffentlichkeitsarbeit‹. Häufig fühlen sie sich von Lügnern auf den Arm genommen und — belogen.

»Stimmt das alles?« fragte Esk mißtrauisch und sah sich in der kleinen Kabine des Kahns um.

»Nein«, erwiderte Amschat fest. Seine jüngere Frau, die an einem verzierten Ofen stand und in einem Topf mit Haferbrei rührte, lachte fröhlich. Die drei Kinder saßen ruhig am Tisch und beobachteten Esk mit großem Interesse.

»Sagst du denn nie die Wahrheit?«

»Du etwa?« Amschat lächelte sein Goldminen-Lächeln, doch die Augen blieben ernst. »Warum habe ich dich unter der Plane gefunden? Amschat ist kein Entführer. Bestimmt gibt es bei dir zu Hause jemanden, der sich Sorgen um dich macht, oderwas?«

»Ich schätze, Granny sucht bereits nach mir«, antwortete Esk. »Aber vermutlich ist sie nicht sehr besorgt. Nur wütend. Wie dem auch sei: Ich möchte nach Ankh-Morpork. Du kannst mich ruhig von deinem Schiff...«

»...Boot...«

»...werfen, wenn du unbedingt willst. Ich habe keine Angst vor den Hechten.«

»Das kann ich nicht«, sagte Amschat.

»War das eine Lüge?«

»Nein! Denk nur an die Wildnis. Dort treiben sich Räuber und... *Dinge* herum.«

Esk nickte mehrmals. »Dann wäre dieser Punkt also geklärt«, sagte sie. »Es macht mir nichts aus, in der Wolle zu schlafen. Und ich bin bereit, für die Reise zu bezahlen. Ich kann mich...« Sie zögerte. Das Ende des Satzes hing wie eine Dunstwolke aus Worten in der Luft, und Diskretion rang mit Erfolg um die Kontrolle ihrer Zunge. »...mich nützlich machen«, fügte sie unsicher hinzu.

Sie bemerkte, wie Amschat einen kurzen Blick mit seiner ältesten Frau wechselte, die am Herd nähte. Nach der Zoon-Tradition trug sie schwarze Kleidung, was sicher Grannys Zustimmung gefunden hätte.

»*Wie* willst du dich nützlich machen?« fragte der Lügner. »Mit Waschen und Fegen?«

»Zum Beispiel«, erwiderte Esk. »Außerdem kann ich mit dem zwei- und dreifachen Destillierkolben umgehen, lackieren, glasieren und firnissen, schmirgeln, hobeln und schnitzen, verschiedenes Wachs und Kerzen herstellen. Ich kenne mich mit Pflanzen, Wurzeln und Früchten aus, weiß, wo die Acht Wundervollen Kräuter wachsen, wie man sie schneidet und zubereitet. Ich kann spinnen, karden, kämmen, krempeln und weben, entweder per Hand, am Rahmen oder mit dem Webstuhl. Ich kann stricken, wenn jemand die Wolle für mich vorbereitet. Ich deute Boden und Felsen. Ich beherrsche das Zimmerhandwerk und kann mit Stech- und Lochbeitel ebensogut umgehen wie mit Stemmeisen und Zapfenstreichmaß. Ich sage das Wetter voraus, indem ich das Verhalten der Tiere und die Wolken beobachte. Ich weiß, wie man mit Bienen umgeht und die Honigproduktion steigert. Ich braue fünf Sorten Met und Bier, behandle Tücher mit Beize, Ätzwasser und Grund, mische mehrere Farbstoffe, wodurch sich neue Tönungen ergeben. Ich kann die meisten Arbeiten von Klempnern und Schuhmachern erledigen, schneide und pflege Leder. Und wenn ihr Ziegen habt: Ich kann sie füttern und melken, mich um sie kümmern. Ich mag Ziegen.«

Amschat musterte sie nachdenklich. Vielleicht erwartete er, daß sie die Liste fortsetzte.

»Oma Wetterwachs hält nichts von Leuten, die untätig herumsitzen«, erklärte Esk. »Sie sagt immer, eine Frau, die sich zu helfen weiß, hat keine Schwierigkeiten, sich ihren Lebensunterhalt zu verdienen.«

Amschat hob die Brauen. »Wahrscheinlich braucht eine solche Frau nicht einmal einen Ehemann.«

»Nun, auch in dieser Hinsicht hat Oma viele Ratschläge anzubieten...«

»Daran zweifle ich nicht«, sagte Amschat. Erneut sah er seine ältere Frau an, die kaum merklich nickte.

»Nun gut«, brummte er. »Wenn du dich nützlich

machen kannst, darfst du bleiben. Spielst du auch irgendein Musikinstrument?«

Esk erwiderte den prüfenden Blick des Mannes, ohne mit der Wimper zu zucken. »Selbstverständlich«, sagte sie stolz.

Und so entfernte sich Eskarina immer mehr von den Spitzhornbergen und ihrem milden Reizklima (das manchmal ganz schön reizte). Sie empfand nur vages Bedauern, wenn sie die undeutlicher werdenden Konturen des Gebirges beobachtete; und wenn sich ein Hauch von Melancholie in ihr regte, konzentrierte sie sich rasch auf die Zoons und ihre gemütliche Reise stromabwärts.

Der Konvoi bestand aus mehr als dreißig Kähnen, und auf jedem lebte mindestens eine große Zoon-Familie. Alle Boote beförderten unterschiedliche Fracht. Die meisten waren aneinandergebunden, und wenn jemandem der Sinn nach einem Gespräch stand, kletterte er einfach über die Reling aufs nächste Deck.

Esk machte es sich inmitten der Wolle bequem. Unter der Plane hatte sie es angenehm warm, und außerdem erinnerte sie der Geruch an Grannys Hütte. Hinzu kam, daß sie dort niemand störte.

Mit zunehmender Besorgnis dachte sie an die Magie, die sie auf Schritt und Tritt begleitete.

Sie entwickelte ein beunruhigendes Eigenleben. Eskarina beschwor sie nicht, und doch kam es in ihrer Nähe immer wieder zu thaumaturgischen Phänomenen. Sie ahnte, daß die Zoons nicht sonderlich begeistert gewesen wären, wenn sie davon erfahren hätten.

Aus diesem Grund ergriff Esk einige Vorsichtsmaßnahmen. Wenn sie spülte, klapperte sie laut mit Tellern und Tassen, um darüber hinwegzutäuschen, daß sich das Geschirr von ganz allein wusch. Wenn sie Socken stopfte, zog sie sich in einen entlegenen Winkel des Kahns zurück, damit niemand sah, daß sich die Löcher völlig selbständig schlossen, wie durch – Zauberei. Als sie am zweiten Tag ihres Aufenthaltes an Bord erwachte, mußte sie feststellen, daß sich ein Teil der Wolle gekämmt, gekardet und zu weichen Decken verknüpft hatte.

Esk wagte es nicht mehr, an magisch entzündete Feuer zu denken.

Natürlich verbrachte sie ihre Zeit nicht nur damit, der nächsten Fast-Katastrophe vorzubeugen. Hinter jeder weiten Flußbiegung erwartete sie ein neuer aufregender Anblick. Sie sah von dichten Wäldern dunkle gesäumte Uferzonen; in solchen Bereichen steuerten die Zoons ihre Boote in die Flußmitte und schickten Frauen und Kinder unter Deck. Bei derartigen Gelegenheiten zog sich Eskarina vorsichtshalber in ihr wollenes Refugium zurück, spähte aber neugierig unter der Plane hervor und lauschte dem Knurren und Grollen im finster anmutenden Gebüsch. Ab und zu fiel ihr Blick auf weites Ackerland. Sie sah wesentlich größere Städte als Ohulan und entdeckte sogar einige Hügel, die allerdings alt und zusammengeschrumpft wirkten, nicht so jung und verspielt waren wie die Spitzhornberge. Nun, sie litt nicht etwa an Heimweh, aber manchmal kam sie sich ebenfalls wie ein Boot vor: Es schwamm am Ende eines unendlich langen Seils, das sich jedoch nie vom Molenpfahl löste.

Ab und zu gingen die Schiffe in unmittelbarer Nähe einiger Ortschaften vor Anker. Die Tradition verlangte, daß ausschließlich Männer an Land gingen, und nur Amschat, der seinen zeremoniellen Lügenhut trug, sprach mit Nicht-Zoons. Esk begleitete ihn meistens. Er wies mehrmals darauf hin, sie solle sich an die ungeschriebenen Gesetze des Zoon-Lebens halten und an Bord bleiben, doch solche Mahnungen hatten auf Eskarina eine ähnliche Wirkung wie Mückenstiche auf ein Nashorn. Außerdem lernte sie bereits, daß Regeln und Vorschriften innerhalb kurzer Zeit abgeschafft wurden, wenn man sie einfach nicht beachtete.

Darüber hinaus gewann Amschat den Eindruck, daß er für seine Waren erstaunlich gute Preise erzielte, wenn Eskarina bei ihm weilte. Selbst die erfahrensten und hartnäkkigsten Feilscher hatten es sehr eilig, ein Geschäft abzuschließen, wenn der durchdringende Blick des Mädchens länger als einige Sekunden auf ihren ruhte.

Schon bald rührte sich Unbehagen in Amschat. Als ihm ein Edelsteinhändler in Zemphis einen Beutel mit Ultramarinen für hundert Wollvliese anbot, sagte eine in Hüfthöhe erklingende Stimme: »Das sind keine Ultramarine.«

»Hör dir das Kind an!« erwiderte der Händler und lächelte. Amschat nahm einen Kristall zur Hand und betrachtete ihn von allen Seiten.

»Ich höre es«, sagte er. »Nun, ich glaube, es handelt sich tatsächlich um Ultramarine. Sie haben den richtigen Glanz.«

Esk schüttelte den Kopf. »Es sind bloß Spirkel«, behauptete sie. Die beiden Männer starrten das Mädchen verblüfft an, und sofort bedauerte es seine unüberlegte Bemerkung.

Amschat drehte den Kristall langsam hin und her. Wenn man einen chamäleonartigen Spirkel in ein Kästchen mit echten Edelsteinen legte, nahm er ihre Struktur an – ein Trick, mit dem sich listige Juweliere zu bereichern hofften. In diesem Fall aber schien das blaue Gleißen echt zu sein. Nun, Amschat war in der Kunst des Lügens ausgebildet, und als er den Händler musterte, fielen ihm die feinen Anzeichen der Unwahrheit auf.

»Offenbar herrscht Zweifel«, sagte er. »Aber wir können ganz einfach Gewißheit erlangen. Ich schlage vor, wir bringen diesen Kristall zum Prüfer in der Kummergasse. Es ist allgemein bekannt, daß sich Spirkel in hypaktischer Flüssigkeit auflösen, oderwas?«

Der Händler zögerte. Amschat trat ein wenig zur Seite, spannte die Muskeln an und nahm eine Haltung an, die einer stummen Drohung gleichkam. Erneut spürte der Kaufmann den Blick des Mädchens. Es starrte ihn so an, als könne es bis in die untersten Gewölbe seines Gewissens sehen. Er schluckte und entschied, einen taktischen Rückzug anzutreten.

»Ich bedaure diese peinliche Kontroverse«, erwiderte er. »Ich habe diese Kristalle in gutem Glauben als Ultramarine entgegengenommen, doch um keinen Zwist zwischen uns entstehen zu lassen, möchte ich sie euch... schenken. Darf ich für die Vliese untertänigst diesen erlesenen Rubin anbieten?«

Der Händler holte einen kleinen Samtbeutel hervor und entnahm ihm einen roten Stein. Amschat reichte ihn Esk und behielt den Kaufmann im Auge. Das Mädchen nickte.

Als der Kaufmann kurze Zeit später davoneilte, griff Amschat nach Eskarinas Hand und führte sie zum Prüfer. Das ›Büro‹ des alten Mannes bestand nur aus einem Tisch in einer winzigen Mauernische. Er betrachtete den kleinsten der blauen Steine, hörte sich die hastige Erklärung des Zoon an, goß hypaktische Flüssigkeit in eine Schale und tauchte den angeblichen Ultramarin hinein. Der Kristall löste sich sofort auf.

»Höchst interessant«, murmelte der Prüfer. Mit einer Pinzette griff er nach einem weiteren Stein, starrte durch eine dicke Lupe und untersuchte ihn.

»Kein Zweifel – es sind Spirkel«, meinte er nach einer Weile. »Aber es handelt sich um wirklich prachtvolle Exemplare, die durchaus ihren Wert haben. Ich wäre an einem Kauf interessiert und bereit, dir dafür... Ist mit den Augen des Mädchens irgend etwas nicht in Ordnung?«

Eskarina probierte gerade einen neuen Blick aus, und Amschat gab ihr einen behutsamen Stoß.

»Ähem«, räusperte sich der Prüfer erleichtert, »nun, ich bin bereit, dir dafür... zwei *Batzen* Silber zu bezahlen.«

»Ich verlange fünf«, sagte der Zoon freundlich.

»Und ich möchte einen der Kristalle für mich«, warf Esk ein. Der alte Mann breitete die Arme aus.

»Aber sie sind doch bloß... eigenartig« sagte er. »Haben nur für Sammler einen Wert.«

»Ein Sammler könnte auf den Gedanken kommen, sie einem nichtsahnenden Interessenten als kostbare Ultramarine oder gar Diamanten zu verkaufen«, erwiderte Amschat. Und fügte im Plauderton hinzu: »Insbesondere dann, wenn er der einzige Prüfer in der Stadt ist.«

Der alte Mann brummte etwas Unverständliches. Man einigte sich schließlich auf drei *Batzen* und einen Spirkel für Esk. Der Prüfer befestigte ihn an einer dünnen Silberkette.

Als sie außer Hörweite waren, blieb Amschat stehen, reichte Eskarina die Münzen und sagte: »Hier, nimm! Du hast sie dir redlich verdient. Aber ...« Er ging in die Hocke und sah ihr in die Augen. »Bitte erklär mir, wie du die Spirkel als solche erkannt hast.«

Er schien besorgt zu sein, und Esk befürchtete, daß ihm die Wahrheit nicht gefallen hätte. Die meisten Menschen fühlten sich nicht wohl in ihrer Haut, wenn sie Magie begegneten. Amschat war ein kluger und gescheiter Mann, und deshalb konnte sie nicht einfach antworten: »Spirkel sind Spirkel, und Ultramarine sind Ultramarine. Es mag zwar den Anschein haben als sähen sie gleich aus, aber wenn man richtig hinsieht, erkennt man die Unterschiede. Nichts kann sich perfekt tarnen.«

Statt dessen erwiderte Eskarina: »Dort, wo ich geboren wurde, graben Zwerge nach Spirkeln. In meiner Heimat wissen alle, daß solche Kristalle das Licht auf eine ganz besondere Weise brechen.«

Amschat musterte sie eine Zeitlang und hob die Schultern.

»Na gut«, sagte er, »in Ordnung. Nun, ich habe hier noch einiges zu erledigen. Warum kaufst du dir nicht einige neue Sachen oder so? Ich sollte dich eigentlich vor betrügerischen Händlern warnen, aber ich glaube, du läßt dich nicht so einfach übers Ohr hauen, oderwas?«

Esk nickte, und Amschat wanderte über den Marktplatz. An der ersten Ecke verharrte er, sah nachdenklich zu dem Mädchen zurück und verschwand in der Menge.

Damit wäre die Fahrt über den Fluß wohl zu Ende, dachte Eskarina. *Er weiß nicht, was er von mir halten soll, aber von jetzt an wird er mich ständig beobachten; irgendwann fordert er vielleicht den Zauberstab von mir, und dann gibt's Ärger, so wie in der Schenke. Warum werden die Leute immer nervös, wenn sie es mit Magie zu tun bekommen?*

Sie seufzte philosophisch und begann damit, die Möglichkeiten der Stadt zu erforschen.

Der Zauberstab stellte ein gewisses Problem dar. Sie hatte ihn in der Wolle auf dem Kahn zurückgelassen, und vermutlich dauerte es noch eine Weile, bis man sie entlud und an Land brachte. Wenn Esk zurückkehrte, um ihn zu holen, würde man ihr gewiß einige Fragen stellen, und bedauerlicherweise wußte sie keine Antworten darauf.

Kurze Zeit später fand sie eine schmale Gasse und schritt an den dunklen Hauswänden entlang, bis sie eine geeignete Nische entdeckte.

Wenn eine Rückkehr aufs Boot nicht in Frage kam, blieb nur eine Alternative übrig. Eskarina streckte den Arm aus und schloß die Augen.

Ihr Wunsch verwandelte sich in ein kontrastreiches klares Bild vor dem inneren Auge. Der Zauberstab durfte kein Loch in die Plane reißen, durch die Luft fliegen und die Aufmerksamkeit der ganzen Stadt erwecken. Esk wollte nur eine kleine Veränderung in der allgemeinen Organisationsstruktur der Welt herbeiführen. Sie stellte sich einen Kosmos vor, in dem der Stab nicht mehr inmitten von Wolle ruhte, sondern sich in ihrer Hand befand. Eine winzige Modifikation der Realen Wirklichkeit, des Jetzt-Hier-Und-Dort. Weiter nichts.

Esk mangelte es an einer angemessenen Ausbildung, und daher wußte sie nicht, daß so etwas unmöglich war. Jeder halbwegs begabte Zauberer lernte, wie man Dinge bewegte — die Skala begann mit Protonen und zwar nach oben hin offen. Aber wenn man irgend etwas von A nach Z befördern wollte, so geboten die elementaren Gesetze der Physik, daß der betreffende Gegenstand den Rest des Alphabets nicht einfach überspringen durfte. Wenn etwas bei A verschwinden und bei Z wieder feste Gestalt annehmen wollte, mußte zunächst die ganze Realität dazwischen beiseite geräumt werden. Die fatalen Folgen, die sich daraus ergäben, sollen hier nur mit den Stichworten Massenkontraktion, Temporalschrumpfung, globale Deformation und organisch-biologische Regression angedeutet werden.

Nun, Esk wußte von alldem nichts, was jedoch weiter keine Rolle spielte: Wenn man keine Ahnung hat, daß man ein angestrebtes Ziel nicht erreichen kann, ist der Erfolg praktisch garantiert. Wer die Möglichkeit eines Mißerfolgs als absurd von sich weist, bringt alle notwendigen Voraussetzungen mit sich, um zu einem Ölfleck unter der Dampfwalze der Geschichte zu werden.

Als Eskarina versuchte, den Zauberstab zu bewegen, breiteten sich kleine Wellen im magischen Äther aus und verursachten viele kleine Veränderungen auf der Scheibenwelt. Die meisten davon blieben unbemerkt: einige Sandkörner, die an einem breiten Strand einen anderen Platz einnahmen, Bäume, die das eine oder andere zusätzliche Blatt bekamen (oder welche verloren). Doch als die Wellenfront der Wahrscheinlichkeit den Rand der Realität erreichte, daran abprallte und zu den thaumaturgischen Nachzüglern zurückgischtete, bildeten sich Strudel im Gefüge des Seins. Solche Strudel sind natürlich nur möglich, weil das Gefüge des Seins ausgesprochen seltsam ist.

Esk bemerkte natürlich nichts davon und brummte zufrieden, als der Zauberstab vor ihr materialisierte und sich ihre Finger um magisches Holz schlossen.

Es fühlte sich warm an.

Eine Zeitlang betrachtete sie den Stab und kam zu dem Schluß, daß er zu groß und auffällig war. Er zog neugierige Blicke auf sich.

»Wenn ich dich nach Ankh-Morpork mitnehmen soll«, dachte Eskarina laut, »muß ich dich irgendwie verkleiden.«

Einige letzte oktarine Funken stoben über die Schnitzmuster und verblaßten. Sonst geschah nichts.

Esk seufzte und löste das Problem, indem sie auf den

Marktplatz von Zemphis zurückkehrte und dort einen besonders großen Besen kaufte. Anschließend kehrte sie in die Gasse zurück, löste den Stiel und rammte den Zauberstab ins Geflecht aus dünnen Birkenzweigen. Da es ihr nicht richtig erschien, ein so ehrenwertes und würdevolles Objekt auf diese Weise zu behandeln, murmelte sie eine leise Entschuldigung. Der Stab gab keine Antwort.

Sie stellte rasch fest, daß sie genau die gewünschte Wirkung erzielte: Niemand schenkte einem Mädchen, das einen Besen trug, mehr als beiläufige Beachtung.

Gegen das flaue Gefühl in Esks Magengrube half keine Magie, sondern eine pikante Pastete. Der Mann hinter dem Tresen der Marktbude war so dumm, ihr zu wenig Wechselgeld zurückzugeben, und erst später merkte er, daß er sich in verblüffender Großzügigkeit von zwei Silbermünzen getrennt hatte. Hinzu kam: Des Nachts schlichen sich Ratten in seinen Laden und fraßen alle Vorräte auf. Und am nächsten Tag wurde seine Großmutter von einem Blitz getroffen.

Die Stadt war größer und auch völlig anders als Ohulan: Abgesehen vom Ankh-Strom, der in dieser Region einen Hauptverbindungsweg darstellte, führten drei wichtige Handelsstraßen nach Zemphis. Im Zentrum befand sich ein weiter Platz, der wie eine Mischung aus exotischem Verkehrsstau und einem Zeltlager wirkte. Kamele traten Maulesel, Maulesel traten Pferde, Pferde traten Kamele — und alle traten Menschen. Es herrschte ein wirres Durcheinander aus bunten Farben, ohrenbetäubendem Lärm und mehr oder minder würzigen Düften. Und auf dieser Bühne agierten Hunderte von Menschen, die sich leidenschaftlich bemühten, innerhalb kurzer Zeit möglichst viel Geld zu verdienen.

Als einer der Gründe für das rege Treiben mag folgendes angeführt werden: Viele Bewohner des Kontinents zogen es vor, ohne große Mühen reich zu werden, und da die Scheibenwelt noch kein richtiges Kreditwesen entwickelt hatte (sah man einmal von den Noblen Wucherern ab, die es jedoch mit keiner anständigen Bank aufnehmen konnten), blieb ehrgeizigen Kriminellen nichts anderes übrig, als sich auf ältere und traditionellere Formen des Banditentums zu besinnen.

Seltsamerweise erforderten solche Dinge nicht selten erhebliche Anstrengungen. Man denke nur daran, welcher Aufwand an geistiger und körperlicher Kraft notwendig ist, um einen Hinterhalt vorzubereiten, schwere Felsen an den Rand hoher Klippen zu rollen, Straßensperren aus gefällten Bäumen zu errichten, Fallgruben auszuheben und zugespitzte Pfähle darin unterzubringen. Wer einem allgemein geachteteren Beruf nachgeht, hat es in der Regel wesentlich leichter. Nun, trotzdem gab es genügend fehlgeleitete Menschen, die aus krimineller Hingabe alle diese Mühen auf sich nahmen (unter anderem auch deswegen, weil sie es haßten, Steuern zu zahlen und Sozialabgaben zu leisten). Sie nahmen sogar lange Nächte im eher unbequemen Freien in Kauf, um ganz gewöhnliche, bis zum Rand gefüllte Schmuckkästchen zu erbeuten.

Zemphis war also ein Ort, in der sich Karawanen teilten, ihre Waren gegen andere eintauschten oder in bare Münze verwandelten. Wenn die Händler und Reisenden die Stadt nach dem Markt verlassen wollten, bildeten sie wieder große Gruppen, um sich vor den Unterprivilegierten zu schützen, die am Straßenrand lauerten und ihre Messer wetzten. Esk bahnte sich unbeachtet einen Weg durchs Gedränge und brachte alles das in Erfahrung, indem sie an den Ärmeln von Leuten zupfte, die ihr wichtig erschienen.

Diesmal fiel ihre Wahl auf einen Mann, der gerade einen großen Stapel Tabaksballen zählte und sicher auch die richtige Summe erhalten hätte, wenn er nicht gestört worden wäre.

»Bitte?«

»Ich habe gefragt, was hier los ist.«

Der Mann wollte erwidern: »Hau ab und fall jemand anders auf die Nerven.« Er erwog auch die Möglichkeit, das

Mädchen mit einem Klaps zu verscheuchen. Deshalb war er ziemlich überrascht, als er sich bückte und bereitwillig Antwort gab. Er sah ein schmuddelig wirkendes Kind, das einen großen Besen hielt — der, wie ihm später auffiel, *ebenfalls* interessiert zuzuhören schien.

Er erklärte die Sache mit den Karawanen. Esk nickte.

»Die Leute reisen gemeinsam?«

»Ja.«

»Wohin?«

»Oh, nach verschiedenen Orten: Sto Lat, Pseudopolis... natürlich auch nach Ankh-Morpork...«

»Aber der Strom fließt doch dorthin«, wandte Esk verwundert ein. »Die Zoon brauchen ihre Kähne nur treiben zu lassen, um jene Stadt zu erreichen.«

»Äh, das stimmt schon«, sagte der Kaufmann. »Aber sie verlangen hohe Gebühren für eine Passage und können nicht alles befördern. Außerdem traut ihnen kaum jemand.«

»Aber sie sind sehr ehrlich.«

»Nun, äh, mag sein. Doch du kennst sicher das Sprichwort: Vertraue nie einem ehrlichen Mann.« Er lächelte wissend.

»Wer behauptet das?«

»Äh, tja, die Leute.« Der Kaufmann fühlte sich aus dem Konzept gebracht und runzelte unsicher die Stirn.

»Oh«, entgegnete Eskarina. Sie dachte darüber nach. »Müssen sehr dumme Leute sein«, meinte sie schließlich. »Wie dem auch sei: besten Dank.«

Der Mann sah ihr nach, als sie fortging, wandte sich dann wieder den Tabaksballen zu. Kurz darauf spürte er, wie ihn jemand an der Jacke zog.

»Siebenundfünfzigsiebenundfünfzigsiebenundfünfzigja?« fragte er und versuchte, die Zahl im Kopf zu behalten.

»Entschuldige bitte, daß ich dich noch einmal belästige«, sagte Esk. »Aber die Ballen...«

»Was ist damit siebenundfünfzigsiebenundfünfzig?«

»Nun, ich weiß nicht so recht: Ist es normal, daß kleine weiße Würmer darin herumkriechen?«

»Siebenundfünf... *was?*« Der Kaufmann ließ seine Schiefertafel sinken. »Was für Würmer?«

»Kleine und weiße«, wiederholte das Mädchen hilfsbereit. »Fressen sich mit ziemlichem Appetit durch die Blätter.«

»Meinst du etwa Fadenwürmer, die eine Vorliebe für Tabak haben?« Aus weitaufgerissenen Augen starrte er auf die Ballen, die gerade ausgeladen wurden. Erst jetzt bemerkte er, daß der Verkäufer wie ein nervöser Kobold aussah, der gerade jemandem Feengold angedreht hatte. Und Feengold, das ist allgemein bekannt, löst sich am Morgen in Luft auf – oder verwandelt sich in etwas, ja, Gräßliches. »Er hat mir versichert, der Tabak sei sorgfältig gelagert gewesen und... Woher willst du das überhaupt wissen?«

Aber das Mädchen war in der Menge verschwunden. Der Kaufmann starrte auf die Stelle, wo es eben noch gestanden hatte. Er starrte den Verkäufer an, der sich ein ebenso mühevolles wie beunruhigtes Lächeln abrang. Er starrte zum Himmel hinauf. Dann holte er ein Messer hervor, starrte eine Zeitlang ins Leere und schien einen Beschluß zu fassen. Zögernd trat er auf den nächsten Ballen zu.

Unterdessen wanderte Esk über den Marktplatz, sperrte beide Ohren auf und hörte bald, welche Reisegruppe sich auf den Weg nach Ankh-Morpork machen wollte. Der Karawanenführer saß an einem improvisierten Tisch, der aus einem breiten Brett bestand, das auf zwei Tonnen lag.

Er war beschäftigt.

Er sprach mit einem Zauberer.

Erfahrene Reisende wissen selbstverständlich, daß eine Karawane nur dann Aussicht hat, ihr Ziel ohne unliebsame Zwischenfälle (zum Beispiel durchgeschnittene Kehlen, verbrannte Wagen und – natürlich – geraubte Kostbarkeiten) zu erreichen, wenn sie von einigen Schwertkämpfern begleitet wird. Aber für noch unverzichtbarer halten sie die Gegenwart eines Zauberers, der mögliche Angreifer mit Magie in die Flucht schlagen und wärmende Lagerfeuer entzünden kann. Ein Zauberer im dritten oder gar noch höheren Rang lehnt es strikt ab, etwas für das Privileg zu bezahlen, sich der Reisegruppe anschließen zu dürfen. Er erwartet vielmehr ein Entgelt dafür. In diesem besonderen Fall steuerten die Verhandlungen gerade auf einen Kompromiß zu.

»Ein faires Angebot, Herr Treatle«, sagte der Karawanenführer namens Adab Gander: ein beeindruckender Mann, der eine Jacke aus echtem Felsspringerpelz trug, einem geradezu verwegenen Schlapphut und einen ledernen Kilt. »Aber was ist mit deinem jungen Begleiter? Er scheint kein Zauberer zu sein.«

»Er lernt noch die magischen Künste«, sagte Treatle – ein hochgewachsener dürrer Zauberer, dessen bunter Mantel ihn als einen Magus der Uralten und Wahrhaftig Echten Brüder des Silbernen Sterns auswies, einem der acht thaumaturgischen Orden.

»Also ein Lehrling, ein ganz gewöhnlicher Novize, um nicht zu sagen: ein Schüler«, stellte Gander klug fest. »Ich kenne die Regeln: Ohne Stab ist man kein wirklicher Zauberer. Und er hat keinen.«

»Nun, er möchte die Unsichtbare Universität aufsuchen, um sich dort jenes eher unwichtige Instrument zu holen«, sagte Treatle wie beiläufig. Zauberer trennten sich ebensogern von ihrem Geld wie ein Hamster von seinem Wintervorrat.

Gander musterte den jungen Mann. Er hatte schon viele Magier kennengelernt und glaubte daher, sich in dieser Hinsicht ein fachmännisches Urteil erlauben zu können. Der Bursche erweckte tatsächlich den Anschein, als bringe er alle notwendigen Voraussetzungen für einen ordentlichen Zauberer mit. Mit anderen Worten: Er war dünn, schlaksig und blaß, weil er frische Luft mied, sich viel lieber in irgendwelchen dunklen Zimmern verkroch und geheimnisvolle Bücher las. Die Augen tränten ihm wie zwei leicht pochierte Eier. *Wer wagt, gewinnt,* erinnerte sich Gander und beschloß, mit einer ideellen Investition für die Zukunft zu spekulieren.

Für seine Vollkommenheit fehlt nur noch irgendein Handikap, fügte er in Gedanken hinzu. *Zauberer scheinen ganz wild auf Asthma und Plattfüße zu sein. So etwas gibt ihnen den richtigen Schwung.*

»Wie heißt du, Junge?« fragte er so freundlich wie möglich.

»Sssssss«, antwortete der Bursche. Der Adamsapfel hüpfte ihm wie ein eingefangener Ballon auf und ab. Er richtete einen flehentlichen Blick auf den älteren Mann.

»Simon«, sagte Treatle.

»... imon«, bestätigte der Novize dankbar.

»Kannst du Feuerbälle oder harmlose Dämonen beschwören, um irgendwelche Halunken zu verjagen?«

Simon wandte sich kurz an seinen Mentor.

»Nnnnnnnn«, brachte er schließlich hervor.

»Mein junger Freund studiert höhere Magie und nicht so banale Dinge wie normale Zauberei«, erklärte Treatle.

»... ein«, sagte Simon.

Gander nickte.

»Nun«, brummte er, »vielleicht wirst du tatsächlich mal ein guter Zauberer, mein Junge. Und wenn du deinen Zauberstab bekommen hast ... Wärst du dann bereit, mich bei einer meiner Reisen als offizieller Karawanenmagier zu begleiten? Was hältst du von diesem Vorschlag? Bist zu einverstanden?«

»Jjjjjjj ...«

»Du brauchst nur zu nicken«, sagte Gander hastig, der eigentlich nicht zu taktlosen Gemeinheiten neigte.

Simon nickte erleichtert, und Treatle verabschiedete sich von Gander. Als der Zauberer davonstakte, folgte ihm der ächzende Schüler mit mehreren Koffern und Taschen.

Gander blickte auf seine Liste und hakte den Punkt ›Zauberer‹ ab.

Ein schmaler Schatten fiel auf das Blatt. Der Karawanenführer blickte auf und zuckte unwillkürlich zusammen.

»Nun?«, fragte er kühl.

»Ich möchte nach Ankh-Morpork«, sagte Eskarina. »Bitte. Ich habe ein bißchen Geld.«

»Geh nach Hause zu deiner Mami, Mädchen.«

»Nein, im Ernst. Ich möchte mein Glück versuchen.«

Gander seufzte. »Was hast du mit dem Besen vor?« erkundigte er sich.

Esk betrachtete den Stock so interessiert, als sehe sie ihn jetzt zum erstenmal.

»Reinlichkeit kann nicht schaden«, antwortete sie.

»Kehr heim, Kind!« brummte Gander. »Ich bringe keine Ausreißer nach Ankh-Morpork. In großen Städten können Mädchen viele unangenehme Dinge zustoßen.«

Esk strahlte. »Welche denn, zum Beispiel?«

»Du sollst nach Hause gehen, hörst du? Und zwar sofort.«

Gander griff nach seinem Federkiel, wandte sich wieder der Liste zu und versuchte, den starren Blick nicht zu beachten, der sich irgendwie in seinen Kopf zu bohren schien.

»Ich kann mich nützlich machen«, sagte Esk leise.

Gander schob das Blatt beiseite und kratzte sich verärgert am Kinn.

»Wie alt bist du?« fragte er.

»Neun.«

»Nun, Fräulein Neun-Jahre-Alt: Meine Aufgabe besteht darin, zweihundert Tiere und hundert Menschen, von denen die eine Hälfte die andere haßt, sicher nach Ankh-Morpork zu geleiten. Der Karawane fehlt es an guten Schwertkämpfern, und es heißt, die Straßen seien ziemlich schlecht. Hinzu kommen die Räuber und Wegelagerer, die im Bereich der Pickel ihr Unwesen treiben und jede günstige Gelegenheit nutzen, um Unheil zu stiften. Dann sind da noch die Trolle, die in diesem Jahr einen höheren Brückenzoll verlangen. Von den Rüsselkäfern und Kakerlaken in unseren Vorräten ganz zu schweigen. Außerdem habe ich dauernd Kopfschmerzen, was alles nur noch schlimmer macht. Du wirst also einsehen, daß ich auf dich verzichten kann.«

»Oh«, erwiderte Esk. Sie sah sich auf dem überfüllten Platz um. »Na gut. Welche Straße führt nach Ankh-Morpork?«

»Die mit dem Tor dort drüben.«

»Vielen Dank«, sagte Eskarina ernst. »Auf Wiedersehen. Ich hoffe, daß deine Kopfschmerzen nachlassen und du nicht noch mehr Probleme bekommst.«

»Nett von dir«, knurrte Gander überrascht. Seine Fingerkuppen trommelten auf den Tisch, als er dem Mädchen nachsah, das in Richtung Ankh-Straße davonging. Es war eine lange und kurvenreiche Straße. Eine Straße, an der Diebe und Gnolle lauerten. Eine Straße, die durch hohe Bergpässe schnaufte und keuchend durch weite Wüsten kroch.

»Verdammter Mist!« fluchte er halblaut, stand auf und rief: »He, du!«

Oma Wetterwachs war in Schwierigkeiten.

Zunächst einmal: Sie hätte Hilta Ziegenfinder keinesfalls erlauben dürfen, ihr den Hexenbesen aufzudrängen. Es handelte sich um ein unberechenbares altes Exemplar, das nur des Nachts flog — und kaum schneller war als ein munterer Wanderer.

Der Levitationszauber wies bereits solche Abnutzungserscheinungen auf, daß er erst dann zu funktionieren begann, wenn man ihm vorher ein ausreichendes Bewegungsmoment verlieh. Genauer gesagt: Oma Wetterwachs hatte den einzigen Hexenbesen auf der ganzen Scheibenwelt, der nur dann aufstieg, wenn man vorher genügend Anlauf nahm.

Während Granny schon zum zehnten Mal über den Waldpfad stürmte, den Besen hoffnungsvoll in Schulterhöhe hielt und hingebungsvoll fluchte, fand sie eine Bärenfalle.

Das zweite Problem bestand darin, daß der Bär sie zuerst gefunden hatte. Nun, eigentlich war es eher ein Problem für den Bären: Granny kochte bereits aus anderen Gründen, holte mit dem *verflixten* Besen aus und traf Meister Petz direkt zwischen den Augen. Er hockte nun so weit von ihr entfernt, wie es die Grube zuließ. Und versuchte, fröhliche Gedanken zu denken.

Die alte Hexe verbrachte eine sehr unbequeme Nacht und legte bis zum nächsten Morgen einen nicht unerheblichen Vorrat an Ärger und Wut an. Als mit dem ersten Licht des Tages einige Jäger kamen und über den Rand der Grube spähten, sagte Granny:

»Wurde auch Zeit. Holt mich hier raus!«

Die verwirrten Gesichter wichen zurück, und Oma Wetterwachs vernahm einige nervös flüsternde Stimmen. Sie nickte zufrieden: Man hatte Besen und Hexenhut nicht übersehen.

Schließlich geriet ein bärtiger Kopf in ihr Blickfeld, eher widerstrebend, so als schiebe jemand den darin befestigten Körper vor.

»Äh«, begann er, »hör mal, mein Mütterchen ...«

»Ich bin kein Mütterchen«, sagte Granny scharf. »Erst recht nicht deine. Wahrscheinlich weißt du nicht einmal, was eine Mutter ist. Du siehst mir ganz wie jemand aus, der ohne Mutter zur Welt kam. Vermutlich ist deine Mutter vor der Niederkunft weggelaufen.«

Sie achtete nicht darauf, daß sie all zu häufigen Gebrauch von dem Sub... von dem Subschtan... von dem Wort ›Mutter‹ machte. Ihrer Meinung nach kam es derzeit nicht auf verbalen Stil, sondern das richtige Maß Respekt an.

»Ist doch nur so eine Redensart«, erwiderte der Kopf kleinlaut.

»Von wegen Redensart und dergleichen! Du wolltest mich beleidigen!«

Es folgte eine weitere Beratung flüsternder Stimmen.

»Wenn ihr mich nicht bald rausholt«, sagte Oma Wetterwachs in einem Tonfall, der Erdbeben, Flutwellen, Massaker und *diwerse* Katastrophen ankündigte, »verliere ich die Geduld. Seht ihr meinen Hut? He, seht ihr ihn?«

Der Kopf kehrte zurück.

»Darum geht es ja gerade, jawoll«, erwiderte er. »Ich meine: Was wird geschehen, wenn wir dich hochziehen? Uns erscheint es weniger riskant, die Grube einfach zuzuschütten. Es ist natürlich nicht persönlich gemeint. Ich hoffe, du verstehst das.«

Plötzlich begriff Granny, was ihr an dem Kopf so seltsam erschien.

»Kniest du auf dem Boden?« fragte sie argwöhnisch. »Nein, du stehst aufrecht, nicht wahr? Ihr seid Zwerge!«

Raunen und Wispern.

»Na und?« antwortete der Kopf trotzig. »Paßt dir das nicht? Hast du vielleicht was gegen Zwerge?«

»Könnt ihr Hexenbesen reparieren?«

»Magische Besen?«

»Ja!«

Flüster. Flüster.

»Und wenn?«

»Nun, in dem Fall würde ich euch eine Übereinkunft vorschlagen ...«

Das Dröhnen von Hammerschlägen hallte durch die Zwergengewölbe, aber es diente nur dazu, eine gewisse Geräuschkulisse zu schaffen. Die meisten Zwerge konnten nicht richtig nachdenken, wenn es still war, und Büroarbeit erfordert nun einmal ein gewisses Maß an Konzentration. Wer über die notwendigen finanziellen Mittel verfügte, stellte Kobolde ein und beauftragte sie, kleine Zeremonienambosse mit Ritualhämmern zu bearbeiten, so daß ständig ein angenehm entspannender Lärm herrschte.

Der Besen lag zwischen zwei Gerüsten. Oma Wetterwachs saß auf einem Felsvorsprung, während ein Zwerg, der ihr kaum bis zu den Hüften reichte und eine mit vielen Taschen ausgestattete Schürze trug, um den Holzstock herumging. Ab und zu betastete er ihn vorsichtig.

Schließlich gab er ihm einen Tritt und holte tief und bedeutungsvoll Luft. Es handelte sich um eine Art umgekehrtes Pfeifen, das geheime Erkennungszeichen aller Handwerker im Universum, und es wies darauf hin, daß sich etwas Teures anbahnte.

»Nuuuun«, sagte er. »Vielleicht sollte ich die Lehrlinge holen, damit sie sich dieses Ding ansehen. Ja, es wäre wirklich angebracht. Sie könnten eine Menge lernen.« Und: »Der Besen ist tatsächlich geflogen?«

»Wie ein Vogel«, bestätigte Granny.

Der Zwerg zündete sich eine Pfeife an. »Muß ein sehr interessanter Vogel sein«, brummte er nachdenklich. »Sicher exotisch und selten. Geradezu einzigartig.«

»Ja, ja«, seufzte die alte Hexe. »Kannst du den Besen reparieren? Ich hab's sehr eilig.«

Der Zwerg nahm betont langsam Platz.

»Was eine *Reparatur* betrifft...«, sagte er. »Nun, ich weiß nicht, ob eine *Reparatur* in Frage kommt. Wohl eher eine Neukonstruktion. Natürlich ist es heutzutage schwer, solche Borsten zu finden, und es gibt kaum mehr jemanden, der sie richtig binden kann. Dann der Levitationszauber...«

»Ich will keinen *neuen* Besen«, warf Granny ein. »Ich möchte nur, daß dieser hier zufriedenstellend funktioniert.«

»Weißt du, es ist ein altes Modell«, sagte der Zwerg ruhig. »Die frühen Versionen haben so ihre Tücken. Man muß das richtige Holz finden...«

Zwei knochige, dürre Hände zerrten ihn hoch, bis sich sein Kopf auf einer Höhe mit dem der alten Frau befand. Nun, Zwerge sind magische Geschöpfe und daher weitgehend gegen Hexerei und ähnliche Dinge immun. Allerdings fehlt es ihnen an thaumaturgischen Antikörpern, die vor einem durchdringenden Starren schützen. Oma Wetterwachs sah den kleinen Mann so fest an, als wolle sie ihm mit ihrem Blick die Augen verbrennen.

»Reparier den Besen!« zischte sie. »Bitte!«

»Ich soll *pfuschen?«* erwiderte der Zwerg. Seine Pfeife fiel mit einem hölzernen Klappern zu Boden.

»Ja.«

»Ihn zusammenflicken, meinst du? Meinen guten Ruf riskieren, indem ich keine gründliche Arbeit leiste?«

»Genau«, bestätigte Granny. Ihre Pupillen sahen aus wie zwei kleine schwarze Löcher.

»Oh«, knurrte der Zwerg. »Na gut.«

Der Karawanenführer Gander machte sich Sorgen.

Inzwischen waren sie drei Tagesreisen von Zemphis entfernt und kamen gut voran. Sie näherten sich einem hohen Paß, der durch eine ganz besondere Bergformation führte: Man nannte sie Scillas Pickel. (Es waren insgesamt acht, und Gander fragte sich oft, wer Scilla gewesen sein mochte und ob er Gefallen an ihr gefunden hätte.)

In der vergangenen Nacht hatten sich einige Gnolle dem Lager genähert und einem Wächter die Kehle durchgeschnitten. Es handelte sich um steinerne Kobolde, die recht flink auf den Beinen waren, sich durch einen unersättlichen Appetit auszeichneten und menschliches Fleisch für eine ausgesprochen leckere Delikatesse hielten. Gander schauderte, als er sich vorstellte, wie sie im Schutze der Dunkelheit heranschlichen, um über die Reisenden herzufallen. Doch bevor sie in den inneren Kreis des Lagers gelangten...

Niemand wußte genau, was geschehen war. Laute Schreie weckten die Schlafenden. Rasch schürten sie die Feuer, und der Zauberer Treatle beschwor ein magisches Licht, das die Nacht mit einem blauen Glanz erfüllte. In diesem Schein sahen die Männer und Frauen Dutzende von kleinen massiven Gestalten, die so überstürzt flohen, als seien die Legionen der Hölle hinter ihnen her.

Das Schicksal ihrer zurückgebliebenen Artgenossen deutete darauf hin, daß sie vermutlich den richtigen Eindruck gewannen. Gnollsplitter hingen an nahen Felsen, die daraufhin aussahen, als seien sie mit granitenem Lametta geschmückt. Gander hielt sich nicht damit auf, Mitleid für die betreffenden Geschöpfe zu empfinden – die Gastfreundschaft von Gnollen entsprach ungefähr der von Kannibalen, die seit Monaten nichts anderes als Rotkohl und Sauerkraut verspeisten. Aber er befand sich nicht gern an einem Ort, an dem *Etwas* die eher harten Körper einiger Gnolle so mühelos durchschnitt, als bestünden sie aus Butter, die eine halbe Stunde lang in der Sonne gelegen hatte. Kein Wunder, daß die überlebenden Unholde Hals über Kopf davonstürmten: Gander verspürte ebenfalls ein gewisses Zittern in den Beinen und mußte seine Füße mehrmals streng darauf hinweisen, daß sie den Befehlen des Gehirns zu gehorchen hatten und sich nicht etwa selbständig machen durften.

Vor allen Dingen beunruhigte ihn der Umstand, daß abgesehen von den Splittern keine Spuren zurückgeblieben waren.

Der Bereich außerhalb des Lagers wirkte wie glattgefegt.

Eine lange Nacht lag hinter ihnen, und der Morgen stellte keine sonderliche Verbesserung dar. Nur Esk sah sich aus wachen Augen um: Während des Angriffs der Gnolle hatte sie tief und fest geschlafen, und später klagte sie über seltsame Träume.

Gander empfand es als Erleichterung, den Weg fortzusetzen und die makabre Arena hinter sich zurückzulassen. Er fand, daß Gnolle innen nicht besser aussahen als außen. Ihre granitenen Gedärme beleidigten seinen Sinn für Ästhetik.

Eskarina saß in Treatles Wagen und unterhielt sich mit Simon. Er steuerte den Karren unbeholfen, während der Zauberer hinter ihnen versäumten Schlaf nachholte.

Simon legte offenbar großen Wert darauf, sich bei allen Dingen möglichst ungeschickt anzustellen. In dieser Hinsicht konnte man ihn mit Fug und Recht als einen Experten bezeichnen. Er gehörte zu jenen jungen Burschen, die nur aus Knien, Daumen und Ellenbogen zu bestehen schienen.

Es war ungewöhnlich anstrengend, ihn beim Gehen zu beobachten: Ständig erwartete man, daß Sehnen rissen oder dünne Knochen brachen. Wenn er zu sprechen versuchte und dabei in irgendeinem Wort ein S oder W entdeckte, verzog er in einem verbalen Krampfanfall das Gesicht. Die meisten Zuhörer leisteten ihm Erste Hilfe, indem sie den Satz für ihn beendeten – woraufhin Dankbarkeit in Simons Aknegesicht erstrahlte, so hell und schimmernd wie ein Sonnenaufgang auf dem Mond.

Derzeit tränten ihm die Augen. Er litt an Heuschnupfen.

»Wolltest du schon Zauberer werden, als du noch ein kleiner Junge warst?« fragte Esk.

Simon schüttelte den Kopf. »Ich wwww...«

»...wollte...«

»...nur herausfinden, wwww...«

»...wie...«

»...gew-wisse Dinge f-funktionieren. Irgend jemand aus meinem Heimatdorf b-benachrichtigte die Universität, und daraufhin schickte m-man Meister T-Treatle zu mir. Eines Tages wwww...«

»...werde?«

»...ich ein Zauberer sein, ja. Meister T-Treatle meint, die Theorie fiele mir erstaunlich l-leicht.« Simons feuchte Augen trübten sich, und so etwas wie Glückseligkeit leuchtete in den pickligen Zügen.

»Er h-hat mir gesagt, in der Unsichtbaren Universität g-gebe es T-Tausende von B-Büchern«, sagte er im Tonfall eines Mannes, der sich gerade bis über beide Ohren verliebt hatte. »M-Mehr Bücher, als man in seinem g-ganzen Leben l-lesen kann.«

»Nun, eigentlich halte ich nicht viel von Büchern«, erwiderte Esk wie beiläufig. »Papier kann doch nicht klug und gelehrt sein. Oma Wetterwachs meint immer, Bücher taugten nur dann etwas, wenn die Blätter dünn seien.«

»Nein, nein, da s-stimmt nicht«, widersprach Simon entsetzt. »Bücher s-sind voller Wwwww...«

»Worte?« fragte Esk nach kurzem Nachdenken.

»Ja. Und sie können V-veränderungen bewww-irken. G-Genau darum geht es m-mir. Ich wiwiwiwi...«

»...will?«

»...Klarheit gew-winnen. Ich wawawa... wewewe...«

»...weiß...«

»...daß sich das G-Geheimnis in irgendeinem der alten B-Bücher v-verbirgt. Es hhhh...«

»...heißt?«

»...es gebe k-keine neuen Zaubersprüche, aber d-das g-glaube ich nicht. Irgendw-wo wawawa...«

»...warten...«

»...ja, irgendwo wawaw... gibt es magische Wowo-wo...«

»...Wörter...?« erkundigte sich Eskarina. Sie wirkte in höchstem Maße konzentriert.

»...die kein Z-Zauberer kennt.« Simon schloß die Augen, lächelte selig und fügte hinzu: »*W*orte, die die *W*elt verändern *w*erden.«

»Was?«

»Hm?« erwiderte Simon und hob die Lider gerade noch rechtzeitig, um die Ochsen daran zu hindern, den Karren von der Straße zu ziehen.

»Du hast all die Ws gesagt, ohne ein einziges Mal zu stottern!«

»Im Ernst?«

»Ich hab's deutlich gehört! Versuch es noch mal.«

Simon holte tief Luft. »Die Wowowo... die Wewe-we...«, antwortete er und fügte hinzu:

»Die Wawawa...«

»H-hat keinen Zweck«, meinte er schließlich. »M-manchmal kann ich g-ganz normal sss-sprechen, wenn ich nicht d-darüber nachdenke. M-Meister Treatle b-behauptet, ich sss-sei gegen etwas allergisch.«

»Gegen Ws?«

»Nein, n-natürlich nicht, du dududu...«

»Vielleicht auch gegen Ds?« fragte Eskarina neugierig.

»...Dididi...«

»Dummes Ding?« warf das Mädchen hilfsbereit ein und runzelte nur andeutungsweise die Stirn.

»Ja. T-tut mir l-leid«, entschuldigte sich Simon und seufzte. »Es ist etwawawa...«

»...etwas...«

»...in der Luft. P-pollen vielleicht oder G-Grasstaub. Meister T-Treatle hat v-vergeblich v-versucht, die Ursache h-herauszufinden, aber er k-kann mir nicht einmal m-mit seiner M-Magie helfen.«

Der Wagen rumpelte durch einen schmalen Paß, und Simon starrte niedergeschlagen und trostlos auf die steilen orangefarbenen Felswände.

»Oma Wetterwachs hat mir einige Rezepte für Arzneien gegen Heuschnupfen genannt«, sagte Esk. »Vielleicht nützen sie was.«

Simon schüttelte den Kopf. Es schien nur eine Frage der Zeit zu sein, wann der Schädel von den Schultern fiel.

»Wiwiwi... ich habe alles ausprobiert«, sagte er. »Ach, ich wewewe...«

»...werde...«

»...bestimmt kein g-guter Zauberer, wwww-wenn ich nicht einmal die richtigen Wowowo... Zauberformeln aussprechen k-kann.«

»Es wäre durchaus möglich, daß sich in diesem Zusammenhang einige Probleme ergeben«, pflichtete ihm Eskarina bei. Eine Zeitlang beobachtete sie die Umgebung und überlegte stumm.

»Glaubst du, daß, äh, Frauen Zauberer werden können?« fragte sie vorsichtig.

Simon starrte sie groß an. Esk erwiderte seinen Blick herausfordernd.

Der Adamsapfel des jungen Mannes tanzte auf und ab, als er verzweifelt nach einem Satz fahndete, der nicht mit einem W begann. Schließlich sah er sich zu einigen Zugeständnissen gezwungen.

»Eine s-sonderbare Vorstellung«, entgegnete er. Er dachte eingehender darüber nach, begann zu lachen – und unterbrach sich jäh, als ihn Esks Miene warnte.

»Eine z-ziemlich komische Idee«, fügte er hinzu. Das breite Grinsen in den verheerten Zügen verflüchtigte sich und wich konfuser Verwirrung. »S-so etwas ist m-mir noch n-nie in den S-Sinn gekommen«, gestand er ein.

»Nun, können sie, oder können sie nicht?« Man hätte sich mit Esks Stimme rasieren können.

»Natürlich nicht. Das ist doch klar, Kindchen. Simon, widme dich wieder deinen Büchern!«

Treatle schob den Vorhang hinterm Kutschbock beiseite und kletterte auf die Sitzbank.

Drohende Panik nahm den gewohnten Platz in Simons Gesicht ein. Der Novize warf Esk einen flehentlichen Blick zu, als Treatle nach den Zügeln griff. Das Mädchen übersah ihn.

»Warum nicht?« fragte es trotzig. »Und was soll daran so klar sein?«

Treatle drehte den Kopf und blickte auf Eskarina herab. Bisher hatte er kaum auf sie geachtet, in ihr nur eine von vielen anderen Gestalten am abendlichen Lagerfeuer gesehen.

Als Vizekanzler der Unsichtbaren Universität hatte sich Treatle an namenlose Personen gewöhnt, die gelegentlich in seiner Nähe auftauchten und zwar notwendige, aber noch eher belanglose Pflichten wahrnahmen: Meistens räumten sie seine Wohnung auf oder servierten ihm das Essen. Er zeichnete sich durch jene Art von Dummheit aus, die manchmal recht intelligenten Personen zu eigen ist. Er war so taktvoll wie eine Lawine, so egozentrisch wie ein Tornado, aber andererseits hielt er Kinder nicht für wichtig genug, um unfreundlich zu ihnen zu sein.

Mit seinem langen weißen Haar, den Schnörkelstiefeln und allem anderen Zierrat entsprach er genau Eskarinas Vorstellung von einem Zauberer. Er trug einen mit astrologischen Symbolen geschmückten Mantel, hatte die richtigen buschigen Augenbrauen und einen würdevollen Bart, in dem sich nur hier und dort gelbe Nikotinflecken zeigten — Magier leben im Zölibat, aber trotzdem wissen sie eine gute Zigarre zu schätzen.

»Es dürfte dir klar werden, wenn du größer bist«, sagte er. »Wie dem auch sei: Deine Frage ist recht interessant und führt zu bemerkenswerten Vorstellungen. Ein weiblicher Zauberer! Eine *Zauberin!* Ebensogut könnte man männliche Hexen erfinden!«

»Hexenmeister«, sagte Eskarina.

»Wie bitte?«

»Oma Wetterwachs meint, Männer könnten keine Hexen werden«, erwiderte Esk. »Sie steht auf folgendem Standpunkt: Wenn Männer versuchen, Hexen zu sein, werden sie Zauberer.«

»Offenbar ist deine Oma eine sehr kluge Frau«, bemerkte Treatle.

»Sie sagt, Frauen sollten sich mit den Dingen begnügen, für die sie geeignet sind.«

»Klingt ausgesprochen vernünftig.«

»Sie sagt: Wenn Frauen so gut seien wie Männer, wären sie ein ganzes Stück besser.«

Treatle lachte.

»Oma Wetterwachs ist eine Hexe«, erklärte Esk und fügte in Gedanken hinzu: *Na, was hältst du davon, Herr Sogenannter Schlauzauberer?*

»Mein liebes kleines Fräulein — soll ich jetzt etwa schokkiert sein? Zufälligerweise habe ich großen Respekt vor Hexen.«

Eskarina runzelte die Stirn. Sie hatte mit einer anderen Antwort gerechnet.

»Tatsächlich?«

»Ja. Ich bin der Ansicht, die Hexerei stellt für Frauen ein vielversprechendes Betätigungsfeld dar. Ein sehr ehrenwerter Beruf, wenn du mich fragst.«

»Im Ernst?«

»O ja. Hexen sind sehr nützlich, insbesondere in bäuerlichen Regionen. Wenn es zum Beispiel darum geht, Kinder zur Welt zu bringen und so weiter. Doch man darf sie nicht mit Zauberern verwechseln. Mit Hilfe der Hexerei gestattet die Natur den Frauen Zugang zur Thaumaturgie im allgemeinen, aber dabei handelt es sich keineswegs um *hohe* Magie.«

»Ich verstehe«, sagte Esk gepreßt. »Keine hohe Magie.«

»O nein. Selbstverständlich ist Hexerei gut geeignet, um Menschen durchs Leben zu helfen, aber ...«

»Ich nehme an, Frauen haben einfach nicht genug Feingefühl, um Zauberer zu werden«, warf Esk ein. »Darauf willst du doch hinaus, oder?«

»Nun, ich bringe Frauen höchste Achtung entgegen«, erwiderte Treatle und überhörte die neue Schärfe in Eskarinas Stimme. »Sie offenbaren eine wahrhaft erstaunliche Leistungsfähigkeit, wenn ... wenn ...«

»Wenn es darum geht, Kinder zur Welt zu bringen und so weiter?«

»Stimmt haargenau«, bestätigte der Zauberer großzügig. »Aber ihr geistiges Gleichgewicht ist nicht – stabil genug. Frauen sind zu leicht reizbar. Weißt du, hohe Magie erfordert einen klaren Verstand, und frauliche Talente erstrecken sich leider nicht in diese Richtung. Weibliche Gehirne laufen ständig Gefahr, sich zu überhitzen.« Treatle suchte nach einem passenden Vergleich, aber da auf der Scheibenwelt Dinge wie Verbrennungsmotoren, Kolben und Einspritzpumpen als pseudomagischer Firlefanz galten, fiel ihm keiner ein. »Ich bedaure es sehr, dich enttäuschen zu müssen: Es gibt nur eine Tür zur Zauberei – das Haupttor der Unsichtbaren Universität. Und keine einzige Frau hat es jemals durchschritten.«

»Was hat es mit der hohen Magie auf sich?« fragte Esk.

Treatle lächelte freundlich.

»Hohe Magie, mein Kind«, sagte er in einem gönnerhaften Tonfall, »kann alle Wünsche erfüllen.«

»Oh!«

»Schlag dir also den Unsinn mit der Zauberei aus dem Kopf, in Ordnung?« fuhr Treatle fort. Sein Lächeln wurde noch herzlicher. »Übrigens – wie heißt du, Mädchen?«

»Eskarina.«

»Und warum bist du nach Ankh-Morpork unterwegs, kleine Eskarina?«

»Eigentlich wollte ich mein Glück versuchen«, murmelte Esk. »Aber so etwas scheint für Mädchen ebenfalls nicht in Frage zu kommen.« Sie hob den Kopf. »Bist du ganz sicher, daß Zauberer die Wünsche anderer Leute erfüllen?«

»Natürlich. Dazu dient die hohe Magie.«

»Ich verstehe.«

Die Karawane war nur wenig schneller als ein Spaziergänger. Esk sprang vom Kutschbock und zog den Zauberstab aus seinem Versteck unter einigen Säcken und Eimern. Als sie an den Karren und Tieren vorbeilief, quollen ihr Tränen in die Augen, und durch diesen feuchten Schleier warf sie einen kurzen Blick auf Simon. Er hielt ein offenes Buch in der Hand, strich die rückwärtige Plane des Wagens beiseite, musterte das Mädchen überrascht und begann zu stottern. Eskarina achtete nicht auf ihn, eilte weiter und wandte sich von der Straße ab.

Struppiger Stechginster strich ihr an den Beinen entlang, als sie an einer Lehmböschung hinaufkletterte. Kurz darauf stürmte sie über ein felsiges, von orangefarbenen Klippen gesäumtes Plateau.

Esk blieb erst stehen, als sie sich gründlich verirrt hatte. Sie war schon öfter zornig gewesen, aber noch nie so wie jetzt. Normale Wut glich jener roten Flamme, die in einem Brennofen züngelt, wenn man dort gerade das Feuer entzündet hat: Sie bestand nur aus einem düsteren Glühen und stiebenden Funken. Doch in Eskarina brodelte etwas anderes, eine Glut, die vom Blasebalg geschürt wurde, so heiß, daß sie Eisen schmelzen konnte.

Eskarinas Leib prickelte, und sie spürte, wie der seltsame Druck in ihr zunahm, nach einer Möglichkeit suchte, sich zu entladen.

Warum sehnte sie sich immer dann nach der großen Macht der Zauberei, wenn Oma Wetterwachs über Hexerei sprach? Und warum fühlte sie sich immer dann bereit, die angeblich niedere Magie bis zum letzten Atemzug zu verteidigen, wenn sie die ein wenig schrill klingende Stimme Treatles vernahm? Sie wollte beides — oder gar nichts. Je häufiger man versuchte, sie daran zu hindern, sie zur ›Vernunft‹ zu bringen, wie es hieß, desto entschlossener war sie, ihr Ziel zu erreichen.

Eskarina hatte die feste Absicht, Hexe *und* Zauberin zu werden. Und sie würde es allen anderen *zeigen.*

Sie nahm vor einem niedrigen Wacholderbusch am Rande eines steilen glatten Hanges Platz, und in ihrem Bewußtsein gaben sich Pläne und siedender Ärger ein Stelldichein. Sie spürte, wie man dicht vor ihr Türen zuschlug, die sie gerade erst öffnen wollte. Es gab keinen Grund, an Treatles Worten zu zweifeln: Sie durfte nicht damit rechnen, daß man ihr Zugang zur Unsichtbaren Universität gewährte. Es genügte nicht nur, einen Zauberstab zu haben, um ein Magier zu sein. Esk brauchte eine angemessene Ausbildung, und offenbar war niemand bereit, sie in die Geheimnisse der Zauberei einzuweihen.

Die Mittagssonne brannte auf die felsige Landschaft herab, und die Luft roch nach Bienen und Kräutern. Esk streckte sich auf dem harten Untergrund aus, und durch das Geflecht aus Blättern beobachtete sie das fast purpurne Himmelsgewölbe. Irgendwann schlief sie ein.

Wer Magie verwendet, neigt dazu, auf eine ebenso realistische wie beunruhigende Weise zu träumen. Dafür gibt es natürlich einen guten Grund, aber wenn Zauberer darüber nachdenken, können sie ziemlich sicher sein, kurz darauf an einem Alpdruck zu leiden.

Tatsache ist, daß die Überlegungen von Zauberern Gestalt geben können. Hexen arbeiten normalerweise mit dem, was bereits existiert, aber ein wirklich guter und fähiger Zauberer ist imstande, seiner Phantasie eine feste Form zu verleihen. Vermutlich bestünde kaum die Gefahr möglicherweise fataler Konsequenzen, wenn die kleine Blase aus flackerndem Schimmern, die man für gewöhnlich als ›Universum der Raumzeit‹ bezeichnet, nicht zu einem weitaus größeren Kosmos gehörte, dessen Eigenschaften man mit den Worten ›unangenehm‹ und ›unberechenbar‹ recht treffend beschreiben kann. Sonderbare *Dinge* grunzen und knurren dicht hinter den dünnen Pallisaden der Normalität, und aus tiefen Rissen am Ende der Zeit antwortet ihnen ein düster klingendes Heulen und Schnattern. Es stammt von einem so gräßlichen *Etwas,* daß sich sogar die Finsternis davor fürchtet.

Die meisten Leute haben keine Ahnung davon, was auch ganz in Ordnung ist: Die Welt könnte nicht sehr gut funktionieren, wenn alle Menschen im Bett bleiben und sich die Decke über den Kopf zögen. Genau das geschähe nämlich, wenn sie wüßten, welche Schrecken nur eine Schattenbreite entfernt lauern.

Das Problem sieht folgendermaßen aus: Viele an Magie und Mystizismus interessierte Personen verbringen einen großen Teil ihrer Zeit damit, am Rande des Lichts herumzutrödeln, und dadurch erwecken sie die Aufmerksamkeit der Wesen aus den Kerkerdimensionen. Jene Geschöpfe benutzen sie dann in ihrem unermüdlichen Bemühen, in diese spezielle Realität zu gelangen.

Viele Menschen sind in der Lage, genügend Widerstand zu leisten, doch die ständigen Sondierungen der *Dinge* sind gerade im Schlaf am stärksten.

Bel-Shamharoth, C'hulagen der Schnüffler: Die dunklen Unheilsgötter des Nekrotelicomnicon (einigen dem Wahnsinn anheimgefallenen Adepten ist dieses Buch auch unter dem wahren Namen *Liber Paginarum Fulvarum* bekannt) warten nur darauf, sich in einen schlummernden Geist zu schleichen. Die von ihnen verursachten Träume sind oft recht exotisch und alles andere als erfreulich.

Nach ihren Erfahrungen im Anschluß an das erste Borgen hatte sich Eskarina bereits an solche Visionen gewöhnt, und das Entsetzen wich zum größten Teil einem vertrauten Empfinden. Als sie sich auf einer glitzernden staubigen Ebene wiederfand und über sich fremde Sternbilder sah, wußte sie sofort, daß ihr ein neuer Alptraum bevorstand.

»Verflixt!« murmelte sie. »Na schön, wenn's unbedingt sein muß... Zeigt euch, ihr Ungeheuer! Ich hoffe nur, daß ich mir nicht schon wieder euren Freund mit dem Schneckengesicht ansehen muß.«

Doch diesmal schien sich die allgemeine Choreographie verändert zu haben. Als sich Esk umdrehte, fiel ihr Blick auf ein großes schwarzes Schloß. Die Türme reichten bis zu den Sternen empor. Helles Licht und strahlende Blitze glänzten, und von den hohen Wehrgängen ertönte bezaubernde Musik. Das aus zwei Flügeln bestehende große Tor stand einladend offen. Alles deutete darauf hin, daß in der dunklen Bastion ein fröhliches Fest stattfand.

Esk stand auf, strich sich silbernen Sand vom Kleid und ging los.

Sie hatte das Tor fast erreicht, als es sich plötzlich schloß. Eigentlich bewegte es sich überhaupt nicht: In der einen Sekunde war es weit geöffnet, und in der nächsten bildete es eine hohe Barriere vor dem Mädchen. Ein grollendes Donnern hallte über die eintönige Landschaft und erschütterte den Horizont.

Esk streckte die Hand aus und berührte die riesige Pforte. Die Schwärze schien das Licht zu schlucken und fühlte sich noch kälter an als Gletschereis. Rauhreif bildete sich auf dem Tor.

Eskarina hörte etwas und wandte sich um. Der Zauberstab — er sah jetzt nicht mehr wie ein Besen aus — stand aufrecht im Sand. Kleine Würmer aus funkelndem Glühen krochen über das polierte Holz und die Schnitzmuster, die niemand genau erkennen konnte.

Das Mädchen griff nach dem Stab und hämmerte damit an die große Doppeltür. Oktarine Funken stoben, doch das nachtschwarze Metall zeigte nicht einmal einen Kratzer.

Esk kniff die Augen zusammen. Erneut hob sie den Zauberstab und konzentrierte sich, bis ein dünner Strahl aus geballter Magie über das Tor glitt. Die dünne Eisschicht darauf verdampfte, aber die Dunkelheit — inzwischen war Esk sicher, daß es sich nicht um Metall handelte — nahm die thaumaturgische Energie auf, ohne irgendeine Wirkung zu offenbaren. Das Mädchen strengte sich noch mehr an: Die Hälfte der im Stab gespeicherten Zauberei entlud sich in einem so grellen Blitz, daß Eskarina die Augen schließen mußte und dennoch geblendet wurde.

Dann verblaßte das Glitzern.

Nach einigen Sekunden trat Esk zögernd vor und berührte vorsichtig das Tor. Die Kälte gefror ihr fast die Fingerkuppen.

Und im Bereich der Zinnen weit oben kicherte jemand. Ein eindrucksvolles lautes Dämonenlachen mit vielen dumpfen Echos wäre nicht annähernd so schlimm gewesen wie dieses schadenfrohe Höhnen.

Es hielt eine ganze Weile an, und Esk konnte sich nicht daran erinnern, jemals ein gräßlicheres Geräusch vernommen zu haben.

Sie erwachte schaudernd. Es war lange nach Mitternacht, und die Sterne wirkten kalt und klamm. Eskarina fühlte sich von einer geschäftigen, geradezu hektisch anmutenden Stille umgeben, verursacht von vielen pelzigen kleinen Tieren, die nach einem späten Abendessen Ausschau hielten und gleichzeitig versuchten, nicht zum Hauptgang zu werden.

Ein sichelförmiger Mond neigte sich dem Horizont entgegen, und am Rand der Scheibenwelt zeigte sich matte Gräue. Sie deutete entgegen aller Wahrscheinlichkeit darauf hin, daß ein neuer Tag begann.

Jemand hatte Eskarina in eine Decke gehüllt.

»Ich weiß, daß du wach bist«, erklang die Stimme von Oma Wetterwachs. »Du könntest dich nützlich machen und ein Feuer anzünden. Holz gibt's hier genug.«

Esk setzte sich auf und griff nach einem Zweig des Wacholderbusches. Sie fühlte sich leicht genug, um einfach fortzuschweben.

»Ein Feuer... anzünden?« murmelte sie.

»Ja«, erwiderte die alte Hexe verdrießlich, »du weißt schon, was ich meine. Du brauchst nur die Hand auszustrecken, und schon züngeln Flammen in die Höhe.« Sie hockte auf einem Felsen und versuchte, eine Sitzhaltung zu finden, die nicht den Unwillen ihrer Arthritis erregte.

»Ich glaube, das kann ich nicht.«

»Ach?« erwiderte Granny. Es klang tadelnd.

Sie beugte sich vor und legte Esk die Hand auf die Stirn. Das Mädchen hatte ein Eindruck, von einer mit heißen Würfeln gefüllten Socke berührt zu werden.

»Du hast Fieber«, stellte Oma Wetterwachs fest. »Zuviel Sonne und kalter Boden. So ist das eben in weiter Ferne.«

Esk sank nach vorn, bis ihr Kopf auf Grannys Schoß ruhte und sie den vertrauten Duft von Kampfer, verschiedenen Kräutern und einem Hauch Ziege wahrnahm. Granny strich ihr übers Haar und hoffte, daß diese Geste tröstend wirkte.

Nach einer Weile sagte Eskarina leise: »Ich fürchte, man wird mich nicht in die Universität aufnehmen. Ein Zauberer teilte mir mit, Frauen hätten dort nichts zu suchen, und außerdem habe ich davon geträumt. Es war einer von jenen wahren Träumen, von den Metta-und-so-weiter.«

»Mettaffer«, warf Granny ruhig ein.

»Bist du sicher, daß du kein Lametta meinst?«

»Sogar ganz sicher.«

»Nun, einer von denen«, seufzte Esk.

»Hast du etwa mit überhaupt keinen Schwierigkeiten gerechnet?« fragte Granny. »Wolltest du einfach durchs Tor marschieren und mit deinem Stab winken? Hier bin ich. Ich möchte Zauberin werden. Besten Dank für eure Hilfe!« Mißbilligend schüttelte sie den Kopf.

»Der Magier sagte, die Universität dulde keine Frauen. Aus Prinschip.«

»Da irrt er sich.«

»Nein, nein, er meinte es ernst. Daran zweifle ich nicht. Weißt du, Oma, ich konnte deutlich spüren...«

»Dummes Kind! Du hast nur gespürt, daß er die Wahrheit sagte. Aber die Welt ist nicht immer so, wie sie bestimmte Leute sehen.«

»Ich verstehe nicht...«, erwiderte Esk.

»Du mußt noch viel lernen«, sagte Granny großzügig. »Äh, was deinen Traum betrifft: Man wollte dich also nicht in die Universität lassen?«

»Nein. Und sie lachten über mich.«

»Und dann hast du versucht, das Tor niederzubrennen?«

Esk drehte langsam den Kopf, der noch immer auf Grannys Schoß lag. Sie öffnete ein Auge und blickte argwöhnisch zu der alten Hexe hinauf.

»Woher weißt du das?«

Oma Wetterwachs lächelte wie eine verschmitzte Eidechse.

»Ich war einige Meilen entfernt und begann eine mentale Suche nach dir«, antwortete sie. »Plötzlich gewann ich den Eindruck, als seist du überall. Dein Bewußtsein strahlte wie ein Leuchtturm. Und das Feuer... Nun, sieh dich um!«

Im trüben Licht der Morgendämmerung bot sich das Plateau als eine Landschaft aus gebranntem Ton dar. Die Klippe vor Esk schimmerte glasig und hatte sich offenbar zum Teil verflüssigt. Hier und dort zeigten sich tiefe Spalten, die von Lavaströmen stammten. Das Mädchen horchte einige Sekunden lang und hörte das leise Knacken abkühlenden Gesteins.

»Oh!« murmelte Eskarina. »Dafür bin ich verantwortlich?«

»Ich glaube schon«, bestätigte Granny.

»Aber ich habe geschlafen! Und geträumt!«

»Es ist die Magie«, erklärte Oma Wetterwachs. »Sie versucht, sich zu entladen. Hexerei und Zauberei in dir, äh, verstärken sich irgendwie. Nehme ich an.«

Esk biß sich auf die Unterlippe.

»Was soll ich nur tun?« fragte sie. »Ich träume dauernd von irgendwelchen Dingen.«

»Nun, zuerst einmal müssen wir zur Universität«, entschied Granny. »Die dort lehrenden Zauberer sind bestimmt an Novizen gewöhnt, die ihre Magie noch nicht beherrschen und an, äh, heißen Träumen leiden. Andernfalls wäre das Gebäude schon vor langer Zeit niedergebrannt.«

Sie beobachtete den fernen Rand der Scheibenwelt und richtete den Blick dann auf den Hexenbesen.

Autor (und Übersetzer) verzichten hier darauf, folgende Geschehnisse in allen Einzelheiten zu beschreiben: die mehrmaligen Anläufe, die häufigen Justierungen der Besenborste, das wiederholte Verfluchen von Zwergen, die kurzen Augenblicke der Hoffnung, wenn der magische Motor zu stottern begann, angestrengtes Keuchen, wenn stelzenartige Beine über gebrannten Ton eilten, neuerliches Fluchen, das plötzliche Funktionieren eines abgenutzten Levitationszaubers, Hände, die sich hastig am hölzernen Stiel festklammerten, ein langsames Aufsteigen...

Esk hockte unsicher auf dem Hexenbesen, als sie in einer Höhe von fast hundert Metern gemütlich dahinzuckelten. Einige Vögel folgten ihnen und zeigten großes Interesse an dem Ding, das sie für einen fliegenden Baum hielten.

»Verschwindet endlich!« rief Granny und winkte mit ihrem Hut.

»Wir sind ziemlich langsam«, stellte Esk schüchtern fest.

»Ich habe nicht die geringste Absicht, irgendeinen Geschwindigkeitsrekord zu brechen.«

Esk drehte den Kopf. Der Scheibenweltrand hinter ihnen erschimmerte in goldenem Glanz. Wolkenschleier bildeten zartgemusterten Flaum.

»Ich glaube, wir sollten tiefergehen«, schlug Eskarina drängend vor. »Du hast doch gesagt, daß der Besen nur des Nachts fliegt.« Sie beobachtete die Landschaft unter ihnen. Sie wirkte nicht gerade gastfreundlich, sah scharfkantig und irgendwie... erwartungsvoll aus.

»Ich weiß genau, was ich tue, kleines Fräulein«, erwiderte Oma Wetterwachs scharf, schloß die Hände fester um den Stiel und versuchte sich so leicht wie möglich zu machen.

Es wurde bereits erwähnt, daß das Licht der Scheibenwelt recht langsam und träge ist. Der Grund: ein weites und starkes Feld aus Magie.

Mit anderen Worten: Die Morgendämmerung setzt nicht so plötzlich ein wie auf anderen Welten. Der neue Tag beginnt eher zögernd, strömt mit der typischen Eile von dickflüssigem Sirup über die Landschaft, vergleichbar mit den ersten Ausläufern der Flut, die sich über einen breiten Strand tasten und behutsam Anspruch auf die Sandburgen des vergangenen Abends erheben. Das Morgengrauen neigt dazu, hohen Bergen auszuweichen. Wenn Bäume dicht nebeneinander stehen, tropft es arg mitgenommen aus Wäldern und hinterläßt breite Streifen der Dunkelheit.

Ein Beobachter, der sich in ausreichender Höhe befindet – zum Beispiel jemand, der auf einer Zirrus-Schichtwolke in den obersten Bereichen der Atmosphäre steht –, beschriebe sicher begeistert, mit welcher glitzernden Pracht sich das Licht auf der Scheibenwelt ausbreitet, wie es über weite Ebenen springt und an Felshängen hinaufkriecht, wie...

Nun, andererseits gibt es bestimmt Beobachter, die angesichts einer solchen Schönheit darauf hinweisen, daß schweres Licht absurd ist und man es gar nicht sehen könnte, wenn es tatsächlich so etwas gäbe. Woraufhin man erwidern sollte: Und wie kommt es dann, daß du auf einer Wolke stehst, hm?

Zynismus? Mag sein. Aber wie dem auch sei: Unten, dicht über der Oberfläche der Scheibenwelt, schwebte ein Hexenbesen mit zwei Passagieren dahin und versuchte, der zurückweichenden Nacht zu folgen.

»Granny!«

Der Tag flutete ihnen entgegen. Die Felsen weiter vorn schienen Feuer zu fangen, als das Licht über sie hinwegspülte. Oma Wetterwachs spürte, wie der Stiel unter ihr erzitterte, und voller Unbehagen beobachtete sie die unter ihnen fliehenden Schatten. Erschreckend rasch näherten sie sich dem Boden.

»Was passiert, wenn wir aufprallen?«

»Kommt ganz darauf an, ob wir weiche Steine finden«, erwiderte Granny. Ihre Stimme klang zumindest ein wenig besorgt.

»Wir verlieren immer mehr an Höhe! Können wir denn gar nichts dagegen unternehmen?«

»Was hältst du davon, wenn wir uns Flügel wachsen lassen?«

»Granny«, sagte Esk in jenem verzweifelten und erstaunlich erwachsenen Tonfall, den Kinder benutzen, um eigensinnige alte Leute zu schelten, »ich glaube, du verstehst nicht ganz. Ich möchte nicht auf den Boden schlagen. Ich habe überhaupt nichts gegen ihn.«

Granny leitete die gedankliche Rasterfahndung nach einem geeigneten Zauberspruch ein und bedauerte zutiefst, daß Felsen gegen Pschikologie immun waren. Ihr entging die diamantene Schärfe in Eskarinas Stimme, und deshalb ließ sie sich zu einer Antwort hinreißen, die sie gleich darauf bedauerte: »Sag das dem Besen!«

Unter anderen Umständen wären sie tatsächlich aufgeprallt. Oma Wetterwachs erinnerte sich gerade noch rechtzeitig daran, den Hut festzuhalten und tief Luft zu holen. Der hölzerne Stiel unter ihr erzitterte mehrmals, neigte sich nach vorn, und...

...die Landschaft sauste konturlos unter ihnen hinweg.

Eigentlich schloß sich ein sehr kurzer Flug an, aber Granny wußte, daß sie sich bis an ihr Lebensende daran erinnern würde. Sie befürchtete, daß er sich in einen Alpdruck verwandelte, der sich vorzugsweise um drei Uhr morgens in ihre Träume stahl, nach einer zu schweren Mahlzeit am Abend. Einige Dinge brannten sich fest in ihr Gedächtnis ein: die bunten Regenbogenfarben, die an ihr vorbeisausten, das schreckliche Gefühl, plötzlich dreimal so schwer zu sein wie noch vor wenigen Augenblicken, der Eindruck, daß irgend etwas Großes und sehr Schweres auf dem Universum hockte und es langsam zerquetschte.

Sie entsann sich auch an Esks fröhliches Lachen, daran, daß sie vergeblich danach trachtete, die rasende Geschwindigkeit des Besens um mindestens neunundneunzig Prozent zu reduzieren: Ganze Gebirge flitzten mit einem jähen *Wusch* unter ihnen hinweg.

Vor allem aber würde sie sich immer daran erinnern, wie sie die Nacht *einholten.*

Sie erschien voraus: eine gezackte dunkle Linie, die dem gnadenlosen Morgen zu entkommen versuchte. In entsetzter Begeisterung stellte Granny fest, wie sich aus dem Streifen ein Fleck bildete, der rasch in die Breite wuchs und schließlich einen großen schwarzen Kontinent bildete, der ihnen entgegenzurasen schien.

Für den Hauch eines Augenblicks ritten sie auf dem Wellenkamm des Morgengrauens, das mit einem lautlosen Donnern übers Land gischtete. Kein Surfer hatte jemals eine solche Woge bezwungen. Der Hexenbesen tauchte einfach durch das Brodeln aus Licht und glitt mühelos durch kühle Finsternis.

Granny ließ den angehaltenen Atem langsam entweichen.

Die Dunkelheit kam einer Medizin gleich, die den Schrecken des Fluges ein wenig linderte. Und sie bedeutete auch, daß der Besen die Reise mit Hilfe seiner eigenen altersschwachen Magie fortsetzen konnte, wenn Esk plötzlich die Lust verlor.

»!« sagte Granny und räusperte sich. Ihre Kehle war knochentrocken. »Esk?«

»Macht Spaß, nicht wahr? Wie ich das wohl fertiggebracht habe?«

»Ja, ein ausgesprochen vergnügsamer Flug«, erwiderte Granny unsicher. »Aber hättest du was dagegen, wenn ich jetzt wieder das Steuer übernehme? Ich möchte vermeiden, daß wir über den Rand hinausrasen. Bitte?«

»Stimmt es, daß ein gewaltiger Wasserfall über die Kante der Welt spritzt?« fragte Eskarina. »Und wenn man dort in die Tiefe blickt – kann man dann Sterne beobachten?«

»Ja. Ich schlage vor, wir fliegen jetzt etwas langsamer.«

»Das sähe ich mir gern an.«

»Nein! Ich meine, nicht jetzt. Bei einer anderen Gelegenheit.«

Der Besen wurde langsamer, und die Regenbogenblase platzte mit einem deutlich hörbaren *Plopp.* Oma Wetterwachs fühlte nicht den geringsten Ruck, nicht einmal ein leichtes Zittern, als der Stiel den Flug wesentlich langsamer fortsetzte.

Granny legte schon seit vielen Jahren großen Wert auf den Ruf, die Antworten auf alle möglichen Fragen zu wissen. Daher kam es für sie einer bemerkenswerten Leistung gleich, sich selbst so etwas wie Verwirrung einzugestehen. Die Würmer der Neugier fraßen sich in den (symbolisch faulen) Apfel ihres Bewußtseins.

»Wie hast du das fertiggebracht?« stieß sie schließlich hervor.

Eine Zeitlang herrschte hinter ihr nachdenkliche Stille. Dann erwiderte Esk: »Ich weiß es nicht. Ich wollte es einfach nur und entwickelte eine entsprechende Vorstellung. Es ist so, als versuche man, sich an etwas zu erinnern, das man vergessen hat.«

»Ja, aber *wie?*«

»Keine Ahnung. Vor meinem inneren Auge formte sich ein Bild, das die Dinge zeigte, wie ich sie mir wünschte. Und ich ... ich wurde irgendwie Teil dieses Bildes.«

Granny starrte in die Nacht. Von einer derartigen Magie hörte sie jetzt zum erstenmal, aber sie klang mächtig – und möglicherweise tödlich. Teil eines Bildes werden! In einem Punkt bestand kein Zweifel: Jede Magie veränderte die Welt in gewisser Weise. Zauberer hielten das für völlig normal: Es kam ihnen gar nicht in den Sinn, die Welt so zu lassen, wie sie war, und statt dessen die auf ihr lebenden

Menschen zu verändern. Aber Esks Hinweis schien wortwörtlich gemeint zu sein. Oma Wetterwachs entschied, eingehend darüber nachzudenken. Mit festem Boden unter den Füßen.

Zum erstenmal in ihrem Leben fragte sich Granny, ob jene Bücher, die sich seit einiger Zeit immer größerer Beliebtheit erfreuten, nicht doch etwas Wertvolles enthielten — obgleich sie sich einige Zweifel in Hinsicht auf den moralischen Wert von dergleichen beschriftetem Papier bewahrte. Immerhin hieß es, einige Bücher seien von Toten verfaßt worden, und deshalb kam es fast Nekromantie gleich, solche Werke zu lesen. Es gab viele Dinge im Multiversum, die Granny verabscheute, und an erster Stelle dieser langen Liste standen Gespräche mit Toten, die im Grunde genommen genug eigene Probleme hatten.

Aber nicht annähernd so viele wie sie — davon war Oma Wetterwachs fest überzeugt. Gedankenverloren blickte sie auf die dunkle Landschaft hinab und wunderte sich darüber, daß unter ihr Sterne leuchteten.

Für einige Sekunden, die sie einem Herzinfarkt nahe brachten, befürchtete sie, daß sie tatsächlich über den Rand der Scheibenwelt hinweggeflogen waren. Dann stellte sie fest, daß die kleinen Punkte unter ihr in einem gelben Licht glühten und flackerten. Außerdem: Wer hatte jemals davon gehört, daß Sterne in so gleichmäßigen Mustern angeordnet waren?

»Sehr hübsch«, meinte Esk. »Ist das eine Stadt?«

Granny kniff die Augen zusammen und sah sich gründlich um. Wenn es sich um eine Stadt handelte, dann um eine ziemlich große. Versuchsweise schnupperte sie einige Male. Tatsächlich: Der Ort unter ihnen roch *menschlich.*

Die aufsteigende Luft duftete nach Weihrauch, Korn, Gewürzen und Bier, aber die bestimmenden Gerüche stammten von einem hohen Grundwasserspiegel, Tausenden von Städtern und einem eher primitiven Müllbeseitigungssystem.

Oma Wetterwachs gönnte sich ein mentales Schaudern.

Der Tag blieb ihnen dicht auf den Fersen. Sie hielt nach einem Bereich Ausschau, in dem es größere Abstände zwischen den Fackeln und Lampen gab. Granny deutete das als Anzeichen für arme Stadtviertel und vermutete, daß die dort wohnenden Bürger nichts gegen Hexen einzuwenden hatten. Mit neuer Entschlossenheit setzte sie zur Landung an.

Sie befanden sich nur noch anderthalb Meter über dem Boden, als das Morgengrauen sie zum zweitenmal erreichte.

Das Tor war tatsächlich riesig und schwarz, und es erweckte den Anschein, als bestehe es aus massiver Finsternis.

Granny und Esk standen in der Menge, die auf dem Platz vor der Universität wartete. Neugierig blickten sie an den Mauern hoch.

»Ich frage mich, wie man ins Gebäude gelangt«, sagte Esk schließlich.

»Vermutlich durch Magie«, erwiderte Granny griesgrämig. »Typisch für Zauberer. Normale Leute hätten eine Klinke angebracht.«

Oma Wetterwachs hob den Besen und winkte in Richtung der hohen Pforte.

»Bestimmt muß man irgendeinen Hokuspokus beschwören, damit sich das Tor öffnet.« Verdrießlich fügte sie hinzu: »Würde mich überhaupt nicht wundern.«

Schon seit drei Tagen hielten sie sich in Ankh-Morpork auf, und Granny mußte zu ihrer Überraschung feststellen, daß sie langsam Gefallen an der Stadt fand. Sie wohnten in den *Schatten,* einem alten Viertel, dessen Bewohner vorwiegend während der Nacht... nun, arbeiteten. Außerdem steckten sie ihre Nasen nicht in die Angelegenheiten anderer Leute, denn mit Neugier konnte man sich nicht nur die Finger verbrennen, sondern auch ein unrühmliches Ende im Fluß finden. Wer mit einigen handlichen Steinen beschwert wird, die mindestens hundert Kilo wiegen, hat eine nur noch sehr begrenzte Lebenserwartung – es sei denn, er lernt es rechtzeitig, unter Wasser zu atmen. Bisher ist kein solcher Fall bekannt. Esks und Grannys Unterkunft befand sich im obersten Stock eines Gebäudes, das auch die gut bewachten Büros und umfangreichen Lager eines Kaufmanns beherbergte, der mit ehrbarem Diebesgut handelte. Hehler hielten eine Menge von Verschwiegenheit, und das kam der alten Hexe sehr gelegen.

Kurz gesagt: In den Schatten wimmelte es von mißachteten Göttern, konzessionslosen Dieben, Damen, die das Nachtleben liebten (und rasch wechselnde männliche Gesellschaft mit vollen Börsen), Hausierern, verstohlenen Gestalten, die in dunklen Nischen und Gassen verbotene Traumkräuter anboten, übergeschnappten Alchimisten, die behaupteten, es sei ihnen gelungen, Gold in Blei zu verwandeln (was sie bewiesen, indem sie gelbe Münzen entgegennahmen und graue zurückgaben), Schurken, Gaunern, Halunken, Idioten und einigen wenigen Narren, die tatsächlich glaubten, sich mit ehrlicher Arbeit den Lebensunterhalt verdienen zu können. Anders ausgedrückt: Es handelte sich um die Schmiere im Achslager der Zivilisation.

Zwar lebten in jenem Viertel viele Menschen, die normale Magie zu schätzen wußten, aber erstaunlicherweise herrschte ein erheblicher Mangel an Hexen. Innerhalb weniger Stunden verbreitete sich die Nachricht von Grannys Ankunft, und Dutzende von Bittstellern schlichen, krochen oder gingen zu ihr. Sie erkundigten sich nach Elixieren und Heiltränken, fragten nach Talismanen, Unheilsbannern und der nahen Zukunft, bezahlten für persönliche und spezielle Dienste, die Hexen traditionell solchen Personen leisten, in deren Existenz es einige Gewitterwolken oder gar tosende Orkane gab.

Die anfängliche Verärgerung von Oma Wetterwachs wich Verlegenheit, und es dauerte nicht lange, bis sie sich geschmeichelt fühlte. Ihre Kunden brachten Geld mit, das sie durchaus gebrauchen konnte, aber sie beglichen ihre

Rechnungen auch mit Respekt, und das war eine besonders harte Währung.

Schon nach kurzer Zeit spielte Granny mit dem Gedanken, sich ein größeres Heim samt Garten zuzulegen und ihre Ziegen holen zu lassen. Aus dem Gestank mochte sich ein Problem ergeben, aber damit mußten ihre Tiere eben fertig werden.

Zusammen mit Eskarina hatte sie weite Streifzüge durch Ankh-Morpork unternommen und sich die Docks angesehen, Dutzende von Brücken, die Märkte und Basare, die Straßen, die von vielen Tempeln gesäumt wurden. Granny versuchte die sakralen Bauten zu zählen und wirkte dabei sehr nachdenklich: In der Regel verlangten Götter von denen, die sie verehrten, sich auf eine Weise zu verhalten, die ihrer eigentlichen Natur widersprach. Der menschliche Fallout, der auf diese Weise entstand, garantierte Hexen für gewöhnlich einen großen Kundenkreis.

Die befürchteten Schrecken der Zivilisation bewiesen eine erstaunliche Zurückhaltung und beschränkten sich auf einen Dieb, der versuchte, Grannys Handtasche zu stehlen. Die Passanten in der Nähe blieben verblüfft stehen, als Oma Wetterwachs den Mann zurückrief – und der Übeltäter gehorchte. Seine Beine bewegten sich von ganz allein, und mit wachsender Verzweiflung versuchte der Dieb, zumindest die Beherrschung der Füße zurückzugewinnen. Niemand wußte genau, was geschah, als Oma Wetterwachs erst in die Augen des Halunken sah und ihm dann etwas ins aufmerksam lauschende Ohr flüsterte, aber der Mann gab Granny nicht nur ihr Geld zurück, sondern auch einen Beutel mit Münzen, die aus anderen Börsen stammten. Bevor sie ihn gehen ließ, versprach der Dieb, sich zu rasieren, sich zu waschen und für den Rest seines Lebens fromm und anständig zu sein. Bis zum Einbruch der Nacht war die Beschreibung der alten Hexe in den wichtigsten Niederlassungen der Gilde bekannt, in der sich die Diebe, Betrüger, Einbrecher und

Verbündete Gewerbe* zusammengeschlossen hatten. Es wurde die strikte Anweisung erteilt, Oma Wetterwachs um jeden Preis zu meiden. Diebe sind größtenteils Geschöpfe der Nacht und wissen daher, wann und wo Gefahr droht.

Granny schrieb zwei weitere Briefe an die Unsichtbare Universität und bekam keine Antwort.

»Der Wald hat mir besser gefallen«, sagte Esk.

»Ich weiß nicht«, erwiderte Oma Wetterwachs. »Eigentlich unterscheidet sich diese Stadt gar nicht so sehr davon. Und wie dem auch sei: Die Leute hier begegnen einer Hexe mit dem angebrachten Respekt.«

»Sie sind sehr freundlich«, gestand Eskarina ein. »Kennst du das Haus unten an der Straße? Ich meine das Gebäude, in dem die dicke Tante mit den vielen jungen Frauen wohnt, die alle zu ihrer Familie gehören.«

»Ja, Mütterchen Palm«, entgegnete Granny vorsichtig. »Eine sehr ehrenwerte Dame.«

»Dauernd kommen Leute, um sie zu besuchen. Und sie bleiben *die ganze Nacht*. Ich habe das Haus beobachtet

---

* Eine sehr angesehene Organisation, die in Ankh-Morpork einen wichtigen Stützpfeiler von Gesetz und Ordnung darstellte. Der Grund dafür ist folgender: Der Gilde wurde eine jährliche Quote allgemeingesellschaftlich akzeptabler Verbrechen zugestanden (insbesondere Diebstähle, Überfälle und Morde). Als Gegenleistung sorgte die Gilde auf recht nachdrückliche Weise dafür, daß inoffizielle Verbrechen sofort aufgeklärt und die entsprechenden Täter unverzüglich erstochen, erdrosselt oder geviertelt wurden. Als Abschreckungsmaßnahme (die ihre Wirkung in den meisten Fällen nicht verfehlte) deponierte man die sterblichen Überreste der Betreffenden in Papiertüten und verteilte sie in der ganzen Stadt. Diese Regelung galt gemeinhin als vorteilhaft und stieß nur bei denen auf Unwillen, deren soziale Pflicht darin bestand, erstochen, erdrosselt und geviertelt zu werden. Darüber hinaus versetzte sie die Diebe Ankh-Morporks in die Lage, eine angemessene Karriere zu planen: Wenn sie sich an die Gilde wandten, mußten sie zunächst eine Aufnahmeprüfung ablegen und sich später an jenen Ehrenkodex halten, der auch bei den anderen Berufsständen üblich war. Und da der Unterschied zwischen Kaufleuten und Dieben eigentlich gar nicht so groß ist, wie man zunächst annehmen mag, genossen die Betrüger und ihre Kollegen bald einen ähnlich guten Ruf.

und weiß Bescheid. Bestimmt bekommt sie nur wenig Schlaf.«

»Mhm«, brummte Granny.

»Ist sicher nicht leicht für die dicke Frau mit den vielen Töchtern, die sie ernähren muß. Ich glaube, die Leute sollten ein wenig rücksichtsvoller sein.«

»Nun«, begann Oma Wetterwachs unsicher, »ich bezweifle, ob ...«

Sie brach erleichtert ab, als sich ein großer bunter Wagen dem Tor der Unsichtbaren Universität näherte. Dicht neben Granny zügelte der Mann auf dem Kutschbock die Ochsen und sagte: »Entschuldige, gute Frau. Würdest du bitte zur Seite treten?«

Oma Wetterwachs kam der Aufforderung nach und verzog das Gesicht. Sie mochte keine herablassende Höflichkeit, und noch weniger hielt sie davon, als eine ›gute Frau‹ bezeichnet zu werden. Sie setzte zu einer Erwiderung an, doch bevor sie Antwort geben konnte, fiel der Blick des Mannes auf Esk.

Treatle grinste wie eine besorgte Schlange.

»Oh, wen sehe ich denn da? Die junge Dame, die glaubt, Frauen sollten Zauberer werden, stimmt's?«

»Ja«, bestätigte Esk. Und da sich Treatle recht würdevoll gab, fügte sie freundlich hinzu: »Herr. Allerdings können wir nicht das Tor passieren. Es bleibt dauernd geschlossen.«

»Wir?« fragte Treatle. Dann bemerkte er Granny. »O ja, natürlich. Das ist deine Tante, nicht wahr?«

»Meine Oma. Nun, nicht direkt *meine* Oma. Sie heißt nur so.«

Granny nickte steif.

»Nun, ich glaube, hier muß etwas unternommen werden«, sagte Treatle so herzlich wie jemand, der gerade einen guten Witz gehört hatte. »Ja, in der Tat. Unsere erste Zauberin bleibt aus der Universität verbannt? Welche Schande! Darf ich dich begleiten?«

Grannys Hand schloß sich fest um Esks Oberarm.

»Wenn es dir recht ist...«, begann sie. Aber Eskarina befreite sich aus dem Griff und eilte auf den Karren zu.

»Du willst mich wirklich mitnehmen?« Die Augen des Mädchens leuchteten sehnsuchtsvoll.

»Selbstverständlich. Die Oberhäupter der magischen Orden würden sich bestimmt freuen, dich kennenzulernen.« Treatle lachte leise.

»Eskarina Schmied...« sagte Granny und unterbrach sich erneut. Sie musterte Treatle.

»Ich weiß nicht, was du vorhast, Herr Zauberer, aber es gefällt mir nicht«, fuhr sie mit fester Stimme fort. »Esk, du weißt ja, wo wir wohnen. Wenn du dich unbedingt zur Närrin machen willst, so mußt du auf mich verzichten.«

Sie drehte sich ruckartig um und marschierte über den Platz.

»Eine bemerkenswerte Frau«, sagte Treatle vage. »Wie ich sehe, hast du noch immer deinen Besen. Ist dir wohl ans Herz gewachsen, wie?«

Er ließ die Zügel los, hob die Arme und vollführte eine kompliziert anmutende Geste.

Das große Tor schwang auf, und Eskarina sah einen von Rasenflächen gesäumten Vorhof. Dahinter erhob sich die Universität. Es fiel Esk schwer festzustellen, ob es sich um ein Gebäude oder um mehrere handelte: Das magische Lehrinstitut für Zauberer erweckte keinen geplanten Eindruck, wirkte eher wie eine zufällige Zusammenballung von Pfeilern, Bogengängen, Türmen, Minaretten, Kuppeln, Zinnen und dergleichen mehr — Geschöpfe aus Stein, die sich aneinanderkauerten, um sich gegenseitig zu wärmen.

»Das ist sie?« fragte Esk. »Sieht irgendwie ... durcheinander aus.«

»Eine durchaus treffende Beschreibung«, pflichtete ihr Treatle bei. »Alma Mater, Heim aller Zauberer und solcher, die es werden wollen. Natürlich ist sie innen weitaus größer als außen. hat irgend etwas mit einem Eisberg zu tun, oder der Spitze davon. So heißt es jedenfalls. Ich weiß nicht genau. Habe noch nie Eisberge gesehen. Nun, wie der Name Unsichtbare Universität schon andeutet: Einen großen Teil davon kann man nicht sehen.« Er lächelte strahlend. »Wärst du so nett, in den Wagen zu klettern und Simon Bescheid zu geben?«

Eskarina strich die schweren Vorhänge beiseite und starrte auf die Ladefläche des Karrens. Simon lag auf Dekken, las in einem ziemlich großen Buch und machte sich Notizen.

Als er aufsah und das Mädchen erkannte, grinste er schief.

»Bist du es?« fragte er.

»Ja«, erwiderte Esk. Es klang nicht vorwurfsvoll.

»Wir dachten, du hättest uns verlassen. Alle nahmen an, du säßest in einem anderen W-Wagen, und als wwww-wir anhielten...«

»Ein kleiner Umweg, der gleichzeitig eine Abkürzung war. Wie dem auch sei: Ich glaube, Herr Treatle möchte, daß du dir die Universität ansiehst.«

»Sind wir da?« entfuhr es ihm. Er zwinkerte überrascht und bedachte Eskarina mit einem seltsamen Blick. »Und *du* bist ebenfalls hier?«

»Ja.«

»Wieso?«

»Herr Treatle lud mich ein. Er meinte, alle würden sich freuen, mich kennenzulernen.« Ungewißheit stahl sich in ihre weichen Züge. »Stimmt das?«

Simon starrte auf das Buch und betupfte die tränenden Augen mit einem bereits feuchten Taschentuch.

»N-Nun, er h-hat seine L-Launen«, stotterte er. »Aber sss-sonst ist er g-ganz nett.«

Verwundert sah Eskarina auf die vergilbten Seiten, für die sich der junge Mann so sehr interessierte. Sie zeigten viele rote und schwarze Symbole, die auf irgendeine unerklärliche Weise ebenso beunruhigend und bedrohlich wirkten wie ein tickendes Paket. Gleichzeitig zogen sie den Blick so erbarmungslos an wie ein schwerer Unfall. Esk hätte gern gewußt, was die sonderbaren Schriftzeichen darstellten, aber nur einen Sekundenbruchteil später entstand ein seltsames Gefühl in ihr, das sie davor warnte, ihrer Neugier nachzugeben. Die gleiche Faszination mag dem Zünder eines Blindgängers gelten: Wenn man versucht, ihn herauszuschrauben, um ihn sich genauer anzusehen, bleibt einem manchmal nicht einmal mehr genug Zeit zur Reue.

Simon bemerkte Esks Gesichtsausdruck und schloß das Buch.

»Nur M-Magie«, murmelte er. »Ich habe einige f-faszinierende neue Wwwwww...«

»...Worte...«, sagte Esk automatisch.

»Danke. Gefunden.«

»Vermutlich ist es sehr interessant, Bücher zu lesen«, meinte Esk.

»Und ob. Kannst du nicht l-lesen?«

Das Erstaunen in Simons Stimme verletzte sie.

»Natürlich kann ich das«, erwiderte sie trotzig. »Ich hab's nur noch nie versucht.«

Eskarina wäre nicht einmal dann sicher gewesen, was ein Sammelbegriff ist, wenn er ihr die Zunge herausgestreckt hätte, aber sie wußte, daß Ziegen Herden bildeten und sich Hexen beim Sabbat trafen. Wie aber nannte man eine Gruppe von Zauberern? Einen Orden? Eine Verschwörung? Vielleicht einen Zirkel?

Das letzte Wort erschien ihr passend. Oma Wetterwachs behauptete immer, zwischen Zirkeln und Gehmetrie gebe es einen direkten Zusammenhang. Und hatte sie Esk nicht mehrfach darauf hingewiesen, daß die Zauberei aus jener geheimnisvollen Gehmetrie bestand?

Was auch immer zutreffen mochte: Die Universität war voll davon. Zauberer schlenderten durch die Kreuzgänge und saßen auf Bänken unter den Bäumen. Junge Novizen eilten hastig über die Pfade, wenn irgendwo eine Glocke läutete. Die meisten von ihnen hielten Bücher unter die

Arme geklemmt, und die Studenten der fortgeschrittenen Semester konnte man daran erkennen, daß Pergamentrollen und ähnliche Dinge hinter ihnen herschwebten. Angesichts der puren Magie fühlte sich die Luft schmierig an und roch nach Zinn.

Esk wanderte zwischen Treatle und Simon und saugte die neuen Eindrücke wie ein Schwamm auf. Überall spürte sie die magische Energie, aber sie war gezähmt und wurde in Kanäle gelenkt, um bestimmte Zwecke zu erfüllen. Eskarina verglich sie mit einem Mühlbach, der ein Schaufelrad antrieb. Sie stellte Macht dar, die sich dem erfahrenen Willen der Zauberer beugte. Simons Aufregung stand der des Mädchens in nichts nach. Sie zeigte sich vor allen Dingen daran, daß seine Augen noch heftiger tränten und er kaum mehr ein Wort hervorbringen konnte, ohne dabei zu stottern. Immer wieder deutete er auf verschiedene Flügel des Universitätskomplexes und murmelte von ›L-Laboratorien‹ und ›F-Forschungszentren‹.

Nach einiger Zeit bemerkte Eskarina ein niedriges düsteres Gebäude mit schmalen Fenstern.

»D-Das ist d-die B-Bibliothek«, brachte Simon respektvoll und begeistert zugleich hervor. »K-Kann ich ssssie mir ansssehen?«

»Dazu hast du später noch Zeit genug«, erwiderte Treatle. Simon bedachte das Bauwerk mit einem sehnsüchtigen Blick.

»Alle B-Bücher, d-die jemals über Magie g-geschrieben wwww...«

»...wurden«, half Esk aus.

Simon nickte dankbar.

»Warum sind die Fenster vergittert?« fragte sie.

Simon schluckte. »Äh, wwww-weil magische Wwwwwerke keine gewww-wöhnlichen B-Bücher ssssind. Sie führen ein sssonderbares Eigenllllleben und...«

»Das genügt«, warf Treatle scharf ein. Er schien sich erst jetzt wieder an Eskarina zu erinnern, sah auf sie herab und runzelte die Stirn.

»Warum bist du hier?«

»Du hast mich eingeladen«, sagte das Mädchen.

»Ich? O ja! Natürlich. Das hatte ich ganz vergessen. Entschuldige. Das junge Fräulein, das gern Zauberer werden möchte. Komm, ich zeig dir was!«

Er ging eine breite Treppe hoch, die zu einer imposanten Doppeltür führte. Ganz offensichtlich diente sie in erster Linie dem Zweck, Besucher zu beeindrucken. Der Architekt hatte großzügigen Gebrauch von schweren Schlössern, verschnörkelten Angeln, Messingbeschlägen und einer Vielzahl von Schnitzereien gemacht. Offenbar wollte er alle, die diesen Eingang benutzten, auf ihre geradezu lächerliche Bedeutungslosigkeit hinweisen.

Vermutlich war er ein Zauberer – er hatte die Klinke vergessen.

Treatle klopfte mit einem Stab an. Das Tor zögerte einige Sekunden lang, aber schließlich glitten die dicken Riegel zurück, und die beiden Türflügel schwangen auf.

Im Saal vor ihnen standen Dutzende von Zauberern mit ihren jungen Novizen. Und die Eltern der erwartungsvollen Schüler.

Es gibt zwei Möglichkeiten, in die Unsichtbare Universität zu gelangen. (Eigentlich sogar drei, um ganz genau zu sein: Aber von der dritten wußten die Magier zu jenem Zeitpunkt noch nichts.)

Die erste besteht darin, ein großes magisches Werk zu vollbringen: zum Beispiel die Wiederentdeckung eines uralten thaumaturgischen Relikts oder die Erfindung eines völlig neuen Zauberspruchs, was jedoch nur noch höchst selten geschah. In fernster Vergangenheit hatten es begabte Zauberer fertiggebracht, aus der chaotischen, formlosen Magie der Welt bis dahin unbekannte Formeln zu entwickeln. Sie legten damit den Grundstein für die Entstehung der acht großen Orden. Wer zu diesem hehren Niveau aufstieg, verdiente die Bezeichnung Kreativer Magus. Doch schon seit vielen Dekaden gab es selbst in der Unsichtbaren Universität niemanden mehr, der einen solchen Titel für sich beanspruchen konnte. Die magischen Pioniere gehörten der Vergangenheit an; thaumaturgische Bürokraten nahmen ihren Platz ein.

Die meisten Anwärter auf ein magisches Studium nehmen daher die zweite Möglichkeit wahr: Sie gehen bei einem älteren und geachteten Zauberer in die Lehre und erfüllen einfache Dienste für ihn. Als Gegenleistung läßt er sie an seinen Erfahrungen teilhaben.

Ein Unsichtbarer Akademischer Grad bedeutete Ehre und viele Privilegien, und daher herrschte in der Universität ein ziemlich harter Konkurrenzkampf. Die meisten Jungen, die sich derzeit im Saal aufhielten und sich mit banalem Zauber bekriegten, würden irgendwann ihr Studium aufgeben und sich mit dem Rang eines schlichten *Magiers* begnügen: magische Technokraten mit frechen Bärten und Lederflecken an den Ärmeln, gescheiterte Zauberer, die bei Feten und Parties kleine Gruppen bildeten und sich gegenseitig mit neidischer Wachsamkeit beobachteten.

Die begehrten Hüte mit den optimalen astrologischen Symbolen, die bunten und weiten Mäntel, der Zauberstab — all das kam für sie nicht in Frage. Aber wenigstens konnten sie auf die *Beschwörer* herabsehen, die zur Fettleibigkeit und Leberleiden neigten, dauernd Bier tranken (obwohl sie der geplagten Leber besser einen alkoholfreien Urlaub gönnen sollten), in paillettierten Hosen herumstolzierten, schicksalsergeben dreinblickende Frauen ausführten und den Zorn der Magier herausforderten, indem sie ihnen ständig Witze erzählten und sich hartnäckig weigerten zu begreifen, welch geringen Status sie einnahmen. Auf der untersten Sprosse der Karriereleiter standen (abgesehen natürlich von Hexen) die Thaumaturgen, die überhaupt nicht ausgebildet wurden. Einem Thaumaturgen konnte man gerade noch zutrauen, einen Destillierkolben auszuwaschen. Viele magische Aufgaben erforderten Dinge wie Schimmel von einer zerquetschten Leiche, Sperma eines lebenden Tigers und Wurzeln einer Pflanze, die einen Ultraschallschrei ausstieß, wenn man sie aus dem

Boden zog. Wer wurde geschickt, um so etwas zu holen? Genau.

Es ist ein weit verbreiteter Irrtum zu glauben, die Angehörigen der unteren magischen Ränge eigneten sich nur dafür, Hecken zu schneiden und Unkraut zu jäten. Tatsächlich nehmen sie sehr ehrenhafte magische Pflichten wahr, und für entsprechende Arbeiten sind philosophischer Gleichmut und Dornenunempfindlichkeit (auch im übertragenen Sinne) unabdingbare Voraussetzungen. Wenn man einen sogenannten Schneider und Jäter zu einer Party einlud, konnte man damit rechnen, daß er die Hälfte des Abends mit den Topfpflanzen sprach. Und die andere Hälfte mit stummen Zuhörern verbrachte.

Wie Esk feststellte, befanden sich auch einige Frauen im Saal, denn selbst junge Magier hatten Mütter und Schwestern. Ganze Familien waren gekommen, um ihre immatrikulierten Söhne zu verabschieden. Es wurden Nasen geputzt und Tränen aus den Augen gewischt. Hier und dort klimperten Münzen, wenn stolze Väter ihren Sprößlingen Taschengeld in die Hand drückten.

Sehr alte und würdevolle Zauberer wanderten hoch erhobenen Hauptes durch die Menge, sprachen mit magischen Dozenten und musterten die zukünftigen Studenten.

Einige von ihnen bahnten sich vorsichtig einen Weg durchs Gedränge und hielten auf Treatle zu. Wie goldgetakelte Galeonen mit vollen Segeln pflügten sie durch den menschlichen Ozean, verbeugten sich vor dem Vizekanzler und bedachten Simon mit gönnerhaften Blicken.

»Das ist der junge Simon, nicht wahr?« fragte der dickste Zauberer und schenkte dem hochaufgeschossenen Jugendlichen ein strahlendes Lächeln. »Wir haben schon viel von dir gehört, junger Mann. Na? Hm?«

»Simon, verneig dich vor dem Erzkanzler Knallwinkel, dem Erzmagus der Zauberer vom Silbernen Stern!« befahl Treatle. Simon verbeugte sich nervös.

Knallwinkel beobachtete ihn wohlwollend. »Du wurdest uns als ein sehr vielversprechender Schüler berichtet, mein Junge«, sagte er. »Offenbar stimuliert die Bergluft das Gehirn, was?«

Er lachte, und die anderen Zauberer stimmten mit ein. Selbst Treatle kicherte. Esk fand das seltsam, denn eigentlich geschah überhaupt nichts Lustiges.

»Ich wwww-weiß nicht g-genau...«

»Nun, das wundert mich, denn schließlich heißt es von dir, du wüßtest praktisch alles«, erwiderte Knallwinkel. Seine fleischigen Wangen bebten wie Wackelpudding. Die übrigen Magier stimmten erneut ein gehorsames Gelächter an.

Knallwinkel klopfte Simon auf die Schulter.

»Du hast ein Stipendium erhalten und alle Prüfungen mit Auszeichnung bestanden«, meinte er. »Wirklich erstaunlich. So etwas ist noch nie zuvor geschehen. Die meisten fallen bei irgendeiner Sache durch. Und wie ich hörte, bist du auch noch Autodi... Autodiktat oder so. Mit anderen Worten: Du hast dir alles selbst beigebracht. Bemerkenswert, nicht wahr, Treatle?«

»In der Tat, Erzkanzler.«

Knallwinkel sah seine Kollegen an.

»Vielleicht könntest du uns eine Kostprobe deiner Kunst geben«, schlug er vor. »Ja, wie wär's mit einer kleinen Demonstration?«

Simons panischer Blick entsprach dem eines Hasen, den gerade einige Jagdhunde in die Enge getrieben hatten.

»Ai-Eigentlich b-bin ich nnn-nicht sssehr g-gut in...«

»Keine falsche Bescheidenheit!« warf Knallwinkel in einem Tonfall ein, den er für ermutigend halten mochte. »Mach dir keine Sorgen. Laß dir ruhig Zeit. Wir haben Geduld.«

Simon befeuchtete sich die trockenen Lippen und wandte sich mit wortlosem Flehen an Treatle.

»Äh«, sagte er. »D-Die Sssss...« Er unterbrach sich und schluckte. »Die Wwwww...«

Das Gesicht lief ihm rot an. Die Augen tränten stärker als jemals zuvor, und Simons Schultern hoben und senkten sich.

Treatle gab ihm einen beruhigenden Klaps auf den Rücken.

»Heuschnupfen«, erklärte er. »Wir haben es mit allen möglichen Medizinen und Arzneien versucht — ohne Erfolg.«

Simon schluckte erneut und nickte. Mit seinen langen weißen Händen winkte er Treatle fort und schloß die Augen.

Einige Sekunden lang passierte überhaupt nichts. Die Lippen des jungen Mannes bewegten sich lautlos, und dann schien sich sein Schweigen zu verdichten, flackerte wie das Licht einer Kerze. Eine Flut der Stille spülte durch die Menge im Saal, traf mit der Gewalt eines gehauchten Kusses auf die gegenüberliegende Wand und gischtete stumm zurück. Einige Leute beobachteten amüsiert, wie sich ihre Gesprächspartner erschrocken bemühten, irgendeinen Laut hervorzubringen, doch das Lachen blieb ihnen im wahrsten Sinne des Wortes im Halse stecken. Das Blut schoß ihnen ins Gesicht, während sie so laut kreischten wie eine Arien singende Ziege. (Und da es keine ariensingenden Ziegen gibt, nicht einmal auf der magischen Scheibenwelt, kann sich der Leser hier sehr gut vorstellen, was sich im Saal ereignete: gar nichts.)

Winzige Staubkörner aus hellem Glanz irrlichterten über Simons Kopf. Sie stoben wie Funken, wirbelten dahin, vollführten einen komplizierten dreidimensionalen Tanz — und nahmen schließlich Gestalt an.

Esk zweifelte nicht daran, daß jenes *feste* Bild die ganze Zeit über vorhanden gewesen war und nur darauf gewartet hatte, sich ihr zu zeigen. Sie verglich diesen Umstand mit einer völlig normalen Wolke, die sich von einem Augenblick zum anderen in einen Wal, ein Schiff oder ein Gesicht verwandeln kann, ohne sich dafür einer umfassenden Metamorphose unterziehen zu müssen.

Bei dem *Etwas* über Simons Haupt handelte es sich um ein Abbild der Welt.

Das war auf den ersten Blick zu erkennen, obwohl das

Glitzern und Wogen der kleinen Lichter einige Einzelheiten verwischte. Eskarina sah die Himmelsschildkröte Groß-A'Tuin, die vier Elefanten auf ihrem (oder seinem) Rükken, die ihrerseits die Scheibenwelt trugen. Sie beobachtete das Glitzern des gewaltigen Wasserfalls, der unablässig über die Kante spritzte, die zehn Meilen hohe Felsnadel in der Mitte, jenes Massiv, das man Cori Celesti nannte und angeblich den Göttern als Heimstatt diente.

Das Bild wuchs in die Breite, zeigte das Runde Meer und den Ankh-Strom. Gleichzeitig flogen die Funken davon und erloschen einige Meter von Simons Kopf entfernt. Die sonderbare Projektion fixierte sich nun auf die Stadt Ankh-Morpork, die den Zuschauern entgegenzurasen schien. Die Universität flog heran und wurde rasch größer. Der Große Saal...

...und alle Menschen darin, die verwundert starrten. Und auch Simon selbst, umgeben von silbernem Gleißen. Und die Blase über ihm, die ebenfalls ein Bild enthielt, und darin wiederum...

Es hatte irgendwie den Anschein, als sei das ganze Universum umgestülpt worden, und zwar in allen Dimensionen. Es fühlte sich an, als litte man an Blähungen, ohne etwas dagegen unternehmen zu können. Und es klang so, als habe die Welt ein höchst bedeutendes *Gljupp!* von sich gegeben.

Die Wände lösten sich auf, und der Boden folgte ihrem Beispiel. Alle Gemälde, von denen magische Ahnen in die Halle blickten (die Künstler hatten großen Wert auf die Darstellung von Schriftrollen, langen Bärten und nachdenklich gerunzelten Stirnen gelegt), verschwanden spurlos. Die Fliesen — sie bildeten ein interessantes schwarzweißes Muster — lösten sich einfach in Luft auf und wichen feinem Sand, so grau wie Mondschein und so kalt wie Eis. Eigentümliche Sterne strahlten unwillig an einem noch eigentümlicheren Himmel. Vor dem Horizont zeigten sich niedrige Hügel, nicht etwa von Wind und Regen erodiert (an diesem besonderen Ort gab es gar kein Wetter), sondern vom Schmirgelpapier der Zeit.

Außer Esk schien niemand etwas zu bemerken. Keiner rührte sich von der Stelle. Das Mädchen sah sich plötzlich von Personen umgeben, die so lebendig wirkten wie granitene Statuen.

Und sie waren nicht allein. Hinter ihnen lauerten irgendwelche *Dinge,* und in einem beständigen Strom trafen andere Unheilswesen ein. Sie hatten keine Form in dem Sinne, wählten ihre Gestalt aus den einzelnen organischen Komponenten verschiedener Geschöpfe. Sie erweckten den Eindruck, als hätten sie von Armen, Beinen, Kiefern, Klauen und Reißzähnen gehört, ohne recht zu wissen, wie so etwas zusammenpaßte. Vielleicht kümmerten sie sich auch gar nicht darum. Möglicherweise konzentrierten sie sich in erster Linie auf ihren dämonischen Appetit, so daß alles übrige keine Rolle spielte.

Die von ihnen verursachten Geräusche klangen wie das Summen eines großen Fliegenschwarms.

Esk erkannte sie als Wesenheiten ihrer Träume, die sich nun nährten, um ihren Heißhunger auf Magie zu stillen. Sie wußte, daß es die *Dinge* nicht auf sie persönlich abgesehen hatten, vermutlich kaum mehr in ihr sahen als ein Dessert nach einer leckeren Mahlzeit. Ihre Aufmerksamkeit galt in erster Linie Simon, der von ihrer Gegenwart nicht einmal etwas ahnte.

Esk trat ihm ans Schienbein.

Die kalte Wüste verflüchtigte sich, und die reale Welt kehrte zurück. Simon schlug die Augen auf, lächelte schief und sank in Eskarinas Arme.

Die Zauberer murmelten und brummten, und einige von ihnen klatschten anerkennend. Abgesehen von den silbernen Lichtern schien keinem von ihnen etwas aufgefallen zu sein.

Knallwinkel schüttelte sich und hob gebieterisch die Hand, woraufhin es wieder still wurde.

»Ziemlich ... beeindruckend«, wandte er sich an Treatle. »Hat er diese Fähigkeiten von ganz allein entwickelt?«

»Ja, Erzkanzler.«

»Niemand half ihm dabei?«

»Es gab niemanden, der ihm dabei helfen konnte«, erwiderte Treatle. »Er wanderte schlicht von Dorf zu Dorf und beschwor einfache Magie. Aber nur dann, wenn ihn die Leute dafür mit Büchern oder Papier bezahlten.«

Knallwinkel nickte. »Es handelte sich keineswegs um ein Trugbild«, stellte er fest. »Und doch verzichtete er darauf, die Hände zu benutzen. Was murmelte er vor sich hin? Kennst du die Formel, Vizekanzler?«

»Angeblich sind es nur Worte, die dafür sorgen, daß sein Hirn auf die richtige Weise funktioniert«, antwortete Treatle und zuckte mit den Schultern. »Leider muß ich zugeben, daß ich mit den meisten seiner Erklärungen überhaupt nichts anfangen kann. Einmal meinte er sogar, er müsse neue Worte erfinden, um die gewünschte Wirkung zu erzielen.«

Knallwinkel musterte die anderen Zauberer. Sie nickten.

»Es ist uns eine Ehre, ihm ein Studium an der Universität zu ermöglichen«, schloß er. »Sag ihm das bitte, wenn er wieder zu sich kommt.«

Als er spürte, wie jemand an seinem Ärmel zupfte, senkte er den Kopf.

»Entschuldige bitte«, sagte Eskarina.

»Hallo, junges Fräulein«, entgegnete Knallwinkel zukkersüß. »Bist du gekommen, um deinen Bruder zu verabschieden?«

»Simon ist nicht mein Bruder«, erwiderte Eskarina. Früher einmal schien die Welt voller Brüder gewesen zu sein, doch inzwischen hatte sich einiges geändert.

»Bist du wichtig?« fragte sie.

Knallwinkel sah seine Kollegen an und strahlte. Natürlich gab es auch bei Zauberern bestimmte Moderichtungen: Einige waren dünn und hohlwangig, sprachen am liebsten mit Tieren (die Tiere hörten ihnen nur selten zu, aber darauf kam es nicht an), während andere zu einem dunklen, finsteren Äußeren neigten und schwarze Spitzbärte bevorzugten. Zur Zeit war Würdevoll und Gravitätisch *in.* Knallwinkel platzte geradezu vor Bescheidenheit.

›Ziemlich wichtig‹, antwortete er. »Ich gebe mir große Mühe, der magischen Zunft zu Diensten zu sein. Ja, ich widme mich ihr mit ganzem Herzen. Nun, ich glaube, ›ziemlich wichtig‹ ist eine durchaus angemessene Bezeichnung.«

»Ich möchte Zauberer werden«, sagte Esk.

Die Magier hinter Knallwinkel starrten sie so groß an, als sähen sie in ihr einen besonders exotischen Käfer. Knallwinkel lief rot an und rollte mit den Augen. Er blickte auf Eskarina herab und hielt den Atem an. Dann lachte er. Das *Hahaha!* begann irgendwo in seiner weiten Magenregion, dehnte sich langsam nach oben aus, hallte von Rippe zu Rippe und bewirkte kleine Zauberer-Beben auf der fleischigen Brust, bis es schließlich prustend aus ihm herausplatzte. Es war ein recht ansprechendes Lachen, eins mit eigener Persönlichkeit.

Aber Knallwinkel brach jäh ab, als er Esks Gesichtsausdruck bemerkte. Wenn man das Lachen mit einem Zirkusclown vergleichen konnte, so stellte Eskarinas Starren einen mit Tünche gefüllten Eimer dar, der sich dem Narren auf einer fehlerlos berechneten Flugbahn näherte.

»Zauberer?« wiederholte der Erzkanzler. *Du* möchtest Zauberer werden?«

»Ja«, bestätigte Esk und schob den ohnmächtigen Simon in Treatles widerstrebende Arme. »Ich bin der achte Sohn eines achten Sohns. Ich meine... Tochter.«

Die Magier wechselten verwirrte Blicke und flüsterten miteinander. Esk versuchte sie zu übersehen.

»Was hat sie gesagt?«

»Ist das ihr Ernst?«

»Ich dachte immer, Kinder in dem Alter seien lieb und entzückend...«

»Du bist der achte Sohn einer achten Tochter?« fragte Knallwinkel. »Tatsächlich?«

»Es ist genau umgekehrt, nur nicht ganz so«, erwiderte Esk trotzig.

Knallwinkel holte ein Taschentuch hervor und betupfte sich die Augen.

»Interessant«, sagte er schließlich. »Ich glaube, so etwas habe ich noch nie zuvor gehört. Nun?«

Er ließ den Blick über das wachsende Publikum schweifen. Die Leute weiter hinten konnten Esk nicht sehen und reckten den Hals, weil sie annahmen, es bahne sich ein neues magisches Spektakel an. Knallwinkel suchte nach den richtigen Worten.

»Äh, tja«, brummte er, »du möchtest also Zauberer werden?«

»Das sage ich dauernd, aber niemand hört mir zu«, klagte Esk.

»Wie alt bist du, kleines Fräulein?«

»Fast neun.«

»Und du möchtest Zauberer werden, wenn du erwachsen bist.«

»Nein, *jetzt*«, widersprach Esk mit fester Stimme. »Dies *ist* doch die Unsichtbare Universität, wo man Zauberer ausbildet, oder?«

Knallwinkel sah Treatle an und zwinkerte.

»Das habe ich gesehen«, sagte Eskarina.

»Ich glaube, es hat noch nie einen weiblichen Zauberer gegeben«, überlegte Knallwinkel laut. »Ich bin ziemlich sicher, es ist gegen die Tradition. Was hältst du davon, wenn du dich in der Hexerei versuchst? Soweit ich weiß, bietet sie Mädchen die Möglichkeit zu einer steilen Karriere.«

Einer der Magier, die einen geringeren Rang einnahmen, kicherte leise. Esk bedachte ihn mit einem durchdringenden Blick.

»Es ist nicht übel, Hexe zu sein«, räumte sie ein. »Aber ich vermute, Zauberer haben mehr Spaß. Was meinst du?«

»Ich glaube, du bist ein einzigartiges Mädchen«, sagte Knallwinkel.

»Was soll das heißen?«

»Es bedeutet, daß es kein anderes Mädchen wie dich gibt«, erklärte Treatle.

»Das stimmt wahrscheinlich.« Esk nickte. »Aber ich möchte trotzdem Zauberer werden.«

Knallwinkel seufzte verzagt. »Das geht nicht!« entfuhr es ihm im Tonfall der Verzweiflung. »Allein die Vorstellung!«

Er richtete sich zu voller Breite auf und wandte sich ab. Etwas zupfte an seinem Mantel.

»Warum nicht?« fragte eine hohe Stimme.

»Weil...« Der Erzkanzler drehte sich langsam um. »Weil... Weil das vollkommen lächerlich wäre, darum! Und es widerspricht der Tradition.«

»Aber ich kann die Magie der Zauberei beschwören«, behauptete Esk. Ihre Stimme zitterte ein wenig.

Knallwinkel bückte sich, bis sich sein Gesicht auf einer Höhe mit dem des Mädchens befand.

»Nein, das kannst du nicht«, zischte er. »Weil du kein Zauberer bist. Für Frauen ist die hohe Magie zu hoch. Habe ich mich klar genug ausgedrückt?«

»Sieh zu!« verlangte Esk.

Sie streckte den rechten Arm aus, spreizte die Finger und visierte die Statue an, die Malich den Weisen verkörperte, den Gründer der Universität. Die Zauberer, die zwischen ihr und der Skulptur standen, wichen instinktiv zur Seite – und kamen sich gleich darauf recht dumm und albern vor.

»Ich meine es ernst«, fügte sie hinzu.

»Geh zu deiner Mami zurück, Mädchen!« riet ihr Knallwinkel.

»Also *gut*«, sagte Esk. Sie kniff die Augen zusammen, beobachtete die Statue und konzentrierte sich...

Das große Tor der Unsichtbaren Universität besteht aus Oktiron – derartiges Metall ist so unstabil, daß es nur in einem mit purer Magie gesättigten Universum existieren kann. Mit Feuer, Rammen oder modernerem Kriegsgerät kann man gegen solche Pforten nichts ausrichten; sie reagieren nur auf die Kraft der Zauberei.

Aus diesem Grund benutzen die meisten Besucher der Universität die Hintertür, die aus ganz gewöhnlichem Holz besteht und nicht herumläuft (oder still stehenbleibt), um irgendwelche Leute zu erschrecken. Darüber hinaus weist sie einen anständigen Klopfer auf.

Oma Wetterwachs beobachtete die Türpfosten aufmerksam und brummte zufrieden, als sie fand, wonach sie Ausschau hielt. Sie fühlte sich in ihrer Annahme bestätigt und lächelte triumphierend: Die Vorrichtung war der natürlichen Holzmaserung so gut angepaßt, daß man sie leicht übersehen konnte.

Sie griff nach dem drachenkopfähnlichen Klopfer und pochte dreimal. Nach einer Weile wurde die Tür von einer jungen Frau geöffnet, zwischen deren Lippen Wäscheklammern hervorragten.

»Wha whi whu?« fragte sie.

Granny verneigte sich und gab der Unbekannten ausreichend Gelegenheit, ihren schwarzen Hut mit den Fledermausnadeln zu betrachten. Die erhoffte Wirkung blieb nicht aus. Die junge Frau errötete, warf einen kurzen Blick in den leeren Flur und winkte die Hexe herein.

An den Gang schloß sich ein moosbedeckter Hof an, auf dem Wäscheleinen ein kompliziertes Zickzack-Muster bildeten. Granny bekam die Chance, als eine von wenigen Frauen zu erfahren, was Zauberer unter ihren bunten Mänteln trugen. Aber sie wandte schamhaft den Blick ab und folgte dem Mädchen eine breite Treppe hinunter.

Kurz darauf gelangten sie in einen langen hohen Tunnel, in dem Oma Wetterwachs hier und dort einige dunkle runde Zugänge bemerkte. Dampf wallte ihnen entgegen. Dutzende von Waschbütten standen in den großen Kammern neben dem Korridor, und die warme Luft roch nach frischer Bügelwäsche. Kichernde Frauen trugen Hosen, Gewänder und andere Kleidungsstücke, eilten über schmale Stufen, blieben plötzlich stehen und drehten sich langsam zu Granny um.

Die Hexe straffte ihre Gestalt und versuchte so geheimnisvoll wie möglich auszusehen.

Das Mädchen neben ihr — es hatte die Klammern noch nicht aus dem Mund genommen — führte sie durch einen Seitenkorridor in ein Zimmer, dessen Einrichtung in erster Linie aus langen Regalen bestand, in denen sich Wäsche stapelte. In der einen Ecke dieses Labyrinths saß eine fette Frau am Tisch. Auf dem Kopf ruhte eine struppige Perükke. Sie hatte gerade in einem auffallend großen Buch geschrieben — es lag noch immer vor ihr, doch derzeit inspizierte sie eine fleckige Weste.

»Hast du's mit Bleichen versucht?« fragte sie.

»Ja, Herrin«, erwiderte das wartende Dienstmädchen.

»Was ist mit Myrryt-Tinktur?«

»Dadurch wurde die Weste blau, Herrin.«

»Sind wirklich merkwürdige Flecken«, sagte die Dicke. »Isch hab' schon 'ne Menge gesehen: Schwefel, Ruß, Drachenblut, Dämonenschleim und was weiß isch.« Sie drehte die Weste einige Male und entdeckte ein eingenähtes kleines Namensschild. »Hmmm. Stolznase der Weiße. Nun, er wird bald Stolznase der Graue heißen, wenn er nicht besser auf seine Sachen achtgibt. Isch sage dir was, Mädchen: Ein weißer Magier ist nichts weiter als ein schwarzer Magier mit einer guten Haushälterin. Das kannst du mir ...«

Sie unterbrach sich, als sie Oma Wetterwachs sah.

»Ih hahte, ih whooo hiehee«, sagte die Frau mit den Wäscheklammern im Mund und machte hastig einen Knicks. »Wha ah ihtih?«

»Ja, ja, schon gut, Ksandra«, sagte die Dicke. »Du kannst jetzt gehen.« Sie stand auf, strahlte Granny an, stellte ihren inneren Zeiger auf *Achtung! Hexe!* und schraubte die Stimme einige soziale Tonleitern höher.

»Bitte entschuldige uns, höchst ehrenwerte Hexe«, sagte sie. »Wir haben derzeit alle Hände voll zu tun, wie du sicher siehst. Andernfalls hätten wir dich selbstverständlich mit dem gebührenden Respekt — um nicht zu sagen: mit Hochachtung und anerkennender Demut — begrüßt. Darf ich mich untertänigst erkundigen, ob du uns einen Höflichkeitsbesuch abstattest oder«, — sie senkte die Stimme und zwinkerte —, »oder Nachrichten aus dem Jenseitsdrüben bringst?«

Granny war verwirrt, doch dieser Zustand dauerte nur wenige Sekunden an. Die Hexenzeichen an den Türpfosten deuteten darauf hin, daß die Haushälterin Hexen willkommen hieß und sich insbesondere Neuigkeiten über ihre vier Ehemänner erhoffte. Derzeit hielt sie nach einem fünften Ausschau (ohne genau zu wissen, wo sie ihn suchen sollte) — daher die Perücke. Darüber hinaus ließ ein leises Knistern vermuten, daß das Korsett der Dicken aus genug Fischbein bestand, um eine ganze Ökologiebewegung außer Rand und Band zu bringen. Leichtgläubig und dumm, so behaupteten die Zeichen. Oma Wetterwachs behielt sich ein eigenes Urteil vor, denn ihrer Meinung nach waren Stadthexen nicht gerade mit einem Übermaß an Intelligenz gesegnet.

Die Haushälterin zog falsche Schlüsse aus Grannys Gesichtsausdruck. »Mach dir keine Sorgen!« beruhigte sie. »Mein Mitarbeiterstab hat die strikte Anweisung, Hexen mit offenen Armen zu empfangen, obgleich *die da oben* sicher nichts davon hielten. Darf isch dir eine Tasse Tee und etwas zu essen anbieten?«

Granny verbeugte sich ernst.

»Und isch beauftrage jemanden, ein Bündel hübsch alter Kleidung für dich zu holen«, fügte die Dicke fröhlich hinzu.

»Alte Kleidung? Oh. Ja. Ich verstehe. Vielen Dank.«

Die Haushälterin trat hinter dem Tisch hervor und verursachte dabei ein Geräusch, das sich anhörte, als ächze ein altes Segelschiff im Sturm. Mit einem freundlichen Wink forderte sie Oma Wetterwachs auf, ihr zu folgen.

»Isch lasse den Tee in mein Zimmer bringen. Tee mit vielen Teeblättern.«

Granny stapfte ihr nach. Alte Kleidung? Meinte sie das etwa ernst? Welche Unverschämtheit! Andererseits: Wenn es gute Qualität war...

Unter der Universität schien sich eine ganze Welt zu erstrecken. Es handelte sich um einen weiten Irrgarten aus Kellern, Vorratskammern, Küchen und Waschzimmern. Jeder Bewohner dieses Universums trug etwas, pumpte, schob oder stand einfach herum und redete mit lauter Stimme. Granny sah Räume voller Eis, und andere schimmerten in der Hitze rotglühender Backöfen, die bis zur Decke hinaufreichten. Es duftete nach frischem Brot, und aus Schankstuben wehte ihr der Geruch von abgestandenem Bier entgegen. Die meisten Düfte entschlüsselte die Hexe als Schweiß und Feuerrauch.

Die Haushälterin führte sie eine alte Wendeltreppe hinauf, holte ihr klirrendes Schlüsselbund hervor und öffnete eine Tür.

Granny starrte in ein rosafarbenes, mit Spitzen verziertes Zimmer. Sie bemerkte Rüschen an Dingen, die niemand, der noch alle Sinne beisammen hatte, mit einem derartigen Schmuck ausstatten würde. Es war, als betrete man eine Höhle aus Zuckerwatte.

»Hübsch«, log Oma Wetterwachs. Und als sie den erwartungsvollen Blick der dicken Frau auf sich ruhen spürte, fügte sie hinzu: »Geschmackvoll.« Sie sah sich vergeblich nach irgendeiner Sitzgelegenheit ohne Rüschen um.

»Oh, bitte verzeih mir meine Unhöflichkeit!« trillerte die Haushälterin. »Isch bin Frau Reineweiß, aber das weißt du sicher schon. Mit wem habe isch die Ehre...?«

»Wie?« fragte die Hexe und runzelte die Stirn. »Oh! Granny ›Oma‹ Wetterwachs.« Sie konnte die Rüschen nicht ertragen. Sie beleidigten die Ehre aller Farben, die auch nur entfernt einem (mehr oder weniger) anständigen Rosarot ähnelten.

»Isch verstehe auch einiges von Pschikologie«, sagte Frau Reineweiß.

Granny hatte nichts gegen die Wahrsagerei, vorausgesetzt dem entsprechenden Hellseher fehlte es an Talent. Ganz anders war es, wenn der oder die Betreffende wußte, worum es dabei ging. Oma Wetterwachs hielt die Zukunft für ein recht empfindsames Etwas, das sich sofort veränderte, wenn man es zu lange anstarrte. Ihre Theorien von der Raumzeit bestärkten sie in der Ansicht, es sei in jedem Fall besser, die Finger — und Augen — von solchen Dingen zu lassen. Glücklicherweise gab es nur wenige wirklich begabte Wahrsager, und für gewöhnlich zogen die Kunden unfähige Scharlatane vor, von denen man vertrauensvoll die gewünschte Dosis Zuversicht und Optimismus erwarten durfte.

Granny wußte sehr wohl, worauf es bei falscher Wahrsagerei ankam. Sie war weitaus schwieriger als die richtige, denn sie erforderte ein hohes Maß an Phantasie.

Mehrmals fragte sie sich, ob Frau Reineweiß mit der richtigen Ausbildung eine Hexe geworden wäre. Eins stand fest: Sie belagerte die Zukunft geradezu. Unter einem rüschenbesetzten Teewärmer lagen: eine Kristallkugel, Dutzende von Weissagungskarten und ein rosaroter Samtbeutel mit Runensteinen. Darüber hinaus gehörte zum Mobiliar auch ein kleiner Tisch mit Rollen, den eine vorsichtige Hexe nicht einmal mit einem drei Meter langen Besen angerührt hätte. Hinzu kamen einige seltsame Gebilde, die Granny nicht genau zu deuten wußte. Auf den ersten Blick betrachtet, sahen sie aus wie platte Torffladen, aber der Geruch erinnerte verdächtig an getrockneten Affenkot. *Vielleicht hat sie beides gemischt,* dachte Oma Wetterwachs zerknirscht. *Würde mich gar nicht wundern.* Woraus sie auch bestehen mochten: Man warf sie wie Würfel, und wenn sie anschließend zu Boden fielen, sollte ihre Anordnung die Gesamtsumme des kosmischen Wissens und der universalen Weisheit bilden. Granny seufzte innerlich.

»Wir könnten natürlich auch mit den Teeblättern vorliebnehmen«, sagte Frau Reineweiß und deutete auf die große braune Kanne zwischen ihnen. »Isch kenne Hexen, die sich darauf spezialisiert haben, aber meiner Ansicht nach sind sie viel zu ... *gewöhnlich.* Womit isch dir natürlich nicht zu nahe treten will.«

Granny war ziemlich sicher, daß die Haushälterin tatsächlich nicht die geringste Absicht hatte, sie irgendwie zu beleidigen. Sie offenbarte den zuvorkommenden Eifer eines kleinen Hündchens, das die schlechte Laune des Herrchens spürt und an Alpträumen von zusammengerollten Zeitungen leidet.

Sie nahm die Tasse von Frau Reineweiß zur Hand und sah hinein. Aus den Augenwinkeln bemerkte sie gerade noch rechtzeitig den enttäuschten Ausdruck, der wie ein flüchtiger Schatten durch das schneeweiße Gesicht der Haushälterin huschte. Granny rief sich das übliche Ritual ins Gedächtnis zurück: Dreimal drehte sie die Tasse entgegen dem Uhrzeigersinn, strich mehrmals mit der Hand darüber hinweg und murmelte einen Hexenzauber – den sie normalerweise verwendete, um die Brustdrüsenentzündungen älterer Ziegen zu behandeln (man konnte nie wissen). Die Zurschaustellung magischer Talente beeindruckte Frau Reineweiß zutiefst und stimmte sie gleich wesentlich fröhlicher.

Eigentlich konnte Oma Wetterwachs mit Teeblättern nicht viel anfangen, aber sie achtete darauf, sich nichts anmerken zu lassen. Mit bedeutungsvoll gerunzelter Stirn betrachtete sie den dicken Zuckerbelag am Tassenboden und ließ ihre Gedanken treiben. Was sie jetzt wirklich brauchte, war eine flinke Ratte oder auch nur eine Küchenschabe, die sich in Eskarinas Nähe befand. Ein kurzes Borgen hätte genügt, um in Erfahrung zu bringen, wie es dem Mädchen ging.

Zu ihrer großen Überraschung stellte sie kurze Zeit später fest, daß die Universität ein eigenes Bewußtsein hatte.

Es ist allgemein bekannt, daß Steine denken können (immerhin beruht die ganze Elektronik auf dieser Tatsache), aber in manchen Universen blicken die Menschen lieber zum Himmel empor und suchen dort nach Intelligenzen, anstatt unter ihren Füßen nachzusehen. Der Grund dafür: Sie machen sich völlig falsche Vorstellungen vom Begriff Zeit. Aus der Perspektive eines Steins gesehen ist der Kosmos gerade erst geschaffen worden; Gebirgszüge hüpfen wie Gummibälle auf und ab; Kontinente sausen ausgelassen hin und her, prallen aus reiner Freude aufeinander und schaben sich gegenseitig die Felsen ab. Es wird noch ziemlich lange dauern (was dem Menschen nur recht sein kann), bis der Stein sein seltsames Hautleiden bemerkt und sich zu kratzen beginnt.

Doch das Gestein, aus dem die Unsichtbare Universität besteht, hat im Laufe von vielen Jahrtausenden Magie absorbiert, und diese ungerichtete Kraft muß natürliche Konsequenzen nach sich ziehen.

Anders ausgedrückt: Die Universität hat eine ureigene Persönlichkeit entwickelt.

Oma Wetterwachs fühlte sich wie ein großes gutmütiges Tier, das nur darauf wartete, sich aufs Dach zu rollen, damit ihm jemand den Boden krault. Es schenkte ihr überhaupt keine Beachtung, richtete seine Aufmerksamkeit statt dessen auf Eskarina.

Granny fand das Kind, indem sie den mentalen Interessefäden der Universität folgte, und fasziniert sah sie zu, was im Großen Saal geschah ...

»... dort drin?«

Die Stimme erklang in weiter Ferne.

»Mmpf?«

»Isch sagte: Was erkennst du dort drin?« wiederholte Frau Reineweiß.

»Wie?«

»Isch *sagte:* Was ...«

»Oh!« Granny zog ihre gedanklichen Arme zurück und versuchte, sich aus dem Kokon der Verwirrung zu befreien. Wenn man einen anderen Geist borgte, so fühlte man sich nach der Rückkehr in den eigenen Körper immer irgendwie fehl am Platze. Außerdem hatte die Hexe noch nie zuvor versucht, durch die symbolischen Augen eines Gebäudes zu sehen. Sie bemühte sich, die Erinnerungen an massive Größe, kalte Fliesen und weite Korridore zu verdrängen.

»Ist alles in Ordnung mit dir?«

Granny nickte und öffnete ihre Fenster. Sie streckte die Ost- und Westflügel aus und starrte auf die Tasse, die sie in ihren Säulen hielt.

Zum Glück führte Frau Reineweiß sowohl den steinernen Gesichtsausdruck der Hexe als auch ihr Schweigen auf okkulte Mächte zurück. Unterdessen stellte Granny nicht ohne eine gewisse Genugtuung fest, daß der Kontakt mit dem Siliciumgedächtnis der Universität ihre Phantasie beflügelte.

Mit einer Stimme, die wie ein zugiger Korridor klang und der Haushälterin sehr imponierte, schilderte sie eine Zukunft, in der es von attraktiven jungen Männern wimmelte, die alle um die Gunst von Frau Reineweiß rangen. Sie sprach hastig, denn angesichts der jüngsten Ereignisse im Großen Saal hielt sie es für angeraten, so schnell wie möglich zum Tor zurückzukehren.

»Da wäre noch etwas«, fügte sie hinzu.

»Ja, ja?«

»Ich sehe, daß du ein neues Dienstmädchen aufnimmst — du bist doch auch für die Einstellungen verantwortlich, nicht wahr? Gut. Es handelt sich um ein junges Mädchen, das keine großen Ansprüche stellt, sehr fleißig ist und sich überall nützlich machen kann.«

»Und weiter?« fragte Frau Reineweiß. Sie genoß die verblüffend bunten Farben, in denen Granny ihre nahe Zukunft malte, und platzte fast vor Neugier.

»In dieser Hinsicht ist das Bild nicht ganz klar«, murmelte Granny. »Aber die Geister meinen, es sei sehr wichtig, daß du das Mädchen einstellst.«

»Kein Problem«, erwiderte die Haushälterin. »Weißt du, wir brauchen ständig neue Leute. Bei uns herrscht eine hohe Fluk... Fluktua... Isch meine, viele Dienstmädchen bleiben nur kurze Zeit hier. Wegen der Magie. Sie *tropft* zu uns herab. Insbesondere aus der Bibliothek, wo alle diese Zauberbücher aufbewahrt werden. Gerade erst gestern haben zwei junge Bedienstete gekündigt. Sie hätten es satt, abends ins Bett zu gehen und nicht zu wissen, in welcher Gestalt sie am nächsten Morgen aufwachen. Zweimal mußten einige erfahrene Zauberer eingreifen, um sie zurückzuverwandeln. Trotzdem blieben gewisse... Spuren.«

»Nun, die Geister der Teeblätter sind ganz sicher, daß dir das Mädchen in diesem Zusammenhang keine Probleme bereiten wird«, sagte Oma Wetterwachs fest.

»Wenn es fegen und wischen kann, ist es willkommen«, erklärte Frau Reineweiß und musterte die Hexe verwirrt.

»Es bringt sogar seinen eigenen Besen mit. Das sagen jedenfalls die Geister.«

»Sehr nett von dem Mädchen. Wann trifft es hier ein?«

»Oh, bald, bald – so behaupten die Geister.«

Ein Hauch von Argwohn regte sich in der Haushälterin. »Die Geister geben nur selten Auskünfte dieser Art. Kannst du mir die entsprechende Stelle zeigen?«

»Hier«, sagte Granny. »Sieh dir diesen Haufen kleiner Teeblätter an, zwischen dem Zucker und dem Kratzer. Na?«

Ihre Blicke trafen sich. Frau Reineweiß hatte gewiß ihre Schwächen, aber sie war streng genug, um die Kellerwelt unter der Universität zu regieren. Doch Oma Wetterwachs konnte mit ihrem durchdringenden Starren sogar eine Schlange aus der Fassung bringen. Nach einigen Sekunden begannen die Augen der Haushälterin zu tränen.

»Ja, isch glaube, du hast recht«, brummte sie eingeschüchtert und zog ein Taschentuch aus dem tiefen Tal zwischen ihren Brüsten.

»Na also«, sagte Granny, lehnte sich zurück und stellte die Tasse auf den Tisch.

»Hier gibt es gute Aufstiegsmöglichkeiten für junge Frauen, die bereit sind, hart zu arbeiten«, verkündete Frau Reineweiß. »Ich habe selbst als Dienstmädchen angefangen.«

»Das ist bei uns allen der Fall«, entgegnete Oma Wetterwachs vage. »Äh, ich muß jetzt gehen.« Sie stand auf und griff nach ihrem Hut.

»Aber ...«

»Ich habe es sehr eilig«, erwiderte Granny über die Schulter hinweg, als sie in Richtung Treppe stakte. »Ein wichtiger Termin.«

»Dort drüben liegt ein Bündel alter Kleidung für dich bereit ...«

Granny verharrte, und ihre Instinkte begannen mit einem Staatsstreich, der sich gegen den bewußten Willen richtete.

»Ist auch schwarzer Samt dabei?«

»Ja. Und Seide.«

Die alte Hexe wußte nicht genau, ob ihr Seide gefiel. Sie hatte gehört, solcher Stoff stamme aus dem After von Raupen. Aber schwarzer Samt übte eine fast unwiderstehliche Anziehungskraft auf sie aus. Schließlich trug Loyalität den Sieg davon.

»Heb die Sachen für mich auf!« rief sie und lief durch den Gang. »Ich hole sie später ab.«

Köchinnen und Küchenmädchen sprangen beiseite und gingen in Deckung, als Oma Wetterwachs über die schlüpfrigen Fliesen stürmte und die Treppe zum Hof hochsauste. Der lange Schal wehte wie eine Fahne hinter ihr, und die Stiefel kratzten funkenstiebend übers Kopfsteinpflaster. Außerhalb des Gebäudes raffte sie ihre Röcke zusammen und begann einen vollen Galopp, bremste nur kurz ab, als sie um die Ecke schlitterte. Ihre Absätze hinterließen einen langen weißen Streifen auf dem Boden.

Sie erreichte den Platz vor der Universität gerade noch rechtzeitig genug, um Eskarina zu sehen, die tränenüberströmt durchs Tor rannte.

»Die Magie hat einfach nicht funktioniert! Ich konnte sie spüren, aber sie wollte nicht aus mir heraus!«

»Vielleicht hast du dich zu sehr bemüht«, sagte Granny.

»Mit der Magie ist es so wie beim Angeln. Wenn man ungeduldig herumläuft und ärgerlich Steine ins Wasser wirft, beißt kein Fisch an. Man muß still und geduldig sein, der Natur ihren Lauf lassen.«

»Und dann haben mich alle ausgelacht! Irgend jemand gab mir sogar ein Bonbon!«

»Dann hat sich's wenigstens gelohnt«, murmelte Oma Wetterwachs.

»Granny!« erwiderte Esk vorwurfsvoll.

»Nun, was hast du denn erwartet?« fragte die alte Hexe. »Freu dich, daß sie nur gelacht haben. Gelächter tut nicht weh. Du bist an den obersten Zauberer herangetreten, hast angegeben und dich aufgespielt. Und daraufhin wurdest du nur ausgelacht? Du kannst von Glück sagen, Esk. Übrigens: Was ist mit dem Bonbon?«

Esk schnitt eine finstere Miene. »Was soll schon damit sein? Schmeckte nicht schlecht.«

»Was war's für eins?«

»Eine Sahnekaramelle.«

»Ich kann Sahnekaramellen nicht ausstehen.«

»Grr«, machte Eskarina leise. »Beim nächstenmal soll ich wohl um ein Pfefferminz bitten, wie?«

»Werd nicht frech, kleiner Naseweiß! Pfefferminz ist gesund. Gib mir die Schlüssel!«

Einer der Vorteile des Stadtlebens, so mußte Granny zugeben, bestand in einem großen Angebot an Glaswaren. Die Herstellung einiger spezieller Heiltränke und Elixiere erforderte Gerätschaften, die entweder zu Wucherpreisen von Zwergen gekauft oder beim nächsten Glasbläser bestellt werden mußten — und in den meisten Fällen in Form scharfkantiger Splitter geliefert wurden. Sie hatte selbst versucht, Glas zu blasen, doch durch die Anstrengung dabei bekam sie häufig Hustenanfälle, die zu seltsamen Resultaten führten. In Ankh-Morpork blühte die Alchimie, und das bedeutete, daß es viele Geschäfte gab, die alle nur erdenklichen gläsernen Artikel anboten. Außerdem bekam eine Hexe fast immer großzügigen Rabatt.

Aufmerksam beobachtete sie gelben Dampf, der durch ein Labyrinth aus verschlungenen Röhren wogte und schließlich zu einem dicken Tropfen kondensierte. Granny fing ihn mit einem Glaslöffel auf und ließ ihn behutsam in eine Ampulle rinnen.

Esk sah ihr durch einen Tränenschleier zu.

»Was ist das?« fragte sie.

»Ein Nichtsweiterwichtig«, antwortete Granny, stopfte einen Korken in den winzigen Flaschenhals und versiegelte den winzigen Behälter mit Wachs.

»Eine Medizin?«

»In gewisser Weise.« Granny nahm Zettel und Stift zur Hand. Die Zungenspitze ragte ihr aus dem Mundwinkel, als sie mit großer Sorgfalt und lautem Kratzen einige Worte schrieb. Mehrmals hielt sie inne und versuchte, die breiten Lücken in ihren orthographischen Kenntnissen auszufüllen.

»Für wen ist sie?«

»Für Frau Herapath, die Gattin des Glasbläsers.«

Esk putzte sich die Nase. »Du meinst denjenigen, der nicht sehr viel bläst, oder?«

Oma Wetterwachs hob den Kopf und musterte sie mißtrauisch.

»Wie meinst du das?«

»Als sie gestern mit dir sprach, nannte sie ihn Opa-Einmal-In-Zwei-Wochen.«

»Mmpf«, erwiderte Granny und schrieb den begonnenen Satz zu Ende: »Löß der Troffen in ain Glaß Wasser auf und gieb ain Troffen in sain Tee achte darauff dass du laichte Klaidung trehkst und kaine Bessucher ervartet wärden.«

Eines Tages muß ich jenes *Gespräch mit ihr führen,* dachte sie.

Eskarina schien in dieser Hinsicht bemerkenswert dumm zu sein. Sie hatte bei mehreren Geburten zugesehen und die Ziegen des öfteren zum Bock von Mütterchen Großapfel gebracht, ohne die offensichtlichen Schlüsse daraus zu ziehen. Granny wußte nicht genau, wie sie vorgehen sollte; aus irgendeinem Grund schien nie der geeignete Zeitpunkt zu kommen, dieses Thema zur Sprache zu bringen. Sie fragte sich, ob sie aus Scham die Augen vor dem verschloß, was eigentlich ihre Pflicht war — und nahm sich vor, peinliche Verlegenheit und ähnliche gefühlsduselige Schutzmaßnahmen bei der nächsten Gelegenheit wenigstens vorübergehend zu vergessen. Eskarina hatte ein Recht darauf zu erfahren, wie sich Bienen vermehrten. Und vielleicht auch Schmetterlinge. Und möglicherweise...

Granny errötete.

Sie klebte das Etikett auf die Ampulle und hüllte das winzige Fläschchen in einfaches Papier.

Und nun...

»Es gibt noch einen anderen Weg in die Universität«, sagte sie und warf Esk einen unauffälligen Blick zu. Das Mädchen ließ ihren Zorn gerade an einigen Kräutern aus, die es in einem Mörser zerrieb. »Einen Hexenweg sozusagen.«

Eskarina blickte auf. Granny gönnte sich ein dünnes Lächeln und begann damit, einen weiteren Zettel zu beschriften. Ihrer Meinung nach stellten solche Aufgaben den bei weitem schwierigsten Teil der Magie dar.

»Aber vermutlich interessierst du dich nicht dafür«, fuhr sie fort. »Auf jene Weise erringt man nur wenig Ruhm.«

»Sie haben mich ausgelacht«, brummte Esk.

»Ja. Darauf hast du schon hingewiesen. Also willst du es sicher nicht noch einmal versuchen. Das *verstehe* ich.«

Stille schloß sie ein, nur unterbrochen vom leisen Kratzen des Schreibstifts. Nach einer Weile sagte das Mädchen: »Der Weg, den du meinst...«

»Mmpf?«

»Er führt tatsächlich in die Universität?«

»Oh, natürlich«, sagte Granny leichthin. »Ich habe dir doch versprochen, einen zu finden, nicht wahr? Außerdem ist es ein sehr guter Weg. Du brauchst dich nicht um irgendwelche Lektionen zu kümmern und kannst das ganze Gebäude durchstreifen, ohne daß jemand auf dich achtet... Du wärst praktisch unsichtbar, jawohl. Du könntest dort... aufräumen und saubermachen und so. Aber nachdem man dich ausgelacht hat, hast du bestimmt keine Lust mehr, dich in der Universität umzusehen. Oder?«

»Noch eine Tasse Tee, Frau Wetterwachs?« fragte Frau Reineweiß.

»Fräulein«, sagte Granny.

»Wie?«

»Es heißt ›Fräulein Wetterwachs‹, erklärte die alte Hexe. »Drei Stücke Zucker, bitte!«

Frau Reineweiß reichte ihr die kleine Schale. Sie freute sich zwar über Grannys Besuche, aber sie mußte dafür einen hohen Preis an Zucker bezahlen. Süßigkeiten hielten sich nie lange, wenn Oma Wetterwachs in der Nähe weilte.

»Schlecht für die Figur«, sagte sie. »Und auch für die Zähne, habe isch gehört.«

»Nun, meine Figur war nie der Rede wert, und meine Zähne geben auf sich selbst acht«, erwiderte Granny. Und das entsprach bedauerlicherweise der Wahrheit. Oma Wetterwachs litt an überaus gesunden und nachgerade unzerstörbaren Zähnen, worin sie einen großen Nachteil für eine Hexe sah. Sie beneidete Mütterchen Großapfel, die Hexe auf der anderen Seite des Berges, der es schon im Alter von nur zwanzig Jahren gelang, alle ihre Zähne zu verlieren. Dadurch errang sie frühzeitig den Ruf eines weisen Tantchens. Es bedeutete zwar, daß man sich mit einer aus Suppen bestehenden Diät begnügen mußte, aber andererseits gewann man großen Respekt. Und dann die Warzen. Mütterchen Großapfel schien es überhaupt nicht schwerzufallen, sich ein Gesicht zuzulegen, das wie eine mit Murmeln gefüllte Socke aussah. Granny hingegen wandte sich an die besten Warzenbeschwörer und schaffte es nicht einmal, sich den hexenobligatorischen Nasenpikkel wachsen zu lassen.

»Mmpf?« frage sie, als sie das demonstrative Seufzen der Haushälterin hörte.

Frau Reineweiß holte tief Luft. »Isch sagte: Die junge Eskarina ist ein echter Schatz. *Ffirklch* lieb. Sie hält den Boden blitzsauber. *Blitz*sauber. Keine Aufgabe ist ihr zu schwer. Gestern sagte isch zu ihr, isch sagte: Dein Besen scheint fast lebendig zu sein. Und weißt du, was sie darauf antwortete?«

»Ich habe nicht die geringste Ahnung«, brummte Oma Wetterwachs und stöhnte lautlos.

»Sie antwortete: Der Staub fürchtet sich vor ihm! Kannst du dir das vorstellen?«

»Ja«, meinte Granny.

Frau Reineweiß schob ihre Teetasse über den Tisch und lächelte verlegen.

Granny ächzte innerlich und starrte in die nicht unbedingt klaren Tiefen der Zukunft. Langsam, aber sicher ging ihr die Phantasie aus.

Der Besen fegte durch den Korridor und wirbelte eine große Staubwolke auf. Wenn man genauer hinsah, schien das dunstige Wallen irgendwo im dicken Stiel zu verschwinden. Und wenn man noch genauer Ausschau hielt, dann konnte man feststellen, daß der Holzstab sonderbare Schnitzmuster aufwies, die nicht eigentlich *geschnitzt*, sondern *aufgeklebt* zu sein schienen. Und sie veränderten sich, während man sie betrachtete.

Doch niemand achtete darauf.

Esk saß an einem der hohen Fenster und blickte über die Stadt. Sie war ärgerlicher als sonst, und deshalb griff der Besen den Staub mit besonderer Entschlossenheit an. Spinnen eilten auf ihren acht Beinen davon, als die von ihren Ahnen gesponnenen Weben im Nichts verschwanden. In den Mauern schmiegten sich Mäuse aneinander und stemmten sich einem reißenden Sog entgegen. Im Gebälk verborgene Holzwürmer gerieten in Panik, als *etwas* sie durch ihre Freßtunnel zerrte.

»Meine Güte, du verstehst was von Reinlichkeit!« sagte Esk bewundernd.

Eigentlich mußte sie zugeben, daß das Leben in den Kellern der Unsichtbaren Universität durchaus Vorteile hatte. Das Essen war schlicht, aber es gab mehr als genug. In einer der oberen Etagen wohnte sie in einem Zimmer ganz für sich allein, und sie durfte sogar bis fünf Uhr morgens schlafen — was für Granny praktisch Mittag gleichkam. Die Arbeit fiel ihr eher leicht. Sie begann einfach zu fegen, bis der Besen begriff, was man von ihm erwartete, und dann konnte sie sich die Zeit vertreiben, bis er fertig war. Wenn irgend jemand kam, lehnte er sich unschuldig an die Wand.

Esk bedauerte nur, daß sie keine Zauberei lernte. Manchmal betrat sie Klassenzimmer und betrachtete die Kreidediagramme an den Tafeln (oder auf dem Boden, wie in den Studienkammern der fortgeschrittenen Semester), aber sie blieben bedeutungslos für sie.

Sie erinnerten Eskarina an die Symbole in Simons Büchern. Sie wirkten lebendig.

Das Mädchen beobachtete die Dächer von Ankh-Morpork, und dabei gingen ihm folgende Gedanken durch den Kopf: Wenn man schrieb, dann quetschte man nur die Worte zwischen dünnes Papier, die man normalerweise laut aussprach, und mit der Zeit verwandelten sie sich dort in... in Fossilien. (Fossilien sind auf der Scheibenwelt weithin bekannt. Es handelt sich um spiralförmige muschelartige Gegenstände und versteinerte Reste von Geschöpfen, die zu einer Zeit lebten, als der Schöpfer noch überlegte, wie er eine lange Evolution simulieren sollte, und in einem Lexikon den faszinierenden Begriff ›Pleistozän‹ entdeckte.) Ausgesprochene Worte wiederum stellten nur Schatten tatsächlicher Dinge dar. *Aber* einige dieser Dinge waren zu groß, um in Silben eingefangen zu werden, und besonders mächtige Worte ließen sich nicht zähmen, indem man sie niederschrieb.

Daraus folgte, daß die einen oder anderen Schriftzeichen versuchten, *Dinge* zu werden. An dieser Stelle verwirrten sich Eskarinas Gedanken ein wenig. Trotzdem zweifelte sie nicht daran, daß man alle Worte mit Fug und Recht als magisch bezeichnen konnte, die zornig pulsierten und zu fliehen versuchten, um feste Gestalt anzunehmen.

Sie sahen nicht sehr vertrauenserweckend aus.

Dann entsann sich Esk an den vergangenen Tag.

Es waren recht beunruhigende Erinnerungen. Die Klassenzimmer in der Universität ähnelten nach oben geöffneten Trichtern, an deren Innenrand sich lange Sitzbänke entlangzogen (von den ehrenwerten Hinterteilen der berühmtesten Magier blankgeputzt). Tief unten, gewissermaßen im Stutzen des Trichters, befanden sich: eine Werkbank, große Tafeln und genug Platz für ein anständiges Lehr-Oktagramm. Unter den Sitzreihen gab es viel freien Raum, und dort machte es sich Eskarina gemütlich. Sie spähte an den Schnörkelstiefeln der Zauberernovizen vorbei, behielt den Dozenten im Auge, lauschte seinem monotonen Vortrag und versuchte, nicht einzuschlafen. Die Stimme summte und brummte wie die ein wenig ausgeflippten Bienen in Grannys Kräutergarten. Vergeblich wartete sie auf eine Demonstration konkreter Magie. Alles beschränkte sich immer nur auf Worte, die Zauberer so sehr liebten.

Doch der vergangene Tag hatte eine Überraschung für sie bereitgehalten. In Gedanken kehrte Esk in das halbdunkle Zimmer zurück und beobachtete sich dabei, wie sie einfache Magie zu beschwören versuchte. Plötzlich hörte sie, wie sich die Tür öffnete und schwere Schritte näherten. Das war schon erstaunlich genug. Sie kannte den Stundenplan: Die Schüler des zweiten Studienjahrs, die normalerweise in diesem Zimmer unterrichtet wurden, befanden sich nun zusammen mit Jeophal dem Hurtig-Rüstigen in der Sporthalle und übten Erste Entmaterialisierungen. (Magische Studenten legten keinen großen Wert auf körperliches Training. Bei der *Sport*halle handelte es sich um einen mit Blei und Ebereschenholz abgeschirmten Raum, in dem Neophythen den Umgang mit Hoher Magie lernten, ohne dadurch das ganze Universum aus dem Gleichgewicht zu bringen. Manchmal allerdings blieben individuelle Folgen nicht aus. Geistige Destabilisierung, im Volksmund Wahnsinn genannt, war noch einer der eher harmlosen Begleiterscheinungen. Den Ungeschickten gegenüber kannte Zauberei keine Gnade: Einige Schüler konnten die Kammer aus eigener Kraft verlassen; andere mußten in Flaschen fortgebracht werden.)

Eskarina versteckte sich wie üblich unter den Sitzreihen und blickte in Richtung Tafel. Sie sah keine jungen Novizen, sondern alte und erfahrene Zauberer. Nach den Mänteln zu urteilen, nahmen sie sogar einen recht hohen Rang ein. Dann richtete sie die Aufmerksamkeit auf eine vertraute Gestalt, die wie eine ungelenke Marionette auf das Podium des Dozenten kletterte, ans Pult stieß und sich geistesabwesend entschuldigte. Kein Zweifel: Simon. Niemand sonst hatte Augen, die zwei rohen Eiern in warmem Wasser ähnelten — und eine rote Nase, die einem roten Kolben glich. Simon schien nicht nur gegen Pollen allergisch zu sein, sondern auch gegen den Rest der Welt.

Wenn man einmal davon absah, sich den jungen Mann mit einem anständigen Haarschnitt und nach einigen Lektionen in ›Wie nehme ich richtig Haltung an?‹ vorstellte, wirkte er nicht häßlich. Esk runzelte unwillkürlich die Stirn, als ihr dieser eher ungewöhnliche Gedanke durch den Kopf ging. Sie verbannte ihn in ihre mentale Kartei, um sich später eingehender damit zu beschäftigen.

Die Zauberer nahmen Platz, und kurz darauf begann Simon zu sprechen. Er las von einigen Blättern, und wenn er stotterte, halfen ihm die anwesenden Magier ganz automatisch und wie aus einem Mund mit dem entsprechenden Wort aus.

Schon nach wenigen Sekunden machte sich ein Kreidestift selbständig, schwebte vom Pult und schrieb auf der Tafel. Inzwischen wußte Esk genug von Zaubermagie, um zu wissen, daß dies eine bemerkenswerte Leistung war: Simon hielt sich erst seit einigen Wochen in der Universität auf, und die meisten Schüler beherrschten Leichte Levitation erst nach dem zweiten Studienjahr.

Der weiße Stummel glitt über schwarzen Schiefer, und ein verhaltenes Kratzen und Quietschen untermalte Simons Stimme. Selbst wenn man Zugeständnisse in Hinsicht auf sein Stottern machte: Als Redner taugte er nicht viel. Er ließ das eine oder andere Blatt fallen. Er berichtigte sich dauernd. Er machte immerzu ›Hm‹ und ›Äh‹. Und was Esk betraf, ergaben seine Ausführungen praktisch überhaupt keinen Sinn. Seltsame Formulierungen verirrten sich unter die Sitzbänke. Mit Ausdrücken wie ›der Stoff, aus dem das Universum besteht‹, konnte sie kaum etwas anfangen, es sei denn, damit meinte Simon Baumwolldrillich oder Flanell. Bei ›Mutabilität der Möglichkeitsmatrix‹ versagte ihr die Phantasie.

Manchmal schien Simon zu behaupten, es existiere erst dann etwas, wenn Menschen betreffende Überlegungen anstellten. Die ganze Welt, so meinte er, sei nur deshalb real, weil sie auf den Vorstellungen irgendwelcher Leute basierte. An einer anderen Stelle des Vortrages erklärte er, es gebe gleich Hunderte von Welten, die alle sehr ähnlich seien. Sie lägen so dicht nebeneinander, führte Simon aus, daß sie nur eine Schattenbreite voneinander trennte. Auf diese Weise, so fügte er hinzu, habe irgendein denkbares Ereignis auch eine symbolische Bühne, auf der es stattfinden könne.

(Das klang für Eskarinas Ohren gar nicht so absurd. Während sie die Waschräume der älteren Zauberer reinigte — besser gesagt: während der Zauberstab diese Arbeit übernahm, Esk die Urinbecken inspizierte und sich dabei vage an ihre Brüder erinnerte, die in der Badewanne vorm Kamin planschten —, entwickelte sie ihre inoffizielle Allgemeine Theorie komparativer Anatomie. Die Toiletten der thaumaturgischen Dozenten stellten einen magischen Ort dar: Es gab dort wahrhaft fließendes Wasser, bunte Kacheln und vor allen Dingen zwei große Silberspiegel an gegenüberliegenden Wänden. Wenn man in einen davon sah, konnte man sein multiples Spiegelbild erkennen, das immer kleiner wurde. Esk nahm dies als einen ersten Hinweis darauf, was Unendlichkeit bedeutete. Hinzu kam: Sie hatte den Verdacht, daß ihr eine der Spiegel-Eskarinas in der Ferne zuwinkte.)

Einige der Bezeichnungen, die Simon verwendete, klangen irgendwie beunruhigend. Er meinte wiederholt, die Welt sei nicht viel wirklicher als eine Seifenblase oder ein Traum.

Die Kreide quietschte weiterhin über die Tafel hinter ihm. Manchmal unterbrach Simon seinen Vortrag und erläuterte den aufmerksam lauschenden Zauberern einzelne Symbole. Esk beobachtete, wie die Magier immer aufgeregter wurden, und das fand sie seltsam, denn ihrer Meinung nach hörten sich die meisten Sätze dumm und albern an. Kurze Zeit später setzte der Kreidestummel seine unermüdliche Wanderung über den schwarzen Schiefer fort, wie ein Komet mit einem Schweif aus rieselndem Staub.

Draußen floh das Tageslicht wieder einmal vor den Heerscharen der Nacht. Die düstere Finsternis im Zimmer verdichtete sich, und die Kreideworte begannen zu glühen. Die Tafel wirkte nicht mehr in dem Sinne schwarz: Esk gewann den Eindruck, daß sie sich nach und nach auflöste, zu einem quadratischen Loch in der Außenwand des Universums wurde.

Simon sprach weiter über die Welt, die aus winzigen Dingen bestehe, deren Präsenz man nur durch die Tatsache bestimmen könnte, daß sie gar nicht vorhanden seien. Er beschrieb sie als kleine Kugeln aus Nichts, die sich rasend schnell um die eigene Achse drehten. Magie, so erklärte, sei in der Lage, sie zusammenzuschweißen, so daß sich daraus Sterne, Schmetterlinge und Diamanten formten. Alles bestehe aus gestaltloser Leere, behauptete er.

Und sonderbarerweise schien ihn das zu begeistern.

Esk stellte fest, daß die Wände des Zimmers an Substanz verloren und sich in dünnen Rauch verwandelten. Es hatte den Anschein, als dehne sich die Leere in ihnen aus, um alles das zu verschlingen, was sie als Mauern bezeichnete. Sie verflüchtigten sich, und Eskarinas Blick fiel auf eine vertraute Landschaft, eine glitzernde kalte Ebene. In der Ferne erhoben sich die ihr bereits vertrauten alten Hügel, und als sie den Kopf drehte, sah sie die Unheilswesen, die wie Statuen in der Nähe hockten und auf sie herabstarrten.

Es waren mehr als jemals zuvor: wie von einem hellen Licht angelockte Motten.

Mit einem nicht unerheblichen Unterschied: Selbst aus unmittelbarer Nähe betrachtet, wirkte das Gesicht einer Motte weitaus lieblicher als die Mienen der Geschöpfe, die Simon beobachteten.

Dann trat ein Bediensteter ins Klassenzimmer, um die Lampen anzuzünden, und die dämonischen Kreaturen verschwanden. Sie metamorphierten zu harmlosen Schatten, die sich in die Ecken der Kammer zurückzogen.

Vor einigen Jahren hatte irgend jemand beschlossen, die uralten Korridore der Unsichtbaren Universität mit einem neuen Anstrich freundlicher zu gestalten. Es ging dabei um die vage Idee von ›Lernen-soll-Spaß-machen‹. Nun, der Versuch schlug fehl. Es ist im ganzen Multiversum bekannt: Man mag die Farben mit noch so großer Sorgfalt aussuchen – die Korridore und Flure in öffentlichen Institutionen entwickeln eine Art bürokratisches Eigenleben und ziehen Gallegrün, Kotbraun, Nikotingelb oder ein klinisch-steriles Rosa vor. Infolge einer bisher wenig erforschten Mitleidsresonanz riechen derartige Gänge immer *nach gekochtem Kohl,* selbst dann, wenn die nächste Küche meilenweit entfernt ist.

Irgendwo läutete eine Glocke. Esk sprang vom Fenstersims, griff nach dem getarnten Zauberstab und begann fleißig zu fegen. Unmittelbar darauf öffneten sich die Türen der Klassenzimmer, und der Korridor füllte sich mit Schülern. An zwei Seiten strömten sie an ihr vorbei, wie Wasser an einem Felsen. Eine Zeitlang herrschte lärmendes Durcheinander. Dann schlossen sich die Türen, und einige

Nachzügler verschwanden in der Ferne. Esk war wieder allein.

Nicht zum erstenmal wünschte sie sich, es möge doch eine Unterhaltung mit dem Zauberstab möglich sein. Die anderen Dienstmädchen verhielten sich ihr gegenüber recht freundlich, aber man konnte nicht mit ihnen *sprechen.* Jedenfalls nicht über Magie.

Eskarina gelangte allmählich zu dem Schluß, daß sie endlich lesen lernen mußte. Bücher stellten offenbar den Schlüssel zur Zaubermagie dar, bei der es hauptsächlich um Worte ging. Die älteren Magier schienen zu glauben, Namen würden mit Dingen übereinstimmen. Wenn man ihnen andere Namen gab, so veränderten sie sich angeblich. Esk wußte nicht genau, ob das wirklich stimmte. Sie bewahrte sich in dieser Hinsicht einen gesunden Zweifel.

Lesen. Mit anderen Worten: die Bibliothek. Simon hatte behauptet, dort befänden sich Tausende von Büchern, und unter all den vielen Worten sollte sich das eine oder andere finden lassen, das Esk lesen konnte. Sie schulterte den Zauberstab und beschloß, das Büro von Frau Reineweiß aufzusuchen.

Sie hatte es fast erreicht, als die Wand ein leises ›Pscht!‹ flüsterte. Als Eskarina stehenblieb und sich umdrehte, sah sie Oma Wetterwachs. Nun, Granny war nicht etwa imstande, unsichtbar zu werden. Sie verstand es nur, so mit dem Vordergrund zu verschmelzen, daß sie niemand bemerkte.

»Wie kommst du voran?« fragte die alte Hexe. »Was ist mit der Magie?«

»Was tust du hier, Oma?« erwiderte Esk.

»Ich habe gerade einen Blick in die Zukunft geworfen. Für die Haushälterin.« Zufrieden hob Granny ein großes Bündel aus alter Kleidung. Esks strenger Blick ließ ihr Lächeln verblassen.

»Nun, in der Stadt geht es anders zu«, erklärte Oma Wetterwachs. »Städter wollen dauernd wissen, was die Zukunft für sie bereithält. Das liegt an ihrer ungesunden

Ernährung.« Sie fühlte sich plötzlich in die Enge getrieben und fügte hinzu: »Außerdem: Warum sollte ich mich nicht ab und zu als Wahrsagerin betätigen?«

»*Du* hast immer gesagt, Hilta nutze die Dummheit ihres Geschlechts aus«, erwiderte Esk. »*Du* warst immer der Ansicht, alle Wahrsager und Hellseher sollten sich was schämen. Und was das ›außerdem‹ betrifft: Du braucht keine neue alte Kleidung.«

»Spare in der Zeit, so hast du in der Not«, verkündete Granny stolz. Eins der wichtigsten Prinzipien ihres Lebens bestand darin, alte Kleidung zu tragen, und von diesem Grundsatz wollte sie nicht einmal während zeitweisem Wohlstand abweichen.

»Ja«, brummte Esk und nickte langsam. »Nun, die Zaubterermagie... Es geht dabei nur um Worte.«

»Darauf habe ich dich gleich zu Anfang hingewiesen«, betonte Oma Wetterwachs.

»Nein, ich meine...«, begann Esk, aber Granny hob ungeduldig die Hand.

»Verschieben wir dieses Gespräch auf einen späteren Zeitpunkt«, schlug sie vor. »Ich muß bis heute abend einige wichtige Aufträge erfüllen. Wenn meine Geschäfte weiterhin so gut laufen, bleibt mir wahrscheinlich nichts anderes übrig, als jemanden einzustellen. Was hältst du davon, wenn du mir an deinem freien Nachmittag oder so einen Besuch abstattest?«

»Du willst jemanden einstellen?« fragte Eskarina verblüfft. »Eine Schülerin aufnehmen und zur Hexe ausbilden?«

»Nein«, sagte Granny. »Ich meine: vielleicht doch.«

»Und was ist mit mir?«

»Nun, du mußt deinen eigenen Weg beschreiten«, meinte Granny. »Wohin er dich auch führen mag.«

»Mmpf«, machte Esk. Die alte Frau starrte sie groß an.

»Ich sollte jetzt besser gehen«, brachte sie schließlich hervor, drehte sich um und marschierte in Richtung Küche davon. Dabei öffnete sich ihr Mantel, und Esk riß unwillkürlich die Augen auf, als sie einen roten Saum sah. Es war ein ziemlich dunkles Rot, wie von altem Wein, aber es kam trotzdem einem Schock gleich. Oma Wetterwachs, die für ihre sichtbare Kleidung normalerweise nichts anderes wählte als abgenutztes Schwarz, erschien dem Mädchen plötzlich wie eine kunterbunte Fremde.

»Die Bibliothek?« fragte Frau Reineweiß. »Isch glaube, dort wird überhaupt nicht gefegt.« In offensichtlicher Verwirrung runzelte sie die Stirn.

»Warum nicht?« erkundigte sich Eskarina. »Liegt dort kein Staub?«

»Tja...« Die Haushälterin überlegte angestrengt. »Vermutlich schon. Jetzt, da du es erwähnst... Ist mir noch nie in den Sinn gekommen.«

»Alle anderen Zimmer sind sauber«, warf Esk wie beiläufig ein.

»Ja«, sagte Frau Reineweiß. »Du bist sehr fleißig.«

»Nun?«

»Isch weiß nicht«, erwiderte sie unsicher und schüttelte den Kopf. »Hab' noch nie darüber nachgedacht. Aber jetzt frage isch mich ernsthaft, wieso in der Bibliothek noch nie abgestaubt wurde. Alle die vielen Bücher...«

»Ich mache mich sofort an die Arbeit«, sagte Esk fest.

»Ugh?« fragte der Bibliothekar und wich vor Eskarina zurück. Aber sie hatte schon von ihm gehört und war nicht unvorbereitet gekommen: Sie holte eine Banane hervor.

Der Orang-Utan streckte langsam die Pfote aus, schnappte sich die Frucht und grunzte triumphierend.

Sicher existieren Universen, in denen die Tätigkeit eines Bibliothekars recht beschaulich ist und die Berufsrisiken darauf beschränkt sind, daß Bücher aus den Regalen rutschen und einem auf den Kopf fallen. Aber wer für eine *magische* Bibliothek die Verantwortung trägt, muß ständig auf der Hut sein. Zaubersprüche verkörpern große Macht, und die wird nicht dadurch reduziert, daß man die

Formeln niederschreibt und zwischen zwei Buchdeckel zwängt. Die Magie sucht immer nach dem sprichwörtlichen Ventil. Und die Bücher neigen dazu, aufeinander zu reagieren, wodurch formlose und mit einem eigenen Willen ausgestattete thaumaturgische Energie freigesetzt wird. Magische Werke sind für gewöhnlich an die Regale gekettet, aber nicht etwa um Diebstählen vorzubeugen...

Eine besonders schicksalhafte magische Entladung hatte den Bibliothekar in einen Affen verwandelt, der allen Versuchen widerstand, ihm die menschliche Gestalt zurückzugeben. Mit Hilfe der Gestensprache und ausdrucksvollen ›Ughs!‹ erklärte er, das Leben als Orang-Utan sei erheblich besser als das eines Menschen, da alle großen philosophischen Probleme auf die Frage zurückgeführt werden könnten, woher die nächste Banane kam. Außerdem erwiesen sich lange Arme und Greiffüße durchaus von Vorteil, wenn es darum ging, an hohen Bücherschränken hochzuklettern.

Eskarina gab ihm auch die restlichen Bananen und wandte sich den Büchern zu, bevor der Bibliothekar Gelegenheit bekam, irgendwelche Einwände zu erheben.

Sie hatte nie mehr als ein Buch gleichzeitig gesehen und hielt die Bibliothek für ganz normal. Zugegeben, mit dem Boden schien etwas nicht in Ordnung zu sein, denn er wölbte sich wie eine Schüssel und schien weiter hinten als Wand emporzuragen. Darüber hinaus gewann sie den verwirrenden Eindruck, als bögen sich die Regale. Es war, als erstreckten sie sich durch mehr als die gewöhnlichen drei Dimensionen. Überraschenderweise wies auch die Decke lange Gestellreihen auf, und hier und dort wanderte ein Student an ihnen entlang, ohne den Gesetzen der Schwerkraft Beachtung zu schenken.

Nun, der Leser ahnt es bereits: Die Zusammenballung von Magie krümmt natürlich den Raum. Der Baumwolldrillich (oder vielleicht auch Flanell) in den Regalen wurde in besondere Formen gezwungen. Millionen gefangene Worte, für die es keine Fluchtmöglichkeit gab, verzerrten die Realität in ihrer unmittelbaren Nähe.

Esk hielt es für logisch, daß sich irgendwo ein Buch befand, aus dem sie entnehmen konnte, wie man all die anderen las. Sie wußte nicht genau, wo sie danach suchen sollte, aber aus irgendeinem Grund erwarteten sie auf dem Deckel Abbildungen fröhlicher Kaninchen und verspielter Kätzchen.

In der Bibliothek war es nicht gerade still. Hier und dort zischten magische Entladungen, und oktarine Funken sausten mit leisem Fauchen von Regal zu Regal. Ketten rasselten leise. Hinzu kam das knisternde Rascheln vieler tausend Blätter in ihren lederumhüllten Kerkern.

Esk vergewisserte sich, daß niemand auf sie achtete, bevor sie nach dem nächsten Buch griff. Es öffnete sich von selbst, und zu ihrem großen Verdruß mußte sie feststellen, daß es jene unverständlichen Zeichen enthielt, die sie bereits aus Simons Unterlagen kannte. Die Symbole ergaben nicht den geringsten Sinn, und Esk seufzte erleichtert: Es wäre schrecklich gewesen, alle die Hieroglyphen deuten zu können. Sie bestanden aus häßlichen Wesen, die dauernd irgendwelche rätselhaften Dinge miteinander anstellten. Esk klappte das Buch zu, wobei sie gegen den Widerstand der magischen Silben ankämpfen mußte. Der Deckel zeigte ein seltsames Geschöpf, das eine verdächtig große Ähnlichkeit mit den Wesenheiten aus der kalten Wüste offenbarte. Es sah keineswegs wie ein munteres Häschen aus.

»Heda? Esk, nicht wwwahr? Www-was tust du h-hier?«

Simon trat auf sie zu, ein Buch unter den Arm geklemmt. Eskarina errötete.

»Granny weicht mir immer wieder aus«, antwortete sie. »Ich glaube, es hat irgend etwas mit Männern und Frauen zu tun.«

Simon starrte sie groß an und zwinkerte verdutzt. Dann lächelte er. Esk rief sich seine Frage ins Gedächtnis zurück.

»Ich arbeite hier. Ich fege.« Sie hob den als Besen getarnten Zauberstab.

»Hier?«

Esk musterte ihn. Sie fühlte sich allein, hilflos und mehr als nur im Stich gelassen. Alle anderen Leute schienen ganz darauf konzentriert zu sein, ihr Leben fest in die Hand zu nehmen. Eskarina befürchtete, daß sie den Rest *ihres* Lebens damit verbringen mußte, den Dreck wegzuräumen, den Zauberer zurückließen. *Das ist einfach nicht anständig,* dachte sie zerknirscht. Und: *Ich habe die Nase voll, jawohl!*

»Nun, eigentlich stimmt das nicht. Ich lerne lesen, damit ich Zauberer werden kann.«

Der junge Mann wischte sich einige Tränen aus den wäßrigen Augen und beobachtete sie einige Sekunden lang. Dann nahm er ihr vorsichtig das Buch aus der Hand und las den Titel.

»*Dämonysche Dämonology der Befrydygung von Unbefrydygten.* Hältst du das für ein Lehrbuch über die K-Kunst des Lesens?«

»Äh«, erwiderte Esk. »Nun, tja... Es geht doch darum, die Schriftzeichen zu deuten, nicht wahr? Man darf nicht aufgeben, muß es immer wieder versuchen. Irgendwann hat man den Bogen raus. So wie beim Melken oder Stricken oder...« Ihre Stimme verklang.

»Ich wwweiß nicht genau, worauf es beim M-Melken und Stricken ankommt«, gestand Simon ein. »Aber wwwas diese Bücher betrifft... Sie können r-recht aggressiv sein. Wwwenn du nicht vorsichtig bist, l-lesen sie *dich.*«

»Was soll das heißen?«

»Ich habe gggg...«

»...gehört...«, half Eskarina.

»...daß es einst ai-einen Zauberer gggg...«

»...gab...«

»...d-der das *Nekrotelicomnicon* l-las und dabei ssseine G-Gedanken umherwwww...«

»...wandern...«

»...ließ. K-Kurze Zeit später f-fand man sssseine Kleidung auf ai-einem Stuhl, und der H-Hut lag d-daneben, und d-das B-Buch...«

Esk hielt sich die Ohren zu — aber nicht zu fest, um auch die nächsten Worte Simons zu verstehen.

»Ich will gar nichts wissen, wenn es etwas Schreckliches ist.«

»...h-hatte *viel m-mehr Ssseiten.*«

Eskarina ließ die Hände sinken. »Stand irgend etwas darauf?«

Simon nickte ernst. »Ja. Jedes einzelne B-Blatt wwww...«

»Nein«, sagte Esk. »Ich will es mir nicht einmal vorstellen. Ich dachte bisher, lesen sei überhaupt nicht gefährlich. Ich meine: Granny las jeden Tag in ihrem *Almanach*, und ihr ist nie irgend etwas zugestoßen.«

»Von ganz gewwwöhnlichen Wwww...«

»...Wörtern...«

»...d-droht vermutlich k-keine Gefahr«, räumte Simon großzügig ein.

»Bist du völlig sicher?« fragte Esk.

»Man m-muß nur d-daran denken, daß Wwwörter auch mächtig sssein k-können«, sagte Simon und schob das Buch ins Regal zurück, wo es zornig an der Kette zerrte. »Außerdem h-heißt es, d-die Feder sssei m-mächtiger als das Ssss...«

»...Schwert«, warf Esk hilfsbereit ein. »Mag sein. Aber mal ganz ehrlich: Von was möchtest du lieber geschlagen werden?«

»Äh, ich schätze, es h-hat keinen Sssinn, wwwenn ich d-dich darauf hinwwweise, daß du h-hier nichts zu sssuchen h-hast, oder?«

Esk dachte kurz darüber nach. »Nein«, bestätigte sie dann. »Wohl kaum.«

»Ich könnte d-die Pförtner v-verständigen und dich f-fortbringen lassen.«

»Aber das wirst du nicht.«

»Ich m-möchte n-nur vvvvv...«

»...vermeiden...«

»...daß du in Schwierigkeiten g-gerätst. Das wwwwürde ich ssssehr bedauern. Wwwwenn dir etwas zustieße...«

Esk bemerkte ein vages Wabern über Simons Kopf. Und für den Bruchteil einer Sekunde sah sie die düsteren Wesenheiten aus der kalten Ebene. Sie beobachteten aufmerksam. Und die friedliche Bibliothek, in der die schwere Last geballter Magie das Universum besonders dünn preßte, gab ihnen die Möglichkeit zu *handeln*.

Das leise Knistern in den Regalen wurde zu einem verzweifelten Rascheln. Einige der mächtigeren Bücher schafften es, aus den Regalen zu springen: Panikerfüllt flatterten sie am Ende ihrer Ketten. Ein großer thaumaturgischer Band verließ seinen Horst auf der obersten Ablage, riß sich von den stählernen Fesseln los und hüpfte wie ein erschrockenes Huhn davon. Einige fransige Blätter folgten ihm wie Küken.

Ein magischer Wind wehte Eskarinas Kopftuch zur Seite, und ihr Haar wogte wie ein Banner. Sie sah, wie Simon sich an einem Gestell festzuhalten versuchte, als um ihn herum Bücher explodierten. Die Luft wurde schmierig und roch nach heißem Zinn. Irgendwo summte etwas.

»Sie versuchen, hierherzukommen!« rief Esk.

Simon starrte sie an und schnitt eine Grimasse. Eine vor Furcht übergeschnappte magische Trilogie prallte ihm gegen den verlängerten Rücken, schleuderte ihn zu Boden und hastete an den Regalen entlang. Eskarina duckte sich, als ein Therausi-Schwarm vorbeiraste und sein Gerüst hinter sich herzog. Auf Händen und Knien kroch sie an Simon heran. »Deshalb haben die Bücher solche Angst!« schrie sie ihm ins Ohr. »Kannst du sie nicht *sehen?* Sie lauern dort oben!«

Simon schüttelte stumm den Kopf. Über ihnen lösten sich mehrere Buchdeckel, und Dutzende zitternder Blätter sanken auf sie herab.

Die verschiedenen menschlichen Sinne stellen gute Übertragungskanäle für Grauen und Entsetzen dar. Man denke nur an das leise unheilvolle Kichern in einem verschlossenen und stockfinsteren Zimmer, an den Anblick einer halben Raupe auf der Salatgabel, den sonderbaren Geruch aus dem Schlafzimmer des Untermieters, den eigentümlich bitteren Geschmack eines mit sogenannten Pflanzenschutzmitteln behandelten Blumenkohls. Und was den Tastsinn angeht: Stellen Sie sich vor, Sie drehen sich des Nachts im Bett um und berühren etwas Pelziges (dies gilt nur für die Leser unter Ihnen, die keine Hunde und Katzen halten und ihr Bett auch nicht gern mit Hamstern teilen)...

Der Boden unter Esks Händen veränderte sich irgendwie. Sie senkte den Kopf, das Gesicht eine Fratze des Schreckens: Die staubigen Dielen fühlten sich plötzlich sandig an. Und trocken. Und sehr, sehr kalt.

Esks Finger bohrten sich in feinen grauen Sand.

Sie schirmte die Augen vor dem Wind ab, griff nach dem Zauberstab und richtete ihn auf die dämonischen Gestalten weiter oben. Es wäre sicher erfreulich gewesen zu berichten, daß ein greller Strahl aus magischem weißem Feuer aufblitzte und die schmierige Luft reinigte. Doch leider blieb er aus...

Der Stab wand sich wie eine Schlange hin und her und traf Simon am Kopf.

Die grauen Kreaturen erbebten und verschwanden.

Die Realität kehrte zurück und versuchte den Anschein zu erwecken, als habe sie sich überhaupt nicht aus dem Staub gemacht. Stille senkte sich wie dicker weicher Samt herab, eine Schicht nach der anderen — eine dumpfe, düstere und recht laute Stille. Einige Bücher fielen zu Boden und kamen sich ziemlich dumm vor.

Der Boden unter Eskarina bestand wieder aus festem Holz. Sie stampfte auf, um ganz sicher zu sein.

Blut bildete eine kleine Lache unter Simons Schädel. Der junge Mann rührte sich nicht. Esk beobachtete ihn eine Zeitlang, starrte dann auf den Zauberstab. Selbstgefällig erwiderte er ihren Blick.

In der Ferne erklangen Stimmen und das Geräusch eiliger Schritte.

Eine ledrige Hand schloß sich um Esks Finger, und hinter ihr sagte jemand leise: »Ugh.« Sie drehte sich um und sah das von rotem Fell umrahmte, freundliche Gesicht des Bibliothekars. Er bedeutete ihr mit einer unmißverständlichen Geste, mucksmäuschenstill zu sein, zerrte sie behutsam am Arm.

»Ich habe ihn umgebracht«, hauchte das Mädchen.

Der Bibliothekar schüttelte den Kopf und zog etwas entschlossener.

»Ugh«, erklärte er. »Ugh«.

Er führte Esk durch einen schmalen Tunnel in dem Labyrinth aus uralten Regalen, und nur wenige Sekunden später kamen einige ältere Zauberer um die Ecke, angelockt vom Lärm.

»Die Bücher haben schon wieder gegeneinander gekämpft...«

»Oh, nein! Es wird Jahrhunderte dauern, um alle geflohenen Zaubersprüche einzufangen. Bestimmt haben sie sich gut versteckt...«

»Was liegt da auf dem Boden?«

Kurzes Schweigen folgte.

»Er hat das Bewußtsein verloren. Offenbar wurde er von einem umstürzenden Regal am Kopf getroffen.«

»Wer ist er?«

»Der neue Schüler. Derjenige, von dem es heißt, er habe den Kopf voller Grütze.«

»Nun, wäre der Aufprall ein wenig stärker gewesen, wüßten wir jetzt, ob man das zu Recht von ihm behauptet.«

»Ihr beiden: Bringt ihn ins Krankenzimmer. Die anderen sammeln die Bücher ein. Wo steckt der blöde Bibliothekar? Er müßte doch wissen, wie gefährlich es ist, eine Kritische Masse entstehen zu lassen.«

Esk sah den Orang-Utan an, der daraufhin stumm die Brauen hob. Er zog einen staubigen Band mit Gartenformeln aus dem Regal neben ihm, holte eine Banane hervor, die er dahinter versteckt hatte, und verspeiste sie genüßlich. Er schien ganz sicher zu sein, daß alle Probleme einzig und allein die Menschen betrafen.

Eskarina blickte in die andere Richtung, auf den Stab, den sie noch immer in der Hand hielt, preßte die Lippen so fest zusammen, daß sie nur noch einen weißen Strich bildeten. Sie war ganz sicher, den verdammten Stock nicht losgelassen zu haben. Er hatte sich auf Simon *gestürzt*, mit der festen Absicht, ihn zu töten.

Der junge Mann lag auf einem harten Bett, und auf seiner Stirn ruhte ein feuchtkaltes Handtuch. Treatle und Knallwinkel starrten besorgt auf die reglose Gestalt hinab.

»Wie lange ist er jetzt schon bewußtlos?« fragte der Erzkanzler.

Treatle zuckte mit den Schultern. »Seit drei Tagen.«

»Und er ist kein einziges Mal zu sich gekommen?«

»Nein.«

Knallwinkel ließ sich auf die Bettkante sinken und rieb sich nachdenklich den Nasenrücken. Simon hatte nicht besonders gesund ausgesehen, aber jetzt wirkte sein Gesicht wie eine eingefallene Totenmaske.

»Ein vielversprechender Schüler, der es sicher weit bringen könnte«, sagte er. »Seine Erklärungen in Hinsicht auf die fundamentalen Prinzipien von Magie und Materie sind wirklich ... bemerkenswert.«

Treatle nickte.

»Er scheint Wissen geradezu aufzusaugen«, fuhr Knallwinkel fort. »Lieber Himmel, schon seit Jahrzehnten lebe und arbeite ich als Zauberer, aber eigentlich habe ich die Magie erst durch seine Erläuterungen begriffen. Er drückt sich so ... so klar und *verständlich* aus.«

»Das sagen alle«, bestätigte Treatle niedergeschlagen. »Unsere Kollegen beschreiben es folgendermaßen: Es sei so, als ziehe ihnen jemand eine Kapuze vom Kopf und gebe ihnen die Möglichkeit, zum erstenmal in ihrem Leben helles Tageslicht zu sehen.«

Eine nachdenkliche Pause schloß sich an.

»Allerdings...«, fügte Treatle hinzu.

»Allerdings was?« fragte Knallwinkel.

»Ich frage mich nur, *was* wir verstanden haben«, sagte der Vizekanzler vorsichtig. »Das läßt mich nicht zur Ruhe kommen. Ich meine: Kannst du es erklären?«

»Was soll das heißen: erklären?« Knallwinkel runzelte besorgt die Stirn.

»Worüber Simon dauernd spricht«, entgegnete Treatle. In seiner Stimme ließ sich ein Unterton von Verzweiflung vernehmen. »Oh, sicher, mit seinen Beschreibungen trifft er genau den Kern der Sache, daran kann gar kein Zweifel bestehen. Doch worum *geht* es dabei?«

Knallwinkel starrte ihn groß an. Schließlich erwiderte er: »Oh, das ist ganz einfach. Weißt du, Magie füllt das Universum, und jedesmal dann, wenn sich der Kosmos verändert... Nein, ich meine: Jedesmal dann, wenn Magie beschworen wird, verändert sich das Universum, aber immer nur in einer Richtung, das ist eine sehr wichtige Erkenntnis, und außerdem...« Er vollführte einige komplizierte Gesten und hoffte auf einen Schimmer des Begreifens in Treatles Augen. »Um es anders auszudrücken: Jedes Stück Materie, zum Beispiel ein Apfel oder die Scheibenwelt oder...«

»...ein Krokodil?« schlug Treatle vor.

»Ja, oder ein Krokodil... Nun, alle solche Dinge sind im Grunde genommen wie eine Mohrrübe geformt.«

»Daran erinnere ich mich nicht«, sagte Treatle skeptisch.

»Ich bin sicher, darauf wollte Simon hinaus«, verteidigte sich Knallwinkel. Er begann zu schwitzen.

»Ich entsinne mich an eine andere Stelle seines Vortrags«, brummte der Vizekanzler. »Er sagte, wenn man weit genug geht, sieht man irgendwann den eigenen Hinterkopf.«

»Bist du ganz sicher, daß er nicht den Hinterkopf von jemand anderem meinte?«

Treatle überlegte.

»›Der eigene Hinterkopf‹ — so lauteten seine Worte«, antwortete er. »Und wenn ich mich nicht irre, fügte er hinzu, er könne das sogar beweisen.«

Sie schwiegen eine Zeitlang und grübelten.

Nach einer Weile räusperte sich Knallwinkel behutsam.

»Für mich sieht die ganze Sache folgendermaßen aus«, sagte er langsam. »Bevor ich ihm zuhörte, ähnelte ich allen anderen. Verstehst du, was ich meine? Ich war verwirrt und unsicher in bezug auf einige bestimmte Einzelheiten des Lebens an sich. Aber jetzt«, — Knallwinkels Miene erhellte sich —, »bin ich zwar immer noch verwirrt und unsicher, doch auf einer höheren Ebene. Wenigstens *weiß* ich nun, daß ich von den wirklich fundamentalen und wichtigen Geheimnissen des Universums nicht die geringste Ahnung habe.«

Treatle nickte. »Diese Perspektive ist mir neu«, gestand er ein. »Aber du hast völlig recht. Simon hat die Grenzen der Unwissenheit erweitert. Im Kosmos gibt es vieles, von dem wir überhaupt nichts ahnen.«

Die beiden Männer sonnten sich in dem herrlichen Gefühl, weitaus weniger zu wissen als gewöhnliche Leute, die nur von gewöhnlichen Dingen nichts wußten.

Dann sagte Treatle: »Ich hoffe, er erholt sich bald. Das Fieber hat er überstanden, aber er scheint einfach nicht gewillt zu sein, wieder zu erwachen.«

Zwei Dienstmädchen kamen herein und brachten frisches Wasser und Handtücher. Eins von ihnen trug einen ziemlich mitgenommen aussehenden Besen. Als sie damit begannen, die schweißnassen Laken des Bettes zu wechseln, gingen die beiden Zauberer. Sie diskutierten noch immer über die unabsehbaren Konsequenzen der Unwissenheit, die Simons Genie der Welt offenbart hatte.

Oma Wetterwachs wartete, bis Knallwinkels und Treatles Schritte in der Ferne verklangen, und nahm dann ihr Kopftuch ab.

»Blödes Ding«, brummte sie. »Esk, lausch an der Tür!« Sie zog das Handtuch von Simons Stirn und fühlte seine Körpertempertur.

»Es freut mich, daß du gekommen bist, obwohl du in letzter Zeit soviel zu tun hast«, sagte Esk.

»Mmmmpf.« Granny schürzte die Lippen. Sie hob Simons Lider und tastete nach dem Puls. Sie preßte ein Ohr auf die Xylophon-Brust und prüfte den Herzschlag. Sie saß eine Zeitlang ganz still und schickte mentale Sonden in das Bewußtsein des jungen Mannes.

Sie runzelte die Stirn.

»Wird er wieder gesund?« fragte Esk nervös.

Granny starrte an die steinerne Wand.

»Verflixter Ort«, sagte sie. »Eignet sich nicht für Kranke.«

»Ja, ja, aber ist alles in Ordnung mit ihm?«

»Wie?« Oma Wetterwachs zwinkerte einige Male. »Oh. Äh, ich denke schon. Wo er sich auch befinden mag.«

Esk musterte sie verwirrt und richtete den Blick dann auf den reglosen Simon.

»Ist niemand zu Hause«, sagte Granny schlicht.

»Was meinst du damit?«

»Man hör sich nur das Kind an!« stöhnte die alte Hexe. »Hast du denn überhaupt nichts bei mir gelernt? Sein Bewußtsein Wandert Umher, Hat Den Kopf Verlassen.«

Als sie den jungen Mann beobachtete, stahl sich fast so etwas wie Bewunderung in ihre faltigen Züge.

»Großartig«, fügte sie hinzu. »Ich habe noch nie einen Zauberer kennengelernt, der borgen konnte.«

Sie wandte sich an Esk, der es allem Anschein nach die Sprache verschlagen hatte.

»Als ich noch ein junges Mädchen war, begab sich Mütterchen Großapfel auf Wanderschaft. Wenn ich mich recht entsinne, ließ sie sich in der Gedankensphäre einer Füchsin nieder und fand es dort so interessant, daß sie vergaß zurückzukehren. Es dauerte mehrere Tage, bis wir sie entdeckten. Und dann dein Erlebnis. Ohne die Hilfe des Zauberstabs hätte ich dich vermutlich nicht lokalisieren können... He, wo steckt er überhaupt, Mädchen?«

»Er hat Simon geschlagen«, murmelte Eskarina. »Er hat

versucht, ihn umzubringen. Und deshalb habe ich ihn in den Fluß geworfen.«

»Das war nicht besonders nett von dir«, tadelte Oma Wetterwachs. »Immerhin verdankst du ihm dein Leben.«

»Er hat mich gerettet, indem er Simon niederstreckte?«

»Verstehst du denn nicht? Dieser Schlaukopf hier... er beschwor *sie*, die *Dinge*.«

»Das stimmt nicht!«

Granny sah in die herausfordernd blitzenden Augen Eskarinas und rang sich zu einer schmerzlichen Erkenntnis durch: *Ich habe sie verloren. Eine dreijährige Ausbildung — für die Katz. Es ist ihr nicht gestattet, eine Zauberin zu sein, aber vielleicht hätte sie eine gute Hexe werden können.*

»Und warum soll das nicht stimmen, Fräulein Ichweißalles?« fragte sie.

»So etwas würde er nie wagen!« Esk war inzwischen den Tränen nahe. »Ich habe einen seiner Vorträge gehört. Er... Nun, Simon ist nicht etwa böse, sondern sehr klug. Er versteht, wie alles funktioniert. Er...«

»Ich schätze, er ist ein sehr netter Junge«, sagte Oma Wetterwachs trocken. »Außerdem habe ich nie behauptet, er sei ein schwarzer Magier, oder?«

»Die *Dinge* sind schrecklich!« Esk schluchzte. »Simon riefe sie nie, er strebt alles das an, was sie nicht verkörpern, und du bist eine gemeine alte...«

Das laute Klatschen einer Ohrfeige unterbrach sie. Eskarina taumelte zurück, so überrascht und entsetzt, daß ihr das Blut aus den Wangen wich. Granny stand zitternd vor ihr, die Hand weiterhin erhoben.

Sie hatte Esk nur einmal zuvor geschlagen — der kleine Klaps, der dem Neugeborenen eine erste Vorstellung von dem vermittelt, was er von der Welt zu erwarten hat. Während der Ausbildung verzichtete sie auf körperliche Strafen, selbst dann wenn Eskarina Milch anbrennen ließ oder vergaß, die Ziegen zu tränken. Bei solchen Gelegenheiten beschränkte sich die alte Hexe auf ein scharfes Wort oder strenge Stille, die weitaus mehr bewirkte als eine Tracht Prügel.

Sie packte das Mädchen fest an den Schultern und sah ihm in die Augen.

»Hör mir jetzt gut zu!« begann sie mit bedeutungsvoll klingender Stimme. »Habe ich dir nicht immer wieder gesagt, daß man bei der Beschwörung von Magie wie ein Messer sein muß, das durch Wasser schneidet? Na?«

Esk fühlte sich von Grannys durchdringendem Starren fast hypnotisiert und kramte in den untersten Schubladen ihres Gedächtnisses. Schließlich nickte sie.

»Und du dachtest, so etwas sei eben typisch für Hexen, insbesondere für die alte Oma Wetterwachs, nicht wahr? Nun, Tatsache ist: Wenn man Magie einsetzt, erweckt man *ihre* Aufmerksamkeit. Die ganze Zeit über beobachten sie die Welt. Gewöhnliche Bewußtseine sind nur undeutliche Flecken für sie, denen sie kaum Beachtung schenken. Aber ein mit thaumaturgischer Energie erfüllter Geist wirkt wie ein Leuchtfeuer auf sie. Die *Dinge* werden nicht von Dunkelheit angelockt, sondern von jenem Licht, das Schatten wirft.«

»Aber... aber... Warum sind *sie* an uns interessiert? Was wollen *sie?«*

»Leben und Gestalt«, antwortete Granny.

Sie ließ die Schultern hängen und gab Esk frei.

»Eigentlich sollte man *sie* bemitleiden«, fuhr sie leise fort. »*Sie* verfügen nur dann über Leben und Gestalt, wenn *sie* etwas stehlen. Hier in dieser Welt hätten *sie* kaum größere Überlebenschancen als ein Fisch im Feuer, aber trotzdem geben *sie* nicht auf. *Sie* sind gerade intelligent genug, um uns zu hassen, weil wir alles das haben, was sie begehren.«

Eskarina schauderte und entsann sich an staubigen kalten Sand...

»Was sind *sie?* Bisher habe ich *sie* für dämonenartige Wesen gehalten...«

»Nun, niemand weiß genau, was sie darstellen. Es sind

schlicht *Dinge* aus den Kerkerdimensionen außerhalb unseres Universums, das ist alles. Schattenkreaturen.«

Die alte Hexe drehte sich um und sah auf Simon hinab. »Du weißt nicht zufällig, an welchem Ort seine Gedanken weilen, oder?« fragte sie mit einem kurzen Seitenblick auf Esk. »Er wird wohl kaum einen Ausflug mit den Möwen machen, nehme ich an.«

Eskarina schüttelte den Kopf.

»Nein«, sagte Granny. »In dem Fall wäre er längst zurückgekehrt. *Sie* haben ihn erwischt.«

Es war keine Frage, aber Esk nickte trotzdem, kummervoll und traurig.

»Es ist nicht deine Schuld«, fuhr Oma Wetterwachs fort. »Sein Geist gewährte *ihnen* Zugang, und *sie* zögerten nicht, die gute Gelegenheit sofort auszunutzen. *Sie* nahmen sein Bewußtsein mit. Ich frage mich...«

Sie trommelte mit den Fingerkuppen auf die Bettkante und traf eine Entscheidung.

»Wer gilt hier als der wichtigste Zauberer?« erkundigte sie sich.

»Äh, Lord Knallwinkel«, sagte Esk. »Er ist Erzkanzler der Unsichtbaren Universität. Einer der beiden Männer, die wir hier antrafen.«

»Meinst du den Dicken? Oder denjenigen, der so aussah, wie Essig schmeckt?«

Esk verdrängte die Vorstellungen, die ihr einen Simon zeigten, der eine kalte Wüste durchstreifte. Sie konzentrierte sich auf Grannys Frage und erwiderte: »Man bezeichnet ihn als Zauberer im Achten Rang und Dreiunddreißig-Grad-Magus.«

»Mit anderen Worten: Er ist ziemlich krumm«, stellte Oma Wetterwachs energisch fest und seufzte. »Du hältst dich schon zu lange in der Nähe von Zauberern auf, Kindchen. Nimm sie nicht so ernst! Sie nennen sich alle Hoher Lord Sowieso und Erhabener Diesunddas. Das gehört einfach dazu. Selbst Magier schmücken sich gern mit solchen Titeln, obwohl man eigentlich mehr Vernunft von ihnen erwarten sollte. Sie halten sich gleich für viel wichtiger, wenn man sie mit Hochwohlerlauchter Obermeister Vom Ersten Magischen Stuhl anspricht. Wie dem auch sei: Wo hält sich der Herr Ich-bin-besser-als-alle-anderen jetzt auf?«

»Bestimmt speist er gerade im Großen Saal«, sagte Esk. »Kann er Simon zurückholen?«

»Ich schätze, dabei werden sich einige Probleme ergeben«, entgegnete Oma Wetterwachs. »Vermutlich fällt es uns nicht weiter schwer, *irgend etwas* zurückzuholen, das wie ein normaler Mensch spricht und geht. Aber ob es Simon ist, steht in einem völlig anderen Almanach.«

Sie stand auf. »Laß uns nicht noch mehr Zeit vergeuden. Auf zum Großen Saal!«

»Äh, Frauen sind dort nicht zugelassen«, gab Esk zu bedenken.

Granny blieb auf der Türschwelle stehen, straffte die Schultern und drehte sich langsam um.

»*Was* hast du da gesagt?« fragte sie. »Trügen mich meine alten Ohren? Nein, nein, behaupte jetzt bloß nicht, ich sei schwerhörig, denn du weißt genau, daß das nicht stimmt.«

»Entschuldige«, murmelte Esk. »Reine Angewohnheit.«

»Offenbar hast du einige Vorstellungen entwickelt, die deiner nicht würdig sind«, sagte Granny kühl. »Bitte irgendeine deiner Kolleginnen darum, bei dem Jungen zu wachen.« Sie holte tief Luft, um sich in die richtige Stimmung zu bringen. »Und dann sehen wir uns den Großen Saal an, in dem Frauen angeblich nichts zu suchen haben. Ha, wär doch gelacht!«

Die ganze Fakultät der Unsichtbaren Universität saß in der ehrenwerten Halle beim Essen, als sich plötzlich die breite Tür öffnete. Oma Wetterwachs erzielte nicht ganz die erhoffte Dramatik, denn einer der beiden Torflügel prallte an einem Kellner ab und stieß ihr ans Schienbein — was sie daran hinderte, den weiten Raum mit langen und eindrucksvollen Schritten zu durchqueren. Statt dessen hüpfte und humpelte sie über die Fliesen, wobei sie sich um einen Rest von Würde bemühte.

Esk folgte ihr und spürte, wie sich Hunderte von Blicken auf sie richteten.

Die lauten Stimmen verklangen, und selbst das klappernde Geschirr schien den Atem anzuhalten. Einige Stühle kippten um. Am einen Ende des Großen Saals saßen die ältesten und weisesten Zauberer an ihrem hohen Tisch, der knapp einen Meter über den Kacheln schwebte. Sie rissen die Augen auf und starrten wortlos her.

Ein Zauberer im mittleren Rang — Esk erkannte ihn als einen Dozenten, der Angewandte Astrologie lehrte — eilte ihnen entgegen und ruderte aufgeregt mit den Armen.

»Neinneinneinnein!« rief er. »Ihr habt euch in der Tür geirrt. Kehrt sofort auf den Flur zurück!«

»Wenn du nichts dagegen hast...«, erwiderte Granny gelassen und schob ihn beiseite.

»Neinneinnein, das widerspricht der Tradition. Ihr müßt den Saal verlassen, *auf der Stelle*, Frauen sind hier nicht gestattet.«

»Ich bin keine Frau, sondern eine Hexe«, meinte Granny. Sie sah Esk an. »Ist er wichtig?«

»Ich glaube nicht«, antwortete das Mädchen.

»Na schön.« Granny wandte sich an den Dozenten. »Bitte sag einem bedeutenden Zauberer, daß ich hier bin und eine Audienz wünsche. Und beeil dich!«

Esk klopfte ihr auf den Rücken. Einige Magier, die sich von ihrer Überraschung schneller erholten als die anderen, eilten durch die geöffnete Tür und kehrten mit mehreren Pförtnern zurück, die nun drohend näherkamen. Die Studenten buhten und pfiffen sie aus. Eskarina hatte von jenen Männern, die in ihren kleinen Wachhäusern ein eher zurückgezogenes Leben führten, noch nie viel gehalten, doch jetzt taten sie ihr plötzlich leid.

Zwei von ihnen streckten haarige Hände aus und griffen nach Grannys Schultern. Oma Wetterwachs' Arm verschwand hinter ihrem Rücken, und es folgte ein kurzes konturloses Wirbeln. Der Mann preßte die Hände auf eine intime Körperstelle, krümmte sich zusammen, stöhnte hingebungsvoll und taumelte fort.

»Haarnadel«, erklärte die alte Hexe knapp. Ihre freie Hand schloß sich um Esks Arm. Sie zog das Mädchen in Richtung der älteren Zauberer und warf all jenen finstere Blicke zu, die mit dem Gedanken spielten, ihr in den Weg zu treten. Die jüngeren Studenten genossen die Abwechslung, klatschten begeistert und klopften mit Tellern und Tassen. Der hohe Tisch wirkte gar nicht mehr so hoch, als er mit einem dumpfen Pochen auf dem Boden landete, und die älteren Magier bezogen hastig hinter Knallwinkel Aufstellung, der alle Würdereserven mobilisierte. Seine Anstrengungen blieben zum größten Teil ohne Erfolg. Mit einer fleckigen Serviette auf der Brust sieht man nur selten besonders würdevoll aus.

Als er die Hände hob, wurde es still im Saal, und die Anwesenden sahen gespannt zu, wie Granny und Eskarina an den Erzkanzler herantraten. Interessiert betrachtete Oma Wetterwachs die Gemälde und Statuen vor Jahrhunderten verstorbener Zauberer.

»Was sind das für Kerle?« hauchte sie aus dem Mundwinkel.

»Es waren Oberhäupter der acht magischen Orden«, flüsterte Esk.

»Sehen aus, als litten sie an Verstopfung«, meinte Granny schlicht. »Was soll's: Mir ist nicht ein einziger Zauberer bekannt, der keine Verdauungsstörungen oder Abführprobleme hat.«

»Das liegt am Staub«, behauptete Eskarina kühn. »Er schlägt ihnen auf den Magen.«

Knallwinkel stand breitbeinig vor ihnen, die Arme in die Hüften gestemmt. Sein Bauch wölbte sich wie ein für Anfänger reservierter Skihang, und in der gegenwärtigen Haltung erinnerte er auffällig an einen japanischen Freistilringer.

»Nun?« fragte er. »Was bedeutet diese *Unverschämtheit?«*

»Ist er wichtig?« erkundigte sich Granny bei Esk.

»*Ich*, gute Frau, bin der Erzkanzler! Zufälligerweise leite ich diese Universität! Und *du* hast gerade höchst gefährliches Territorium betreten! Ich weise dich darauf hin... *Sieh mich nicht so an!*«

Knallwinkel wankte zurück und hob die Hände, um Grannys Blick abzuwehren. Die Zauberer hinter ihm ergriffen die Flucht, und in ihrer Hast, dem Hexenstarren zu entkommen, stießen sie einige Tische um.

Grannys Augen veränderten sich.

Esk beobachtete sie fasziniert. Sie schienen aus poliertem Silber zu bestehen, glichen zwei kleinen runden Spiegeln, die alles reflektierten. Knallwinkel war eine winzige schrumpfende Gestalt in ihren funkelnden Tiefen: Sein Mund stand offen, und streichholzdünne Arme gestikulierten wild.

Der Erzkanzler stieß an eine Säule und versuchte sich wieder zu fassen. Wütend schüttelte er den Kopf, spreizte die Finger und schleuderte Oma Wetterwachs weißes Feuer entgegen.

Granny wandte ihren durchdringenden Silberblick nicht von ihm ab, als sie die magische Glut zur Decke ablenkte. Irgend etwas krachte laut, und heiße Steinsplitter fielen herab.

Ihre Augen weiteten sich.

Knallwinkel verschwand. Wo er eben noch gestanden hatte, zischte eine hoch aufgerichtete Schlange.

Oma Wetterwachs verschwand. Wo sie eben noch gestanden hatte, befand sich ein Weidenkorb.

Die Schlange verwandelte sich in ein riesiges Reptil aus grauer Vorzeit.

Der Weidenkorb verwandelte sich in den kalten Wind der Eisriesen und ließ Rauhreif auf der Schuppenhaut des Ungeheuers entstehen.

Das Reptil wurde ein Säbelzahntiger, der sich zum Sprung duckte.

Die fauchenden Böen wurden eine blubbernde Teerpfütze.

Der Tiger wurde gerade noch rechtzeitig ein herabsausender Adler.

Die Teerpfütze wurde ein weit gespanntes Fangnetz.

Die Veränderungen erfolgten in immer kürzeren Abständen, und die einzelnen Konturen verschwammen miteinander. Stroboskopartige Schatten tanzten durch den Saal. Ein magischer Wind wehte dicht und schmierig; oktarine Funken stoben von Bärten und Fingerspitzen. Eskarina stand in der Mitte des Chaos, und aus tränenden Augen beobachtete sie Granny und Knallwinkel: zwei glänzende Gestalten, umgeben von einer unsteten Aura aus hin und her springenden Schemen.

Nach kurzer Zeit bemerkte sie auch noch etwas anderes: ein schrilles Pfeifen an der menschlichen Hörschwelle.

Esk hatte dieses Geräusch schon einmal vernommen, in der kalten Wüste – ein gieriges Schnattern, das Summen eines Bienenstocks, das leise Knistern, das von einem Ameisenhügel ausgeht...

»Sie kommen!« schrie sie. »Sie kommen *hierher!*«

Oma Wetterwachs und der Erzkanzler setzten ihr magisches Duell fort und achteten nicht auf Esk. Das Mädchen kroch hinter einem Tisch hervor und versuchte, Granny zu erreichen. Eine Einladung aus purer Thaumaturgie hob es an und schleuderte es gegen einen Stuhl.

Das Summen wurde nun lauter, und es stank so sehr, als hätte jemand vergessen, eine bereits drei Wochen alte Leiche zu begraben. Esk bemühte sich weiterhin, zu der alten Hexe zu gelangen, achtete nicht auf das grüne Feuer, das ihr über den Arm gleißte und das Haar versengte.

Verzweifelt hielt sie nach den anderen Zauberern Ausschau, aber wer inzwischen noch nicht geflohen war, kauerte hinter umgestürzten Möbelstücken und hoffte, den okkulten Sturm mit heiler Haut zu überstehen.

Esk verließ die Halle und eilte durch den dunklen Flur. Schatten und Schemen folgten ihr, als sie schluchzend die Treppe hinabstürmte und sich Simons Zimmer näherte. Die Korridore und Gänge brummten und knisterten.

Etwas würde versuchen, den Körper des jungen Mannes zu übernehmen, erinnerte sich Esk an Grannys Hinweis. Etwas, das Simons Verhalten nachahmte, kaum von ihm zu unterscheiden war. Etwas Ungeheuerliches, das nicht von dieser Welt stammte...

Einige Schüler standen nervös vor der Tür. Sie wandten Esk blasse Gesichter zu, und als sie das entschlossene Blitzen in ihren Augen sahen, wichen sie nervös zurück.

»Irgend etwas ist dort drin«, sagte einer von ihnen.

»Wir können die Pforte nicht öffnen!«

Sie musterten das Mädchen erwartungsvoll. Nach einigen Sekunden fügte einer der Studenten hinzu: »Du hast nicht zufällig den Schlüssel, oder?«

Esk griff nach dem Knauf und drehte ihn. Er bewegte sich, aber kurz darauf zuckte er so plötzlich zurück, daß er ihr fast die Haut von den Fingern schabte. Das Schnattern in der Kammer verwandelte sich in ein lautes höhnisches Kichern, und Eskarina hörte auch noch etwas anderes, dachte an ledrige Schwingen, die sich langsam entfalteten.

»Ihr seid Zauberer!« entfuhr es ihr. »Unternehmt etwas!«

»Wir hatten noch keine Gelegenheit, Erfahrungen mit der Telekinese zu sammeln«, erwiderte einer.

»Ich war leider krank, als Feuerwerfen auf dem Lehrplan stand...«

»Nun, das Entmaterialisieren ist mir schon immer schwergefallen...«

Esk trat an die Tür heran, streckte die Hand aus – und verharrte. Plötzlich fiel ihr etwas ein: Oma Wetterwachs vertrat die Ansicht, daß sehr alte Gebäude ein eigenes Ich besaßen. Und die Universität *war* alt.

Vorsichtig wich sie zur Seite und tastete über den kühlen Stein. Sie mußte ganz behutsam vorgehen, um die granitene Seele nicht zu erschrecken... Esk spürte ein leises, kaum hörbares Flüstern im Gemäuer, die Gegenwart eines schlichten, aber weiten Bewußtseins. Es pulsierte um sie herum, und ihre mentalen Augen sahen winzige Gedankenfunken im Fels.

Irgend etwas grölte hinter der Tür.

Die drei Schüler sahen verwirrt zu, als Eskarina die Stirn an die Wand preßte und sich nicht mehr von der Stelle rührte.

Geduldig baute sie eine mentale Brücke zur Egosphäre der Unsichtbaren Universität. Sie fühlte gewaltiges Gewicht, das sie mit sich selbst in Verbindung brachte, einen riesigen Leib, nahm teil an Erinnerungen, die bis zum Anbeginn der Zeit zurückreichten, in die Epoche der heißen, glutflüssigen und freien Steine. Zum erstenmal in ihrem Leben gewann sie einen Eindruck davon, was es bedeutete, Balkone zu haben.

Sanft durchstreifte sie den Geist des Gebäudes und wartete, bis sich die allgemeinen Konturen verschärften. Dann richtete sie den Blick auf *diesen* Korridor, den verschlossenen Zugang.

Ganz langsam hob sie einen Arm. Die magischen Studenten beobachteten, wie sie den Zeigefinger spreizte.

Die Türangeln knarrten.

Eskarina spürte einen kurzen Widerstand, bevor sich die Nägel aus den dicken Bohlen lösten und wie Geschosse an die Mauer weiter hinten prallten. Dunkles Holz knarrte: Die Pforte (oder das, was sich dahinter befand) widersetzte sich ihren Bemühungen.

Die Tür *blähte sich auf.*

Blaue Flammen leckten in den Korridor, züngelten und zischten, als vage *Dinge* durch das grelle Glitzern im Zimmer wogten. Das aktinische Licht funkelte und schimmerte. (Es war genau jene Art von Licht, auf die Steven Spielberg sofort ein Copyright angemeldet hätte.)

Eskarinas Haar wallte, und dadurch sah sie aus wie ein ambulanter Löwenzahn. Kleine Schlangen aus schillernder Magie krochen ihr über die Haut, als sie durch die Tür trat — und im Gleißen verschwand.

Die Schüler im Flur rissen entsetzt die Augen auf.

Das Glühen flackerte und verblaßte schlagartig.

Als die Studenten schließlich genug Mut aufbrachten, um einen Blick in die Kammer zu werfen, sahen sie nur den schlafenden Simon. Esk lag stumm auf den kalten Fliesen und atmete ganz flach. Eine dünne Schicht aus silbrigem Sand bedeckte den Boden.

Esk schwebte im Dunst der Welt und stellte mit einer Art neutralem Interesse fest, wie ihr Körper massiven Stein durchdrang.

Sie war nicht allein, vernahm ein dumpfes Schnattern und Grollen.

Zorn stieg wie Galle in ihr auf. Sie spähte in die Richtung, aus der die Geräusche kamen, verdrängte das verlokkende Wispern aus sich, das sie immer wieder darauf hinwies, wie angenehm es sei, sich einfach zu entspannen, die Gedanken treiben zu lassen und in ein warmes Bett aus Nichts zu sinken. *Konzentrier dich auf deine Wut*, erinnerte sie sich. Darauf kam es jetzt an: Sie mußte wütend bleiben, wenn sie sich nicht verlieren wollte.

Die Scheibenwelt blieb unter ihr zurück, und Eskarina blickte so auf sie hinab wie damals aus den Augen des Adlers. Aber diesmal sah sie nicht die Grate der Spitzhornberge, sondern das Runde Meer — es war tatsächlich rund; ein deutlicher Beweis für die auffällige Phantasielosigkeit des Schöpfers —, und jenseits davon erstreckten sich die Ausläufer des Kontinents. Sie beobachtete hohe Gebirgszüge, die bis zur Mitte reichten, winzige Inselgruppen, andere Landmassen, von denen sie noch nie etwas gehört hatte.

Als sich die Perspektive veränderte, kam der Rand in Sicht. Derzeit herrschte noch die Dunkelheit der Nacht. Die kleine Orbitalsonne befand sich unterhalb der Scheibenwelt, und ihr Licht fiel auf den langen Wasserfall, der mit unerschütterlicher Geduld über die Kante floß.

Sie tauchte auch Groß-A'Tuin in einen hellen Glanz. Esk hatte sich oft gefragt, ob die Himmelsschildkröte nur ein

Mythos sei. Warum sollte sie (oder er) vier Elefanten tragen, auf deren Schultern eine zehntausend Meilen durchmessende Scheibe ruhte? Aber es gab sie tatsächlich: Sternenstaub glänzte auf ihrem (oder seinem) von Meteoritenkratern übersäten Panzer.

Der Kopf glitt dicht an dem Mädchen vorbei, und Eskarina blickte in ein ozeangroßes Auge. Es hieß, wenn man weit genug in die Marschrichtung Groß-A'Tuins sehe, könne man das Ende des Universums erkennen. Nun, vielleicht beruhte dieser Eindruck nur auf der besonderen Mimik des ledrig anmutenden, großen Gesichts der Sternenschildkröte, aber Groß-A'Tuin wirkte irgendwie hoffnungsvoll, sogar optimistisch. Möglicherweise war das ›Ende des Universums‹ gar nicht so schlimm.

Wie in einem Traum streckte Esk die mentalen Hände aus und versuchte, das größte Bewußtsein im ganzen Kosmos zu borgen.

Sie überlegte es sich gerade noch rechtzeitig anders, kam sich wie ein Kind vor, das seinen neuen Rodelschlitten an einem sanft geneigten Hang ausprobieren möchte — und plötzlich feststellt, daß der Schnee bis in die Unendlichkeit reicht. Niemand konnte den Geist Groß-A'Tuins Borgen. Ebensogut hätte man versuchen können, ein Meer auszutrinken. Die Gedanken der Himmelsschildkröte bewegten sich mit der massiven Gemächlichkeit von Gletschern.

Jenseits der Scheibenwelt schimmerten die Sterne, und irgend etwas schien mit ihnen nicht in Ordnung zu sein. Sie wirbelten wie Schneeflocken dahin. Ab und zu kamen sie wieder zur Ruhe und wirkten so unbeweglich wie sonst, nur um kurze Zeit später einen neuerlichen Tanz zu beginnen.

Normale Sterne durften sich eigentlich nicht auf diese Weise verhalten, fand Esk. Was bedeutete, daß sie keine normalen Sterne sah. Und das wiederum ließ die Schlußfolgerung zu, daß sie sich an keinem normalen Ort befand. Ein leises Schnattern in der Nähe erinnerte sie daran, daß sie mit ziemlicher Sicherheit sterben konnte, wenn sie an der Realität ihrer Umgebung zweifelte und die Geräusche nicht mehr beachtete. Sie drehte sich um, horchte und spähte durch den stellaren Schneesturm.

Die Sterne sprangen und fielen, sprangen und fielen...

Während sie weiterschwebte, versuchte sich Eskarina alltägliche Dinge ins Gedächtnis zurückzurufen, denn sie fürchtete folgendes: Wenn sie darüber nachzudenken begann, wohin sie unterwegs war, hielt sie es vielleicht für besser, sofort umzukehren, und sie zweifelte daran, ob sie den Rückweg kannte. Sie erinnerte sich an die achtzehn Kräuter, mit denen man Ohrschmerzen behandelte, und dieses Unterfangen beschäftigte sie eine Weile, da sie immer wieder die vier letzten vergaß.

Ein Stern sauste an ihr vorbei, und irgend etwas riß ihn jäh zurück. Er durchmaß etwa sechs Meter.

Nach den Kräutern konzentrierte sich Esk auf die verschiedenen Leiden von Ziegen, was ziemlich viel Zeit in Anspruch nahm. Immerhin können sich Ziegen nicht nur die typischen Krankheiten von Kühen und Schafen holen, sondern haben sich in dieser Hinsicht auch einen eigenen Vorrat angelegt, der nichts zu befürchten übrigläßt. Als sie ihre mentale Liste mit Euterentzündungen, Ohrwelke und oktariner Milchdrüseninfektion abschloß, richtete sie ihre Aufmerksamkeit auf den komplexen Punkt-Strich-Code, mit dem die Bäume außerhalb von Blödes Kaff gekennzeichnet wurden, so daß jemand, der sich in einer stürmischen Nacht verirrte, ins Dorf zurückfand.

Sie war gerade bei Punkt Punkt Punkt Strich Punkt Strich angelangt (Randwärts-Mitte, eine Meile vom Ort entfernt), als sich das Universum um sie herum mit einem leisen *Plopp!* auflöste. Eskarina fiel, prallte auf knirschenden Untergrund und blieb liegen.

Der Boden bestand aus staubfeinem, trockenem und *kaltem* Sand. Esk vermutete, daß er selbst in einer Tiefe von mehreren Metern nicht feuchter oder wärmer war.

Eine Zeitlang rührte sie sich nicht von der Stelle und sammelte genug Mut, um den Kopf zu heben. Nicht allzuweit entfernt sah sie den Saum eines Mantels, den jemand — oder *etwas* - trug. Vielleicht handelte es sich auch um einen Flügel. Ja, es konnte *durchaus* ein Flügel sein, und zwar ein ziemlich schäbiger und ledriger.

Vorsichtig blickte Esk daran auf, bis sie in einer Höhe von mehreren dutzend Metern ein Gesicht fand, das sich vor dem sternenbesetzten Himmel abzeichnete. Das entsprechende Wesen gab sich offenbar alle Mühe, besonders entsetzlich und grauenhaft auszusehen, allerdings mit nur geringem Erfolg. Um einen ungefähren Eindruck vom äußeren Erscheinungsbild des Ungeheuers zu bekommen, stelle man sich ein seit zwei Monaten totes Huhn vor, das jemand mit den Stoßzähnen eines Warzenschweins, Insektenfühlern, Wolfsohren und der Elfenbeinspirale eines Einhorns ausgestattet hat. Es wirkte irgendwie *montiert*, so als habe es eine ungefähre Vorstellung von Anatomie und gleichzeitig eine Vorliebe für organische Modellbaukästen.

Das Geschöpf starrte herab, aber nicht auf Eskarina. Etwas hinter ihr weckte sein Interesse. Zögernd drehte sich das Mädchen um.

Simon saß mit überkreuzten Beinen im Sand, umgeben von *Dingen*. Hunderte von alptraumhaften Wesenheiten beobachteten ihn mit reptilienhafter Geduld, so reglos wie Statuen.

In seinen Händen bemerkte Esk ein kantiges kleines Objekt. Es erschimmerte in einem trüben bläulichen Glanz, und dieser Schein verwandelte das Gesicht des jungen Mannes in eine seltsame Fratze.

Andere Gegenstände lagen neben ihm und glühten. Sie zeichneten sich durch jene regelmäßigen Formen aus, die Oma Wetterwachs abfällig als Gehmetrie bezeichnete: Würfel, Oktaeder, Kegel, Pyramiden. Sie waren durchsichtig, und in ihrem Innern...

Esk schob sich näher heran. Niemand schenkte ihr Beachtung.

In einer kristallenen Kugel neben Simon sah sie einen blaugrünen Ball, auf dem sich ein wirres Muster aus winzigen weißen Flecken und dunkleren Streifen zeigte, die irgendwie an Kontinente erinnerten — was dem Mädchen natürlich absurd erschien: Schließlich versuchte niemand, der noch alle seine Sinne beisammen hatte, auf einem Ball zu leben. Vielleicht handelte es sich um ein Modell, überlegte Eskarina. Doch das Glühen wies sie darauf hin, daß die sonderbare Erscheinung überaus real und sehr groß war — und sich wahrscheinlich nicht nur auf das Innere der Kugel beschränkte.

Vorsichtig legte sie das kristallene Objekt in den Sand zurück und richtete die Aufmerksamkeit auf einen zehnseitigen Block, der eine weitaus annehmbarere Welt enthielt. Die Scheibenform erschien ihr sofort vertraut, aber anstelle des Wasserfalls am Rand bemerkte sie einen Vorhang aus Eis. Und in der Mitte erhob sich nicht etwa die gewaltige Felsnadel eines Cori Celesti-Äquivalents; statt dessen wuchs dort ein gewaltiger Baum, dessen Wurzelstränge hölzerne Gebirge formten.

Ein Prisma daneben enthielt eine andere, sich langsam drehende Scheibenwelt, über der Sterne leuchteten. Diesmal fiel Eskarinas Blick nicht auf einen filigranen Eisschleier an der Kante, sondern auf rotgoldenen Zwirn, der sich bei genauerem Hinsehen als eine Schlange herausstellte. Sie war so lang, daß sie die ganze Welt umschloß. Eine Zeitlang fragte sich das Mädchen verwundert, warum sie sich in den eigenen Schwanz biß...

Neugierig drehte Esk das Prisma hin und her. Die kleine Scheibe im Innern bemühte sich mit erstaunlicher Hartnäkkigkeit, in der Waagerechten zu bleiben.

Als Simon leise lachte, legte sie den funkelnden Kristall beiseite und blickte über die Schulter des jungen Mannes.

Er hielt eine kleine Glaspyramide in der Hand, in der Sterne glitzerten. Ab und zu schüttelte er das Objekt, und dann wirbelten die strahlenden Punkte wie Schneeflocken im Wind und rieselten träge zurück. Wieder kicherte Simon.

Unter dem wogenden Blitzen und Gleißen...

Eskarina erkannte eine weitere Scheibe. Eine (oder ein) Groß-A'Tuin, nicht größer als eine kleine Schüssel, ächzte unter einer Welt, die aussah wie das Werk eines übergeschnappten Juweliers.

Schütteln, wirbeln. Schütteln, wirbeln, kichern. Im Kristall hatten sich bereits erste haarfeine Risse gebildet.

Esk starrte in die leeren Augen Simons, beobachtete dann die gierigen, erwartungsvollen Grimassen der nächsten *Dinge.* Schließlich traf sie eine Entscheidung, riß dem jungen Mann die Pyramide aus der Hand, drehte sich um und lief los.

Die *Dinge* bewegten sich nicht, als Eskarina geduckt auf sie zustürmte, den gläsernen Gegenstand an die Brust gepreßt. Doch von einem Augenblick zum anderen berührten ihre Füße keinen Sand mehr: Irgend etwas hob sie hoch, und eine Wesenheit, die wie ein ertrunkenes Kaninchen aussah, wandte sich ihr zu, streckte eine Klauenhand aus.

Du bist gar nicht wirklich hier, sagte sich Eskarina. *Es ist einer von den Träumen, die Oma Wetterwachs als Annaloggie bezeichnet. Eigentlich droht dir hier überhaupt keine Gefahr. Wenn du dich verletzt, so geschieht das nur in deiner Einbildung. Mach dir keine Sorgen, Esk, du bist völlig sicher. Es handelt sich um eine Vision, um ein Vorstellungsbild vor deinem inneren Auge.*

Hoffentlich weiß das auch der Traum...

Die Klauenhand schloß sich um ihren Leib, und in dem verzerrten Kaninchengesicht entstand eine Öffnung. Es schälte sich wie eine Banane, doch es kam nicht etwa ein weitaufgerissenes Maul zum Vorschein, sondern nur ein dunkles Loch. Es sah aus wie ein Tor, das in die eigentliche Schreckenswelt führte, in die Dimension des Grauens an sich. Im Vergleich dazu mochten eiskalter Sand und mondloser Mondschein so vergnüglich sein wie ein heiterer Sommertag am Meer.

Esk hielt die Pyramide weiterhin fest und schlug mit der freien Hand nach den Krallen des Ungetüms. Die erhoffte

Wirkung blieb aus. Finsternis gähnte über ihr, ein Portal, hinter dem sich ein Kosmos völligen Vergessens erstreckte.

Das Mädchen trat so fest wie möglich zu.

Was angesichts der Umstände nicht besonders fest war. Doch dort, wo Esks Fuß den Körper des Ungeheuers berührte, stoben weiße Funken, und sie vernahm ein dumpfes Knacken — ein Geräusch, das sie sicher mit grimmiger Zufriedenheit erfüllt hätte, wäre es nicht sofort vom kalten Wind fortgetragen worden.

Das *Ding* kreischte wie eine Kettensäge, deren stählerne Zähne auf einen im Holz verborgenen Nagel stießen. Die anderen Wesenheiten stimmten ein mitfühlendes Summen an.

Esk trat erneut, woraufhin das *Ding* kreischte und sie fallen ließ. Sie war klug genug, sich abzurollen, denn auch im Traum kann ein verstauchter Knöchel sehr schmerzhaft sein. Die kleine Glaspyramide hielt sie weiterhin an sich gedrückt.

Das Ungeheuer starrte unsicher auf sie herab. Esk kniff die Augen zusammen, legte den Kristall vorsichtig beiseite, hob wieder das Bein und zielte auf eine Stelle, an der sie das Knie des *Dings* vermutete — vorausgesetzt natürlich, der entsetzliche Leib vor ihr wies überhaupt derartige Gelenke auf. Nach dem neuerlichen Tritt nahm sie die Pyramide sofort wieder an sich.

Das Unheilsgeschöpf heulte und sank wie ein Ballon, aus dem die Luft entwich, in sich zusammen. Es stürzte, und als es auf den Boden prallte, fielen die einzelnen Gliedmaßen auseinander. Der Kopf rollte davon und blieb einige Dutzend Meter entfernt im grauen Sand liegen.

Das ist alles? dachte Eskarina. *Sie können ja kaum laufen! Und wenn man sie tritt, fallen sie einfach um?*

Als Esk mit entschlossenen Schritten näher kam, schnatterten die anderen *Dinge* und versuchten, vor ihr zurückzuweichen. Doch da ihre Körper von kaum mehr als Wunschdenken zusammengehalten wurden, waren sie nicht schnell genug. Das Mädchen trat nach einem, dessen

Gesicht einer kleinen Tintenfischfamilie ähnelte, und daraufhin verwandelte es sich in einen Haufen aus rasselnden Knochen, zuckendem Pelz und zitternden Tentakeln – eine Masse, die den Eindruck erweckte, als stelle ein wahnsinniger Koch ein neues Tagesmenü zusammen, wobei er die Reste von der vergangenen Woche und als Gewürz den Inhalt einer Mülltonne verwendete. Ein anderes Wesen blieb nur kurze Zeit verschont. Es kroch, stakte und floß davon, doch die gnadenlose Eskarina schloß rasch auf. Ihre Fußspitze traf eins von insgesamt fünf Schienbeinen.

Das *Etwas* ruderte wild mit armartigen Gebilden und riß zwei andere Kreaturen zu Boden, als es fiel.

Die übrigen Wesen hatten inzwischen hastig den Rückzug angetreten und warteten in sicherer Entfernung.

Esk schritt auf das nächste zu. Es versuchte zu fliehen, verlor das Gleichgewicht und stürzte.

Die *Dinge* mochten häßlich und böse sein. Aber wenn sie sich bewegten, offenbarten sie die gleiche anmutige Eleganz wie ein Hecht an Land.

Esk bedachte sie mit einem durchdringenden Blick und betrachtete dann die Scheibenwelt in der Pyramide. Die allgemeine Aufregung schien ihre erhabene Ruhe in keinster Weise zu stören.

Es war dem Mädchen gelungen, nach *draußen* zu gelangen – wenn die graue Wüste tatsächlich das *Draußen* darstellt und die Scheibenwelt das *Drinnen* verkörpert. Aber wie sollte es zurückkehren?

Jemand stimmte ein seltsames Lachen an. Es klang wie...

Nun, im Grunde gibt es nur eine Bezeichnung dafür: P'ch'zarni'chiwkov. Dieses Wort kann leicht zu Kehldekkelentzündungen führen und wird deshalb auf der Scheibenwelt nur selten ausgesprochen. Normalerweise machen nur hochbezahlte linguistische Künstler Gebrauch davon – und natürlich die K'turni, die diese Bezeichnung erfunden haben. Es fehlt ein geeignetes Synonym, obgleich der Cumhoolie-Ausdruck ›schkfernt‹ (›genau jene Art von Gefühl, die sich in einem regt, wenn man feststellen muß, daß der vorherige Benutzer des Aborts kein Papier übriggelassen hat‹) einen ungefähren Eindruck von der Tiefe der Gefühle vermittelt. Die sinngemäße Übersetzung lautet folgendermaßen:

das abscheuliche Geräusch eines Schwerts, das genau in dem Augenblick hinter einem aus der Scheide gezogen wird, wenn man glaubt, den letzten Gegner erledigt zu haben.

Allerdings behaupten einige K'turni, dies lasse mehrere wichtige Bedeutungsaspekte unberücksichtigt, zum Beispiel den Ausbruch von kaltem Schweiß, vorübergehenden Herzstillstand und eisiges Schaudern.

Um ein solches Lachen handelte es sich.

Esk drehte sich langsam um. Simon schwebte mit geschlossenen Augen über den Sand, die Hände fordernd ausgestreckt.

»Hast du wirklich geglaubt, es sei so einfach?« fragte er beziehungsweise etwas: Es klang nicht nach Simons Stimme. Eher hörte es sich an, als sprächen mehrere Personen gleichzeitig.

»Simon?« brachte Eskarina unsicher hervor.

»Wir brauchen ihn nicht mehr«, sagte das *Ding* in der Gestalt des jungen Mannes. »Er hat uns den Weg gewiesen, Kindchen. Gebt uns jetzt, was uns gehört!«

Das Mädchen wich zurück.

»Ich glaube, die Pyramide gehört euch gar nicht«, erwiderte Esk. »Wer auch immer ihr seid.«

Das Gesicht vor ihr schlug die Augen auf. Eskarina sah keine Pupillen, nur Schwärze: zwei winzige Tore ins Nichts.

»Wir könnten versprechen, dich zu verschonen, wenn du uns den Kristall gibst. Wir könnten behaupten, dich in deiner eigenen Gestalt zurückkehren zu lassen. Aber vermutlich hätte das nicht viel Sinn, oder?«

»Ich würde euch nicht glauben«, sagte Esk.

»Das dachten wir uns schon.«

»Dann wäre dieser Punkt wohl erledigt.«

Das Simon-Etwas lächelte.

»Du schiebst das Unausweichliche nur hinaus«, grollte es.

»Ist mir recht.«

»Und wenn wir uns die Pyramide einfach nehmen?«

»Versucht es doch! Ich bin sicher, dazu seid ihr gar nicht in der Lage. Ihr könnt sie nur dann bekommen, wenn ich sie euch freiwillig gebe, stimmt's?«

Die Wesenheiten wechselten stumme Blicke.

»Du *wirst* sie uns geben«, sagte das Simon-Ungeheuer.

Einige der anderen *Dinge* wagten sich näher. Mit gräßlich ruckartigen Bewegungen stakten sie heran.

»Irgendwann fallen dir vor Müdigkeit die Augen zu«, fügte das Knurren aus Simons Mund hinzu. »Wir können warten. Wir sind sehr geduldig.«

Der junge Mann — beziehungsweise das, was sich in seinem Körper verbarg — wandte sich plötzlich nach links, aber Esk ließ sich nicht überraschen. Ihr Blick folgte ihm.

»Ihr braucht gar nicht zu versuchen, mich einzuschüchtern«, entgegnete sie. »Ich träume dies alles nur. Und in Träumen kann man sich nicht verletzen.«

Das *Ding* zögerte und musterte sie blicklos.

»In deiner Welt gibt es ein bestimmtes Wort. Wie heißt es doch noch? Ah, ja: ›psychosomatisch‹. Sagt dir dieser Begriff etwas?«

»Ich höre ihn zum erstenmal.«

»Anders ausgedrückt: Du *kannst* im Traum verletzt werden. Und was noch viel interessanter ist: Wenn du in deiner Vision stirbst, bleibst du hier. Das wäre schööööön.«

Esk sah zu den fernen Bergen hinüber, die sich wie halb geschmolzene Schlammbuckel am frostigen Horizont duckten. Nirgends wuchsen Bäume, und es ragte auch kein einziger Felsen in die Höhe. Nur Sand und kalte Sterne...

Sie hörte die Bewegung nicht, sondern fühlte sie eher —

und reagierte sofort, hielt die Pyramide wie einen Knüppel in beiden Händen und drehte sich um. Der Kristall traf das Simon-Etwas mitten im Sprung, und Eskarina hörte ein leises Knirschen, gefolgt von einem dumpfen Stöhnen. Das *Ding* in menschlicher Gestalt fiel zu Boden – und sprang mit erschreckender Mühelosigkeit auf. Doch es griff nicht an: Es bemerkte das schmerzerfüllte Aufblitzen in Eskarinas Augen und verharrte.

»Oh, das hat dir nicht gefallen, wie? Du magst es nicht, jemanden leiden zu sehen, oder? Dir liegt etwas an diesem Menschen, stimmt's?«

Es wandte sich um und winkte. Zwei andere *Dinge* wankten herbei und griffen nach Simons Armen.

Eine seltsame Veränderung erfaßte die Augen. Die Dunkelheit verflüchtigte sich und wich einem entsetzten Glanz. Simons Ich blickte aus den Pupillen, starrte zu den beiden Wesenheiten auf, die rechts und links von ihm standen. Der junge Mann versuchte sich aus den Klauenhänden zu befreien, aber einige Tentakel tasteten zu ihm herab und wickelten sich ihm um den Leib, wodurch er wie ein in Bedrängnis geratener Schlangenbeschwörer aussah.

Dann fiel sein Blick auf Eskarina und die kleine Glaspyramide.

»Lauf weg!« zischte er. »Bring den Kristall fort! Sie dürfen ihn nicht bekommen!« Er schnitt eine Grimasse, als die Klaue am rechten Arm fester zudrückte.

»Versuchst du, mich reinzulegen?« fragte Esk. »Wer bist du wirklich?«

»Erkennst du mich nicht?« stieß Simon hervor. »Und überhaupt: Was suchst du in meinem Traum?«

»Wenn dies tatsächlich ein Traum ist, möchte ich jetzt bitte aufwachen«, sagte das Mädchen.

»Hör mir gut zu: Du mußt fliehen, solange du noch Gelegenheit dazu hast. Steh hier nicht einfach so mit offenem Mund herum.«

GIB UNS DEN KRISTALL! sprach eine kalte Stimme dicht hinter Eskarinas Stirn.

Sie sah auf das gläserne Objekt hinab, beobachtete die kleine Scheibenwelt, die sich in aller Gelassenheit drehte, hob schließlich den Kopf und starrte Simon an. Ihre Lippen formten ein weites O der Verwirrung.

»Was hat es überhaupt mit diesem Gegenstand auf sich?«

»Sieh ihn dir genau an!«

Esk spähte ins Glas, und als sie die Augen zusammenkniff, stellte sie fest, daß die kleine Scheibe körnig wirkte, so als bestehe sie aus Millionen winziger Flecken. Und die Flecken wiederum...

»Es sind Zahlen!« entfuhr es ihr überrascht. »Die ganze Welt setzt sich aus Zahlen zusammen...«

»Es handelt sich nicht um eine Welt an sich, sondern ein entsprechendes Konzept«, hielt ihr Simon entgegen. »Ich habe es für *sie* geschaffen. Ihnen ist der Weg zu uns versperrt, aber... Weißt du, Ideen können hier feste Form annehmen und *real* werden!«

GIB UNS DEN KRISTALL!

»Aber Ideen schaden doch niemandem!«

»Ich habe die Wirklichkeit in Zahlen umgesetzt, um *sie* zu verstehen, aber sie streben die Herrschaft an«, erwiderte Simon bitter. »Sie gruben sich in mein numerisches Werk und...«

Er schrie.

WENN DU UNS DEN KRISTALL WEITERHIN VORENTHÄLTST, ZERREISSEN WIR DIESEN MENSCHEN.

Esk musterte die nächste Alptraumfratze.

»Woher soll ich wissen, ob ich euch vertrauen kann?« fragte sie.

DU KANNST UNS NICHT VERTRAUEN. ABER ES BLEIBT DIR KEINE WAHL.

Esk ließ den Blick über die Unheilsgesichter schweifen, vor denen sogar ein Nekromant Abscheu empfunden hätte, Gesichter, die aus dem Abfallhaufen eines Fischhändlers zu stammen schienen, die sich nicht einmal ein vollkommen ausgerasteter Surrealist in solcher Gräßlichkeit vorzustellen vermochte. Die Wesenheiten waren nicht menschlich genug, um zu höhnen oder zu spotten, wirkten aber mindestens so bedrohlich wie eine Haiflosse, die sich einem Schwimmer nähert.

Eskarina konnte ihnen nicht vertrauen. Aber es blieb ihr keine Wahl.

An einem anderen Ort, nur eine Schattenbreite von der kalten Wüste entfernt, geschah ebenfalls etwas.

Die magischen Schüler eilten in den Großen Saal zurück, wo Knallwinkel und Oma Wetterwachs noch immer ihre thaumaturgischen Muskeln spielen ließen. Die Fliesen unter Granny schmolzen langsam, und der Tisch hinter dem Erzkanzler schlug Wurzeln und begann zu blühen.

Einer der Studenten gewann alle Scheibenweltpreise für herausragenden Mut und tollkühne Tapferkeit, indem er vorsichtig an Knallwinkels Mantel zupfte ...

Daraufhin fand das Duell zwischen Hexerei und Zauberei ein jähes Ende. Ohne viel Aufhebens begab man sich in Simons Kammer, in der nun gleich zwei reglose Körper ruhten.

Knallwinkel beauftragte einen Novizen, Ärzte des Körpers und des Geistes zu verständigen, und als sich die medizinisch-psychischen Experten an die Arbeit machten, knisterte pure Magie im Zimmer.

Granny klopfte dem Erzkanzler auf die Schulter.

»Auf ein Wort, junger Mann!« sagte sie.

»Ach, ich glaube, so jung bin ich nicht mehr«, seufzte Knallwinkel. Er fühlte sich leer und ausgelaugt. Die Studenten traten häufig zu magischen Zweikämpfen an, aber sein letztes Duell lag schon einige Jahrzehnte zurück. Er hatte den unangenehmen Eindruck, daß es Granny schließlich gelungen wäre, den Sieg zu erringen. Der Kampf gegen sie ähnelte dem Bemühen, eine Fliege zu zerquetschen, die auf der eigenen Nasenspitze hockt. Er wußte jetzt, daß es ein Fehler gewesen war, seine Kräfte mit ihr zu messen.

Oma Wetterwachs führte ihn aus dem Zimmer und durch den Flur. Als sie ein Fenster mit einer Sitzbank fand, nahm sie Platz und lehnte den Besen an die Wand. Regen trommelte aufs Dach, und einige zuckende Blitze wiesen darauf hin, daß sich ein Gewitter der Stadt näherte. Es schien sich verirrt zu haben: Unwetter von diesem Ausmaß tobten sich für gewöhnlich in den Tälern der Spitzhornberge aus.

»Deine Zauberei ist wirklich beeindruckend«, sagte Granny. »Ein- oder zweimal hättest du fast gewonnen.«

»Ach?« erwiderte Knallwinkel. Seine Miene erhellte sich. »Im Ernst?«

Die alte Hexe nickte.

Der Erzkanzler kramte in den verschiedenen Taschen seines Mantels, bis er einen schmierigen Tabaksbeutel und einige Papierstreifen fand. Mit zitternden Händen zupfte er an dem teerigen Tabak, rollte sich eine dünne Zigarette und führte sie am Mund entlang. Es blieben nur wenige Feuchtigkeitsflecken zurück. Als er sie anstecken wollte, erinnerte er sich vage an Dinge wie Takt und Höflichkeit.

»Äh«, sagte er, »hast du was dagegen, wenn ich rauche?«

Oma Wetterwachs zuckte mit den Schultern. Knallwinkel entzündete ein Streichholz an der Wand und versuchte, Flamme und Zigarettenspitze in ungefähr die gleiche Position zu bringen. Granny seufzte und half ihm.

Knallwinkel nahm einen tiefen Lungenzug, erlitt den rituellen Hustenanfall und lehnte sich zurück. Im dunklen Korridor schien der Tabak besonders hell zu glühen.

»Simon und Esk haben eine geistige Wanderung begonnen«, sagte Granny schließlich.

»Ich weiß.« Knallwinkel nickte.

»Ihr Zauberer könnt sie nicht zurückholen.«

»Das ist mir ebenfalls klar.«

»Aber vielleicht kehrt *etwas* zurück.«

»Ach, hättest du das nur nicht gesagt!«

Stille folgte, und das ungleiche Paar überlegte, *was* das

mentale Vakuum in zwei leeren Köpfen ausfüllen und die Gestalt von Simon und Eskarina annehmen mochte.

»Wahrscheinlich ist es meine Schuld«, sagten Granny und Knallwinkel gleichzeitig – und unterbrachen sich in synchronem Erstaunen.

»Du zuerst, Verehrteste«, schlug der Erzkanzler vor.

»Diese Zigaretten«, meinte Oma Wetterwachs. »Beruhigen sie die Nerven?«

Knallwinkel öffnete den Mund und wollte betont freundlich darauf hinweisen, Tabakgenuß sei ein ausschließlich für Zauberer reserviertes Laster. Dann aber überlegte er es sich anders und reichte Granny den Beutel.

Sie erzählte ihm von Esks Geburt, dem Eintreffen des alten Zauberers Drum Billet, dem Stab, den ersten magischen Erfahrungen des Mädchens. Als sie ihren Bericht beendete, hatte sie kaum mehr als einen streichholzdicken Zylinder gedreht, der mit einer kleinen blauen Flamme brannte. Schon nach kurzer Zeit begannen ihr die Augen zu tränen.

»Ich glaube, zerrüttete Nerven sind immer noch besser, als an diesem Zeug zu ersticken«, keuchte sie.

Knallwinkel achtete nicht darauf.

»Das finde ich bemerkenswert«, brummte er. »Du sagst, das Kind litt in keinster Weise?«

»Jedenfalls ist mir nichts dergleichen aufgefallen«, erwiderte Oma Wetterwachs. »Der Zauberstab... Nun, er schien auf Esks Seite zu sein, wenn du verstehst, was ich meine.«

»Und wo befindet er sich jetzt?«

»Sie hat ihn in den Fluß geworfen ...«

Zauberer und Hexe sahen sich an, und ein flackernder Blitz erhellte ihre Gesichter.

Knallwinkel schüttelte den Kopf. »Der Fluß steigt über die Ufer«, sagte er. »Die Chancen stehen eine Million zu eins.«

Granny lächelte dünn. Es war jene Art von Lächeln, das Wölfe in die Flucht jagte. Entschlossen griff sie nach ihrem Besen.

»Chancen, die eine Million zu eins stehen«, entgegnete sie schlicht, »sind völlig normal.«

Es gibt Unwetter, die man als theatralisch bezeichnen muß und nur aus Lampenblitzen und metallisch schepperndem Donner bestehen, ganz im Gegensatz zu ihren tropischen Verwandten, die sich durch ein ausgeprägtes Temperament auszeichnen und eine Vorliebe für heiße Böen und Feuerkugeln haben. Das Unwetter aber, das sich nun Ankh-Morpork näherte, hatte über dem Runden Meer klimatische Wut gesammelt und den Ehrgeiz entwickelt, den Boden mit möglichst viel Regen einzuweichen. Ein solches Gewitter legte die Vermutung nahe, der Himmel habe ein harntreibendes Mittel geschluckt. Blitz und Donner hielten sich im Hintergrund und schufen eine angemessene Kulisse für den Star auf der Bühne: den Regen. Ausgelassen tanzte er übers Land, in der festen Absicht, alle Theaterkritiker zu ersäufen.

Das Gelände der Unsichtbaren Universität reichte bis zum Fluß. Tagsüber bildeten Kieswege und Hecken ordentliche Muster, doch in einer stürmischen und feuchten Nacht schienen Sträucher und Büsche rückwärts zu wachsen; die Pfade verschwanden und machten sich auf die Suche nach einem trockenen Plätzchen.

Trübes Hexenlicht filterte matt durch das tropfnasse Blättergeflecht, aber der Regen brauchte keine Wegweiser: Er fand auch so zum Boden.

»Was hältst du davon, eine Zauberformel einzusetzen und magische Flammen oder so etwas zu beschwören?«

»Ich bin so erschöpft, daß ich nicht mal einen Käfer in eine Fliege verwandeln könnte.«

»Bist du ganz sicher, daß Esk hier entlanggegangen ist?«

»Irgendwo dort vorn befindet sich eine Anlegestelle. Hoffe ich jedenfalls.«

Es raschelte in der Finsternis — ein massiger Körper, der sich durch dichtes Buschwerk zwängte —, und kurz darauf folgte ein anhaltendes Platschen.

»Ich habe gerade den Fluß gefunden.«

Oma Wetterwachs starrte durch die strömende Dunkelheit. Sie hörte ein dumpfes Brausen, und weiter vorn glaubte sie weißen Schaum auf hohen Wellenbergen zu erkennen. Darüber hinaus nahm sie den typischen Geruch des Ankh wahr: Er deutete darauf hin, daß ihn mehrere Armeen zunächst als Toilette und dann als Massengrab für ihre erschlagenen Feinde benutzt hatten.

Knallwinkel watete niedergeschlagen auf sie zu.

»Das ist doch Wahnsinn«, sagte er und fügte hastig hinzu. »Womit ich dich keinesfalls beleidigen will, hochgeehrte Hexe. Die Flut hat den Zauberstab sicher schon ins offene Meer hinausgetragen. Außerdem erfriere ich langsam.«

»Mit dem Wetter muß man sich ganz einfach abfinden. Und da wir gerade dabei sind: Du paßt dich dem Regen nicht richtig an.«

»Bitte?«

»Du gehst zusammengekrümmt und versuchst, der Nässe zu trotzen. Du solltest... nun, den Tropfen ausweichen.« Und tatsächlich: Grannys schwarze Kleidung schien weitgehend trocken zu sein.

»Ich werde deinen guten Rat beherzigen. Wie dem auch sei, erlauchte Frau Wetterwachs: Ich schlage vor, wir setzen uns an ein herrlich warmes Kaminfeuer und trinken das eine oder andere Glas Glühwein.«

Granny seufzte. »Ach, ich weiß nicht. Aus irgendeinem Grund habe ich angenommen, es sei ganz leicht, den Zauberstab zu finden. Normalerweise gibt er gut auf sich acht. Aber jetzt... Nun, das ganze Wasser... Und wenn er nicht schwimmen kann...«

Knallwinkel klopfte ihr sanft auf die Schulter.

»Es hat keinen Zweck, die Suche fortzusetzen«, begann er. »Unter den gegebenen Umständen...« Ein Blitz flackerte, und Donner hallte durch die Nacht.

»Ich sagte gerade: Unter den gegebenen Umständen...«

»Was habe ich da eben gesehen?« fragte Granny.

»Wie?« Knallwinkel musterte sie verwirrt.

»Ich brauche Licht!«

Der Zauberer seufzte naß und streckte die Hand aus. Goldenes Feuer löste sich von seinen klammen Fingern, zischte übers brodelnde Wasser und verblaßte in der Ferne.

»Dort!« sagte Oma Wetterwachs triumphierend.

»Nur eins von den Booten«, brummte Knallwinkel. »Im Sommer paddeln unsere jungen Schüler damit auf dem Ankh herum ...«

Granny hörte ihm überhaupt nicht zu, und der Erzkanzler stapfte ihr rasch nach, um nicht den Anschluß zu verlieren.

»Du hast doch nicht etwa die Absicht, bei diesem Wetter in See zu stechen, ich meine: in den Fluß, besser gesagt ...« Der Erzkanzler fuchtelte unsicher mit den Armen. »Das wäre vollkommen irrsinnig.«

Granny rutschte über das schlüpfrige Holz der fast schon überfluteten Anlegestelle.

»Du weißt doch gar nicht, wie man mit Booten umgeht!« protestierte Knallwinkel.

»Dann muß ich es eben schnell lernen«, erwiderte die alte Hexe gelassen.

»Seit meiner Kindheit habe ich nicht mehr in einem solchen Ding gesessen.«

»Ich verlange überhaupt nicht von dir, mich zu begleiten. Bestimmt komme ich auch allein zurecht. Das spitze Ende ist vorn?«

Knallwinkel stöhnte.

»Deine Bemühungen sind sehr anerkennenswert«, sagte er. »Aber wär's nicht besser, du wartest bis morgen früh?«

Ein neuerlicher Blitz offenbarte den Gesichtsausdruck der Hexe.

»Ich verstehe«, seufzte der Erzkanzler. »Na gut.« Er wankte über die Mole und zog das kleine Ruderboot heran. Das Einsteigen war reine Glückssache, aber schließlich schaffte er es, auf einer der schmalen Sitzbänke Platz zu nehmen. Es dauerte eine Weile, bis es ihm gelang, die Leine zu lösen.

Die Strömung erfaßte das Boot. Es entfernte sich vom Ufer und drehte sich langsam um die eigene Achse.

Granny klammerte sich fest, als das winzige Gefährt auf den Wellen hin und her schaukelte. Durch den prasselnden Regen warf sie Knallwinkel einen erwartungsvollen Blick zu.

»Nun?« fragte sie.

»Was nun?« erwiderte der Zauberer.

»Du hast doch behauptet, du kennst dich mit Booten aus.«

»Nein. Ich habe nur gesagt, *du* hättest keine Ahnung davon.«

»Oh.«

Sie schwiegen eine Zeitlang, während sich das glitschige Holz unter ihnen zur Seite neigte, wie durch ein Wunder wieder aufrichtete und flußabwärts glitt.

»Wenn ich mich recht entsinne, hast du erwähnt, daß du seit deiner Kindheit...«, setzte Granny an.

»Ich glaube, bei meiner letzten Bootsfahrt war ich zwei Jahre alt«, stöhnte Knallwinkel.

Ein Strudel schleuderte sie hin und her, zuckte mit der schäumenden Schulter und gab die Nußschale verächtlich frei.

»Und ich habe mir dich als einen Jungen vorgestellt, der dauernd auf dem Ankh herumgondelte«, sagte Oma Wetterwachs. Es klang ein wenig vorwurfsvoll.

»Ich bin in den Bergen aufgewachsen«, erwiderte Knallwinkel. »Und wenn du's genau wissen willst: Allein der Anblick von feuchtem Gras genügt, um mich seekrank zu machen.«

Das Boot stieß an einen dahintreibenden Baumstumpf, und eine kleine Welle schwappte über den Bug.

»Ich kenne einen Zauberspruch, der vor Ertrinken schützt«, fügte der Erzkanzler kummervoll hinzu.

»Freut mich.«

»Allerdings muß man auf trockenem Boden stehen, wenn man ihn intoniert.«

»Zieh die Stiefel aus!« befahl Granny.

»Bitte?«

»Du sollst die Stiefel ausziehen, Mann!«

Knallwinkel zwinkerte beunruhigt.

»Was hast du vor?« erkundigte er sich.

»Ich weiß nicht viel von Schiffahrt und solchen Sachen, aber eins ist mir klar: Für gewöhnlich befindet sich das Wasser *außerhalb* des Bootes!« Die Hexe deutete auf dunkle Fluten, die an den Bilgen vorbeispülten. »Füll deine Stiefel damit und schütt den Inhalt über Bord!«

Knallwinkel nickte. Er hatte es längst aufgegeben, sich zu fragen, was eigentlich mit ihm geschah. Ganz offensichtlich waren ihm die Ereignisse der vergangenen Stunden irgendwie über den Kopf gewachsen, und einige Sekunden lang gab er sich einem sonderbar tröstlichen Gefühl hin: Sein Leben war vollständig aus dem Gleichgewicht geraten, und ganz gleich, was jetzt auch passierte — niemand konnte ihm deswegen Vorwürfe machen. Daß er seine Stiefel mit Wasser füllte, während er mitten in der Nacht auf einem weit über die Ufer getretenen Fluß trieb, noch dazu in Begleitung einer Person, auf die die Beschreibung *Frau* beängstigend genau zutraf — das alles erschien ihm durch und durch absurd. Er zog es vor, nicht darüber nachzudenken.

Hinzu kommt, daß es sich um eine recht stattliche Frau handelt, flüsterte eine Stimme in seinem Hinterkopf. Die Art und Weise, wie sie ihren Besen benutzte, um das Boot durchs tosende Wasser zu lenken, stimulierte längst vergessene Teile seines Unterbewußtseins.

Natürlich konnte er in bezug auf die *Stattlichkeit* nicht ganz sicher sein. Immerhin war es ziemlich dunkel, und außerdem neigte Oma Wetterwachs dazu, ihre ganze Garderobe am Leib zu tragen. Knallwinkel räusperte sich unsicher. In metaphorischer Hinsicht eine stattliche Frau, entschied er.

»Äh, nun«, sagte er, »deine Absichten sind ausgesprochen ehrenhaft, aber was ist mit den Fakten, der Strömungsgeschwindigkeit und so weiter, verstehst du? Ich glaube, ich erwähnte bereits, daß der Zauberstab inzwischen im Ozean sein könnte. Vielleicht ist er für immer verloren. Vielleicht reißt ihn der Wasserfall am Rand sogar über die Kante der Scheibenwelt.«

Granny hatte über den Fluß gestarrt und drehte sich nun um.

»Fällt dir überhaupt nichts ein, was uns irgendwie weiterhelfen könnte?« fragte sie streng.

Knallwinkel dachte kurz nach.

»Nein«, sagte er.

»Hast du jemals gehört, daß einem Menschen die Rückkehr aus *jener* Welt gelungen ist?«

»Nein.«

»Dann dürfte es zumindest einen Versuch wert sein, oder?«

»Ich hasse das Meer«, brummte Knallwinkel. »Irgend jemand sollte es pflastern. In den dunklen Tiefen verbergen sich entsetzliche Wesen. Gräßliche Seeungeheuer, so sagt man.«

»Ich schlage vor, du schöpfst weiter Wasser. Sonst wirst du bald feststellen, ob *man* recht hat.«

Das Unwetter zog hin und her. Über der Ebene des Mündungsdeltas verlor es die Orientierung: Es gehörte in die hohen Spitzhornberge, deren Bewohner ein anständiges Gewitter zu schätzen wußten. Es grollte unwillig und hielt nach einem geeigneten Hügel Ausschau, auf den es Blitze hinabschleudern konnte.

Der Regen ließ ein wenig nach und wurde zu einem Nieseln, das sich durch extreme Sturheit auszeichnete und tagelang andauern mochte. Nebelschwaden zogen heran, um ihm Gesellschaft zu leisten.

»Wenn wir Paddel hätten, könnten wir rudern«, sagte Knallwinkel. »Vorausgesetzt natürlich, wir steuerten ein bestimmtes Ziel an.« Granny gab keine Antwort.

Der Zauberer füllte seine Stiefel erneut und kippte den Inhalt über Bord. Betrübt starrte er auf die prächtigen Goldtressen seines Mantels: Vermutlich waren sie jetzt für immer ruiniert. Knallwinkel erhoffte sich eine Gelegenheit, ihnen später nachzutrauern.

»Du weißt nicht zufällig, in welcher Richtung wir unterwegs sind, wie?« fragte Knallwinkel vorsichtig. »Würde mich wirklich interessieren.«

»Das läßt sich ganz leicht feststellen«, entgegnete Oma Wetterwachs und blickte weiterhin übers Wasser. »Wenn wir den nächsten Baum finden, suchen wir an seinem Stamm nach Moos. Die entsprechenden Stellen zeigen mittwärts.«

»Aha«, erwiderte Knallwinkel und nickte.

Mürrisch starrte er auf die ölig glänzenden Wellen und überlegte, zu welchem Teil des Flusses oder Ozeans sie gehörten. Nach dem salzigen Geruch zu urteilen, befanden sie sich bereits in der Bucht.

Sein Unbehagen dem Meer gegenüber basierte hauptsächlich auf der Erkenntnis, daß ihn nur Wasser von den schrecklichen Geschöpfen in den lichtlosen Tiefen trennte. Andererseits wußte er natürlich, daß ihn nur eine gewisse Entfernung davor bewahrte, von den menschenfressenden Tigern im Klatch-Dschungel verschlungen zu werden, doch mit dieser Einsicht konnte er derzeit nicht viel anfangen. Tiger hatten keine Flossen, und für gewöhnlich neigten sie nicht dazu, irgendwelche Boote anzugreifen. Knallwinkel stellte sich gewaltige Schuppenleiber und weit aufgerissene Rachen mit Myriaden nadelspitzer Zähne vor, die sich in Holz bohrten, es wie dünne Pappe zerrissen...

Er schauderte hingebungsvoll.

»Spürst du es nicht?« fragte Oma Wetterwachs. »Die Luft ist voll davon. Magie! Sie fließt aus irgend etwas heraus.«

»Eigentlich ist sie gar nicht wasserlöslich«, antwortete der Erzkanzler. Er schnüffelte einige Male und nickte langsam. Der Nebel roch tatsächlich nach Zinn, und die Luft wirkte irgendwie schmierig.

»Du bist Zauberer«, stellte Granny streng fest. »Kannst du den Stab nicht beschwören oder herbeirufen?«

»So etwas ist noch nie notwendig gewesen«, erwiderte Knallwinkel. »Normalerweise wirft man einen Zauberstab nicht einfach weg.«

»Er befindet sich irgendwo in der Nähe«, behauptete die Hexe. »Hilf mir, nach ihm zu suchen, Mann!«

Knallwinkel stöhnte. Es lagen einige sehr anstrengende Stunden hinter ihm, und bevor er wieder Magie einsetzte, brauchte er: mindestens zwölf Stunden Schlaf, mehrere ordentliche Mahlzeiten und einen ruhigen Nachmittag vor einem prasselnden Kaminfeuer. Das Problem bestand darin, daß er allmählich alt wurde. Er seufzte schicksalsergeben, schloß die Augen und konzentrierte sich.

Er fühlte tatsächlich die Präsenz von thaumaturgischer Energie. Nun, es gibt einige Orte, die als natürliche Akkumulatoren von Magie fungieren. Die Kraft der Zauberei sammelt sich vorzugsweise an Lagerstätten des überirdischen Metalls Oktiron, im Holz gewisser Bäume und in abgelegenen Seen. Sie sickert durch die Welt, und wer sich mit solchen Dingen auskennt, kann sie auffangen und sich einen entsprechenden Vorrat anlegen. Genau das schien irgendwo in der Nähe geschehen zu sein.

»Die Magie ist mächtig«, sagte der Erzkanzler nach einer Weile. »Sehr mächtig.« Er preßte sich die Fingerspitzen an die Schläfen.

»Es wird verdammt kalt«, brummte Oma Wetterwachs. Der Nieselregen verwandelte sich in Schnee.

Eine plötzliche Veränderung erfaßte die Welt. Das Boot verharrte, aber nicht etwa mit einem plötzlichen Ruck. Man konnte den Eindruck gewinnen, als habe das Meer von einem Augenblick zum anderen zu erstarren beschlossen. Granny beugte sich vor und blickte nach unten.

Der Ozean war fest und massiv. Nach wie vor hörten sie das Rauschen der Wellen, aber dieses Geräusch schien in immer weitere Ferne zurückzuweichen.

Oma Wetterwachs streckte die Hand aus und klopfte aufs Wasser.

»Eis«, sagte sie. Das Boot lag auf einer großen Scholle, die bedrohlich knackte.

Knallwinkel nickte.

»Es ergibt durchaus einen Sinn«, meinte er. »Wenn unsere Vermutung zutrifft und sich Simon und Esk wirklich an *jenem* Ort befinden, so dürfte es dort ziemlich kalt sein. Kalt wie die Nacht zwischen den Sternen, so heißt es. Und das spürt auch der Zauberstab.«

»Genau«, bestätigte Granny und kletterte aus dem Boot. »Jetzt brauchen wir nur noch die Mitte der Eisfläche zu finden. Dort wartet der Stab auf uns, nicht wahr?«

»Ich wußte, daß du so etwas sagen würdest. Darf ich wenigstens meine Stiefel anziehen?«

Sie wanderten über die gefrorenen Wellen. Ab und zu blieb Knallwinkel stehen und versuchte, das Ziel magisch anzupeilen. Auf seinem durchnäßten Mantel bildeten sich dünne Eisschichten, und er klapperte laut mit den Zähnen.

»Ist dir nicht kalt?« fragte er die Hexe, deren Röcke leise knisterten.

»Doch, schon«, gestand sie ein. »Ich zittere nur nicht.«

»Als Kind habe ich viele solche Winter erlebt«, krächzte Knallwinkel, hielt sich die Hände vor den Mund und hauchte auf die gefühllosen Finger. »Aber in Ankh-Morpork schneit es nur selten.«

»Was du nicht sagst«, erwiderte Granny und starrte durch den Frostdunst.

»Wenn ich mich recht entsinne, blieb der Schnee selbst im Sommer auf den Berggipfeln liegen. Ach, heute wird's nicht mehr so kalt wie damals, als ich noch ein Junge war.«

Zerknirscht fügte er hinzu: »Jedenfalls dachte ich das bisher. Aber das Klima überrascht einen immer wieder, besonders dann, wenn Magie im Spiel ist.« Er stampfte mit den Füßen auf, und das Eis knackte warnend, erinnerte ihn daran, daß es die einzige Barriere zwischen ihm und den

Seeungeheuern in der dunklen Tiefe darstellte. Er stampfte erneut, so vorsichtig wie möglich.

»Wo bist du aufgewachsen?« fragte Oma Wetterwachs.

»Oh, in den Spitzhornbergen. Unweit der Scheibenmitte, um ganz genau zu sein. In einem Dorf namens Blasnacken.«

Grannys Lippen bewegten sich. »Knallwinkel, Knallwinkel«, sagte sie leise. »Stammst du vielleicht aus der Familie von Acktur Knallwinkel? Er wohnte in einem großen Haus unter dem Springgrat und hatte viele Söhne.«

»Mein Vater. Hast du ihn etwa gekannt?«

»Ich wurde in der Nähe geboren«, erwiderte sie und widerstand der Versuchung, wissend zu lächeln. »Im nächsten Tal. Blödes Kaff. Deine Mutter war eine nette Frau. Hielt braune und weiße Hühner. Ich besuchte sie des öfteren und kaufte Eier von ihr. Bevor ich mich der Hexerei zuwandte.«

»Im Ernst?« fragte der Erzkanzler verblüfft. »Nun, es ist schon eine ganze Weile her, und inzwischen läßt mein Gedächtnis ein wenig zu wünschen übrig. Außerdem gab es damals in Blasnacken ziemlich viele Kinder.« Er seufzte. »Wahrscheinlich habe ich dich irgendwann mal am Haar gezogen oder gekniffen. So etwas machte mir damals viel Spaß.«

»Vielleicht. Ich entsinne mich an einen dicken und eher häßlichen Jungen.«

»Könnte ich gewesen sein. Nun, ich erinnere mich an ein rechthaberisches und herrisches Mädchen. Aber wie gesagt: Es ist schon *sehr* lange her.«

»Damals war mein Haar noch nicht weiß«, sagte Granny.

»Damals hatte alles eine andere Farbe.«

»In der Tat.«

»Im Sommer regnete es nicht so oft.«

»Wenn die Sonne unterging, glühte sie in einem satteren Rot als heute.«

»Es gab mehr alte Leute«, brummte der Zauberer. »Es wimmelte geradezu von ihnen.«

»Ja, ich weiß. Und nun ist die Welt voller junger Leute. Eigentlich komisch. Ich meine, normalerweise müßte es genau umgekehrt sein.«

»Selbst die Luft war damals besser«, fügte Knallwinkel hinzu. »Man konnte sie leichter atmen.« Sie stapften durch den wirbelnden Schnee und dachten über die seltsamen Launen von Zeit und Natur nach.

»Bist du jemals heimgekehrt?« erkundigte sich Oma Wetterwachs.

Der Erzkanzler zuckte mit den Schultern. »Als mein Vater starb. Seltsam, ich habe dies noch nie jemandem erzählt, aber... Nun, ich sah meine Brüder wieder — ich bin selbstverständlich der achte Sohn eines achten Sohnes —, und sie hatten Kinder und sogar Enkel, die kaum ihren Namen schreiben konnten. Ich wäre in der Lage gewesen, das ganze Dorf zu kaufen. Man behandelte mich wie einen König, doch... Ich meine: Ich habe Orte besucht und Dinge gesehen, die ihnen vor Entsetzen das Blut in den Adern gerinnen ließen. Ich habe gegen Wesen gekämpft, die schrecklicher waren als ihre Alpträume. Ich kenne Geheimnisse, in die nur wenige Menschen eingeweiht sind...«

»Du kamst mir wie ein Fremder vor«, sagte Granny. »Was nicht weiter verwunderlich ist. Das passiert uns allen. Schicksal.«

»Zauberer sollten nie nach Hause zurückkehren«, seufzte Knallwinkel.

»Ich glaube, sie *können* es gar nicht«, pflichtete ihm die Hexe bei. »Es ist unmöglich, den gleichen Fluß zweimal zu überqueren — so lautet meine Devise.«

Der Erzkanzler runzelte die Stirn.

»Ich glaube, da irrst du dich«, erwiderte er. »Ich habe den gleichen Fluß mindestens, äh, tausendmal überquert.«

»Nein, nicht den *gleichen.*«

»Ach?«

»Ts, ts«, machte Granny und schüttelte den Kopf.

Knallwinkel schürzte die Lippen. »Himmel, der verdammte Ankh verändert sich doch nicht über Nacht.«

»Du brauchst nicht gleich aus der Haut zu fahren«, sagte Oma Wetterwachs scharf. »Ich frage mich, warum ich überhaupt einem Zauberer zuhöre, der keine Briefe beantwortet.«

Knallwinkel schwieg einige Sekunden lang. Nur seine Zähne klapperten einen rasselnden Kommentar.

»Oh«, sagte er schließlich, »äh, ich verstehe. Sie stammten also von dir, nicht wahr?«

»Allerdings. Ich hab' ganz unten meinen Namen hinzugefügt. Das sollte normalerweise als Hinweis auf den Absender genügen, oder?«

»Schon gut, schon gut«, antwortete Knallwinkel mürrisch. »Ich hielt sie für einen Scherz, das ist alles.«

»Einen Scherz?«

»Es kommt nur selten vor, daß sich Frauen um einen Studienplatz an der Unsichtbaren Universität bewerben. Besser gesagt: So etwas geschah noch *nie.*«

»Es war mir ein Rätsel, warum eine Antwort ausblieb«, sagte Granny.

»Ich habe die Briefe weggeworfen«, gestand der Zauberer ein.

»Du hättest wenigstens... *Da ist er!*«

»Wo? Wo? Oh, dort!«

Vor ihnen lichtete sich der Nebel, und sie sahen es ganz deutlich: eine Fontäne aus Schneeflocken, eine glitzernde Säule aus gefrorener Luft. Und darunter...

Der Zauberstab war nicht etwa in Eis gehüllt, sondern lag friedlich in einer Lache aus siedendem Wasser.

Einer der ungewöhnlichsten Aspekte eines magischen Universums besteht in den Gegensätzlichkeiten. Es wurde bereits darauf hingewiesen, daß Dunkelheit nicht etwa das Gegenteil von Licht ist, sondern dessen Fehlen. Um ein anderes Beispiel zu nennen: Der absolute Nullpunkt kann als extremer Mangel an Wärme definiert werden. Wenn Sie einen Eindruck von *wirklicher* Kälte gewinnen möchten —

einer so intensiven Kälte, daß Wasser nicht etwa zu Eis erstarrt, sondern anti-kocht —, so sehen Sie sich diese Pfütze an.

Granny und Knallwinkel vergaßen ihren Zank und beobachteten stumm den Zauberstab. Nach einer Weile sagte der Erzkanzler: »Wenn du die Hand hineintauchst, kannst du dich von deinen Fingern verabschieden.«

»Bist du imstande, ihn mit Magie anzuheben?« fragte Oma Wetterwachs.

Knallwinkel klopfte seine Taschen ab, ortete den Tabaksbeutel und holte ihn hervor. Er wandte den Blick nicht vom Stab ab, als er aus den klumpigen Resten einiger Stummel eine neue Zigarette drehte.

»Wahrscheinlich nicht«, erwiderte er. »Aber ich versuch's trotzdem.«

Er schnupperte an dem teerigen Zylinder, seufzte melancholisch und klemmte ihn sich hinters Ohr. Dann streckte er die Arme aus und spreizte die Finger. Seine Lippen zitterten lautlos, als er einige Worte der Macht murmelte.

Der Stab drehte sich in der brodelnden Lache, schwebte in die Höhe, entfernte sich vom Eis und wurde innerhalb weniger Sekunden zum Zentrum eines Kokons aus frierender Luft. Der Erzkanzler stöhnte vor Anstrengung — direkte Levitation stellt den schwierigsten Teil praktischer Magie dar. Und angesichts des weithin bekannten Prinzips von Ursache und Wirkung ist sie alles andere als ungefährlich: Durch die mentale Hebelwirkung geht sogar ein erfahrener Zauberer das nicht unbeträchtliche Risiko ein, das eigene Hirn im wahrsten Sinne des Wortes aus den Angeln zu heben.

»Kannst du ihn in die Senkrechte bringen?« fragte Granny.

Der Stab erzitterte, neigte sich zur Seite und verharrte einige Zentimeter über dem Eis, dicht vor der Hexe. Rauhreif glänzte auf den Schnitzmustern, und Knallwinkel fühlte sich von ihm angestarrt. Natürlich war er in diesem Punkt nicht ganz sicher, denn der rote Migränedunst vor seinen Augen verschleierte die Konturen der unmittelbaren Umgebung. Dennoch: Der Zauberstab wirkte irgendwie *vorwurfsvoll.*

Oma Wetterwachs rückte sich den Hut zurecht und trat entschlossen näher.

»Na *schön«,* sagte sie. Knallwinkel schwankte: Grannys Stimme schnitt ihm wie eine Diamantensäge durch den Geist. Er erinnerte sich vage daran, als kleiner Junge von seiner Mutter getadelt worden zu sein. In dieser Hinsicht wirkte der Tonfall zumindest teilweise vertraut. Aber der Hexe gelang es meisterlich, ihn zu verschärfen und mit einem verbalen Schleifmittel zu versehen. Vermutlich hätte er sogar eine Leiche dazu gebracht, Haltung anzunehmen und über den ganzen Friedhof zu marschieren, bevor ihr einfiel, daß Tote überhaupt nicht gehen können.

Granny stand vor dem Zauberstab, und der heiße Zorn in ihrem Blick schien das Eis auf dem Holz zu schmelzen.

»Ist das deine Vorstellung von anständigem Betragen, hm? Hältst du es für angebracht, im Meer herumzuschwimmen, während Menschen sterben? Du solltest dich was schämen!«

Sie legte die Hände auf den Rücken und marschierte auf und ab. Knallwinkel stellte zu seiner großen Verwunderung fest, daß ihr der Blick des Stabs folgte.

»Man hat dich weggeworfen«, zischte Oma Wetterwachs. »Na und? Esk ist kaum mehr als ein Kind, und Kinder lassen uns irgendwann im Stich. Aber deshalb brauchst du nicht gleich zu schmollen! Ich finde es empörend, daß du hier herumliegst und dich selbst bemitleidest, obgleich du dich endlich mal nützlich machen könntest. Das Mädchen braucht dich, aber du willst ihm unbedingt einen Denkzettel verpassen, wie?«

Sie beugte sich vor, bis ihre Hakennase nur noch wenige Zentimeter von dem Stab entfernt war. Knallwinkel glaubte zu erkennen, wie das magische Holz versuchte, vor der Hexe zurückzuweichen.

»Soll ich dir sagen, was mit frechen und aufsässigen

Zauberstäben passiert?« fauchte Granny. »Möchtest du wissen, was dir blüht, wenn es uns nicht gelingt, Esk zu retten? Dir blieb einmal das Feuer erspart, weil du den Schmerz auf sie übertragen hast. Diesmal kommst du nicht so leicht davon. Heiße Glut wäre eine viel zu milde Strafe für dich.«

Ihre Stimme wurde zu einem unheilvollen Flüstern.

»Zuerst bearbeite ich dich mit einem Hobel. Dann nehme ich Sandpapier und schmirgle dich hübsch glatt. Und anschließend wirst du erfahren, was Bohrer und Messer anrichten können...«

»Das genügt«, warf Knallwinkel hastig ein und wischte sich Tränen aus den Augen.

»... und was dann noch von dir übrig ist, werfe ich Holzwürmern, Termiten und hungrigen Käfern zum Fraß vor. Du wirst *jahrelang* leiden.«

Die Schnitzmuster zitterten. Die meisten von ihnen verbargen sich auf der Rückseite des Zauberstabs.

»Nun«, fuhr Oma Wetterwachs fort, »ich schlage vor, wir kehren gemeinsam zur Universität zurück, in Ordnung? Du weißt ja, was dir blüht, wenn du weiterhin stur bleibst, nicht wahr? *Ritzeritze«*, fügte sie hinzu und versuchte, das Geräusch einer Säge nachzuahmen.

Sie rollte einen Ärmel hoch und streckte die Hand aus.

»Zauberer«, sagte sie, »ich möchte, daß du ihn freigibst.«

Knallwinkel verzog das Gesicht und nickte.

»Wenn ich ›jetzt‹ sage.« Granny hob den Kopf und holte tief Luft. *»Jetzt!«*

Knallwinkel schlug die Augen wieder auf.

Oma Wetterwachs hielt den linken Arm weit ausgestreckt, und ihre Finger schlossen sich um den Zauberstab.

Das Eis stob davon, verdampfte innerhalb von Sekundenbruchteilen und bildete dichte Dampfwolken.

»Also gut«, brummte Granny. »Und wenn du noch einmal ungehorsam bist, werde ich *sehr* böse. Habe ich mich klar genug ausgedrückt?«

Knallwinkel ließ die Hände sinken und eilte auf die Hexe zu. »Bist du verletzt?«

Granny schüttelte den Kopf. »Es fühlt sich an, als hielte man einen heißen Eiszapfen«, sagte sie. »Komm jetzt! Wir haben nicht genug Zeit, um hier herumzustehen und zu schwatzen.«

»Wie kehren wir zurück?«

»Himmel, nun verzag doch nicht gleich. Mann! Kopf hoch und guten Mutes! Wir fliegen.«

Sie zeigte auf ihren Besen. Der Erzkanzler betrachtete ihn skeptisch.

»Mit *dem* Ding?«

»Na klar. Reiten Zauberer nicht auf ihren Stäben durch die Gegend?«

»So etwas sieht ziemlich unwürdig aus.«

»Das nehme ich in Kauf. Und ich rate dir, meinem Beispiel zu folgen.«

»Meinetwegen. Aber ist der Besen sicher?«

Granny betrachtete ihn mit einem vernichtenden Blick.

»In einem absoluten Sinn?« fragte sie. »Oder im Vergleich dazu, auf einer schmelzenden Eisscholle zu stehen?«

»Ich bin noch nie zuvor mit einem Hexenbesen geflogen«, sagte Knallwinkel.

»Ach?«

»Ich dachte, man nähme einfach darauf Platz, und schon ging's los«, fügte der Zauberer hinzu. »Ich wußte nicht, daß man zuerst hin und her rennen und den Stiel verfluchen muß.«

»Ein Trick«, erklärte Granny.

»Außerdem habe ich mir immer vorgestellt, sie flögen schneller«, brummte Knallwinkel. »Und höher.«

»Was soll das heißen: höher?« fragte Oma Wetterwachs und versuchte, das Gewicht des Zauberers auszugleichen, als sie stromaufwärts schwebten. Wie alle Soziusfahrer seit dem Anbeginn der Zeit bestand er hartnäckig darauf, sich zur falschen Seite zu beugen.

»Nun, zum Beispiel *über* den Bäumen«, murmelte Knallwinkel und duckte sich unter einem tropfnassen Zweig hinweg, der ihm den Hut vom Kopf riß.

»Mit diesem Besen ist alles in bester Ordnung«, behauptete die Hexe. »Du bist eben nur ein paar Dutzend Kilo zu schwer. Willst du lieber absteigen und zu Fuß gehen?«

»Ganz abgesehen von der Tatsache, daß meine Füße fast immer den Boden berühren...«, brummte Knallwinkel. »Ich möchte dir keine Umstände machen. Wenn mich jemand um eine Liste der Gefahren beim Fliegen gebeten hätte, wäre es mir nie in den Sinn gekommen, hohe Dornbüsche zu erwähnen, die einem die Haut von den Beinen kratzen.«

»Rauchst du?« fragte Granny und blickte grimmig geradeaus. »Irgend etwas brennt hier.«

»Der rasende Flug setzt meinen Nerven arg zu. Und eine gute Zigarette beruhigt.«

»Der Gestank ist unerträglich. Drück das Ding aus, auf der Stelle. Und halt dich fest.«

Der Besen stieg höher und beschleunigte auf die Geschwindigkeit eines altersschwachen Joggers.

»Herr Zauberer.«

»Ja?«

»Als ich eben sagte, du sollst dich festhalten...«

»Ja?«

»Ich meinte nicht ausgerechnet *dort.*«

Kurze Stille folgte.

»Oh. Äh. Ich verstehe. Tut mir schrecklich leid.«

»Ist nicht weiter schlimm.«

»Mein Gedächtnis ist nicht mehr das, was es einmal war. Ich versichere dir... Äh, ich wollte dir keineswegs zu nahe treten...«

»Schon gut.«

Erneut schloß sich Schweigen an.

»Aber da wir gerade dabei sind«, sagte Oma Wetterwachs nachdenklich. »Um ganz ehrlich zu sein: Ich würde es vorziehen, du nimmst die Hände weg.«

Regen prasselte auf die Unsichtbare Universität herab und strömte in die Dachrinnen. Die Rabennester des vergangenen Sommers tanzten wie kleine zerbrechliche Boote auf den schäumenden Fluten. Das Wasser gurgelte durch uralte, hier und dort verstopfte Rohre. Es kroch unter die Schindeln und begrüßte dicke Spinnen. Es spritzte über Giebel und bildete verborgene Seen in dem Labyrinth aus Türmen und Minaretten.

Ganze Ökologien lebten im Dachgebälk der Universität, die noch weitaus größer und komplexer war als alle jemals erdachten Fantasy-Festen, Horrorburgen und Märchenschlösser. Vögel zwitscherten in kleinen Dschungeln aus Apfelkernen und Kräutersamen. Frösche schwammen in Regenteichen. Und ein Ameisenvolk nahm gerade die Aufgabe in Angriff, eine interessante und höchst komplizierte Zivilisation zu schaffen.

Die vom dunklen Himmel herabströmende Nässe erwies sich in vielerlei Hinsicht als sehr leistungsfähig, doch eine Möglichkeit blieb ihr verwehrt: Sie konnte nicht aus den kunstvoll verzierten Wasserspeiern gurgeln. Als sich die ersten finsteren Wolken am fernen Horizont zeigten, machten sich die entsprechenden Statuen aus dem (noch trockenen) Staub und versteckten sich in den Dachkammern. Was ein weiterer Beweis dafür ist, daß man Häßlichkeit nicht mit Dummheit gleichsetzen darf.

Es regnete Bäche und Flüsse. Es regnete Seen und Meere. Hauptsächlich aber regnete es durchs Dach über dem Großen Saal. Das magische Duell zwischen Oma Wetterwachs und Knallwinkel hatte dort eine breite Öffnung hinterlassen, und Treatle gewann allmählich den Eindruck, daß der Regen einen ganz persönlichen Groll gegen ihn hegte.

Er saß auf einem Tisch und beaufsichtigte einige Studenten, die Gemälde und Wandbehänge abnahmen und in Sicherheit brachten. Treatle entschied sich deshalb für einen Tisch, weil der Boden bereits zwanzig Zentimeter unter Wasser stand.

Glücklicherweise handelte es sich nicht um Regenfluten, sondern Wasser mit einer echten Persönlichkeit – mit jener Art von deutlich ausgeprägtem Charakter, den es bekommt, nachdem es mehrere Kilometer weit über schlammiges Ackerland geflossen ist. Mit anderen Worten: Es war richtiges, anständiges Ankh-Wasser: zu fest, um es zu trinken, zu dünnflüssig, um es zu pflügen.

Der Strom hatte schon vor einer ganzen Weile beschlossen, weit über die Ufer zu treten und die Stadt zu erforschen. Tausende von kleinen Flüssen sahen sich in Kellern um und vergnügten sich in der Kanalisation. Dann und wann ertönte ein grollendes Donnern, wenn vergessene Magie in irgendeinem überfluteten Kerker um Hilfe rief und ertrank. Andere thaumaturgische Entitäten lernten schwimmen (besser gesagt: tauchen), und Treatle schauderte unwillkürlich, als er das Zischen und Fauchen und Blubbern hörte. Er vermied es klugerweise, nach den Ursachen dieser Geräusche Ausschau zu halten.

Häufig stellte er sich vor, wie nett es wäre, ein Zauberer zu sein, der in einer kleinen Höhle lebte, Kräuter sammelte, wichtige Gedanken dachte und die Sprache der Eulen verstand. Aber vermutlich wäre die Höhle feucht gewesen, die Kräuter giftig. Und außerdem wußte Treatle nicht ganz genau, wodurch sich wichtige Gedanken von anderen unterschieden.

Ungelenk kletterte er vom Tisch hinunter und watete durch die brodelnde Schlickmasse. Nun, er brauchte sich keine Vorwürfe zu machen. Zusammen mit den Magiern der höheren Ränge hatte er versucht, das Dach zu reparieren, aber eine anhaltende Diskussion darüber, welche Zaubersprüche verwendet werden sollten, verhinderte sofortige Maßnahmen. Darüber hinaus vertraten einige seiner Kollegen die Ansicht, solche Arbeiten fielen in den Zuständigkeitsbereich von Handwerkern.

Die Kerle wollen sich bloß nicht die Hände schmutzig machen, dachte Treatle verdrießlich. Was ihn selbst betraf: Nun, irgend jemand mußte schließlich die Verantwortung tragen und alles leiten. *Ihre Aufmerksamkeit gilt in erster Linie dem Ätherischen, aber dabei vergessen sie häufig das Konkrete, insbesondere dann, wenn es um so banale Dinge wie häusliche Pflichten geht.* Und: *Unsere Schwierigkeiten begannen erst, als die Frau kam.*

Er passierte einen Torbogen, der auf ihn herabzuspukken schien, erklomm eine steile Treppe, rutschte mehrmals aus und zwinkerte, wenn das grelle Licht zuckender Blitze durch die beschlagenen Fenster filterte. Zwar glaubte er, daß ihn niemand für die Ereignisse der vergangenen Stunden verantwortlich machen konnte, aber aus irgendeinem Grund zweifelte er kaum daran, daß alle auf ihn zeigen würden, wenn die Suche nach dem Schuldigen begann. Mürrisch hob er den Saum seines Mantels, wrang ihn aus und holte dann seinen Tabaksbeutel hervor.

Er war grün und wasserdicht. Und das bedeutete, daß der Regen hineingeflossen war und jetzt nicht mehr heraus konnte. Als Treatle ihn öffnete, bot sich ihm ein unbeschreiblicher Anblick dar.

Die Papierstreifen bildeten einen faserigen Klumpen, der aussah wie... Nun, man stelle sich eine Banknote vor, vergessen in der Tasche einer Hose, die gerade eingeweicht, geschleudert, durch die Mangel gedreht und gebügelt worden ist.

»Mist!« sagte der Zauberer. Es kam von Herzen.

»Heda! Treatle!«

Er hob den Kopf und sah sich um. Er hatte den Großen Saal, in dem nun einige Sitzbänke zu schwimmen begannen, als letzter verlassen. Kleine Strudel und zerplatzende Blasen kennzeichneten die Stellen, an denen Kellermagie aufstieg, aber abgesehen davon bemerkte er nichts. Niemand befand sich in der Nähe.

Treatle drehte sich auf dem Treppenabsatz um, starrte argwöhnisch in die überschwemmte Halle und beobachtete die Statuen. Sie waren viel zu schwer, um sie fortzutragen, und es konnte ihnen sicher nicht schaden, gründlich gewaschen zu werden.

Er musterte die steinernen Gesichter — und bereute es sofort. Manchmal entwickelten die Skulpturen längst verstorbener Großmagier mehr Eigenleben, als ihnen eigentlich zustand. Treatle bedauerte seinen lauten Fluch.

»Ja«, fragte er und fühlte durchdringende Steinblicke auf sich ruhen.

»Sieh nach oben, du Narr!«

Er kam der Aufforderung nach. Ein Besen schwebte durch das breite Loch in der Decke des Großen Saals und setzte zitternd und schwankend zur Landung an. Etwa anderthalb Meter über dem Wasser verlor er seine areonautischen Ambitionen und verschwand in einem Strudel. Es platschte laut, und irgendwo gurgelte es. Es klang fast wie ein genüßliches Schmatzen.

»Steh nicht einfach so herum, du Schwachkopf!«

Treatle spähte nervös in die Finsternis.

»Irgendwo muß ich doch stehen«, erwiderte er unsicher.

»Hilf uns endlich!« sagte Knallwinkel scharf. Wie eine fette zornige Venus watete er durchs Wasser. »Die Dame hat natürlich den Vorrang.«

Er wandte sich zu Oma Wetterwachs um, die in den dunklen Fluten herumtastete.

»Ich habe meinen Hut verloren«, erklärte sie.

Knallwinkel seufzte. »Spielt das jetzt noch eine Rolle?«

»Eine Hexe kann nicht auf ihren Hut verzichten«, entgegnete Granny fest. »Woher sollen die anderen Leute sonst wissen, daß sie eine Hexe ist?« Sie griff nach einem schwarzen formlosen Gegenstand, der auf dem Dreck schwamm, stieß ein triumphierendes Krächzen aus und rammte sich den Hut aufs Haupt. Schlickwasser strömte herab, und der Stoff auf ihrem Kopf gehorchte den Gesetzen der Schwerkraft: Er neigte sich nach vorn und klatschte ihr ins Gesicht.

»Na *schön«*, sagte sie in einem Tonfall, der den Rest der Universität warnte.

Draußen flackerte erneut ein Blitz, was beweist, daß

auch die Wettergötter einen ausgeprägten Sinn für Dramatik besitzen.

»Steht dir gut«, sagte Knallwinkel.

»Entschuldigt bitte«, warf Treatle ein, »aber ist das nicht die H...«

»Und wenn schon«, knurrte Knallwinkel. Er nahm Grannys Hand, führte sie die Treppe hoch und winkte mit dem Stab.

»Aber es ist gegen die Tradition, eine H...«

Treatle unterbrach sich und riß die Augen auf, als Oma Wetterwachs an die Wand herantrat und die Hände auf den feuchten Stein preßte. Knallwinkel klopfte ihn mit dem Zeigefinger auf die Brust.

»Zeig mir, wo das geschrieben steht!« knurrte er herausfordernd.

»Sie befinden sich in der Bibliothek«, warf Granny ein.

»Der einzige trockene Ort in der ganzen Universität«, erwiderte Treatle. »Aber...«

»Dieses Gebäude fürchtet sich vor Gewittern«, stellte Granny fest. »Es könnte ein wenig Trost und Zuspruch gebrauchen.«

»Aber die Tradition...«, begann Treatle mit wachsender Verzweiflung.

Oma Wetterwachs marschierte bereits durch den Korridor, und Knallwinkel folgte ihr schnaufend. Nach einigen hastigen Schritten drehte er den Kopf.

»Du hast die Dame gehört«, sagte er.

Treatle sah ihnen verwirrt nach. Als ihre Schritte in der Ferne verklangen, blieb er einige Sekunden lang stumm stehen, dachte über das Leben an sich nach und überlegte, so seins aus den Fugen geraten war.

Andererseits: Er wollte sich keinen Ungehorsam vorwerfen lassen.

Vorsichtig und behutsam wandte er sich der Wand zu und fragte sich, wie man ein Gebäude tröstete. Nach einer Weile streckte er die Hand aus und streichelte die nasse Mauer.

»Kopf hoch, ist doch gar nicht so schlimm!« raunte er. Und seltsamerweise fühlte er sich sofort viel besser.

Knallwinkel hielt es eigentlich für angemessen, daß er die Führung übernahm – immerhin war er der Universitätsdirektor. Aber wenn es Oma Wetterwachs eilig hatte, konnte es kein langjähriger Nikotinsüchtiger mit ihr aufnehmen. Um nicht den Anschluß zu verlieren, hüpfte der Erzkanzler wie eine Krabbe, die an einer Krustentier-Olympiade teilnahm und sich gerade im Weitsprung versuchte.

»Hier entlang!« brachte er schließlich hervor und platschte durch einige Pfützen.

»Ich weiß. Das Gebäude hat mir den Weg gewiesen.«

»In diesem Zusammenhang wollte ich dir gerade einige Fragen stellen«, sagte Knallwinkel. »Die Universität hat nie zu mir gesprochen, und ich lebe hier schon ziemlich lange.«

»Hast du jemals versucht, ihre Stimme zu hören?«

»Nun, äh, nein«, antwortete der Erzkanzler. »Nicht im eigentlichen Sinne.«

»Was erwartest du denn?« Granny passierte einen Wasserfall, der dort rauschte, wo sich normalerweise die Treppe zur Waschküche befinden sollte. (In den nächsten Tagen würde es für Frau Reineweiß so viel Arbeit geben, daß sie bestimmt keine Zeit fand, sich mit ihrer Teeblätter-Zukunft zu befassen.) »Wir müssen durch den Flur dort oben, nicht wahr?«

Oma Wetterwachs wartete keine Bestätigung ab und eilte an drei Zauberern vorbei. Sie waren ziemlich überrascht, als sie die Hexe sahen, und ihr Hut verblüffte sie noch mehr.

Knallwinkel folgte ihr keuchend und hielt Granny am Arm fest, als sie die Tür der Bibliothek erreichten.

»Hör mal«, sagte er drängend, »ich will dich nicht beleidigen, hochverehrte Frau Wetterwachs, äh, ich meine *Fräulein* Wetterwachs, aber...«

»Ich glaube, Esmeralda genügt. Immerhin haben wir einen gemeinsamen Besenflug und allerlei Widrigkeiten hinter uns.«

»Würdest du mir bitte den Vortritt überlassen?« fragte Knallwinkel flehentlich. »Weißt du, es ist *meine* Bibliothek.«

»Oh, natürlich. Entschuldige!«

»Um den Schein zu wahren, verstehst du?« fügte der Erzkanzler hinzu. Er drehte den Knauf.

Dutzende von Zauberern hielten sich in dem Raum auf. Für Magier haben Bücher ungefähr die gleiche Bedeutung wie für Ameisen ihre Eier: Wenn es Schwierigkeiten gibt, tragen sie sie mit sich herum. Inzwischen hatte das Wasser auch einen Weg in die Bibliothek gefunden, und aufgrund der sonderbaren Gravitationsanomalien in diesem Zimmer bildete es gerade dort Pfützen und Lachen, wo man überhaupt nicht damit rechnete. Die unteren Regale waren leer. Zauberer und Schüler bildeten lange Schlangen, reichten sich dicke Bände und stapelten sie auf Tische. Das Rascheln wütender Blätter übertönte fast die heulende Stimme des Sturms.

Der Bibliothekar schien vollkommen außer sich zu sein. Er sauste hin und her, zupfte immer wieder vergeblich an Ärmeln und gab ein gelegentliches ›Ugh‹ von sich.

Als er Knallwinkel sah, drehte er sich um und hüpfte auf den Erzkanzler zu. Oma Wetterwachs hatte noch nie zuvor einen Orang-Utan gesehen, wollte sich das jedoch nicht anmerken lassen. Sie blieb ganz ruhig stehen und musterte ein Wesen, das sie für einen etwas ungewöhnlich geratenen spitzbäuchigen Mann hielt: Er hatte extrem lange Arme und eine Haut in der Herrengröße 54, obwohl das Konfektionsmaß 48 völlig ausreichend gewesen wäre.

»Ugh«, erklärte der Bibliothekar. *»Uuugh.«*

»Wahrscheinlich hast du recht«, erwiderte Knallwinkel und zog den nächsten Zauberer heran, der unter dem Gewicht von mehr als zehn magischen Werken taumelte. Der Mann starrte ihn entgeistert an, und als er Oma Wetterwachs sah, ließ er die Bücher fallen. Der Orang-Utan stöhnte grunzend.

»Erzkanzler?« entfuhr es dem Zauberer. »Du lebst? Ich meine... Es hieß, jemand habe dich weggehext...« Er musterte Granny. »Ich meine, wir dachten... Treatle sagte uns...«

»*Uuugh*«, warf der Bibliothekar ein und schob einige widerstrebende Blätter zwischen die Buchdeckel zurück.

»Wo sind der junge Simon und das Mädchen?« fragte die Hexe. »Was habt ihr mit ihnen angestellt?«

»Sie... Wir haben sie dort drüben untergebracht«, antwortete der Zauberer und wich zurück. »Äh...«

»Führ uns hin!« verlangte Knallwinkel. »Und hör endlich mit dem Stottern auf, Mann! Man könnte glauben, du seiest noch nie einer Frau begegnet.«

Der Magier schluckte krampfhaft und nickte heftig.

»Gewiß. Ich meine... bitte folgt mir... äh...«

»Du wolltest doch nicht auf irgendwelche Traditionen hinweisen, oder?« fragte Knallwinkel.

»Äh... nein, Erzkanzler.«

»Gut.«

Der Zauberer geleitete sie durch die schmalen Gänge zwischen den Regalen und schob sich an seinen bücherschleppenden Kollegen vorbei, die von einem Augenblick zum anderen erstarrten, wenn sie Granny sahen.

»Das alles ist mir sehr peinlich«, hauchte ihr Knallwinkel zu. »Ich sollte dich zu einem Ehrenzauberer ernennen.«

Granny blickte starr geradeaus, und ihre Lippen bewegten sich kaum, als sie erwiderte:

»Wenn du das wagst, ernenne ich dich zur Ehrenhexe.«

Der Erzkanzler klappte den Mund zu.

Sie betraten eins der Lesezimmer und traten an Simon und Eskarina heran, die auf einem Tisch lagen. Mehrere Zauberer standen daneben und gaben auf die beiden reglosen Gestalten acht. Sie wichen nervös zur Seite, als sich Oma Wetterwachs und ihr Gefolge näherten. Der Bibliothekar folgte ihnen watschelnd.

»Ich habe mir überlegt...«, setzte Knallwinkel an. »Nun, vielleicht wäre es besser, Simon den Zauberstab zu geben. *Er* ist Zauberer und...«

»Nur über meine Leiche«, sagte Granny fest. »Und auch deine. *Sie* beziehen die magische Energie durch ihn. Willst du ihnen vielleicht noch mehr geben?«

Der Erzkanzler seufzte. Der Stab gefiel ihm sehr; es war einer der besten, die er je gesehen hatte.

»Na schön. Du hast natürlich recht.«

Er beugte sich vor, legte den Zauberstab auf die schlafende Eskarina und trat rasch einen Schritt zurück.

Es blieb alles ruhig.

Einer der anwesenden Magier hustete trocken.

Die Ruhe setzte sich still fort.

Die Schnitzmuster des Stabes schienen zu grinsen.

»Es funktioniert nicht«, sagte Knallwinkel. »Oder?«

»Ugh.«

»Laß ihm etwas mehr Zeit«, meinte Oma Wetterwachs.

Sie warteten. Draußen marschierte der Sturm übers Firmament und versuchte Häuser abzudecken.

Granny nahm auf einem Stapel Bücher Platz und rieb sich die Augen. Knallwinkels Hände tasteten nach dem Tabaksbeutel. Der Magier mit dem trockenen Husten wurde von einem Kollegen aus dem Zimmer geführt.

»Ugh«, sagte der Bibliothekar.

»Ich hab's!« verkündete die alte Hexe plötzlich. Der Erzkanzler zuckte so heftig zusammen, daß ihm die halb gerollte Zigarette aus den nervösen Fingern fiel. Tabak rieselte zu Boden.

»Was hast du?«

»Es fehlt noch etwas.«

»Was denn?«

»Sie kann den Zauberstab gar nicht benutzen«, brummte Granny und stand auf.

»Aber du hast doch gesagt, er fege für sie und gewähre ihr Schutz«, wandte Knallwinkel ein.

»Neinneinnein.« Granny schüttelte den Kopf. »Der Zauberstab fegt nur, wenn er Lust dazu hat. Man könnte eher behaupten, er benutzt *sie.* Esk hat nie gelernt, wie man damit umgeht, verstehst du?«

Knallwinkel starrte auf die beiden bewegungslosen Gestalten hinab. »Nein, ich verstehe nicht«, gestand er ein. »*Warum* kann sie keinen Gebrauch von ihm machen? Es ist doch ein richtiger Zauberstab.«

»Ja«, bestätigte Granny, »und dadurch wird sie Zauberer, stimmt's?«

Knallwinkel zögerte.

»Nun, natürlich nicht. Verlangst du etwa von mir, sie ganz offiziell zu einem Zauberer — ich meine: einer Zaube*rin* — zu erklären? Dafür gibt es keinen einzigen Präzedenzfall.«

»Keinen was?« fragte Granny scharf.

»Ich meine: So etwas ist noch nie zuvor geschehen.«

»Ich kenne viele Dinge, die noch nie zuvor geschehen sind. Zum Beispiel wurden wir nur einmal geboren.«

Knallwinkel war der Verzweiflung nahe. »Aber es ist gegen die T...«

Er wollte ›Tradition‹ sagen, doch das Wort blieb ihm irgendwo in der Kehle stecken.

»Wo steht das geschrieben?« fragte Oma Wetterwachs eindringlich. »Wo steht geschrieben, Frauen könnten nicht Zauberer werden?«

Folgende Gedanken rasten durch Knallwinkels vibrierende Bewußtseinssphäre:

— Es steht nirgends geschrieben, weil es allgemein bekannt ist. Schließlich kommt die Sonne auch nicht auf die Idee, ein Mond zu werden.

— Oder vielleicht doch? Hat Simon nicht behauptet, Ideen seien die Basissubstanz der Wirklichkeit, was auch immer das sein mag?

— Möchtest du als Erzkanzler in die Universitätsgeschichte eingehen, der Frauen zum magischen Studium zuließ? Nun, eins steht fest: Man würde mich bestimmt nicht vergessen.

— Wenn Granny jene Haltung einnimmt, sieht sie wirklich imposant aus.

— Der Zauberstab hat einen eigenen Willen.

— Es ergibt irgendwie einen gewissen Sinn.

— Bestimmt lacht man mich aus.

— Vielleicht klappt es gar nicht.

— Vielleicht doch.

Eskarina konnte ihnen nicht vertrauen. Aber es blieb ihr keine Wahl.

Sie blickte in die schrecklichen Fratzen, die auf sie herabstarrten, betrachtete die alptraumhaften Gestalten, deren Einzelheiten sich glücklicherweise hinter weiten Umhängen verbargen.

Ihre Hände prickelten.

In der Schattenwelt sind Vorstellungen real. Diese Erkenntnis wanderte durch ihre Arme und erreichte das Hirn.

Es war eine Art perlender Gedanke, voller Kohlensäure. Esk lachte, hob die Arme... und einen Sekundenbruchteil später schlossen sich ihre Finger um den funkenstiebenden Zauberstab. Er schien aus massiver Elektrizität zu bestehen.

Die *Dinge* schnatterten nervös, und einige, die weiter hinten standen, wichen furchtsam zurück. Simon fiel, als ihn die beiden Wesenheiten hastig losließen. Auf Händen und Knien landete er im Sand.

»Benutz ihn!« rief er. »Zögere nicht! Die Geschöpfe haben Angst davor!«

Eskarina lächelte und betrachtete den Stab. Zum erstenmal erkannte sie nun, was die Schnitzmuster darstellten.

Simon griff nach der kristallenen Pyramide mit der kleinen Scheibenwelt und lief auf das Mädchen zu.

»Worauf wartest du noch?« fragte er. »Sie verabscheuen ihn.«

»Bitte?« erwiderte Esk.

»Setz den Stab ein!« drängte Simon und streckte die Hand danach aus. »He! Er hat mich gebissen!«

»Entschuldige!« bat Esk. »Wovon sprichst du überhaupt?« Sie hob den Kopf und beobachtete die wimmernden *Dinge* mit neuem Interesse. »Ach, *die!* Sie existieren nur in unserer Einbildung. Wenn wir nicht daran glauben, gibt es sie gar nicht.«

Simon ließ den Blick über die Schattenkreaturen schweifen. »Ich bin nicht sicher, ob du recht hast«, entgegnete er.

»Ich glaube, wir sollten jetzt heimkehren«, schlug Esk vor. »Bestimmt machen sich einige Leute Sorgen um uns.«

Sie schloß die Hände, und daraufhin verschwand der Zauberstab. Für einen Sekundenbruchteil hatte es den Anschein, als glühten ihre Fingerkuppen.

Die *Dinge* heulten. Einige von ihnen verloren das Gleichgewicht und stürzten.

»Wenn man sich mit Magie beschäftigt, muß man auch lernen, wie man sie nicht beschwört«, sagte Esk und hakte sich bei Simon ein.

Er zwinkerte verdutzt und lächelte wie ein Narr.

»Wie man sie *nicht* beschwört?« wiederholte er.

Genau«, bestätigte Eskarina, als sie sich den *Dingen* näherten. »Versuch es selbst einmal.«

Erneut hob sie die Hände, holte den Zauberstab aus dem leeren Nichts und reichte ihn dem jungen Mann. Er wollte danach greifen, überlegte es sich dann aber anders.

»Äh, nein, lieber nicht«, brummte er. »Ich befürchte, er mag mich nicht besonders.«

»Ich schätze, es ist alles in Ordnung, wenn ich ihn dir gebe«, meinte Esk. »Dagegen hat er bestimmt nichts einzuwenden.«

»Wo *war* er eben?«

»Vermutlich ist er selbst zu einer Vorstellung geworden.«

Simon tastete behutsam nach dem Zauberstab und berührte glänzendes Holz.

»Ha!« platzte es aus ihm heraus, als er die typische Angriffshaltung eines rachsüchtigen Zauberers annahm. »Jetzt könnt ihr was erleben!«

»Nein, völlig falsch.«

»Was soll das heißen? Ich weiß um Magie Bescheid. Und der Stab verleiht mir Macht genug, um...«

»In gewisser Weise sind die Schattenwesen... Spiegelbilder von uns«, erklärte Esk. »Du kannst sie nicht besiegen, denn ihre Kraft entspricht immer genau der deinen. Aus diesem Grund schleichen sie sich näher, wenn du Magie verwendest. Und sie ermüden nicht. Sie nähren sich von Zauberei, und deshalb ist es unmöglich, sie damit zu schlagen. Andererseits: Wenn du Magie nicht einsetzt, weil dich irgend etwas daran hindert, so bleibt die gewünschte Wirkung aus. Aber wenn du *freiwillig* darauf verzichtest, dann geraten jene Geschöpfe in Panik. Allein der Gedanke jagt ihnen einen enormen Schrecken ein. Denn wenn Menschen damit aufhören, Magie zu beschwören, müssen sie sterben.«

Die *Dinge* vor ihnen waren sich gegenseitig im Weg, als sie sich zur Flucht wandten.

Simon betrachtete den Zauberstab, musterte Esk, beobachtete die Schattenkreaturen und richtete den Blick wieder auf das magische Holz.

»Darüber muß ich erst noch gründlich nachdenken«, erwiderte er unsicher. »Eine interessante Problematik, die eingehend untersucht werden sollte.«

»Bestimmt gelingt es dir bald, eine gute Theorie zu entwickeln.«

»Nach deinen Worten besteht die eigentliche Macht darin, die Tür der Magie zu durchschreiten, ohne auf der Schwelle stehenzubleiben.«

»Und es klappt, nicht wahr?«

Inzwischen waren sie allein in der kalten Wüste. Die *Dinge* zeichneten sich als winzige Schemen am Horizont ab.

»Ich frage mich, ob so etwas gemeint ist, wenn man von kreativer Zauberei spricht«, überlegte Simon laut.

»Keine Ahnung. Vielleicht.«

»Ich freue mich schon darauf, erste Analysen vorzunehmen«, sagte der junge Mann und drehte den Stab hin und her. »Weißt du, wir könnten damit experimentieren, bewußt auf Magie zu verzichten. Wir geben sorgfältig acht, kein Oktagramm auf den Boden zu zeichnen, sehen davon ab, Zauberformeln zu intonieren und... Mir bricht der Schweiß aus, wenn ich darüber nachdenke!«

»Ich glaube, zuerst einmal sollten wir nach Hause zurückkehren«, sagte Eskarina und betrachtete die gläserne Pyramide.

»Das ist *meine* Vorstellung von der Welt. Also müßte ich eigentlich in der Lage sein, einen Rückweg zu finden. Wie machst du das mit den Händen?«

Er hielt die Finger aneinander, und sofort materialisierte der Zauberstab zwischen ihnen. Einige Sekunden lang tanzte oktarines Licht übers Holz und verblaßte dann. Simon lächelte. »In Ordnung. Jetzt brauchen wir nur noch die Universität zu finden...«

Knallwinkel zündete die dritte Selbstgerollte mit dem Stummel der zweiten an. Die Zigarette verdankte ihre Gestalt den schöpferischen Kräften nervöser Energie: Sie sah aus wie ein Kamel mit abgeschnittenen Beinen.

Er hatte bereits beobachtet, wie der Zauberstab langsam von Esk fortschwebte und auf Simon liegenblieb.

Jetzt stieg er wieder auf.

Andere Magier drängten ins Zimmer. Der Bibliothekar hockte unterm Tisch.

»Wenn wir nur wüßten, was überhaupt geschieht«, sagte der Erzkanzler. »Ich kann die ständige Anspannung nicht ertragen.«

»Denk positiv, Mann!« schnappte Oma Wetterwachs. »Und mach die verdammte Zigarette aus. Oder glaubst du etwa, Simon und Esk möchten in ein Zimmer zurückkehren, das wie ein rußiger Kamin stinkt?«

Die versammelten Zauberer der magischen Fakultät drehten sich um und sahen Knallwinkel erwartungsvoll an.

Der Erzkanzler nahm das qualmende Etwas aus dem Mund, starrte seine Kollegen so durchdringend an, daß es niemand wagte, seinem Blick zu begegnen — und zertrat die Zigarette.

»Wird ohnehin Zeit, daß ich mit dem Rauchen aufhöre«, brummte er. »Und das gilt auch für euch. Manchmal riecht's hier schlimmer als in einer Aschengrube.«

Dann sah er den Zauberstab. Er...

Knallwinkel konnte sein Verhalten nur folgendermaßen beschreiben: Er bewegte sich rasend schnell und verharrte gleichzeitig an Ort und Stelle.

Faseriger Dampf zischte und löste sich auf — wenn es wirklich Dampf war. Der Stab gleißte wie ein Komet, der auf den Entwürfen eines unbegabten Experten für Spezialeffekte basierte. Bunte Funken stoben und tanzten und verschwanden im Nichts.

Er veränderte auch seine Farbe, glühte in einem dunklen Rot, arbeitete sich durchs ganze Spektrum und gewann schließlich eine grelle violette Tönung. Schlangen aus weißem Feuer funkelten auf dem thaumaturgischen Holz.

(Knallwinkel bedauerte, daß es keine Worte gab, die Geräusche, Duftnoten, flüchtige Eindrücke, dauerhafte Impressionen, visuelle Phänomene, Assoziationen und dergleichen auf einen *gemeinsamen Nenner* brachten. Nun, wenn man von ›gleißend‹ spricht, mag man zwar einen öligen Geschmack im Mund haben, aber das genügt bei weitem nicht, um die Ereignisse im Lesezimmer deskriptiv zu erfassen. Man stelle sich ein Wort vor, das genauso klingt, wie Funken aussehen, die über verbranntes Papier tanzen — oder wie das über die Scheibenwelt kriechende Licht von Städten, wenn die ganze menschliche Zivilisation in einer Nacht komprimiert wird. Wenn der Autor hier das Verb ›funkeln‹ benutzt, so hat das durchaus einen Sinn.)

Der Erzkanzler ahnte, was sich jetzt anbahnte.

»Seht nur«, hauchte er, »der Zauberstab...«

Das magische Holz erstrahlte in purem Oktarin, und

gleichzeitig herrschte Stille – jene Art von Stille, die Geräusch einfängt und betäubt.

Die Achtfarbe (hervorgerufen von Licht, das langsam und träge durch ein thaumaturgisches Feld sickert) glühte durch Körper, Regale und Wände. Andere Tönungen verschwammen und flossen ineinander, so als gieße jemand ein Glas Gin über das Wasserfarbengemälde der Welt. Die Wolken über der Unsichtbaren Universität glänzten, gewannen ebenso reizvolle wie beunruhigende Formen und strömten himmelwärts.

Ein Beobachter über der Scheibenwelt hätte gesehen, wie ein kleiner Fleck Land in der Nähe des Runden Meers für einige Sekunden wie ein kostbarer Kristall glitzerte und dann verblaßte.

Eine Zeitlang rührte sich überhaupt nichts, und dann erklang ein hölzernes Klappern, als der Zauberstab aus der Leere fiel und auf einen Tisch prallte.

Jemand gab ein leises ›Ugh‹ von sich.

Knallwinkel versuchte sich daran zu erinnern, wie man die Hände benutzte und sie dorthin hob, wo er die Augen vermutete. Alles war pechschwarz.

»Äh ... ist hier jemand?« fragte er vorsichtig.

»Bei den Göttern«, erwiderte eine andere Stimme, »du kannst dir gar nicht vorstellen, wie froh ich bin, daß du das gesagt hast.« Plötzlich grummelte, brummte und murmelte es überall.

»Befinden wir uns noch immer da, wo wir sind?«

»Keine Ahnung. Wo sind wir denn?«

»Hier, glaube ich.«

»Kannst du um dich tasten?«

»Das schon, guter Mann«, entgegnete die unverkennbare Stimme von Oma Wetterwachs, »aber ich bewege mich erst, wenn ich ganz sicher bin, was ich dabei berühre.«

Knallwinkel räusperte sich. »Alle strecken jetzt die Arme aus«, sagte er fest – und hätte fast laut aufgeschrien, als sich eine ledrige Hand um seinen Fußknöchel schloß. Er hörte ein dumpfes ›Ugh‹, das anthropoide Zufriedenheit, Freude und große Erleichterung darüber zum Ausdruck brachte, ein menschliches Wesen in der Nähe zu fühlen.

Irgend etwas kratzte, und unmittelbar darauf flackerte rötliches Licht. Auf der anderen Seite des Zimmers zündete sich jemand eine Zigarette an.

»Wer war das?«

»Entschuldige bitte, Erzkanzler! Reine Angewohnheit.«

»Oh, von mir aus kannst du deinen ganzen Tabak verqualmen.«

»Vielen Dank, Erzkanzler.«

»Ich glaube, ich sehe jetzt die Umrisse der Tür«, verkündete eine andere Stimme.

»Granny?«

»Ja, ich kann sie ganz deutlich erkennen...«

»Esk?«

»Ich bin hier, Oma.«

»Darf ich ebenfalls rauchen, Erzkanzler?«

»Ist der Junge bei dir?«

»Ja.«

»Ugh.«

»Ich bin hier.«

»Was ist eigentlich los?«

»Ruhe!«

Gewöhnliches Licht, das dem Auge schmeichelte, kehrte zögernd und widerstrebend in die Bibliothek zurück.

Esk setzte sich auf und ließ den Zauberstab los. Er rollte unter den Tisch. Sie spürte, wie ihr etwas über die Stirn strich, und griff danach.

»Warte!« bat Granny und sprang vorwärts. Sie packte das Mädchen an den Schultern und blickte ihm in die Augen.

»Willkommen zu Hause!« raunte sie und küßte Eskarina.

Esk hob die Hand und strich über einen harten Gegenstand, der auf ihrem Kopf ruhte. Sie nahm ihn ab.

Es handelte sich um einen spitz zulaufenden Hut, blau

und ein wenig kleiner als der von Granny. Interessiert betrachtete das Mädchen silberne Sterne und andere astrologische Symbole.

»Ein Zauberhut?« fragte es schließlich.

Knallwinkel trat vor.

»Äh, ja«, bestätigte er und räusperte sich erneut. »Weißt du, wir dachten... Wir überlegten uns... Nun, wie dem auch sei: Wir hielten es für angebracht...«

»Du bist jetzt eine Zauberin«, sagte Oma Wetterwachs schlicht. »Der Erzkanzler hat die Tradition verändert. War eigentlich gar nicht so schwer.«

»Der Zauberstab muß hier irgendwo in der Nähe liegen«, meinte Knallwinkel. »Ich habe gesehen, wie er fiel... Ah, da ist er ja.«

Er stand auf und zeigte ihn Granny.

»Wenn ich mich recht entsinne, wies er Schnitzmuster auf«, fügte er hinzu. »Dieses Ding sieht wie ein ganz gewöhnlicher Stock aus.« Und damit hatte er durchaus recht: Der Zauberstab wirkte so mächtig und gefährlich wie ein Stück Feuerholz.

Esk drehte den Hut hin und her und erweckte den Eindruck, als habe sie gerade ein in buntes Geschenkpapier gehülltes Paket geöffnet und Badesalz darin gefunden.

»Recht hübsch«, murmelte sie unsicher.

»Mehr hast du dazu nicht zu sagen?« erwiderte Oma Wetterwachs scharf.

»Die Spitze gefällt mir sehr.« Seltsamerweise fühlte sie sich überhaupt nicht anders, obgleich sie jetzt zu den Zauberern gehörte.

Simon beugte sich zu ihr herüber.

»Denk daran«, flüsterte er ihr zu, »du mußt Zauberer *gewesen* sein. Erst dann kannst du dich auf der andern Seite der magischen Tür umsehen. Erinnerst du dich?«

Sie musterten sich gegenseitig und lächelten.

Granny starrte Knallwinkel an. Der Erzkanzler zuckte mit den Achseln.

»Was weiß ich?« brummelte er. »Was ist mit deinem Stottern passiert, Junge?«

»Scheint weg zu sein«, erwiderte Simon fröhlich. »Offenbar habe ich's irgendwo zurückgelassen.«

Der Ankh war noch immer braun und angeschwollen, aber wenigstens ähnelte er jetzt wieder einem Fluß.

Für den Spätherbst herrschten erstaunlich hohe Temperaturen, und in den unteren Bezirken der Stadt stieg Dampf von vielen Tausend Decken und Teppichen, die zum Trocknen an langen Wäscheleinen hingen. Schlick bedeckte die Straßen, was die meisten Bürger von Ankh-Morpork als eine Verbesserung ihrer allgemeinen Lebensbedingungen empfanden: Die Flut schwemmte alle Müllberge fort, die sich in den letzten Wochen und Monaten angesammelt hatten.

Dampf stieg auch von den Fliesen der persönlichen Veranda des Erzkanzlers auf. Und von der Teekanne.

Oma Wetterwachs saß in einem alten Rohrstuhl und gestattete der ungewöhnlichen Wärme, ihr die Fußknöchel zu streicheln. Müßig beobachtete sie eine Gruppe von Stadtameisen, die schon so lange unter den Kacheln der Universität lebten, daß die starke magische Hintergrundstrahlung sie zu einer permanenten Veränderung ihrer genetischen Struktur geführt hatte. Mit einer winzigen Sackkarre transportierten sie ein feuchtes Zuckerstück. Ein zweites Einsatzteam errichtete eine winzige Rampe am Rande des Tisches.

Granny wußte natürlich nicht, daß eine der Ameisen Drum Billet war: Er wollte dem Leben eine zweite Chance geben.

»Wenn man am letzten Novembertag eine Ameise findet«, sagte sie, »steht ein sehr milder Winter bevor. So heißt es jedenfalls.«

»Wer behauptet das?« fragte Knallwinkel.

»Leute, die sich irren«, erwiderte Oma Wetterwachs. »Weißt du, ich mache mir Notizen in meinem *Almanach.*

Ich prüfe nach, jawohl. Und dabei stelle ich immer wieder fest, daß die meisten Leute an die falschen Dinge glauben.«

»Wie zum Beispiel: Himmel rot in der Nacht, in einer niedergebrannten Stadt man erwacht«, schlug der Erzkanzler vor. »Oder: Morgenstund hat Gold im Mund.«

»In dem Fall wäre ich längst steinreich«, sagte Granny. Der Zuckerwürfel erreichte gerade die Rampe, und dort befestigten ihn zwei Ameisen an einem mikroskopischen Flaschenzug.

»Die Hälfte von dem, was Simon erklärt, verstehe ich nicht«, meinte Knallwinkel. »Obgleich einige Schüler ganz aufgeregt werden, wenn sie seine Vorträge hören.«

»Nun, mir ist durchaus klar, was Esk meint – ich halte es nur für dummes Zeug«, entgegnete Granny. »In einem Punkt allerdings stimme ich ihr zu: Zauberer brauchen Herz.«

»Sie sagt auch, Hexen benötigten mehr Verstand«, warf der Erzkanzler ein. »Möchtest du einen von den Keksen? Sind ein bißchen feucht, aber schmecken recht gut.«

»Esk steht offenbar auf folgendem Standpunkt: Durch Magie bekommen Menschen das, was sie möchten. Aber indem man sie nicht beschwört, gibt man ihnen das, was sie brauchen.« Grannys Hand schwebte über den Plätzchen.

»Simon teilt diese Meinung. Um ganz ehrlich zu sein: Ich stehe vor einem Rätsel. Magie ist immerhin dazu da, um verwendet zu werden. Wem nützt es, wenn man sich einen Vorrat an thaumaturgischer Kraft anlegt, ohne je Gebrauch davon zu machen? Nur zu! Du verdirbst dir schon nicht den Magen.«

»Magie jenseits von Magie«, schnaubte Oma Wetterwachs abfällig. Sie griff nach dem Keks und schmierte Marmelade darauf. Nach kurzem Zögern fügte sie auch Sahne hinzu.

Der Zuckerwürfel fiel auf die Fliesen und wurde sofort von anderen Ameisen umringt. Sie spannten ihn in das Zuggeschirr der versklavten roten Ameisen aus dem Garten.

Knallwinkel rutschte unruhig hin und her. Der Stuhl unter ihm knarrte leise.

»Esmeralda«, begann er, »ich möchte dich fragen...«

»Nein«, sagte Granny.

»Eigentlich wollte ich dir mitteilen, daß ich mit dem Gedanken spiele, einigen weiteren Mädchen ein Studium an der Universität zu ermöglichen. Versuchsweise. Als eine Art Experiment. Sobald die notwendigen sanitären Anlagen bereitstehen«, fügte Knallwinkel hinzu.

»Die Entscheidung liegt natürlich bei dir.«

»Und, äh, da uns offenbar keine andere Wahl bleibt, als ein koedukatives Institut zu werden, äh, dachte ich mir, äh, daß du, äh...«

»Ja?«

»Nun, ich wollte dich fragen, äh, ob du vielleicht, äh, bereit wärst, einen Lehrstuhl, äh, anzunehmen.«

Der Erzkanzler lehnte sich zurück. Der Zuckerwürfel glitt auf winzigen Rollen unter seinem Stuhl dahin, und das Quieken der Sklaventreiber ließ sich als leises, kaum hörbares Knistern vernehmen.

»Hmmm«, erwiderte Granny, »warum nicht? Weißt du, ich habe mir immer einen bequemen Sessel aus Weidenruten gewünscht, mit einem ausziehbaren Sonnenschirm. Wenn das nicht zuviel verlangt ist...«

»Nun, das meinte ich eigentlich nicht — obwohl ich sicher bin, daß wir einen solchen Stuhl irgendwo auftreiben können.« Knallwinkel suchte nach den richtigen Worten. »Äh, es ging mir um folgendes: Was hältst du davon, in der Universität zu unterrichten? Ab und zu?«

»Was denn, zum Beispiel?«

Der Erzkanzler schürzte die Lippen.

»Kräuterkunde?« fragte er vorsichtig. »Wir wissen hier nicht viel über Kräuter. Und Pschikologie. Esk erzählte mir viel davon. Klingt interessant.«

Mit einem letzten Hauruck verschwand der Zuckerbrokken durch einen schmalen Riß in der Wand. Knallwinkel deutete in die entsprechende Richtung.

»Sie klauen ständig Zucker«, sagte er. »Aber wir bringen es einfach nicht über uns, etwas dagegen zu unternehmen.«

Oma Wetterwachs runzelte die Stirn, blickte durch den Dunst über der Stadt und beobachtete die fernen Spitzhornberge. Schnee glitzerte auf den hohen Gipfeln.

»Es ist ein weiter Weg«, sagte sie. »Und ich bin zu alt, um ständig hin und her zu reisen.«

»Wir könnten dir einen besseren Hexenbesen besorgen«, erwiderte Knallwinkel. »Einen, der weder Anläufe noch Flüche erfordert. Und du... Wir würden dir hier eine Wohnung zur Verfügung stellen.« Er überlegte kurz und setzte seine Geheimwaffe ein: »Und dir so viel abgenutzte Kleidung geben, wie du tragen kannst.« Klugerweise hatte er Zeit in ein Gespräch mit Frau Reineweiß investiert.

»Mmpf«, machte Granny. »Seide?«

»Schwarze *und* rote«, sagte Knallwinkel. Als er sich die Hexe in schwarzroter Seide vorstellte, seufzte er innerlich und bohrte die Zähne in einen Keks.

»Vielleicht wäre es auch möglich, daß einige Schüler dein Haus in den Bergen aufsuchen«, fuhr der Erzkanzler fort. »Für naturverbundene Studien.«

»Wer soll sich mit der Natur verbinden?«

»Ich meine: Bei dir könnten sie bestimmt eine Menge lernen.«

Granny dachte darüber nach. Kein Zweifel: Es mochte nützlich sein, den Abort zu entleeren, bevor es zu warm wurde, und im Frühling mußte der Ziegenstall gründlich ausgemistet werden. Darüber hinaus konnte es nicht schaden, die Kräuterbeete umzugraben und auf die neue Saat vorzubereiten. Die Decke im Schlafzimmer war in einem jämmerlichen Zustand, und einige Dachschindeln hatten sich gelockert.

»Praktische Dinge?« fragte sie.

»In der Tat«, bestätigte Knallwinkel.

»Mmpf«, sagte Oma Wetterwachs und zwang sich zu diskreter Zurückhaltung. Bei der ersten Verabredung, so erinnerte sie sich vage, sollte man eine gewisse taktvolle Distanz wahren. »Vielleicht komme ich auf deinen Vorschlag zurück.«

»Wie wär's, wenn wir heute gemeinsam zu Abend essen?« fragte Knallwinkel. Seine Augen glänzten. »Dabei könntest du mir deine Entscheidung mitteilen.«

»Was steht auf der Speisekarte?«

»Kaltes Fleisch und Bratkartoffeln.« Frau Reineweiß hatte ganze Arbeit geleistet.

Oma Wetterwachs nickte.

Und hielt wenige Tage später ihre ersten Vorträge als Hexendozentin.

Eskarina und Simon entwickelten eine völlig neue Art von Magie. Zwar verstand sie niemand so ganz, aber alle hielten sie für vielversprechend und irgendwie... beruhigend.

Was vielleicht noch wichtiger war: Die Ameisen stahlen weitere Zuckerbrocken, und in einer der hohlen Wände erbauten sie daraus eine weiße Pyramide, in der sie mit einer feierlichen Zeremonie den mumifizierten Leichnam ihrer Königin bestatteten. An der Wand der Grabkammer brachten sie eine Inschrift an, die in verschnörkelten Insektenhieroglyphen das Geheimnis der Unsterblichkeit enthüllte.

Ihre Entdeckung hielt einer wissenschaftlichen Überprüfung stand und wäre wohl kaum ohne wichtige Konsequenzen für das Universum geblieben, wenn sich die Pyramide nicht bei der nächsten Überschwemmung in Zuckerwasser verwandelt hätte.

Von Terry Pratchett liegen bei Piper vor:
Die Teppichvölker
Die dunkle Seite der Sonne
Strata
Die Farben der Magie
Das Licht der Phantasie
Das Erbe des Zauberers
Gevatter Tod
Der Zauberhut
MacBest
Pyramiden
Wachen! Wachen!
Eric
Die Schlacht der Nomen Trucker · Wühler · Flügel
Ein gutes Omen. Der völlig andere Hexenroman (mit Neil Gaiman)
Rincewind der Zauberer. Vier Scheibenwelt-Romane
Die Scheibenwelt. Zwei Romane in einem Band
Schlamassel auf der Scheibenwelt. Pyramiden · MacBest
Die Magie der Scheibenwelt. Drei Romane in einem Band
Gevatter Tod · Wachen! Wachen! Zwei Scheibenwelt-Romane in einem Band
Die Gelehrten der Scheibenwelt (mit Ian Stewart, Jack Cohen)
Die Philosophen der Rundwelt (mit Ian Stewart, Jack Cohen)
Darwin und die Götter der Scheibenwelt (mit Ian Stewart, Jack Cohen)
Das Jüngste Gericht. Die Wissenschaft der Scheibenwelt (mit Ian Stewart, Jack Cohen)
Eric (illustrierte Sammlerausgabe)
Der ganze Wahnsinn
Dunkle Halunken
Jack Dodgers London Guide